밤불의 딸들

밤불의 딸들

야 지야시 장편소설 민승남 옮김

HOMEGOING
by YAA GYASI

이 책은 실로 꿰매어 제본하는 정통적인 사철 방식으로 만들어졌습니다.
사철 방식으로 제본된 책은 오랫동안 보관해도 손상되지 않습니다.

나의 부모님과 형제들에게

Abusua te sɛ kwaɛ: sɛ wo wɔ akyire a wo hunu sɛ
ɛbom; sɛ wo bɛn ho a na wo hunu sɛ nnua no bia
sisi ne baabi nko.

가족은 숲과 같다. 숲 밖에서 보면 빽빽하고,
숲 안에 있으면 나무들이 저마다 자기 자리를
가진 것이 보인다.
──아칸족 속담

차례

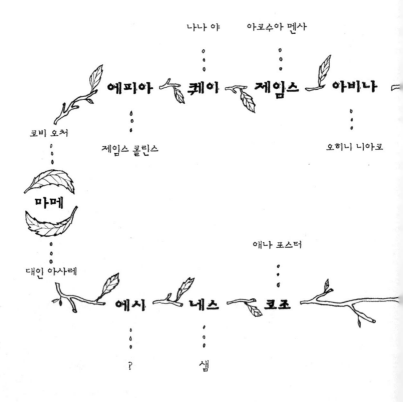

나나 야   아코수아 멘사

에피아 ← 케이 ← 제임스 ← 아비나

코비 오처   제임스 콜린스   오히니 니아코

마메

대인 아사레   애나 포스터

에시 ← 네스 ← 코조

?   샘

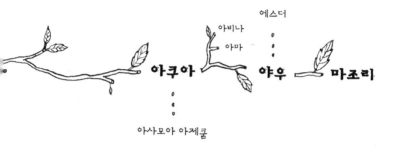

에스더

아비나
아마

아쿠아 야우 마조리

아사모아 아제쿰

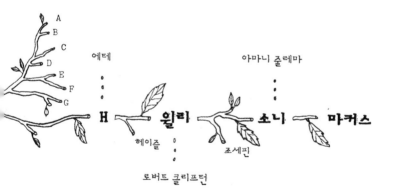

A
B
C
D
E
F
G

에테

아마니 줄레마

H 윌리 소니 마커스

헤이즐

조세핀

로버트 클리프턴

1부

에피아

에피아 오처가 판틀랜드의 사향을 머금은 열기 속에서 태어
난 밤, 그녀 아버지의 컴파운드[1] 바로 바깥쪽 숲에서 불길이 맹
렬히 번졌다. 불길은 여러 날 동안 스스로 길을 내며 빠르게 이
동했다. 공기를 먹고 살며, 동굴에서 자고, 나무속에 몸을 숨기
고, 어떤 잔해가 남든 개의치 않고 끊임없이 활활 타오르던 불
은 아샨티 마을에까지 이르렀다. 그리고 그곳에서 밤과 하나가
되어 사라졌다.

에피아의 아버지 코비 오처는 갓난아기를 첫째 아내 바바에
게 맡겨 두고, 가족들의 생계를 유지하는 데 가장 귀중한 농작
물인 얌이 얼마나 피해를 입었는지 확인하러 나갔다. 코비는
얌 일곱 그루를 잃었는데, 한 그루 한 그루의 손실이 가족을 강
타하는 느낌이었다. 그는 맹렬히 타오르다가 달아난 불에 대한
기억이 자신을, 자식들을 그리고 가문의 혈통이 이어지는 한
그 자식들의 자식들까지 영원히 따라다니며 괴롭히리라는 것

[1] 대부분 일부다처제인 아프리카에서 한 남자의 여러 아내들이 각자 사는
오두막으로 이루어진 공동 주거지를 말한다. 이하 모든 주는 옮긴이의 주이다.

15

을 깨달았다. 바바의 오두막으로 돌아와 밤불의 아이 에피아가 허공에 대고 악쓰며 우는 것을 본 코비는 아내를 바라보며 말했다. 「우리는 오늘 일어난 일을 다시는 입에 담지 않을 거야.」

마을 사람들은 아기가 불에서 태어나 바바가 젖이 안 나온다고 수군대기 시작했다. 에피아는 석 달 앞서 아들을 낳은 코비의 둘째 아내에게 젖을 얻어먹었다. 에피아는 젖을 물려고 하지 않았다. 젖을 물면 날카로운 잇몸으로 젖꼭지 주변 살을 물어뜯어서 코비의 둘째 아내는 에피아에게 젖 먹이는 것을 두려워하게 되었다. 그런 이유로 에피아는 점점 야위어 작은 새 같은 뼈에 살가죽만 붙어 있었고, 커다란 검은 구멍 같은 입으로 굶주린 울음을 토해 냈는데, 바바가 거친 왼쪽 손바닥으로 아기 입을 틀어막으며 소리를 억누르려고 기를 쓰는 날에도 울음소리가 마을 전체로 퍼져 나갔다.

「아기를 사랑해 줘.」 코비가 명령했다. 사랑이 마치 쇠 접시 위의 음식을 집어 입에 넣는 것처럼 간단한 일이라는 듯한 말투였다. 바바는 밤이면 아기를 어두운 숲에 버려 니아메 신[2]이 뜻대로 처리하게 하는 꿈을 꾸었다.

에피아는 자라났다. 그녀의 세 번째 생일이 지난 여름, 바바가 첫 아들을 얻었다. 이름은 피피였는데 어찌나 통통한지 에피아는 가끔 바바가 보지 않을 때 동생을 공처럼 땅에 굴리고는 했다. 바바가 에피아에게 아기를 안도록 허락한 첫날, 에피아는 실수로 아기를 떨어뜨렸다. 아기는 엉덩이로 튀어 올랐다가 배로 떨어지면서 울어야 할지 말아야 할지 몰라 방 안의 모든 사람을 올려다 보았다. 아기는 울지 않기로 결정했지만, 막

2 아칸족의 최고 신.

16

대기로 방쿠[3]를 젓고 있던 바바는 그것으로 에피아의 벗은 등을 때렸다. 막대기가 어린 소녀의 몸에서 떨어질 때마다 뜨겁고 끈끈한 방쿠가 살에 붙어서 타들어 갔다. 바바의 매질이 끝날 때까지도 에피아는 상처투성이가 되어 비명을 질러 대며 울고 있었다. 피피는 방바닥에 배를 깔고 이리저리 구르며 휘둥그레진 눈으로 에피아를 바라보았다.

집에 돌아온 코비는 다른 아내들이 에피아의 상처를 보살피는 것을 보고 무슨 일이 있었는지 즉시 알아챘다. 코비와 바바는 밤늦게까지 싸웠다. 에피아는 방바닥에 누워 열에 들뜬 상태로 잠에 빠졌다가 깼다가 하면서 오두막의 얇은 벽 너머로 그 소리를 들었다. 에피아의 꿈속에서 코비는 사자였고 바바는 나무였다. 사자가 땅에서 나무를 뽑았다가 도로 쾅쾅 땅에 때려 박았다. 나무가 반항하며 가지들을 뻗자 사자는 그것들을 하나하나 꺾어 냈다. 수평으로 누운 나무가 울면서 붉은 개미들을 흘렸고, 개미들은 나무껍질의 가느단 금들을 따라 내려갔다. 개미들은 나무 꼭대기 주위의 부드러운 흙에 웅덩이를 만들었다.

그렇게 악순환이 시작되었다. 바바가 에피아를 때렸다. 코비가 바바를 때렸다. 열 살쯤이 되자 에피아는 자신의 몸에 있는 흉터들의 역사를 나열할 수 있었다. 1764년 여름, 바바가 얌으로 등짝을 때려 얌들이 부서졌다. 1767년 봄, 바바가 돌로 왼발을 내리쳐서 엄지발가락이 부러졌다. 그 발가락은 지금까지도 나머지 발가락들과 다른 방향을 가리킨다. 에피아의 몸에 남은 흉터마다 바바의 몸에도 짝을 이루는 흉터가 있었지만 그렇다

3 발효된 옥수수 가루에 물을 넣고 저어 가며 익히는 가나 요리.

고 어머니가 딸을 때리는 것이나 아버지가 어머니를 때리는 것
이 끝나지는 않았다.

에피아의 아름다움이 피어나면서 상황은 더욱 악화되었다.
열두 살이 되자 에피아의 가슴에 망고처럼 부드러운 두 개의
봉우리가 솟았다. 에피아가 곧 초경을 시작할 것임을 안 마을
남자들은 바바와 코비에게 구혼할 기회를 기다렸다. 선물 세례
가 시작되었다. 어떤 남자는 야자주를 채취하는 솜씨가 마을에
서 최고였고, 어떤 남자의 어망은 결코 비어 있는 법이 없었다.
코비의 가족은 에피아의 싹트는 여성성 덕에 호강했다. 그들의
배와 손은 빌 틈이 없었다.

1775년, 아도와와 아이두가 마을 최초로 영국 군인의 청혼을
받았다. 아도와는 피부색이 밝고 입이 험했다. 그녀는 아침이
면 목욕을 한 다음 온몸에, 가슴 밑과 가랑이 사이까지 시어 버
터를 발랐다. 에피아는 아도와를 잘 몰랐지만, 어느 날 바바의
심부름으로 그녀의 오두막에 야자유를 가져다주러 갔다가 그
녀가 알몸으로 있는 것을 보았다. 아도와의 살결은 반질반질
윤기가 흘렀으며 털은 당당했다.

그 백인이 처음 왔을 때, 아도와의 어머니는 에피아의 부모
에게 아도와가 몸단장을 하는 동안 그에게 마을 구경을 시켜달
라고 부탁했다.

「나도 가도 돼요?」 에피아가 앞서 걸어가는 부모님을 따라
달려가며 물었다. 그녀는 한 귀로는 바바의 〈아니〉를, 다른 귀
로는 코비의 〈응〉을 들었다. 아버지 쪽 귀가 이겼고, 곧 에피아
는 생전 처음 보는 백인 남자 앞에 서게 되었다.

「당신을 만나서 기쁘다는군요.」백인이 에피아에게 손을 내미는 사이에 통역이 말했다. 에피아는 그 손을 잡지 않았다. 대신 아버지 다리 뒤에 숨어서 그를 바라보았다.

그는 정중앙에 반짝이는 금 단추들이 달린 코트를 입고 있었는데 불룩한 배 부분이 꽉 끼었다. 목이 불타는 나무 밑동이라도 되는 것처럼 붉었다. 몸 전체가 뚱뚱했고, 이마와 윗입술 위에 커다란 땀방울들이 맺혀 있었다. 에피아는 누르스름하고 모양새 없고 젖어 있는 그 백인이 꼭 비구름 같다고 생각했다.

「어서요, 그가 마을을 구경하고 싶어 해요.」통역이 말했고, 모두 걷기 시작했다.

그들은 에피아의 컴파운드에서 제일 먼저 멈췄다. 「여기가 우리가 사는 데예요.」에피아가 백인에게 말했다. 백인의 초록색 눈이 안개 속에 가려진 채 말없이 그녀에게 미소를 보냈다.

백인은 에피아의 말을 이해하지 못했다. 통역이 말을 옮겨준 뒤에도 이해하지 못했다.

에피아의 손을 잡은 코비는 바바와 함께 백인에게 컴파운드를 구경시켜 주었다. 그가 백인에게 말했다. 「여기, 이 마을에서는 아내들이 각자의 오두막을 가집니다. 이곳이 아내가 아이들과 함께 사는 오두막이에요. 남편은 그녀와 자는 날 밤이 되면 이곳으로 오지요.」

통역을 해주자 백인의 눈이 맑아졌고, 그 순간 에피아는 그가 새로운 눈으로 보고 있음을 깨달았다. 오두막 벽의 진흙, 지붕의 지푸라기를 마침내 볼 수 있게 된 것이다.

그들은 계속해서 마을을 돌며 백인에게 광장과 통나무 속을 파내 만든 작은 고깃배들을 보여 줬다. 마을 사람들은 고기잡이를 나갈 때 그 배를 끌고 해변까지 몇 킬로미터를 걸어갔다. 에피아도 새로운 눈으로 그것들을 보려고 애썼다. 그녀는 코털을 건드리는 짠 바닷바람 냄새를 맡고, 생채기처럼 날카로운 야자수 껍질을 느끼고, 주위에 널린 점토의 짙디짙은 붉은색을 보았다.

「바바, 아도와는 왜 이 사람이랑 결혼하려는 거예요?」 남자들이 저만치 앞서서 걸어가자 에피아가 물었다.

「엄마가 그러라고 하니까.」

몇 주 뒤, 그 백인이 아도와의 어머니에게 인사를 하러 왔다. 에피아와 마을 사람들 모두가 그가 무엇을 가져왔는지 보려고 모여들었다. 신붓값은 15파운드였다. 아샨티족 하인들이 성에서부터 등에 지고 온 물건들도 있었다. 코비는 하인들이 피륙과 기장, 금, 철을 들여오는 것을 구경할 때 에피아를 자기 뒤에 서 있게 했다.

그들의 컴파운드로 돌아올 때 코비는 아내들과 다른 자식들을 앞서 걸어가게 하고 에피아를 한옆으로 불러 세웠다.

「방금 무슨 일이 있었던 건지 아니?」 그가 에피아에게 물었다. 멀리서 바바가 피피의 손을 잡았다. 에피아의 남동생은 이제 막 열한 살이 되었지만 벌써 맨손과 맨발로 야자수에 기어오를 수 있었다.

「백인이 아도와를 데려가려고 왔어요.」 에피아가 말했다.

아버지가 고개를 끄덕였다. 「백인들은 케이프코스트 성[4]에

---

4 케이프코스트 성은 17세기부터 영국의 기니만 지배 중심지였으며 18세기에는 대서양 건너편으로 팔아넘길 노예들을 지하 감옥에 가두었다가 배에 싣는 대표적인 장소였다. 저자는 가나계 미국인으로, 케이프코스트 성을 둘러본

산다. 거기서 우리와 무역을 하지.」

「철, 기장 같은 것들요?」

아버지는 딸의 어깨에 손을 얹고 이마 꼭대기에 입을 맞췄다. 그러나 딸에게서 물러날 때 그의 눈빛은 아득하고 근심에 차 있었다.

「그래, 우리는 철과 기장을 얻지. 하지만 그 대신 줘야 하는 것들이 있단다. 그 남자는 아도와와 결혼하기 위해 케이프코스트에서 왔고, 그처럼 우리 딸들을 데려가려고 오는 백인들이 더 있을 거야. 하지만 딸아, 나는 너를 백인의 아내로 살게 하는 것보다 더 큰 꿈을 가졌단다. 넌 우리 마을 남자와 결혼할 거야.」

바로 그때 바바가 뒤를 돌아보았고 에피아와 눈이 마주쳤다. 바바가 험악하게 인상을 썼다. 에피아는 아버지가 바바의 표정을 알아챘는지 확인하려고 쳐다보았으나 코비는 아무 말도 하지 않았다.

에피아는 자신이 남편으로 누구를 택할지 알았고, 부모님도 에피아가 그 남자를 택하기를 간절히 바랐다. 아비쿠 바두는 추장 후계자였다. 아비쿠는 키가 크고 피부는 아보카도 씨앗 같은 색깔이었으며, 말을 할 때마다 길고 가느다란 손가락들이 달린 커다란 두 손을 번개처럼 흔들어 댔다. 그는 지난달에 에피아네 컴파운드를 네 번 방문했고 이번 주에는 에피아와 함께 식사를 할 예정이었다.

아비쿠는 염소 한 마리를 가져왔다. 그의 하인들이 얌과 물

뒤 아프리카 노예들과 후손들의 삶에 대한 이 소설을 구상하게 되었다고 한다.

고기, 야자주를 날랐다. 바바와 다른 아내들은 불에 땔감을 더 넣고 기름을 끓였다. 공기에서 풍요의 냄새가 풍겼다.

그날 아침에 바바는 에피아의 머리를 땋아 주었다. 가운데 가르마를 타서 양쪽으로 길게 땋아 내린 모양이었다. 그러자 강하고 고집 센 숫양 같아 보였다. 에피아는 알몸에 기름을 바르고 금귀고리를 달았다. 그녀는 아비쿠와 마주 앉아 음식을 먹으며 그가 감탄 어린 시선으로 몰래 자신을 흘깃거리는 것을 즐겼다.

「자네도 아도와 결혼식에 갔었나?」 남자들이 모두 식사를 마치고 마침내 여자들이 먹기 시작했을 때 바바가 물었다.

「예, 갔었어요. 하지만 잠깐만 있었죠. 아도와가 마을을 떠나게 되다니 아쉬워요. 훌륭한 아내가 되었을 텐데.」

「추장이 되면 영국인들을 위해 일할 건가요?」 에피아가 물었다. 코비와 바바가 날카롭게 쳐다보자 그녀는 고개를 숙였다. 하지만 다시 고개를 들자 미소 짓는 아비쿠의 얼굴이 보였다.

「에피아, 우리는 영국인들과 더불어 일하는 거지 그들을 위해 일하는 게 아냐. 그게 무역의 의미지. 나는 추장이 되면 지금까지 해왔던 대로 아산티족과 영국인들의 무역을 촉진할 거야.」

에피아는 고개를 끄덕였다. 그녀는 그 말의 의미를 정확히 알지는 못했지만 그냥 입을 다무는 것이 상책임을 부모님의 표정으로 알았다. 아비쿠 바두는 부모님이 만나게 해준 첫 남자였다. 에피아는 그가 자신을 택해 주기를 간절히 바랐지만 그가 어떤 남자이고 또 어떤 여자를 원하는지는 아직 몰랐다. 오두막 안에서 에피아는 아버지와 피피에게 무엇이든 물을 수 있었다. 스스로 침묵을 실천하고 에피아에게도 그렇게 하기를 원하는 사람은 바바였다. 다른 어머니들은 모두 딸을 데리고 축복을 받으러 가는데 바바는 왜 자기를 데려가지 않는지 에피아가 묻자 바바는 그녀를 때렸다. 에피아는 말이나 질문을 하지 않을 때만, 스스로 움츠릴 때만 바바에게서 사랑 비슷한 것을 느낄 수 있었다. 어쩌면 아비쿠 역시 그러기를 원하는지도 몰랐다.

아비쿠의 식사가 끝났다. 그는 가족 모두와 악수를 나누고 에피아의 어머니에게 갔다. 「따님이 준비가 되면 알려 주세요.」

바바는 한 손으로 가슴을 움켜쥐고 침착하게 고개를 끄덕였다. 코비와 다른 남자들이 아비쿠를 배웅하고 나머지 가족들은 손을 흔들었다.

그날 밤, 바바는 오두막 바닥에서 자는 에피아를 깨웠다. 에피아는 어머니가 말할 때 귀에 닿는 숨결의 따뜻함을 느꼈다. 「에피아, 피가 나오면 숨겨야 한다. 나한테만 말하고 다른 사람한테는 말하면 안 돼. 알아들었니?」 그녀는 돌돌 만 부드러운 야자수 잎들을 에피아에게 건넸다. 「이걸 몸에 넣고 날마다 확인해라. 붉게 변하면 말해야 한다.」

에피아는 바바가 내민 두 손 위의 야자수 잎들을 바라보았다. 처음에 그녀는 그 잎들을 받지 않았다. 그러다가 다시 시선을 들었을 때 어머니의 눈에 어린 간절함 같은 것이 보였다. 그 눈빛이 어쩐지 바바의 얼굴을 부드럽게 만들었기에, 또 에피아도 간절함을, 그 갈망의 열매를 알았기에 바바가 시키는 대로 했다. 에피아는 날마다 야자수 잎이 붉게 변했는지 확인했지만 늘 초록빛을 띤 흰색 그대로였다. 봄에 추장이 병석에 눕자 모두들 아비쿠가 임무를 수행할 준비가 되었는지 세심하게 지켜보았다. 그 몇 개월 동안 아비쿠는 두 명의 여자, 〈현명한 아레쿠아〉 그리고 밀리센트와 결혼했다. 밀리센트는 판티족 여자와 영국 군인 사이의 혼혈이었다. 그 영국 군인은 아내와 두 자녀에게 큰 재산을 남기고 열병으로 죽었다. 아비쿠는 드물게 에피아와의 대화가 허락될 때 그녀를 〈아름다운 에피아〉라고 불렀다. 에피아는 마을 사람 모두가 자신을 그렇게 부를 날이 오기를 기도했다.

밀리센트의 어머니는 백인 남편에게서 새 이름을 받았다. 그녀는 통통하고 살집 좋은 여자로 어두운 밤 색깔 얼굴에서 흰 이가 반짝거렸다. 그녀는 남편이 죽자 성을 떠나 마을로 들어오기로 결심했다. 백인 남자들은 유서로 판티족 아내와 자녀에게 돈을 남길 수 없어서 다른 군인들과 친구들에게 남겼고, 그 친구들이 판티족 아내에게 돈을 줬다. 밀리센트의 어머니가 받은 돈은 새 출발을 하고 땅을 조금 사기에 충분했다. 그녀는 이제 곧 한 식구가 될 거라며 밀리센트를 데리고 에피아와 바바에게 자주 놀러 왔다.

밀리센트는 에피아가 본 여자들 중에서 피부색이 가장 밝았다. 그녀의 검은 머리는 등 가운데까지 내려왔고 눈동자에는 초록빛이 돌았다. 잘 웃지 않았고 목소리는 허스키했으며 판티어 억양이 이상했다.

「성에서 사는 건 어땠어요?」 어느 날, 네 여자가 모여 앉아 땅콩과 바나나를 먹을 때 바바가 밀리센트의 어머니에게 물었다.

「좋았어요, 좋았어. 그들, 오, 그 남자들이 잘해 줘요! 여자랑 살아 본 적이 없는 남자들 같다니까. 그 영국 부인들은 뭘 하는

지 모르겠어요. 내 남편은 내가 물이고 자기는 불인 줄로 알아서 밤마다 꺼줘야 했다니까요.」

여자들은 웃음을 터뜨렸다. 밀리센트는 에피아에게 살짝 미소를 보냈다. 에피아는 그녀에게 아비쿠와 사는 것이 어떤지 묻고 싶었지만 그럴 용기가 나지 않았다.

바바가 밀리센트의 어머니에게 가까이 몸을 기울여 속삭였지만 에피아의 귀에도 말소리가 들렸다. 「신붓값도 후하고, 응?」

「아이고, 내 남편은 우리 어머니한테 10파운드나 줬다니까. 그것도 15년 전에! 돈이 좋은 건 사실이지만 그래도 난 딸이 판티족하고 결혼해서 기뻐요. 내 딸은 영국 군인이 20파운드를 주겠다고 했어도 지배자의 아내가 되진 않았을 거야. 더군다나 영국 군인하고 결혼하면 나랑 멀리 떨어져서 성에 살아야 하잖아요. 아냐, 아냐. 엄마랑 가까이 살 수 있도록 마을 남자와 결혼하는 게 낫지.」

바바가 고개를 끄덕이며 에피아에게 고개를 돌렸고, 에피아는 얼른 다른 데를 보았다.

그날 밤 에피아는 초경을 했는데, 열다섯 번째 생일이 지나고 이틀 만의 일이었다. 그것은 에피아가 예상했던 것처럼 파도의 세찬 돌진이 아니라 오두막 지붕의 한 곳에서 빗물이 똑똑 떨어지듯 조금씩 흘러나왔다. 그녀는 몸을 씻고 바바에게 소식을 전할 수 있도록 아버지가 바바 곁을 떠나기를 기다렸다.

「바바, 피가 나왔어요.」 그녀가 붉게 물든 야자수 잎을 보여주며 말했다.

바바가 손으로 그녀의 입을 가렸다. 「나 말고 아는 사람 있니?」

「없어요.」에피아가 대답했다.

「계속 이대로 있는 거다. 무슨 말인지 알아들어? 누가 너한테 이제 여자가 됐는지 물으면 아니라고 대답해.」

에피아는 고개를 끄덕이고 나서 자리를 뜨려고 돌아섰지만 가슴속에서 뜨거운 석탄처럼 의문이 타올랐다. 「왜요?」이윽고 에피아가 물었다.

바바가 에피아의 입에 손을 넣어 혀를 꺼내 날카로운 손톱으로 혀끝을 꼬집었다. 「네가 뭔데 감히 나한테 질문을 해, 응? 시키는 대로 안 하면 다시는 말을 못 하게 만들 거야.」그녀는 에피아의 혀를 놓아주었고, 그날 밤새 에피아는 입속의 피 맛을 느꼈다.

그다음 주에 늙은 추장이 죽었다. 인근의 모든 마을에 장례식 소식이 전해졌다. 장례는 한 달 동안 이어지다가 아비쿠의 추장 즉위식으로 마무리될 예정이었다. 마을 여자들이 해가 뜰 때부터 질 때까지 음식을 준비했고, 가장 좋은 목재로 북들을 만들었으며, 최고의 노래꾼들이 불려 와 목청을 높였다. 우기 넷째 날부터 춤을 추기 시작한 조문객들은 땅이 완전히 마를 때까지 발을 쉬지 않았다.

비가 그친 날의 밤이 끝날 때, 아비쿠가 판티 마을 추장인 오만힌 자리에 올랐다. 그는 화려한 천을 걸쳤고 두 아내는 양옆에 앉았다. 에피아와 바바는 나란히 서서 구경했고, 코비는 구경꾼들 속에서 이리저리 서성였다. 에피아는 마을에서 가장 아름다운 자신의 딸도 저 자리에 올라야 한다고 연신 웅얼거리는 코비의 목소리를 들을 수 있었다.

새로운 추장이 된 아비쿠는 자신의 마을이 주목받고 무시할 수 없는 세력이 되도록 무엇인가 큰일을 도모하고 싶어 했다. 그는 추장 자리에 오른 지 겨우 사흘 만에 마을의 모든 남자를 자신의 컴파운드에 모이게 했다. 그러고는 이틀 내내 배불리 먹이고 야자주에 취하게 만들었다. 그들의 떠들썩한 웃음소리와 열렬한 외침이 모든 오두막에서 들렸다.

　「남자들이 뭘 하려는 걸까요?」에피아가 물었다.

　「네가 신경 쓸 일이 아냐.」바바가 대답했다.

　에피아의 월경이 시작되고 나서 두 달 동안 바바는 그녀를 때리지 않았다. 침묵에 대한 보상이었다. 에피아는 어떤 날들에는, 바바와 둘이서 남자들 식사를 준비할 때나 자신이 길어 온 물을 바바가 두 손을 오므려 뜨는 걸 지켜볼 때, 마침내 바바와 자신이 어머니와 딸처럼 행동하고 있다는 생각이 들었다. 하지만 그러다가도 바바의 얼굴은 오랜 우거지상으로 돌아갔고, 에피아는 어머니의 조용함이 일시적인 것이며 야수 같은 분노가 잠시 길들여진 것일 뿐임을 깨달았다.

　코비가 긴 정글도를 들고 회의에서 돌아왔다. 정글도 손잡이는 금빛이었고 아무도 해독할 수 없는 글자들이 조각되어 있었다. 그는 발을 끌며 그 날카로운 도구로 이쪽저쪽을 찔러 댔는데, 너무 술에 취해 있어서 모든 아내와 아이들이 60센티미터쯤 거리를 두고 그를 둥글게 에워싼 채 서서 구경했다.「우린 피로 마을을 부유하게 만들 것이다!」코비가 외쳤다. 그는 무심코 원 안으로 들어간 피피를 공격했다. 그러나 통통한 아기 시절보다 마르고 날렵해진 소년은 엉덩이를 획 돌려 겨우 몇 센티미터 차이로 정글도 끝을 피했다.

피피는 남자들의 회의에서 가장 어렸다. 그러나 그가 훌륭한 전사로 클 것임을 모두가 알았다. 피피가 야자수 타는 모습을 보면 알 수 있었다. 침묵을 금관처럼 쓴 것을 보면 알 수 있었다.

에피아는 아버지가 떠나고 어머니가 잠든 걸 확인하자 피피에게로 기어갔다.

「일어나.」 그녀가 속삭이자 피피는 그녀를 밀어냈다. 그는 반쯤 잠든 상태에서도 에피아보다 힘이 셌다. 에피아는 뒤로 넘어졌지만 고양이처럼 우아한 동작으로 휙 일어섰다. 「일어나.」 그녀가 다시 말했다.

피피의 눈이 번쩍 뜨였다. 「나 괴롭히지 마, 누나.」 그가 말했다.

「무슨 일이 일어날 건데?」 에피아가 물었다.

「남자들 일이야.」 피피가 말했다.

「넌 아직 남자 아냐.」 에피아가 말했다.

「누나도 아직 여자 아니고.」 피피가 날카롭게 대꾸했다. 「그게 아니라면 오늘 밤에 아비쿠의 아내로서 그와 함께 있었겠지.」

에피아의 입술이 떨리기 시작했다. 그녀는 잠자리로 가려고 돌아섰지만 피피가 팔을 잡았다. 「우린 영국인들과 아샨티족의 무역을 돕고 있어.」

「아.」 에피아가 말했다. 몇 달 전에 아버지와 아비쿠에게 들었던 것과 같은 이야기였다. 「우리가 백인들에게 아샨티 금과 피륙을 줄 거라는 말이지?」

피피가 그녀를 더 세게 잡았다. 「멍청한 소리 하지 마. 아비쿠는 가장 센 아샨티 마을들 중 하나와 동맹을 맺었어. 우리는 그들이 영국에 노예 파는 걸 도울 거야.」

그래서 백인 남자들이 마을에 왔던 것이다. 뚱뚱하거나 비쩍 마른, 얼굴이 붉거나 햇볕에 탄 그들은 제복 차림으로 옆구리에 칼을 찼으며, 늘 곁눈질을 하며 경계심을 풀지 않았다. 그들은 아비쿠가 약속한 상품들을 승인하러 온 것이었다.

추장 즉위식 이후로 코비는 에피아의 여성성에 대한 약속이 지켜지지 못하고 있는 것에 조바심을 내며 아비쿠가 그녀를 잊고 마을의 다른 여자들을 취할까 봐 불안해했다. 그는 자신의 딸이 아비쿠의 첫째이자 가장 중요한 부인이 되기를 바란다고 늘 말해 왔는데 이제 셋째 부인 자리마저 요원한 희망이 될 듯했다.

그는 날마다 에피아에게 무슨 소식이 있는지 바바에게 물었고, 바바는 날마다 에피아가 아직 준비되지 않았다고 대답했다. 코비는 간절한 마음에 딸이 일주일에 한 번씩 바바와 함께 아비쿠의 컴파운드에 가는 것을 허락하기로 결심했는데, 아비쿠가 에피아를 보고 자신이 그녀의 얼굴과 모습을 얼마나 사랑했는지 기억하도록 만들기 위해서였다.

어느 날 저녁, 아비쿠의 첫째 부인 〈현명한 아레쿠아〉가 모녀를 맞이하며 바바에게 말했다. 「저기요, 어머니. 오늘 밤에는 오시면 안 돼요. 백인들이 와 있어요.」

「그냥 돌아가도 돼요.」 에피아가 말했지만 바바가 그녀의 팔을 움켜잡았다.

「괜찮다면 여기 있고 싶은데.」 바바가 말했다. 아레쿠아가 이상한 눈으로 쳐다보았다. 「우리가 너무 일찍 집에 돌아가면 남편이 화를 낼 거야.」 바바는 그것으로 충분한 설명이 된다는 듯이 말했다. 에피아는 바바가 거짓말을 하고 있다는 것을 알았다. 코비는 두 사람을 그날 밤 그곳에 보내지 않았다. 백인들이 온다는 이야기를 듣고 경의를 표하러 가야 한다고 우긴 사람은 바바였다. 아레쿠아는 그들을 가엾게 여겨 아비쿠에게 그들 모녀가 있어도 되는지 물어보러 갔다.

「여자들하고 같이 먹고, 백인들이 들어오면 아무 말도 해선 안 돼요.」 돌아온 아레쿠아가 당부했다. 그녀는 모녀를 컴파운드 안쪽으로 안내했다. 에피아는 추장 부인들이 모여서 식사를 하는 오두막으로 들어갈 때까지 지나치는 모든 오두막을 하나하나 눈여겨보았다. 그녀는 임신해서 배가 불러 오기 시작한 밀리센트 옆에 앉았다. 배는 아직 나무에 낮게 매달린 코코넛보다 크지 않았다. 아레쿠아가 생선을 넣은 야자유 스튜를 준비해 놓았고, 그들은 손가락이 오렌지빛으로 물들 때까지 그것을 먹었다.

에피아가 모르는 사이에 하녀가 들어왔다. 하녀는 아직 어린아이에 불과한 작은 소녀였고 절대로 바닥에서 시선을 들지 않았다.

「어머니, 백인들이 컴파운드를 둘러보고 싶어 합니다. 아비쿠 추장님이 손님들에게 부끄럽지 않은 모습으로 있으라고 하십니다.」

「가서 물 가져와. 얼른.」 밀리센트가 말했다. 하녀가 물이 가득 담긴 양동이를 가지고 들어오자 모두들 손과 입을 닦았다. 에피아는 양 손바닥을 혀로 핥고 이마 언저리에 빙 둘러서 난 돌돌 말린 잔머리를 손가락으로 비벼서 가다듬었다. 에피아가 머리단장을 끝내자 바바는 딸을 다른 여자들 앞, 밀리센트와 아레쿠아 사이에 세웠고 에피아는 주목받지 않기 위해 최대한 몸을 움츠렸다.

오래지 않아 남자들이 들어왔다. 에피아는 아비쿠가 추장답게 튼튼하고 힘이 세 보여서 여자 열 명 정도는 머리 위로 번쩍 들 수 있을 것 같다고 생각했다. 그의 뒤로 백인 둘이 들어왔다. 에피아는 그들 중 하나가 말을 하거나 행동하기 전에 함께 온 사람을 흘끔거리는 모양새를 보고, 그 사람이 백인들의 추장이 분명하다고 생각했다. 그 백인 추장은 다른 백인들과 같은 옷을 입고 있었으나 코트 몸통과 어깨 위의 천 자락에 더 반짝거리는 금단추들이 달려 있었다. 진갈색 머리가 희끗희끗한 것이 아비쿠보다 나이가 들어 보였지만 지도자라면 응당 그래야 하듯 꼿꼿한 자세로 서 있었다.

「여자들입니다. 내 아내들과 자식들, 어머니들과 딸들.」 아비쿠가 말했다. 키가 더 작고 소심한 백인이 아비쿠가 말하는 동안 그를 주의 깊게 바라보다가 백인 추장에게 고개를 돌리고 그들의 이상한 언어로 이야기했다. 백인 추장은 고개를 끄덕이고 모두에게 미소를 보냈다. 그는 여자들을 한 사람씩 세심하게 보면서 서툰 판티어로 인사했다.

백인 추장의 〈안녕하세요〉가 에피아에게 이르렀을 때, 에피아는 킥킥 웃음이 터지는 걸 참을 수 없었다. 다른 여자들이 조용히 하라는 신호를 보냈고, 에피아의 얼굴은 민망함에 뜨겁게 달아오르기 시작했다.

「아직 배우는 중이오.」 백인 추장이 에피아를 바라보며 말했다. 에피아의 귀에 그의 판티어는 소음으로 들렸다. 그는 족히 몇 분 동안 그녀와 시선을 맞추었고, 그의 눈빛이 음탕하게 변해 가자 에피아는 얼굴이 더 심하게 달아오르는 걸 느꼈다. 진 갈색 동그라미를 이룬 그의 홍채는 걸음마를 시작한 아기들이 빠져 죽을 수도 있는 커다란 항아리처럼 보였고, 그는 그 빠져 들게 하는 눈에 그녀를 가두고 싶다는 듯 응시했다. 그의 얼굴이 빠르게 물들어 갔다. 그가 다른 백인에게 고개를 돌리고 무슨 말인가를 했다.

「아니, 그녀는 내 아내가 아닙니다.」 그 백인의 통역을 들은 아비쿠가 말했다. 굳이 화를 숨기지 않는 목소리였다. 에피아는 아비쿠를 수치스럽게 한 것이, 그가 자신을 아내라고 말하지 못하는 것이 당혹스러워서 고개를 떨구었다. 그가 자신을 〈아름다운 에피아〉라고 부르지 않은 것도 당혹스러웠다. 에피아는 바바와의 약속을 깨고 여자가 되었음을 선언하고 싶은 마음이 너무도 간절했지만 말을 꺼낼 사이도 없이 남자들은 가 버렸고, 에피아의 초조함은 백인 추장이 어깨 너머로 돌아보며 미소를 보내자 점차 사그라져 갔다.

그의 이름은 제임스 콜린스였고, 새로 임명된 케이프코스트 성의 총독이었다. 그로부터 일주일도 안 되어 그는 바바에게 에피아를 신부로 맞이하게 해달라고 청하러 마을에 다시 왔다. 그 청혼에 대한 코비의 분노가 뜨거운 김처럼 모든 방을 채웠다.

「에피아는 아비쿠와 약혼한 거나 마찬가지야!」 바바가 그 청혼을 고려하고 있다고 말하자 코비가 바바에게 소리쳤다.

「그래요, 하지만 아비쿠는 초경이 있기 전에는 에피아와 결혼할 수 없고 우리는 벌써 몇 년을 기다렸어요. 에피아가 그 불에 저주받은 거예요. 영원히 여자가 되지 못하는 악마가 붙었다고요. 생각해 봐요. 무슨 사람이 그렇게 아름다우면서도 손을 댈 수가 없어요? 여자의 징표들은 다 나타났는데 아직도 소식이 없잖아요. 그래도 백인은 에피아와 결혼할 거예요. 그 사람은 에피아의 정체를 모르니까.」

에피아는 그날 백인이 찾아왔을 때, 그가 어머니와 나누는 이야기를 들었다. 그는 바바에게 신붓값으로 30파운드를 선불로 주고 매달 25실링 상당의 교환 가능한 상품을 주겠다고 했다. 아비쿠가 제시할 수 있는 액수보다 많았다. 이 마을이나 옆 마을의 그 어느 판티 여자도 그보다 큰 신붓값을 받은 적은 없었다.

에피아는 아버지가 밤새 서성이는 소리를 들었다. 심지어 이튿날 잠에서 깨었을 때도 아버지의 발이 한결같은 리듬으로 단단한 점토 바닥을 밟는 소리가 들렸다.

「아비쿠가 자신의 생각이었다고 여기게 만들어야 해.」 마침내 아버지가 말했다.

그리하여 추장이 그들의 컴파운드로 불려 왔다. 바바가 가족의 재산에 커다란 손실을 끼친 불이 딸도 망쳐 놓았다는 이론을 펼치는 동안, 아비쿠는 코비 옆에 앉아 있었다.

「에피아는 여자의 몸을 가졌지만 영혼에 사악한 것이 숨어 있어요.」 바바는 그러면서 땅에 침을 뱉어서 자신의 말을 강조했다. 「만일 추장님이 에피아와 결혼한다면 에피아는 추장님 자식을 낳지 못할 거예요. 만일 그 백인이 에피아와 결혼한다면 그는 이 마을에 애정을 갖게 될 거고 그 덕에 추장님의 무역은 번창할 거예요.」

아비쿠는 턱수염을 비비며 곰곰이 생각했다. 「아름다운 에피아를 데려오시오.」 이윽고 그가 말했다. 코비의 둘째 아내가 에피아를 방으로 데리고 들어왔다. 에피아는 떨고 있었고 배가 너무 아파서 사람들 앞에서 배설해 버릴지도 모른다고 생각했다.

아비쿠는 일어나서 그녀를 마주보았다. 그는 손으로 그녀의 얼굴 풍경 전체를, 뺨의 언덕과 콧구멍의 동굴을 어루만졌다. 「이보다 아름다운 여자는 태어난 적이 없어.」 마침내 그가 말했다. 그는 바바에게로 고개를 돌렸다. 「하지만 부인 말이 옳아요. 그 백인이 에피아를 원한다면 가지라고 해요. 그들과의 사업에 도움이 될 테니. 우리 마을을 위해서도 좋은 일이고.」

거구의 건장한 사나이 코비가 엉엉 울기 시작했지만 바바는 당당했다. 아비쿠가 돌아간 뒤 그녀는 에피아에게 금가루를 입힌 듯 아른아른 빛나는 검은 돌 펜던트를 건넸다.

그녀는 그걸 에피아의 손에 슬며시 밀어 넣고는 입술이 에피아의 귀에 닿도록 몸을 기울여서 말했다. 「떠날 때 이걸 가지고 가라. 네 어머니의 일부니까.」

이윽고 바바가 물러날 때 에피아는 그녀의 미소 뒤에 안도감 같은 것이 춤추는 것을 볼 수 있었다.

*

에피아는 딱 한 번 바바와 함께 위험을 무릅쓰고 마을에서 벗어나 도시로 가면서 케이프코스트 성을 지나간 적은 있었지만, 성 안에 들어간 것은 결혼식 날이 처음이었다. 예배당은

1층에 있었다. 그녀와 제임스 콜린스의 결혼식을 집전한 목사는 에피아에게 그녀가 이해하지 못하는 언어로 그녀의 뜻이 아닌 말들을 따라 하라고 했다. 춤도, 잔치도, 화려한 색깔들도, 기름 바른 머리도, 쪼그라든 젖가슴을 내놓은 채 동전을 던지고 손수건을 흔드는 노파들도 없었다. 에피아의 가족들조차 오지 않았다. 바바가 가족 모두에게 에피아가 불길한 징조라고 믿게 한 후부터 아무도 그녀와 얽히고 싶어 하지 않았던 것이다. 에피아가 성으로 떠나던 날 아침, 불이 난 밤에 예감한 가문의 붕괴와 파멸의 전조가 여기에서, 자신의 딸과 백인에게서 시작될 것임을 아는 코비는 딸의 정수리에 입을 맞추고 손을 흔들어 작별을 고했다.

제임스는 에피아를 편안하게 해주기 위해 자신이 할 수 있는 일을 다 했다. 에피아는 그가 얼마나 애쓰는지 알 수 있었다. 그는 통역사에게 판티어를 더 많이 배워서 그녀가 얼마나 아름다운지, 자신이 얼마나 정성껏 그녀를 보살필 것인지 말할 수 있게 되었다. 그는 아비쿠처럼 그녀를 〈아름다운 에피아〉라고 불렀다.

결혼식이 끝난 뒤 제임스는 에피아에게 성을 구경시켜 줬다. 북쪽 벽 1층에 방들과 창고들이 있었다. 가운데에는 연병장, 군인들 숙소, 위병소가 있었다. 성에는 가축우리, 연못, 병원도 있었다. 목공소, 대장간, 취사장도 있었다. 성 자체가 하나의 마을이었다. 에피아는 제임스와 함께 성 안을 둘러보며 경외감에 차서 아버지의 피부색 같은 나무로 만든 고급 가구와 키스처럼 매끄러운 비단 벽걸이들을 손으로 쓸어 보았다.

에피아는 모든 것의 냄새를 맡았다. 이윽고 그녀는 거대한 검은 대포알들을 품고 바다를 향해 있는 포대 앞에 멈췄다. 그녀는 제임스가 자신의 전용 층으로 인도하기 전에 휴식을 취하고 싶어서 잠시 그 대포알들 중 하나에 머리를 댔다. 그러자 땅바닥의 작은 구멍들에서 올라온 약한 바람이 발을 때리는 게 느껴졌다.

「밑에 뭐가 있어요?」 그녀가 제임스에게 물었고, 엉터리 판티어로 돌아온 대답은 〈화물〉이었다.

다음 순간, 희미한 울음소리가 바람에 실려 올라왔다. 너무 희미한 소리라 에피아는 몸을 낮추고 격자에 귀를 댈 때까지 환청일 거라고 생각했다. 「제임스, 저 밑에 사람들이 있어요?」 그녀가 물었다.

제임스가 급히 다가왔다. 그는 에피아를 잡아채듯 일으켜 세운 다음 어깨를 움켜잡고 눈을 똑바로 들여다보며 침착하게 말했다. 「그래.」 그가 완전하게 익힌 단 하나의 판티어였다.

에피아는 그에게서 몸을 뺐다. 그녀는 제임스의 날카로운 시선을 맞받았다. 「어떻게 사람들이 저 밑에서 울고 있게 할 수 있어요, 응? 당신네 백인들. 우리 아버지가 당신들을 조심하라고 했어요. 집에 데려다줘요. 지금 당장 집에 데려다줘요!」

에피아는 제임스의 손이 그녀의 입을 틀어막고 그녀의 말들을 도로 밀어 넣기라도 할 것처럼 입술을 누를 때까지 자신이 소리를 질러 대고 있었다는 것을 깨닫지 못했다. 그는 에피아가 진정될 때까지 한참이나 그렇게 하고 있었다. 에피아는 제임스가 자신의 말을 이해했는지는 알 수 없었지만, 그의 손이 자신의 입술을 살짝 누르는 데서 그가 고통을 줄 수 있는 사람이고 자신이 그의 비열함 저편이 아닌 이편에 있음을 감사해야 한다는 것을 깨달았다.

「집에 가고 싶어?」 제임스가 물었다. 그의 판티어는 불명확하면서도 단호했다. 「네 집도 나을 게 없어.」

에피아는 입을 막은 그의 손을 떼어 내고 한참 더 그를 쳐다보았다. 그녀가 떠나는 모습을 보며 기뻐하던 어머니의 모습이 떠오르자 제임스의 말이 옳음을 알 수 있었다. 그녀는 집에 갈 수 없었다. 그녀는 보일 듯 말 듯 고개를 끄덕였다.

제임스는 에피아를 데리고 서둘러 계단을 올라갔다. 맨 꼭대기 층에 그의 숙소가 있었다. 에피아는 창문을 통해 바로 바다를 볼 수 있었다. 젖은 푸른 눈을 연상시키는 대서양에 검은 먼지 같은 화물선들이 까마득히 멀리 떠 있어서 그 배들이 성에서 실제로 얼마나 멀리 갔는지 알기가 어려웠다. 어떤 배들은 사흘쯤, 또 어떤 배들은 겨우 한 시간 남짓 간 것 같았다.

마침내 제임스와 함께 방에 도착한 에피아는 그런 배 하나를 바라보았다. 깜박거리는 노란빛이 수면 위 배의 존재를 알려 주었는데, 에피아는 속을 파낸 코코넛 껍데기처럼 길쭉하고 굴곡진 배의 실루엣만 겨우 알아볼 수 있었다. 그녀는 그 배에 무엇이 실렸으며 지금 들어오는 것인지 나가는 것인지 제임스에게 묻고 싶었지만 그의 판티어를 알아듣기 위해 애쓰는 것에 지쳐 있었다.

제임스가 그녀에게 무슨 말인가를 했다. 그는 말하면서 미소를 지었다. 화해의 선물이었다. 제임스의 입꼬리가 거의 알아차릴 수 없을 정도로 미세하게 씰룩거렸다. 에피아는 고개를 저으며 무슨 말인지 못 알아들었다는 뜻을 전하려고 애썼다. 이윽고 그가 방 왼쪽 구석에 놓인 침대를 가리켰다. 에피아는 침대에 앉았다. 그녀는 아침에 성으로 떠나기 전, 바바에게 첫날밤을 어떻게 치러야 하는지 설명을 들었지만 제임스에게는 아무도 설명해 주지 않은 듯했다. 에피아에게 다가올 때 그는 손을 떨었다. 이마에 땀이 솟는 것도 보였다. 에피아의 몸을 눕힌 것은 그녀 자신이었다. 치마를 들어 올린 것도 그녀였다.

그렇게 몇 주가 흐르자 가족을 그리워하며 솟던 아픔이 마침내 일상의 안락함 속에서 누그러지기 시작했다. 에피아는 제임스의 무엇이 자신의 마음을 달래 주는지 알지 못했다. 어쩌면 그가 에피아의 질문에 항상 대답해 주었기 때문일 수도 있었고 그가 보이는 애정 때문일 수도 있었다. 어쩌면 그곳에 제임스의 다른 부인들이 없어서 그의 모든 밤이 에피아의 것이기 때문일 수도 있었다. 제임스가 맨 처음 선물을 줬을 때 그녀는 울음을 터뜨렸다. 그는 바바가 에피아에게 준 검은 돌 펜던트를 가져다가 끈에 매달아 그녀가 목에 걸고 다닐 수 있게 만들어 주었다. 그 돌을 만지는 것이 에피아에게는 늘 커다란 위안이었다.

에피아는 제임스를 좋아해서는 안 된다는 것을 알았다. 딸이 백인의 판티족 아내가 되는 것보다 더 잘되기를 간절히 바랐었다는 아버지의 말이 늘 마음속에서 메아리쳤다. 그녀는 자신이 진짜로 중요한 사람이 되기 직전까지 갔었던 것도 기억했다. 평생 그녀를 때리고 주눅 들게 만든 바바 밑에서 자랐지만 에피아는 아름다움으로 저항했고, 그 조용하면서도 강력한 무기는 그녀를 추장의 발치까지 데려갔다. 하지만 결국 어머니가 이겼다. 바바는 그녀를 집뿐만 아니라 마을에서까지 쫓아냈고, 이제 에피아가 정기적으로 볼 수 있는 판티족이라고는 다른 군인들의 배우자들뿐이었다.

에피아는 영국인들이 배우자를 아내가 아닌 〈여자〉라고 부르는 것을 들었다. 〈아내〉는 대서양 건너편 백인 여자들에게만 해당되는 말이었다. 〈여자〉는 완전히 다른 것으로, 군인들이 그 자신은 셋으로 이루어져 있으면서 인간들에게는 오직 한 사람과의 결혼만을 허락하는 그들의 신에게 노여움을 사지 않기 위해 쓰는 말이었다.

「그녀는 어떤 사람이에요?」 어느 날, 에피아가 제임스에게 물었다. 그들은 언어 무역을 하고 있었다. 제임스가 성의 일을 감독하러 나가기 전 이른 아침에는 에피아에게 영어를 가르치고, 밤에 침대에 누워서는 에피아가 그에게 판티어를 가르쳤다. 이날 밤, 에피아는 밤이면 바바가 피피에게 불러주던 노래를, 구석에 누워 잠든 체하며 소외되는 것을 신경 쓰지 않는다는 듯이 늘 듣던 그 노래를 제임스에게 불러 주었고, 제임스는 손가락으로 에피아의 쇄골 굴곡을 더듬었다. 그녀에게 제임스는 서서히 남편 이상의 존재가 되어 갔다. 제임스가 그녀에게 제일 처음 가르쳐 달라고 한 말은 〈사랑〉이었고, 그는 날마다 그 말을 했다.

「이름은 앤이야.」 제임스가 손가락을 에피아의 쇄골에서 입술로 옮기며 말했다. 「오랫동안 못 봤어. 우린 10년 전에 결혼했지만 내가 떠나 있었던 기간이 너무 길었지. 난 그녀에 대해 거의 아는 게 없어.」

에피아는 제임스가 영국에 자식도 둘 있다는 것을 알았다. 에밀리는 다섯 살, 지미는 아홉 살이었고 그가 휴가를 받아 아내를 만나러 간 며칠 동안 생긴 아이들이었다. 에피아의 아버지는 자식이 스무 명이었다. 전 추장은 1백 명 가까이 되었다. 남자가 자식을 그렇게 적게 두고도 만족할 수 있다는 것은 에피아에게 도무지 이해할 수 없는 일이었다. 그녀는 두 아이들이 어떻게 생겼을지 궁금했다. 앤이 제임스에게 보내오는 편지들에 어떤 내용이 담겼는지도 궁금했다. 편지는 종잡을 수 없는 간격으로, 어떤 때는 넉 달 만에, 어떤 때는 한 달 만에 왔다. 제임스는 밤에 에피아가 잠든 체하고 누워 있을 때 책상에서 편지를 읽고는 했다. 에피아는 편지 내용을 알 수 없었지만, 제임스는 편지를 읽은 다음이면 항상 침대로 돌아와서 그녀와 최대한 멀리 떨어져 누웠다.

그를 멀어지게 하는 편지의 힘이 없는 지금, 제임스는 에피아의 왼쪽 가슴을 베고 있었다. 그가 말할 때 뜨거운 입김이 바람이 되어 그녀의 배를 타고 가랑이까지 내려왔다. 「너와 자식을 갖고 싶어.」 제임스의 말에 에피아는 움찔했다. 그녀는 그가 바라는 대로 자식을 낳아 주지 못할까 봐, 자신이 나쁜 어머니 밑에서 자랐기에 자신도 나쁜 어머니가 될까 봐 걱정스러웠다. 에피아는 딸이 마을 남자와 결혼하지 못하도록 여자가 된 것을 숨기도록 강요했던 바바의 계략을 이미 제임스에게 고백한 뒤였는데, 그때 제임스는 그녀의 슬픔을 웃어넘기며 이렇게 말했었다. 「나한테 잘된 일이군.」

그런데도 에피아는 어쩌면 바바의 말이 맞을지도 모른다는 생각이 들기 시작했다. 그녀는 결혼 첫날밤에 처녀성을 잃었지만 수개월이 지나도록 임신이 되지 않았다. 그 저주는 거짓말에 뿌리를 두었지만 어쩌면 진실의 열매를 맺을 수도 있었다. 마을 노인들이 저주받은 여자 이야기를 하고는 했다. 그 여자는 마을 북서쪽에 있는 야자수 아래에서 살았는데, 아무도 그녀의 이름을 부르지 않았다. 그녀를 살리기 위해 그녀의 어머니는 죽음을 맞이했다. 그녀는 열 번째 생일날 펄펄 끓는 기름솥을 한 오두막에서 다른 오두막으로 옮기게 되었다. 그때 그녀의 아버지는 땅바닥에서 낮잠을 자고 있었는데, 그녀는 아버지를 돌아서 가지 않고 넘어가려다가 그만 발을 헛디뎌 뜨거운 기름을 아버지의 얼굴에 쏟아 여생을 흉한 몰골로 살아가게 만들었다. 그 여생도 25일밖에 이어지지 못했다. 그녀는 집에서 쫓겨나 몇 년 동안 황금해안을 떠돌다가 열일곱 살에 기이하고 보기 드문 미인이 되어서 돌아왔다. 어릴 때부터 그녀를 알던 한 청년은 어쩌면 그녀가 더 이상 가는 데마다 죽음을 부르는 존재가 아닐지도 모른다는 생각으로 가난하고 가족도 없는 그녀에게 청혼했다. 그녀는 결혼한 지 한 달도 안 되어 임신했는데 아기를 낳고 보니 혼혈이었다. 푸른 눈에 흰 피부를 가진 아기는 나흘 만에 죽었다. 그녀는 아기가 죽던 날 밤에 남편의 집을 떠나 남은 평생 야자수 아래에서 살며 스스로 벌을 받았다.

에피아는 마을 노인들이 그 이야기를 아이들에게 한 것은 뜨거운 기름을 조심해야 한다는 교훈을 주기 위해서였을 뿐임을 알았지만, 이야기 끄트머리에 나오는 혼혈 아기에 대한 궁금증이 일었다. 희기도 하도 검기도 한 그 아기는 어떻게 그 여자를 야자수 숲으로 쫓아낼 만큼 강한 악일 수 있었을까.

아도와가 백인 군인과 결혼했을 때, 밀리센트와 그녀의 어머니가 마을에 들어왔을 때, 코비는 턱을 치켜들고 경멸감을 표시했다. 그는 남자와 여자의 결합은 두 집안의 결합이기도 하다고 입버릇처럼 말했다. 결혼이라는 행위에는 조상들이, 모든 역사가 따라오며 죄와 저주도 함께 온다. 자식은 그 결합의 구현이며 그 모든 것의 영향을 고스란히 받는다. 백인 남자는 어떤 죄들을 지녔을까? 바바는 에피아가 여자가 되지 못하는 저주를 받았다고 말했지만 더럽혀진 혈통을 예언한 사람은 코비였다. 에피아는 자신이 자궁과, 불의 자손들과 맞서 싸우고 있다고 생각하지 않을 수 없었다.

「빨리 그 사람 자식을 낳아 주지 않으면 그 사람은 널 집으로 돌려보낼 거야.」 아도와가 말했다. 그녀와 에피아는 마을에 살 때는 친구가 아니었지만 이곳에서는 가능하면 자주 만났는데, 자기 말을 알아듣는 사람 가까이에서 자기 지역 언어의 편안한 소리를 듣는 것이 좋았기 때문이었다. 아도와는 마을을 떠난 뒤 자식을 벌써 둘이나 두었다. 에피아가 아도와의 친정집에서 마지막으로 보았을 때 땀투성이 붉은 얼굴이었던 아도와의 남편 토드 필립스는 그때보다 더 뚱뚱해졌다.

「아이고, 나는 말이야, 여기 온 뒤로 토드가 계속 누워 있게 만들었어. 우리가 대화를 나누는 지금 이 순간에도 아마 난 임신 중일 거야.」

에피아는 몸서리를 쳤다. 「하지만 그는 배가 너무 커!」 그녀가 말하자 아도와는 먹던 땅콩이 목에 걸리도록 웃어 댔다.

「응, 하지만 배는 아기를 만들 때 사용하는 부분이 아니지. 내가 숲에서 캐온 뿌리를 좀 줄게. 그와 함께 누워 있을 때 침대 밑에 둬. 오늘 밤, 그가 방에 들어오면 넌 짐승처럼 변할 거야. 암사자. 수사자는 암사자와 짝짓기를 하는 그 순간이 자기를 위한 것이라고 생각하지만 사실은 암사자를 위한 것이지. 암사자의 새끼들, 암사자의 후손. 암사자는 수사자가 스스로를 숲의 왕이라고 생각하도록 만들지만 왕이 뭐가 중요해? 사실은 암사자가 왕이고 여왕이며 그 사이의 모든 것이지. 오늘 밤에 우리는 네가 미인이라는 타이틀에 부응하도록 만들 거야.」

그렇게 해서 아도와가 뿌리를 가져오게 된 것이다. 그것은 범상한 뿌리가 아니었다. 크고 소용돌이 모양이었으며, 한 가닥을 잡아당기면 다른 가닥이 그 자리를 메우는 듯했다. 에피아는 그 뿌리를 침대 밑에 두었는데, 뿌리가 증식이라도 하듯 다리가 자꾸만 생겨나서 마치 이상한 신종 거미처럼 침대를 등에 업고 걸어가 버릴 것 같았다.

「네 남편은 보면 안 돼.」 아도와가 말했다. 그들은 서로 밀고 당기며 밖을 엿보려고 하는 뿌리 가닥들을 안으로 밀어 넣었다.

그다음에 아도와가 에피아의 몸단장을 도와주었다. 그녀는 에피아의 머리를 땋아 매만져 주고, 몸에 기름을 발라 주고, 볼과 입술에 붉은 점토를 칠했다. 에피아는 그날 밤 제임스가 들어왔을 때 방에서 결실을 맺을 수 있는 흙과 비옥함의 냄새가 나도록 만들었다.

「이게 다 뭐야?」 제임스가 물었다. 그는 아직 제복 차림이었다. 에피아는 그의 옷깃이 늘어진 것을 보고 힘든 하루를 보냈음을 알았다. 에피아는 제임스가 코트와 셔츠 벗는 것을 도와주며 아도와에게 배운 대로 그에게 몸을 밀착했다. 그리고 그가 놀라움을 나타낼 사이도 없이 그의 양팔을 움켜쥐고 침대로 밀었다. 첫날밤 이후로 그가 이토록 소심하게, 그녀의 낯선 몸을, 그가 이야기해 준 아내의 몸매와 너무도 다른 그 풍만한 육체를 두려워했던 적은 없었다. 이제 흥분한 그가 그녀에게로 밀고 들어왔고 그녀는 눈을 꽉 감고서 혀로 입술 위에 원을 그렸다. 그는 거칠게 씨근덕거리며 더 강하게 밀어붙였다. 그녀는 그의 등을 할퀴었고, 그는 신음을 내질렀다. 그녀는 그의 귀를 물고 머리칼을 잡아당겼다. 그는 그녀를 뚫고 나갈 기세로 파고들었다. 그를 보려고 눈을 뜬 에피아는 그의 얼굴 가득 고통 같은 것이 새겨진 것을 목격했다. 그 행위의 추함이, 그들이 만들어 낸 땀과 피와 습기가 환히 드러났다. 그녀는 오늘 밤 자신이 한 마리 짐승이라면 그 또한 마찬가지임을 깨달았다.

행위가 끝난 뒤 에피아는 제임스의 어깨를 베고 누웠다.

「저게 뭐지?」 제임스가 고개를 돌리며 물었다. 그들의 격렬한 행위로 침대가 움직여 뿌리 세 가닥이 드러나 있었다.

「아무것도 아니에요.」 에피아가 말했다.

제임스가 벌떡 일어나 침대 밑을 들여다보았다. 「이게 뭐야, 에피아?」 그가 다시 물었다. 그는 그녀에게 이렇게 단호한 목소리를 낸 적이 없었다.

「아무것도 아니에요. 아도와가 준 뿌리예요. 임신되라고.」

그의 입술이 가늘어졌다. 「잘 들어, 에피아. 난 여기서 부두교나 흑마술 쓰는 거 원치 않아. 내가 내 여자에게 침대 밑에 이상한 뿌리를 두게 한다는 말이 부하들 귀에 들어가게 할 순 없어. 그건 기독교적이지 못하니까.」

에피아는 전에도 그가 그렇게 말하는 것을 들은 적이 있었다. 기독교적. 바로 그것 때문에 그들은 예배당에서 검은 옷 입은 엄격한 남자가 이끄는 결혼식을 올렸고 그 남자는 식을 진행하면서 그녀를 볼 때마다 고개를 저었다. 제임스는 전에도 〈부두교〉 이야기를 한 적이 있었고, 아프리카인들은 전부 부두교를 믿는다고 생각했다. 그녀가 거미 아난시의 우화나 마을 노인들에게서 들은 이야기들을 해주면 그는 경계심을 보였다. 그녀는 성에 살기 시작하면서 백인들만 〈흑마술〉 이야기를 한다는 것을 알게 되었다. 마술에 색깔이 있는 것처럼 말이다. 에피아는 목과 어깨에 뱀을 감고 다니는 떠돌이 마녀를 본 적이 있다. 그 마녀에게는 아들이 하나 있었다. 그녀는 여느 어머니처럼 밤이면 아들에게 자장가를 불러 주고, 아들의 손을 잡고 다니며, 배를 곯지 않게 했다. 그녀에게 사악한 면이라고는 없었다.

이것은 〈선〉이고 저것은 〈악〉이며, 이것은 〈희고〉 저것은 〈검다〉고 부르고 싶어 하는 욕구를 에피아는 도무지 이해할 수 없었다. 그녀의 마을에서는 모든 것이 모든 것이었다. 모든 것이 다른 모든 것의 무게를 견뎠다.

그다음 날 에피아는 아도와에게 제임스가 그 뿌리를 보았다고 말했다.

「좋지 않아. 그가 그걸 악이라고 불렀어?」 아도와가 물었다. 에피아가 고개를 끄덕이자 아도와는 혀를 세 번 차고 말을 이었다. 「토드였어도 똑같이 말했을 거야. 그 남자들은 니아메 신이 되어도 선과 악을 구분 못해. 에피아, 이제 효험이 없을 것 같아. 유감스럽다.」 하지만 에피아는 유감스럽지 않았다. 불임이라면 그렇게 사는 거지.

곧 제임스도 너무 바빠져 불임 걱정을 하지 않게 되었다. 네덜란드 장교들이 성을 방문하기로 해서 모든 일이 최대한 순조롭게 진행되어야 했던 것이다. 제임스는 부하들을 도와 수입 비품들을 정리하고 배들을 살펴보느라 에피아보다 훨씬 일찍 일어나고는 했다. 그래서 에피아는 성 주위 마을들을 돌아다니고 숲들을 배회하고 아도와와 수다를 떠는 시간이 점점 더 많아졌다.

네덜란드인들이 도착하는 날 오후에 에피아는 성 바로 밖에서 아도와와 함께 백인 여자들을 만났다. 그들은 나무 그늘 아래 멈춰 야자유 스튜와 얌을 먹었다. 그 자리에는 아도와, 샘 요크의 혼혈 여자 세라, 에코아가 있었는데 에코아는 이곳에 온 지 얼마 되지 않은 〈새 여자〉였다. 에코아는 키가 크고 호리호리했으며 마치 팔다리가 가느다란 나뭇가지들로 이루어진 듯, 바람이 불면 부러지거나 쓰러지기라도 할 것처럼 걸었다.

이날 에코아는 빈약한 야자수 그늘에 누워 있었다. 에피아는 전날 그녀가 머리 꼬는 것을 도와줬는데, 햇빛 속에서 보니 그녀의 머리에서 백만 마리쯤 되는 작은 뱀들이 솟아나는 것 같았다.

「내 남편은 내 이름을 제대로 발음하지 못해. 그래서 나를 에밀리라고 부르고 싶어 해.」에코아가 말했다.

「에밀리라고 부르고 싶으면 그렇게 하라고 해.」아도와가 말했다. 아도와는 넷 중에서 가장 먼저 결혼해서 늘 당당하고 자유롭게 자기 의견을 말했다. 아도와의 남편이 그녀의 발아래 엎드려 숭배하다시피 한다는 것을 모두가 알았다. 「네 남편이 번번이 우리 모국어를 난도질하는 걸 듣는 것보다 그게 낫지.」

세라는 흙에 양 팔꿈치를 박고 있었다. 「우리 아버지도 군인이었어. 아버지가 돌아가시자 어머니는 나를 데리고 마을로 돌아갔지. 나는 샘과 결혼하게 되었지만 그에게 내 이름은 신경쓸 거리가 아니었지. 그가 우리 아버지를 알았다는 거 알아?

내가 어렸을 때, 성에서 군인으로 함께 있었어.」

에피아는 고개를 저었다. 그녀는 배를 깔고 엎드려 있었다. 에피아는 판티어로 빠르게 말할 수 있는 이런 날들이 좋았다. 아무도 그녀에게 천천히 말하거나 영어로 말하라고 요구하지 않았다.

「내 남편은 죽어 가는 짐승 냄새 같은 악취가 나는 지하 감옥에서 올라와.」에코아가 조용히 말했다.

모두 시선을 돌렸다. 이제까지 아무도 지하 감옥을 언급한 적이 없었던 것이다.

「그이는 똥 냄새와 썩은 내를 풍기며 나한테 와. 유령들이 우글우글한 데 있다 와서 내가 그 유령들 중 하나인지 아닌지 모르겠다는 눈으로 나를 봐. 나는 그이에게 먼저 씻어야 나를 만질 수 있다고 말하지만 그이는 어떤 때는 그렇게 하고, 어떤 때는 유령에 홀리기라도 한 것처럼 나를 바닥에 자빠뜨리고 덤벼들어.」

에피아는 일어나 앉아서 한 손을 배에 댔다. 제임스는 침대 밑에서 뿌리를 발견한 이튿날 아내의 편지를 받았다. 그리고 그 이후로 두 사람은 잠자리를 하지 않았다.

바람이 더 세졌다. 에코아의 머리 위 뱀들이 이리저리 요동치고 나뭇가지 같은 팔이 들썩거렸다. 「밑에 사람들이 있어. 거기 우리처럼 보이는 여자들이 있고, 우리 남편들은 우리와 그 여자들의 차이를 알아야 해.」그녀가 말했다.

모두 침묵에 빠져들었다. 에코아는 나무에 기댔고, 에피아는 개미들이 그녀의 머리 가닥을 줄지어 넘어가는 것을 지켜보았다. 개미들에게는 그 머리 가닥이 그저 자연계의 일부일 터였다.

성에서의 첫날 이후로 제임스는 에피아에게 지하 감옥 노예들에 대한 이야기는 일절 하지 않았지만 짐승들 이야기는 자주 했다. 그게 아샨티족이 이곳에서 제일 많이 밀매하는 것이었다. 짐승. 원숭이와 침팬지, 심지어 표범까지 몇 마리 거래했다. 그리고 에피아가 어렸을 때 피피와 함께 잡으러 다녔던 왕관두루미와 앵무새. 에피아와 피피는 너무나 아름다운 깃털이 다른 새들과 구별되는 특이한 새 한 마리를 찾아 숲을 헤매고 다녔다. 그런 새를 한 마리라도 찾고 싶어서 몇 시간씩 쉬지 않고 돌아다녔지만 거의 허탕 쳤다.

성에서는 모든 짐승에 가치가 부여되었고, 에피아는 그런 새의 가치는 얼마나 될지 궁금했다. 그녀는 제임스가 아샨티족 거래인이 잡아온 왕관두루미를 보고 4파운드의 가치가 있다고 선언하는 것을 들은 적이 있었다. 인간 짐승은 어떨까? 그의 가치는 얼마일까? 물론 에피아는 지하 감옥에 사람들이 있다는 것을 알았다. 그녀와 다른 방언을 쓰는 사람들, 부족 간 전쟁에서 포로로 잡힌 사람들, 심지어 훔쳐 온 사람들도 있었다. 하지만 그녀는 그들이 거기서 어디로 가는지는 생각해 본 적이 없었다. 제임스가 그들을 볼 때마다 무슨 생각을 하는지도 생각해 본 적이 없었다. 혹시 그가 지하 감옥에 내려가서 그녀를 연상시키는, 그녀처럼 생기고 그녀 같은 냄새가 나는 여자들을 보았는지도. 그가 거기서 본 것을 머릿속에서 떨쳐 내지 못하고 그녀에게 오는지도.

에피아는 곧 임신했다는 사실을 알게 되었다. 때는 봄이었고, 성 밖 망고나무들에서 망고가 떨어지기 시작했다. 그녀의 배에서도 말랑말랑하고 살이 많은 열매가 봉긋 솟았다. 제임스는 그 소식을 듣고 기쁨을 주체하지 못하여 그녀를 번쩍 안아 들고 숙소 안을 돌아다니며 춤을 췄다. 그녀는 그의 등을 찰싹 때리며 애 떨어지기 전에 내려 달라고 말했고, 그는 그녀 말에 따른 뒤 몸을 숙여 거의 나오지 않은 배에 키스했다.

하지만 그들의 기쁨은 마을에서 온 소식 탓에 이내 가라앉았다. 코비가 병석에 누웠다는 것이었다. 병이 위중해서 에피아가 마을에 도착할 때까지 살아 있을지도 확실치 않다고 했다.

에피아는 마을에서 누가 편지를 보냈는지도 몰랐다. 수신인이 그녀의 남편으로 되어 있고 편지가 서툰 영어로 쓰였기 때문이었다. 그녀가 마을을 떠나고 2년이 지나도록 그녀의 가족에게서는 아무런 연락도 없었다. 에피아는 그게 바바 때문임을 알았고 누군가가 그녀에게 아버지의 병환을 알릴 생각을 했다는 것이 진실로 놀라웠다.

친정 나들이는 사흘 정도 걸렸다. 제임스는 임신한 에피아가 홀로 여행하기를 원치 않았지만 그렇다고 함께 갈 수 있는 상황도 아니어서 하녀를 딸려 보냈다. 마을에 도착해 보니 모든 것이 달라 보였다. 지붕 모양으로 우거진 나뭇가지들은 갈색과 초록색의 선명함을 잃어 칙칙해 보였다. 소리들도 달라진 듯했다. 예전에는 바스락거리던 모든 것이 정지해 있었다. 아비쿠가 마을을 너무도 번창하게 만들어서 이제 황금해안의 대표 노예 시장 중 하나로 영원히 이름을 알리게 될 터였다. 그는 에피아를 만날 시간은 없었지만 그녀가 컴파운드에 도착하는 즉시 받을 수 있도록 달콤한 야자주와 금을 보내 놓았다.

바바가 문간에 서 있었다. 에피아가 집을 떠났던 2년 동안 1백 년은 늙은 것 같았다. 우거지상은 얼굴 피부를 잡아당기는 수백 개의 잔주름들로 자리 잡았고, 손톱은 너무 길게 자라서 갈고리발톱처럼 구부러져 있었다. 그녀는 아무 말 없이 에피아를 아버지가 죽어 가는 방으로 안내했다.

코비를 쓰러뜨린 것이 무슨 병인지 아무도 알지 못했다. 약제사들, 주술사들, 심지어 성에 사는 기독교 목사까지 불려 와 의견을 내고 기도를 올렸지만 그 어떤 처방이나 약을 써도 죽음의 아가리는 코비를 뱉어 내지 않았다.

피피가 아버지 옆에 서서 이마 위의 땀을 조심스럽게 닦아 주고 있었다. 에피아는 갑자기 몸을 떨면서 울기 시작했다. 그녀는 아버지에게로 손을 뻗어 누렇게 뜬 살갗을 쓰다듬었다.

「말을 못하셔.」 피피가 그녀의 불룩한 배를 흘끗 보며 속삭였다. 「너무 쇠약해져서.」

에피아는 고개를 끄덕이며 계속 울었다.

피피가 땀에 젖은 천을 내려놓고 에피아의 손을 잡았다. 「누나, 내가 편지 보냈어. 어머니는 누나가 오는 걸 원치 않았지만 난 아버지가 아사만도[5]에 들어가시기 전에 누나를 만나 봐야 한다고 생각했어.」

코비는 눈을 감은 채 무슨 말인가를 낮게 웅얼거렸고 에피아는 영의 세계가 그를 정말로 부르고 있음을 알았다.

「고마워.」 에피아가 말하자 피피가 고개를 끄덕였다.

피피는 방에서 나가다가 오두막 문에 이르기 전에 돌아섰다. 「누나 친어머니가 아냐. 바바 말이야. 아버지는 누나를 하녀에

5 아칸족이 죽은 조상들의 영이 사는 세계라고 믿는 곳.

50

게서 얻었고, 그 하녀는 누나가 태어나던 날 불 속으로 도망쳤어. 누나가 목에 걸고 다니는 그 돌을 누나에게 남겨 준 사람이 그 여자야.」

피피는 밖으로 나갔다. 코비는 곧 숨을 거뒀고, 에피아는 계속 그의 손을 잡고 있었다. 마을 사람들은 코비가 죽기 전에 에피아를 만나기 위해 기다린 것이라고 말했지만, 에피아는 진실이 그렇게 단순하지 않음을 알았다. 불안이 그를 살아 있게 만들었고 이제 그 불안은 에피아의 몫이 되었다. 그 불안은 그녀의 삶, 그녀가 낳은 자식의 삶에 양식이 될 터였다.

에피아는 눈물을 닦은 뒤 컴파운드 밖 햇살 속으로 걸어 나갔다. 바바가 쓰러진 나무 그루터기에 앉아 있었다. 쥐 죽은 듯 조용히 그녀 옆에 선 피피의 두 손을 잡은 바바의 어깨가 네모나 보였다. 에피아는 바바에게 무슨 말이라도 하고 싶었다. 아버지가 바바에게 오랜 세월 지운 짐에 대해 사과라도 하고 싶었다. 그러나 그녀가 입을 열 사이도 없이 바바가 헛기침을 하더니 에피아의 발치에 침을 뱉으며 말했다. 「넌 아무것도 아니고 근본도 없어. 어미도 없고 이제 아비도 없어.」 그러고는 에피아의 배를 보며 히죽 웃었다. 「아무것도 아닌 데서 뭐가 자랄 수 있겠어?」

에시

냄새가 끔찍했다. 구석에서 한 여자가 어찌나 격렬하게 우는지 몸부림치다가 뼈라도 부러질 듯했다. 그들이 원하는 바였다. 아기는 똥을 쌌고, 엄마 아푸아는 젖이 나오지 않았다. 그녀는 알몸이었고, 몸에 걸친 거라고는 노예 상인들이 젖이 새면 닦으라고 준 작은 천 쪼가리뿐이었다. 하지만 그들의 계산에는 착오가 있었다. 엄마가 먹지 못하면 아기도 먹을 것이 없었다. 아기가 곧 울겠지만 그 소리는 진흙 벽에 흡수되고, 아기를 둘러싼 수백 명의 여자들이 우는 소리에 합쳐질 터였다.

에시는 케이프코스트 성 여자 지하 감옥에 2주 동안 있었다. 그리고 그곳에서 열다섯 번째 생일을 보냈다. 열네 번째 생일에는 아샨틀랜드 심장부에 있는 아버지 대인(大人, Big Man)의 컴파운드에 있었다. 아버지는 마을에서 가장 뛰어난 전사였기에 나날이 아름다워지는 그의 딸에게 모두들 경의를 표하러 찾아왔다. 콰시 은누로가 얌 60개를 가져왔다. 그 어떤 구혼자가 바친 얌보다 많았다. 에시는 해가 오래 높이 떠 있고, 야자수 수액을 채취하여 술을 담글 수 있으며, 날랜 아이들이 야자

수 몸통을 두 팔로 껴안고 꼭대기까지 타고 올라가 기다리던 열매를 따는 여름에 그와 결혼하게 되었을 터였다.

그녀는 성을 잊고 싶을 때면 그런 것들을 떠올렸지만 기쁨을 기대하지는 않았다. 회고하는 장소가 지옥이었기 때문에 아름다운 순간들은 마음의 눈을 스치고 지나가 완전히 쓸모없는, 쓸모없이 완전히 썩은 망고처럼 바닥에 떨어졌다.

군인 하나가 지하 감옥으로 들어오더니 말하기 시작했다. 그는 토하지 않으려고 코를 싸쥐었다. 여자들은 그의 말을 알아듣지 못했다. 그의 목소리는 화난 것 같지는 않았지만 여자들은 그 제복, 그 코코넛 속살 색깔 피부가 보이면 피해야 한다는 것을 알았다.

군인이 반복해서 말했다. 그는 소리가 커지면 의미를 이해하는 데 도움이라도 될 것처럼 더욱 목청을 높였다. 그는 화가 나서 과감히 안으로 더 들어왔다. 그러다 똥을 밟고 욕지거리를 했다. 그가 아푸아의 품에서 아기를 빼앗았고, 아푸아는 울기 시작했다. 그가 손바닥으로 철썩 소리가 나게 때리자 그녀는 울음을 그쳤다. 학습된 반사작용이었다.

탄시는 에시 옆에 앉아 있었다. 둘은 성으로의 여정을 함께한 사이였다. 이제 계속해서 걷거나 소리 죽여 속삭일 필요가 없었기 때문에 에시는 여행 친구를 알아 갈 시간을 갖게 되었다. 탄시는 이제 막 열여섯 살이 된 억척스럽고 못생긴 여자였다. 그녀는 땅딸막하고 뼈대가 튼튼했다. 에시는 그녀와 더 오래 함께 지내기를 바라면서도 감히 바라지 못했다.

「아기를 어디로 데려간 걸까?」 에시가 물었다.

탄시는 점토 바닥에 침을 뱉고 손가락으로 휘저어 연고를 만들었다. 「죽일 거야. 확실해.」 그녀가 말했다. 아기는 아푸아가 결혼식을 올리기 전에 잉태되었다. 그 벌로 마을 추장이 그녀를 노예 상인들에게 팔았다. 아푸아가 처음 지하 감옥에 들어와서 뭔가 착오가 있었던 거라고, 부모님이 신붓값을 돌려주고 자신을 데려갈 거라고 아직 확신하던 때 에시에게 해준 이야기였다.

탄시의 말을 들은 아푸아가 다시 울기 시작했으나 아무도 듣지 않는 듯했다. 그들에게 눈물은 일상이었다. 눈물은 그들 모두를 찾아왔다. 눈물은 그들 아래의 땅이 진흙으로 변할 때까지 떨어졌다. 에시는 밤에 그들이 함께 울면 진흙이 강을 이루어 모두 대서양으로 쓸려 내려갈 수 있을 거라고 꿈꿨다.

「탄시, 이야기 하나만 해줘, 제발.」 에시가 애원했다. 하지만 그들의 대화는 다시 중단되었다. 군인들이 에시가 갇혀 있었던 판티 마을에서 준 그 걸쭉한 죽을 들고 들어왔다. 에시는 그것을 토하지 않고 먹는 법을 배웠다. 죽은 그들이 받는 유일한 음식이었고 그들의 배는 차 있는 날보다 비어 있는 날이 많았다. 죽은 그녀를 그냥 스치고 지나가는 듯했다. 참을 수 없는 냄새를 풍기는 배설물이 바닥에 널려 있었다.

「아! 자매여, 넌 이야기를 듣기엔 너무 나이가 많아.」 군인들이 나가자 탄시가 말했다. 하지만 에시는 그녀가 곧 굴복할 것임을 알았다. 탄시는 자기 목소리를 좋아했다. 그녀는 에시의 머리를 끌어다가 무릎에 뉘고 흙으로 떡이 진 머리 가닥들을 잡아당기며 장난을 쳤는데, 머리 가닥들이 너무 바삭해서 나무의 잔가지처럼 부러질 것만 같았다.

「켄테[6]에 얽힌 이야기 알아?」 탄시가 물었다. 에시는 그 이

6 손으로 짠 화려한 색깔의 가나 전통 천.

야기를 이미 수없이 들었고 탄시에게도 두 번이나 들었지만 고개를 저었다. 그 이야기를 들은 적이 있느냐고 묻는 것도 이야기의 일부였다.

탄시가 이야기를 시작했다. 「어느 날, 아샨티족 남자 둘이 숲에 갔어. 그들은 길쌈꾼들이었는데 고기를 얻으려고 사냥을 나간 거였지. 그들은 덫을 걸으러 숲에 갔다가 장난꾸러기 거미 아난시를 만났어. 아난시는 아주 멋진 거미줄을 치고 있었지. 그들은 그 모습을 유심히 보고는 거미줄이 독창적이고 아름다우며, 거미의 기술이 완벽하다는 사실을 깨달았어. 그들은 집으로 돌아가서 아난시가 거미줄을 치는 방식으로 옷감을 짜기로 결심했어. 그렇게 해서 켄테가 탄생한 거지.」

「넌 훌륭한 이야기꾼이야.」 에시가 말했다. 탄시는 웃으며 자신이 만든 연고를 무릎과 팔꿈치의 갈라진 곳에 발랐다. 그녀가 가장 최근에 해준 이야기는 남편이 싸우러 나간 사이에 잠자리에서 끌려 나와 북쪽 사람들의 포로가 된 그 자신의 사연이었다. 다른 여자들 몇 명과 함께 붙잡혔는데 나머지 여자들은 살아남지 못했다고 했다.

아침에 아푸아는 죽어 있었다. 피부가 자주색과 푸른색이었다. 에시는 니아메 신이 와서 데려갈 때까지 그녀가 숨을 참았다는 것을 알 수 있었다. 이런 짓을 저지른 그들은 모두 벌을 받을 것이다. 군인들이 들어왔다. 에시는 이제 더 이상 시간을 알 수가 없었다. 지하 감옥의 진흙 벽이 모든 시간을 똑같게 만들었다. 햇볕이 전혀 들지 않았다. 어둠이 낮과 밤 그리고 그 사이의 모든 것이었다. 가끔은 여자 지하 감옥에 몸들을 너무 많이 채워서 모두 배를 깔고 눕게 한 뒤 그 위에 사람을 쌓기도 했다.

그날도 그런 날이었다. 에시는 군인의 발에 차여 바닥에 엎어졌는데, 목 아래쪽을 차인 바람에 고개도 돌리지 못하고 숨을 쉴 때마다 바닥의 먼지와 배설물 냄새를 들이마셔야 했다. 새 여자들이 들어왔고, 군인들은 그들 중 너무 우는 몇몇을 때려서 기절시켰다. 그 여자들은 다른 여자들 위에 쌓였다. 그들의 몸은 무거운 짐짝이었다. 군인에게 맞았다가 깨어난 여자들은 더 이상 울지 않았다. 에시는 위에 있는 여자가 오줌 싸는 것을 느꼈다. 오줌이 그들의 다리 사이로 흘렀다.

에시는 자신의 삶을 성 이전과 이후로 나누게 되었다. 성 이전에 그녀는 대인과 그의 셋째 아내 마메의 딸이었다. 이제 그녀는 티끌이었다. 성 이전에 그녀는 마을에서 제일 예쁜 소녀였다. 이제 그녀는 허공이었다.

에시는 아샨티국 심장부에 있는 작은 마을에서 태어났다. 대인은 장장 나흘 밤이나 바깥나들이 잔치[7]를 열었다. 염소 다섯 마리를 잡아서 억센 가죽이 부드러워질 때까지 삶았다. 의식이 진행되는 내내 마메는 울거나 니아메 신에게 기도를 올리며 아기 에시를 품에서 내려놓으려 하지 않았다는 소문이 돌았다. 「무슨 일이 생길지 모르니까.」 그녀는 그 말을 되풀이했다고 했다.

당시 대인은 그냥 콰메 아사레로 알려져 있었다. 그는 추장은 아니었지만 아샨티국 역사상 가장 뛰어난 전사로 스물다섯 살의 나이에 이미 다섯 명의 아내에게서 열 명의 자식을 얻어 추장에 버금가는 존경을 받고 있었다. 마을 사람들 모두 그의

7 가나에서 아기가 태어난 뒤 7일이 지나면 처음 바깥으로 데리고 나와 친지들에게 선보이는 의식.

씨가 강하다는 것을 알았다. 그의 아들들은 이제 겨우 걸음마를 하거나 어린아이에 불과했지만 벌써부터 거친 씨름꾼들이었고 딸들은 모두 미녀였다.

에시는 더없이 행복하게 자랐다. 에시가 응석받이가 되기 직전의 아직은 사랑스러운 상태라 마을 사람들은 그녀를 〈익은 망고〉라고 불렀다. 에시의 부모님은 그녀가 원하는 건 무엇이든 들어주었다. 강한 전사인 아버지조차 딸이 잠을 이루지 못하는 밤이면 그녀를 데리고 마을을 돌아다녔다고 했다. 에시는 두꺼운 나뭇가지 같은 아버지의 손가락 끝을 잡고 각 컴파운드를 이루는 오두막들을 아장아장 지나갔다. 그녀의 마을은 작았지만 꾸준히 커가고 있었다. 산책을 시작한 첫해에는 마을과 다른 아샨틀랜드 사이를 가로막은 숲가에 이르는 데 20분밖에 안 걸렸지만, 숲이 점점 뒤로 밀려나면서 다섯 번째 해쯤에는 한 시간 가까이 걸렸다. 에시는 아버지와 함께 숲까지 걸어가기를 좋아했다. 숲이 굉장히 울창해서 적들이 도저히 뚫을 수 없는 창과도 같다는 아버지의 이야기를 그녀는 넋 놓고 들었다. 아버지는 자신과 다른 전사들이 그 숲을 자기 손금보다 더 잘 안다고 말하고는 했다. 잘된 일이었다. 손금을 따라가면 어디에도 이르지 못하지만 숲은 전사들을 다른 마을들로 인도하여 그 마을들을 정복하고 힘을 기르게 해주니까.

「에시, 너도 나중에 크면 맨손으로 나무 타는 법을 배울 거다.」 어느 날, 마을로 돌아가는 길에 아버지가 말했다.

에시는 위를 올려다보았다. 나무 꼭대기들이 하늘을 스치는 듯했다. 에시는 나뭇잎들이 왜 푸른색이 아닌 초록색인지 궁금했다.

에시가 일곱 살 때, 그녀의 아버지는 전쟁에서 승리하면서 대인이라는 이름을 얻게 되었다. 그들의 바로 북쪽 마을 전사들이 황금과 여자들이라는 빛나는 전리품을 갖고 귀환했다는 소문이 돌았다. 그들은 심지어 영국인들의 창고까지 습격하여 화약과 머스킷 총까지 챙겼다고 했다. 에시의 마을 지도자인 은누로 추장이 건강한 남자들을 모두 불러 모아 회의를 열었다.

「그 소식 들었나?」 추장이 묻자 남자들은 끙 소리를 내며 그들이 가지고 다니는 막대기로 단단한 땅을 내리쳤다. 추장이 외쳤다. 「북쪽 마을 놈들이 왕처럼 돌아다니고 있다. 아샨티족 전체가 이렇게 말하게 될 것이다. 북부 사람들이 영국인들의 총을 훔쳤다. 그들이 황금해안에서 가장 센 전사들이다.」 남자들이 발을 구르며 고개를 저었다. 「우리가 그걸 용납할 수 있나?」 추장이 물었다.

「아니오!」 남자들이 외쳤다.

그들 중 가장 현명한 콰쿠 아게이가 남자들의 외침을 중단시키고 말했다. 「들어 보시오! 북쪽 사람들과 싸우러 갈 수도 있겠지만 우리가 뭘 가졌습니까? 총도, 화약도 없어요. 그리고 우리가 얻을 건 뭡니까? 많은 사람이 북쪽의 적들을 찬양하겠지만 우리 역시 여전히 찬양받지 않겠습니까? 우리는 수십 년 동안 가장 강한 마을이었습니다. 그동안 아무도 숲을 뚫고 들어와 우리에게 싸움을 걸 수 없었어요.」

「그럼 북쪽 뱀들이 우리 땅으로 기어 들어와 우리 여자들을 훔쳐 갈 때까지 기다리라는 겁니까?」 에시의 아버지가 물었다. 두 남자는 그 방에서 서로 반대쪽에 서 있었고, 그 사이에 선 다른 모든 남자가 지혜와 힘이라는 두 개의 자질 중 무엇이 이

길지 보려고 이쪽저쪽으로 고개를 돌렸다.

「내 말은, 너무 서두르지 말자는 거요. 그러다 보면 약해 보일 수 있으니까.」

「하지만 누가 약합니까?」 에시의 아버지가 물었다. 그는 나나 아다에를, 그다음에는 코조 니야르코를, 그다음에는 콰베나 지마를 가리켰다. 「우리 중에 누가 약한가요? 당신? 아니면 당신?」

한 사람씩 고개를 저었고, 곧 모두가 온몸을 흔들며 마을 전체에 구호가 울려 퍼지도록 외쳤다. 에시는 컴파운드에 서서 어머니가 플랜틴 바나나 튀기는 것을 돕다가 그 소리를 듣고 바나나 두 조각을 너무 빨리 기름에 떨어뜨리고 말았다. 그 바람에 어머니의 다리에 기름이 튀었다.

「아얏!」 어머니가 비명을 내지르며 기름을 손으로 닦아 내고 화상 입은 곳을 호호 불었다. 「이 바보야! 불 가까이에서 조심하는 법을 언제나 되어야 배울래?」 마메가 물었다. 에시는 어머니에게 이런 잔소리를 이미 숱하게 들었다. 마메는 불을 두려워했다. 「불을 조심해라. 불을 쓸 때와 춥게 있을 때를 알아야 해.」 그녀가 자주 하는 말이었다.

「사고였어요.」 에시가 쏘아붙였다. 그녀는 밖에 나가서 전사들의 회의 내용을 더 알아내고 싶었다. 그러나 어머니가 손으로 그녀의 귀를 잡아당겼다.

「누구한테 그런 말버릇이야?」 어머니가 쉿쉿거리는 소리로 말했다. 「행동하기 전에 먼저 생각을 해. 말하기 전에 생각부터 해.」

에시가 잘못을 빌었다. 딸에게 몇 초 이상 화를 낸 적이 없는 어머니는 남자들의 함성이 점점 더 커지는 동안 딸의 정수리에 입을 맞췄다.

마을 사람들 모두가 그 이야기를 알았다. 에시는 한 달 동안 밤마다 아버지에게 그 이야기를 해달라고 졸랐다. 그녀는 아버지 무릎을 베고 누워 구호를 외친 날 저녁에 남자들이 북쪽 마을을 향해 몰래 떠난 이야기를 들었다. 그들의 계획은 간단했다. 마을을 기습하여 북쪽 사람들이 훔쳐 온 것을 다 훔치는 것이었다. 에시의 아버지는 무리를 이끌고 숲을 통과하여 새 전리품들을 지키던 그쪽 전사들을 발견한 이야기를 들려주었다. 에시의 아버지와 전사들은 나무에 몸을 숨겼다. 그들의 발은 숲 바닥의 나뭇잎처럼 가볍게 움직였다. 그들은 북쪽 마을 전사들과 마주치자 용감하게 싸웠지만 소용이 없었다. 에시의 아버지와 많은 전사들이 포로로 잡혀서 포로수용소로 개조된 오두막들에 갇혔다.

선견지명을 지닌 콰쿠 아게이와 그의 몇몇 추종자들은 열성적인 전사들이 마을로 돌격한 뒤에도 숲에서 기다리고 있었다. 그들은 북쪽 사람들이 숨겨 둔 총들을 찾아내 빠르고 조용하게 장전한 뒤 동지들이 포로로 잡힌 곳으로 이동했다. 콰쿠 아게이와 그의 추종자들은 소수에 불과했지만, 그들 뒤에서 기다리는 많은 적들에 대한 이야기를 전해 듣고서 북쪽 전사들을 물리칠 수 있었다. 콰쿠 아게이가 이번 임무에서 실패하면 이 세상이 끝날 때까지 밤마다 습격당할 거라고 말했던 것이다. 「서쪽 사람들이 아니면 백인들이 쳐들어올 것이다.」 그가 논리적으로 설명했다. 그의 벌어진 앞니 사이로 어둠이 번득였다.

북쪽 사람들은 항복할 수밖에 없다고 느꼈다. 에시의 아버지와 전사들은 풀려나서 훔친 총 다섯 자루를 가지고 나왔다. 그들은 침묵 속에서 마을로 돌아왔고, 에시의 아버지는 수치심에 사로잡혔다. 마을 가장자리에 닿았을 때, 그는 콰쿠 아게이를 불러 세운 뒤 그의 앞에 무릎을 꿇고 고개를 숙였다. 「형제여, 미안합니다. 다시는 이성적으로 해결할 수 있을 때 무모하게 싸움에 뛰어들지 않겠습니다.」

「자신의 실수를 인정하는 건 대인만이 할 수 있는 일이지.」 콰쿠 아게이가 말했다. 모두들 다시 마을로 걸음을 옮겼다. 잘못을 깊이 뉘우치고 대인이라는 새 이름을 얻은 에시의 아버지가 앞장섰다.

그것이 에시에게 돌아온, 그녀가 성장하면서 알게 된 대인이었다. 그는 좀처럼 화를 내지 않았고 합리적이었으며, 동시에 마을에서 가장 강하고 용감한 전사였다. 에시가 열두 살이 되었을 때쯤 그들의 작은 마을은 대인의 지휘 아래 전쟁에서 쉰 다섯 번 이상 이겼다. 전사들은 커다란 황갈색 자루에 담긴 반짝이는 금과 알록달록한 피륙, 철제 우리에 갇힌 포로들 같은 전리품을 가지고 전쟁에서 돌아왔다.

에시는 그중에서도 포로들에게 마음이 끌렸다. 포로들을 잡아 올 때마다 마을 광장 한가운데에 전시해 놓았기 때문에 누구든 그곳을 지나가며 포로들을 볼 수 있었다. 포로들은 대부분 젊고 씩씩한 전사들이었지만 가끔 여자들과 그 자식들도 있었다. 포로들 가운데 일부는 마을 사람들이 집에 데려가 하인이나 요리사, 청소부로 썼지만 곧 수가 너무 많아져서 넘치는 인원을 처리해야만 했다.

「엄마, 포로들은 여기서 떠나면 모두 어떻게 돼요?」 어느 오후에 마메와 함께 광장을 지나던 에시가 물었다. 그들은 저녁에 잡아먹을 염소를 밧줄에 묶어 끌고 가고 있었다.

「에시, 그건 남자들이 할 이야기야. 넌 그런 생각할 필요 없어.」어머니가 시선을 돌리며 대답했다.

에시가 기억하는 한, 어쩌면 그전부터 마메는 매달 마을을 줄지어 행진하는 포로들 중에서 남자나 여자 하인을 뽑는 것을 거절해 왔다. 하지만 대인은 이제 포로들이 너무 많아서 꼭 하인을 뽑아야 한다고 고집을 부리기 시작했다.

「하녀를 두면 당신이 요리하는 걸 도울 수 있어.」그가 말했다.

「요리는 에시가 돕고 있어요.」

「하지만 에시는 내 딸이야. 일을 시켜 먹을 평범한 여자애가 아니라고.」

에시가 미소 지었다. 에시는 어머니를 사랑했지만, 가족도 없고 이렇다 할 배경도 없는 마메가 대인 같은 남편을 얻은 것이 얼마나 큰 행운인지 알았다. 대인이 마메를 구해 줬다는데 어떤 불쌍한 처지에서 구해 준 것인지 에시는 알지 못했다. 그러나 어머니가 남편을 위해서라면 무슨 일이든 할 거라는 사실은 알았다.

「좋아요. 내일 하녀 한 명을 에시와 함께 고를게요.」마메가 말했다.

그렇게 해서 그들은 하녀를 골랐고, 작은 비둘기라는 의미의 아브로노마라고 부르기로 했다. 그 하녀는 에시가 그때까지 보았던 사람들 중에서 피부가 가장 검었다. 그녀는 늘 눈을 내리깔았고, 트위어를 그런대로 잘했지만 거의 말을 하지 않았다. 에시는 아브로노마의 나이를 몰랐지만 자신보다 아주 많지는 않을 거라고 짐작했다. 처음에 아브로노마는 집안일에 몹시 서툴렀다. 기름을 쏟고, 비질도 보이는 데만 했으며, 아이들에게 들려줄 재미난 이야깃거리도 없었다.

「그 애는 쓸모가 없어요. 그냥 돌려보내야겠어요.」 마메가 대인에게 말했다.

가족 모두가 밖에서 따뜻한 한낮의 햇볕을 쬐고 있었다. 대인이 고개를 뒤로 젖히고 우기의 천둥처럼 우르릉거리는 웃음소리를 냈다. 「어디로 돌려보내? 오도,[8] 노예를 훈련시키는 방법은 한 가지뿐이지.」 그는 에시에게 고개를 돌렸다. 에시는 다른 아이들이 하는 것처럼 야자수에 기어오르려고 애쓰고 있었지만 팔이 너무 짧아서 나무를 제대로 껴안을 수가 없었다. 「에시, 가서 내 회초리 가져와라.」

문제의 회초리는 갈대 두 가닥을 묶어서 만든 것이었다. 대를 이어 내려온 것으로 에시의 할아버지보다 나이가 많았다. 대인은 에시에게 그 회초리를 든 적이 없었지만, 에시는 아버지가 그것으로 아들들을 때리는 것을 보았다. 회초리가 살에서 튀어 오르며 내는 휘파람 소리를 들었다. 에시가 컴파운드 안으로 움직이자 마메가 그녀를 멈춰 세웠다.

「안 돼!」 마메가 말했다.

대인이 아내에게 손을 들었다. 마치 뜨거운 솥에 부은 찬물에서 김이 올라오듯 그의 눈에 분노가 번쩍 일었다. 「안 돼?」

마메가 말을 더듬었다. 「저, 전 그저 그건 제가 할 일이라고 생각해서.」

대인이 손을 내렸다. 그가 잠시 더 마메를 주의 깊게 살펴보

8 Odo. 트위어로 사랑을 의미하는 애칭.

63

왔고, 에시는 그들 사이에 오가는 시선을 읽으려고 애썼다. 「그럼 그렇게 해.」 대인이 말했다. 「하지만 내일 그 애를 여기로 데리고 나올 거야. 이 마당에서 저기 있는 저 나무까지 물을 나르게 해서 한 방울이라도 흘리면 〈내가〉 처리할 거야. 알아들어?」

마메는 고개를 끄덕였고, 대인은 고개를 저었다. 그는 사람들에게 자신이 셋째 아내의 아름다운 얼굴에 넘어가고 슬픈 눈에 누그러져서 버릇을 망쳐 놓았다고 언제나 말해 왔다.

마메와 에시가 오두막 안으로 들어가 보니 아브로노마가 작은 새라는 이름에 걸맞게 대나무 침대에 웅크리고 누워 있었다. 마메가 그녀를 깨워 자신과 에시 앞에 세웠다. 마메는 대인이 준 회초리를 꺼냈는데, 그녀가 한 번도 써본 적이 없는 물건이었다. 그녀가 눈물 맺힌 눈으로 에시를 보며 말했다. 「자리 좀 비켜 주렴.」

에시는 오두막에서 나온 뒤 몇 분 동안 회초리 소리와 음 높이의 조화를 이루는 두 개의 울음소리를 들을 수 있었다.

그다음 날, 대인은 컴파운드 안의 가족들을 모두 불러내어 아브로노마가 마당에서 나무까지 양동이의 물을 한 방울도 흘리지 않고 나르는지 보게 했다. 에시와 그녀의 온 가족, 계모 넷과 배다른 형제자매 아홉 명이 넓은 마당에 흩어진 채 커다란 검은 양동이에 물을 뜨러 개울로 간 하녀를 기다렸다. 대인은 나무가 있는 곳으로 하녀가 출발하기 전에 모두의 앞에 서서 허리를 굽혀 절하게 했다. 그는 착오가 없도록 하녀 옆에서 걸어가며 지켜볼 작정이었다.

에시는 작은 비둘기가 양동이를 머리로 들어 올리며 몸을 떠는 것을 볼 수 있었다. 하녀가 절을 할 때 마메는 에시를 품에 꼭 안고 그녀에게 미소를 보냈지만, 아브로노마가 마메에게 보낸 시선은 두려움에 차 있었고 곧 멍해졌다. 양동이가 하녀의 머리에 닿자 가족들이 조롱하기 시작했다.

「절대 못 해낼걸!」 대인의 첫째 아내 암마가 말했다.

「잘 봐. 가다가 물을 다 쏟아서 거기 빠져 죽을 거야.」 맏아들 코조가 말했다.

작은 비둘기가 첫 발짝을 떼었고, 에시는 참았던 숨을 내쉬었다. 에시는 널빤지 한 장도 머리에 이고 나르지 못했지만, 어머니가 완벽하게 둥근 코코넛을 절대 떨어뜨리지 않고 마치 제2의 머리처럼 흔들림 없이 이고 가는 것을 보아 왔다. 「그렇게 하는 건 어디서 배웠어요?」 에시가 마메에게 물었을 때 마메는 이렇게 대답했다. 「무엇이든 꼭 배워야 할 처지가 되면 다 배울 수 있단다. 목숨을 하루 더 부지하기 위해서라면 하늘을 나는 법도 배울 수 있어.」

아브로노마가 앞을 똑바로 보면서 안정된 걸음으로 계속 걸었다. 대인이 옆에서 따라 걸으며 그녀의 귀에 대고 모욕적인 말들을 속삭였다. 그녀는 숲 가장자리에 있는 나무까지 간 뒤 몸을 돌려 그녀를 기다리는 구경꾼들에게로 향했다. 그녀가 가까워지자 에시는 그녀의 얼굴을 자세히 볼 수 있었는데, 코끝에서 땀이 똑똑 떨어지고 눈에는 눈물이 가득 고여 있었다. 그녀의 머리 위 양동이도 우는 듯 표면에 맺힌 물방울들이 흘러내렸다. 그녀는 머리에서 양동이를 내려놓으며 의기양양한 미소를 짓기 시작했다. 그때 마침 작은 돌풍이 일었던 것인지, 아니면 곤충 한 마리가 목욕하려고 양동이로 뛰어든 것인지, 아니면 작은 비둘기의 손이 미끄러진 것인지 양동이가 땅에 닿기 전에 물이 출렁이며 두 방울이 튀어 흘렀다.

에시는 마메를 보았고, 마메는 애원 어린 슬픈 눈으로 대인을 바라보았지만 나머지 가족들은 이미 벌을 내리라고 소리치고 있었다.

코조가 그들을 노래로 이끌었다.

비둘기가 실패했네. 오, 어쩌지? 벌을 줘야지, 안 그러면 너도 실패할 거야!

대인이 회초리를 향해 손을 뻗었고, 곧 노래에 반주가 곁들여졌다. 살을 때리는 갈대 타악기와 공기를 가르는 갈대 목관악기. 이번에 아브로노마는 울지 않았다.

「아버지가 아브로노마를 때리지 않았다면 모두들 아버지를 약하다고 생각했을 거예요.」 에시가 말했다. 그 사건이 있은 뒤 슬픔을 주체하지 못한 마메가 대인은 그런 작은 실수를 흠잡아 작은 비둘기를 때리지 말았어야 했다고 에시에게 울며 이야기했던 것이다. 에시는 입술이 오렌지색으로 얼룩진 채 손가락에 묻은 수프를 핥아 먹고 있었다. 마메가 아브로노마를 자신의 오두막으로 데리고 들어와서 상처에 바를 연고를 만들어 줬고, 이제 하녀는 침대에 누워 자고 있었다.

「약하다고, 응?」 마메가 말했다. 그녀는 에시가 난생 처음 보는 악의를 드러내며 딸을 노려보았다.

「네.」 에시가 속삭이듯 말했다.

「내가 살아서 내 딸 입에서 그런 소리가 나오는 걸 듣게 되다니. 약한 게 뭔지 알고 싶니? 약한 건 사람을 자기 소유물처럼 다루는 거다. 사람은 누구나 자기 자신의 소유라는 것을 아는 게 강한 거고.」

에시는 마음에 상처를 입었다. 마을 사람 누구라도 했을 말을 한 것뿐인데 마메가 호통을 쳤으니까. 에시는 울고 싶었다. 어머니를, 무언가를 끌어안고 싶었다. 하지만 마메는 아브로노마가 그날 밤에 할 수 없게 된 집안일들을 마치기 위해 방에서 나갔다.

마메가 나가자 작은 비둘기가 몸을 뒤척이기 시작했다. 에시는 그녀에게 물을 가져다주고 그녀가 마실 수 있게 고개를 뒤로 젖히는 것을 도와주었다. 그녀의 등에 난 상처는 아직 생생했고, 마메가 만들어 준 연고에서는 숲의 냄새가 났다. 에시가 아브로노마의 입가를 손가락으로 닦아 주었지만 아브로노마는 그녀를 밀쳐 냈다.

「나 좀 내버려 둬.」 아브로노마가 말했다.

「그, 그 일은 미안해. 아버지는 좋은 분이야.」

아브로노마가 앞쪽 흙바닥에 침을 뱉었다. 「네 아버지는 대인이지, 응?」 그녀가 물었다. 에시는 조금 전 아버지의 행동을 보았으면서도 자랑스러움을 느끼며 고개를 끄덕였다. 비둘기가 쓴웃음을 내뱉었다. 「우리 아버지도 대인인데, 지금 내 처지를 봐. 네 어머니 처지가 어땠는지 봐.」

「우리 어머니 처지가 어땠는데?」

작은 비둘기가 에시를 휙 쳐다보았다. 「몰라?」

평생 어머니 시선에서 한 시간 이상을 벗어나 본 적이 없는 에시는 비밀이란 것을 상상조차 할 수 없었다. 그녀는 어머니의 감촉과 냄새를 알았다. 어머니의 눈 홍채에 몇 가지 색깔이 있는지도 알았고, 비뚤게 난 이들도 다 알았다. 에시가 아브로노마를 쳐다보았지만 아브로노마는 고개를 저으며 웃기만 했다.

「네 어머니는 어느 판티 가족의 노예였어. 주인에게 강간당했지. 그 사람도 대인이었고, 대인들은 자기 하고 싶은 대로 할 수 있으니까. 〈약하게〉 보이지 않으려고, 응?」 에시가 시선을 돌렸지만 아브로노마는 계속해서 속삭였다. 「넌 네 어머니의 첫 딸이 아냐. 네 위로 하나가 더 있었어. 우리 마을에는 헤어진 자매에 대한 속담이 있어. 그 자매는 서로의 그림자와도 같은 운명이고, 연못을 사이에 두고 떨어져 살아야 하지.」

에시는 더 듣고 싶었지만 더 물을 시간이 없었다. 마메가 방에 들어와서 두 소녀가 나란히 앉은 모습을 본 것이다.

「에시, 아브로노마가 잘 수 있게 이리 와라. 내일은 일찍 일어나서 엄마 청소하는 거 돕고.」

에시는 아브로노마가 쉴 수 있도록 자리를 떴다. 그녀는 어머니를 바라보았다. 그러고 보니 어머니는 늘 어깨가 처진 듯했고 눈빛이 흔들렸다. 에시는 돌연 끔찍한 수치심에 사로잡혔다. 마을 광장에서 한 노인이 포로들에게 침 뱉는 광경을 처음 본 날이 떠올랐다. 그때 그 노인은 이렇게 말했다. 「북쪽 놈들, 그것들은 인간도 아냐. 침을 구걸하는 흙이지.」 그때 에시는 다섯 살이었다. 에시에게 그의 말은 마치 교훈 같았다. 그래서 다음에 광장을 지날 때 소심하게 침을 모아 어머니와 함께 웅크리고 선 어린 소년에게 뱉었다. 소년은 에시가 알아들을 수 없는 언어로 소리를 질러 댔는데, 그때 에시는 침을 뱉어서가 아니라 어머니가 그 모습을 보았다면 얼마나 화를 냈을지 알았기에 기분이 나빴다.

이제 에시가 머리에 그릴 수 있는 것은 칙칙한 철제 우리에 갇힌 어머니였다. 영원히 알지 못할 언니와 함께 웅크리고 있는 어머니.

그 뒤 몇 개월 동안 에시는 아브로노마와 친해지려고 애썼다. 그녀는 이제 하녀 노릇을 완벽하게 하게 된 작은 새의 처지가 가슴 아팠다. 하녀는 매질을 당한 뒤로 부스러기 하나 떨어뜨리지 않고 물 한 방울조차 흘리지 않았다. 아브로노마의 일이 끝나는 저녁 때면 에시는 그녀를 살살 구슬러 어머니의 과거를 더 알아내려고 했다.

「나도 더 이상은 몰라.」 아브로노마는 바닥을 쓸기 위해 야자수 가지들을 묶어서 만든 빗자루를 들거나 사용한 기름을 나뭇잎으로 거르며 말했다. 한번은 짜증이 극에 달해서 「성가시게 좀 하지 마!」 하고 외치기도 했다.

그래도 에시는 보상해 주려고 애썼다. 「내가 뭘 해주면 될까? 내가 뭘 해주면 될까?」 그녀가 물었다.

몇 주 동안 물어 댄 끝에 마침내 답이 돌아왔다. 「우리 아버지한테 소식 좀 전해줘.」 아브로노마가 말했다. 「내가 있는 곳을 알려 줘. 내가 있는 곳을 아버지에게 알려 주면 우리 사이에 악감정은 남지 않을 거야.」

그날 밤 에시는 잠을 이룰 수 없었다. 아브로노마와 화해하고 싶었지만 아브로노마가 어떤 요구를 했는지 아버지가 알게 되면 오두막 안에서 전쟁이 터질 것이 뻔했다. 아버지가 마메에게 딸을 작고 약한 여자로 키우고 있다고 호통 치는 소리가 귀에 들려 오는 듯했다. 에시는 오두막 바닥에 누워 이리저리 뒤척였다. 마침내 어머니가 조용히 좀 하라고 나무랐다.

「제발. 나 피곤하다.」 어머니가 말했다.

에시가 감은 눈꺼풀 안에서 볼 수 있는 것은 하녀의 모습을 한 어머니였다.

에시는 아브로노마의 소식을 전하기로 결심했다. 그다음 날 아침 아주, 아주, 아주 일찍 그녀는 숲가에 사는 전달자를 찾아 갔다. 그는 매주 숲으로 들어가기 전에 마을 사람들의 말을 들었다. 그 말들은 마을에서 마을로, 전달자에게서 전달자에게로 전해질 터였다. 에시가 보낸 전갈이 아브로노마의 아버지에게 닿을 수 있을지 누가 알겠는가? 도중에 누락되거나 잊힐 수도 있었고 바뀌거나 사라질 수도 있었지만, 최소한 에시는 자신이 소식을 전했다고 말할 수 있었다.

그녀가 돌아왔을 때 아직 깨어 있는 사람은 아브로노마뿐이었다. 에시가 아침에 한 일에 대해 말하자 아브로노마는 손뼉을 치더니 작은 품에 에시를 숨 막히도록 꽉 끌어안았다.

「다 잊은 거야?」 비둘기가 품에서 놓아 주는 즉시 에시가 물었다.

「모든 게 공평해졌어.」 아브로노마의 말을 듣자 안도감이 에시의 몸속에서 돌진했다. 안도감이 마음 가득 차오르면서 손이 떨렸다. 그녀는 아브로노마를 도로 껴안았고, 품에 안긴 아브로노마가 몸의 긴장을 풀자 자신이 안은 몸이 언니의 것이라는 상상에 빠져들었다.

몇 개월이 지나갔고, 작은 비둘기는 점점 더 흥분했다. 저녁때면 그녀가 잠자리에 들기 전, 마당을 서성이며 혼자 웅얼거리는 모습을 볼 수 있었다. 「우리 아버지. 아버지가 오고 있어.」 대인이 그 소리를 듣고 모두에게 그녀가 마녀일지도 모르니 조심하라고 말했다. 에시는 무슨 조짐이라도 보일까 해서 그녀를 주의 깊게 지켜보았지만 날마다 똑같았다. 「우리 아버지가 오고 있어. 난 그걸 알아. 아버지가 오고 있어.」 결국 대인이 비둘기에게 계속 그러면 매를 때리겠다고 하자 그녀는 그 일을 중단했고, 가족들도 곧 그런 일이 있었다는 것을 잊었다.

모두가 평소처럼 지냈다. 에시는 평생 마을이 공격당하는 것을 본 적이 없었다. 모든 싸움은 마을을 떠나서 이루어졌다. 대인과 다른 전사들은 근처 마을들로 들어가 땅을 약탈하고, 가끔은 풀밭에 불을 질러 세 마을 건너 사람들까지도 그 연기를 보고 전사들이 왔다는 것을 알게 했다. 하지만 이번에는 상황이 달랐다.

그 일은 가족들이 잠든 사이에 시작되었다. 대인이 마메의 오두막을 찾아오는 날이어서 에시는 한쪽 구석의 바닥에서 자야 했다. 에시는 조용한 신음소리와 빨라지는 숨소리를 듣고 벽을 향해 돌아누웠다. 한 번, 꼭 한 번 부모님을 지켜본 적이 있었는데 어둠이 그녀의 호기심을 가리는 데 도움이 되었다. 아버지가 어머니 몸 위로 올라가 처음에는 부드럽게 움직이다가 점점 세차게 움직였다. 에시는 많은 것을 볼 수는 없었지만 그녀의 흥미를 끈 것은 소리들이었다. 부모님이 함께 내는 소리들, 쾌감과 고통 사이의 가느다란 경계선 위를 걸어가는 소리들. 에시는 그것을 원하면서도 한편으로는 원하기가 두려웠다. 그래서 그녀는 다시는 그것을 보지 않게 되었다.

그날 밤, 오두막 안의 모든 사람이 잠들었을 때 신호가 울려 퍼졌다. 마을 사람들 모두가 신호의 의미를 알고 있었다. 두 번의 긴 신음 소리는 적이 아직 수 킬로미터 밖에 있다는 뜻이었고, 세 번의 짧은 외침은 적이 마을을 덮쳤다는 뜻이었다. 세 번의 외침을 들은 대인은 침대에서 뛰어내려 모든 아내의 침대 밑에 보관해 두는 정글도를 집어 들었다.

「에시를 데리고 숲으로 들어가!」 그가 황급히 알몸을 가리고 오두막에서 달려 나가기 전에 마메에게 외쳤다.

에시는 아버지에게 배운 대로, 어머니가 플랜틴 바나나를 썰 때 사용하는 작은 칼을 집어 치마 속에 밀어 넣었다. 마메는 침대 가장자리에 앉아 있었다. 「얼른!」 에시가 말했지만 어머니는 움직이지 않았다. 에시는 침대로 달려가서 어머니를 흔들었지만 그래도 어머니는 움직이지 않았다.

「더는 못하겠어.」 어머니가 속삭였다.

「뭘 더 못해요?」 에시가 물었지만 마메는 거의 듣고 있지 않았다. 아드레날린이 어찌나 치솟았는지 손이 부들부들 떨렸다. 그녀가 보낸 전갈 때문에 이런 일이 벌어진 걸까?

「더는 못해.」 어머니가 속삭였다. 「숲도, 불도.」 그녀는 늘어진 배를 아기처럼 안고 몸을 앞뒤로 흔들었다.

아브로노마가 노예 처소에서 들어왔고 그녀의 웃음소리가 오두막 안에 메아리쳤다. 「우리 아버지가 왔어!」 그녀는 춤을 추면서 이리저리 돌아다니며 말했다. 「우리 아버지가 나를 찾으러 올 거라고 내가 그랬지. 아버지가 왔어.」

아브로노마가 급히 달려 나갔다. 에시는 그녀가 어떻게 될지 알지 못했다. 밖에서 사람들이 비명을 내지르며 도망치고 있었다. 아이들이 울어 댔다.

에시의 어머니가 딸의 손을 잡더니 무언가를 쥐어 주었다. 금빛으로 반짝이는 검은 돌이었다. 수년간 정성껏 문지른 것처럼 표면이 완벽하게 매끄러웠다.

「너를 위해 간직하던 거야.」 마메가 말했다. 「네 결혼식 날 주고 싶었는데. 네, 네 언니에게도 이런 돌을 남겼어. 불을 지른 뒤 바바에게 맡겼지.」

「나의 언니?」 에시가 물었다. 그러니까 아브로노마의 말이 사실이었다.

마메가 무슨 소리인지 모를 말을 웅얼거렸는데 전에는 한 번도 한 적이 없는 말이었다. 언니, 바바, 불. 언니, 바바, 불. 에시는 더 묻고 싶었지만 바깥이 더 소란스러워지고 있었고 어머니의 눈빛도 무언가를 비워 내듯 멍해지고 있었다.

에시는 어머니를 바라보았다. 마치 처음 보는 사람인 듯했다. 마메는 온전한 여자가 아니었다. 그녀의 정신은 뭉텅 잘려 나갔고, 그녀가 에시를 아무리 사랑한다고 해도 그리고 에시가 그녀를 아무리 사랑한다고 해도 그 사랑이 그녀가 잃어버린 것을 되돌려 줄 수 없음을 둘 다 알았다. 에시는 또한 어머니가 다시 숲으로 도망가느니 차라리 죽어 버릴 것임을, 포로로 잡히기 전에 죽어 버릴 것임을, 그녀의 죽음으로 인해 에시가 그 이루 말할 수 없는 상실감을 물려받고 온전하지 못하다는 것이 무엇을 의미하는지 배우게 된다고 해도 그녀는 죽을 것임을 알았다.

「넌 가라.」 에시가 그녀의 두 팔을 끌어당겨 일으켜 세우려고 하자 마메가 말했다. 「가!」 그녀가 반복해서 말했다.

에시는 멈춰 서서 검은 돌을 몸에 감은 치마 속에 간직했다.

그녀는 어머니를 안아 준 뒤 치마에서 칼을 꺼내 어머니 손에
쥐어 주고 달려 나갔다.

에시는 재빨리 숲으로 들어가 팔로 안을 수 있는 야자수를
찾아냈다. 그동안 이런 순간을 위한 것임을 알지 못한 채 연습
해 왔다. 에시는 두 팔로 나무줄기를 껴안고 두 다리를 써서 위
로, 위로, 최대한 높이 올라갔다. 보름달이 에시의 배 속에 자리
한 공포의 돌덩이처럼 커다랬다. 그녀가 공포에 대해 무얼 알
았겠는가?

시간이 흐르고 또 흘렀다. 두 팔로 나무가 아닌 불을 껴안은
듯 팔이 심하게 타들어 가는 듯한 느낌이었다. 바닥에 드리운
나뭇잎들의 검은 그림자가 위협적으로 보이기 시작했다. 곧 나
무에서 열매처럼 떨어지는 사람들의 비명 소리가 사방에서 들
렸고, 그녀의 나무 밑에도 전사 하나가 다가왔다. 그의 언어는
낯설었으나 에시는 그다음에 무슨 일이 닥칠지 알았다. 그가
그녀에게 돌을 던지고, 던지고, 또 던졌다. 네 번째 돌이 옆구리
를 맞췄지만 그래도 그녀는 버텼다. 그러나 다섯 번째 돌이 격
자 모양을 이룬 그녀의 깍지 낀 손가락을 때리자 팔이 풀리면
서 땅으로 떨어졌다.

에시는 다른 사람들과 한데 묶였다. 그들이 얼마나 많은지
알 수 없었다. 그녀의 컴파운드 사람은 아무도 보이지 않았다.
계모들도, 배다른 형제자매들도 없었다. 어머니도 없었다. 양
쪽 손목이 밧줄로 묶인 에시는 애원하듯 손바닥을 내밀고 있었
다. 그녀는 손금을 들여다보았다. 손금은 어디로도 이르지 못
했다. 평생 이토록 절망적이었던 적은 없었다.

모두들 걸었다. 에시는 전에 아버지와 몇 킬로미터씩 걸었기에 걷는 것은 견딜 수 있으리라 생각했다. 실제로 처음 며칠은 그리 힘들지 않았지만, 열흘쯤 되자 발의 굳은살이 갈라지고 피가 스며 나와 붉게 물든 나뭇잎들을 뒤에 남겼다. 그녀 앞에는 다른 사람들이 남긴 피 묻은 나뭇잎들이 있었다. 우는 사람들이 너무 많아서 전사들의 말이 잘 안 들렸지만, 어차피 무슨 소리인지 알아듣지도 못했을 터였다. 에시는 기회가 날 때마다 어머니가 준 돌이 치마 속에 안전하게 들어 있는지 확인했다. 옷을 얼마나 오래 입고 있을 수 있을지 알 수 없었다. 숲 바닥의 나뭇잎들이 피땀과 이슬로 너무 축축해져서 에시 앞에서 걷던 아이가 미끄러졌다. 전사 하나가 아이를 잡아 일으켜 주었고, 작은 소년은 그에게 고맙다고 인사했다.

　「왜 고맙다고 해야 하지? 저들은 우리를 다 잡아먹을 건데.」 에시 뒤의 여자가 말했다. 눈물로 시야가 흐릿하고 주위에서 곤충들이 윙윙거려서 잔뜩 귀를 기울여 들어야 했다.

　「누가 우리를 잡아먹어?」 에시가 물었다.

　「백인들. 우리 언니가 그랬어. 언니 말이, 백인들이 저 군인들한테 우리를 사서 염소처럼 수프를 끓여 먹을 거래.」

　「아냐!」 에시가 외치자 군인 하나가 재빨리 달려와 막대기로 옆구리를 찔렀다. 그가 떠나자 에시는 옆구리가 욱신거리는 것을 느끼며 마을에서 자유롭게 돌아다니는 염소들을 상상했다. 그리고 자신이 그중 한 마리를 잡는 장면을 머릿속으로 그렸다. 밧줄로 다리를 묶어 바닥에 눕힌다. 목을 딴다. 백인들도 그런 식으로 나를 죽일까? 그녀는 몸서리를 쳤다.

　「넌 이름이 뭐야?」 에시가 물었다.

「탄시라고 불러.」

「난 에시야.」

그렇게 둘은 친구가 되었다. 그들은 온종일 걸었다. 에시의
발에 난 상처들은 아물 사이도 없이 금세 다시 갈라졌다. 이따
금 전사들은 그들을 숲속 나무들에 묶어 놓고 새 마을의 사람
들을 살펴보러 갔다. 가끔 새 마을에서 사람들이 더 잡혀 와 그
들과 합쳐졌다. 에시의 손목에 묶인 밧줄이 불타기 시작했다.
그건 생전 처음 느껴보는 이상한 불타오름으로 시원한 불, 소
금 바람의 할큄 같았다.

그 바람의 냄새가 곧 에시의 코를 맞이했고, 그녀는 그동안 들
어온 이야기들을 통해 판틀랜드에 가까워지고 있음을 알았다.

노예 상인들이 막대기로 그들의 다리를 때려 더 빨리 걷게
했다. 그 주의 절반 가까이를 밤낮으로 걸었다. 따라오지 못하
는 사람들은 막대기로 맞으면 갑자기 마술처럼 걸을 수 있게
되었다.

마침내 에시의 다리도 풀리기 시작했을 때, 그들은 어느 판
티 마을의 가장자리에 이르렀다. 그들은 모두 어둡고 습한 지
하실에 몰아넣어졌고, 에시는 그들의 수를 셀 여유를 가지게
되었다. 서른다섯. 서른다섯 명이 밧줄로 한데 묶여 있었다.

그들에게는 잠잘 시간이 있었고, 잠에서 깨면 음식을 받았
다. 에시가 한 번도 먹어 본 적이 없는 이상한 죽이었다. 에시
는 그 죽이 맛없었지만 오랫동안 달리 먹을 것이 없으리라는
것을 눈치챘다.

곧 남자들이 안으로 들어왔다. 그들 중 일부는 에시가 본 적
이 있는 전사들이었지만 나머지는 새 얼굴들이었다.

「그래, 이들이 당신들이 데려온 노예들인가?」한 남자가 판티어로 말했다. 에시는 그쪽 말을 오랜만에 들어보았지만 그의 말을 분명히 알아들을 수 있었다.

「우리 좀 풀어 줘요!」에시와 묶여 있던 사람들이 소리치기 시작했다. 그들의 말을 들어줄 귀가 생긴 것이다. 판티와 아샨티는 같은 아칸족이었다. 같은 나무에서 갈라져 나온 두 개의 가지였다. 「우리 좀 풀어줘요!」그들은 목이 쉴 때까지 외쳤다. 하지만 그들을 맞이한 것은 침묵뿐이었다.

「아비쿠 추장님, 이러면 안 돼요. 우리의 아샨티 동맹들이 우리가 그들의 적과 거래한 걸 알게 되면 몹시 분노할 겁니다.」다른 남자가 말했다.

추장이라고 불리는 남자가 두 손을 들어 올렸다. 「오늘은 그들의 적이 값을 더 쳐줘, 피피. 내일 만일 그들이 값을 더 쳐준다면 그들과도 거래하겠지. 이런 식으로 마을을 키우는 거야. 알아들어?」

에시는 피피라고 불리는 남자를 지켜보았다. 그는 전사가 되기에는 아직 어렸지만 그녀는 그가 언젠가는 대인이 될 것임을 알 수 있었다. 그는 고개를 저었지만 더 이상 말하지 않았다. 그가 지하실 밖으로 나가더니 남자들을 더 데리고 들어왔다.

에시가 생전 처음 보는 백인들이었다. 에시는 그들의 피부색을 어떤 나무 또는 열매, 진흙, 점토와도 연결시킬 수 없었다.

「저 사람들은 자연에서 오지 않았어.」그녀가 말했다.

「내가 말했잖아. 저들은 우리를 잡아먹으러 온 거야.」탄시가 대꾸했다.

백인들이 그들에게 다가왔다.

「일어서!」 추장이 외쳤고 모두들 일어섰다. 추장이 백인 한 사람을 돌아보았다. 「보시오, 제임스 총독.」 추장은 판티어로 빠르게 말했다. 말이 너무 빨라서 에시도 거의 알아듣기 힘들었다. 그녀는 백인이 어떻게 알아들을 수 있을까 궁금했다. 「아산티족은 아주 튼튼합니다. 직접 확인해 보셔도 됩니다.」

남자들이 아직 옷을 입고 있는 사람들의 옷을 벗기고 몸을 검사하기 시작했다. 무엇을 위해? 에시는 알지 못했다. 그녀는 몸에 두른 치마에 숨긴 돌이 생각났다. 피피라고 불리는 남자가 치마 매듭을 풀려고 손을 뻗자 에시는 그의 얼굴에 길고 굵직한 침을 뱉었다.

그는 에시가 마을 광장에서 침을 뱉었던 소년처럼 소리 지르지 않았다. 훌쩍거리거나 웅크리거나 위안을 찾지도 않았다. 그녀에게서 시선을 떼지 않으며 얼굴의 침을 닦아 내기만 했다.

추장이 그의 옆에 와서 섰다. 「피피, 어쩔 거야? 벌을 안 주고 그냥 넘길 거야?」 추장이 물었다. 그가 작게 말해서 에시와 피피만 들을 수 있었다.

그다음, 철썩 소리가 들렸다. 그 소리가 너무 요란해서 에시는 자신이 느끼는 아픔이 귀에서 오는 것인지 아니면 그 안의 것인지 분간하는 데 잠시 시간이 걸렸다. 그녀는 손으로 얼굴을 가리고 울면서 바닥에 웅크려 주저앉았다. 맞을 때 옷 속에서 튀어나온 돌이 바닥에 떨어진 것이 보였다. 그녀는 그들의 정신을 흩뜨리기 위해 더 심하게 울었다. 그러고는 그 매끈한 검정 돌에 머리를 올렸다. 차가운 돌이 얼굴을 진정시켰다. 이윽고 남자들이 그녀의 옷을 벗기는 것을 잠시 잊고 등을 돌려 저만치 가자 에시는 뺨 밑의 돌을 입에 넣고 삼켰다.

*

　지하 감옥 바닥에 쌓인 오물이 에시의 발목까지 찼다. 이곳
에 이렇게 여자들이 많았던 적은 없었다. 에시는 숨을 쉬기도
힘겨웠지만 어깨를 이리저리 움직여서 공간을 약간 만들었다.
그녀 옆의 여자는 지난번 군인들이 준 음식을 먹은 뒤 쉬지 않
고 싸대고 있었다. 에시는 자신에게도 똑같은 일이 벌어졌던
지하 감옥에서의 첫날을 떠올렸다. 그날 그녀는 똥이 이룬 강
에서 어머니가 준 돌을 찾아냈다. 그녀는 돌을 바닥에 묻고 때
가 되면 찾으려고 벽에 위치를 표시했다.

　「쉬, 쉬, 쉬.」에시가 그 여자에게 다정하게 속삭였다.「쉬,
쉬, 쉬.」그녀는 다 괜찮아질 거라는 말은 더 이상 하지 않게 되
었다.

　얼마 지나지 않아서 지하 감옥 문이 열리고 한 줄기 빛이 살
짝 보였다. 군인 둘이 걸어 들어왔다. 그 군인들은 무엇인가 문
제가 있었다. 그들의 동작에는 질서가, 체계가 부족했다. 에시
는 야자주에 취한 남자들을 본 적이 있다. 그들은 얼굴이 시뻘
게지고 몸짓이 거칠어졌으며 주위의 공기를 모으기라도 하려
는 것처럼 손을 움직였다.

　군인들이 지하 감옥 안을 둘러보았고 여자들이 웅얼거리기
시작했다. 군인 하나가 저쪽 끝에 있는 여자를 움켜잡아 벽으
로 밀어붙였다. 그의 손이 그녀의 가슴을 찾더니 아래로 더 아
래로 내려갔고 그녀의 입에서 비명이 흘러나왔다.

　무더기로 쌓인 여자들이 쉿 소리를 내기 시작했다. 그 소리
는 이런 의미였다. 〈조용히 해, 멍청한 년아. 안 그러면 우리 모

79

두 매를 맞을 거야!〉 그 쉿 소리, 분노와 공포에 찬 여자 150명의 집단적인 외침은 높고 날카로웠다. 여자에게 손을 댄 군인이 땀을 흘리기 시작했다. 그가 여자들 모두에게 맞고함을 질렀다.

여자들의 목소리는 웅얼거림으로 잦아들었으나 멈추지는 않았다. 그 웅얼거림이 너무 낮게 진동해서 에시는 그 소리가 자신의 배 속에서 나오는 것처럼 느껴졌다.

「저 사람들 뭐 하는 거야!」 그들이 쉿쉿거리는 소리로 말했다. 「저 사람들 뭐 하는 거야!」 그 소리가 점점 커져 갔고 이내 군인들이 그들에게 소리를 질러 댔다.

또 한 명의 군인은 아직도 이리저리 돌아다니며 여자들을 하나하나 자세히 들여다보고 있었다. 에시에게 다가온 그가 미소를 지었다. 누가 미소 짓는 것을 너무 오랜만에 본 에시는 짧은 순간 그 미소를 친절함에서 나온 행동으로 혼동했다.

그가 무슨 말을 하더니 두 손으로 그녀의 팔을 잡았다.

에시는 그에게 대항하려고 했지만 굶주림과 맞아서 생긴 상처들 때문에 입안의 침을 모아 그에게 뱉을 기력도 없었다. 그가 그녀의 저항을 비웃으며 팔꿈치를 잡고 밖으로 끌어냈다. 에시는 빛 속으로 들어가며 뒤쪽 풍경을 바라보았다. 모든 여자가 쉿쉿거리며 울고 있었다.

그가 에시를 노예들이 갇힌 곳 위에 있는 자신의 숙소로 데려갔다. 에시는 너무 오랫동안 빛을 못 본 탓에 앞이 보이지 않을 정도로 눈이 부셨다. 그녀는 어디로 끌려가는지 볼 수가 없었다. 숙소로 들어가자 그가 물 잔을 가리켰지만 에시는 꼼짝도 않고 서 있었다.

그가 책상 위에 놓인 회초리를 가리켰다. 그녀는 고개를 끄덕이고 물을 한 모금 마셨지만 마비된 입술 밖으로 물이 도로 흘러나왔다.

그가 접어 놓은 방수포 위에 에시를 눕히고 다리를 벌리더니 그녀 안으로 들어왔다. 그녀가 비명을 지르자 그는 손으로 그녀의 입을 막고 손가락을 입안에 넣었다. 손가락을 물어도 그의 쾌감만 높여 주는 것 같아서 그녀는 무는 것도 그만뒀다. 그녀는 눈을 감고 보는 대신 들으려고 애썼다. 그리고 아버지가 찾아왔던 밤에 어머니의 오두막에 있던 그 어린 소녀로 돌아가서, 그들의 사생활을 지켜 주고 그들과 분리되고 싶은 마음으로 진흙 벽을 바라보는 중이라고 상상했다. 쾌락이 고통으로 변하지 못하도록 해주는 것이 무엇인지 알고 싶어 하면서.

행위를 마친 그는 겁에 질린 것처럼, 그녀에게 혐오감을 느끼는 것처럼 보였다. 마치 무엇을 갈취당한 것이 자신이기라도 한 것처럼, 강간당한 것이 자신인 것처럼. 에시는 그가 다른 군인들조차 비난할 짓을 저질렀음을 퍼뜩 깨달았다. 그는 그녀의 몸뚱이가 자신의 수치라도 되는 듯 그녀를 쳐다보았다.

밤이 오면서 빛이 물러나고 에시가 너무도 잘 알게 된 어둠만 남자, 군인은 그녀를 숙소에서 몰래 데리고 나갔다. 그녀는 이미 울음을 그친 후였지만 그래도 그는 〈쉿〉 하며 조용히 시켰다. 그는 에시를 보려 하지 않고 그저 아래로, 아래로, 지하 감옥으로 끌고 갔다.

지하 감옥에 도착했을 때 여자들의 웅얼거림은 가라앉은 후였다. 그들은 더 이상 울거나 쉿쉿거리지 않았다. 군인이 그녀를 원래 자리로 데려왔을 때 그곳에는 침묵만이 흘렀다.

하루하루가 흘렀다. 주기가 반복되었다. 음식, 그다음에는 굶주림. 에시는 빛 속에서의 시간을 재현하는 것밖에 할 것이 없었다. 그날 밤 이후로 출혈이 그치지 않았다. 가느다란 핏줄기가 다리를 타고 내려왔다. 에시는 그저 지켜만 보았다. 탄시와도 더 이상 대화하고 싶지 않았다. 그녀의 이야기들을 듣고 싶지도 않았다.

그날 밤, 어머니의 오두막에서 부모님이 함께 힘쓰는 모습을 지켜보았을 때 그녀가 생각한 것은 틀렸다. 거기에 쾌감은 없었다.

지하 감옥 문이 열렸다. 군인 두 명이 들어왔고, 에시는 그중 하나가 판틀랜드 지하실에서 본 사람임을 기억했다. 그는 키가 컸고, 머리는 비 온 뒤의 나무껍질 색깔이었지만 색이 희끗희끗하게 변해 가고 있었다. 코트 앞쪽과 어깨 위 장식에는 금단추가 많이 달려 있었다. 에시는 머릿속에 쳐진 거미줄을 걷어내려고 애쓰며 추장이 그를 뭐라고 불렀는지 기억해 내려고 생각에 생각을 거듭했다.

제임스 총독. 그가 손으로 코를 싸잡고 장화발로 손들과 허벅지들, 머리칼들을 헤치며 걸어 들어왔다. 그보다 젊은 군인이 그를 따라왔다. 그 거구의 백인이 스무 명의 여자들을 가리킨 뒤 에시도 가리켰다.

군인이 뭐라고 외쳤지만 여자들은 알아듣지 못했다. 그가 여자들 무더기 위나 아래에서 선택된 여자들의 손목을 잡고 끌어당겨 똑바로 서게 했다. 그가 여자들을 한 줄로 나란히 세웠고, 총독이 여자들을 검사했다. 총독은 손으로 여자들의 가슴 위와 허벅지 사이를 쓸어보았다. 처음 검사를 받은 여자가 울기 시작하자 그는 날랜 동작으로 그녀를 때려 도로 바닥에 쓰러뜨렸다.

이윽고 제임스 총독이 에시에게로 왔다. 그는 그녀를 자세히 들여다보더니 눈을 깜짝이며 고개를 저었다. 그는 그녀를 다시 쳐다보고는 다른 여자들에게 했던 것처럼 몸을 검사했다. 그녀의 가랑이 사이로 들어간 그의 손이 붉게 물들어서 나왔다.

그는 그녀의 처지를 이해한다는 듯 연민 어린 시선을 보냈지만 에시는 과연 그가 이해할 수 있을지 궁금했다. 그가 손짓을 하자 그녀가 무슨 생각을 할 겨를도 없이 다른 군인이 그들을 지하 감옥 밖으로 몰고 나갔다.

「안 돼, 내 돌!」 에시가 어머니가 준 금빛 도는 검은 돌을 떠올리고 소리쳤다. 그녀는 바닥으로 몸을 던져 땅을 파고, 파고, 또 팠으나 군인이 그녀의 몸을 들어 올렸고, 곧 그녀의 끊임없이 움직이는 손이 흙 대신 느낄 수 있었던 것은 공기, 더 많은 공기였다.

군인들이 그들을 빛 속으로 데려갔다. 바닷물 냄새가 그녀의 코를 찔렀다. 소금 맛이 목구멍에 달라붙었다. 군인들이 모래와 물로 이어지는 열린 문으로 그들을 행진해 내려가게 했고, 모두 문을 향해 걷기 시작했다.

에시가 떠나기 전에 총독이라고 불리는 남자가 그녀를 바라보며 미소 지었다. 친절한 미소였고, 연민이 담겨 있었지만 진실했다. 하지만 에시는 백인의 얼굴에서 미소를 볼 때면 그녀를 숙소로 끌고 갔던 그 군인이 보낸 미소가 떠올랐다. 그래서 백인들의 미소는 다음에 더 나쁜 일이 다가온다는 것을 의미할 뿐임을 상기하게 되었다.

퀘이

퀘이는 옛 친구 쿠조의 전갈을 받았지만, 어떻게 답해야 할지 몰랐다. 그날 밤 퀘이는 더워서 잠을 못 이루는 척했는데, 마침 땀에 흠뻑 젖어 있어서 그럴 듯한 핑곗거리가 되었다. 하지만 땀을 안 흘릴 때가 있었나? 숲 지대는 너무 덥고 습해서 천천히 구워지는 저녁거리가 된 듯한 기분이었다. 퀘이는 성이, 바다에서 불어오는 산들바람이 그리웠다. 어머니 에피아의 마을인 이곳에서는 귀와 배꼽에 땀이 고였다. 그는 피부가 근질거리자, 발에 기어오른 모기들이 다리와 배를 지나 물웅덩이를 이룬 배꼽에서 쉬는 상상을 했다. 모기들도 물을 마실까, 아니면 오로지 피만 원할까?

피. 퀘이는 손발이 묶인 채 피를 흘리며 열 명, 스무 명씩 지하실로 끌려오는 포로들을 떠올렸다. 그에게는 이 일이 맞지 않았다. 그는 자신이 노예 일에서 벗어나 더 쉬운 삶을 살아야 했다고 생각했다. 퀘이는 케이프코스트의 백인들 사이에서 자랐고 영국에서 교육받았다. 그는 성에 있는 사무실에서 아버지 제임스 콜린스가 죽기 전에 확보해 준 하급 장교 계급의 서기로 일하며 매매되는 사람들을 나타내는 숫자를 그런 숫자가 아닌 척하며 기록하고 있어야 마땅했다. 그런데 성의 새 총독이 그를 불러 이곳으로, 숲 지대로 보냈다.

「퀘이, 우리는 아비쿠 바두 마을의 검둥이들과 오랜 협력 관계를 맺어 왔네. 그런데 이제 자네도 알겠지만, 최근에 그들이 몇몇 사기업들과 거래를 시작했다는 소문이 들려왔네. 우리는 그 마을에 우리 직원 몇 명이 거주할 전초 기지를 세워서, 그곳에 있는 우리 친구들에게 그들이 우리 회사에 대한 거래 의무를 가진다는 걸 그 뭐냐, 은근하게 상기시키고 싶네. 자네는 그 일의 특별한 적임자지. 자네 부모님이 그 마을과 연고도 있고 또 자네에게는 그쪽 말과 풍습이 편안하고 익숙하잖나. 우린 자네가 그곳에서 우리 회사의 특별한 자원으로 활약하리라 생각하네.」

퀘이는 고개를 끄덕이며 그 자리를 받아들였다. 달리 어쩌겠는가? 하지만 속으로는 거부했다. 그쪽 풍습이 편안하고 익숙하다고? 부모님이 그 마을과 연고가 있다고? 에피아는 바바를 무서워했기 때문에 퀘이가 아직 어머니 배 속에 있을 때 그 마을에 갔었던 것이 그에게나 어머니에게나 마지막 방문이었다. 거의 20년 전인 1779년의 일이었다. 그사이에 바바는 세상을 떠났지만 그래도 그들은 그 마을에 발걸음을 하지 않았다. 퀘이는 새 자리가 형벌처럼 느껴졌다. 그동안 받은 형벌로 부족했단 말인가?

이윽고 해가 떠올랐고, 퀘이는 피피 삼촌을 만나러 갔다. 불과 한 달 전에 둘이 처음 만났을 때, 퀘이는 피피 같은 사람이 자신의 친척이라는 게 도무지 믿기지 않았다. 피피가 미남이었기 때문은 아니었다. 에피아가 평생 미인으로 불려 왔기에 퀘이는 아름다움에 익숙했다. 퀘이가 놀란 이유는 피피가 강해 보였기 때문이었다. 그의 몸은 근육들의 우아한 연합체였다. 퀘이는 아버지를 닮아 깡마르고 키가 컸지만 특별히 힘이 세지는 못했다. 제임스는 막강했지만 그의 힘은 가문 그리고 노예선을 만들어서 부를 얻은 리버풀의 콜린스 집안에서 나온 것이었다. 어머니의 힘은 아름다움에서 나왔다. 하지만 피피의 힘은 그의 몸, 자신이 원하는 것은 무엇이든 취할 수 있는 것처럼 보인다는 사실에서 나온 것이었다. 퀘이는 그런 사람을 딱 한 명 더 알았다.

「아, 내 아들. 환영한다.」 퀘이가 다가오는 것을 본 피피가 말했다. 「앉아라. 먹자!」

피피의 부름을 받은 하녀가 그릇 두 개를 들고 나왔다. 그녀가 그릇 하나를 피피 앞에 놓으려고 하자 피피가 단 한 번의 눈짓으로 막았다. 「내 아들 먼저 줘야지.」

「죄송합니다.」 하녀가 웅얼거리며 그릇을 퀘이 앞에 놓았다.

퀘이가 그녀에게 고맙다고 말하고 죽을 내려다보았다.

「삼촌, 우리가 여기 온 지 벌써 한 달이 되었는데 마을 측에선 아직도 무역 협정에 대한 이야기가 없네요. 우리 회사는 더 사들일 돈이 있어요. 훨씬 많이요. 하지만 마을에서 그렇게 하게 해줘야죠. 다른 회사와의 거래는 중단하셔야 해요.」

퀘이는 전에도 여러 번이나 이와 비슷한 말을 했지만 피피 삼촌은 번번이 그의 말을 무시했다. 이곳에 처음 온 날 밤, 퀘이는 무역 협정에 대해 바두와 직접 담판을 지으려 했다. 추장의 동의를 빨리 받아 내면 그만큼 빨리 이곳을 떠날 수 있으리라 생각했던 것이다. 그날 밤, 바두가 모두를 자신의 컴파운드로 초대하여 술을 대접했다. 바두는 그들을 익사시키고도 남을 만큼 많은 야자주와 악페테시[9]를 내왔다. 장교인 티모시 하이타워는 추장에게 잘 보이고 싶어서 집에서 빚은 그 술을 반 통은 마신 뒤, 야자수 아래 뻗어 와들와들 떨며 토악질을 해대면서 유령이 보인다고 주장했다. 곧 다른 사람들도 바두의 앞마당 숲에 여기저기 널브러져서 토하거나 자거나 잠자리를 할 마을 여자를 찾아 나섰다. 퀘이는 술을 조금씩 홀짝거리며 바두와 이야기를 나눌 기회를 기다렸다.

그가 야자주를 두 잔밖에 안 마셨을 때 피피가 다가왔다. 「조심해라, 퀘이.」 피피가 그들 앞에 펼쳐진 난장판을 가리키며 말했다. 「이들보다 더 강한 남자들도 과음으로 무너졌지.」

퀘이가 피피의 손에 들린 잔을 바라보며 눈썹을 올렸다.

「물이다.」 피피가 말했다. 「우리 중 하나는 만반의 태세를 갖추고 있어야 하니까.」 그가 금빛 옥좌의 바두를 가리켰는데, 바두는 동그란 배에 턱을 묻고 잠들어 있었다.

퀘이가 웃음을 터뜨리자 피피도 미소를 지었다. 퀘이가 그를 만난 뒤 처음 본 미소였다.

퀘이는 그날 밤 결국 바두와 대화를 나누지 못했지만 몇 주가 지나면서 자신이 구슬려야 할 사람은 바두가 아님을 알게 되었다. 아비쿠 바두가 무역에서의 역할로 런던과 네덜란드의 정치 지도자들로부터 선물을 받는 오만힌이기는 했지만 그는 명목상 우두머리일 뿐, 권력은 피피에게 있었다. 피피가 고개

9 Akpeteshie. 야자주나 사탕수수를 증류시켜 만든 가나의 전통주.

를 저으면 온 마을이 멈췄다.

퀘이가 영국과의 무역 이야기를 꺼낼 때면 늘 그랬듯이 지금도 피피는 침묵을 지키고 있었다. 그는 그들 앞에 있는 숲을 바라보았고, 퀘이의 시선도 그를 따라갔다. 나무에서 생기 넘치는 새 두 마리가 요란한 소리로 불협화음의 노래를 불렀다.

「삼촌, 바두가 우리 아버지와 맺은 협정은 ―」

「저 소리 들리니?」 피피가 새들을 가리키며 물었다.

퀘이는 낙담해서 고개를 끄덕였다.

「한 마리가 노래를 그치면 다른 한 마리가 시작하지. 그럴 때마다 새들의 노래는 점점 더 요란하고 날카로워진다. 그 이유가 뭐라고 생각하니?」

「삼촌, 우리가 여기 와 있는 건 오로지 무역 때문이에요. 영국인들이 마을에서 나가기를 원하신다면 ―」

「퀘이, 너는 세 번째 새의 소리는 들을 수 없다. 그 암컷 새는 수컷들이 더, 더, 더 크게 우는 걸 조용히, 조용히 듣고 있지. 수컷들이 목소리가 안 나올 때까지 노래하면 그제야 암컷은 입을 연다. 그제야 제 마음에 들게 노래한 수컷을 선택하지. 지금은 그냥 앉아서 수컷끼리 다투게 한다. 누가 더 나은 짝이 될 수 있는지, 누가 암컷에게 더 나은 씨를 줄 수 있는지, 어려운 시기에 누가 암컷을 위해 더 잘 싸울 수 있는지 보기 위해서.

퀘이, 이 마을은 저 암컷 새처럼 거래해야 한다. 너희가 노예 값을 더 쳐주고 싶으면 더 쳐줘라. 하지만 네덜란드인들도 더 쳐줄 거고, 포르투갈인들, 심지어 해적들도 더 쳐줄 것이다. 너희와 그들 모두가 서로 자기네가 얼마나 더 나은지 외쳐 댈 때 난 조용히 컴파운드에 앉아 푸푸[10]나 먹으며 적당한 가격이 나올 때까지 기다릴 거다. 자, 일 이야기는 이제 그만하자.」

쿼이는 한숨지었다. 그렇다면 평생 여기 있어야 할 터였다. 새들의 노래가 그쳤다. 어쩌면 새들도 그의 분노를 느낀 것인지 몰랐다. 그는 새들의 푸른색과 노란색과 주황색 날개를, 갈고리 모양 부리를 바라보았다.

「런던에는 저런 새들이 없었어요.」쿼이가 조용히 말했다. 「색이 없었죠. 모든 게 잿빛이었어요. 하늘, 건물들, 심지어 사람들까지 잿빛으로 보였어요.」

피피가 고개를 저었다.「제임스가 너를 그런 말도 안 되는 나라로 보내는 걸 에피아가 왜 막지 않았는지 모르겠구나.」

쿼이는 멍하니 고개를 끄덕이고는 다시 죽을 먹기 시작했다.

쿼이는 외로운 아이였다. 그가 태어나자 아버지는 자신과 에피아, 아들이 더 편안하게 살 수 있도록 성 근처에 오두막을 지었다. 그 당시에는 무역이 번성했다. 쿼이는 지하 감옥을 본 적도 없고 성 지하에서 벌어지는 일도 어렴풋이 짐작만 했지만, 아버지 얼굴을 보기가 힘든 만큼 사업이 잘되고 있다는 것은 알았다.

모든 날이 쿼이와 에피아를 위한 것이었다. 에피아는 케이프코스트에서, 아니 황금해안 전체에서 가장 인내심이 강한 어머니였다. 그녀의 말씨는 부드러우면서도 확신에 차 있었다. 그녀는 절대 아들을 때리지 않았고, 다른 어머니들이 그러다 버릇 나빠진다고, 그러면 배우는 것이 없을 거라고 조롱해도 흔

10 fufu. 카사바나 플랜틴 바나나를 삶아 절구에 찧은 뒤 동글동글하게 빚어서 수프에 넣어 먹는 가나의 대표적인 요리.

들림이 없었다.

「배우긴 뭘 배워? 내가 바바한테 배운 게 뭐지?」 그녀는 그렇게 응수하곤 했다.

그래도 퀘이는 배웠다. 에피아는 아들을 무릎에 앉혀 놓고 하나의 단어를 판티어와 영어로 반복해서 들려주는 방식으로 말하기를 가르쳤고, 퀘이는 하나의 언어를 듣고 다른 언어로 대답할 수 있게 되었다. 에피아도 퀘이가 세상에 태어난 해에 비로소 읽기와 쓰기를 배웠지만 아들의 작고 통통한 주먹을 감싸 쥐고 둘이 함께 한 줄 한 줄 짚어 가며 열성적으로 글을 가르쳤다.

「정말 똑똑하구나!」 퀘이가 그녀의 도움 없이 제 이름을 쓸 줄 알게 되자 그녀가 탄성을 내질렀다.

1784년, 퀘이의 다섯 번째 생일에 에피아는 처음으로 바두의 마을에서 보낸 자신의 어린 시절 이야기를 들려줬다. 퀘이는 코비, 바바, 피피 같은 이름들을 알게 되었다. 에피아에게는 이름조차 모르는 다른 어머니가 있고 그녀가 늘 목에 걸고 다니는 빛나는 검은 돌은 그의 진짜 할머니인 그 여자가 준 것임도 알게 되었다. 그 이야기를 하면서 에피아의 얼굴이 어두워졌지만, 퀘이가 손을 뻗어 그녀의 뺨을 만지자 폭풍이 지나갔다.

「넌 내 새끼다. 내 것.」 그녀가 말했다.

그리고 에피아는 퀘이의 것이었다. 어렸을 때 퀘이는 그것으로 족했지만 커가면서 자신의 가족이 너무 단출한 것을 한탄하기 시작했다. 황금해안의 다른 가족들은 강한 남자들이 꾸준히 새 아내를 들이는 과정에서 형제자매들이 늘어나 대가족을 이루는 형태였던 것이다. 그는 아버지의 다른 자식들, 대서양 건너편에 사는 백인 콜린스들을 만나 보고 싶었지만 영원히 그럴 수 없을 것임을 알았다. 퀘이에게는 오직 자신과 책들, 해변, 성, 어머니뿐이었다.

「퀘이가 친구가 없어서 걱정이에요.」 어느 날 에피아가 제임스에게 말했다. 「성 안의 다른 아이들과 놀지 않으니.」

퀘이는 온종일 케이프코스트 성을 본뜬 모래성을 만들다가 집으로 돌아와 문 안으로 들어서려다가, 어머니가 자기 이름을 말하는 것을 듣고 몰래 엿듣기 시작했다.

「그걸 우리가 어쩌겠어? 에피아, 당신이 애를 너무 응석받이로 키웠어. 이제 뭐든 제 힘으로 하는 법을 배워야지.」

「가끔 여기서 벗어날 수 있도록 다른 판티 아이들, 마을 아이들과 놀아야 해요. 누구 아는 아이 있어요?」

「저 왔어요!」 퀘이가 좀 지나칠 정도로 크게 외쳤는데, 아버지의 다음 말을 듣고 싶지 않아서였다. 그날이 지나가자 퀘이는 그 일을 모두 잊었지만, 몇 주 뒤 쿠조 사키가 아버지를 따라 성에 왔을 때 부모님의 대화가 떠올랐다.

쿠조의 아버지는 한 판티 마을의 추장이었다. 그는 아비쿠 바두의 가장 강력한 경쟁자로 증가하는 무역에 대해 논의하기 위해 제임스 콜린스와 만남을 갖기 시작했는데, 콜린스가 언제 한번 장남을 데려올 수 있는지 물었던 것이다.

「퀘이, 이 아이는 쿠조다.」 제임스가 그 소년을 향해 퀘이를 슬쩍 떠밀며 말했다. 「우리가 이야기하는 동안 둘이 놀아라.」

퀘이와 쿠조는 아버지들이 성의 다른 쪽으로 걸어가는 것을 지켜보았다. 그들이 더 이상 형체를 알아볼 수 없을 정도로 멀어지자 쿠조가 퀘이에게 관심을 돌렸다.

「너 백인이야?」 쿠조가 그의 머리칼을 만지며 물었다.

전에도 많은 사람들이 똑같은 행동을 하면서 똑같은 질문을 던졌지만 퀘이는 쿠조의 손길에 움찔했다. 「난 백인 아냐.」 그가 조용히 말했다.

「뭐라고? 크게 말해!」 쿠조의 요구에 퀘이는 거의 소리 지르다시피 반복해 대답했다. 멀리서 아버지들이 웬 소동인가 싶어 돌아보았다.

「너무 시끄럽구나, 퀘이.」 제임스가 말했다.

퀘이는 얼굴이 붉게 물드는 것을 느낄 수 있었지만 쿠조는 재미있어하며 구경만 했다.

「백인이 아니라 이거지. 그럼 뭔데?」

「너와 같아.」 퀘이가 말했다.

쿠조는 한 팔을 내밀더니 퀘이도 똑같이 하라고 했다. 그들은 살이 닿을 정도로 가까이 팔을 붙였다. 「나랑 안 같은데.」 쿠조가 말했다.

퀘이는 울고 싶었고 이런 욕구가 당혹스러웠다. 그는 자신이 성에 사는 아이들처럼 혼혈이고 다른 혼혈아들처럼 어느 반쪽도, 아버지의 흼도, 어머니의 검음도, 영국도, 황금해안도 온전히 자신의 것이라고 주장할 수 없음을 알았다.

쿠조가 퀘이의 눈에서 나오려고 애쓰는 눈물을 본 것이 분명했다.

「자, 자.」 그가 퀘이의 손을 잡으며 말했다. 「우리 아버지가 그러는데 여기 큰 총들이 있다며. 어딘지 알려줘!」

쿠조는 퀘이에게 길을 알려 달라고 해놓고서는 제가 앞장을 섰고, 두 소년은 총알처럼 아버지들을 지나쳐 대포들이 있는 곳으로 달려갔다.

퀘이와 쿠조는 그렇게 친구가 되었다. 처음 만난 날로부터 2주가 지난 후, 퀘이는 자기 마을에 놀러 오고 싶은지 묻는 쿠조의 전갈을 받았다.

「가도 돼요?」 퀘이가 어머니에게 물었다. 에피아는 아들에게 친구가 생긴다는 생각에 기뻐서 어쩔 줄 모르며 이미 그를 문밖으로 떠밀고 있었다.

쿠조의 마을은 퀘이가 많은 시간을 보내게 된 첫 마을이었고, 그는 그곳이 성이나 케이프코스트와 너무도 다른 것이 놀랍기만 했다. 그곳에는 백인이 단 한 명도 없었고, 뭐는 해도 되고 뭐는 하면 안 되는지 말하는 군인들도 없었다. 마을 아이들은 매 맞는 것에 익숙했지만 끊임없이 소란스럽고 시끄럽고 자유로웠다. 퀘이와 같은 열한 살인 쿠조는 벌써 10남매의 맏이로 동생들을 마치 자신의 작은 군대처럼 부렸다.

「가서 내 친구 먹을 것 좀 가져와!」 퀘이가 오는 것을 본 그가 제일 어린 여동생에게 소리쳤다. 여동생은 아직 엄지손가락을 빨며 아장아장 걸어 다니는 아기였는데도 쿠조가 말만 하면 즉시 따랐다.

「야, 퀘이, 내가 뭘 잡았는지 봐.」 쿠조는 퀘이가 가까이 다가올 때까지 참지 못하고 손바닥을 벌리며 말했다.

그의 손바닥에는 작은 달팽이 두 마리가 있었는데, 작고 미끈거리는 몸으로 손가락들 사이에서 꿈틀거리고 있었다.

「이건 네 거고, 이건 내 거야.」 쿠조가 달팽이들을 가리키며 말했다. 「우리 애들 경주시키자!」

쿠조가 손바닥을 오므리고 달리기 시작했다. 그가 더 빨랐고, 퀘이는 그를 따라가느라 애를 먹었다. 숲의 빈터에 도착하자 쿠조는 배를 깔고 엎드려 퀘이에게도 똑같이 하라는 몸짓을 보냈다.

그는 퀘이에게 달팽이 한 마리를 주고 땅에 출발선을 그었다. 두 소년은 출발선 안쪽에 달팽이를 풀어놓았다.

달팽이들은 처음에는 움직이지 않았다.

「멍청이들인가?」 쿠조가 집게손가락으로 자기 달팽이를 쿡쿡 찌르며 말했다. 「멍청한 달팽이들아, 너희들은 자유의 몸이다. 가! 가라고!」

「충격받아서 그런 건지도 몰라.」 퀘이가 말하자 쿠조는 멍청이는 너라는 듯 쳐다보았다.

그때 퀘이의 달팽이가 출발선을 넘기 시작했고, 몇 초 뒤 쿠조의 달팽이도 그 뒤를 따랐다. 퀘이의 달팽이는 달팽이가 대개 그러하듯 느릿느릿 천천히 움직이지 않았다. 자신이 경주하고 있다는 것을, 자유의 몸이라는 것을 아는 듯했다. 그 달팽이는 오래지 않아 소년들의 시야에서 사라진 반면, 쿠조의 달팽이는 느릿느릿 걷다가 몇 번 빙글빙글 돌기까지 했다.

퀘이는 갑자기 초조해졌다. 쿠조가 경주에 진 것 때문에 화가 나서 마을에서 나가라고, 다시는 오지 말라고 할 수도 있었다. 퀘이는 쿠조와 이제 막 만나기 시작했지만 벌써부터 그를 잃고 싶지 않았다. 그래서 자신이 할 수 있다고 생각하는 유일한 것을 했다. 아버지가 거래가 끝난 뒤에 하는 것을 종종 본 대로 손을 내밀었고, 놀랍게도 쿠조가 그 손을 잡았다. 소년들은 악수를 나누었다.

「내 달팽이는 아주 멍청했는데, 네 건 잘했어.」쿠조가 말했다.

「그래, 내 건 아주 잘했어.」퀘이가 안도해서 맞장구쳤다.

「달팽이들 이름을 지어 줘야지. 내 건 리처드라고 하자. 그건 영국 이름이고 내 달팽이는 영국인들처럼 나쁘니까. 네 건 콰메라고 하면 돼.」

퀘이는 웃음을 터뜨렸다. 「그래, 리처드는 영국인처럼 나빠.」그 순간 그는 자신의 아버지가 영국인임을 잊었고 나중에 기억이 났지만 상관없다고 생각했다. 오로지 온전하고 완벽한 소속감만이 느껴졌다.

소년들은 성장했다. 퀘이는 한 해 여름에 10센티미터나 자란 한편, 쿠조는 근육이 커져 갔다. 다리와 팔에 근육이 울퉁불퉁해서 땀이 흘러내릴 때 파도가 치는 것 같았다. 그는 씨름꾼으로 널리 알려졌다. 인근 마을들에서 쿠조보다 나이 많은 소년들이 도전했으나 그는 모든 시합에서 이겼다.

「어이, 퀘이, 언제 나랑 씨름 붙어 볼 거야?」쿠조가 물었다.

퀘이는 그에게 도전한 적이 없었다. 그는 불안했다. 어차피 질 것은 알았으므로 그런 이유 때문이 아니라, 지난 3년간 신중히 지켜봐서 쿠조의 몸이 어떤 것을 해낼 수 있는지 그 누구보다 잘 알기 때문이었다. 적의 주위를 원을 그리며 돌 때의 우아한 동작 그리고 수학적 폭력. 팔과 목의 합은 숨 막힘, 팔꿈치와 코의 합은 피가 되었다. 쿠조는 그 춤에서 하나의 스텝도 실수하지 않았고, 강력하면서도 절제된 그의 몸은 퀘이에게 경외감을 불러일으켰다. 얼마 전부터 퀘이는 쿠조가 억센 두 팔로 자신을 감싸 안고 땅에 눕힌 뒤 몸 위에 올라타는 상상에 젖고는 했다.

「리처드한테 씨름 붙자고 해.」 퀘이가 말하자 쿠조는 특유의 활기찬 웃음을 터뜨렸다.

달팽이 경주 이후로 그들은 모든 것에, 좋은 것이든 나쁜 것이든 모든 것에 리처드라는 이름을 붙이기 시작했다. 상스러운 말을 했다고 어머니에게 혼나도 리처드를 탓했다. 제일 빨리 달리거나 씨름 시합에서 이겨도 리처드 덕이라고 했다. 쿠조가 바다에서 너무 멀리까지 헤엄쳐 나가서 허우적거린 날, 그곳에도 리처드가 있었다. 그가 익사하기를 원한 것도 리처드였고, 그가 리듬을 되찾도록 도와서 구한 것도 리처드였다.

「불쌍한 리처드! 내가 박살내 버릴 거니까.」 쿠조가 근육을 과시하며 말했다.

퀘이가 쿠조의 팔을 꽉 잡았다. 그래도 쿠조의 근육은 무너지지 않았지만 퀘이가 말했다. 「그래? 이 쬐끄만 걸로?」

「응?」 쿠조가 말했다.

「이 팔이 쬐끄맣다고. 형제, 팔이 물렁한데.」

쿠조가 예고도 없이 순식간에 마른번개처럼 두 팔로 퀘이의 몸을 감았다. 「물렁해?」 그가 물었다. 그의 목소리는 퀘이의 귀에 그저 하나의 속삭임, 바람 소리에 지나지 않았다. 「조심해, 친구. 여긴 물렁한 게 없으니까.」

퀘이는 숨이 막혀 오면서도 자신의 얼굴이 붉어지는 것을 느꼈다. 쿠조의 몸이 너무 가깝게 밀착해 와서 순간적으로 둘이 한 몸이 된 듯한 기분이 들었다. 퀘이의 양팔에 난 모든 털이 그다음에 무슨 일이 벌어질지 기다리며 곤두섰다. 마침내 쿠조가 그를 놓아 주었다.

쿠조가 입가에 미소를 머금고 구경하는 동안 퀘이는 거칠게 헐떡거렸다.

「퀘이, 겁났어?」 쿠조가 물었다.

「아니.」

「아니라고? 이제 판틀랜드의 모든 남자가 나한테 겁먹고 있는 거 몰라?」

「넌 나를 다치게 하지 않을 거니까.」 퀘이가 말했다. 그는 쿠조의 눈을 똑바로 응시했고 눈동자가 흔들리는 것을 보았다.

쿠조는 재빨리 평정을 되찾았다. 「확실해?」

「응.」 퀘이가 말했다.

「그럼 나한테 도전해 봐. 씨름 도전해 보라고.」

「안 해.」

쿠조가 두 사람의 얼굴이 몇 센티미터밖에 떨어지지 않을 정도로 가까이 다가섰다. 「나한테 도전해.」 쿠조가 말했다. 그의 숨결이 퀘이의 입술 위에 나부꼈다.

그다음 주에 쿠조는 중요한 시합을 치렀다. 성의 군인 하나가 술에 취해서 쿠조가 절대 자신을 이길 수 없을 거라고 으스댔던 것이다.

「검둥이가 검둥이를 상대로 싸우는 건 도전이 아니야. 야만인을 백인과 붙여 놓으면 어떻게 되는지 보라고.」

그 백인 군인이 큰소리치는 것을 쿠조의 마을 출신 하인이 듣고 쿠조의 아버지에게 고해 바쳤다. 그다음 날 추장이 몸소 자신의 뜻을 전하러 왔다.

「내 아들을 이길 수 있다고 생각하는 백인이 있으면 누구든 도전해 보시오. 사흘 안에 누가 센지 확인하게 될 테니까.」

퀘이의 아버지는 씨름이 야만적인 것이라고 말하며 시합을 금하려고 했지만 군인들은 따분해서 몸이 근질거렸다. 그들이 갈구하는 것이 바로 야만적인 즐거움이었다.

주말에 쿠조가 왔다. 그는 자신의 아버지와 일곱 형제들만 대동했다. 지난주 이후로 쿠조와 만난 적이 없었던 퀘이는 알 수 없는 불안감에 사로잡혔다. 아직도 입술에 쿠조의 숨결이 남은 듯했다.

큰소리를 쳤던 군인 역시 불안해하고 있었다. 성 안의 모든 사람들이 지켜보는 가운데 그는 이리저리 서성이며 손을 떨었다.

쿠조는 도전자 맞은편에 섰다. 그는 도전자를 위아래로 훑어보며 평가를 내렸다. 그러다가 구경꾼들 틈에 있는 퀘이를 발견했다. 퀘이가 그를 향해 고개를 끄덕이자 쿠조는 미소를 지었는데, 퀘이는 그 미소가 〈난 이 시합에서 이길 거야〉라는 의미임을 알았다.

쿠조는 실제로 이겼다. 시합이 시작되고 1분 만에 쿠조는 두 팔로 군인의 뚱뚱한 배를 감아 휙 뒤집어 꼼짝 못 하게 만들었다.

관중이 흥분해서 고함을 질러 댔다. 추가로 도전자들이 나섰지만 쿠조는 그 군인들을 다양한 정도의 수월함으로 물리쳤다. 마침내 도전자들 모두가 기진맥진해서 비틀거렸고 쿠조 혼자 침착했다.

군인들이 자리를 뜨기 시작했다. 쿠조의 형제들과 아버지도 시끌벅적하게 축하를 보낸 뒤 떠났다. 쿠조는 그날 밤 퀘이와 함께 케이프코스트에서 지낼 예정이었다.

「나랑 씨름하자.」 모두 자리를 뜬 것처럼 보이자 퀘이가 말했다.

「내가 너무 지쳐서 못 이길 것 같아?」 쿠조가 물었다.

「넌 너무 지쳐서 못 이긴 적 없잖아.」

「좋아. 나랑 씨름하고 싶어? 와서 먼저 잡아 봐!」 쿠조는 그렇게 말하고 달리기 시작했다. 퀘이는 그들이 처음 친구가 되었을 때보다 빨라져 있었다. 그는 대포 근처에서 쿠조를 따라잡아 그에게 몸을 날려 다리를 잡고 땅에 쓰러뜨렸다.

몇 초 만에 쿠조가 그의 위로 올라가 거칠게 헐떡거렸고, 퀘이는 다시 뒤집으려고 안간힘을 썼다.

퀘이는 시합을 끝낸다는 신호로 땅을 세 번 두드려야 한다는 것을 알았지만 그러고 싶지 않았다. 그러고 싶지 않았다. 쿠조가 일어나는 것이 싫었다. 자신을 찍어 누르는 그의 무게를 잃고 싶지 않았다.

퀘이는 천천히 몸에서 힘을 풀었고 쿠조도 똑같이 하는 것을 느꼈다. 소년들은 넋을 잃고 서로를 바라보았다. 호흡이 느려졌다. 퀘이는 입술의 얼얼한 감각이 강해지는 것을 느꼈고, 금세라도 쿠조를 향해 얼굴을 들 것만 같았다.

「당장 일어나.」 제임스가 말했다.

퀘이는 아버지가 언제부터 거기 서서 지켜보고 있었는지 알 수 없었으나 아버지의 목소리가 달라진 것은 알았다. 그건 제임스가 하인들 그리고 퀘이가 직접 본 적은 없지만 존재는 알고 있는 노예들을 때리기 전에 내는 신중하게 통제된 목소리였다. 그러나 지금은 두려움도 섞여 있었다.

「쿠조, 집에 가라.」 제임스가 말했다.

퀘이는 친구가 떠나는 것을 지켜보았다. 쿠조는 돌아보지도 않았다.

다음 달, 퀘이의 열네 번째 생일 직전에, 에피아가 울면서 싸우고 또 싸우다가 도를 넘어 처음이자 마지막으로 제임스의 따귀를 때리는 지경에 이르는 사이, 퀘이는 런던행 배에 올랐다.

*

런던에서 돌아왔다는 소식 들었네. 좀 만날 수 있을까, 옛 친구?

퀘이는 쿠조가 보낸 전갈에 대한 생각을 떨칠 수가 없었다. 그는 자신의 그릇을 들여다보고 죽을 거의 먹지 않았음을 깨달았다. 피피는 벌써 다 비우고 한 그릇을 더 청했다.

「어쩌면 그냥 런던에 남았어야 했는지도 모르겠어요.」 퀘이가 말했다.

삼촌이 음식에서 눈을 들고 묘한 눈초리로 쳐다보았다. 「뭐하러 런던에 남아 있어?」

「거기가 더 안전했으니까요.」 퀘이가 조용히 말했다.

「더 안전해? 왜? 영국인들은 노예를 찾아 숲을 헤매고 다니지 않아서? 그들은 손을 더럽히지 않고 우리가 일을 해서? 내 말 잘 들어라. 그들이 하는 일이 제일 위험한 거야.」

그런 뜻으로 한 말이 아니었지만 퀘이는 잠자코 고개를 끄덕였다. 그는 영국에 있을 때 흑인들이 백인 국가들에서 어떻게 사는지 보았다. 인도인들과 아프리카인들이 한 방에 스무 명

이상씩 들어차서 돼지들이 남긴 음식 찌꺼기로 배를 채우며, 질병 교향곡이라도 연주하듯 다 함께 쿨럭쿨럭 연신 기침을 하면서 살았다. 그는 대서양 건너편에서 기다리는 위험들을 알았지만 자기 안의 위험도 알았다.

「약한 소리 마라, 퀘이.」 피피가 빤히 쳐다보면서 말했다. 퀘이는 순간적으로 삼촌에게 결국 속마음을 들킨 것이 아닐까 생각했다. 하지만 피피가 다시 죽 그릇으로 시선을 돌리며 말했다. 「네가 할 일이 있지 않니?」

퀘이는 마음을 가다듬으려고 애쓰며 고개를 저었다. 그는 삼촌에게 미소를 보내고 식사 대접에 감사를 표한 뒤 자리를 떴다.

일은 힘들지 않았다. 퀘이와 회사 동료들이 맡은 공식적인 임무는 매주 바두와 그의 부하들을 만나 재고를 점검하고, 봄보이[11]들이 카누에 화물 싣는 것을 감독하고, 성의 총독에게 바두와 다른 무역 파트너들에 대한 소식을 전하는 것이었다.

오늘은 퀘이가 봄보이들을 감독할 차례였다. 그는 마을 가장자리까지 몇 킬로미터를 걸어가서 영국인들을 위해 바닷가 마을들에서 성으로 노예들을 실어 나르는 판티족 소년들을 만났다. 이날은 겨우 다섯 명의 노예들만 밧줄로 묶인 채 대기하고 있었다. 그중 가장 어린 작은 소녀가 똥을 쌌지만 모두 모르는 척했다. 퀘이는 똥 냄새에는 익숙해졌지만 공포의 냄새에는 영원히 무뎌지지 못할 터였다. 그 냄새는 그의 코를 휘감고 눈에 눈물이 고이게 했지만, 그는 울음 참는 법을 이미 오래전에 터득했다.

11 *bomboy*. 케이프코스트에서 카누나 배에 화물을 싣는 일을 하는 남자.

퀘이는 봄보이들이 노예들을 가득 실은 카누를 몰고 출발하는 것을 볼 때마다 그들을 맞이할 채비를 하고 케이프코스트성 해안에 섰던 아버지가 생각났다. 이쪽 해안에서 퀘이는 떠나는 카누를 지켜보며 노예가 떠날 때마다 느끼는 수치심에 가득 차 있었다. 아버지는 그의 해안에서 무엇을 느꼈을까? 제임스는 퀘이가 런던에 도착하고 바로 세상을 떠났다. 런던으로의 배 여행은 최선의 경우가 불편한 정도였고 최악의 경우에는 끔찍했으며, 퀘이의 경우 줄곧 울거나 토하기를 반복했다. 배 위에서 퀘이는 아버지가 어떻게 노예들을 이런 식으로 대하게 되었는지에 대한 생각뿐이었다. 그것이 아버지가 자신의 문제를 처리하는 방식이었다. 배에 태워서 멀리 보내 버리는 것. 제임스는 배가 떠나가는 것을 지켜볼 때마다 어떤 감정을 느꼈을까? 퀘이가 자신의 육신, 억누를 수 없는 욕망에 대해 느끼는 두려움과 수치심, 혐오가 뒤섞인 그런 감정이었을까?

마을로 돌아오니 바두는 벌써 취해 있었다. 퀘이는 인사만 하고 얼른 지나치려고 했다.

하지만 그만큼 동작이 빠르지 못했다. 바두가 그의 어깨를 잡고 물었다. 「어머니는 잘 지내나? 나 만나러 오라고 해, 응?」

퀘이는 미소로 보이기를 바라며 입술을 오므렸다. 그는 역겨움을 삼키려고 애썼다. 그가 이곳에 배치되는 것을 받아들였을 때 에피아는 울면서 그에게 거부하라고, 도망치라고 애걸했다. 그 의무를 피하기 위해서라면 얼굴도 모르는 외할머니가 그랬던 것처럼 아샨티 깊숙한 곳으로 사라져도 된다고 했다.

그녀는 목에 건 돌 펜던트를 만지며 말했다. 「그 마을에는 악이 있다, 퀘이. 바바—」

「바바는 오래전에 죽었고, 어머니도 나도 유령 같은 걸 믿기엔 너무 나이가 많아요.」퀘이가 말했다.

그의 어머니가 아들의 발치에 침을 뱉고는 고개를 흔들었는데 어찌나 빨리 흔드는지 머리가 떨어져 나갈 수도 있을 것 같았다. 「넌 네가 안다고 생각하지만 모르고 있다. 악은 그림자 같은 거야. 널 따라다녀.」

「아마 어머니가 조만간 오실 거예요.」퀘이는 바두에게 그렇게 말했지만 어머니가 그를 만나러 오는 일은 결코 없을 것임을 알았다. 부모님이 주로 바두 문제로 다투기는 했지만 둘이 서로를 좋아한 것은 모두가 아는 일이었다. 그리고 퀘이는 한편으로는 아버지를 미워하면서도 다른 한편으로는 여전히 아버지를 기쁘게 하고 싶은 마음이 간절했다.

마침내 바두에게서 벗어난 퀘이는 내처 걸었다. 쿠조의 전갈이 머릿속을 떠나지 않았다.

런던에서 돌아왔다는 소식 들었네. 좀 만날 수 있을까, 옛 친구?

퀘이는 런던에서 돌아왔을 때 쿠조의 안부를 묻기가 두려웠지만 굳이 그럴 필요도 없었다. 쿠조는 마을 추장이 되었고, 그 마을은 여전히 영국인들과 무역을 하고 있었다. 퀘이는 성에서 서기로 일할 때 거의 날마다 장부에 쿠조의 이름을 기록했다. 이제 쿠조를 만나러 가서 예전처럼 대화를 나누는 것이, 아버지가 싫었던 것처럼 런던이 싫었다고, 그곳의 모든 것이 — 추위, 습기, 어두움 — 그를 쿠조와 떼어 놓기 위한 단 하나의 목적만으로 설계된 개인적 모욕처럼 느껴졌다고 말하는 것이 쉬운 일이 되었다.

하지만 쿠조를 만나 본들 무슨 소용이 있겠는가? 한 번 본다
고 6년 전 성의 대포 옆으로 돌아갈 수 있겠는가? 어쩌면 런던
이 그의 아버지가 바란 것을 해주었는지도 몰랐다. 어쩌면 그
렇지 않았을 수도 있고.

몇 주가 서서히 흘렀지만 퀘이는 여전히 쿠조에게 답하지 않
고 있었다. 대신 일에 매달렸다. 피피와 바두는 아샨틀랜드와
그 북쪽에 연줄이 많았다. 대인들, 전사들, 추장들 같은 인물들
이 날마다 노예를 열 명, 스무 명씩 데려왔다. 무역이 너무 많
이 증가하고 노예를 모으는 방법들이 너무 무모해져서 많은 부
족이 아이들 얼굴에 표식을 해 식별이 가능하게 만들었다. 노
예로 가장 많이 잡히는 북쪽 사람들은 팔아넘길 수 없을 정도
로 흉한 몰골을 만들기 위해 얼굴에 흉터가 스무 개 이상씩 되
기도 했다. 퀘이의 마을 전초 기지에 들어오는 노예들은 대부
분 부족 전쟁의 포로들이었고, 가족들이 팔아넘긴 경우도 소수
있었다. 피피가 어두운 밤에 북쪽에서 작전을 펼쳐 직접 잡아
오는 노예가 제일 드물었다.

피피는 지금도 그런 작전을 준비 중이었다. 그는 퀘이에게
그 작전에 대해 말해 주려 하지 않으나, 퀘이는 삼촌이 다른
판티 마을에 원조를 청한 것으로 보아 특별히 위험한 작전일
것이라고 짐작했다.

「한 명만 빼고 나머지 포로들은 자네가 다 가져도 좋네. 둔
콰에서 헤어질 때 포로들을 데려가게.」 피피가 누군가에게 말
했다.

퀘이는 방금 전에 피피의 컴파운드로 불려 와 있었다. 그의
앞에서 전사들이 전투 복장을 하고 머스킷 총, 정글도, 창을 챙

겨 들고 있었다.

쿼이는 삼촌이 누구와 이야기하는지 보려고 안으로 더 들어 갔다.

「아, 쿼이. 드디어 나를 만나러 왔군, 응?」

쿼이가 기억하는 목소리보다 굵직했지만 그래도 누구 목소리인지 단박에 알 수 있었다. 옛 친구와 악수를 나누기 위해 내민 쿼이의 손이 떨렸다. 쿠조가 그의 부드러운 손을 꽉 잡았다. 악수가 쿼이를 쿠조의 마을로, 달팽이 경주로, 리처드에게로 데려다주었다.

「여기서 뭐 하는 거야?」 쿼이가 물었다. 그는 목소리에서 속마음이 드러나지 않기 바랐다. 침착하고 확신에 찬 목소리를 내고 싶었다.

「네 삼촌이 오늘 우리에게 멋진 작전을 약속했지. 나는 기꺼이 받아들였고.」

피피는 쿠조의 어깨를 툭 치고 전사들에게 이야기하러 갔다.

「넌 내 전갈에 답하지 않았어.」 쿠조가 조용히 말했다.

「시간이 없었어.」

「그랬군.」 쿠조가 말했다. 그는 예전과 똑같아 보였다. 키도 더 크고 어깨도 더 넓어졌지만 그래도 똑같아 보였다. 「삼촌한테 들었는데 아직 결혼을 안 했다고.」

「응.」

「난 지난봄에 결혼했어. 추장은 결혼을 해야만 해.」

「오, 맞아.」 쿼이는 자신도 모르게 영어로 말했다.

쿠조는 웃음을 터뜨렸다. 그는 정글도를 집어 들고 쿼이에게 더 가까이 몸을 기울였다. 「영국인처럼 영어로 말하는구나. 꼭

리처드처럼, 응? 북쪽에서 네 삼촌과 작전을 끝내면 내 마을로 돌아갈 거야. 넌 언제든 환영이다. 나 보러 와.」

피피가 전사들을 불러 모으기 위해 마지막으로 크게 외쳤고, 쿠조는 그쪽으로 달려갔다. 쿠조는 달려가면서 흘끗 뒤를 돌아보고 퀘이에게 미소 지었다. 퀘이는 그들이 얼마나 오래 떠나 있을지 알지 못했지만 삼촌이 돌아올 때까지 잠을 잘 수 없으리라는 것은 알았다. 아무도 그에게 이번 작전이 무엇인지 이야기해 주지 않았다. 사실 퀘이는 전사들이 싸우러 나가는 것을 몇 번 보았지만 그것에 대해 물은 적이 없었는데, 이번에는 심장이 어찌나 쿵쾅거리는지 목구멍에 두꺼비가 들어앉은 듯했다. 그는 심장의 모든 박동을 느낄 수 있었다. 피피는 왜 쿠조에게 내가 아직 결혼을 하지 않았다는 말을 했을까? 쿠조가 물었을까? 나는 어떤 식으로 쿠조의 마을에서 환영받을 수 있을까? 추장의 컴파운드에서 살게 될까? 추장의 셋째 부인처럼 내 오두막을 가지고서? 아니면 마을 가장자리의 오두막에서 홀로 지내게 될까? 두꺼비가 울어 댔다. 방법이 있다. 방법이 없다. 방법이 있다. 심장이 고동칠 때마다 퀘이의 마음은 이리저리 줄달음쳤다.

한 주가 흘렀다. 그리고 두 주. 그리고 세 주. 네 번째 주 첫날, 마침내 퀘이는 노예를 가두는 지하실로 불려 갔다. 피피는 지하실 벽을 등지고 누워, 깊이 베여 피가 흘러나오는 옆구리의 커다란 상처를 손으로 덮고 있었다. 곧 회사의 의사 하나가 두꺼운 바늘과 실을 들고 도착해서 피피의 상처를 꿰매기 시작했다.

「무슨 일이에요?」 퀘이가 물었다. 지하실 문을 지키는 피피의 부하들은 분명 동요하고 있었다. 그들은 정글도와 머스킷 총을 함께 들고 있었고, 숲에서 잎사귀 바스락거리는 소리만 들려도 무기를 더 단단히 틀어쥐었다.

피피가 웃기 시작했다. 그것은 마치 죽어 가는 동물의 마지막 포효처럼 들렸다. 의사가 봉합을 마치고 그 위로 갈색 액체를 붓자 피피는 웃음을 그치고 소리를 질렀다.

「조용!」 피피의 전사들 중 하나가 말했다. 「누가 우리를 따라왔는지도 몰라요.」

퀘이는 무릎을 꿇고 앉아 삼촌과 시선을 맞췄다. 「무슨 일이에요?」

피피는 느리게 부는 바람에도 이를 악물었다. 그가 한 손을 들어 지하실 문을 가리켰다. 「아들아, 우리가 무엇을 가져왔는지 봐라.」 그가 말했다.

퀘이는 일어나서 문으로 갔다. 피피의 부하들이 그에게 등불을 건넨 뒤 그가 안으로 들어갈 수 있도록 비켜섰다. 지하실 안으로 들어서자 마치 속이 빈 북 안에 있는 것처럼 어둠이 주위에서 메아리치고 그에게 부딪혀 반향을 일으켰다. 그가 등불을 더 높이 들자 노예들이 보였다.

퀘이는 노예들이 많을 것이라고는 기대하지 않았는데 그다음 주 초까지는 다음 선적이 시작되지 않을 예정이기 때문이었다. 퀘이는 그들이 아샨티족이 잡아 오는 노예들이 아님을 즉시 알았다. 그들은 피피가 훔쳐 온 사람들이었다. 구석에 한데 묶인 남자 둘은 거구의 전사들이었고 작은 상처들에서 피를 흘리고 있었다. 그들은 퀘이를 보자 트위어로 야유를 보내며 쇠사슬에서 벗어나려고 몸부림쳤고, 그 바람에 새로 상처들이 생겨서 피가 더 흘렀다.

　그 반대쪽 벽에 한 소녀가 조용히 앉아 있었다. 그녀가 커다란 달 같은 눈으로 퀘이를 올려다보았다. 퀘이는 그녀 옆에 무릎을 꿇고 앉아 얼굴을 자세히 들여다보았다. 그녀의 뺨에는 커다란 타원형 흉터가 있었는데, 제임스가 수년 전, 그러니까 그를 배에 태워 영국으로 보내기 전에 가르쳐 준 의료적인 표식, 아샨티의 표식이었다.

　퀘이는 소녀에게서 시선을 떼지 않으면서 몸을 일으켰다. 그는 그녀가 누구인지 깨닫고 천천히 뒷걸음질했다. 밖에서는 삼촌이 고통을 못 이겨 기절하고, 전사들은 아무도 따라온 사람이 없는 것에 안도하여 무기를 쥔 손에 힘을 풀었다.

　퀘이는 문에서 제일 가까운 사람의 어깨를 잡고 흔들었다. 「도대체 아샨티 왕의 딸을 데려다가 뭘 하고 있는 거예요?」

　전사는 시선을 내리깔고 고개를 저으며 아무 말도 하지 않았다. 피피가 어떤 계획을 세웠건 그 계획은 실패해서는 안 됐다. 그러면 마을 사람들 전체가 목숨으로 대가를 치르게 될 테니까.

　그날 이후 퀘이는 상처가 아물어 가는 피피의 곁에 매일 밤마다 앉아 있었다. 퀘이는 그 포획 작전에 대한 이야기를 들었다. 피피가 정보원을 통해 그 소녀를 지키는 경호원들이 가장 적은 때가 언제인지 알아낸 뒤 부하들을 데리고 한밤중에 아샨티로 숨어든 이야기, 소녀에게 손을 뻗다가 경호원의 정글도 끄트머리에 코코넛처럼 베인 이야기, 포로들을 끌고 숲을 지나 해안까지 온 이야기.

　그 소녀는 아샨티 왕국의 최고 권력자인 오세이 본수의 장녀

나나 야였는데, 오세이 본수로 말할 것 같으면 노예 무역에서 황금해안이 맡은 역할에 지대한 영향력을 행사하여 영국 여왕의 존경까지 받는 인물이었다. 나나 야는 중요한 정치적 흥정 수단이어서 어렸을 때부터 납치 위협에 시달렸다. 그녀를 두고 전쟁들이 터지기도 했다. 그녀를 차지하기 위해, 그녀를 풀어 주기 위해, 그녀와 결혼하기 위해.

퀘이는 쿠조가 너무 걱정되어 삼촌에게 그가 임무를 어떻게 수행했는지 물을 엄두도 내지 못했다. 그는 곧 피피의 정보원이 잡혀 고문을 당할 것이고 누가 소녀를 잡아갔는지 털어놓을 수밖에 없을 것임을 알았다. 후폭풍이 닥치는 것은 시간 문제였다.

「삼촌, 아샨티족이 이 일을 용서하지 않을 거예요. 그들이 —」

피피가 그의 말을 잘랐다. 소녀를 잡아 온 그날 밤 이후로 피피는 퀘이가 소녀 이야기를 꺼내거나 그의 의도를 알아내려고 할 때마다 옆구리를 움켜쥐고 침묵에 빠져들거나 길고 지루한 이야기보따리를 풀어놓았다.

「아샨티족은 오래전부터 우리에게 원한을 품어 왔다. 바두가 발견한 북부 사람들이 잡아 온 아샨티족을 우리가 노예로 거래한 사실을 알게 된 이후부터. 그때 바두는 내게 말했다. 우리는 값을 더 쳐주는 사람들과 거래한다고. 아샨티족이 그 일을 알게 됐을 때 내가 그들에게 한 말도 그것이었고, 너에게도 똑같은 말을 했다. 퀘이, 아샨티족은 분노할 것이고, 네 말대로 우리는 그걸 과소평가해서는 안 된다. 하지만 내 말을 믿어라. 우리가 교활하다면 그들은 현명하다. 그들은 용서할 것이다.」

피피가 말을 멈췄고, 퀘이는 삼촌의 두 살밖에 안 된 막내딸이 마당에서 노는 모습을 지켜보았다. 잠시 뒤 하녀가 땅콩과 바나나를 간식으로 내왔다. 하녀가 피피에게 먼저 다가가자 피피가 그녀를 막았다. 그가 흔들림 없는 시선으로 억양 없이 말했다. 「내 아들 먼저 줘야지.」

하녀는 피피가 시킨 대로 먼저 퀘이 앞으로 가서 절을 하고 오른손을 내밀었다. 퀘이와 피피 둘 다 손에 간식을 받자 하녀는 퀘이가 지켜보는 가운데 커다란 엉덩이를 박자를 맞추어 흔들며 나갔다.

「왜 항상 그렇게 말씀하세요?」 하녀가 나간 것을 확인한 퀘이가 물었다.

「뭘 그렇게 말해?」

「내가 삼촌 아들이라고요.」 퀘이는 시선을 내리깔고 바닥이 자신의 목소리를 삼켜 버리기를 바라며 조용히 말했다. 「전에는 나를 원한 적 없잖아요.」

피피는 땅콩 껍질을 이로 깨물어서 알맹이를 빼내고 껍질을 앞쪽 땅바닥에 뱉었다. 그는 자신의 컴파운드에서 마을 광장으로 이어지는 가느다란 흙길 쪽을 바라보았다. 누군가를 기다리는 것처럼 보였다.

「퀘이, 넌 영국에 너무 오래 있었다. 그래서 여기서는 어머니, 누이 그리고 그 아들이 제일 중요하다는 걸 잊은 모양이다. 네가 추장이라면 네 누이의 아들이 네 후계자가 된다. 네 누이는 네 어머니에게서 났지만 네 아내는 그렇지 않으니까. 네 누이의 아들이 네 아들보다 더 중요하다. 하지만 퀘이, 네 어머니는 내 누이가 아니다. 내 어머니의 딸이 아니다. 네 어머니가 성에 사는 백인과 결혼했을 때 나는 그녀를 잃었다. 그리고 내 어머니가 그녀를 미워해서 나도 그녀를 미워하기 시작했다.

그런 미움은 처음에는 좋았지. 내가 더 열심히 일하도록 만들었으니까. 나는 그녀와 성에 사는 백인들을 생각하며 이렇게 말하고는 했다. 여기 이 마을의 내 사람들, 우리는 백인들보다 더 강해질 것이다. 그리고 더 부자가 될 것이다. 바두가 지나치게 탐욕스러워지고 또 너무 뚱뚱해져서 싸울 수 없게 되자 나는 그를 대신해 싸우기 시작했고, 그때까지도 나는 네 어머니와 아버지를 미워했다. 나는 내 어머니도 미워하고 내 아버지도 미워했다. 그들이 어떤 종류의 사람들인지 알았으니까. 나는 나 자신까지도 미워하기 시작했던 것 같다.

네 어머니가 마지막으로 이 마을에 왔을 때 나는 열다섯 살이었다. 아버지 장례식을 치르러 온 것이었지. 에피아가 돌아간 뒤 바바가 내게 말했다. 에피아는 내 친누이가 아니니 나는 그녀에 대한 아무런 의무도 없다고. 오랜 세월 그 말을 믿고 살았지만, 이제 나도 늙어서 더 현명해진 반면 약해지기도 했다. 젊었을 때는 아무도 정글도로 나를 건드릴 수 없었는데 이젠……」 피피는 말끝을 흐리며 자신의 상처를 몸짓으로 가리켰다. 그는 목청을 가다듬고 말을 이어 갔다. 「내가 이 마을에서 이룬 것들은 조만간 더 이상 내 소유가 아니게 될 것이다. 난 아들들은 있지만 누이가 없으니 내가 이룬 모든 것은 바람 속의 먼지처럼 날아가 버릴 거야.

퀘이, 너희 총독에게 너를 이 자리로 보내 달라고 한 사람이 바로 나다. 이 모든 걸 너에게 남길 생각이니까. 나는 한때 에피아를 누이로서 사랑했고, 비록 넌 내 어머니 핏줄은 아니지만 내 장조카에 가장 가까운 사람이다. 내가 가진 걸 모두 너에게 주겠다. 내 어머니의 잘못을 보상하겠다. 너는 내일 밤 나나 야와 결혼할 것이다. 그러면 아샨티 왕과 그의 부하들이 모두 와서 나의 문을 두드리는 일이 생겨도 그들은 너를 부정하지 못할 것이다. 그들은 너도, 이 마을의 그 누구도 죽일 수 없을 것이다. 이 마을은 한때 네 어머니의 마을이었던 것처럼 이제 네 마을이니까. 내 반드시 너를 아주 막강한 인물로 만들 것이다. 백인들이 이 황금해안에서 모두 떠난 뒤에도 — 내 말 믿어라, 그들은 떠나게 될 것이다 — 성의 벽들이 허물어진 한참 뒤에도 너는 중요한 인물로 남을 것이다.」

피피는 파이프에 담배를 채우기 시작했다. 그는 파이프의 오목한 부분 위의 덮개로 흰 연기가 올라올 때까지 파이프를 빨았다. 우기가 다가오고 있었다. 공기가 곧 짙어지기 시작하면 황금해안 사람들은 날씨가 그들을 구워 먹을 듯이 늘 뜨겁고 습한 상태에서 움직이는 법을 다시 배워야 할 터였다.

그들은 거기서, 숲 지대에서 그렇게 살았다. 먹거나 먹히면서, 포획하거나 포획되면서, 보호받기 위해 결혼하면서. 퀘이는 영원히 쿠조의 마을에 가지 못할 터였다. 그는 약해지지 않을 터였다. 그는 노예 사업에 몸담았고 희생이 필요했다.

네스

조롱박[12]도, 망가진 영혼을 치유할 정신적 위안도 없었다. 심지어 북극성조차 거짓이었다.

네스는 날마다 징벌의 눈 같은 남부의 태양 아래 목화를 땄다. 토머스 앨런 스톡햄의 앨라배마 농장에 온 지 석 달 째였다. 그 2주 전에는 미시시피에 있었고, 그 1년 전에는 그녀가 지옥이라고 부르는 곳에 있었다.

네스는 자신이 얼마나 나이를 먹었는지 도무지 알 수 없었다. 가장 정확한 추측으로는 스물다섯 살이었지만, 어머니와 생이별한 뒤로는 한 해가 10년처럼 느껴졌다. 네스의 어머니에시는 행복한 이야기라고는 해본 적이 없는 엄숙하고 단단한 여자였다. 네스에게 잠자리에서 들려주는 이야기조차 그녀가 〈큰 배〉라고 부르는 것에 대한 내용이었다. 네스는 사람들이 그 어디에도, 땅에도, 인간에도, 가치에도 연결되지 못한 닻처럼 대서양으로 던져지는 광경을 머리에 그리며 잠이 들고는

12 북두칠성을 의미하는 미국 흑인 노예들의 은어. 남부의 흑인 노예들이 자유를 찾아 북부로 도망칠 때 북두칠성을 따라 걸었다고 함.

했다. 에시 말로는, 큰 배에 사람들이 10층으로 쌓여 있고 위에
있는 사람이 죽으면 시체의 무게가 마치 요리사가 마늘을 짓이
기듯 아래 사람들을 찍어 누른다고 했다. 절대 웃는 법이 없어
서 다른 노예들에게 〈찡그리〉라고 불린 에시는 아주아주 오래
전에 〈작은 비둘기〉의 저주를 받은 이야기를 들려주고는 했다.
그녀는 저주를 받고 자매도 없이, 어머니의 돌도 없이 떠났다
고 비질을 하며 웅얼거렸다. 1796년에 네스가 팔려 가게 되었
을 때도 에시의 입술은 변함없이 굳게 다물려 있었다. 네스는
자신을 데리러 온 남자에게서 벗어나려고 팔을 휘두르고 발길
질을 해대며 어머니를 향해 손을 뻗었던 기억을 떠올렸다. 그
래도 에시는 입술을 움직이지 않았고, 손도 내밀지 않았다. 네
스가 늘 알던 모습 그대로, 단단하고 강하게 거기 서 있었다.
네스는 다른 농장들에서 따뜻한 노예들을, 미소를 보내 주고,
안아 주고, 좋은 이야기를 해주는 흑인들을 만났지만 잿빛 돌
같은 어머니의 심장이 늘 그리웠다. 그녀는 항상 진정한 사랑
을 정신의 단단함과 연관 지었다.

　토머스 앨런 스톡햄은 좋은 주인이었다. 좋은 주인이란 것이
진짜로 있다면 말이다. 그는 세 시간마다 5분씩 휴식 시간을 주
었고, 들에서 일하는 들 노예들이 포치까지 올라가서 물이 가
득 든 메이슨 유리병[13]을 집안일을 하는 집 노예들에게 받을 수
있게 해주었다.

　늦은 6월의 그날, 네스는 물 받는 줄에 팀탐과 나란히 서 있
었다. 팀탐은 스톡햄 가족이 이웃 휘트먼 가족에게 받은 선물
이었는데, 톰 앨런은 팀탐이 자신이 지금까지 받은 선물 중에

　13 메이슨이 개발한 식품 보존용 밀폐 유리병.

최고라고, 다섯 살 생일 때 형이 준 회색 꼬리 고양이보다도, 두 살 때 받은 빨간 수레보다도 더 좋다고 즐겨 말했다.

「오늘은 어땠나?」 팀탐이 물었다.

네스는 그에게 약간만 고개를 돌렸다. 「매일 똑같지 않나?」

팀탐이 웃음을 터뜨렸는데, 그의 배 속 구름으로 만들어져서 입을 하늘 삼아 배출되는 천둥처럼 우르릉거리는 소리였다. 「그 말이 맞군.」 그가 말했다.

네스는 흑인 입에서 나오는 영어를 듣는 것에 익숙해질지 확신하지 못했다. 미시시피에서 에시는 주인에게 걸릴 때까지 네스에게 트위어로 말했다. 주인은 네스가 트위어를 한 마디 할 때마다 에시를 채찍으로 다섯 대씩 때렸고, 어머니가 맞는 것을 본 네스가 겁에 질려 입을 다물어 버리자 네스의 침묵이 1분 지속될 때마다 에시를 다섯 대씩 때렸다. 채찍질을 당하기 전에 에시는 자신의 어머니 이름을 따서 네스를 마메라고 불렀는데, 주인은 그걸 가지고도 그녀를 때렸다. 에시가 〈마이 굿네스!〉[14]라고 외칠 때까지 때렸다. 그 말은 그녀의 입에서 무심결에 흘러나온 것이었는데, 모든 문장 끝에 그 말을 붙이는 요리사에게 배운 것이 분명했다. 그 말은 에시가 아무런 노력을 기울일 필요 없이 입에서 저절로 나온 유일한 영어였고 그녀는 그 말이 자신에게 선물로 주어진 딸처럼 신성한 것이라고 믿었으며, 그래서 굿네스를 간단하게 줄여 딸을 네스라고 부르게 되었다.

「어디서 왔나?」 팀탐이 물었다. 그는 껍질만 남은 밀 이삭을 씹다가 뱉었다.

14 *My goodness*. 〈아이고〉, 〈세상에나〉 등의 뜻을 가진 감탄사.

「질문이 너무 많네.」 네스가 말했다. 그녀는 고개를 돌려 버렸다. 이제 그녀가 집 노예들의 우두머리 마거릿이 주는 물을 받을 차례였다. 마거릿은 네스의 유리병을 4분의 1밖에 채워 주지 않았다.

「오늘은 넉넉하지 않아.」 마거릿이 그렇게 말했지만 네스는 그녀 뒤의 물통들에 일주일은 갈 만큼 많은 물이 담긴 것을 똑똑히 보았다.

마거릿이 네스를 쳐다보았다. 그러나 네스는 그녀가 지금의 자신을 보는 것이 아니라 5분 전의 자신을 보면서 팀탐과 나눈 대화가 자신에 대한 그의 관심을 의미하는 것인지 알아내려고 애쓴다는 느낌을 받았다.

팀탐이 목청을 가다듬었다. 「어이, 마거릿. 사람을 그런 식으로 대하면 안 되지.」

마거릿이 그를 노려본 뒤 국자를 물통에 처넣었지만 네스는 그녀가 주는 물을 받지 않았다. 둘이 싸우게 내버려 두고 그 자리를 떴다. 그녀가 톰 앨런 스톡햄의 소유라는 문서는 있을지 몰라도 같은 노예들의 변덕에 휘둘리도록 족쇄를 채우는 문서는 없었다.

「그 사람한테 그렇게 모질게 굴지 마.」 네스가 다시 들일을 시작했을 때 한 여자가 말했다. 그 여자는 네스보다 나이가 많은 서른 중반에서 후반은 되어 보였는데, 똑바로 서도 등이 굽어 있었다. 「넌 여기 새로 와서 사정을 몰라. 팀탐은 오래전에 아내를 잃고 그 뒤로 쭉 혼자 어린 핑키를 키웠어.」

네스가 그 여자를 바라보았다. 네스는 미소를 지으려고 했지만 에시가 웃지 않던 시절에 태어나서 웃는 법을 제대로 배우지 못했다. 그녀의 미소는 늘 입꼬리가 마지못해 실룩거리며 위로 올라갔다가 순식간에 떨어지는 식이었는데, 어머니의 가슴에 닻을 내린 그 슬픔에 그녀 역시 묶여 있는 듯했다.

「우리 모두 누군가를 잃지 않았나?」 네스가 물었다.

네스는 들 노예가 되기에는 너무 예뻤다. 그게 톰 앨런이 그녀를 자신의 농장으로 데려온 날 그녀에게 한 말이었다. 그는 미시시피 잭슨에 사는 친구에게 선의로 그녀를 사 왔는데, 그 친구는 네스가 최고의 들일꾼이며 반드시 들에서만 써야 한다는 것을 명심하라고 말했다. 톰 앨런은 피부색이 밝고 굽슬굽슬한 머리가 둥근 선반 모양의 엉덩이를 향해 질주해 내려가는 듯한 그녀의 모습을 보며, 친구가 무슨 실수를 저지른 모양이라고 생각했다. 그는 자신이 집 검둥이들에게 입히기 좋아하는, 목선이 좌우로 길게 파이고 짧은 캡 소매가 달린 흰색 버튼다운칼라 셔츠와 작은 앞치마가 달린 긴 검정 치마로 이루어진 제복을 꺼냈다. 그는 마거릿에게 네스가 옷을 갈아입도록 뒷방으로 데려가라고 지시했고, 네스는 마거릿이 시키는 대로 했다. 옷을 갈아입은 네스를 본 마거릿은 가슴을 움켜쥐며 그녀에게 기다리라고 했다. 네스는 벽에 귀를 대고 마거릿의 말을 엿들었다.

「그 여자는 집에 안 맞아요.」 마거릿이 톰 앨런에게 말했다.

「흠, 마거릿. 내 눈으로 보지. 내 집에서 일하기에 맞는 사람인지 아닌지는 내가 스스로 결정할 수 있다고 생각하는데, 안 그런가?」

「예, 주인님.」 마거릿이 말했다. 「그야 그렇지만요, 제 말씀

은요, 주인님이 보고 싶어 하실 만한 것이 아니라서요.」

톰 앨런은 웃음을 터뜨렸다. 그의 아내 수전이 방으로 들어와서 무슨 일로 이리 소란스러우냐고 물었다. 「아니, 마거릿이 새 검둥이를 뒷방에 가둬 놓고 우리한테 안 보여 주려고 하잖소. 헛소리 그만하고 얼른 이리 데려와.」

수전이 다른 농장주들의 아내 같았다면 남편이 집에 새 검둥이를 들이는 문제에 신경 써야 한다는 것을 알았을 터였다. 이곳과 다른 모든 남부 카운티에서 남자들의 눈과 다른 신체 부위는 방랑하기 좋아한다고 알려져 있었던 것이다. 「그래, 마거릿, 우리가 볼 수 있게 그 아이를 데려와. 어리석게 굴지 말고.」

마거릿은 어깨를 으쓱하더니 뒷방으로 갔고, 네스는 벽에서 귀를 떼었다. 「음, 나오는 게 좋겠어.」 마거릿이 한 말은 그게 다였다.

네스는 마거릿의 말대로 했다. 그녀는 어깨뿐 아니라 종아리 절반을 드러내고 두 명의 관객 앞으로 걸어 나갔다. 수전 스톡햄은 그녀를 보고 바로 기절했다. 그 자리에서 톰 앨런이 할 수 있었던 일은 아내를 붙잡으며 마거릿에게 당장 네스의 옷을 갈아입히라고 소리치는 것뿐이었다.

마거릿은 급히 네스를 뒷방에 몰아넣은 뒤 들일 옷을 찾으러 갔고, 네스는 자신의 흉한 알몸을 즐기며 두 손으로 몸을 쓰다듬었다. 그들 모두를 기겁하게 만든 것은 드러난 어깨에 얼기설기 뒤엉킨 흉터들이었다. 그러나 흉터는 거기에만 있지 않았다. 네스의 흉터 난 살은 그 자체로 또 하나의 몸과도 같았다. 흉터는 그녀 뒤에서 두 팔로 목을 감고 껴안은 남자의 형상을 하고 있었다. 가슴에서부터 위로 올라가 언덕을 이룬 흉터들은 어깨를 돌아서 등 전체를 타고 당당히 내려왔다. 그러고는 엉덩이 윗부분을 훑다가 차츰 잦아들어 완전히 사라졌다. 네스의 살은 진짜 살이 아니라 과거의 유령에 가까웠다. 눈으로 볼 수 있는, 실체가 있는 유령. 그녀는 과거를 상기시키는 그것이 싫지 않았다.

마거릿이 머릿수건과 어깨를 가려 주는 갈색 상의, 바닥에 끌리는 빨간 치마를 가지고 왔다. 그녀는 네스가 그것들을 입는 모습을 지켜보았다. 「정말 안타깝다. 잠깐 동안 난 네가 나보다 예쁠지도 모른다고 생각했지 뭐야.」 그녀는 혀를 두 번 끌끌 차고 방에서 나갔다.

네스는 들에서 일하게 되었다. 그녀에게는 새로운 일이 아니었다. 지옥에서도 그녀는 들일을 했다. 그곳에서는 태양이 목화를 뜨겁게 태워서 만지면 손바닥을 델 지경이었다. 그 작고 흰 솜을 손에 잡으면 불을 잡는 것 같았지만 신은 그걸 떨어뜨리는 일을 금했다. 악마가 항상 지켜보았다. 지옥은 그녀가 훌륭한 들일꾼이 되는 법을 배운 곳이었고, 그 기술은 그녀를 터스컴비아까지 데려갔다.

그녀가 스톡햄 농장에 온 지 두 달이 된 때였다. 그녀는 여자 오두막들 중 한 곳에서 지냈지만 친구를 사귀지 않았다. 그곳에서 그녀는 팀탐을 모욕한 여자로 통했다. 그녀가 팀탐이 욕망하는 대상이라는 생각에 분노했던 여자들은 그녀가 그런 대상이 되기를 원치 않는다는 것을 깨닫고 더욱 분노했으며, 그녀를 강한 바람 정도로 취급했다. 성가시지만 뚫고 지나갈 수 있는 바람.

네스는 아침이면 들에 들고 나갈 들통을 준비했다. 옥수수빵, 소금에 절인 돼지고기 조금, 운이 좋으면 푸성귀도 챙길 수 있었다. 그녀는 서서 먹는 법을 지옥에서 배웠다. 오른손으로 목화를 따면서 왼손으로 음식을 퍼먹는 것이다. 톰 앨런의 농장에서는 굳이 일하면서 먹을 필요가 없었지만 그녀는 그 외의 다른 방식을 알지 못했다.

「자기가 우리보다 낫다고 생각하는 모양이야.」 한 여자가 네스의 귀에 들릴 정도로 크게 외쳤다.

「톰 앨런도 그렇게 생각할걸.」 다른 여자가 말했다.

「아니, 톰 앨런은 저 여자가 큰 집[15]에서 쫓겨난 뒤로는 신경도 안 써.」 처음 여자가 말했다.

네스는 그 목소리들을 듣지 않는 법을 터득했다. 그녀는 에시가 자신에게 말하던 트위어를 기억해 내려고 애썼다. 일자로 굳게 다물린 어머니의 입술, 네스가 더 이상 이해할 수 없는 언어로 사랑의 말들을 내보내던 그 입술만 남을 때까지 마음을 가라앉히려고 애썼다. 이제 트위어 구절이나 단어 들은 짝이 안 맞거나 균형을 잃은 잘못된 상태로 떠올랐다.

그녀는 이런 식으로 남부의 소리들을 들으며 온종일 일했다. 모기들의 집요한 앵앵거림, 매미들 울음소리, 노예들의 웅얼웅얼하는 수다 소리. 밤이면 숙소로 돌아가 짚으로 만든 요를 먼지가 뭉게뭉게 피어올라 그녀를 포옹하듯 감쌀 때까지 탕탕 털었다. 그런 다음 요를 다시 깔고 누워 감긴 눈꺼풀 안에서 춤추는 참혹한 영상들을 진정시키려 안간힘을 다하며 여간해서는 오지 않는 잠을 기다렸다.

15 *big house*. 미국 남부 농장에서 주인이 사는 집을 일컫는 말.

그러던 어느 날 밤, 그녀가 요를 들어 허공에 대고 터는데 누군가 여자들 오두막 문을 긴박하고 끈덕지게 두드렸다. 「제발!」 밖에서 외침이 들려왔다. 「제발 좀 도와줘.」

　메이비스라는 여자가 문을 열자 팀탐이 딸 핑키를 안고 서 있었다. 그는 안으로 밀고 들어왔는데 눈에 물기는 없었지만 목이 잠겨 있었다. 「애가 제 엄마가 걸렸던 병에 걸린 것 같아.」 그가 말했다.

　여자들이 아이를 위한 자리를 만들자 팀탐은 딸을 내려놓고 서성대기 시작했다. 「아이고, 아이고, 아이고.」 그가 외쳤다.

　「가서 톰 앨런 데려와. 그럼 그가 의사를 부를 거야.」 루시가 말했다.

　「저번에 의사도 소용이 없었어.」 팀탐이 말했다.

　네스는 전쟁터로 향하듯 어깨를 쭉 펴고 줄지어 선 여자들 뒤에 있었다. 그녀는 그들을 헤치고 가운데로 들어가 아이를 슬쩍 보았다. 핑키의 몸은 작고 날카로워 마치 굽은 곳 없는 막대기들로 만들어진 듯했다. 머리는 두 개의 커다란 솜 모양으로 묶은 모습이었다. 여자들이 지켜보는 동안 핑키는 한 번 빠르게 숨을 빨아들인 것을 제외하면 아무 소리도 내지 않았다.

　「그 앤 아무 문제도 없어.」 네스가 말했다.

　팀탐이 서성이던 발길을 우뚝 멈췄고, 모두 네스에게로 시선을 돌렸다. 「여기 온 지 얼마 되지도 않았으면서. 핑키는 제 엄마가 죽은 뒤로 말을 한마디도 안 했고, 이제는 딸꾹질까지 멈추지 않아.」 팀탐이 말했다.

　「그냥 딸꾹질이잖아.」 네스가 말했다. 「내가 아는 한 그걸로 죽는 사람은 없어.」 그녀는 주위의 모든 여자가 못마땅해하며 고개를 가로젓는 것을 보았지만 자신이 무엇을 잘못했는지 알 수 없었다.

팀탐이 그녀를 한쪽으로 끌어당겼다. 「여기 여자들한테 이야기 못 들었어?」 그가 속삭였고, 네스는 고개를 저었다. 다른 여자들은 그녀와 거의 말을 섞지 않았고, 그녀도 마침내 그들의 수군거림에 귀 닫는 법을 터득했던 것이다. 팀탐은 목청을 가다듬고 고개를 조금 더 숙였다. 「우리도 저 애가 딸꾹질하는 거 말고는 아무 문제도 없다는 거 아는데, 애가 말을 하게 만들려고……」

그가 말끝을 흐렸고, 네스는 이 모든 것이 어린 핑키가 말문을 열도록 유도하는 연극이었음을 깨닫기 시작했다. 네스는 팀탐에게서 벗어나 작은 무리를 이룬 여자들을 한 사람 한 사람 찬찬히 바라보았다. 그녀는 핑키가 요 위에 누워 천장을 올려다보고 있는 방 한가운데로 갔다. 소녀는 네스에게 시선을 돌리고는 한 번 더 딸꾹질을 했다.

네스가 방 안의 사람들에게 말했다. 「세상에, 내가 여기 이 농장에 걸어 들어온 게 얼마나 멍청한 짓이었는지 모르겠지만, 당신들 모두 이 애를 그냥 좀 내버려 둬. 애가 말을 안 하는 건 그게 당신들을 얼마나 미치게 만드는지 알아서 그러는 걸 수도 있고, 그냥 할 말이 없어서일 수도 있지만 당신들이 순회공연단 배우들처럼 군다고 애가 오늘 밤 당장 말하기 시작할 것 같지는 않으니까.」

여자들은 손을 쥐어짜며 발을 움직였고, 팀탐은 고개를 조금 더 숙였다.

네스는 자신의 요로 가서 먼지 터는 것을 마무리하고 그 위에 누웠다.

팀탐이 핑키에게 걸어갔다. 「자, 가자.」 그가 딸에게 손을 내밀었으나 아이는 그에게서 몸을 뺐다. 「가자고 했다.」 그가 다시 말했다. 수치심이 그의 목소리를 잿빛으로 물들였으나 아이는 다시 뿌리쳤다. 핑키는 네스가 어서 잠이 오기를 애원하며 눈을 꼭 감고 누운 곳으로 갔다. 핑키가 네스의 어깨를 살짝 만졌고, 눈을 뜬 네스는 달처럼 둥근 눈으로 간청하듯 자신을 바라보는 아이를 보았다. 네스는 상실이 무엇인지 알았기에, 엄마가 없다는 것과 결핍과 심지어 침묵이 무엇인지도 알았기에 소녀의 손을 잡아 옆으로 끌어당겼다.

「그냥 가요.」 그녀가 팀탐에게 말했다. 핑키의 머리는 어느새 쿠션처럼 부드러운 그녀의 두 가슴 사이에 자리 잡고 있었다. 「오늘 밤은 내가 데리고 잘 테니.」

그날 이후로 네스에게서 핑키를 떼어 놓을 수가 없었다. 핑키는 다른 여자들 오두막에서 살다가 아예 네스의 오두막으로 거처를 옮기기까지 했다. 핑키는 네스와 함께 자고, 네스와 함께 먹고, 네스와 함께 걷고, 네스와 함께 음식을 만들었다. 여전히 말은 안 했지만 네스는 핑키가 할 말이 생기면 말을 할 것이고, 진짜 웃기는 일이 있으면 웃을 것임을 잘 알았으므로 절대 강요하지 않았다. 자신이 얼마나 동무를 그리워했는지 미처 알지 못했던 네스는 아이의 조용한 존재에서 위안을 얻었다.

핑키는 물 담당이었다. 아이는 스톡햄 농장 가장자리에 있는 작은 개울을 하루에 마흔 번씩 오갔다. 어깨에 널빤지를 메고 두 팔로 뒤에서 널빤지를 잡은 아이의 모습은 십자가를 짊어진 사람처럼 보였다. 널빤지 양 끝에는 은빛 양동이가 매달려 있었다. 핑키는 개울에 가서 양동이에 물을 채워 본채로 돌아가 포치에 놓인 커다란 물통들에 비웠다. 그리고 스톡햄 자녀들이 오후에 깨끗한 물로 목욕할 수 있도록 집 안 대야들에도 물을 채웠다. 수전 스톡햄의 화장대에 놓인 꽃들에도 물을 줬다. 그러고는 부엌으로 가서 마거릿에게 요리할 때 필요한 물 두 양동이를 가져다줬다. 아이는 날마다 개울로 내려가 집으로 돌아오는 잘 다져진 똑같은 길을 걸었다. 날이 저물 무렵이면 핑키의 팔은 거세게 고동쳤고, 네스는 밤에 침대로 기어드는 핑키를 꼭 끌어안으며 아이의 팔에서 팔딱거리는 심장을 느꼈다.

팀탐이 핑키에게 겁을 주어 말을 시킬 요량으로 네스의 오두막에 데려온 그날 이후로도 핑키의 딸꾹질은 멈추지 않았다. 모두 비방을 하나씩 내놓았다.

「물구나무를 시켜 봐!」

「숨을 참고 침을 삼키라고 해!」

「머리에 지푸라기 두 개를 십자가 모양으로 올려놔!」

해리엇이라는 여자가 낸 마지막 비방이 효과가 있는 듯했다. 핑키는 딸꾹질을 한 번도 하지 않고 개울에 서른네 번을 다녀왔다. 핑키가 개울에 서른다섯 번째 다녀왔을 때 네스는 포치에서 물을 받고 있었다. 그날 빨강머리 스톡햄 자녀 둘이 밖에서 돌아다니고 있었다. 아들 톰 주니어와 딸 메리였다. 핑키가 모퉁이를 돌 때 그들은 계단을 달려 올라오고 있었는데, 톰 주니어가 널빤지를 치는 바람에 양동이 하나가 공중으로 날아가며 포치 위의 모든 사람에게 물을 비처럼 뿌렸다. 메리가 울기 시작했다.

「원피스가 다 젖었어!」 메리가 말했다.

마거릿이 노예들 중 하나에게 물을 퍼주고 국자를 내려놓았다. 「조용히 해요, 메리 아가씨.」

평소에는 신사도 정신이 별로 없던 톰 주니어가 그날따라 여동생을 위해 그것을 발휘할 결심을 했다. 「자, 메리에게 사과해!」 그가 핑키에게 말했다. 둘은 동갑이었지만 핑키가 그보다 30센티미터는 커 보였다.

핑키가 입을 열었지만 아무 말도 나오지 않았다.

「죄송하대요.」 네스가 얼른 말했다.

「너한테 말한 거 아냐.」 톰 주니어가 말했다.

메리가 울음을 그치고 핑키를 자세히 들여다보았다. 「오빠, 쟤 말 안 하잖아. 괜찮아, 핑키.」 메리가 말했다.

「내가 말하라고 하면 할 거야.」 톰 주니어가 여동생을 밀어내며 말했다. 「메리한테 사과해.」 그가 다시 말했다. 그날 하늘에 높이 뜬 해는 뜨거웠다. 그래서 메리의 원피스에 튄 물방울 두 개가 이미 마른 것이 네스 눈에도 보였다.

핑키의 눈에 눈물이 차오르며 다시 입을 열었는데 딸꾹질 물결이 미친 듯이 요란하게 터져 나왔다.

톰 주니어가 고개를 저었다. 그는 모두가 지켜보는 가운데 집으로 들어가서 스톡햄 지팡이를 들고 나왔다. 칙칙한 자작나무로 만든 그 지팡이는 톰 주니어의 키보다 두 배 길었다. 지팡이는 두껍지 않았지만 꽤 무거워서 톰 주니어는 그것을 휘두르기는 고사하고 두 손으로 들고 있기도 버거워 보였다.

「말해, 검둥아.」 톰 주니어가 말했고, 오래전에 국자질을 멈춘 마거릿이 집으로 달려 들어가며 외쳤다. 「아, 톰 주니어! 아버지를 모셔 올 거예요!」

핑키는 흐느끼면서 딸꾹질까지 했고, 딸꾹질 때문에 말을 하려야 할 수도 없었다. 톰 주니어가 온 힘을 다해 오른손으로 지팡이를 들어 어깨 너머로 올리려 했지만 그의 뒤에 서 있던 네스가 지팡이 끝을 손으로 잡았다. 그녀가 지팡이를 너무 세게 잡아당기는 바람에 톰 주니어는 바닥에 넘겨졌고 그녀의 손바닥도 찢어졌다. 그녀는 그를 1센티미터쯤 끌고 갔다.

톰 앨런이 마거릿과 함께 포치에 나타났고, 마거릿은 숨을 헐떡이며 가슴을 움켜쥐었다. 「이게 뭐야?」 톰 앨런이 물었다.

톰 주니어가 울기 시작했다. 「아빠, 이 여자가 나를 때리려고 했어요!」 그가 말했다.

마거릿이 바른말을 하려고 했다. 「톰 도련님, 그건 거짓말이에요! 도련님이 —」

톰 앨런이 손을 들어 마거릿의 말을 끊고 네스를 보았다. 어쩌면 그는 그녀의 어깨에 있던 흉터들을, 그 흉터들 때문에 아내가 그날 종일 침대에 누워 있었고 자신은 일주일 동안 저녁 약속을 미뤘던 것을 떠올리고 있는지도 몰랐다. 검둥이가 그런 줄무늬를 얻으려면 무슨 짓을 해야 하는지, 그런 검둥이는 어떤 문제를 일으킬 수 있는지 궁금해하고 있을 수도 있었다. 그의 아들은 반바지에 흙이 묻은 채 땅에 누워 있고 벙어리 아이 핑키는 울고 있었다. 네스는 그가 무슨 일이 일어났는지 명명백백하게 알 것이라고 확신했지만, 그녀의 흉터들이 톰 앨런의 의심을 샀다. 그런 흉터를 가진 검둥이, 땅에 누운 아들. 그는 달리 할 수 있는 것이 없었다.

「너는 곧 처리하겠어.」 그가 네스에게 말했고, 모두 무슨 일이 벌어질지 궁금해했다.

그날 저녁 네스는 여자들 숙소로 돌아갔다. 그녀는 침대로 기어들어 가서 눈을 감고 밤마다 눈꺼풀 안쪽에 펼쳐지는 영상들이 어둠으로 잦아들기를 기다렸다. 옆에서 핑키가 딸꾹질을 하기 시작했다.

「아이고, 또 시작이네! 오늘 우리 고생은 이미 할 만큼 한 거 아냐? 저 애가 딸꾹질을 시작하면 잠을 잘 수가 없는데.」 한 여자가 말했다.

핑키는 창피해서 손으로 입을 막았다. 그렇게 하면 소리의 탈출을 막을 장벽이라도 세울 수 있다고 생각하는 모양이었다.

「저 사람들 신경 쓸 거 없어. 그런 생각은 해봤자 상황만 더 나빠질 뿐이야.」 네스가 속삭였다. 그녀는 그 말이 핑키를 향한 것인지 자신을 향한 것인지 알 수 없었다.

입에서 딸꾹질이 연쇄적으로 터져 나오는 동안 핑키는 눈을 질끈 감고 있었다.

「가만히 둬요.」 여자들이 합창하듯 투덜거리자 네스가 말했다. 여자들은 그녀 말을 따랐다. 낮에 일어난 사건은 네스에 대한 존경과 동정이라는 이중적인 작은 씨앗을 뿌렸고, 그들은 그 씨앗에 경의라는 물을 주었다. 그들은 톰 앨런이 어떻게 나올지 알지 못했다.

이윽고 모두 잠이 들자 핑키는 몸을 굴려 네스의 부드러운 뱃살로 파고들었다. 네스는 그 아이를 안는 것을 스스로에게 허락했고 기억 속으로 들어가는 것도 허락했다.

그녀는 지옥에 돌아와 있다. 그녀는 샘이라는 남자와 결혼했다. 아프리카 대륙에서 곧장 온 그는 영어를 쓰지 않는다. 지옥의 주인은 붉은 가죽 같은 피부와 부스스한 잿빛 머리칼을 가진 악마로 자신의 노예들이 결혼하는 것을 〈보험〉으로 여겨 좋아한다. 네스가 지옥에 새로 온 뒤 그녀를 원하는 남자가 없자 주인은 새 노예 샘을 진정시키기 위해 그녀를 준다.

처음에 샘과 네스는 서로 말을 하지 않는다. 네스는 샘의 이상한 언어를 알아듣지 못하고, 그처럼 아름다운 남자는 처음 보아 경외심을 품는다. 너무도 검고 크림처럼 매끄러운 샘의 피부를 보는 것은 맛보는 것과도 같았다. 그는 아프리카 짐승의 커다란 근육질 몸을 가졌으며, 네스를 환영 선물로 줘도 우리에 갇히기를 거부한다. 네스는 악마가 분명 많은 돈을 주고 그를 사 왔을 것이고 그래서 일을 잘하기를 기대한다는 것을 알지만, 무슨 수를 써도 샘을 길들일 수는 없을 듯하다고 생각한다. 그곳에 온 첫날부터 샘은 다른 노예와 싸우고, 작업 감독에게 침을 뱉는다. 그러고는 단 위에 서서 모두가 지켜보는 가운데 채찍질을 당해 아기를 목욕시켜도 될 만큼 많은 피가 땅에 고인다.

샘은 영어 배우기를 거부한다. 악마는 여전히 검은 그의 언어를 밤마다 채찍질로 응징해서 부부 침상에 돌려보낸다. 그의 상처들은 아물기가 무섭게 다시 벌어진다. 어느 밤, 분노한 샘은 노예 숙소를 때려 부순다. 그들의 방은 아수라장이 되고, 그 소식을 들은 악마가 벌을 내리러 온다.

「내가 그랬어요.」 네스가 말한다. 그 밤, 네스는 방의 왼쪽 구석에 숨어 남편이라고 불리는 남자가 짐승이 되는 것을, 사람들이 그를 부르는 말 그대로 짐승이 되는 것을 지켜보았다.

악마는 그녀의 말이 거짓이라는 것을 알면서도 자비를 보이지 않는다. 샘이 몇 번이고 자기 죄를 인정하려고 해도 소용이 없다. 그녀는 등짝이 늘어난 엿처럼 될 때까지 채찍질을 당한 뒤 발에 차여 바닥에 쓰러진다.

악마가 떠난 뒤 샘은 울고 네스는 거의 의식을 잃는다. 샘의 말들이 쉰 목소리로 열렬한 기도가 되어 나오지만 네스는 그의 말을 알아듣지 못한다. 그는 조심스럽게 그녀를 안아 올려 짚으로 만든 요에 눕힌다. 그는 8킬로미터쯤 떨어진 곳에 사는 약초 의사를 부르러 간다. 약초 의사가 네스의 등에 뿌리와 잎, 연고를 바르는 동안 그녀의 의식은 들락날락한다. 그날 밤, 그는 처음으로 그녀와 한 침대에서 잔다. 아침에 새로운 통증과 덧난 상처들을 안고 깨어난 그녀는 샘이 자신의 발치에 앉아 피로에 지친 커다란 눈으로 얼굴을 들여다보는 것을 발견한다.

「미안해.」 샘이 말한다. 그것은 샘이 그녀에게, 아니 누구에게든 처음으로 말한 영어다.

그 주에 그들은 들에서 나란히 일하고, 악마는 그들을 경계하면서도 해코지하지는 않는다. 저녁때면 그들은 침대로 돌아가지만 양 끝에서 자고 서로에게 손대지 않는다. 그들은 어떤 밤들에는 악마가 그들을 지켜보고 있을 거라는 두려움을 느낀다. 그런 밤들이면 그는 그녀를 품에 안고 그녀의 심장이 울리는 북소리를 재촉하는, 두려움이라는 메트로놈이 진정되기를 기다린다. 샘의 영어가 늘어 네스의 이름과 〈걱정 마〉, 〈조용〉 같은 말들을 하게 된다. 그는 한 달 안에 〈사랑〉도 배울 것이다.

등에 난 상처들이 한 달 만에 흉터로 굳자 마침내 그들은 첫날밤을 치른다. 샘이 네스를 너무 가볍게 안아 올려서 그녀는 자신이 아이들에게 만들어 주는 헝겊 인형으로 변한 모양이라고 생각한다. 그녀는 남자와 살아 본 적은 없지만 샘이 남자가 아니라고 생각한다. 그녀에게 그는 사람보다 훨씬 큰 존재, 신과 너무 가까워서 무너질 수밖에 없는 바벨탑 같다. 그가 두 손으로 그녀의 딱지투성이 등을 어루만지고 그녀도 똑같이 그의 등을 어루만진다. 그들이 꼭 끌어안고 한 몸이 되면서 상처 몇 개가 벌어진다. 그들은 피를 흘린다. 신랑과 신부 모두, 이 성스럽지 못하면서도 성스러운 결합 안에서 피를 흘린다. 그의 입을 떠난 숨결이 그녀의 입으로 들어간다. 그들은 수탉이 울 때까지, 들에 나갈 시간이 될 때까지 함께 누워 있다.

네스는 어깨를 찌르는 핑키의 손가락에 잠이 깼다. 「네스, 네스!」 핑키가 말했다. 네스는 놀란 기색을 숨기려고 애쓰며 아이에게로 얼굴을 돌렸다. 「나쁜 꿈 꿨어요?」 핑키가 물었다.

「아니.」 네스가 대답했다.

「나쁜 꿈 꾸는 거 같았어요.」 핑키가 실망해서 말했다. 운이 좋으면 네스가 자신의 이야기를 들려줬던 것이다.

「나빴지.」 네스가 대꾸했다. 「하지만 꿈은 아니었어.」

*

수탉의 울음소리로 아침이 존재를 알렸고, 노예 숙소의 여자들은 하루를 준비하며 네스의 운명에 대해 계속 소곤거렸다.

톰 앨런은 그들이 다른 농장들에서 보거나 겪은 공개 채찍질을 한 적이 없었다. 그들의 주인은 강 같은 마음을 가졌고 피보는 것을 싫어했다. 아니, 톰 앨런은 노예에게 벌을 주고 싶으면 은밀하게, 그가 처벌 중에 눈을 감을 수 있고 처벌이 끝난 뒤에 누울 수 있는 곳에서 했다. 하지만 이번에는 다른 듯했다. 네스는 그가 공개적으로 질책한 얼마 안 되는 노예들 중 하나였고, 그녀는 자신이 그를 당혹스럽게 만들었음을 알았다. 핑키는 멀쩡한 상태로 말없이 서 있는데 그의 아들은 흙바닥에 누워 있었으니까.

네스는 모두가 지켜보는 가운데 전날 일하던 그 밭고랑으로 돌아갔다. 소문에 의하면 톰 앨런의 농장은 카운티 내 작은 농장들 중에서 가장 길게 뻗어 있어서 목화 한 고랑을 다 따려면 족히 이틀은 걸린다고 했다. 팀탐이 예고도 없이 네스 뒤에 와서 섰다. 그가 어깨에 손을 대서 그녀가 돌아보았다.

「핑키가 어제 말을 했다고 들었어. 당신에게 고맙다는 인사를 해야 할 것 같아서. 다른 일도 그렇고.」

네스는 그를 바라보며 그가 볼 때마다 무언가를 씹고 있다는 것을, 그의 입이 늘 원을 그리며 움직인다는 것을 깨달았다. 「아무것도 할 필요 없어.」 네스가 다시 허리를 굽히며 말했다. 팀탐은 시선을 들어 톰 앨런이 앞쪽 포치에 나왔는지 확인했다.

「어쨌든 고마워.」 그가 말했다. 진심이 담긴 목소리였다. 고개를 든 네스는 그가 씨익 웃는 것을 보았다. 팀탐의 넓적한 입술이 뒤로 물러나면서 드러나는 이들에 길을 내주었다. 「내가 톰 주인님께 잘 말해 줄 수 있어. 아무 일 없을 거야.」

「이제껏 내 대신 싸워 줄 사람이 필요했던 적 없어. 지금부터 필요해질 이유도 없고. 그러니까 고맙다면서 귀찮게 할 거면 다른 사람한테 가. 마거릿이라면 얼씨구나 하고 받아 줄 것 같은데.」 네스가 말했다.

팀탐은 낙담한 얼굴이 되었다. 그는 네스에게 고개를 끄덕이고 자신의 밭고랑으로 돌아갔다. 몇 분 뒤에 톰 앨런이 포치에 나타나 들을 내다보았다. 모두들 곁눈질로 네스를 살폈다. 그녀는 가끔 밤에, 모기가 기승을 부리는 철에 어둠 속에서 어떤 불길한 존재가 감지는 되지만 그 정체는 볼 수 없을 때 느꼈던 기분에 젖어 들었다.

그녀는 자신이 선 들에서는 포치 위 하나의 점으로밖에 보이지 않는 톰 앨런을 바라보며 그가 행동을 취하는 데 얼마나 걸릴지, 오늘 아침에 자신을 부를지 아니면 며칠을 기다리게 할지 궁금했다. 그녀를 괴롭히는 것은, 그녀를 늘 괴롭혔던 것은 기다림이었다. 그녀와 샘은 너무도 많은 시간을 기다리고, 기다리고, 기다렸다.

네스는 산고를 치를 때 샘을 밖에서 기다리게 했다. 그녀는 남부에 찾아온 이상한 겨울에 코조를 낳았다. 눈이 전에 없이 일주일 내내 농장들을 덮어 곡식들의 생명을 위협하고, 땅 주인들을 분노에 빠뜨리고, 노예들을 한가하게 만들었다.

가장 심한 폭설이 내리던 밤에 네스는 분만실에 틀어박혀 있었다. 마침내 산파가 도착해 문을 열자 찬바람과 함께 휘몰아쳐 들어온 눈발이 탁자들과 의자들, 네스의 배 위에서 녹았다.

코조는 임신 내내 어머니의 자궁벽에 맞서 싸운 아기였던 만큼 자궁에서 나오는 길에도 다르지 않았다. 네스는 진통이 올 때마다 목이 아프도록 비명을 내지르며 다른 노예들이 그녀의 탄생에 대해 들려준 이야기들을 떠올렸다. 그들의 이야기에 따르면 에시는 아기가 나오려는 것을 아무에게도 말하지 않았다. 그러고는 잠자코 밖에 나가서 나무 뒤에 쭈그리고 앉았다. 그들은 네스의 첫 울음소리에 앞서 이상한 소리가 들렸다고 말했고, 네스는 그 뒤 몇 년 동안 그들이 그 소리의 정체를 두고 입씨름하는 것을 들었다. 한 노예는 그것이 새들의 날갯짓 소리라고 했다. 다른 노예는 네스를 도우러 온 정령이 덜커덕거리며 떠나는 소리였다고 했다. 또 어떤 노예는 에시가 낸 소리라고 했다. 그녀가 밖으로 나간 것은 혼자 있기 위해서였고, 누가 와서 기쁨과 아기를 모두 빼앗아 가기 전에 아기와 자신만의 기쁜 순간을 누리기 위해서였다고 했다. 그 노예 말로는 그 소리가 에시의 웃음소리였으며, 그래서 그들이 무슨 소리인지 알 수 없었다는 것이다.

네스는 출산을 하면서 웃는다는 것을 상상조차 할 수 없었다. 산파가 마침내 코조를 세상으로 끌어내 그녀의 아들이 그 작은 폐가 허용하는 것보다 더 크게 울고, 밖에서 눈을 맞으며 서성이던 샘이 요루바의 조상들에게 감사를 올리며 아기를 안을 기회를 기다릴 때에야 비로소 그녀는 그것을 이해했다.

아들이 태어나자 샘은 악마가 바라던 대로 되었다. 여간해서는 싸우거나 말썽을 일으키지 않는 길들여진, 착한, 열심히 일하는 노예. 그는 자신의 어리석은 행동 때문에 네스가 악마에게 맞았던 일을 잊지 않았으며, 맨 처음 코조를 안고 〈조〉라고 부를 때 자기 때문에 아들이 해를 입는 일은 결코 없을 거라고 스스로에게 약속했다.

그러다 네스가 아쿠를 발견하고 샘에게 그 약속을 지킬 수 있을 것 같다고 말했다. 네스는 부활절 일요일에 교회 뒤쪽 좌석에 앉아 설교가 시작되기를 기다리고 있었다. 부활절 일요일은 악마가 노예들에게 타운 가장자리에 있는 흑인 침례교회까지 24킬로미터를 걸어가도록 허락해 주는 유일한 날이었다. 네스는 어머니가 노예 일이 유난히 힘들었던 날, 건방지거나 게으르거나 실수를 저질렀다고 매를 맞은 날 밤에 구슬프게 부르곤 했던 짧은 트위 노래를 무심코 흥얼거리기 시작했다.

비둘기가 실패했네. 오, 어쩌지? 벌을 줘야지, 안 그러면 너도 실패할 거야!

에시에게 가사의 뜻을 배운 적 없는 네스는 자신이 무엇을 노래하는지도 몰랐지만, 앞줄에 앉았던 여자가 돌아보며 뭐라고 속삭였다.

「미안해요. 무슨 말인지 모르겠어요.」 네스가 말했다. 그 여자가 한 말은 어머니 에시의 언어였던 것이다.

「그러니까 당신은 아샨티족인데 그것조차 모른다는 거군요.」 여자가 말했다. 그녀의 영어는 에시의 영어처럼 아프리카 억양이 강하고 황금해안의 밝음으로 빛났다.

그녀는 자신의 이름이 아쿠라고 소개하고, 네스의 어머니처럼 아샨틀랜드 출신으로 성에 갇혔다가 배에 실려 카리브해로, 그다음에는 미국으로 오게 되었다고 설명했다.

「다시 나가는 방법을 알아요.」 아쿠가 말했다. 설교가 시작되려 했고, 네스는 자신에게 시간이 많지 않음을 알았다. 부활절 일요일은 1년 뒤에나 다시 온다. 그때쯤에는 그녀나 아쿠 가운데 하나, 혹은 둘 모두 팔리거나 심지어 죽었을 수도 있다. 그들의 인생에서 삶은 보장되지 않았다. 빠르게 움직여야 했다.

아쿠는 네스에게 자신이 아칸족을 자유가 있는 북부로 많이 데려다줬다고 조용히 말했다. 하도 많이 데려다줘서 신의 손, 도움의 손이라는 뜻의 〈니아메 은사〉라는 트위어 별명을 얻었다고도 말했다. 네스는 이제까지 악마의 농장에서 도망친 노예는 없었다는 것을 알았지만 자신의 어머니처럼 말하는, 자신의 어머니가 찬양하던 신을 찬양하는 그 여자의 말에 귀를 기울였다. 네스는 자신의 가족이 첫 사례가 되기를 원했다.

네스는 조가 한 살이 되었을 때 가족의 도망을 계획하기 시작했다. 그 여자가 아이들도, 아직 빽빽 울고 엄마 젖을 달라고 칭얼대는 아기들도 북부로 데려갔다고 확신을 주었던 것이다. 조는 아무 문제도 되지 않을 터였다.

네스와 샘은 밤마다 그 이야기를 했다. 「지옥에서 아기를 키울 순 없어.」 네스는 어머니가 자신을 어떻게 도둑맞았는지 생각하며 거듭거듭 말했다. 그녀가 에시를 잊었듯 아들이 그녀의 목소리를, 얼굴 생김새를 잊기 전에 얼마나 오래 함께 지낼 수 있을지 누가 알겠는가? 마침내 샘이 동의했고, 그들은 아쿠에게 전갈을 보냈다. 도망칠 준비가 되었으며 숲에서 나뭇잎이 바람에 살랑거리는 소리처럼 조용히 들려오는 아쿠의 신호를, 옛 트위 노래를 기다리겠다는 내용이었다.

그리하여 그들은 기다렸다. 네스와 샘과 코조, 그들은 그 어떤 노예보다 더 오래, 더 열심히 들일을 해서 악마조차도 그들 이름만 나오면 미소를 짓기 시작했다. 그들은 가을내, 겨우내 때가 되었노라고 알리는 소리가 들려오기를 기다렸다. 기회가 찾아오기 전에 팔려서 생이별을 하지 않게 되기를 기도하면서.

그렇게 되지는 않았지만 네스는 차라리 그렇게 되는 편이 더 낫지 않았을까 하는 생각을 자주 했다. 노랫소리는 봄에 들려왔는데, 너무 가벼운 소리라 네스는 그것이 상상일지도 모른다고 생각했다. 하지만 곧 샘이 한 팔로는 조를, 나머지 팔로는 그녀를 안아 들었고, 세 사람은 그들이 기억하는 한 처음으로 악마의 땅을 벗어났다.

첫 밤에 너무 오래, 너무 멀리 걸어서 네스의 갈라진 발바닥이 벌어졌다. 그녀는 나뭇잎들에 피를 묻혔고, 그들을 추적하고 있을 개들이 그녀의 냄새를 맡지 못하도록 비가 내리기를 빌었다. 해가 떠오르자 그들은 나무에 기어올라 갔다. 네스는 어릴 때 이후로 나무를 타본 적이 없었지만 금세 감을 되찾았다. 그녀는 조를 등에 업고 천으로 감은 뒤 제일 높은 나뭇가지로 올라갔다. 아기가 울면 가슴으로 입을 막았다. 그랬다가 가끔 아기가 너무 조용해지면 걱정이 되어 아기의 울음을 갈망했다. 하지만 그들 모두 그곳에서 침묵을 실천하고 있었다. 에시가 큰 배에 대한 이야기를 들려줄 때 말한 그런 침묵. 죽음 같은 침묵.

그렇게 하루하루가 흐르고 네 사람은 숲의 나무나 들판의 풀 흉내를 냈지만, 곧 네스는 땅에서 올라오는 열기를 느꼈고, 사람들이 느낌만으로 분위기나 사랑을 알아채듯 그녀도 악마가 따라오고 있음을 알았다.

「오늘 밤에 코조 좀 맡아 줄래요?」샘과 코조가 마실 물을 찾으러 간 사이에 네스가 아쿠에게 말했다. 「오늘 밤만. 등이 너무 아파서요.」

아쿠가 고개를 끄덕이며 이상한 눈으로 보았지만, 네스는 자신이 무엇을 원하는지 알았고 마음을 바꾸고 싶지 않았다.

그날 아침에 개들이 왔다. 개들은 무겁고 힘겨운 헐떡거림을 토해 내며 네스가 숨은 나무로 덤벼들었다.

멀리서 휘파람 소리가 들렸다. 그것은 옛 딕시[16] 곡조로 사람

몸에 소속되기 전에 땅에서 올라왔다. 「너희들이 여기 어딘가에 있다는 걸 안다. 너희들이 나올 때까지 기꺼이 기다려 주마.」 악마가 말했다.

네스는 아기 조를 안고 그녀보다 훨씬 더 높이 올라가 있는 아쿠에게 서툰 트위어로 말했다. 「무슨 일이 있어도 내려오면 안 돼요.」

악마가 계속해서 다가오는 동안 낮고 끈질긴 흥얼거림도 함께 들려왔다. 네스는 그가 영원히라도 기다릴 것이고 곧 아기가 배가 고파서 울 것임을 알았다. 그녀는 샘이 숨은 나무를 건너다보며 자신이 가족에게 초래할 모든 일을 용서해 주기를 빌었다. 그러고는 나무에서 내려갔다. 그녀는 땅에 닿은 뒤에야 샘도 자신과 똑같은 선택을 했다는 것을 깨달았다.

「애는 어디 있어?」 하인들이 두 사람을 묶는 동안 악마가 물었다.

「죽었어요.」 네스는 그렇게 대답하며, 자식을 자유롭게 해주려고 도망쳤다가 결국 죽게 만든 어머니들의 표정이 자신의 눈빛에도 들었기를 빌었다.

악마가 한쪽 눈썹을 올리며 느린 웃음을 웃었다. 「참으로 유감이다. 나한테도 믿을 만한 검둥이들이 생겼나 했는데. 역시나.」

그는 네스와 샘을 도로 지옥으로 데려갔다.

그들이 도착하자 모든 노예가 채찍질 기둥이 있는 곳으로 불려 나왔다. 악마는 두 사람의 옷을 홀딱 벗기고 샘을 손가락도 꼼지락하지 못하게 꽁꽁 묶은 뒤 네스가 영영 집일을 할 수 없

16 Dixie. 미국 남부의 주들을 가리킴.

게 만들 줄무늬를 얻는 과정을 지켜보게 했다. 채찍질이 끝나자 네스는 흙으로 뒤덮인 상처투성이가 되어 땅바닥에 쓰러졌다. 그녀가 스스로 머리를 들지 못하자 악마가 대신 들어 지켜보게 했다. 모두가 지켜보게 했다. 밧줄이 나오고, 나뭇가지가 구부러지고, 머리가 몸에서 툭 꺾였다.

그래서 네스는 톰 앨런이 자신에게 무슨 벌을 내릴지 기다리는 동안 그날을 기억하지 않을 수 없었다. 샘의 머리. 왼쪽으로 꺾인 채 흔들리던 샘의 머리.

핑키는 톰 앨런이 앉아서 기다리는 포치로 물을 가져갔다. 소녀는 뒤로 돌아서며 네스와 눈이 마주쳤으나 네스는 그녀의 시선을 오래 붙들지 않고 다시 목화를 따기 시작했다. 그녀는 샘의 머리를 본 날 이후로 목화 따는 일을 기도처럼 생각했다. 그녀는 허리를 굽히며 말했다. 「주여, 제 죄를 용서하소서.」 목화를 따며 말했다. 「저희를 악마에게서 구해 주소서.」 그리고 목화를 들어 올리며 말했다. 「제 아들이 어디에 있든 그 아이를 보호해 주소서.」

제임스

밖에서 작은 아이들이 노래 「아이, 창피해」를 부르며 불을 둘러싸고 춤을 추었다. 아이들의 매끄러운 배가 불빛에 드러나 작은 공처럼 반짝였다. 그들이 노래를 부르는 이유는 아샨티족이 찰스 매카시 총독의 머리를 손에 넣었다는 소식이 들려왔기 때문이었다. 아샨티족은 총독의 머리를 장대에 매달아 아샨티 왕의 궁전 밖에 전시했다. 이것은 영국인들에게 보내는 경고로, 우리에게 저항하는 자들은 이렇게 된다는 의미였다.

「어이, 꼬마들, 아샨티족이 영국을 물리치면 그다음에는 우리 판티족을 공격하러 올 거라는 걸 모르니?」 제임스가 물었다. 그는 조그만 여자아이에게 달려들어 모든 아이가 킥킥거리며 자비를 구할 때까지 그 아이를 간질였다. 그는 여자아이를 놓아준 다음 엄숙한 얼굴을 하고 훈계를 이어 갔다. 「우리 가족은 왕족이니 너희들은 여기 이 마을에서 안전할 거다. 그걸 잊지 마라.」

「응, 제임스.」 아이들이 말했다.

아래쪽 길에서 제임스의 아버지가 성에서 나온 백인과 함께 걸어오고 있었다. 그는 제임스에게 컴파운드로 따라오라는 손짓을 했다.

「아이가 이 소식을 들어야 해요, 퀘이?」 백인이 제임스를 흘끗 보며 물었다.

「아이가 아니라 어른이에요. 내가 물러나면 이곳에서의 내 책무를 넘겨받게 될 거고. 그러니까 나에게 하는 말은 내 아들에게도 해야 해요.」

백인은 고개를 끄덕이고는 제임스를 주의 깊게 바라보며 말했다. 「네 어머니의 아버지인 오세이 본수가 죽었다. 아샨티족은 우리가 매카시 총독의 죽음에 대한 복수로 그들의 왕을 죽였다고 이야기하고 있다.」

「정말 그랬나요?」 제임스가 매섭게 백인의 시선을 맞받으며 물었다. 그의 혈관에서 분노가 끓어오르기 시작했다. 백인은 시선을 돌렸다. 제임스는 영국인들이 전쟁에서 잡힌 포로들을 넘겨받기 위해 지난 수년간 부족 전쟁을 부추겨 왔다는 것을 알고 있었다. 그의 어머니는 늘 황금해안이 땅콩 수프 솥과 같다고 말했다. 그녀의 부족 아샨티족은 국물, 제임스 아버지의 부족 판티족은 땅콩, 대서양 연안에서 생겨나 숲 지대를 뚫고 북쪽으로 올라간 다른 많은 국가는 고기와 후추와 야채라는 것이었다. 이 솥은 백인들이 와서 불을 더 때기 전에도 이미 넘칠 정도로 가득 차 있었다. 이제 황금해안 사람들이 할 수 있는 일이라고는 솥이 자꾸자꾸 끓어 넘치지 않게 하는 것뿐이었다. 제임스는 영국인들이 열기를 높이기 위해 외할아버지를 죽였다고 해도 놀라지 않을 터였다. 어머니가 납치되어 아버지와 결혼한 뒤로 마을은 숨 막히게 뜨거웠다.

「네 어머니가 장례식에 가고 싶어 한다.」 퀘이가 말했다. 제임스는 의식하지 못하는 사이에 부르쥐었던 주먹을 폈다.

「너무 위험해요, 퀘이.」 백인이 말했다. 「나나 야의 왕족 신분도 당신을 보호하지 못할 수 있어요. 그들은 당신 마을이 우리와 수년간 동맹 관계였다는 걸 알아요. 너무 위험해요.」

제임스의 아버지가 시선을 내리깔았고, 그 순간 제임스의 귓전에 네 아버지는 자신이 걸어 다니는 땅에 경외심이 없는 약한 남자라고 말하는 어머니 목소리가 울려 퍼졌다.

「우린 갈 거예요.」 제임스가 말했고, 퀘이가 시선을 들었다. 「아산티 왕의 장례식에 참석하지 않는 건 조상들에게 절대 용서받지 못할 죄를 짓는 일이니까요.」

퀘이는 천천히 고개를 끄덕였다. 그가 백인에게 고개를 돌리고 말했다. 「그건 당연히 지켜야 할 도리예요.」

백인은 두 남자와 악수를 나눴다. 이튿날이 되자 제임스와 어머니, 아버지는 쿠마시를 향해 북쪽으로 떠났다. 할머니 에피아는 어린 동생들과 함께 집에 남았다.

제임스는 마차를 타고 숲을 지나는 동안 무릎에 총을 올려놓고 있었다. 그가 가장 최근에 총을 손에 쥐었던 건 5년 전인 1819년, 열두 번째 생일 때였다. 아버지는 그를 숲으로 데려가 멀리 있는 여러 나무에 미리 묶어 둔 띠 모양 천들을 쏘게 했다. 아버지는 남자는 여자를 안듯 조심스럽고 부드럽게 총 다루는 법을 배워야 한다고 말했다.

지금, 제임스는 자신과 함께 숲 지대를 달리는 부모님을 보면서 아버지가 어머니를 그렇게 조심스럽고 부드럽게 안아 준 적이 있을지 궁금했다. 전쟁이 황금해안이라는 세상의 존재 방식이라면, 그의 컴파운드 내부 세상의 존재 방식 또한 그것이라고 할 수 있었다.

나나 야는 마차를 타고 가면서 울었다. 「내 아들이 없었더라면 이렇게 가고 있기나 할까?」 그녀가 물었다.

제임스가 전날 아버지와 백인 사이에 오간 대화를 어머니에게 전하는 실수를 저질렀던 것이다.

「내가 없었더라면 당신이 이런 아들을 가질 수 있기나 했을까?」 아버지가 웅얼거렸다.

「뭐라고? 난 당신의 그 역겨운 판티어를 알아들을 수가 없어.」 어머니가 말했다.

제임스는 눈알을 굴렸다. 그들은 여행 내내 그렇게 싸울 터였다. 제임스는 어릴 때 부모님이 벌인 싸움들을 아직도 기억했다. 어머니가 그의 이름에 대해 소리를 질러 댔다.

「제임스 리처드 콜린스? 제임스 리처드 콜린스! 아니, 무슨 아칸족이 자기 아들한테 백인 이름을 세 개나 붙여?」 어머니는 그렇게 소리치고는 했다.

그러면 아버지는 이렇게 대꾸했다. 「그게 어때서? 그래도 내 아들은 여전히 우리 부족의 왕자고 백인의 왕자이기도 한 거 아냐? 내가 막강한 이름을 지어 준 거야.」

제임스는 부모님이 서로 사랑한 적이 없음을 그때도 알았고 지금도 알았다. 그들은 정략결혼을 했고, 의무가 그들을 하나로 묶어 주었으나 그것만으로는 충분하지 않은 듯했다. 그들이 에둠파를 지날 때쯤, 어머니는 제임스의 작고한 외종조부 피피가 아니었더라면 퀘이는 사람 노릇도 못했을 것이라는 이야기를 하고 있었다. 부모님의 싸움은 빈번히 피피에게로, 피피가 퀘이와 가족을 위해 내린 결단들로 이어졌다.

며칠 여행한 끝에 그들은 둔콰에 사는 데이비드의 집에서 하룻밤 묵게 되었다. 데이비드는 퀘이가 영국에서 사귄 친구로 수년 전 영국인 아내와 함께 황금해안으로 와서 살고 있었다. 그들이 외할아버지의 시신을 모신 내륙에 도착하여 그의 삶을 찬양하려면 며칠, 아니 몇 주가 더 걸릴 수도 있었다.

「퀘이, 옛 친구.」 제임스의 가족이 다가오자 데이비드가 말했다. 그의 배는 거대한 코코넛처럼 동그란 모양이었다. 제임스는 그 과일을 잘라 속에서 기다리는 것을 마시던 어린 시절을 잠시 회상하며 데이비드 같은 인간을 자르면 무엇이 쏟아져 나올까 생각했다.

아버지와 데이비드가 악수를 하고 이야기를 나누기 시작했다. 제임스는 그들이 떨어져 지낸 기간이 길수록 목소리 크기로 거리감을 메우거나 시간을 거스르기라도 하려는 것처럼 목소리가 요란해지고 열정적으로 변한다는 것을 항상 느꼈다.

나나 야는 데이비드의 아내 캐서린을 향해 고개를 끄덕이고는 큰 소리로 목청을 가다듬었다.

「아내가 무척 지쳤네.」 퀘이가 말하자 하인들이 그녀에게 방을 안내하러 왔다. 제임스도 쉬고 싶어서 그들과 함께 가려고 했지만 데이비드가 불러 세웠다.

「어이, 제임스, 이제 사나이가 됐구나. 앉아라. 이야기 좀 하자.」

제임스는 데이비드를 몇 번밖에 만난 적이 없었지만, 그때마다 데이비드는 그를 사나이라고 불렀다. 제임스는 네 살 때 눈에 보이지 않는 무엇, 어쩌면 개미에 발이 걸려 넘어져 윗입술이 찢어진 적이 있었다. 그는 즉시 울기 시작했다. 가슴속 어딘가에서 올라온 격렬한 울음이었다. 그때 데이비드가 한 손으로 그를 들어 올리고 나머지 손으로 엉덩이의 흙을 털어 준 뒤 자기 앞에 있는 탁자 위에 세워 눈높이를 맞췄다. 「제임스, 넌 이제 사나이다. 작은 일들이 닥칠 때마다 울면 안 된다.」

세 남자는 하인들이 피운 불을 둘러싸고 앉아서 야자주를 홀짝거렸다. 제임스의 눈에는 아버지가 사흘간의 여정 동안 세 살쯤 나이를 먹은 것처럼 조금 더 늙어 보였다. 그 여행이 30일이 걸린다면 퀘이는 죽기 전 제임스의 할아버지만큼 늙어 보일 터였다.

「아내가 아직도 자네를 애먹이는구먼, 응? 자네가 오세이 본수의 장례식에 데려가는데도.」 데이비드가 물었다.

「내 아내라는 여자는 만족을 모르지.」 퀘이가 말했다.

「사랑이 아닌 권력을 보고 결혼하면 그렇게 되지. 성경 말씀에서 ―」

「난 성경 말씀 들을 필요 없네. 나도 성경 공부를 했어. 기억하나? 사실 종교 수업에는 내가 자네보다 더 자주 들어간 것 같은데.」 퀘이는 짤막한 웃음을 터뜨렸다. 「나한테는 그 종교가 쓸모없어. 난 영국이 아닌 이 땅, 이 사람들, 이 관습들을 선택했으니까.」

「자네가 선택한 건가, 아니면 다른 사람이 대신 선택해 준 건가?」 데이비드가 조용히 말했다. 퀘이는 제임스를 흘끗 훔쳐보고는 시선을 피했다. 제임스의 어머니가 진짜로 화가 났을 때 늘 퀘이에게 하는 말이 있었다. 「당신은 너무 물러. 엉망이야. 약한 남자야.」

「너는, 제임스? 이제 결혼 축제를 시작할 나이가 거의 다 됐 잖아. 우리가 슬슬 네 신붓감을 찾아보기 시작해야 하는 거니, 아니면 마음에 둔 여자가 있는 거니?」 데이비드는 그러면서 제임스를 향해 눈을 찡긋했고, 그 동작이 목구멍으로 연결된 스위치를 잡아당기기라도 한 것처럼 자신의 침에 질식할 정도 로 심하게 웃어 댔다.

「나나 야와 내가 좋은 신붓감을 점찍어 뒀네.」 퀘이가 말 했다.

데이비드는 조심스럽게 고개를 끄덕이고는 야자주가 든 조 롱박을 기울였다. 술이 목구멍을 타고 내려가면서 목울대가 깐 닥거렸다. 제임스는 그를 바라보며 움츠러들었다. 피피가 죽기 전, 제임스가 아직 어린아이였을 때 피피와 퀘이는 제임스에게 그 여자를 짝지어 주기로 모의했다. 그녀는 아비쿠 바두 추장 을 이을 후계자의 딸인 암마 아타였다. 그들의 결합은 피피가 퀘이를 위해 바로잡겠다고 다짐한 일들 목록에서 마지막을 장 식할 터였다. 그것은 오래전 코비 오처가 에피아 오처 콜린스 에게 했던 약속, 그녀의 피가 판티 왕족의 피와 섞이게 해주겠 다던 다짐의 실현이었다. 제임스는 열여덟 번째 생일 전날 밤 에 그녀와 결혼할 예정이었다. 그녀는 그의 첫째이자 가장 중 요한 아내가 될 터였다.

암마도 그 마을에서 자라 제임스는 평생 그녀와 알고 지냈 고, 어렸을 때는 아비쿠 추장의 컴파운드 바깥에서 그녀와 놀 고는 했었다. 하지만 나이를 먹으면서 제임스는 암마가 점점 짜증스러워졌다. 그가 농담을 하면 그녀가 항상 조금 지나치

게 오래 웃어서 자신의 농담이 전혀 웃기지 않다는 것을 깨닫
도록 하는 것, 그녀가 머리에 코코넛 오일을 너무 많이 발라서
머리칼이 그의 어깨에 스치면 헤어지고 난 뒤에도 오일 냄새가
남는 것 같은 사소한 일들 때문이었다. 그는 열다섯 살 때 이미
그런 여자를 결코 진실로 사랑할 수 없으리라는 것을 알았지
만, 그의 생각 따위는 중요하지 않았다.

　남자들은 잠시 침묵 속에서 술을 마셨다. 나무에서 새들이
서로에게 잘 자라고 외쳤다. 거미 한 마리가 제임스의 맨발로
기어올랐다. 그는 어렸을 때 어머니가 들려줬던, 지금도 여전
히 어린 동생들에게 들려주는 아난시 이야기들을 생각했다.
「아난시와 잠자는 새 이야기 들어 봤니?」 어머니가 장난기 번
득이는 눈으로 아이들에게 물으면 아이들은 모두 〈아뇨!〉라고
외치고는 그 거짓말이 짜릿해서 입으로 손을 가리고 키득거렸
다. 아이들은 모두 그 이야기를 숱하게 들었고, 이야기란 것이
벌을 안 받고 넘어갈 수 있는 거짓말일 뿐임을 알았던 것이다.

　데이비드가 다시 조롱박 술병을 기울였다. 그는 술을 완전히
비우기 위해 고개도 함께 젖혔다. 그러고는 트림을 하고 손등
으로 입을 닦았다. 「그게 사실인가? 영국이 곧 노예제를 폐지
한다는 게?」 그가 물었다.

　퀘이는 어깨를 으쓱했다. 「제임스가 태어나던 해에 성에 사
는 사람들 모두가 노예 무역이 폐지되어 더 이상 미국에 노예
를 팔 수 없다고 했는데, 그렇다고 부족들이 노예를 파는 것까
지 중단되었나? 영국인들이 이곳에서 떠나게 되었나? 지금 아
샨티족과 영국인들이 하는 전쟁이 자네나 나, 심지어 제임스가
죽고 난 뒤에도 오랫동안 이어질 거라는 사실을 모르겠나? 형

제여, 여기에는 노예만 걸려 있는 게 아니네. 누가 이 땅과 사람들, 권력을 가질 것인가의 문제지. 염소 몸에 칼을 꽂고, 자, 이제 나는 천천히 칼을 뺄 테니 쉽고 깔끔하게 처리합시다, 지저분한 것들 없이, 하고 말할 수는 없는 노릇이지. 피를 볼 수밖에 없어.」

제임스는 이미 이런 이야기를 숱하게 들어 왔다. 영국인들은 더 이상 미국에 노예들을 팔지 않았지만 노예 제도는 끝나지 않았고, 아버지는 그게 끝나리라고 생각하지 않는 듯했다. 손목과 발목에 채우는 물리적인 족쇄가 정신에 채우는 보이지 않는 족쇄로 바뀌기만 할 터였다. 제임스가 어렸을 때 합법 노예 수출이 끝나고 불법 수출이 시작되었다. 그는 그 당시에는 그것이 무슨 말인지 이해하지 못했지만 이제는 이해했다. 영국인들은 노예 무역이 끝난 뒤에도 아프리카를 떠날 생각이 없었다. 그들은 성을 차지했고, 아직 드러내 놓고 말은 안 하지만 아프리카 땅도 차지할 작정이었다.

그들은 이튿날 아침 다시 길을 떠났다. 제임스는 어머니가 간밤에 휴식을 취해서 기분이 좋아진 것 같다고 생각했다. 그녀는 콧노래까지 흥얼거렸다. 마차는 진흙과 막대기들로 지어진 도시들과 마을들을 지났다. 그들은 퀘이와 함께 일한 적이 있는 사람들이나 나나 야가 얼굴도 본 적 없는 사촌의 사촌들이 베푸는 친절에 의존하여 그들의 집 바닥에서 자고 약간의 야자주를 얻어 마셨다. 제임스는 나라 안으로 깊숙이 들어갈수록 숲 지대 사람들이 아버지의 피부색에 큰 관심을 가지는 것을 보았다. 「백인이에요?」 어린 여자아이 하나가 퀘이의 연갈색 피부에서 색깔이 묻어나기라도 할 것처럼 집게손가락으로 슬쩍 문지르며 물었다.

「어떤 것 같니?」 퀘이가 물었다. 그의 트위어는 서툴렀지만 뜻은 통했다.

여자아이는 킥킥 웃더니 천천히 고개를 저었다. 그러고는 직접 묻기에는 겁이 났는지 불가에 모여 지켜보는 다른 아이들에게 보고하러 달려갔다.

그들은 땅거미가 질 무렵에 쿠마시에 도착했다. 나나 야의 맏오빠 코피가 경호원들을 거느리고 나와 그들을 맞이했다.

「아콰바.[17] 환영한다.」 그가 말했다.

그들은 새 왕의 큰 궁전으로 안내받았다. 한쪽 구석에 묵을 방이 마련되어 있었다. 세 사람이 환영 음식을 먹는 동안 코피는 함께 앉아서 그곳의 새로운 소식들을 알려 주었다.

「누이, 미안하다. 매장을 오래 미룰 수가 없었어.」 코피의 말에 나나 야는 고개를 끄덕였다. 새 왕이 취임할 수 있도록 그들이 도착하기 전에 매장이 이루어질 것임을 그녀도 이미 알고 있었다. 그녀는 그저 장례식에만 늦지 않기만을 바랐다.

「오세이 야우는?」 그녀가 물었다. 모두들 새 왕을 걱정하고 있었다. 그들은 전쟁 중이어서 제임스의 외할아버지를 매장한 뒤 빨리 새 왕을 뽑아야만 했다. 그것이 부족과 전쟁에 악운이 될지 어떨지는 아무도 몰랐다.

「아샨티 최고 권력자로서의 역할을 잘 수행하고 있다. 걱정 마라, 누이. 그는 우리 아버지가 마땅히 누려야 할 영예를 누리게 해줄 것이다.」 코피가 말했다.

제임스는 코피 삼촌이 말할 때 아버지에게는 주의를 기울이

17 *Akwaaba*. 트위어로 환영한다는 뜻.

지 않는 것을 간파했다. 코피의 시선은 단 한 번도, 심지어 배회할 때조차도 퀘이에게 머물지 않았다. 코피는 자신에게 위협이 되거나 전에 상처 입은 적이 있는 통나무들과 바위들을 피해 오로지 본능에만 의존하여 어두운 숲을 지나는 눈먼 고양이 같았다.

장례 절차는 이튿날 시작되었다. 나나 야는 제임스와 다른 남자들이 잠에서 깨기 훨씬 전에 궁전에서 나갔다. 도시의 모든 사람에게 진짜로 장례식 날이 왔음을 애절한 울부짖음으로 알리는 여자 가족 무리에 합류하기 위해서였다. 정오경, 빨간 옷을 입은 여자들은 점토를 바른 이마에 냐냐와 라피아 잎사귀를 두르고 거리를 돌아다니며 모든 주민에게 소리쳐 알렸다.

한편 제임스와 아버지, 다른 모든 남자 가족은 검정색과 빨간색 상복을 입었다. 북 치는 사람들이 왕궁 한쪽 구석에서 반대쪽 구석까지 일렬로 자리했다. 그들은 동틀 때까지 북을 칠 터였다. 남자들이 구호를 외치기 시작했고 그다음에는 케티, 아도와, 단수오무 춤이 시작되었다. 그들은 동틀 때까지 춤을 출 터였다.

죽은 왕의 가족이 일렬로 앉아서 모든 조문객의 인사를 받았다. 조문객들이 한 줄로 서서 외할아버지의 첫째 부인부터 시작해서 가족 모두에게 조의를 표하며 광장 가운데까지 걸어갔다. 조문객들은 가족 하나하나와 일일이 악수하고 애도를 전했다. 제임스는 아버지 옆에 서 있었다. 그는 고귀한 혈통에 걸맞은 인상을 주기 위해 어깨를 곧게 펴고 조문객들의 눈을 똑바로 응시했다. 조문객들은 그와 악수를 하며 웅얼웅얼 말했다. 제임스는 아샨틀랜드에서 산 적도 없는 데다 할아버지에 대해서도 사람이 자신의 그림자에 대해 알 듯, 볼 수는 있으되 만질 수도 알 수도 없는, 그저 거기 존재하는 형상으로만 알았지만 그래도 그들의 조의를 받아들였다.

마지막 조문객들이 지나갈 때쯤에는 해가 하늘의 가장 높은 곳에 떠 있었다. 얼른 손을 올려 눈가의 땀을 닦아 낸 뒤 눈을 뜬 제임스는 태어나서 본 여자들 중에 가장 사랑스러운 소녀를 보았다.

「돌아가신 왕께서 영의 세계에서 평화를 찾으시기를 기원합니다.」 소녀가 말했다. 그러나 손을 내밀지는 않았다.

「이건 뭐지? 악수 안 해요?」 제임스가 물었다.

「정중히 말하는데, 노예 상인과는 악수하지 않아요.」 소녀가 대답했다. 소녀는 제임스의 눈을 똑바로 보며 말했고, 제임스는 소녀의 얼굴을 자세히 살펴보았다. 머리칼은 정수리 부분에서 솜뭉치처럼 하나로 묶었고, 앞니 사이의 벌어진 틈에서 말이 휘파람 소리처럼 나왔다. 소녀는 상복으로 몸을 단단히 감고 있었지만 옷이 조금 내려가서 가슴 윗부분이 살짝 드러났다. 그는 무례한 소녀를 때리거나 위에 고해바칠 수도 있었지만 뒤에 조문객들의 줄이 이어져 있었고 장례식은 계속되어야 했다. 제임스는 소녀를 보낸 뒤 줄을 따라 내려가는 모습을 계속 지켜보려 했지만 소녀는 오래지 않아 군중 속으로 사라졌다.

제임스는 소녀를 놓쳤지만, 줄이 계속 움직이고 나머지 조문객들이 악수를 하러 다가오는 중에도 소녀를 잊을 수가 없었다. 소녀가 한 말에 분노가 일었다가 수치심이 들었다가 했다. 그녀는 우리 아버지와는 악수를 했을까? 삼촌과는? 자기가 뭔

150

데 누가 노예 상인인지 결정하는 거지? 제임스는 부모님이 아샨티와 판티 중 누가 더 나은지를 두고 싸우는 소리를 들으며 살아왔지만, 노예 문제에서만큼은 두 사람의 우열을 가릴 수 없었다. 아샨티족은 노예를 포획하는 것에서 힘을 얻었다. 판티족은 노예를 거래하는 것에서 힘을 얻었다. 그 소녀가 그와 악수를 할 수 없다면, 소녀는 자신의 손도 만질 수 없었다.

마침내 그들은 죽은 왕 오세이 본수를 영면에 들게 했다. 장례식이 종료되었으며 이제 모두 일상으로 돌아갈 수 있음을 백성들에게 알리는 종이 울렸다. 가족들에게는 40일의 애도 기간이 더 남아 있었다. 그들은 앞으로 40일간 상복을 입고, 선물들을 분류하여 나누고, 새 왕에 대해 염려할 터였다.

제임스의 부모님은 이삼일 내로 떠날 예정이었다. 제임스는 악수를 거부한 소녀를 찾을 시간이 많지 않다는 것을 알았다.

제임스는 사촌 콰메를 찾아갔다. 스무 살쯤 된 콰메는 이미 두 번이나 결혼한 몸이었다. 그는 뚱뚱하고, 까맣고, 시끄럽고, 술을 자주 마셨지만 친절하고 의리도 있었다. 제임스는 일곱 살 때 가족과 함께 이곳에 한 번 왔었다. 제임스와 콰메는 할아버지의 황금 의자[18] 방에서 놀고 있었는데, 사람들이 초대받지 않고 들어갔다는 이유로 죽임을 당하기도 했던 그 방은 둘의 출입이 명백하게 금지된 곳이었다. 그런데 제임스가 놀다가 할아버지의 지팡이 하나를 쓰러뜨렸고, 악령의 소행이라고밖에는 볼 수 없는 우연의 일치로 그 지팡이가 하필 야자유 램프에

18 아샨티족이 왕권의 상징으로 여기는 순금 의자로 국가의 혼이 깃들었다고 믿는다.

떨어져 불이 붙었다. 두 소년은 재빨리 진화에 나섰지만 불 냄새를 맡은 가족들이 무슨 일인지 보러 왔다.

「누가 그랬느냐?」할아버지가 호통쳤다. 아샨티 왕 자리에 너무 오래 있었던 그의 목소리는 사람의 소리라기보다 사자의 포효에 더 가까웠다.

제임스는 콰메가 사실대로 일러바칠 것이라고 생각해 즉시 시선을 내리깔았다. 그는 몇 년에 한 번 이곳에 오는 외부인이었지만 콰메는 강한 분노를 즉각적으로 나타내는 사자 같은 할아버지와 함께 이곳에서 살아야 했다. 그러나 콰메는 아무 말도 하지 않았다. 각자의 어머니가 아들을 무릎에 눕히고 동시에 때려도 콰메는 입을 다물었다.

「콰메, 여자를 찾고 싶어.」제임스가 말했다.

「오, 사촌. 그렇다면 나한테 오길 잘했군.」콰메가 요란하게 웃으며 말했다.「난 이 도시에 걸어 다니는 여자는 다 알거든. 어떻게 생겼는지 말해 봐.」

제임스가 설명을 끝내자 사촌은 그 소녀가 누구이고 어디로 가면 만날 수 있는지 알려 주었다. 제임스는 겨우 한 번 만난 여자를 찾으러 잘 알지도 못하는 거리로 나갔다. 그는 사촌이 비밀을 지켜 줄 것임을 알았다.

제임스가 소녀를 발견했을 때, 소녀는 물 양동이를 머리에 이고 가족이 사는 오두막으로 가고 있었다.

소녀는 그를 보고도 놀라지 않는 것 같았다. 제임스는 짧았던 첫 만남에서 자신이 느낀 것을 소녀도 느꼈음을 확신했다.

「좀 도와줄까요?」제임스가 양동이를 가리키며 물었다.

소녀는 질겁해서 고개를 저었다.「제발, 안 돼요. 당신은 이런 일을 하면 안 돼요.」

「제임스라고 불러요.」

「제임스.」 소녀는 그 이상한 이름이 혀 뒤쪽을 찌르는 쓴 멜론이라도 되는 듯 입안에서 굴리며 맛을 보았다. 「제임스.」

「당신은?」

「아코수아 멘사.」 그녀가 말했다. 둘은 계속 걸었다. 행인 몇 명이 제임스를 알아보고 멈춰 서서 절을 하거나 쳐다보았지만, 대부분의 사람들은 물이나 땔감을 나르며 일상을 이어 가느라 바빴다.

개울에서 도시 외곽의 숲에 있는 아코수아의 오두막까지는 16킬로미터 거리였고, 제임스는 소녀에 대해 알고 싶은 것을 모두 알아내겠다고 마음먹었다.

「왕의 장례식에서 왜 나와 악수를 안 하려고 했어요?」 제임스가 물었다.

「말했잖아요. 난 판티족 노예 상인과는 악수를 안 한다고.」

「내가 노예 상인인가요?」 제임스는 목소리에 분노가 어리지 않게 하려고 애쓰며 물었다. 「내가 판티족이라면 아샨티족이기도 한 거 아닌가요? 나의 할아버지가 당신네 왕 아니었어요?」

그녀가 미소를 보냈다. 「우리 형제자매가 열세 명이에요. 그런데 이제 열 명밖에 안 남았어요. 내가 어렸을 때, 우리 마을은 다른 마을과 전쟁을 벌였어요. 적이 우리 오빠 셋을 잡아갔어요.」

그들은 몇 분간 침묵 속에서 걸었다. 제임스는 그녀가 가족을 잃은 것이 안타까웠지만 모든 상실은 삶의 일부임을 알고 있었다. 고귀한 신분인 어머니조차도 납치되어 가족과 생이별을 하고 다른 가족에 심어졌다. 「만일 당신의 마을이 그 전쟁에서 이겼다면, 당신들도 누군가의 오빠 셋을 잡아가지 않았을까요?」 제임스는 그 질문을 억누르지 못하고 입 밖에 냈다.

아코수아는 시선을 돌려 버렸다. 소녀가 머리 위에 인 양동이는 흔들림이 없었다. 제임스는 무엇이 그 양동이를 떨어뜨릴 수 있을지 궁금해졌다. 바람? 날벌레 한 마리? 「당신이 무슨 생각을 하는지 알아요.」 이윽고 그녀가 말했다. 「모두가 이 일에 가담한다고 생각하겠죠. 아샨티, 판티, 가Ga. 영국인, 네덜란드인, 미국인. 그런 생각을 하는 게 잘못도 아니죠. 우리 모두 그렇게 생각하도록 배웠으니까요. 하지만 난 그런 식으로 생각하고 싶지 않아요. 우리 오빠들과 다른 사람들이 잡혀갔을 때, 우리는 슬퍼하면서 군사력을 키웠어요. 그게 무슨 의미죠? 우리가 잃은 것에 대한 복수로 우리도 빼앗는다? 난 그게 납득이 안 돼요.」

그녀가 몸에 두른 천을 단단히 여미느라 두 사람은 걸음을 멈췄다. 제임스는 그날 두 번째로 그녀의 가슴을 보지 않으려고 안간힘을 다해야 했다. 그녀가 말을 이었다. 「나는 우리 아샨티족을 사랑해요, 제임스.」 그녀의 입에서 나오는 그 이름이 형언할 수 없이 달콤하게 들렸다. 「나는 아샨티인 게 자랑스러워요. 당신도 판티인 게 자랑스럽겠지만, 오빠들을 잃은 뒤 〈나 아코수아에게 나는 곧 내 나라다〉라고 다짐했어요.」

제임스는 그녀의 말을 들으며 전에 없이 마음속에서 무엇인가가 복받쳐 오르는 기분을 느꼈다. 그럴 수만 있다면 그녀의 말을 영원히 듣고 싶었다. 그럴 수만 있다면 그녀가 말하는 나라에 들어가고 싶었다.

그들은 더 멀리까지 걸어갔다. 태양이 점점 낮아졌고, 제임스는 땅거미가 지기 전에 집에 돌아가는 것은 불가능함을 알았다. 그런데도 그들은 발을 움직이지 않고 주위에서 앵앵대는 모기들에 의해 허공에 떠서 어색하게 날아가듯 천천히 나아가는 것처럼 걸음을 늦췄다.

「혹시 정혼한 사람 있어요?」 제임스가 물었다.

아코수아가 수줍게 흘끗 보았다. 「우리 아버지는 딸의 몸이 결혼할 준비가 되었다는 신호를 보내기 전에는 정혼하는 게 아니라는 믿음을 가졌고, 난 아직 월경을 시작하지 않았어요.」

제임스는 자신의 마을에 있는 정혼자를 생각했다. 그녀는 신분 때문에 그의 배필로 선택되었다. 그녀와의 삶은 행복하지 않을 것이고 제임스는 부모님처럼 애정 없고 신랄한 결혼 생활을 하게 될 것이다. 하지만 부모님은 아코수아를 그의 셋째, 넷째 아내로도 허락하지 않을 것이 분명했다. 소녀는 가진 것도 없고 신분도 미천하니까.

아무것도 아니고 근본도 없다. 할머니 에피아가 유난히 슬퍼 보이는 밤에 입버릇처럼 하던 말이었다. 제임스는 할머니가 검은 옷을 입지 않은 날이나 할머니의 희미한 울음소리를 듣지 않은 밤이 기억에 없었다.

제임스는 어렸을 때 성 근처에 있는 할머니의 집에서 주말을 보낸 적이 있었다. 한밤중에 잠이 깬 그는 할머니가 방에서 우는 소리를 들었다. 그는 할머니에게 가서 작은 팔로 할머니를 꼭 끌어안았다.

「할머니, 왜 울어요?」 그가 손으로 할머니의 얼굴을 만지며 물었다. 그는 자신이 울 때 어머니가 가끔 그랬던 것처럼 할머니의 얼굴에서 눈물을 가져다 입김을 불어넣으며 소원을 빌어주려고 했다.

「아가야, 바바 이야기를 들은 적 있니?」 할머니가 그를 무릎에 앉히고 앞뒤로 흔들어 주며 물었다.

그때가 그 이야기를 들은 첫 번째 밤이었지만 마지막 밤은 아니었다.

제임스는 아코수아의 손을 덥석 잡아 그녀를 멈춰 세웠다. 머리 위 양동이가 흔들리자 소녀는 두 손을 올려 양동이를 잡았다. 「당신과 결혼하고 싶어요.」 제임스가 말했다.

그들은 아코수아의 오두막에서 몇 걸음밖에 떨어지지 않은 곳에 있었다. 제임스는 수풀 사이로 오두막을 볼 수 있었다. 어린아이들이 진흙 위에서 얼굴이 갈색으로 범벅이 된 채 레슬링을 하고 있었다. 한 남자가 정글도를 들고 서서 큰 풀을 베고 있었다. 칼날이 땅바닥을 때릴 때마다 땅이 흔들렸다. 제임스는 발아래에서 땅의 움직임을 느꼈다고 생각했다.

「당신이 어떻게 나와 결혼할 수 있어요, 제임스?」 아코수아가 말했다. 이제 그녀는 걱정스러운 표정이 되어 가족들이 기다리는 오두막 쪽을 훔쳐보고 있었다. 물을 너무 늦게 가져가면 어머니가 매질을 하고 밤새도록 소리를 질러 댈 터였다. 그녀가 아샨티 왕의 손자와 함께 있었다는 이야기는 아무도 믿지 않을 것이고, 설령 믿는다고 해도 문제가 생길 것이라는 생각만 할 터였다.

「월경이 시작돼도 아무에게도 말하지 말아요. 그 사실을 숨겨요. 난 내일 떠나지만 당신을 데리러 올 거예요. 우리 둘이 이곳을 떠나는 거예요. 아무도 우리를 알지 못하는 작은 마을에서 새 삶을 시작하는 거예요.」

아코수아는 여전히 자신의 가족들을 보고 있었고, 제임스는 자신의 말이 얼마나 미친 소리처럼 들릴지, 자신이 그녀에게 얼마나 많은 것을 포기하라고 요구하는지 알았다. 아샨티족에게 성인 의식은 중대한 문제였다. 소녀가 여자가 되면 일주일 동안 축하 의식이 이어졌다. 그 뒤의 규칙은 엄격했다. 월경하는 여자는 최고 지도자의 지위를 상징하는 의자를 모시는 집에 들어갈 수 없었고, 특정 강들을 건너는 것도 금지되었다. 그들은 별채에 살았고 월경 기간에는 손목에 흰 점토를 칠했다. 초경이 시작되었는데도 그 사실을 알리지 않는 여자는 큰 벌을 받았다.

「나 믿어요?」 제임스는 자신이 그런 질문을 할 자격이 없음을 알면서도 그렇게 물었다.

「아뇨.」 마침내 아코수아가 대답했다. 「믿음은 스스로 얻는 거예요. 난 당신을 믿지 않아요. 나는 권력이 사람들에게 무엇을 할 수 있는지 보아 왔고, 당신은 가장 권세 높은 가문들 중 하나에 속해 있으니까요.」

제임스는 머리가 어질어질해졌다. 금방이라도 기절해 버릴 것만 같은 기분이었다.

「하지만,」 아코수아가 말을 이었다. 「당신이 나를 데리러 와 준다면 당신은 내 믿음을 얻게 될 거예요.」

제임스는 그녀의 말을 이해하고 천천히 고개를 끄덕였다. 그는 월말경에 자신의 마을에 돌아가 있을 것이고, 연말경에는 자신의 결혼식장에 있을 터였다. 전쟁은 계속될 것이고 아무것도, 그의 목숨도, 사랑도 보장되지 않을 터였다. 하지만 그는 아코수아의 말을 들으며 자신이 길을 찾을 것임을 알았다.

*

　제임스는 암마에게 왜 그녀의 오두막에서 자고 싶지 않은지 설명할 수가 없었다. 그들이 결혼한 지도 석 달이 되어 핑곗거리가 궁해지고 있었다. 결혼식 날 밤에는 아프다는 핑계를 댔다. 그 뒤 일주일 내내 그의 몸은 핑곗거리 만드는 일을 떠맡아 그녀에게 갈 때마다 성기가 사타구니에 힘없이 늘어져 있었다. 암마가 그의 취향에 맞추어 머리를 땋고 가슴과 가랑이에 코코넛 오일을 바른 밤들에도 마찬가지였다. 그 주가 지난 뒤에는 민망해서 도저히 그녀 곁에 갈 수 없는 척하며 두 주를 더 보냈지만, 곧 그것도 통하지 않게 되었다.

　「당신 약제상에게 가봐야겠어요. 이런 문제에 도움이 되는 약초가 있어요. 내가 곧 임신을 하지 않으면 사람들은 나한테 무슨 문제가 있다고 생각할 거예요.」 암마가 말했다.

　제임스는 암마가 안쓰러웠다. 그것은 사실이었다. 불임은 늘 여자 탓이며 부정함이나 문란함에 대한 벌로 여겨졌다. 하지만 그 짧은 몇 개월 동안 제임스는 아내를 잘 알게 되었다. 암마는 〈그에게〉 문제가 있다는 것을 곧 온 마을에 소문낼 것이고, 제임스가 남편 구실을 하지 않는다는 이야기는 부모님 귀에도 들어가게 될 터였다. 어머니의 말이 귀에 들리는 듯했다. 〈아, 니아메 신이여, 제가 무슨 죄를 지었기에 이런 벌을 받는 겁니까? 약한 남편에 약한 아들까지!〉 제임스는 아코수아에 대한 기억에 충실하려면 조만간 묘안을 짜내야만 한다는 것을 알았다.

제임스는 그 기억을 꽉 붙잡고 있었다. 아코수아에게 데리러 오겠다는 약속을 한 지도 1년 가까이 지났지만, 그는 아직도 그 약속을 지킬 계획을 마련하지 못했다. 아샨티족이 영국인들과의 전투에서 승리를 거듭하자 마을 사람들은 어쩌면 아샨티족이 백인들을 물리칠 수도 있다고 수군대기 시작했다. 그럼 그다음에는? 죽은 백인들을 대신해 더 많은 백인들이 오게 될까? 아샨티족이 우리를 만나러 온다면, 아비쿠 바두와 피피가 그들의 원한을 산 것에 마침내 복수하려고 든다면 누가 우리를 보호해 줄까? 제임스의 마을이 영국과 동맹을 맺은 것은 너무 오래전 일이어서 어쩌면 백인들이 그 사실을 잊었을 수도 있었다.

제임스는 아코수아를 잊지 않았다. 컴파운드 가장자리에 자신과 암마를 위해 직접 지은 오두막에서 잠을 잘 때면 그녀를 볼 수 있었다. 그의 감긴 눈이 이룬 들판에서 아코수아의 입술과 눈과 다리와 엉덩이가 돌아다녔다. 그는 외할아버지 나라에서 아샨티족과 함께 지내는 것이 얼마나 좋았는지를, 어머니 쪽 사람들에게서 느낀 따뜻함을 잊지 않고 있었다. 그는 판틀랜드에 오래 머물수록 어서 벗어나고 싶은 마음이 강해졌다. 그는 아버지처럼 정치인이 되기보다는 아코수아의 아버지처럼 농부가 되어 소박하게 살고 싶었다. 오래전 퀘이가 영국인들과 판티족을 위해 한 일은 그에게 돈과 권력을 안겨 줬지만 그 외에 얻은 것은 거의 없었다.

「제임스, 내 말 듣고 있어요?」 암마가 말했다. 그녀는 후추 수프를 젓고 있었는데 몸에 두른 천이 허리까지 내려오고 등을 구부리고 있어서 드러난 젖가슴이 국물에 빠질 듯했다.

「응, 당신 말이 맞아.」 제임스가 말했다. 「내일 맘파넌에게 가보지.」

암마가 만족스럽게 고개를 끄덕였다. 맘파넌은 수백 킬로미터 반경에서 가장 알아주는 약제상이었다. 서열 낮은 아내들은 서열 높은 아내들을 조용히 죽이고 싶을 때 그녀를 찾아갔다. 동생들은 형들을 제치고 후계자로 뽑히고 싶을 때 그녀를 찾아갔다. 바닷가에서부터 내륙 숲에 이르기까지, 기도만으로는 해결될 수 없는 문제를 가진 사람들이 그녀를 찾아갔다.

제임스는 목요일에 약제상을 만났다. 아버지를 비롯한 많은 사람이 그녀를 주술사라고 불렀는데, 그녀는 신체적으로 그 역할을 구현하는 듯했다. 다 빠지고 앞니 네 개만 남은 이들은 다른 이들을 몰아내고 가운데에 의기양양하게 모인 것처럼 고른 간격을 유지하고 있었다. 등은 언제나 굽어 있었고, 짚고 다니는 새까만 나무지팡이는 뱀 한 마리가 지팡이를 감은 것처럼 조각되어 있었다. 한쪽 눈은 늘 다른 곳을 향하고 있어서 제임스는 이리저리 고개를 돌려 가며 아무리 애를 써도 그 눈과 시선을 맞췄다고 확신할 수 없었다.

「이 남자는 여기서 뭐 하는 거야?」 맘파넌이 허공에 대고 물었다.

제임스는 말을 해야 할지 말아야 할지 몰라서 목청을 가다듬었다.

맘파넌이 바닥에 침을 뱉었는데 타액보다 가래가 더 많았다. 「이 남자는 맘파넌에게 뭘 원하는 거야? 그녀 좀 편안하게 내버려 둘 수 없나? 그녀의 힘을 믿지도 않는 남자가.」

「맘파넌 아주머니, 아내가 가보라고 해서 왔어요. 아기가 생길 수 있도록 약초를 받아 오라고 하더군요.」 그는 오는 길에 맘파닌에게 할 말 — 자신도 행복하면서 아내도 행복하게 해 주고 싶은 마음이 얼마나 간절한지에 대한 말 — 을 연습했지만 그 말이 나오지 않았다. 그는 자신의 목소리에서 불확실함과 두려움을 들었고 그런 자신을 저주했다.

「응, 그가 나를 아주머니라고 부르네? 우리 부족 사람들을 해외 백인들한테 파는 가족 출신이. 감히 나를 아주머니라고 부르다니.」

「그건 우리 아버지와 할아버지의 일이에요. 내 일이 아니라고요.」 제임스는 그들이 하는 일 덕분에 자신은 일할 필요 없이 가문의 이름과 권력으로 먹고살 수 있다는 말은 덧붙이지 않았다.

맘파닌이 성한 눈으로 쳐다보았다. 「넌 마음속으로 나를 마녀라고 부르고 있어, 응?」

「모두가 당신을 마녀라고 불러요.」

「말해 봐, 맘파닌이 백인을 위해 가랑이 벌리는 여자야? 백인들이 우리 여자들 맛을 못 봤다면 이미 떠났을지도 몰라.」

「백인들은 이곳에서 돈을 벌 수 있는 한 떠나지 않을 거예요.」

「응, 이제 돈 이야기야? 맘파닌이 이미 말했잖아. 네 가족이 어떻게 돈을 버는지 안다고. 네 형제들과 자매들을 해외로 보내 짐승 취급을 당하게 해서 버는 거지.」

「미국에만 노예가 있는 게 아니에요.」 제임스가 조용히 말했다. 그는 아버지가 노예제 폐지를 옹호하는 영국 신문들에서 읽은 미국 남부의 잔혹 행위들에 대해 데이비드와 이야기하면서 그렇게 말하는 것을 들은 적이 있다. 그러자 데이비드가 대꾸했다. 「형제여, 미국에서 노예들을 다루는 방식은 도무지 이해할 수 없는 것이네. 이해할 수 없어. 우리는 이곳에서 노예들을 그렇게 취급하지 않지. 그렇게 안 해.」

제임스는 살갗이 뜨거워지는 것을 느꼈지만 해는 이미 땅 아래로 진 뒤였다. 그는 돌아서서 떠나고 싶었다. 맘파닌의 배회하는 눈이 멀리 있는 나무에 닿았다가 하늘 위로 올라가더니 제임스의 왼쪽 귀를 아슬아슬하게 스쳐 지나갔다.

「난 우리 가족의 일을 하고 싶지 않아요. 영국인들과 하나가 되고 싶지 않아요.」

맘파닌이 다시 침을 뱉더니 배회하는 눈으로 그를 똑바로 쳐다보았다. 제임스는 진땀이 나기 시작했다. 마침내 맘파닌의 눈이 그에게서 본 것에 만족하여 다시 배회를 시작했다. 「네 물건이 제구실을 하지 않는 이유는 네가 그걸 원하지 않기 때문이지. 내 약은 그걸 원하는 사람들한테만 필요해. 넌 네가 원하지 않는 것에 대해 말하고 있지만, 네가 원하는 건 따로 있어.」

질문이 아니었다. 제임스는 그녀를 믿을 수 있다고 생각하지는 않았으나 그녀가 성하지 않은 눈으로 자신을 들여다보았음을 알았다. 그의 마음을 본 것이다. 제임스는 자신의 힘으로는 땅을 움직일 수 없었기에 주술사의 힘에 의지해 땅을 움직이기로 결심했다.

「난 가족을 떠나 아샨틀랜드로 가고 싶어요. 아코수아 멘사와 결혼해서 농사를 짓거나 소박한 일을 하면서 살고 싶어요.」

맘파닌이 웃었다. 「대인의 아들이 소박하게 살고 싶다, 응?」

맘파닌은 제임스를 밖에 세워 두고 자신의 오두막으로 들어

갔다. 다시 나왔을 때는 작은 점토 냄비 두 개를 들고 있었는데, 냄비들 위로 파리들이 윙윙거렸다. 제임스는 냄비들에서 나는 냄새를 맡을 수 있었다. 맘파닌이 의자에 앉아 집게손가락으로 냄비 하나를 젓기 시작하더니 손가락에 묻은 것을 핥았다. 제임스는 욕지기가 났다.

「아내를 안고 싶지 않은데 결혼은 왜 했어?」 맘파닌이 물었다.

「두 가족의 결합을 위해 그녀와 결혼하라고 해서요.」 제임스가 말했다. 뻔한 것 아닌가? 그녀도 자기 입으로 말하지 않았던가. 제임스가 대인의 아들이라고. 대인의 아들로서 해야만 하는 일들이 있다. 가문이 여전히 고귀하다는 것을 모두에게 보여 주는 일들. 제임스가 원하는 것, 가장 원하는 것은 사라지는 것이다. 그의 아버지에게는 오처-콜린스 혈통을 이어 갈 아들이 일곱이나 더 있다. 제임스는 이름 없는 남자가 되고 싶었다. 「나는 가족들을 떠나고 싶고, 가족들이 내가 떠난 것을 모르게 하고 싶어요.」 제임스가 말했다.

맘파닌이 냄비에 침을 뱉고는 다시 섞었다. 성한 눈이 제임스를 올려다보았다. 「그게 가능해?」

「아주머니, 사람들 말이 아주머니는 불가능한 일들을 가능하게 만들어 준댔어요.」

맘파닌이 다시 웃었다. 「그래, 하지만 사람들은 아난시에 대해서도, 니아메에 대해서도, 백인들에 대해서도 그렇게 말하지. 난 가능한 걸 얻을 수 있게 해줄 뿐이야. 그 차이를 알겠나?」

제임스가 고개를 끄덕이자 맘파닌은 미소를 지었다. 그가 온 이후 처음 보인 미소였다. 그녀가 제임스를 손짓으로 불렀고, 제임스는 그녀가 냄비 안에 든 악취 나는 것을 먹으라고 요구하지는 않기 바라며 다가갔다. 앞에 앉으라는 그녀의 몸짓을 그는 말없이 따랐다. 맘파닌이 더 높은 신분이라도 되는 듯 그녀가 앉은 의자 앞에 웅크린 아들을 부모님이 보았다면 좋아하지 않았을 터였다. 어머니의 목소리가 귀에 들리는 듯했다. 〈일어서.〉 그러나 그는 계속 무릎을 꿇고 있었다. 어쩌면 맘파닌이 다시는 어머니 목소리도, 아버지 목소리도 머리에 들어오지 않게 해줄 수 있을지도 몰랐다.

「넌 어떻게 해야 할지 나에게 물으러 왔지만, 아무도 네가 떠난 걸 모르게 하고 떠나는 방법을 이미 넌 알고 있어.」 맘파닌이 말했다.

제임스는 침묵을 지켰다. 가족에게는 아사만도에 든 것으로 알리고 실제로는 다른 곳으로 떠나는 방법을 궁리한 것은 사실이었다. 가장 좋으면서도 가장 위험하기도 한 방안은 끝날 줄 모르는 아샨티족과 영국인들 간의 전쟁에 참여하는 것이었다. 모두들 그 전쟁이 영원히 끝나지 않을 것 같다는 것을, 백인들이 돌로 지은 거대한 성을 가지고도 생각보다 약하다는 것을 알았다.

「사람들은 나에게 조언을 구하러 온다고 생각하지만, 사실은 허락을 구하러 오는 거야. 네가 하고 싶은 게 있으면 해. 아샨티족이 곧 에푸투에 올 거야. 그건 내가 알아.」 맘파닌이 말했다.

그녀는 더 이상 그를 보고 있지 않았다. 냄비 안에 든 것에 집중하고 있었다. 이 여자가 아샨티족의 계획을 알 방법은 없었다. 아샨티족은 아프리카를 통틀어 가장 강력한 군대를 거느렸다. 가슴을 다 드러내고 허리에 천을 느슨하게 감은 아샨티 전사들을 맨 처음 만났을 때 백인들은 웃으며 이렇게 말했다고 한다. 「이 천은 여자들이나 입는 거 아냐?」 그들은 총과 제복, 목에서부터 아랫단까지 단추가 달린 재킷과 바지에 자부심을 가졌다. 그러나 아샨티족은 백인을 수백 명이나 죽이고 군 지휘자들의 심장을 도려내 보양식으로 먹었다. 그 뒤로 백인들은 그들이 과소평가했던 아샨티족으로부터 후퇴했다. 그렇게 찬양하던 제복 바지에 오줌을 싼 영국 군인은 한둘이 아니었다.

아샨티군에 대한 소문이 사실이라면, 판티족 주술사가 계획을 알 정도로 조직이 허술하다는 것은 불가능했다. 제임스는 그녀의 배회하는 눈이 미래의 에푸투에 갔고, 그의 갈망을 보았던 것처럼 그곳에 있는 그를 보았을 것임을 알았다.

하지만 제임스는 에푸투로 가지 않았다. 그가 집으로 돌아가자 암마가 기다리고 있었다.

「맘파닌이 뭐라고 해요?」 아내가 물었다.

「당신이 인내심을 가져야 한다는군.」 제임스의 말에 아내는 실망해서 씩씩거렸다. 제임스는 그녀가 그날의 남은 시간을 친구들과 남편 홍보하는 데 쓸 것임을 알았다.

한 주 동안 제임스는 비참한 기분이었다. 그는 아코수아에 대해, 소박한 삶을 살고 싶다는 소망에 대해 의심하기 시작했다. 지금의 삶이 그렇게 나쁜가? 그는 마을에 그대로 머물러 살 수 있었다. 아버지 일을 이어받을 수 있었다.

제임스가 그런 결심을 거의 굳혔을 무렵 할머니가 저녁을 먹으러 왔다.

에피아는 노인이었지만 주름진 얼굴에서 아직도 과거의 젊음이 엿보였다. 그녀는 퀘이가 마을에서 중요한 인물이 된 뒤에도 케이프코스트에서, 남편이 지은 집에서 살기를 고집했다. 그녀는 악마가 만든 마을에서 다시는 살지 않겠노라고 말했다.

모두들 퀘이의 컴파운드 마당에서 식사를 할 때 제임스는 할머니가 자신을 지켜보는 것을 느꼈다. 하인들이 와서 빈 그릇들을 거둬 가고 아버지와 어머니가 잠자리에 든 뒤에도 여전히 할머니의 시선이 느껴졌다.

「애야, 무슨 일이니?」 이윽고 둘만 남자 할머니가 물었다.

제임스는 대답하지 않았다. 방금 먹은 푸푸가 아랫배에 바위처럼 얹혀 배탈이 날 것 같다고 생각했다. 그는 할머니를 바라보았다. 사람들은 할머니가 옛날에 너무도 아름다워서, 성의 총독이 그녀를 얻기 위해서라면 마을을 몽땅 태울 수도 있었을 것이라고 했다.

할머니가 목에 건 검은 돌 목걸이를 만지며 제임스의 손을 잡았다. 「만족스럽지가 않니?」

제임스는 금방이라도 눈물이 쏟아질 듯 눈의 압력이 커지는 것을 느꼈다. 그는 할머니 손을 꼭 쥐었다. 「전 평생 어머니가 아버지에게 약하다고 말하는 걸 듣고 자랐어요. 그런데 저도 아버지와 똑같으면 어쩌죠?」 제임스가 말했다. 그는 할머니가 반응을 보이리라 기대했지만 할머니는 침묵을 지켰다. 「난 내 나라가 되고 싶은데.」 그는 할머니가 자신의 말을 이해할 수 없으리라는 것을 알았지만 할머니는 그 말을 들은 것 같았다. 속삭이듯 말했는데도 들은 것이다.

할머니는 처음에는 아무 말도 하지 않고 그를 바라보기만 했다. 「우리 모두는 대개 약하지.」 이윽고 할머니가 말했다. 「아기를 봐라. 어머니에게서 태어나 어머니에게 먹는 법을 배우지. 걷는 법, 말하는 법, 사냥하는 법, 달리는 법도 배우고. 아기는 새로운 방법을 만들어 내지 않아. 원래 있던 걸 이어 가지. 제임스, 우리 모두 그렇게 세상에 온단다. 약하고 궁하게. 그리고 필사적으로 인간이 되는 법을 배우려 하지.」 할머니는 미소를 보냈다. 「하지만 우리가 배운 인간의 모습이 마음에 들지 않는다면, 아무것도 안 하면서 그저 푸푸 앞에 앉아 있어야 할까? 제임스, 내 생각에는 새로운 방법을 만들어도 될 것 같구나.」

할머니는 계속해서 미소를 보냈다. 그들 뒤로 해가 지고 있었고, 제임스는 마침내 할머니 앞에서 울음을 터뜨렸다.

그렇게 해서 이튿날, 제임스는 가족들에게 에피아와 함께 케이프코스트로 간다고 말하고 에푸투로 떠났다. 그는 할머니와 친분이 있는 의사 밑에서 일하게 되었다. 그는 에피아가 성에 살 때 영국인들을 치료하던 의사였다. 제임스가 그를 찾아가 제임스 콜린스의 손자라고 말하자 그는 더 묻지 않고 즉시 일자리와 거처를 마련해 주었다.

그 의사는 스코틀랜드인이었는데, 너무 늙어서 환자를 치료하는 것은 고사하고 똑바로 걸어 다니지도 못했다. 그는 성에서 1년만 일하고 에푸투로 옮겨 갔다. 판티어를 유창하게 했고, 몸소 자신의 컴파운드를 지었으며, 그 지역의 많은 어머니가 딸을 바치고 싶어 했지만 독신으로 살았다. 에푸투 주민들에게 그는 수수께끼 같은 인물이었으나 모두들 그를 좋아하게 되었고, 〈흰 의사〉라는 애정 어린 호칭을 붙여 주었다.

제임스의 일은 진료실을 깨끗이 청소하는 것이었다. 흰 의사의 병원 오두막은 숙소 바로 옆이었고, 병원이 워낙 작아서 사실 제임스의 도움이 필요하지도 않았다. 제임스는 바닥을 쓸고, 약들을 정리하고, 걸레를 빨았다. 가끔 저녁때 두 사람이 먹을 간단한 식사도 준비했고, 흙길에 면한 마당에 앉아 흰 의사가 성에서 살던 때 이야기를 듣기도 했다.

「자네는 할머니를 꼭 닮았군. 마을 사람들이 그녀를 뭐라고 불렀더라?」 그는 가느다란 흰 머리칼을 긁적였다. 「아름다운. 아름다운 에피아, 맞지?」

제임스는 의사의 눈으로 할머니를 보려고 애쓰며 고개를 끄덕였다.

「자네 할아버지는 그녀와 결혼하게 되어 몹시 신이 났지. 그녀가 성에 오기 전날 밤이 기억나. 우리는 해가 막 떨어지기 시작할 때 제임스를 성 안의 가게로 데려가서 새로 들어온 술을 거의 다 마셔 버렸어. 그래서 제임스는 영국에 있는 상사들에게 술을 수송한 배가 가라앉았거나 해적들에게 나포되었다고 보고해야 했지. 그런 핑계를 대야 했어. 우리 모두에게 아주 멋진 밤이었지. 아프리카에서의 작은 소동이었어.」 그의 얼굴에 꿈꾸는 듯한 표정이 떠올랐고, 제임스는 노의사가 이곳 황금해안에서 추구해 온 모험을 한 적이 있을까 궁금해졌다.

제임스는 한 달 안에 이제껏 추구해 온 모험을 하게 될 터였다. 신호는 한밤중에 왔다. 에푸투의 파수꾼들이 이 오두막 저 오두막을 돌며 아샨티족이 오는 것을 알리는 급박하고 날카로운 헐떡거림과 외침이 들려왔다. 그곳에 주둔한 영국군과 판티군이 지원을 요청했지만, 아샨티군이 그 어떤 지원군보다 가까이 와 있음을 공황에 빠진 파수꾼들의 눈빛이 말해 주었다. 그 때쯤에는 이미 판틀랜드, 가랜드, 덴키라 전역의 마을이 아샨티군의 기습에 대한 공포 속에서 살고 있었다. 영국군이 케이프코스트를 둘러싼 도시들과 마을들에 띄엄띄엄 배치되어 있었나. 그들의 복적은 아샨티군이 성을 기습하지 못하도록 막는 것이었지만 — 기습이 성공하면 안 되니까 — 성에서 일주일 거리밖에 되지 않는 에푸투는 절박한 상황이었다.

「도망치셔야 해요!」 제임스가 휜 의사에게 외쳤다. 노인은 자신의 침대 옆에 둔 야자유 램프를 밝히고 가죽 장정 책을 꺼내 안경을 코끝에 걸친 채 읽고 있었다. 「그들 눈에 띄면 죽어요. 그들은 선생님이 늙었다고 봐주지 않을 거예요.」

휜 의사가 책장을 넘겼다. 그는 책에서 시선을 들지도 않고 제임스에게 잘 가라고 손을 흔들었다.

제임스는 고개를 저으며 오두막을 나섰다. 맘파닌은 그에게 때가 오면 무엇을 해야 할지 알 거라고 했지만, 지금 그는 완전히 공황 상태에 빠져 숨도 제대로 쉴 수 없었다. 그는 달리면서 따뜻한 액체가 다리를 타고 흐르는 것을 느꼈다. 아무 생각도 할 수 없었다. 계획을 짤 정도로 머리가 빨리 돌아가지 않았고 그것을 미처 깨닫기도 전에 사방에서 총성이 울렸다. 새들이 검정, 빨강, 파랑, 초록 날개들의 구름을 이루며 날아올라 도망쳤다. 제임스는 숨고 싶었다. 이제까지의 삶이 뭐가 그렇게 나빴는지 기억나지 않았다. 그는 암마를 사랑하는 법을 배울 수 있었다. 부모님의 불행한 결혼 생활을 너무 오래 지켜보다 보니 더 나은 삶이 있을 것이라고 생각하게 되었다. 만일 그런 삶이 없다면? 그는 마녀에게 자신의 행복을 맡겼다. 인생을 맡겼다. 그리고 이제 죽게 될 터였다.

제임스는 어느 미지의 숲 덤불 속에서 깨어났다. 팔다리가 아팠고 머리는 돌로 얻어맞은 것 같았다. 그는 혼란스러운 상태로 한참 동안 그 자리에 앉아 있었다. 그때 아샨티 전사 하나가 옆으로 왔는데, 얼마나 조용히 접근했는지 제임스는 그가 가까이 와서 설 때까지 알아차리지도 못했다.

「안 죽은 건가? 다쳤나?」 전사가 물었다.

그런 전사에게 어떻게 두통이 있다는 말을 할 수 있겠는가? 제임스는 아무 말도 하지 않았다.

「너 오세이 본수의 손자지, 그렇지? 장례식에서 본 기억이나. 난 사람 얼굴을 절대 안 잊어.」

제임스는 그가 목소리를 낮추어 주기를 바랐지만 아무 말도 하지 않았다.

「에푸투에서 뭘 하던 거지?」 전사가 물었다.

「내가 살아 있는 걸 아는 사람이 있어요?」 제임스가 전사의 질문을 무시하고 그렇게 물었다.

「아니, 전사 하나가 네 머리를 돌로 때렸어. 네가 움직이지 않아서 시체 무더기에 던졌지. 원래 시체 무더기에 손대면 안 되지만 네 얼굴을 알아보고 네 마을로 시체를 보내 주려고 빼돌린 거야. 그리고 내가 시체에 손댄 걸 아무도 모르도록 여기 숨겨 놓은 거고. 네가 아직 살아 있을 줄은 몰랐어.」

「내 말 잘 들어요. 난 이 전쟁에서 죽었어요.」 제임스가 말했다.

전사의 눈이 휘둥그레져서 마치 달을 흉내 낸 것처럼 보였다. 「뭐라고?」

「내가 이 전쟁에서 죽었다고 사람들에게 말해야 해요. 그래 줄 수 있어요?」

전사는 고개를 저었다. 그는 몇 번이고 안 된다고 했지만 결국 그러겠다고 대답했다. 제임스는 그가 그렇게 해주리라는 것을 알았다. 그리고 만일 그가 그렇게 한다면, 제임스가 다른 사람에게 자신의 요청에 따르도록 권력을 행사하는 건 그것이 마지막이 될 터였다.

그달의 남은 기간 동안 제임스는 아샨틀랜드로 갔다. 그는 동굴에서 자고 나무에 몸을 숨겼다. 숲에서 사람들을 만나면 길 잃은 비천한 농부라고 말하고 도움을 청했다. 그리고 여행 40일 만에 드디어 아코수아에게 갔을 때, 자신을 기다리는 그 소녀를 만났다.

코조

누군가 앨리스호를 털었다. 그것은 경찰이 배에 와서 여기저
기 냄새를 맡고 다니며 일하는 사람들을 붙들고 뭐 아는 것 없
는지 물을 것이라는 의미였다. 조의 평판은 흠잡을 데가 없었
다. 그는 펠스포인트의 배들에서 2년 가까이 일하는 동안 그 누
구에게도 피해를 끼친 적이 없었다. 하지만 배가 털릴 때마다
흑인 부두 노동자들이 모두 불려 가서 조사를 받았다. 조는 그
것이 지긋지긋했다. 경찰이나 제복 입은 사람 근처에 있으면
늘 조마조마했다. 한번은 우체부를 보고 레이스 커튼 뒤로 도
망친 적도 있었다. 마[19] 아쿠는 그들이 노예 사냥꾼을 피해 타
운에서 타운으로 이동하며 숲 생활을 할 때부터 메릴랜드의 은
신처에 도착할 때까지 조에게 그런 증세가 있었다고 말했다.

「풋, 내 대신 대답 좀 해줘. 응?」 조가 친구에게 부탁했다. 그
는 자신이 빠진 것을 경찰이 눈치채지 못할 것임을 알았다. 경
찰은 흑인들 얼굴을 잘 구분하지 못했다. 경찰이 명부에 적힌
이름을 부를 때 풋이 자기 이름과 조의 이름에 모두 대답해도

19 *Ma.* 엄마라는 뜻.

172

경찰은 알지 못할 터였다.

조는 배에서 뛰어내려 뒤쪽의 아름다운 체서피크만을, 펠스 포인트 조선소들에 도열한 크고 위풍당당한 배들을 바라보았다. 그는 배들의 모습이 좋았고 자신의 손이 그 배들을 만들고 보수하는 데 일조한다는 사실이 좋았지만, 마 아쿠는 그와 다른 모든 해방된 니그로에게 배에서 일하는 것은 액운을 부르는 짓이라고 입버릇처럼 말했다. 애초에 그들을 미국으로 들여오고 밑바닥으로 끌어내리려 했던 배를 만드는 것은 사악한 일이라는 것이었다.

조는 마켓 거리를 걸어 내려가다가 박물관 근처의 길모퉁이 가게에서 짐에게 돼지 발을 샀다. 그리고 가게를 막 나서려는데, 마차에서 풀려난 말이 거칠게 날뛰다가 마침 치맛자락을 들고 길에 내려서려는 백인 노부인을 짓밟기 직전까지 가는 사고가 일어났다.

「부인, 괜찮으십니까?」 조가 노부인에게 달려가 팔을 내밀며 물었다.

노부인은 잠시 멍한 얼굴이었다가 조에게 미소를 보냈다. 「괜찮아요. 고마워요.」 그녀가 말했다.

조는 다시 걷기 시작했다. 애나는 아직 마 아쿠와 집 청소를 하고 있을 터였다. 그곳으로 가서 두 여자를 도와야 했다. 애나는 다시 임신을 했고, 마 아쿠는 너무 늙어서 연신 기침을 했으며 몸이 여기저기 아팠다. 하지만 그는 볼티모어를, 그 시원한 바닷바람과 니그로들을 마음껏 즐긴 지 너무 오래되었다. 볼티모어의 흑인들 일부는 노예였지만, 다른 일부는 자유롭기 그지없는 상태로 그의 주위에서 일하고, 살고, 놀았다. 조도 한때는 노예였다. 아기 때 일이기는 했지만 지금도 볼티모어에서 노예를 볼 때마다 그 시절이 기억나는 듯한 기분이 들었다. 조는 볼티모어에서 노예를 볼 때마다 자신을 보았고, 마 아쿠가 자신을 데리고 자유를 찾아 이곳으로 오지 않았더라면 자신의 삶이 어땠을지 그려졌다. 그의 자유 증서에는 이름이 코조 프리먼 Freeman으로 되어 있었다. 자유인. 볼티모어의 해방 노예 절반이 그 이름을 가졌다. 거짓말도 오래 하면 진실로 바뀐다.

조가 남부에 대해서 아는 것은 마 아쿠가 해준 이야기들뿐이었고, 어머니 네스와 아버지 샘에 대해서도 마찬가지였다. 그저 이야기들로만 알았다. 그는 자신이 알지 못하는 것, 손이나 가슴으로 느낄 수 없는 것을 그리워하지 않았다. 볼티모어는 현실이었다. 끝없는 농작물과 매질이 아니었다. 항구, 철공소, 철도 들이었다. 코조가 먹는 돼지 발, 이제 여덟 명으로 불어날 일곱 아이들의 미소였다. 열여섯 살 때 열아홉 살의 그와 결혼하여 그 뒤로 19년간 날마다 일해 온 애나였다.

다시 애나 생각이 들자 조는 오늘 그녀가 마와 함께 청소를 하는 매시선 댁에 잠시 들르기로 했다. 그는 노스가와 16번가 모퉁이에서 베스 할머니에게 꽃을 한 송이 사서 손에 쥐자 마침내 배 위의 경찰에 대한 생각을 잊을 수 있을 것 같았다.

「아니, 저기 오는 게 내 남편 조 아닌가.」 애나가 그를 보고 말했다. 그녀는 새 빗자루처럼 보이는 것으로 포치를 쓸고 있었다. 손잡이 부분이 그녀의 피부색보다 약간 더 검은 멋진 갈색이었고, 솔은 모두 차려 자세를 하고 있었다. 마 아쿠는 황금해안의 빗자루들은 손잡이가 없다는 말을 즐겨 했다. 몸체가 손잡이고, 막대기보다 훨씬 잘 움직이고 구부러진다는 것이었다.

「당신한테 줄 게 있어.」조가 그렇게 말하고 꽃을 건넸다. 애나는 꽃을 받아 향기를 맡은 뒤 미소 지었다. 원피스가 팽팽해지도록 불러 오기 시작한 그녀의 배가 꽃의 줄기에 부딪혔다. 조는 그곳을 손으로 쓰다듬었다.

「마는 어디 계셔?」그가 물었다.

「안에. 부엌 청소하고 계셔.」

조는 아내에게 키스하고 손에서 빗자루를 빼앗았다. 「당신은 가서 마 도와드려.」그는 아내의 엉덩이를 움켜쥐고 안으로 떠밀었다. 19년 전에 조를 사로잡았던 그 엉덩이는 지금도 여전했다. 그는 스트로베리 골목에서 그 엉덩이를 보고 무려 네 블록이나 따라갔었다. 한쪽 엉덩이가 반대쪽 엉덩이를 툭 치면 바깥쪽으로 흔들렸다가 다시 돌아와서 다른 쪽 엉덩이를 치는 식으로, 마치 엉덩이가 완전히 다른 뇌의 영향 아래에서 작동하듯 몸의 나머지 부분과 따로 움직이는 모습이 최면을 거는 것 같았다.

조가 일곱 살 때, 좋아하는 여자가 생기면 남자는 어떻게 해야 하냐고 마 아쿠에게 묻자 그녀는 웃음을 터뜨렸다. 조의 마는 다른 어머니들과 달랐다. 그녀는 조금 이상하고 비정상이었으며, 아주 오래전에 강제로 떠나온 조국을 여전히 꿈에 그렸다. 바다에 뛰어들어 고향으로 돌아가기라도 하려는 듯 바다를 바라보는 모습이 자주 눈에 띄었다. 「그래, 코조. 황금해안에서는 좋아하는 여자가 생기면 그 여자의 아버지에게 선물을 들고 가야 한단다.」당시 조는 미러벨이라는 여자아이를 좋아했고, 그다음 일요일에 교회에서 미러벨의 아버지에게 전날 밤 물가에서 잡은 개구리를 가져다 바쳤다. 그것을 본 마 아쿠는 웃고,

웃고 또 웃었다. 급기야 목사와 미러벨의 아버지는 그녀가 아프리카 주술을 가르친다고 비난하며 그들을 교회에서 내쫓기까지 했다.

애나의 경우, 조는 그저 그녀의 실룩이는 엉덩이를 따라갔다. 그 엉덩이가 멈출 때까지 따라가다가 그녀에게 다가가 얼굴을 보았다. 그녀의 사랑스러운 캐러멜색 피부와 늘 한 갈래로 땋고 다니는, 말 꼬리처럼 길고 검디검은 머리. 그는 자기 이름은 조라고 소개하고 같이 걸어도 되는지 물었다. 그녀는 허락했고, 둘은 볼티모어 전체를 걸었다. 애나가 그날 밤 집에서 하기로 했던 잔일들을 하나도 안 해서 어머니에게 혼이 난 것을 조는 몇 개월이 지난 뒤에야 알게 되었다.

매시선가는 유서 깊은 백인 가문이었다. 매시선의 부친의 집은 한때 언더그라운드 레일로드[20]의 정거장 역할을 했고, 아들에게 늘 사람들을 도우라고 가르쳤다. 매시선 부인은 돈 있는 집 딸이었고, 둘이 결혼하면서 큰 집을 사서 애나와 마 아쿠를 비롯한 볼티모어 안팎의 많은 흑인들을 고용했다.

그 이층집은 방이 열 개였다. 청소를 하려면 몇 시간이 걸렸고, 매시선 부부는 먼지 한 톨 없이 깨끗한 것을 좋아했다. 코조는 그날의 작업 일부를 떠맡아 응접실 창문들을 닦으며 매시선과 다른 노예제 폐지론자들의 대화를 들을 수 있었다.

「만일 캘리포니아가 자유 주[21]로 연방에 합류한다면, 테일러 대통령은 남부 분리주의자들 때문에 정신없이 바쁠 겁니다.」 매시선이 말했다.

---

20 Underground Railroad. 미국 흑인 노예들의 탈출을 도운 비밀 조직.
21 미국 남북전쟁 전에 노예를 쓰지 않던 주.

「그리고 메릴랜드는 샌드위치 신세가 될 거고요.」 다른 목소리가 말했다.

「그래서 우리가 이곳 볼티모어에서 더 많은 노예들이 해방되도록 백방으로 노력해야 한다는 겁니다.」

그들은 그런 식으로 몇 시간씩이나 계속 이야기하기도 했다. 처음에 조는 그들의 대화가 듣기 좋았다. 그런 막강한 백인들이 흑인 편을 들어주는 것을 보며 희망을 얻었던 것이다. 하지만 세월이 흐르면서 매시선 댁의 그런 인정 많은 사람들도 할 수 있는 일이 많지 않음을 알게 되었다.

청소가 끝난 뒤 조, 애나, 마 아쿠는 24번가에 있는 그들의 작은 아파트로 향했다.

「아이구, 등이야. 아이구.」 마가 오래전부터 앓아 온 아픈 등을 움켜쥐며 말했다. 그녀가 조에게 고개를 돌리고 트위어로 말했다. 「우리 지치지 않았니?」 낡고 닳은 기분에 대한 낡고 닳은 표현이었다. 조는 고개를 끄덕이고 그녀의 손을 잡아 계단 오르는 것을 도와주었다.

안에서 아이들이 놀고 있었다. 아그네스, 불라, 케이토, 데일리, 유리아스, 펄리시티, 그레이시. 그와 애나는 모든 알파벳 글자를 아이 이름으로 쓰게 될 것 같았다. 그들은 아이들에게 그 글자들을 읽는 법을 가르치고, 그 글자들을 다른 사람들에게 가르칠 수 있도록 키울 생각이었다. 이제 가족 모두가 새로 태어날 아기를 〈H〉라고 불렀다. 그것은 아기가 세상에 나와 이름을 가지게 될 때까지 하나의 기호가 되었다.

조에게는 좋은 아버지가 되는 것이 해방되지 못한 부모님에게 진 마음의 빛을 갚는 것이었다. 그는 아버지의 모습을 떠올리려고 애쓰며 많은 밤들을 보냈다. 아버지는 용감했을까? 키가 컸을까? 친절했을까? 똑똑했을까? 착하고 공정한 사람이었을까? 자유의 몸이 되어 아버지 노릇을 할 기회를 가졌더라면 어떤 아버지가 되었을까?

이제 조는 거의 매일 밤 아기 H에 대해 조금 더 빨리 알고 싶어서 거의 부르지도 않은 아내의 배에 귀를 댔다. 그는 늘 아이들 곁에 있겠노라고 아내에게 약속했다. 조의 아버지는 그의 곁에 있어 줄 수 없었지만 말이다. 애나는 자신의 아버지가 어떤 사람이고, 그의 존재가 어떤 문제를 야기했을지 알았기에 아버지가 곁에 있었더라면 좋았을 것이라는 생각은 해본 적이 없었다. 그녀는 그저 미소 지으며 남편의 등을 토닥였다.

조의 말은 진심이었다. 그는 매일 밤 아이들이 잠자리에 들기 전이나 매일 아침 부두로 일하러 가기 전에 몇 시간 동안 아이들을 세심하게 지켜보았다. 아그네스는 도우미였다. 그는 아그네스보다 친절하고 온화한 사람을 본 적이 없었다. 애나도 아그네스보다 친절하고 온화하지는 못했고, 세상에 지친 그의 어머니는 확실히 아그네스와 비교도 안 됐다. 뷸라는 아름다웠지만 본인은 아직 그것을 몰랐다. 케이토는 사내아이치고는 여려서 조는 날마다 아이에게 투지를 심어 주려고 애썼다. 데일리는 전사였고, 유리아스는 너무 자주 형의 표적이 되었다. 펠리시티는 너무 수줍음이 많아서 누가 이름을 물어도 대답하지 않았고, 그레이시는 사랑스러움으로 똘똘 뭉친 아이였다. 그들, 애나와 마와 아이들과 함께하는 삶은 그가 이 은신처에서 저 은신처로, 이 일에서 저 일로 떠돌며, 그가 어머니라고 부르는 여자, 그녀가 자청한 것은 아니었지만 불만 한마디 없이 그의 어머니 노릇을 해주는 마 아쿠를 도우려고 애쓰며 외로운 아이로 살던 시절에 원하던 모든 것이었다.

마 아쿠가 기침을 시작하자 아그네스가 얼른 달려와 할머니의 잠자리 시중을 들었다. 아파트에는 방이 두 칸이었다. 조와 애나가 쓰는 방, 그 방과 커튼으로 나뉜 다른 모든 가족과 모든 물건이 있는 방. 마 아쿠는 무거운 한숨을 내쉬며 매트리스에 누웠고, 몇 분 지나지 않아 고른 간격으로 기침을 하며 코를 골았다.

아기 그레이시가 조의 바짓가랑이에 매달렸다. 「아빠, 아빠!」

조는 허리를 굽혀 그레이시가 마치 배에 두고 온 연장통이라도 되는 듯이 한 팔로 가볍게 안아 들었다. 이제 곧 그레이시도 아기처럼 다루기에는 너무 커질 터였다. 아마도 새 아기가 태어날 때에 맞춰서.

곧 아그네스와 애나가 어린아이들을 모두 재웠고, 아그네스도 마침내 잠이 들었다. 조는 커튼을 치고 침실에 앉아 있다가 애나가 들어오자 아직은 그저 느낌에 지나지 않을 정도로 부른 배를 어루만졌다.

「오늘 배에 경찰이 왔었어. 누가 배를 털었대.」 조가 말했다. 애나는 옷을 벗어서 갠 다음 매트리스 옆 의자 위에 놓았다. 내일도 같은 옷을 입을 터였다. 그녀는 그 주에 빨래할 시간이 없었고, 그전 주에는 그럴 만한 돈이 없었다. 그녀가 할 수 있는 일이라고는 아이들이 기독교 학교에 가서 냄새를 풍기지 않기를 바라는 것뿐이었다.

「그래서 겁났어?」 애나가 물었다. 서 있던 조는 번개같이 빠른 동작으로 그녀를 와락 안고 매트리스로 쓰러졌다.

「난 아무것도 겁 안 나, 이 여자야.」 웃으며 그를 밀어내는
척 몸부림치는 애나에게 그가 말했다.

그들은 키스를 나눴고, 애나가 벗지 않고 남겨 둔 옷을 조가
빠르게 벗겼다. 그는 그녀를 음미했고, 그녀의 몸을 타고 흐르
는 쾌감을 귀로 듣기보다는 몸으로 느꼈다. 아이들을 깨우지
않으려고 그녀가 신음을 억눌렀다. 일곱 아이들을 둔 그녀는
이런 밤을 보내는 데 도가 터 있었다. 그들은 혹시 잠을 못 이
룬 아이가 커튼 틈으로 훔쳐봐도 어둠이 그들의 행위를 가려
주기를 바라며 빠르고 조용하게 일을 치렀다. 조가 탐욕스러운
두 손으로 애나의 엉덩이를 움켜쥐었다. 그녀의 살을 손에 가
득 쥐는 것은 그의 목숨이 다하는 날까지 늘 쾌락이고 선물일
터였다.

이튿날 아침에 조는 앨리스호로 일하러 갔다. 풋이 아침으
로 싸 온 약간의 옥수수빵과 생선을 조와 나눠 먹으려고 가져
왔다.

「경찰 왔었어?」 조가 물었다. 그날 아침에 그는 대마를 송
근 타르에 담가 갑판을 만들 뱃밥을 준비해 놓고 있었다. 그는
뱃밥을 밧줄처럼 꼬아서 판자들 사이의 이음매에 끼웠다. 그
는 맨 처음 틈새 메우기 작업을 시작할 때 썼던 끌과 나무망치
를 여전히 쓰고 있었다. 조는 뱃밥을 이음매에 끼워 넣은 뒤 뱃
밥이 잘 붙어서 배가 새지 않게 이음매를 채우도록 나무망치로
끌을 가볍게 두드릴 때 두 연장이 함께 내는 소리가 좋았다.

「응, 왔었지. 그냥 늘 하는 질문들만 하고 갔어. 나쁘지 않았
어. 범인 잡혔대.」 풋은 자유의 몸으로 태어나 평생을 볼티모
어에서 살았다. 앨리스호에서 일한 지는 1년쯤 되었고, 그전에

는 항구의 거의 모든 배에서 일했다. 그는 그곳에서 가장 뛰어난 틈새 메우기 일꾼들 중 하나였다. 사람들은 그가 배에 귀만 가져다 대도 어디를 작업해야 하는지 알 수 있다고 했다. 조는 그의 밑으로 들어간 덕에 배들에 대해 알아야 할 것은 거의 다 알게 되었다.

조는 선체 전체에 뜨거운 역청을 칠하고 동판을 덮었다. 그는 맨 처음 그 일을 시작했을 때 역청을 데우다가 죽을 뻔했다. 불길은 장엄했고, 너무 뜨거워서 악마의 숨결 같았다. 조가 미처 알아채기도 전에 불길이 갑판을 내달리기 시작했다. 조는 만에 떠도는 물을 내려다보다가 다시 시선을 들어 배를 통째로 삼켜 버릴 듯한 불길을 보고 기적을 빌었다. 풋이 기적이 되었다. 풋은 번개 같은 동작으로 불을 끄고, 조를 해고하면 자신도 나가겠다는 말로 상관을 진정시켰다. 이제 조는 배 위에서 불을 어떻게 다루어야 하는지 알았다.

선체 작업을 마치고 눈가의 땀을 닦아 내던 조는 애나가 부두에 서서 손 흔드는 것을 보았다. 대개 그가 일이 더 빨리 끝났기에 그녀가 일을 마치고 그를 만나러 오는 것은 드문 일이었다. 그는 아내를 보자 기분이 좋아졌다.

조는 연장을 챙겨 들고 애나에게로 걸어가면서 무엇인가 잘못되었음을 깨달았다.

「매시선 씨가 당신 최대한 빨리 오래.」 애나가 말했다. 그녀는 손으로 손수건을 쥐어짜고 있었다. 그건 그녀가 불안할 때 나오는 버릇으로, 조는 그 모습을 보면 덩달아 불안해져서 그 버릇을 싫어했다.

「마는 괜찮은 거야?」 그가 아내의 손을 꽉 잡고 손수건을 쥐어짜는 동작을 멈출 때까지 흔들었다.

「응.」

「그럼 무슨 일인데?」

「나도 몰라.」 애나가 말했다.

조는 그녀를 뚫어지게 보다가 그녀가 진실을 말하고 있음을 깨달았다. 애나는 불안했다. 그녀와 마가 매시선의 집 청소를 해온 지난 7년간 매시선이 조를 불러오라고 한 적은 없었다. 애나는 왜 지금 매시선이 남편을 불러오라고 하는지 알지 못했다.

그들은 매시선의 집까지 몇 킬로미터를 걸어갔다. 걸음이 하도 빨라서 조의 연장통에 든 것들이 불쾌하게 덜그럭거렸다. 조는 애나보다 조금 앞서서 걸었는데, 그의 긴 다리와 보조를 맞추려고 애쓰는 그녀의 작은 발이 타닥거리는 소리가 들려왔다.

집에 도착하자 마 아쿠가 포치에서 기다리고 있었다. 그녀의 기침 소리가 유일한 환영 인사였다. 그녀와 애나가 조를 응접실로 이끌었다. 매시선과 다른 백인 몇 명이 플러시 천을 씌운 흰 소파들에 앉아 있었는데, 소파 쿠션들이 너무 빵빵해서 흡사 작은 언덕이나 코끼리 등처럼 보였다.

「코조!」 매시선이 악수하려고 일어나며 말했다. 언젠가 마 아쿠가 조를 그렇게 부르는 것을 들은 매시선은 코조라는 이름의 의미를 물었다. 마가 월요일에 태어난 사내아이에게 붙이는 아샨티 이름이라고 설명하자 그는 멋진 노래를 듣기라도 한 듯 박수를 치더니 그 뒤로 조를 볼 때마다 항상 코조라고 불렀다. 「이름을 빼앗는 게 첫 단계지.」 그때 매시선이 침울하게 말했었다. 어찌나 침울한지 조는 차마 〈무엇으로의 첫 단계〉인지 물어 볼 수가 없었다.

「매시선 씨.」

「이리 앉게.」 매시선이 비어 있는 흰 의자를 가리키며 말했다. 조는 갑자기 불안해졌다. 그의 바지에는 잔뜩 튄 검은 역청이 말라붙어 있어서 수백 개의 구멍이 줄지어 뚫린 듯 보였다. 조는 역청이 의자에 묻어 애나와 마 아쿠의 일이 늘어날까 봐 걱정스러웠다. 내일도 그들이 일하러 올 수 있다면.

「여기까지 오라고 해서 대단히 미안하네만, 내 동료들에게 몹시 걱정스러운 소식을 들어서 말일세.」

뚱뚱한 백인 남자가 목청을 가다듬었다. 조는 그가 말할 때 목살이 흔들리는 것을 지켜보았다. 「남부와 자유토지주의자들이 새 법을 입안하고 있다는 소식을 들었는데, 그 법이 통과되면 북부에서 도망 노예로 추정되는 사람들을 체포하여 남부로 돌려보내는 법 집행이 요구될 거야. 얼마나 오래전에 도망쳤는지와 상관없이.」

모두들 조를 바라보며 그의 반응을 기다려서 조는 고개를 끄덕였다.

「자네와 자네 어머니가 걱정이네.」 매시선이 말했다. 조는 방금 전까지 애나가 서 있었던 문 쪽을 건너다보았다. 그녀는 매시선이 조에게 하려는 말이 무엇이든 그것에 대해 걱정하며 다시 청소 일로 돌아간 듯했다. 「자네와 어머니는 도망자들이라, 태어날 때부터 자유의 몸이었던 애나와 아이들보다 더 많은 곤란을 겪게 될 거야.」

조는 고개를 끄덕였다. 그토록 오랜 세월이 지났는데 누가 자신이나 마 아쿠를 찾으러 나선다는 것인지 상상이 가지 않았다. 조는 옛 주인의 이름이나 얼굴조차 몰랐다. 마가 기억하는 것은 네스가 그를 악마라고 불렀다는 사실뿐이었다.

「자네는 가족을 데리고 더 북쪽으로 가야겠네.」매시선이 말했다. 「뉴욕, 어쩌면 캐나다까지. 그 법이 통과되면 어떤 혼란이 야기될지 알 수가 없거든.」

「나 해고한대?」애나가 물었다. 그들은 그날 밤 아이들이 모두 잠든 뒤 그들의 매트리스에 앉아 있었고, 조는 마침내 낮에 매시선이 자신을 부른 이유를 애나에게 설명할 수 있었다.

「아니, 그냥 우리한테 경고를 해주고 싶은 거지. 그게 다야.」

「하지만 당신 어머니의 옛 주인은 죽었어. 루시가 말해줬잖아. 기억해?」

조는 기억하고 있었다. 애나의 사촌 루시가 마 아쿠를 소유했던 남자가 죽었다는 소식을 한 농장에서 다른 농장으로, 그곳에서 한 은신처로 그리고 마침내 마 아쿠에게 전했던 것이다. 그날 밤 모두가 한시름 놓을 수 있었다.

「매시선 씨가 그건 상관이 없대. 주인 가족들이 대신 데려갈 수 있대.」

「나랑 아이들은?」

조는 어깨를 으쓱했다. 애나의 주인은 그녀의 아버지였고, 아버지는 딸과 아내를 자유의 몸으로 만들어 주었다. 그녀는 조와 마 아쿠처럼 위조된 것이 아닌 진짜 자유 증서를 가지고 있었다. 아이들은 모두 볼티모어에서 자유의 몸으로 태어났다. 아무도 그들을 찾을 사람이 없었다. 「나랑 마만 걱정하면 돼.

당신은 신경 쓰지 마.」

마 아쿠로 말할 것 같으면, 조는 그녀가 절대로 볼티모어를 떠나지 않을 것임을 알았다. 황금해안으로 돌아가는 것이 아니라면 그녀에게 새 나라는 없었다. 캐나다도, 만일 지구상에 파라다이스가 존재한다면 그곳조차도. 그녀는 자유로워지기로 결심했을 때 자유로운 상태를 유지하겠다는 결심도 했다. 조는 어렸을 때 마 아쿠가 몸에 감아 입는 옷 안에 늘 칼을 숨기고 다니는 것을 보고 놀랄 때가 많았다. 그녀는 아샨티족 노예 시절에도, 미국 노예가 되었을 때도, 마침내 자유의 몸이 되고 나서까지도 칼을 품고 다녔다. 조는 나이가 들면서 자신이 마라고 부르는 여자를 더 많이 이해하게 되었다. 자유로움을 유지하려면 상상할 수도 없는 희생이 요구되기도 한다는 것을 더 잘 알게 되었다.

다른 방에서 뷸라가 잠결에 훌쩍거리고 있었다. 뷸라는 야경증이 있었다. 증상은 예측 불가능한 간격으로 찾아와서 어떤 때는 한 달 만에, 어떤 때는 이틀 만에 나타났다. 어떤 밤들에는 증상이 너무 심해서 자기 비명 소리에 잠이 깨기도 하고 보이지 않는 전투를 치르느라 팔에 생채기가 나기도 했다. 어떤 밤들에는 죽은 듯이 자면서 눈물을 흘렸고 이튿날 무슨 꿈을 꾸었느냐고 물으면 늘 어깨를 으쓱하면서 말했다. 「꿈 안 꿨어.」

이날 조는 커튼 틈으로 딸아이의 작은 다리가 움직이기 시작하는 것을 보았다. 무릎이 구부러지더니 바깥쪽으로 발길질을 했고, 그 동작이 반복되었다. 뷸라는 달리고 있었다. 조는 어쩌면 거기서부터 그것이 시작되는지도 모른다고 생각했다. 어쩌

185

면 뷸라는 그런 꿈들을 꾸는 밤에 무언가를 더 분명하게 보는 것인지도 몰랐다. 꿈속에서 적에 대항하여 싸우는 어린 흑인 아이, 그 아이는 아침이 오면 적의 이름을 댈 수 없다. 적은 빛속에서 주위의 세상처럼 보이기 때문이다. 무형의 악. 말로 표현할 수 없는 부당함. 뷸라는 꿈속에서 달렸다. 무엇인가를 훔친 것처럼 달렸다. 실제로는 꿈과 함께 오는 평화를, 명료함을 기대한 것밖에는 아무 짓도 하지 않았는데 말이다. 〈그래, 거기서부터 그게 시작되는 거야〉 하고 조는 생각했다. 그렇다면 언제, 어디서 끝나게 될까?

*

조는 가족과 함께 볼티모어에 머물기로 결심했다. 애나의 몸이 너무 무거워져서 가족들 모두가 뿌리내리고 사는 도시에서 끌어낼 수가 없었고, 볼티모어는 아직 안전하게 느껴졌다. 사람들이 계속해서 그 법에 대해 수군댔다. 심지어 몇 가족은 그법이 통과될까 봐 두려워서 짐을 싸 더 북쪽으로 갔다. 노스가에서 꽃을 팔던 베스 할머니도 떠났다. 앨리스호에서 일하던 에버렛, 존, 도선도 떠났다.

「안타까운 노릇이야.」 그들을 대신하여 아일랜드인 셋이 들어온 날 풋이 말했다.

「풋, 떠날 생각 해본 적 있나?」 조가 물었다.

풋은 코웃음 쳤다. 「조, 난 볼티모어에 묻힐 거야. 어떻게든. 내 시체는 체서피크만에 던져질 거야.」

조는 그 말이 진심임을 알았다. 풋은 볼티모어가 흑인이 살기에 아주 좋은 도시라고 늘 말했다. 흑인 짐꾼들, 교사들, 목사들, 행상꾼들이 있는 도시. 자유인은 하인이나 마부가 될 필요가 없었다. 자기 손으로 무엇인가를 만들 수 있었다. 무엇인가를 고치거나 팔 수 있었다. 땅에서 무엇인가를 만들어 바다로 내보낼 수 있었다. 풋풋한 겨우 열여섯 살 때부터 틈새 메우기 일을 시작했고, 나무망치를 잡는 것보다 더 좋은 것은 여자를 안는 것뿐이라는 농담을 자주 했다. 그는 결혼했지만 자식이, 자신의 일을 가르칠 아들이 없었다. 배는 그의 긍지였다. 그는 절대 볼티모어를 떠나지 않을 터였다.

볼티모어에 사는 대부분의 흑인들은 그대로 있었다. 그들은 도망 다니는 것에 신물이 났고 기다림에 익숙했다. 그래서 사태가 어떻게 돌아가는지 지켜보기로 했다.

애나의 배는 계속 불러 왔다. 아기 H는 날마다 애나의 배 속에서 맹렬한 발길질과 주먹질로 자신의 존재를 알렸다. 「권투 선수가 되려나 봐.」 열 살 먹은 케이토가 어머니 배에 귀를 대고 말했다.

「아니, 아니.」 애나가 말했다. 「〈이〉 집에 폭력은 없을 거야.」 5분 뒤 데일리가 유리아스의 정강이를 걷어찼고, 애나가 데일리의 엉덩이를 얼마나 세게 때렸는지 그날 데일리는 앉을 때마다 아파서 움찔거렸다.

아그네스는 열여섯 살이 되어 캐롤라인가에 있는 감리교회에서 청소 일을 시작했고, 불라는 매일 저녁 아그네스가 퇴근해서 돌아오기 한 시간 전 동안 집안의 맏이라는 새 역할을 즐겼다.

「티미가 그러는데 자기랑 존 목사님은 아무 데도 안 간대.」

어느 날 밤 아그네스가 전했다. 때는 1850년 8월이었고, 볼티모어는 끈적한 열기 속에 있었다. 아그네스는 밤마다 윗입술과 목, 이마가 땀에 젖어 집으로 돌아오고는 했다. 티미는 목사의 아들이었다. 조와 가족들은 그날 티미가 무슨 생각을 하고, 어떤 행동을 하고, 무슨 말을 했는지에 대한 아그네스의 보고를 날마다 들어야만 했다.

「그럼 너도 아무 데도 안 가겠네?」 애나가 히죽거리며 말하자 아그네스는 화가 나서 씩씩거리며 집 밖으로 나갔다. 그녀는 동생들에게 줄 초콜릿을 사러 간다고 말했지만 애나가 정곡을 찔렀음을 모두가 알았다.

문이 쾅 닫히자 마 아쿠가 웃으며 말했다. 「저 애는 사랑에 대해 아무것도 몰라.」 그녀의 웃음이 기침으로 바뀌었고 허리를 구부린 채 기침을 쏟아 냈다.

조가 애나의 이마에 키스하고 마를 보았다. 「마는 사랑에 대해 뭘 아는데요?」 그가 마의 웃음을 이어받으며 물었다.

마가 그를 향해 집게손가락을 흔들었다. 「내가 뭘 알고 모르는지 묻지 마라. 누군가를 만지거나 누군가가 만진 사람이 너 하나만은 아니니까.」

이제 애나가 웃었고, 조는 약간의 배신감을 느끼며 꼭 쥐었던 그녀의 손을 놓아 버렸다. 「누군데요, 마?」

마는 천천히 고개를 저었다. 「그건 중요하지 않아.」

2주 뒤, 티미가 아그네스와의 결혼을 허락해 달라고 부두로 조를 찾아왔다.

「직업이 있어야지, 응?」 조가 물었다.

「전 아버지처럼 목사가 될 겁니다.」 티미가 말했다.

조는 불만스러운 소리를 냈다. 그는 주술 때문에 마 아쿠와 함께 교회에서 쫓겨난 날 뒤로 딱 한 번 교회에 발을 들였는데, 그날은 자신의 결혼식 날이었다. 만일 아그네스가 목사 아들과 결혼한다면 딸 결혼식 때 교회에 가야 할 것이고 그 뒤로 몇 번을 더 가야 하는지 누가 알겠는가.

조가 미러벨의 아버지에게 개구리를 바친 날, 마 아쿠와 조는 감리교회에서 집까지 8킬로미터를 걸었는데 그때 조는 울고 또 울었다. 마 아쿠는 몇 분 동안은 그냥 울게 두다가 그의 귀를 잡고 골목길로 끌고 들어가서 무섭게 노려보며 말했다. 「너 뭣 땜에 울어?」

「목사님이 우리가 아프리카 주술을 한댔어요.」 그는 아직 어려서 그게 무슨 뜻인지 몰랐으나 수치심을 알 나이는 되었고, 그날 수치심에 가득 차 있었다.

마 아쿠가 왼쪽 어깨 너머로 침을 뱉었는데, 그건 진짜 역겨울 때만 하는 행동이었다. 「누가 너더러 그런 거 가지고 울랬어?」 그녀가 물었고, 조는 코를 흘리면 그녀가 더 화를 낼 것 같아서 코를 흘리지 않으려고 애쓰며 어깨를 으쓱했다. 「내 말 잘 들어. 만약에 그들이 아샨티족 신들 대신 백인 신을 선택하지 않았다면 나한테 그런 말 못 했을 거야.」

조는 고개를 끄덕여야 한다는 걸 알았고, 그렇게 했다. 마 아쿠가 말을 이었다. 「백인들 신은 백인들하고 똑같아. 자기만 신이라고 생각하지. 백인들이 자기들만 사람이라고 생각하는 것처럼. 하지만 그가 니아메나 추크우 같은 신들 대신 신이 될 수 있는 단 한 가지 이유는 우리가 그걸 〈용납하기〉 때문이야. 우리는 그와 싸우지 않아. 그에게 의문조차 제기하지 않지. 백인들이 우리한테 그가 길이라고 했고 우린 예라고 했지만, 백인들이 우리한테 좋다고 말한 게 진짜 좋은 것이었던 적 있어? 그들이 우리한테 아프리카 마녀라고 한다면, 그래서 뭐? 뭐? 누가 그들한테 마녀가 뭔지 말해 줬어?」

조가 울음을 그쳤고, 마 아쿠는 그의 뺨을 따라 난 흰 소금 얼룩을 치맛자락으로 닦아 주었다. 그녀는 그를 끌고 큰길로 나가 팔을 잡고 걸어가며 내내 궁시렁거렸다.

조는 티미의 손이 떨리는 것을 지켜보았다. 티미는 뜨거운 역청에 데이거나 틈새 메우기 작업용 끌에 굳은살이 박여 본 적 없는 부드러운 손을 가진 비쩍 마른 청년이었다. 그는 자유민 출신으로, 볼티모어에서 태어나고 자란 부모 밑에서 볼티모어에서 태어나고 자랐다. 「아그네스가 원한다면.」 이윽고 조가 말했다.

두 사람은 그다음 달에 결혼했는데, 그날 아침에 도망 노예 송환법이 통과되었다. 애나는 결혼식을 앞두고 밤마다 촛불 아래에서 아그네스의 드레스를 만들었다. 아침이면 조는 그녀가 게슴츠레한 눈을 깜짝거리며 매시선 댁으로 일하러 갈 준비를 하는 것을 보고는 했다. 아기 H가 배 속에서 너무 커져서 그녀는 뒤뚱거리며 걸을 수밖에 없었고, 발이 너무 부어서 작업용 슬리퍼를 신으면 이스트를 너무 많이 넣은 바람에 팬에서 넘치는 빵처럼 살이 비어져 나왔다.

결혼식은 티미 아버지의 교회에서 올렸고, 티미가 교회에 안 다니는, 심지어 길 건너 경쟁 감리교회에도 나가지 않는 집 딸과 결혼한다는 수군거림이 있기는 했지만, 여성 신도들이 모두 동원되어 왕에게 대접할 만한 음식을 준비했다.

뷸라가 자주색 드레스를 입고 아그네스 옆에 섰고, 티미의 형제 존 주니어가 티미 옆에 섰다. 티미의 아버지 존 목사가 결혼식을 이끌었다. 그는 식을 마치며 보통 하는 방식대로 새로운 부부의 탄생을 선언하고 두 사람에게 키스하라고 하는 대신, 신도들에게 티미와 아그네스를 향해 손을 내밀라고 하고 축복을 빌었다. 그가 「하나님의 모든 백성이 말하기를」이라고 할 때 한 소년이 교회 문 앞을 달려가며 외쳤다. 「법이 통과됐다! 법이 통과됐다!」

일부 신도들이 억눌리고 성의 없는 목소리로 「아멘」이라고 응답했다. 다른 신도들은 아예 응답조차 하지 않았다. 신도 몇 명이 좌석에서 꼼지락거리기 시작했고 심지어 한 사람은 자리를 뜨기까지 했는데, 그가 너무 빨리 일어나는 바람에 그 신도석 전체가 균형을 잃고 흔들렸다.

아그네스가 초조한 그림자가 매달린 눈으로 조를 쳐다보았고 조는 최대한 침착하게 그녀의 시선을 받았다. 그러자 집단적 공포가 고조되는 와중에도 그녀의 두려움은 눈 녹듯 사라졌다. 존 목사가 결혼식을 마쳤고, 모두들 애나와 마와 나머지 여자들이 준비해 놓은 잔치 음식을 먹었다.

몇 주 안 되어 제임스 햄릿이라는 볼티모어 도망 노예가 뉴욕시에서 납치되어 유죄선고를 받았다는 소식이 전해졌다. 백인들이 그 소식을 『뉴욕 헤럴드』와 볼티모어 『선』에 실었다. 그가 첫 번째였지만 모두들 더 많은 사례들이 나올 것임을 알았다. 수백 명씩 캐나다로 떠나기 시작했다. 조가 펠스포인트에 가보니 청록색 만을 배경으로 검은 얼굴이 우글거리던 곳에 아무도 없었다. 매시선이 조의 가족 모두에게 자유 증서를 가지게 해줬지만 다른 사람들도 자유 증서를 가지고 있었고 그런 사람들도 도망쳤다.

매시선이 다시 조에게 말했다. 「조, 지금 무엇이 문제인지 자네가 확실히 알았으면 하네. 만일 그들에게 잡히면 자네는 재판을 받게 되겠지만 어떤 발언권도 갖지 못할 거야. 그러니까 백인의 말과 아무 말도 못하는 것의 대결이지. 가족들 모두 항상 증서를 지니고 다녀야 하네. 알아듣겠나?」 조는 고개를 끄덕였다.

북부 전역에서 집회들과 시위들이 열렸다. 니그로들만 나선 것이 아니었다. 백인들도 가담했는데, 조는 그들이 그 어떤 일에도 그렇게 발 벗고 나서는 것을 본 적이 없었다. 많은 북부 백인들이 그 문제에 관여하고 싶어 하지 않았는데, 남부가 그 싸움을 북부의 현관 매트로 가져온 것이다. 이제 백인들은 니그로에게 식사나 일자리, 머물 곳을 제공했다가 그 니그로가 법에 의해 도망 노예로 밝혀지면 벌금을 물 수도 있었다. 누가 도망 노예이고 누가 아닌지 그들이 어떻게 알 수 있다는 말인가? 담 위에서 형세를 관망하려고 했던 북부 백인들은 담이 없어지면서 난감한 상황에 처하게 된 것이었다.

아침마다 조는 애나와 일터로 나가기 전에 아이들에게 증서 보이는 연습을 시켰다. 그는 연방 보안관 역할을 맡아 엉덩이에 두 손을 붙이고 아이들 하나하나에게, 심지어 어린 그레이시에게까지 다가가 최대한 엄격한 목소리로 물었다. 「어디 가니?」 그러면 아이들은 아무 대꾸 없이 애나가 원피스나 바지에 만들어 준 주머니에서 증서를 꺼내 조의 손에 쥐어 주었다.

그가 맨 처음 그런 연습을 하기 시작했을 때 아이들은 그걸 놀이로 여기고 웃음을 터뜨렸다. 그들은 제복 입은 사람들에 대한 조의 두려움을 알지 못했다. 어느 퀘이커 교도의 집 마루 아래 잔뜩 숨을 죽이고 누워 위에서 쿵쿵거리는 노예 사냥꾼의 장화굽 소리를 듣는 것이 무엇인지도 몰랐다. 조는 그동안 아이들이 자신의 두려움을 물려받을 필요가 없게 하려고 애써 왔지만, 이제는 아이들이 그것을 아주 조금이라도 맛본 적이 있었으면 좋았겠다는 생각이 들었다.

「당신은 걱정이 너무 많아.」 애나가 말했다. 「우리 아이들을 찾아다닐 사람은 없어. 우리를 찾아다닐 사람도 없고.」 이제 아기는 언제라도 나올 준비가 되었고, 조는 아내가 짜증이 심해져서 사소한 일에도 자신에게 딱딱거리는 것을 느꼈다. 그녀는 생선과 레몬을 무척 먹고 싶어 했다. 두 손으로 등을 받치고 걸었고, 물건들을 깜빡깜빡 잊었다. 어느 날은 열쇠를, 그다음에는 빗자루를 잊는 식이었다. 조는 그녀가 증서를 두고 나갈까 봐 걱정스러웠다. 어느 날, 그녀가 시장에 가면서 매트리스 위 그녀의 자리에 구겨지고 닳아 빠진 증서를 두고 나간 것을 본 그는 그녀에게 소리를 질렀다. 그녀가 울 때까지 소리를 질러 댔다. 그날 조의 마음은 안 좋았지만 그녀가 다시는 증서를 두고 나가지 않을 것임을 알았다.

그러던 어느 날, 애나가 집에 돌아오지 않았다. 조는 그녀가 또 증서를 두고 나갔는지 보려고 방으로 달려갔으나 어디에서도 증서를 찾을 수 없었다. 애나의 상냥한 목소리가 귀에 생생했다. 「당신은 걱정이 너무 많아. 걱정이 너무 많아.」 불라가 동생들을 이끌고 집에 돌아왔고, 조는 아이들에게 엄마를 보았는지 물었다.

「아기 H가 태어나는 거예요?」 유리아스가 물었다.

「어쩌면.」 조가 멍하니 대답했다.

그다음에는 마 아쿠가 두 손으로 목덜미를 주무르며 들어왔다. 그녀가 방 안을 살펴보는 데는 오래 걸리지 않았다.

「애나 어딨어? 정어리 좀 사 가지고 집에 온다고 했는데.」 마가 말했다. 조는 벌써 문밖으로 뛰쳐나가고 없었다.

그는 식료품점, 구멍가게, 직물점에 가보았다. 수산 시장, 구두 수선집, 병원에도 가보았다. 조선소, 박물관, 은행에도 가보았다.

「애나? 오늘은 안 왔어요.」 가는 곳마다 그렇게 말했다.

조는 난생 처음으로 밤에 백인의 집 문을 두드렸다. 매시선이 몸소 문을 열었다.

「아내가 아침에 나가서 아직 안 들어왔습니다.」 그 말을 하는 조의 목이 메어 왔다. 그는 울지 않은 지 오래였고, 아무리 자신에게 도움을 준 백인이라도 백인 앞에서는 울고 싶지 않았다.

「집에 가서 아이들 곁에 있게, 코조. 내가 당장 찾아보지. 자네는 집에 가게.」

조는 고개를 끄덕였다. 그는 멍하니 집으로 돌아가면서 그토록 오래 뜨겁게 사랑해 온 아내가 없는 자신의 삶이 어떨지 생각하기 시작했다. 모두가 〈블러드하운드[22] 법〉으로 알려진 것에 대해 잘 알고 있었다. 그들은 개들, 납치들, 재판들에 대해 들었다. 그 모든 것에 대해 들었다. 하지만 그들은 스스로 자유를 얻어 내지 않았던가? 숲을 달리고 마루 밑에서 숨어 산 날들. 그것이 그들이 치른 대가가 아닌가? 조는 이미 마음속에서

22 사람을 추적할 때 쓰는 큰 사냥개.

알기 시작한 사실을 받아들이고 싶지 않았다. 애나와 아기 H가 사라졌다는 사실.

조는 애나를 찾는 일을 매시선에게 맡겨 놓고 가만히 있을 수가 없었다. 매시선은 사람들이 원하는 부유한 백인 연줄은 다 가졌을지도 모르지만, 조는 볼티모어의 흑인들과 가난한 이민자 출신 백인들을 알았고 뱃일이 끝난 밤이면 그들에게 정보를 얻으러 나갔다.

하지만 어디를 가든 대답은 똑같았다. 그들은 애나를 그날 아침, 전날, 사흘 전에 보았다고 했다. 애나가 실종되던 날, 그녀는 오후 6시까지 매시선 댁에 있었다. 그 뒤로는 아무것도 없었다. 그녀를 본 사람이 아무도 없었다.

아그네스의 남편 티미는 그림 솜씨가 좋았다. 그가 기억을 더듬어서 그린 애나의 그림은 조가 이제껏 보았던 그 어떤 그림보다 애나의 모습에 가까웠다. 조는 아침에 그 그림을 들고 펠스포인트로 갔다. 그는 조선소에 있는 모든 배에 올라가 진한 숯으로 그린 애나의 얼굴을 보여 주었다.

「미안하네, 조.」 모두 그렇게 말했다.

그는 앨리스호에도 그 그림을 가져갔는데, 거기서 일하는 사람들은 이미 애나의 얼굴을 알면서도 그의 기분을 맞춰 주려고 그림을 자세히 들여다본 뒤 조가 이미 아는 사실을 말했다. 아무도 그녀를 보지 못했다고.

조는 일하러 갈 때 주머니에 그 그림을 넣고 갔다. 그는 끌을 두드리는 나무망치 소리에, 그가 너무도 잘 아는 그 한결같은 리듬에 빠져들었다. 그 소리가 마음을 달래 주었다. 그러던 어느 날, 뱃밥을 준비하던 중 그림이 주머니에서 빠져나왔고 그가 그림을 잡았을 때는 그림 아래쪽 가장자리에 송근 타르가 묻어 있었다. 그림의 타르를 닦다가 손에 타르가 묻었고, 그 손으로 눈가의 땀을 닦는 바람에 얼굴에서 타르가 반짝였다.

「나 가봐야겠어.」 조가 그림을 바람에 말리려고 격렬히 흔들어 대며 풋에게 말했다.

「조, 또 빠지면 안 돼. 그러다 아일랜드인에게 자리 뺏겨. 그럼 어쩌려고, 응? 애들은 누가 먹여 살려, 조?」 풋이 말했다.

조는 이미 육지를 향해 달려가고 있었다.

조는 앨리스애나가의 가구점을 지나며 길에서 마주치는 모든 사람에게 그림을 보여 주었다. 그는 자기가 무슨 생각을 하는지도 모르는 채 가구점에서 나오는 백인 여자의 얼굴에 그림을 들이댔다.

「부인, 제발 부탁입니다. 제 아내를 본 적 있으신가요? 아내를 찾고 있습니다.」 그가 말했다.

백인 여자는 겁에 질려 눈이 휘둥그레지면서 천천히 뒷걸음질을 쳤는데 그러면서도 그에게서 시선을 돌리지 않았다. 그의 시선을 피하면 그가 마음 놓고 공격할 것이라고 생각한 모양이었다.

「가까이 오지 마요.」 여자가 한 손을 앞으로 내밀며 말했다.

「아내를 찾고 있습니다. 제발요, 부인, 그림 좀 봐주세요. 제 아내를 본 적 있나요?」

그녀는 고개를 저으며 앞으로 내민 손을 흔들었다. 그림에는 눈길도 주지 않았다. 「난 아이들이 있어요. 제발 해치지 마세요.」 그녀가 말했다.

그녀는 그의 말을 듣기나 한 걸까? 조는 갑자기 두 개의 강력한 팔이 뒤에서 자신을 잡는 것을 느꼈다. 「이 검둥이가 부인을 괴롭혔나요?」 한 목소리가 물었다.

「아니에요. 고맙습니다, 경관님.」 여자가 안심하며 그렇게 말한 뒤 자리를 떴다.

경찰관이 조의 몸을 휙 돌려 자신을 보게 했다. 조는 너무 겁이 나서 눈을 들지 못하고 대신 그림을 들었다. 「제발요. 제 아내요, 나리. 임신 8개월인데 며칠 동안 못 봤어요.」

「네 아내, 응?」 경찰관이 조의 손에서 그림을 채뜨려 빼앗으며 말했다. 「예쁜 검둥이군, 안 그래?」

그래도 조는 그를 볼 수가 없었다.

「이 그림은 나한테 맡기는 게 어때?」

조는 고개를 저었다. 그날 이미 한 번 그림을 잃을 뻔했고 다시 잃는다면 어떻게 해야 할지 알 수 없었다. 「제발요, 나리. 이 그림 하나밖에 없습니다.」

조는 종이 찢어지는 소리를 들었다. 시선을 드니 애나의 코와 귀와 머리카락이, 발기발기 찢긴 종잇조각들이 바람에 날아가고 있었다.

「저희가 법 위에 있다고 생각하는 도망 검둥이들한테 내가 아주 신물이 나. 만일 네 아내가 도망 검둥이라면 마땅한 벌을 받은 거야. 넌 어때? 너도 도망 검둥이야? 그럼 내가 아내한테 보내 줄 수 있는데.」

조는 경찰관의 시선을 맞받았다. 온몸이 떨리는 듯했다. 눈으로 볼 수는 없었지만 그 멈출 수 없는 떨림을 몸 안에서 느낄 수 있었다. 「아닙니다, 나리.」 그가 말했다.

「크게 말해.」경찰관이 말했다.

「아닙니다, 나리. 저는 이곳 볼티모어에서 자유의 몸으로 태어났습니다.」

경찰관이 히죽 웃으며 말했다. 「집에 가.」경찰관이 돌아서서 떠나자 조의 뼛속 어딘가에 갇혀 있던 떨림이 빠져나오기 시작했고, 그는 정신을 가다듬으려고 단단한 땅바닥에 주저앉았다.

「아까 나한테 한 말 그에게 해줘.」매시선이 말했다. 3주 뒤에 조는 매시선의 응접실에 서 있었다. 마 아쿠는 병이 나서 더 이상 일을 다닐 수 없었지만, 조는 혹시 애나 소식을 들을 수 있을까 해서 여전히 집에 돌아가는 길이면 매시선 댁에 들렀다.

이날 매시선은 겁에 질린 니그로 소년의 어깨를 잡고 있었다. 소년은 데일리보다 나이가 아주 많아 보이지는 않았고, 백인에게 불려 와서 좀 더 겁을 먹었다면 피부색이 식은 타르의 검은색이 아니라 잿빛이 되었을 터였다.

소년이 손을 떨며 서서 조를 올려다보았다. 「백인이 임신한 여자를 마차에 태우는 걸 봤어요. 몸이 무거워서 집에까지 못 걸어간다고, 그래서 태웠어요.」

조는 떨고 있는 소년과 눈높이를 맞추려고 몸을 숙였다. 그는 소년의 턱을 쥐고 자신을 보게 한 다음 애나를 찾아다닌 며칠, 아니 정확히 말하면 3주는 되는 듯한 긴 시간 동안 소년의 눈을 탐색했다.

「그들이 애나를 팔았어요.」조가 몸을 일으키며 매시선에게 말했다.

「조, 아직 모르는 일이네. 급히 병원에 데려갔을 수도 있지. 애나는 합법적으로 자유의 몸이고 임신한 상태였으니까.」 매 시선이 그렇게 말했지만 자신 없는 목소리였다. 그들은 이미 모든 병원, 산파, 심지어 주술사 들에게까지 확인을 해보았던 것이다. 아무도 애나나 아기 H를 못 보았다고 했다.

「그들이 애나를, 아기까지 팔았어요.」 조가 말했다. 소년은 조나 매시선이 붙잡거나 고맙다는 인사를 건넬 사이도 없이 그 들에게서 벗어나 번개보다 빠르게 매시선 댁에서 뛰쳐나갔다. 그는 친구들에게 백인 저택에 불려 가 니그로 여자에 대해 백 인이 꼬치꼬치 캐묻더라는 이야기를 하며 허풍을 칠 터였다. 백인 저택에서 당당히 서서 자신 있게 말했다고, 백인이 악수 를 청하고 25센트를 내밀었다고 말할 터였다.

「조, 계속 찾아보세.」 매시선이 소년이 남긴 빈 공간을 바라 보며 말했다. 「아직 끝난 게 아냐. 우린 애나를 찾게 될 걸세. 조, 필요하다면 내가 법정에 갈 거야. 약속하겠네.」

조는 더 이상 들을 수가 없었다. 소년이 살짝 열어 놓은 문으 로 바람이 불어 들어왔다. 바람은 집을 지지하는 커다란 흰 기 둥들 사이를 지나고 그들을 휘감아 돌아 조의 귓구멍이라는 좁 은 공간으로 들어갔다. 바람은 그곳에서 그에게 볼티모어에 가 을이 왔다고, 이제 그 혼자 아픈 마와 일곱 아이들을 돌보며 가 을을 보내야 한다고 말했다.

집에 돌아가니 아이들이 모두 기다리고 있었다. 아그네스도 티미와 함께 와 있었다. 조는 아그네스가 임신한 것을 알았다. 그리고 그의 마음을 아프게 할까 봐, 3주 전에 사라진 어머니에 대한 도리가 아닐까 봐, 자신의 작은 기쁨이 수치스러운 것일까 봐 그 소식을 알리지 못하는 것도 알았다.

「조?」 마 아쿠가 불렀다. 그녀의 병이 악화되면서 조는 마에게 침실을 양보했다.

조는 그녀에게 갔다. 그녀는 똑바로 누워 가슴에 두 손을 포개 얹고 천장을 올려다보고 있었다. 그녀가 그에게로 고개를 돌리고 트위어로 말하기 시작했는데, 그가 어릴 때는 자주 그랬지만 애나와 결혼한 뒤로 거의 중단된 일이었다.

「사라진 거야?」 마가 물었고, 조는 고개를 끄덕였다. 마는 한숨지으며 말했다. 「견뎌 내야 해, 조. 니아메 신은 아샨티족을 약하게 만들지 않았고, 그게 바로 너야. 여기서 그 누가, 백인이든 흑인이든 그 누가 너의 그 부분을 지우고 싶어 한다고 해도 말이야. 네 어머니는 강하고 힘 있는 부족 출신이다. 무너지지 않는 사람들.」

「제 어머니는 마예요.」 조가 말했다. 마 아쿠는 안간힘을 다해 그에게로 몸 전체를 돌리고 팔을 벌렸다. 조는 그녀의 침대로 기어들어 가 그녀의 가슴을 베고 울었다. 어렸을 때 말고는 해본 적 없는 행동이었다. 어렸을 때는 샘과 네스 때문에 울고는 했다. 그럴 때 그의 마음을 달래 준 것은 비록 불쾌한 이야기들이었을망정 그들에 관한 것들이었다. 마 아쿠가 말하기를, 샘은 거의 말을 안 했지만 입을 열면 다정하고 현명한 말만 했고, 네스는 아주 섬뜩한 채찍 자국을 가졌다는 것이었다. 조는 자신의 혈통이 단절되고 영원히 가족을 잃은 것은 아닐까 걱정하고는 했다. 그는 자신의 가족들이 어떤 사람들이었는지, 그 조상들은 어땠는지 영원히 알 수 없을 것이고, 자신의 근원에 대해 들어야 할 이야기들이 있어도 영원히 듣지 못할 터였다. 조가 그런 생각을 하면 마 아쿠는 그를 꼭 껴안고 가족에 관한 이야기 대신 나라에 대한 이야기를 들려줬다. 바닷가의 판티국, 내륙의 아샨티국, 아칸국.

조는 마 아쿠의 품에 누워 자신이 누군가에게 속하며 한때는 그것으로 족했었다는 생각을 했다.

10년이 흘렀다. 마 아쿠는 그 세월과 함께 떠났다. 아그네스는 세 아이를 두었고, 뷸라는 임신했으며, 케이토와 필리시티는 결혼했다. 가장 어린 유리아스와 그레이시도 최대한 서둘러서 입주 일을 구했다. 그들은 아버지의 짐을 덜어 주기 위해서라고 했지만 조는 진실을 알았다. 아이들은 더 이상 그와 함께 사는 것을 견딜 수 없었던 것이다. 조 역시 인정하기는 싫었지만 그들과 함께 있는 것을 견딜 수 없었다.

문제는 애나였다. 조는 볼티모어의 모든 곳에서, 모든 가게, 모든 길에서 애나를 봤다. 그는 길모퉁이를 돌아가는 커다란 엉덩이를 보고 몇 블록씩 따라가기도 했다. 그러다 한번은 따귀를 맞기도 했다. 겨울이었고, 커피 한 방울을 섞은 크림처럼 피부가 흰 그 여자는 모퉁이를 돌아 그를 기다렸다. 그녀가 따귀를 얼마나 빨리 때렸는지 조는 그녀가 돌아서서 푸짐한 엉덩이를 실룩일 때까지 누가 자신을 때렸는지조차 알지 못했다.

그는 뉴욕으로 갔다. 그가 체서피크만 지역에서 가장 뛰어난 배 틈새 메우기 일꾼들 중 하나가 되었다는 사실은 중요하지 않았다. 그는 다시는 배를 볼 수가 없었다. 끌을 집어 들고 뱃밥과 대마, 타르 냄새를 맡을 때마다 그가 한때 살았던 삶이,

그가 한때 가졌던 여자와 아이들이 생각났고 그 생각을 견디기가 힘들었다.

그는 뉴욕에서 할 수 있는 일은 무엇이든 했다. 대개는 목수일이었고, 기회가 주어지면 배관 일도 했지만 보수를 제대로 받지 못하는 경우가 빈번했다. 그는 늙은 니그로 여자 집에서 방 하나를 얻어서 살았는데 그녀가 자진해서 식사도 준비해 주고 빨래도 해줬다. 그는 대부분의 밤을 흑인 전용 술집에서 보냈다.

센 바람이 불던 12월의 어느 날, 그는 술집에 들어가 평소에 앉던 자리에 앉아 매끄러운 나무 바를 손으로 쓸어 보았다. 흠잡을 데 없는 솜씨였다. 그는 그 바를 볼 때마다 어느 니그로가 이것을 만들었을 거라고, 어쩌면 뉴욕에서 처음 자유의 몸이 되어 다른 사람이 아닌 자신을 위해 무엇인가를 할 수 있다는 사실이 너무 행복해서 온 정성을 쏟았을지도 모른다고 생각했다.

바텐더는 거의 알아보기 힘들 정도로 다리를 살짝 저는 남자였는데, 조가 주문할 사이도 없이 술을 따라서 그의 앞에 놓았다. 조의 옆에 앉은 남자가 술집의 습기와 그의 술잔에서 튄 술로 축축해지고 잔뜩 구겨진 조간신문을 휙 펼쳤다.

「사우스캐롤라이나가 오늘 연방에서 탈퇴했군.」 그가 누구에게랄 것도 없이 말했다. 특별한 반응이 없자 그는 신문에서 시선을 들고 그곳에 있는 몇 안 되는 사람들을 둘러보았다. 「전쟁이 다가오고 있어.」

바텐더가 조의 눈에는 바 자체보다 더러워 보이는 걸레로 바를 닦기 시작했다. 「전쟁은 안 일어나요.」 그가 침착하게 말했다.

조는 여러 해째 전쟁 이야기를 들어왔지만 그에게는 큰 의미가 없는 이야기였고, 되도록 그런 대화에서 벗어나려고 했다. 그는 북부에 사는 남부 지지자들도 조심스러웠지만, 그가 더 화를 내고 목소리를 높이기를, 스스로를 방어하고 자신의 자유권을 옹호하기를 원하는 지나치게 열성적인 북부 백인들이 더 부담스러웠다.

조는 화가 나지 않았다. 더 이상은. 자신이 과거에 품었던 것이 분노였는지도 알 수 없었다. 그건 그에게 쓸모없는, 아무것도 성취해 낼 수 없고 의미는 더 적은 감정이었다. 오히려 조가 진짜로 느끼는 것은 피로였다.

「정말 이건 나쁜 징조예요. 남부 주 하나가 탈퇴하면 나머지 주들도 그 뒤를 따를 테니까. 반이나 되는 주들이 빠져나갔으니 우리를 미합중국이라고 부를 수도 없어요. 내 말 새겨들어요. 전쟁이 다가오고 있어요.」

바텐더가 눈알을 굴리며 말했다. 「난 아무것도 안 새겨요. 그리고 손님도 한 잔 더 마실 돈 없으면 이제 그만 새기고 나갈 시간입니다.」

남자는 씩씩거리며 신문을 돌돌 말았다. 그는 나가면서 신문으로 조의 어깨를 툭 쳤다. 조가 돌아보자 그가 마치 무슨 공모라도 했다는 듯 세상 사람들은 모르는 것을 둘만 안다는 듯 눈을 찡긋했지만, 조는 그것이 도대체 무엇인지 짐작조차 할 수 없었다.

아비나

아비나는 새 종자를 손에 들고 마을로 돌아오며 자신이 얼마나 늙었는지 다시금 생각했다. 여자가 스물다섯 살 먹도록 결혼을 못 하는 것은 그녀의 마을에서나 이 대륙 혹은 옆 대륙의 어느 마을에서도 들어 본 적 없는 일이었다. 하지만 그녀의 마을에는 남자가 몇 명 없는 데다 그들 중 아무도 불운아의 딸에게 모험을 걸고 싶어 하지 않았다. 아비나의 아버지가 기르는 농작물들은 도무지 자라지를 못했다. 해마다, 철마다, 그의 땅은 썩은 식물들을 뱉어 냈고 가끔은 감감무소식이기도 했다. 그런 불운이 어디서 왔는지 누가 알겠는가?

아비나는 손에 든 종자들을 만져 보았다. 작고, 동그랗고, 단단했다. 그것들이 완전한 들판을 이룰 수 있음을 누가 의심하겠는가? 올해는 아버지를 위해 그렇게 될 수 있을까, 아비나는 생각했다. 그녀는 아버지가 불운아라는 별명을 얻도록 만든 것을 자신이 물려받았다고 확신했다. 사람들은 아버지를 이름 없는 남자라고 불렀다. 불운아라고도 불렀다. 그리고 이제 아버지의 문제들이 그녀를 따라다녔다. 그녀의 어린 시절 단짝친구 오히니 니아코조차 그녀를 둘째 아내로 받아들이려 하지 않았다. 그는 절대 그런 말을 입 밖에 내지 않았지만 그녀는 그의 속마음을 알 수 있었다. 그는 아비나가 얌과 야자주를 신붓값으로 바치고 데려올 만한 가치가 없다고 여기는 것이다. 그녀는 아버지가 따로 지어 준 오두막에서 잠들 때 저주받은 것은 주위의 경작되지 않은 땅이 아니라 자신이 아닐까 하는 생각을 하고는 했다.

「아버지, 아버지가 말한 그 종자 가져왔어요.」 아비나가 부모님 오두막으로 들어가며 말했다. 아버지가 또다시 종자를 바꾸면 운도 바뀔 수도 있다고 생각해서 그녀가 이웃 마을에 다녀온 것이다.

「고맙구나.」 아버지가 말했다. 오두막 안에서는 아비나의 어머니가 등을 구부린 채 한 손은 허리에 대고 나머지 손으로는 야자수 빗자루를 꽉 잡고서 그녀만 들을 수 있는 음악에 맞추어 몸을 흔들며 바닥을 쓸고 있었다.

아비나가 목청을 가다듬고 말했다. 「나 쿠마시에 가보고 싶어요. 죽기 전에 딱 한 번만 가보고 싶어요.」

아버지가 날카롭게 시선을 들었다. 그는 손에 든 종자들을 굴려 보기도 하고, 소리를 들을 수 있는 것처럼 귀에 대보기도 하고, 맛을 볼 수 있는 것처럼 입술에 대보기도 하며 검사하던 중이었다. 그가 엄격하게 말했다. 「안 돼.」

어머니는 몸을 펴지는 않았지만 비질을 멈췄다. 아비나는 단단한 점토 바닥을 쓰는 빗자루 소리를 더 이상 들을 수 없었다.

「난 여행할 때가 됐어요.」 아비나가 아버지 눈을 똑바로 보며 말했다. 「다른 마을 사람들을 만날 때가 됐다고요. 난 이제 곧 자식 없는 노처녀가 될 거고, 우리 마을과 옆 마을밖에 모르고 살 거예요. 쿠마시에 가보고 싶어요. 큰 도시는 어떤지 보고, 아샨티 왕 궁전도 가보고 싶어요.」

〈아샨티 왕〉이라는 말을 들은 아버지가 주먹을 꽉 쥐자 손안에 든 종자들이 고운 가루가 되어 손가락들 사이의 좁은 틈으로 새어 나왔다. 「아샨티 왕 궁전은 뭐 하러 봐?」 그가 소리쳤다.

「나 아샨티족 아니에요?」 아비나는 아버지에게 진실을 말해 달라고, 아버지의 판티어 억양과 흰 피부색에 대해 설명해 달라고 감히 요청하고 있었다. 「우리 가족은 쿠마시 출신 아니에요? 아버지는 아버지의 그 불운으로 나를 포로처럼 여기 가둬놓고 있어요. 사람들은 아버지를 불운아라고 부르지만 사실 아버지 이름은 수치나 두려움, 거짓말쟁이어야 해요. 어떤 거예요, 아버지?」

그 말에 아버지가 그녀의 왼쪽 뺨을 철썩 때렸다. 그의 손에 있던 종자들이 그녀 얼굴에 분칠을 했다. 아비나는 아픈 곳으로 손을 가져갔다. 아버지는 지금껏 그녀를 때린 적이 없었다. 마을의 다른 모든 아이가 양동이 안에 든 물을 흘리는 것 같은 사소한 일에서부터 결혼 전에 이성과 자는 심각한 일에까지 매를 맞았다. 하지만 아비나의 부모는 딸을 때리지 않았다. 그들은 딸을 동등한 인격으로 대우하면서 의견을 묻고 계획을 함께 의논했다. 그들이 딸에게 금지하는 단 한 가지는 아샨티 왕의 땅 쿠마시나 판틀랜드에 가는 것이었다. 아비나는 해안 지역에는 관심도 없고 판티족에게도 경외심이 없었지만 아샨티족으로서의 자부심은 대단했다. 그리고 아샨티군이 영국군을 상대로 벌인 용맹한 전투들, 그들의 힘, 자유 왕국에의 꿈에 관한 소식을 들으며 그 자부심은 나날이 커져 갔다.

그녀가 기억하는 한, 부모님은 늘 이 핑계 저 핑계를 댔다. 아직 너무 어리다느니, 초경이 시작되지 않았다느니, 결혼을 안 했다느니, 절대 결혼을 못할 거라느니. 아비나는 부모님이 쿠마시에서 살인을 저질러 왕의 경호원들에게, 어쩌면 심지어 왕에게 쫓긴다고 믿기 시작했다. 이제 그녀는 그것도 신경 쓰지 않았다.

아비나가 얼굴에 묻은 종자 가루를 닦아 내고 주먹을 쥐었으나 그 주먹을 쓰기 전에 어머니가 뒤에서 다가와 팔을 잡아챘다.

「그만.」 어머니가 말했다.

아버지는 고개를 숙이고 오두막에서 걸어 나갔고, 아비나는 밖에서 들어온 시원한 공기가 목덜미를 때리자 울기 시작했다.

「앉아라.」 어머니가 방금 아버지가 앉았던 의자를 가리키며 말했다. 아비나는 시키는 대로 하며 어머니를 바라보았다. 어머니는 예순다섯 살이었지만 아비나보다 늙어 보이지 않았고 여전히 너무도 아름다워서 그녀가 물을 들어 올리려고 몸을 굽힐 때면 동네 남자아이들이 숙덕거리며 휘파람을 불어 댔다. 「네 아버지와 난 쿠마시에서 환영받지 못하는 사람들이다.」 어머니가 말했다. 그녀는 단단한 번데기 같았던 기억들이 나비로 변해 날아가 버려 영원히 돌아오지 않는 노인에게 말하는 것처럼 이야기했다. 「난 쿠마시 출신이고, 젊었을 때 네 아버지와 결혼하기 위해 부모님 뜻을 어겼다. 그가 나를 데리러 왔거든. 머나먼 판틀랜드에서.」

아비나는 고개를 저었다. 「부모님이 왜 결혼을 반대했는데요?」

아코수아는 딸의 손을 쓰다듬으며 말했다. 「네 아버지

는……」 그녀는 입을 다물고 적당한 말을 찾았다. 아비나는 어머니가 자신의 것이 아닌 비밀을 밝히고 싶어 하지 않는다는 것을 알았다. 「그는 대인의 아들이자 아주 막강한 두 대인들의 손자였는데, 자신에게 주어진 삶이 아닌 스스로 선택한 삶을 살고 싶어 했단다. 네 아버지는 자식들도 그렇게 하기를 원했다. 내가 해줄 수 있는 이야기는 거기까지다. 쿠마시에 가봐라. 아버지는 널 막지 않을 거야.」

어머니가 아버지를 찾으러 나가자 아비나는 오두막에 홀로 남아 붉은 점토 벽을 바라보았다. 아버지는 대인이 되었어야 했는데 대신 이걸 택했다. 둥그런 형태의 붉은 점토, 초가지붕, 나뭇등걸로 만든 의자 몇 개밖에 안 들어갈 정도로 좁은 오두막. 그리고 농장 구실을 해본 적이 없는 불모지로 이루어진 농장. 그의 결정은 그녀의 수치를 의미했다. 결혼도 못하고 자식도 없는 수치. 그녀는 쿠마시에 가기로 마음먹었다.

저녁 때 부모님이 잠든 것을 확인한 아비나는 몰래 오두막을 빠져나와 오히니 니아코의 컴파운드로 갔다. 그의 첫째 아내 메피아가 오두막 밖에서 물을 끓이는 중이었다. 공기가 습한 데다 솥에서 김까지 올라와서 그녀는 땀을 흘리고 있었다.

「메피아, 남편 안에 있어?」 아비나가 묻자, 메피아는 눈알을 굴리며 문 쪽을 가리켰다.

오히니 니아코의 농장은 매년 풍작이었다. 그 마을은 가로세로 3킬로미터쯤밖에 안 되었고, 땅도 작고 지위도 낮아서 추장이나 대인으로 불리는 사람조차 없었지만 오히니는 큰 존경을 받고 있었다. 그는 이 마을에서 태어나지 않았더라도 어디서든 잘 살았을 인물이었다.

「네 아내는 나를 싫어해.」 아비나가 말했다.

「내가 아직도 너와 잔다고 생각할 거야.」 오히니 니아코가 장난기로 눈을 반짝이며 말했다. 아비나는 그를 때리고 싶었다.

그녀는 둘 사이에 있었던 일을 생각하자 움찔했다. 그때는 둘 다 어린애들이었다. 서로 단짝에 장난기가 많은. 오히니는 그의 다리 사이에 달린 막대기가 요술을 부린다는 것을 발견했고, 아비나의 부모님이 매주 노인들에게 주는 식량을 얻으러 간 사이에 아비나에게 그 요술을 보여 주었다.

「봤지?」 아비나가 만지자 그것이 번쩍 서는 것을 보며 오히니가 말했다. 그들은 둘 다 아버지의 그것이 요술 부리는 것을 본 적이 있다. 오히니는 아버지가 한 아내의 오두막에서 다른 아내의 오두막으로 돌아다닐 때, 아비나는 자기 오두막으로 독립해서 나오기 전에 보았다. 하지만 그들은 오히니도 그렇게 할 수 있을 줄은 몰랐다.

「느낌이 어때?」 그녀가 물었다.

오히니는 어깨를 으쓱하며 미소 지었고, 아비나는 그 느낌이 좋은 것임을 알 수 있었다. 아비나는 딸이 아들처럼 자기 생각을 말하고 원하는 것을 추구하도록 허용하는 부모 밑에서 태어났다. 그때 그녀는 그것을 원했다.

「내 위에 누워!」 부모님이 하는 장면을 많이 본 아비나가 지시했다. 마을 사람들 모두가 늘 그녀의 부모님을 비웃으며 불운아는 너무 가난해서 둘째 아내를 맞이할 수 없다고 말했지만 아비나는 진실을 알았다. 어린 시절, 부모님의 작은 오두막 한쪽 구석에 누워 잠든 척하며 아버지의 속삭임을 엿들었던 것이다. 「아코수아, 당신은 나의 하나뿐인 사랑이야.」

「결혼식 올릴 때까지 하면 안 돼!」 오히니가 당황해서 말했다. 모든 아이가 결혼식 전에 잠자리를 한 사람들에 관한 우화들을 들으며 자랐는데, 남자의 성기가 여자의 몸에 들어간 동안 나무로 변하여 여자의 배 속으로 가지를 뻗는 바람에 결국 그 안에서 벗어나지 못했다는 억지스러운 이야기도 있었지만 추방, 벌금, 수치에 관한 내용이 담긴 간단하고 진실에 가까운 이야기들도 있었다.

그날 밤 아비나는 오히니를 설득하는 데 마침내 성공했다. 그는 더듬거리며 그녀의 입구를 찔러 대다가 안으로 뚫고 들어왔고, 그녀는 아픔과 함께 안에서 찌르는 것을 느꼈다. 한 번, 두 번, 그다음에는 끝이었다. 아버지 입에서 새어 나왔던 요란한 신음도, 끙끙거림도 없었다. 그는 들어올 때와 똑같이 나갔다.

그때 아비나는 강하고 흔들림이 없으며 오히니에게 무엇이든 시킬 수 있는 존재였다. 지금 아비나는 떡 벌어진 어깨를 하고 서서 히죽거리며 그녀의 입술을 실룩이게 하는 부탁의 말을 기다리는 오히니 니아코를 바라보고 있었다.

「나 쿠마시에 좀 데려가 줘.」 그녀가 말했다. 결혼도 안 한 몸으로 혼자 여행하는 것은 현명하지 못한 짓이었고, 아버지는 그녀를 데려가지 않을 터였다.

오히니 니아코가 크고 호탕한 웃음을 터뜨렸다. 「나의 달링, 지금은 너를 쿠마시에 데려가 줄 수 없어. 2주가 넘게 걸리는 여행이고 곧 비가 올 거야. 난 농장을 돌봐야 해.」

「어차피 일은 네 아들들이 거의 다 하잖아.」 아비나가 말했다. 그녀는 그가 〈달링〉이라고 부르는 것이 싫었다. 어렸을 때 아버지가 영어로 그렇게 말하는 것을 듣고 뜻을 물어본 뒤 오히니에게 가르쳐 줬는데, 오히니는 늘 그녀를 그렇게 불렀다. 아비나는 오히니의 아내가 밖에서 그의 저녁 식사를 준비하고 아들들은 농장을 돌보는데 그가 자신을 〈내 사랑〉이라고 부르는 것이 싫었다. 오히니의 들판을 보면 조만간 그녀를 둘째 아내로 들일 만한 부를 얻을 수 없을 듯한데 그동안 내내 그래 온 것처럼 그가 자신을 수치스러운 존재로 만드는 것이 옳은 일 같지가 않았다.

「응, 그렇지만 누가 내 아들들을 감독하는데? 유령이? 얌 농사가 안 되면 나 너랑 결혼 못해.」

「아직도 나랑 결혼 안 했으면 영영 안 할걸.」 아비나는 목구멍에 너무도 빨리 생겨난 단단한 덩어리에 놀라며 그렇게 속삭였다. 그녀는 그가 결혼 문제를 가지고 농담하는 것이 싫었다.

오히니 니아코가 끌끌 혀를 차며 그녀를 자신의 가슴으로 끌어당겼다. 「울지 마. 내가 아샨티국 수도로 데려가 줄 테니까, 됐어? 울지 마, 나의 달링.」

오히니 니아코는 약속을 지키는 남자였다. 그 주말에 둘은 아샨티 왕이 사는 쿠마시로 출발했다.

아비나에게는 모든 것이 새로웠다. 컴파운드들은 돌로 지어져 있었는데 기껏해야 한두 개가 아닌 대여섯 개의 오두막들로 이루어진 진정한 컴파운드였다. 오두막들도 어찌나 높은지 어머니가 들려주던 이야기들 속의 키가 3미터는 되는 거인들의 형상을 되살린 듯했다. 말썽 부리는 아이들을 땅에서 휙 낚아채어 잡아가는 거인들. 아비나는 도시에 사는 거인 가족들이 나쁜 아이들을 수프로 끓여 먹기 위해 물을 길어 가고 불을 피우는 상상을 했다.

쿠마시는 그들 앞에 끝도 없이 뻗어 있었다. 아비나는 모든 사람의 이름을 아는 곳이 아닌 장소에는 가본 적이 없었다. 집집마다 땅이 작아서 농장들을 눈대중으로 파악할 수 있는 곳이 아닌 곳도 가본 적이 없었다. 이곳 농장들은 크고, 짙푸르고, 일하는 사람들로 가득했다. 사람들이 도시 한복판에서 물건을 팔았는데 그것은 아비나가 처음 보는 풍경으로 영국, 네덜란드와 꾸준히 무역을 하던 예로부터의 유물이었다.

그들은 오후에 아샨티 왕의 궁전을 지났다. 궁전이 너무도 길고 넓게 뻗어 있어서 100명 넘는 사람들을 수용할 수 있을 것 같았다. 부인들, 자식들, 노예들 등등.

「황금 의자 볼 수 있어?」 아비나가 묻자 오히니 니아코는 그녀를 황금 의자가 있는 방으로 데려갔는데, 황금 의자는 아무도 만지지 못하도록 유리 벽에 가로막혀 있었다.

황금 의자는 아샨티국 전체의 영혼인 〈순숨〉을 담고 있었다. 순금으로 덮인 그 의자는 하늘에서 내려와 첫 아샨티 왕 오세이 투투의 무릎에 놓였다. 아무도 그 의자에 앉을 수 없었다. 왕조차도. 아비나는 저도 모르게 눈물이 고여 눈이 따가웠다. 그녀는 마을 어른들에게 이 의자 이야기를 평생 들어 왔지만 눈으로 본 적은 없었던 것이다.

아비나와 오히니 니아코는 궁전 구경을 마치고 황금의 문들로 나갔다. 그때 아비나의 아버지보다 많이 늙어 보이지 않는 남자가 몸에 켄테를 두르고 지팡이를 짚고 걸어 들어왔다. 그는 걸음을 멈추고 아비나의 얼굴을 자세히 들여다보았다.

「너 유령이야?」 그가 거의 외치듯 물었다. 「너니, 제임스? 네가 전쟁에서 죽었다는 이야기는 들었는데 난 그럴 수 없다는 걸 알았지!」 그가 오른손을 들어 아비나의 뺨을 어루만졌는데 너무 오래, 너무 친근하게 만져서 결국 오히니 니아코가 그 손을 치워야 했다.

「할아버지, 여자인 거 안 보여요? 여기 제임스 없어요.」

남자는 눈을 맑게 하려는 듯 고개를 흔들었지만 아비나를 다시 봐도 혼란스럽기는 매한가지였다. 「미안하네.」 그가 그렇게 말하고 절룩거리며 지나갔다.

남자가 가자 오히니 니아코는 도시의 북적거림 속으로 완전히 들어설 때까지 아비나의 등을 떠밀어 문들을 지났다. 「그 노인네 분명 눈이 반쯤 멀었을 거야.」 그는 그렇게 웅얼거리며 아비나의 팔꿈치를 잡고 이끌었다.

「쉬잇.」 그 남자가 그들의 말을 들을 리 없는데도 아비나가 말했다. 「그 남자는 분명 왕족일 거야.」

그러자 오히니 니아코가 코웃음을 쳤다. 「그 남자가 왕족이면 너도 왕족이다.」 오히니는 이렇게 말하면서 요란하게 웃어댔다.

둘은 계속 걸었다. 오히니 니아코는 집으로 돌아가기 전에 쿠마시에 있는 사람들에게서 새 농기구를 좀 사고 싶어 했지만 아비나는 쿠마시를 즐길 시간을 알지도 못하는 사람들에게 낭비하는 것을 견딜 수가 없었다. 그래서 그들은 해지기 전에 다시 만나기로 약속하고 헤어졌다.

아비나는 굳은살이 박인 발바닥이 얼얼해지기 시작할 때까지 걷다가 잠시 걸음을 멈추고 야자수 그늘 아래서 휴식을 취했다.

「실례합니다, 어머니. 기독교에 대해 말씀드리고 싶습니다.」

아비나는 고개를 들었다. 검고 건장한 남자였는데, 그의 트위어가 서툰 것인지 녹슨 것인지 판단이 안 섰다. 아비나는 그를 자세히 보았으나 아는 부족들 중 어느 부족의 얼굴인지 알 수가 없었다. 「이름이 뭐예요? 어느 부족이에요?」 그녀가 물었다.

남자는 미소 지으며 고개를 저었다. 「내 이름이 무엇이고, 어느 부족인지는 중요하지 않아요. 오세요, 우리가 여기서 하는 일을 보여 줄 테니.」 아비나는 호기심이 일어 그를 따라갔다.

남자는 아비나를 작은 땅으로 데려갔다. 그 빈 땅은 주위로 뻗어 나간 도시가 깨진 원처럼 보이지 않도록 무엇이 세워지기를 애걸하며 기다리고 있었다. 처음에는 특별히 눈에 띄는 게 없었지만, 어느 부족인지 알 수 없는 얼굴을 가진 검은 남자들 몇 명이 의자로 쓸 나뭇둥걸 세 개를 들고 왔다. 그다음에 백인이 나타났다. 아비나가 처음 본 백인이었다. 모두들 아버지에게 백인 피가 섞였다고 수군댔지만 그녀에게 아버지는 좀 더 흰 자신처럼 보였다.

여기에 마을 사람들이 말하는 진짜 백인, 노예와 황금을 찾아 황금해안에 온 남자가 있었다. 백인들은 늘 자신이 원하는 것을 가질 방법을 발견했다. 훔치든, 거짓말을 하든, 판티족에게는 동맹을, 아샨티족에게는 힘을 약속하든. 하지만 결국 노예 무역은 끝났고, 두 차례의 앵글로-아샨티 전쟁도 지나갔다. 많은 문제들을 일으켜서 사악한 존재라는 의미의 〈아브로 니〉라고 불리는 백인은 이제 더 이상 환영받는 존재가 아니었다.

그래도 아비나는 쓰러진 나무 밑동에 앉아 부족 없는 검은 남자들에게 이야기하는 백인을 보았다.

「저 사람 누구예요?」 그녀가 옆에 있는 남자에게 물었다.

「백인 말인가요? 선교사예요.」 남자가 대답했다.

선교사가 그녀를 보고 미소 지으며 이리 오라고 손짓했다.

하지만 해가 지기 시작해 도시 서부를 특징짓는 야자수 꼭대기 아래로 떨어졌다. 오히니 니아코가 기다리고 있을 터였다.

「가봐야 해요.」그녀가 움직이기 시작하며 말했다.

「제발요!」검은 남자가 말했다. 그의 뒤에서 선교사가 일어나 그녀를 따라오려고 준비하고 있었다. 「우리는 아샨티 전역에 교회를 지으려고 해요. 제발, 우리가 필요하면 언제든 찾아와요.」

아비나는 이미 달리고 있었지만 그래도 고개를 끄덕였다. 그녀가 약속 장소에 도착했을 때 오히니 니아코는 시골 소녀에게 구운 얌을 사고 있었다. 아비나처럼 새로운 것을 보고 싶고 자신의 환경을 바꾸고 싶어서 쿠마시에 온 어느 작은 아샨티 마을 출신 소녀였다.

「어이, 쿠마시 여자.」오히니 니아코가 말했다. 그 소녀는 얌이 든 커다란 점토 냄비를 도로 머리에 이고 엉덩이를 실룩이며 걸어갔다. 「늦었네.」

「백인을 봤어.」아비나가 누군가의 컴파운드 벽에 손바닥을 대고 숨을 고르며 말했다. 「교회 사람.」

오히니 니아코는 땅에 침을 뱉고 이 사이로 공기를 빨아들였다.[23] 「유럽 사람들! 그들은 아샨티를 피해야 한다는 걸 모르나? 지난번 전쟁에서 우리가 이긴 거 아냐? 그들이 들여오려고 하는 건 그게 뭐든 싫어! 판티족한테나 종교를 전하라지. 우리가 전부 없애 버리기 전에.」

아비나는 멍하니 고개를 끄덕였다. 마을 남자들이 아샨티와 영국 사이의 지속적인 분쟁 이야기를 자주 했다. 그들 말로는

23 서아프리카에서 〈쭈〉 소리가 나게 윗니 사이로 공기를 빨아들이는 행동은 실망이나 비난, 모욕을 나타낸다.

판티족이 영국에 동조하고 있으며 이제 백인이 아샨티국에 들어와 아샨티족이 더 이상 나라의 주인이 아니라는 말을 할 수 없다는 것이었다. 마을 사람들은 전쟁을 구경한 적도 없는 농부들이었고 그들이 그토록 지키고 싶어 하는 황금해안에도 대부분 가본 적이 없었다.

어느 날 밤에 마을 원로들 중 하나인 파파 콰비나가 노예 무역에 대해 이야기하기 시작했다. 「북쪽에 사는 내 사촌이 한밤중에 자기 오두막에서 납치를 당했어. 획! 그냥 잡혀간 거야! 누가 그랬는지도 몰라. 아샨티 전사였을까? 판티족이었을까? 우리는 몰라. 어디로 끌려갔는지도 모르고!」

「성으로.」 아비나의 아버지가 말했고, 모두 그에게 고개를 돌렸다. 불운아. 마을 회의 때마다 늘 뒷자리에 앉는 사람. 그는 늘 딸을 데리고 와서 무릎에 앉혔다. 마을 회의에는 남자들만 참석할 수 있었지만 마을 사람들은 그가 불쌍해서 그냥 내버려 두었다.

「무슨 성?」 파파 콰비나가 물었다.

「판틀랜드 해안에 케이프코스트 성이라는 데가 있지. 노예들을 해외로, 미국이나 자메이카로 보내기 전에 거기 가둬. 아샨티 노예 상인들이 포로들을 데려와. 그럼 판티족이나 에웨족, 가Ga족 중개인이 그들을 가뒀다가 영국인이나 네덜란드인, 누구든 값을 최고로 쳐주는 사람들에게 팔아넘기는 거야. 우리 모두에게 책임이 있어. 전에도 그랬고…… 지금도 그렇고.」

마을 남자들은 성이 무엇이고 미국이 무엇인지는 몰라도 불운아 앞에서 바보처럼 보이고 싶지는 않은 듯 모두 고개를 끄덕였다.

오히니 니아코가 얌의 탄 부분을 뱉어 내고는 아비나의 어깨에 손을 올렸다.「너 괜찮아?」그가 물었다.

「아버지 생각을 하고 있었어.」아비나가 대답했다.

오히니 니아코의 얼굴에 미소가 번졌다.「아, 불운아. 네가 지금 나와 함께 여기 있는 걸 보면 네 아버지가 뭐라고 하실까, 응? 소중한 〈아들〉 아비나가 오래전부터 금지된 것을 하는 장면을 보면.」그는 웃음을 터뜨렸다.「자, 이제 아버지가 계신 집으로 데려다주지.」

그들은 빠르게, 조용히 걸었다. 오히니 니아코의 크고 탄탄한 체구가 아비나가 감히 생각할 수도 없는 위험들이 도사린 영역에서 길을 내주었다. 2주가 끝나갈 무렵, 마을 지붕들이 조그맣게 보였다.

「여기서 쉬어 갈까?」오히니 니아코가 그들 바로 앞에 있는 장소를 가리키며 물었다. 아비나는 다른 사람들이 그곳에서 쉰 적이 있음을 알 수 있었다. 그곳에는 쓰러진 나무들의 잔해로 만들어진 작은 동굴이 있었고 바닥이 휴식을 위해 깨끗이 치워져 있었다.

「그냥 가면 안 돼?」아비나가 물었다. 어머니와 아버지가 그리웠다. 그녀는 처음 말을 시작한 날부터 부모님께 모든 것을 말해 왔고, 아버지가 아직 화났을 것을 알면서도 이 일을 어서 빨리 말하고 싶었다. 아버지도 듣고 싶어 할 터였다. 부모님은 늙어 가고 있었고 그녀는 부모님이 나쁜 감정들을 품을 시간이 없음을 알았다.

오히니 니아코는 이미 자신의 물건들을 내려놓고 있었다.「하루 더 가야 되고, 나 너무 피곤해. 나의 달링.」

「그렇게 부르지 마.」 아비나가 자신의 물건들을 내려놓고 작은 나무 동굴에 앉으며 말했다.

「사실이잖아.」

그녀는 그 말을 하고 싶지 않았다. 마음속에 담아 두고 싶었다. 그런데 그 말이 목구멍으로 올라와 입술을 밀어 댔다. 「그런데 왜 나랑 결혼 안 해?」

오히니 니아코가 그녀 옆에 앉았다. 「그 이야기는 이미 했잖아. 다음에 풍작이 오면 너와 결혼할 거라고. 우리 부모님이 어느 씨족인지 모르는 여자와는 결혼하지 말라고 항상 말씀하셨어. 만일 우리 사이에 자식이 생기면 넌 자식에게 불명예만 가져다줄 거라고 하셨지. 하지만 이제 부모님은 나한테 이래라저래라 안 해. 마을 사람들이 하는 말에도 신경 안 쓰고. 너희 어머니가 너를 가질 때까지 자식 못 낳는 여자로 통했던 것도, 네가 이름 없는 남자의 딸인 것도 신경 쓰지 않아. 난 내 땅이 너와 결혼할 준비가 되었다는 걸 말해 주는 즉시 결혼할 거야.」

아비나는 그를 쳐다볼 수가 없었다. 그녀는 둥근 다이아몬드 무늬가 교차하는 야자수 껍질을 바라보았다. 각각의 무늬가 다르면서도 같았다.

오히니 니아코가 그녀의 턱을 잡아 자신에게로 돌렸다. 「참을성을 가져.」 그가 말했다.

「난 네가 첫째 아내와 결혼해서 사는 동안 참아 왔어. 우리 부모님은 너무 늙어서 등이 굽기 시작했어. 곧 이 나무들처럼 쓰러지겠지. 그럼 난 어떻게 되지?」 부모님 없이 혼자 살 생각 때문인지 현재의 외로움 때문인지 눈물이 왈칵 쏟아져 뺨을 타고 흘러내렸다.

오히니 니아코가 두 손으로 그녀의 얼굴을 잡고 엄지손가락
들로 눈물을 닦아 주었지만 미처 닦아 낼 사이도 없이 눈물이
쏟아졌다. 그는 아비나의 얼굴에 생기기 시작한 짭짤한 눈물자
국을 따라 키스했다.

곧 그녀의 입술이 그의 입술과 만났다. 그녀가 기억하는 어
린 시절의 얇고 기름을 안 발라서 늘 건조하던 그 입술이 아니
었다. 그의 입술은 두툼해졌고, 이제 그녀의 입술과 혀를 가두
는 덫이 되었다.

곧 그들은 동굴의 그림자 속에 누웠다. 아비나는 몸에 감은
옷을 벗었고, 오히니 니아코가 옷을 벗으며 숨을 빨아들이는
소리를 들었다. 처음에는 서로 바라보기만 하면서 전에 알았던
서로의 몸과 지금의 몸을 비교했다.

그가 손을 뻗자 그녀는 마지막으로 그의 손이 닿았던 때를
기억하며 움찔했다. 그때 그녀는 부모님의 오두막 바닥에 누워
초가지붕을 올려다보며 그 이상의 무엇이 있는 것은 아닐까 생
각했었다. 그것의 아픔이 쾌감을 훨씬 능가했기 때문에 그녀는
왜 그 일이 마을 전체의 오두막들에서, 아샨티국 전체에서, 온
세계에서 일어나는지 알 수 없었다.

오히니 니아코가 아비나의 두 팔을 단단한 붉은 점토에 대고
눌러 꼼짝 못하게 만들었다. 그녀가 그의 팔을 물자 그는 으르
렁거리며 풀어 주었지만 그녀가 그를 끌어안았다. 그는 그녀의
머릿속에서 펼쳐지는 장면들을 아는 것처럼 움직였다. 그리고
그녀는 그를 안으로 받아들였다. 그녀는 그를 제외한 모든 것
을 잊었다.

일을 치른 뒤 그들은 땀범벅에 기진맥진해서 숨을 가다듬었

다. 아비나는 그의 가슴에, 그 헐떡이는 베개에 머리를 올려놓았다. 그의 심장이 그녀의 귀에 대고 북소리를 울렸다.

아비나는 언젠가 온종일 아버지 농장에 물을 길어 댄 적이 있었다. 개울에 가서 양동이에 물을 떠 집으로 돌아와 물통에 채웠다. 땅거미가 질 때가 가까워졌는데 아무리 물을 많이 길어 와도 충분하지 못할 것 같았다. 이튿날 농작물이 모두 죽었고, 시든 갈색 잎들이 오두막 앞 땅에 흩어져 있었다.

그때 그녀는 겨우 다섯 살이었다. 그녀는 살려 보려고 최선을 다했는데도 농작물이 죽을 수 있다는 것을 이해할 수 없었다. 그녀가 아는 것이라고는 아버지가 아침마다 농작물을 살펴보고 기도를 올린다는 것, 철마다 그 필연적인 일이 일어나면 아버지가, 딸 앞에서 우는 모습을 보인 적이 없으며 모든 불운을 새로운 기회인 양 맞이하는 남자가 고개를 높이 들고 새로 시작한다는 사실뿐이었다. 그때 아비나는 아버지가 불쌍해서 울었다.

아버지가 오두막 안에서 아비나를 발견하고 옆에 앉았다. 「왜 울고 있니?」 아버지가 물었다.

「나무들이 다 죽었어요. 내가 도와줄 수 있었는데!」 그녀가 흐느끼며 말했다.

「아비나, 만일 네가 나무들이 죽을 걸 알았더라면 어떻게 다르게 했을까?」 아버지가 물었다.

그녀는 잠시 생각한 뒤 손등으로 코를 닦고 대답했다. 「물을 더 많이 줬을 거예요.」

아버지가 고개를 끄덕였다. 「그럼 다음에는 물을 더 많이 길어 오고, 이번에는 울지 마라. 네 삶에 후회가 자리하게 해서는 안 돼. 무슨 일을 할 때 분명한 확신이 있다면 나중에 왜 후회가 남겠니?」

아비나는 그 말이 무슨 뜻인지 이해하지도 못하면서 고개를 끄덕였는데, 그 어린 나이에도 아버지가 딸보다는 자신에게 그 말을 하고 있음을 알았다.

지금, 그녀는 오히니 니아코의 호흡과 심장 박동 리듬에 머리를 맡긴 채 두 사람 사이에서 합쳐진 땀이 천천히 흘러내리는 것을 느끼며 아버지의 그 말을 떠올렸다. 아무 후회도 없었다.

*

아비나가 쿠마시에 다녀온 해에 마을에 흉년이 들었다. 그다음 해에도. 그리고 그다음에도 4년이나 더. 마을 사람들이 떠나기 시작했다. 그들 가운데 일부는 얼마나 절박했는지 그 무서운 북쪽으로 갔다. 주인 없는 땅, 그들을 저버리지 않는 땅을 찾아 볼타강을 건넜다.

아비나의 아버지는 너무 늙어서 등이나 손을 똑바로 펼 수가 없었다. 그는 더 이상 농사를 짓지 않았다. 아버지 대신 아비나가 농사를 지으며 해마다 황폐한 땅이 죽음을 뱉어 내는 것을 지켜보았다. 마을 사람들은 먹지 않았다. 그들은 그것이 속죄 행위라고 말했지만 다른 선택이 없었다.

심지어 오히니 니아코의 풍요롭던 땅조차 불모지로 변했고, 다음 풍작 때 아비나와 결혼하겠다던 그의 약속은 유보되었다.

그들은 계속 만남을 가졌다. 어떤 수확을 거두게 될지 몰랐던 첫해에는 뻔뻔스럽게 만났다. 「아비나, 조심해라.」 오히니 니아코가 아비나의 오두막에서 몰래 빠져나온 아침이면 어머니는 그렇게 말했다. 「액운을 부르는 짓이야.」 하지만 아비나는 신경 쓰지 않았다. 사람들이 알면 어때? 임신하면 어때? 이제 곧 오히니 니아코의 아내가 될 텐데. 오랜 친구가 불륜 상대가 된 것이 아니라.

하지만 그해에 오히니 니아코는 처음으로 농사를 망쳤고, 사람들은 까닭을 몰라 머리를 긁적였다. 그러다 그들의 농작물까지 죽자 마을에 마녀가 있는 것이 분명하다고 말했다. 불운아가 마을에 초래할 곤경이 오래도록 지연되다가 이제야 시작된 것일까? 두 해째 흉년이 들었을 때, 아비나의 오두막에서 나와 집으로 돌아가는 오히니 니아코를 처음 본 사람은 아바라는 이름을 가진 여자였다.

「아비나예요!」 아바가 그다음 마을 회의에서 들먹거리는 가슴을 움켜쥔 채 노인들이 가득한 방에 대고 외쳤다. 「아비나가 오히니 니아코에게 액운을 가져다줬고 그 액운이 우리 모두에게 퍼지고 있어요!」

원로들이 오히니 니아코와 아비나의 설명을 듣고 여덟 시간 동안 논쟁을 벌였다. 오히니 니아코가 다음 풍작 때 그녀와 결혼하기로 약속한 것은 합당한 일이었다. 원로들은 그것은 문제되지 않는다고 생각했으나 간음을 벌하지 않으면 아이들이 그런 짓을 해도 된다고 생각하며 자랄 것이고, 미신에 사로잡힌 사람들은 농사가 안 되는 탓을 계속 아비나에게 돌릴 터였다. 그들이 아는 것은 아비나가 아직 임신이 안 된 것으로 보아 그녀도 땅처럼 불모의 몸임이 분명하다는 것과 지금 아비나를 마을에서 추방하면 오히니 니아코가 화가 나서 그들이 땅을 복구시키는 것을 도와주지 않으리라는 것뿐이었다. 마침내 그들은 결정을 내린 뒤 온 마을에 알렸다. 아비나가 임신을 하거나 흉년이 일곱 해째 이어지면 그녀를 마을에서 쫓아내겠다고. 그리고 만일 그전에 풍년이 들면 그녀를 지금처럼 마을에 살게 하겠다고.

「남편 집에 있어?」 흉년이 여섯 해 동안 이어지고 사흘째 되던 날 아비나가 오히니 니아코의 아내에게 물었다. 그녀는 하늘이 무너져 내리는 가운데 짧은 거리를 걸어왔으나 그곳에 도착하자 괜찮아졌다.

메피아는 그녀를 쳐다보지 않았고 대꾸도 안 했다. 오히니 니아코의 첫째 아내는 남편에게 아비나와의 관계를 끝내라고, 더 이상 가족을 수치스럽게 하지 말라고 했다가 자기는 약속을 어길 수 없다는 남편의 대답을 듣고 부부 싸움을 벌인 밤 뒤로 아비나와 말을 섞지 않았다. 그래도 아비나는 될 수 있으면 그녀에게 상냥하게 대하려고 애썼다.

어색한 침묵을 견디기 힘들어진 아비나는 오히니 니아코의 오두막으로 들어갔다. 오두막 안에서는 오히니 니아코가 켄테 천으로 만든 작은 자루에 물건들을 챙겨 넣고 있었다.

「어디 가?」 아비나가 문간에 서서 물었다.

「오수에 가보려고. 거기에 새 농작물을 들여온 사람이 있대. 그 농작물이 여기서 잘 자랄 거래.」

「네가 오수에 가면 난 어떡해? 네가 떠나자마자 난 마을에서 쫓겨날 거야.」 아비나가 말했다.

오히니 니아코는 물건들을 내려놓고 아비나를 번쩍 안아 들어 얼굴 높이를 맞췄다. 「그럼 내가 돌아와서 가만히 있지 않을 거야.」

그는 아비나를 내려놨다. 밖에서는 그의 자식들이 씹는 막대기[24]를 만들어 쿠마시에 내다 판 값으로 식량을 사기 위해 트위피아 나무껍질을 뜯고 있었다. 아비나는 오히니 니아코가 그것을 수치스러워한다는 것을 알았다. 그의 자식들이 유익한 일을 찾아냈다기보다는 그가 가족을 먹여 살릴 능력이 없어서 하게 된 일이기 때문이었다.

그들은 그날 급히 사랑을 나누었고, 오히니 니아코는 바로 떠났다. 아비나가 집에 돌아와 보니 부모님은 불 앞에 앉아 땅콩을 굽고 있었다.

「오히니 니아코가 그러는데, 오수에 아주 잘 자라는 새 농작물이 있대요. 그걸 얻으러 갔어요.」

어머니는 고개를 끄덕였다. 아버지는 어깨를 으쓱했다. 아비나는 자신이 부모님을 수치스럽게 만들었음을 알았다. 장차 그녀를 추방하겠다는 발표가 났을 때 부모님은 원로들이 그 문제를 재고하도록 설득하기 위해 그들을 찾아갔다. 그때나 지금이나 불운아는 마을에서 가장 연장자였다. 비록 이 마을 출신이 아니라 원로가 될 수는 없었지만 그래도 그는 공경받아 마땅했다.

「우린 자식이 하나뿐이오.」 그가 말했지만 원로들은 고개를 돌려 버렸다.

「너 무슨 짓을 한 거니?」 그날 저녁을 먹으며 아비나의 어머니가 딸에게 물었다. 어머니는 두 손에 얼굴을 묻고 울다가 두 손을 하늘을 향해 쳐들었다. 「내가 무슨 죄가 있어서 이런 자식을 둔 겁니까?」

24 아프리카에서 칫솔 대용으로 쓰는 막대기.

하지만 그때는 흉년이 들기 시작한 지 두 해밖에 되지 않아서 아비나는 농작물이 잘 자라 오히니 니아코와 결혼하게 될 거라고 부모님을 설득할 수 있었다. 이제 그들의 유일한 위안은 아비나가 어머니를 닮아서인지 아니면 아버지 가족의 저주 때문인지, 무슨 이유에서인지 임신이 되지 않는다는 사실이었다.

「여기서는 아무것도 자라지 않을 거야.」 아버지가 말했다. 「이 마을은 끝났어. 계속 이런 식으로 살 수는 없어. 땅콩과 나무껍질만 먹으며 1년을 더 버틸 순 없어. 그들은 너만 추방시킬 거라고 생각하지만, 사실 이 땅은 우리 모두에게 추방 선고를 내린 거야. 두고 봐라. 시간문제니까.」

오히니 니아코가 일주일 뒤에 새 종자를 가지고 돌아왔다. 코코아라는 농작물이었는데, 그는 이것이 모든 것을 바꿔 놓을 거라고 말했다. 동부 주의 아쿠아펨 사람들이 이미 이 새 농작물을 해외의 백인들에게 옛 무역을 연상시킬 정도로 잘 팔아 혜택을 보고 있다는 것이었다.

「이 작은 종자들을 얻으려고 내가 어떤 대가를 치렀는지 여러분은 몰라요!」 그를 둘러싼 모든 사람이 새 종자를 보고, 만지고, 냄새를 맡을 수 있도록 손바닥에 들고 오히니 니아코가 말했다. 「하지만 마을을 위해 그 값어치를 할 겁니다. 내 말을 믿으세요. 이제 사람들이 이곳을 황금해안이 아닌 코코아해안이라고 부를 겁니다!」

그의 말이 맞았다. 몇 개월 만에 오히니 니아코의 코코아나무는 싹을 틔우고 자라서 금색, 초록색, 오렌지색 열매를 맺었다. 그것을 처음 보는 마을 사람들이 호기심을 못 이겨 자꾸 만져보고 익지도 않은 꼬투리를 까려고 해서 오히니 니아코와 그의 아들들은 밖에서 자며 망을 봐야 했다.

「저게 우리를 먹여 살릴까?」 휘이 소리를 내는 아들들이나 고함을 질러 대는 오히니 니아코에게 쫓겨나며 마을 사람들은 그런 의문을 품었다.

아비나는 오히니 니아코가 코코아 농사를 시작하고 처음 몇 개월 동안은 그를 만나기가 점점 더 어려워졌으나 오히려 그게 위안이 되었다. 그가 농사일을 열심히 할수록 더 빨리 풍작을 거둘 것이고, 더 빨리 풍작을 거둘수록 더 빨리 그와 결혼할 수 있기 때문이었다. 그와 만나는 날에도 그는 코코아 이야기와 자신이 종자를 얻기 위해 엄청난 대가를 치렀다는 이야기밖에 안 했다. 그의 손에서는 향긋하고 진하고 흙냄새가 섞인 새로운 냄새가 났고, 그가 떠난 뒤에도 그의 손길이 닿았던 곳, 그녀의 커다란 검은 원을 이룬 젖꼭지나 귀 뒤에 그 냄새가 남아 있었다. 그 농작물은 그들 모두에게 영향을 미쳤다.

마침내 오히니 니아코가 수확할 때가 되었다고 말했다. 마을 남자들과 여자들이 모두 가서 동부 주 농부들에게 배운 그의 지시에 따라 움직였다. 코코아 열매를 깨자 달콤한 흰 과육에 둘러싸인 자주색의 작은 콩들이 나왔고, 사람들은 그 콩들을 바나나 잎 위에 놓고 다시 바나나 잎으로 덮었다. 그러고 나서 오히니 니아코는 그들을 집으로 돌려보냈다.

「저걸로는 먹고살 수 없어.」 마을 사람들이 집으로 돌아가며 수군댔다. 일부 가족들은 코코아 꼬투리에 든 것을 보고 실망해서 벌써 짐을 싸기 시작했다. 하지만 남은 사람들은 닷새 뒤 다시 오히니 니아코의 농장으로 가서 발효된 콩들을 햇볕 아래 널어 말리는 작업을 했다. 햇볕에 말린 코코아 콩들은 마을 사람들이 기부한 켄테 자루들에 담겼다.

「이제 어떻게 하지?」 오히니 니아코가 그 자루들을 자신의 오두막에 두는 동안 그들은 주위를 둘러보며 서로에게 물었다.

「이제 우리는 쉬는 거예요.」 오히니 니아코가 밖에서 기다리는 사람들에게 선언했다. 「내일 시장에 가서 팔아 보죠.」

그날 밤 그는 아비나의 오두막에서 잤다. 결혼한 지 40년은 넘은 듯 뻔뻔스럽고 노골적인 그의 태도를 본 아비나는 곧 결혼할 거라는 희망을 품게 되었다. 하지만 그녀 옆에 누운 남자는 마을 전체의 구원을 약속했던 그 자신만만한 사내가 아니었다. 천으로 아랫도리를 가리기 전부터 그녀와 알고 지낸 남자가 그녀 품에서 떨고 있었다.

「일이 잘 안 풀리면 어쩌지? 그걸 못 팔면 어쩌지?」 그가 그녀의 가슴에 머리를 묻고 말했다.

「쉿! 그런 말 마. 팔릴 거야. 팔려야 하고.」 아비나가 말했다.

하지만 그가 계속 울면서 몸을 떨어서 그녀는 그가 〈그래도 걱정이야〉라고 말하는 것을 듣지 못했다. 설령 들었다 해도 무슨 뜻인지 이해하지 못했을 터였다.

이튿날 아침에 아비나가 일어나 보니 그는 가고 없었다. 마을 사람들이 그의 귀환에 대비하여 비쩍 마른 어린 염소 한 마리를 잡아서 질긴 고기가 연해지길 바라며 며칠 동안 정성을 다해 요리했다. 저희들이 빠르고 영리한 줄 아는 어린아이들이 어머니들이 보지 않을 때 아직 요리가 덜 된 염소 고기를 조금씩 떼어 가려고 했다. 하지만 아이들 장난에 대한 육감을 타고난 어머니들이 그들의 손을 찰싹 때린 뒤 손목을 잡고 뜨거운 불 위에 가까이 대어 아이들이 울면서 다시는 그런 짓을 하지 않겠다고 다짐하게 만들었다.

오히니 니아코는 그날 밤에도, 그다음 날 밤에도 돌아오지 않았다. 사흘째 되는 날 오후에 돌아온 그는 살지고 고집 센 염소 네 마리를 밧줄에 묶어 끌고 왔다. 염소들은 도살용 칼의 쇠 냄새를 맡기라도 한 듯 슬피 울었다. 그가 코코아 콩을 가득 채워 가져갔던 자루들에는 얌, 콜라 열매, 신선한 야자유 약간, 푸짐한 야자주가 들어 있었다.

마을 사람들은 여러 해 만에 처음으로 춤추고, 소리 지르고, 벗은 가슴을 흔들어 대는 축하 잔치를 열었다. 노인들과 여자들은 가볍게 엉덩이를 흔들다가 두 손을 위로 들어 땅에게서 받아 다시 땅에 돌려줄 준비가 되었다는 의미의 동작을 하면서 아도와[25] 춤을 췄다.

그동안 위가 너무 작아졌는지 사람들은 금세 배가 불렀고, 달콤한 야자주가 배 속 가득한 음식들의 틈을 채웠다.

불운아와 아코수아는 마침내 흉년이 지나간 것이 너무 기뻐서 서로를 꼭 껴안고 다른 사람들이 춤추는 것과 아이들이 음악에 맞추어 부른 배를 북처럼 두드리는 모습을 바라보았다.

잔치 중간에 아비나는 오히니 니아코를 건너다보았다. 마을을 몹시도 사랑하는 사람들을 바라보는 그의 얼굴에는 자부심이 가득했고 그녀로서는 알 수 없는 표정도 있었다.

「아주 잘했어.」 아비나가 그에게 다가가며 말했다. 그는 밤새 그녀와 거리를 두었다. 그녀는 그가 잔치 중에 두 사람에게 이목이 집중되거나 마을 사람들이 아비나의 추방에 이 일이 어떤 의미를 갖게 될 것인지 궁금해하는 것을 원치 않기 때문이

25 Adowa. 이야기가 있는 가나 아칸족의 전통 춤.

리라 생각했다. 하지만 아비나는 그 행동의 의미에 대한 생각 밖에 할 수가 없었다. 아직 아무에게도 말은 안 했지만 월경이 나흘 늦어지고 있었다. 전에도 월경이 나흘 늦어진 적이 있었고 앞으로도 나흘 늦어질 수 있겠지만 그녀는 이번에는 〈때가〉 된 것인지도 모른다고 생각했다.

그녀가 원하는 것은 오히니 니아코가 지붕 위에 올라가 그녀를 사랑한다고 외치는 것이었다. 온 마을 사람들이 배불리 먹고 잔치를 즐겼으니 너와 결혼하겠다고 말하는 것이었다. 내일이 아니라 오늘. 바로 오늘. 이 축하 잔치는 그들을 위한 것이 될 터였다.

그런데 그가 말했다. 「어이, 아비나. 잘 먹었어?」

「응, 고마워.」

그는 고개를 끄덕이고 야자주가 든 조롱박을 기울였다.

「잘했어, 오히니 니아코.」 그녀가 그의 어깨를 어루만지려고 손을 뻗었지만 그녀의 손에는 공기밖에 닿지 않았다. 그는 그녀와 눈을 마주치려 하지 않았다. 「왜 움직였어?」 그녀가 그에게서 한 걸음 물러서며 물었다.

「뭐?」

「내가 미치기라도 한 것처럼 〈뭐〉라고 하지 마. 내가 너 만지려고 했는데 네가 움직였잖아.」

「조용히 해, 아비나. 소란 피우지 마.」

그녀는 소란을 피우지 않았다. 대신 돌아서서 걷기 시작했다. 그녀는 춤추는 사람들을 지나고, 소리치는 부모님을 지나 자신의 오두막에 들어가 바닥에 누워 한 손으로는 가슴을, 다른 손으로는 배를 움켜쥐었다.

이튿날 원로들이 그녀에게 마을에서 살아도 된다고 말해 주러 왔을 때 그녀는 그런 모습으로 누워 있었다. 그녀가 간통을 시작한 지 일곱 해가 되기 전에 흉년이 끝났고 그녀는 임신이 되지 않았으니까. 원로들은 오히니 니아코의 수확이 큰 이득이 나서 마침내 그가 약속을 지킬 수 있게 되었다고 말했다.

「그는 나와 결혼하지 않을 거예요.」 아비나는 오두막 바닥의 자기 자리에 누워 한 손으로는 배를, 다른 한 손으로는 가슴을 움켜쥔 채 아픈 두 부분을 잡고 이리저리 구르며 말했다.

원로들은 머리를 긁적이며 서로를 바라보았다. 너무 오래 기다려서 미쳐 버리기라도 한 것일까?

「그게 무슨 뜻이냐?」 원로 한 사람이 물었다.

「그는 나와 결혼하지 않을 거예요.」 그녀는 그 말만 되풀이하고 돌아누워 그들에게 등만 보였다.

원로들이 오히니 니아코의 오두막으로 몰려갔다. 그는 벌써 다음 철에 대비하여 마을 농부들 모두에게 나누어 줄 종자들을 준비하여 나누고 있었다.

「아비나가 말했군요.」 그가 말했다. 그는 고개를 들어 원로들을 보지 않고 계속해서 종자들을 만지고 있었다. 한 무더기는 사퐁네, 한 무더기는 지야시네, 한 무더기는 아사레네, 한 무더기는 칸캄네.

「이건 뭔가, 오히니 니아코?」

그는 무더기들을 모두 만들어 놓았고, 오후에 각 가족의 대표가 와서 종자를 가져가 그들의 작은 땅에 뿌린 다음, 그 이상한 새 나무들이 잘 자라 마을이 곧 과거의 상태를 회복하거나 그보다 더 잘살게 되기를 기다릴 터였다.

「코코아나무를 얻기 위해 오수에 사는 남자에게 그의 딸과 결혼하겠다고 약속했어요. 코코아 거래로 남은 물건들은 전부 신붓값으로 써야 해요. 이번 철에는 아비나와 결혼 못 해요. 아비나는 더 기다려야 해요.」

한편 아비나는 오두막의 단단한 바닥에서 일어나 무릎과 등에 묻은 흙을 털어 냈다. 그녀는 자신이 기다리지 않을 것임을 알았다.

「아버지, 난 떠나요. 여기 남아 바보 꼴이 될 수는 없어요. 이미 겪을 만큼 겪었어요.」

아버지가 몸으로 오두막 문을 막았다. 아비나는 아버지가 너무 늙고 쇠약해서 툭 건드리기만 해도 아버지가 쓰러지고 길이 열릴 것임을, 길을 떠날 수 있을 것임을 알았다.

「아직은 못 떠난다. 아직은.」 아버지가 말했다.

그는 천천히 문밖으로 뒷걸음질 치며 그녀가 그대로 있는지 지켜보았다. 그녀가 움직이지 않자 그는 삽을 들고 농장 가장자리로 가서 땅을 파기 시작했다.

「뭐 하시는 거예요?」 아비나가 물었다. 불운아는 땀을 흘리고 있었다. 그의 움직임이 너무 느려서 아비나는 연민이 들었다. 그녀는 아버지의 삽을 빼앗아 땅을 파며 물었다. 「뭘 찾는 거예요?」

아버지가 무릎을 꿇고 앉아 두 손으로 흙을 파헤치더니 잠시 흙을 움켜쥐었다가 손가락 사이로 흘러내리게 했다. 그가 동작을 멈췄을 때 그의 손바닥 위에 남은 것은 검은 돌로 된 목걸이였다.

아비나는 아버지 옆에 앉아 그 목걸이를 들여다보았다. 금빛으로 희미하게 빛났고 감촉이 차가웠다.

아버지가 호흡을 가다듬으려고 요란하게 씨근덕거렸다. 「이건 내 할머니, 너에게는 증조할머니 되시는 에피아의 것이다. 할머니는 그 어머니에게 받았고.」

「에피아.」 아비나가 말했다. 조상의 이름을 들은 것은 처음이라 그녀는 혀로 그 이름을 음미했다. 그녀는 그 이름을 자꾸자꾸 말하고 싶었다. 에피아. 에피아.

「내 아버지는 노예 상인이었고 아주 부자였다. 내가 판틀랜드를 떠나기로 결심한 건 우리 가족이 해온 일에 뛰어들고 싶지 않아서였어. 스스로 일하고 싶었다. 마을 사람들이 나를 불운아라고 부른다는 걸 알지만 난 철마다 이 땅을 소유하고, 우리 가족의 수치스러운 일이 아닌 이 고결한 일을 하는 걸 행운으로 여긴다. 마을 사람들이 처음에 이 작은 땅을 나에게 줬을 때 나는 너무 기뻐서 감사의 표시로 이 돌을 여기 묻었다.

네가 떠나고 싶다면 막지는 않겠다만, 부디 이걸 가지고 가거라. 이 돌이 나한테 해준 걸 너에게도 해주었으면 좋겠구나.」

아비나는 목걸이를 목에 걸고 아버지를 껴안았다. 어머니가 문간에서 땅에 앉은 그들을 내다보고 있었다. 아비나는 일어나서 어머니도 안아 주었다.

이튿날 아침 아비나는 쿠마시를 향해 떠났고, 그곳의 선교 교회에 도착하자 목걸이의 돌을 만지며 조상님들께 감사를 드렸다.

2부

H

H를 때려눕히는 데 경찰관 셋이, 쇠사슬을 채우는 데 넷이 동원되었다.

「난 아무 짓도 안 했어!」 감방에 갇히자 H가 소리쳤지만, 경찰이 남기고 간 허공에 대고 말한 꼴이었다. 그는 이제까지 본 그 누구보다 빠르게 걷는 그들의 모습을 보고 경찰들이 자신에게 겁먹었다는 걸 알 수 있었다.

H는 마음만 먹으면 쇠창살을 구부리거나 끊어 버릴 수 있다고 확신하며 쇠창살을 잡고 흔들었다.

「그들 손에 죽기 전에 그만둬.」 감방 동료가 말했다.

어디선가 본 얼굴이었다. 어쩌면 카운티 농장들 중 하나에서 소작 일을 함께한 적이 있는지도 몰랐다.

「아무도 나는 못 죽여.」 H가 말했다. 쇠창살이 구부러지기 시작하는 소리가 들렸다. 그러다 감방 동료의 손이 어깨에 닿는 것을 느낀 H가 얼마나 빨리 돌아섰는지, 그가 멱살을 잡고 위로 들어 올릴 때까지 상대방은 몸을 움직이거나 생각할 틈이 없었다. H는 키가 180센티미터가 넘었고, 감방 동료는 너무 높이 들려 머리가 천장에 스칠 정도였다. H가 그를 더 높이 들어 올렸다면 머리가 천장을 뚫었을 터였다. 「다시는 나 건드리지 마.」 H가 말했다.

「백인들이 자네를 안 죽일 거라고 생각해?」 감방 동료가 작고 느리게 말했다.

「내가 뭘 했는데?」 H가 말하며 그를 바닥에 내려놓았고, 감방 동료는 털썩 무릎을 꿇고 앉아 한참이나 숨을 헐떡거렸다.

「자네가 백인 여자한테 눈독 들였다던데.」

「누가 그래?」

「경찰. 그들이 자네 잡으러 나가기 전에 하는 말 들었어.」

H는 감방 동료 옆에 앉았다. 「내가 누구한테 눈독 들였다 는데?」

「코라 홉스.」

「난 홉스 딸한테 눈독 안 들였어.」 H가 말했다. 분노가 다시 타올랐다. 백인 여자와 추문이 돈다면 상대가 과거 지주의 딸 보다는 예쁜 여자이기를 바랐다.

「이봐, 제 주제를 알아야지.」 감방 동료가 말했다. 그의 눈빛 에 독기가 번득여서 H는 자신보다 작고 늙은 그에게 갑작스럽고 불가해한 두려움을 느끼기 시작했다. 「자네가 눈독을 들였는지 안 들였는지는 중요하지 않아. 그들이 그렇다면 그런 거야. 그들은 그렇게 말하기만 하면 된다고. 자네는 덩치도 크고 근육덩어리니 안전할 것 같지? 아니, 백인들은 자네 꼴을 못 봐주지. 자유롭게 나돌아 다니는 걸 말이야. 자네 같은 흑인이 공작새처럼 당당하게 걸어다니는 걸 아무도 보고 싶어 하지 않아. 전혀 두려움이 없는 것 같은 모습 말이야.」 그는 감방 벽에 머리를 기대고 잠시 눈을 감았다. 「전쟁이 끝났을 때 자네 몇 살이었나?」

H는 햇수를 거꾸로 세어 나갔지만 원체 수에 약한 데다 남북전쟁이 너무 오래전 일이라 숫자가 커지면서 이해력을 넘어서고 말았다. 「확실히는 몰라요. 열세 살 정도였나.」 그가 말했다.

「흐음. 그래, 내 그럴 줄 알았지. 자네는 어렸어. 노예제가 자네 눈에는 그냥 점 하나에 불과하지, 응? 자네한테 아무도 말을 안 해준다면 내가 해주지. 전쟁은 끝났을지 몰라도 노예제는 안 끝났어.」

그는 다시 눈을 감고 벽에 기댄 머리를 이쪽으로 굴렸다 저쪽으로 굴렸다 했다. 그는 지쳐 보였고, H는 그가 감방에서 얼마나 오래 그렇게 앉아 있었는지 궁금했다.

「내 이름은 H예요.」 이윽고 그가 말했다. 화해의 선물이었다.

「H는 이름이 아니지.」 감방 동료가 눈도 안 뜨고 말했다.

「내 이름은 그것뿐이에요.」 H가 말했다.

그는 곧 잠이 들었다. H는 그가 코 고는 소리를 들으며 그의 가슴이 오르락내리락하는 것을 지켜보았다. 전쟁이 끝나던 날, H는 옛 주인의 농장을 떠나 조지아에서 앨라배마까지 걷기 시작했다. 그는 새로 찾은 자유에 어울리는 새로운 광경과 소리를 원했다. 자유의 몸이 되어 너무도 행복했다. 그가 아는 모든 사람이 자유의 몸이 된 것을 행복해했다. 하지만 그 행복은 오래가지 않았다.

H는 그다음 나흘간을 카운티 감옥에서 보냈다. 이틀째 되던 날, 교도관들이 감방 동료를 데리고 나갔다. 그가 어디로 갔는지 H는 몰랐다. 이윽고 H를 데리러 온 교도관들이 그의 죄목

은 말해 주지 않고 날이 밝을 때까지 벌금 10달러를 물어야 한다고만 했다.

「모은 돈이 5달러밖에 안 돼요.」H가 말했다. 그 돈을 모으기 위해 거의 10년 가까이 소작 일을 해야만 했다.

「가족이 도와줄 수도 있겠지.」부보안관이 그렇게 말하고 다음 사람에게 걸어갔다.

「가족 없어요.」H가 부보안관이 있던 허공에 대고 말했다. 그는 조지아에서 앨라배마까지 혼자 걸어왔다. 그는 혼자 있는 것에 익숙했지만, 앨라배마는 그의 고독함을 물리적 존재 같은 것으로 바꾸어 놓았다. 밤에 잠자리에 들 때면 그것을 안을 수도 있었다. 그것은 그의 곡괭이 손잡이에, 허공에 떠다니는 목화솜에 존재했다.

H는 열여덟 살 때 그의 여자 에테를 만났다. 그때쯤 그는 얼마나 덩치가 커졌는지 아무도 그와 맞서지 않았다. 그가 방으로 걸어 들어가면 남자들과 여자들이 모두 그에게 길을 내주는 것으로도 알 수 있었다. 하지만 에테는 늘 물러섬이 없었다. 그녀는 그가 만났던 여자들 중에서 가장 단단했고, 그녀와의 관계는 그가 맺었던 관계들 중에 가장 오래갔다. 그는 그녀에게 도움을 청할 수도 있었지만 그가 그녀를 다른 여자의 이름으로 부른 날 이후 그녀는 그와 말도 섞지 않았다. 그녀 몰래 바람피운 것은 잘못이었고, 거짓말한 것은 더 큰 잘못이었다. 이런 수치스러운 상태로 그녀에게 연락할 수는 없었다. 그는 감옥으로 아들이나 남편 면회를 오는 흑인 여자들이 경찰에게 뒷방으로 불려 가 벌금을 내는 다른 방법이 있다는 소리를 듣는 것을 알았다. 아니, 에테는 나 없이 더 잘 살 거라고 H는 생각했다.

이튿날 아침 해가 떴고, H는 1880년 7월의 무더운 날에 다른 죄수 열 명과 함께 쇠사슬에 묶인 채 앨라배마주에 의해 버밍엄 외곽의 탄광으로 팔아넘겨졌다.

「다음.」 탄광 감독이 외치자 부보안관이 H를 그의 앞으로 밀었다. H는 자신과 함께 쇠사슬에 묶여 기차를 타고 온 열 명의 남자들이 검사받는 모습을 모두 지켜보았다. 그들 중 일부는 남자라고 부를 수도 없었다. H는 열두 살밖에 안 되어 보이는 소년이 기차 한구석에서 떠는 것을 보았다. 소년은 부보안관 일행에게 떠밀려 탄광 감독 앞에 섰을 때 바지에 오줌을 싸며 연신 눈물을 흘렸다. 소년의 발치에 고인 물웅덩이로 아이의 몸 전체가 녹아내릴 것만 같았다. 소년은 너무 어려서 탄광 감독이 그의 책상 위에 올려놓은 그런 채찍을 본 적이 없었을 것이고 부모님의 입을 통해 채찍에 관한 악몽 같은 이야기들만 들었을 터였다.

「큰 놈이오. 안 그렇소?」 부보안관이 H의 어깨가 얼마나 단단한지 탄광 감독에게 보여 주려고 손으로 꽉 쥐면서 말했다. H가 그 방에서 가장 키가 크고 힘도 제일 셌다. 그는 기차를 타고 오는 내내 쇠사슬을 끊고 도망칠 궁리만 했다.

탄광 감독이 휘파람 소리를 냈다. 그는 의자에서 일어나 H의 주위를 한 바퀴 돌았다. 그가 H의 팔을 움켜쥐었고, H는 그에게 덤벼들었으나 족쇄가 발목을 잡았다. 그는 기차에서 쇠사슬을 끊지 못했지만, 손만 닿으면 순식간에 탄광 감독의 목을 부러뜨릴 수 있었다.

「어어!」 탄광 감독이 말했다. 「이놈은 예의를 좀 가르쳐야겠군. 얼마 주면 되겠소?」

「월 20달러.」부보안관이 말했다.

「우린 18달러 이상은 안 준다는 거 알잖소. 일류한테도.」

「크다고 당신 입으로 말했잖소. 내가 장담하는데, 이놈은 다른 놈들처럼 탄광에서 죽지 않고 오래갈 거요.」

「당신들 이러면 안 돼!」H가 외쳤다.「난 자유의 몸이야! 자유인이라고!」

「아니.」탄광 감독이 말했다. 그는 H를 주시하면서 코트 속에서 칼을 꺼냈다. 그리고 책상 위에 둔 철광석에 칼을 갈기 시작했다.「자유로운 검둥이 같은 건 없어.」그는 천천히 H에게 걸어가 날을 세운 칼을 H의 목에 대어, 살 속으로 파고들고 싶어 하는 능선 모양 칼날의 차가운 감촉을 느끼게 했다.

탄광 감독이 부보안관에게 고개를 돌렸다.「이놈은 19달러 주겠소.」그가 말했다. 그러고는 칼끝으로 천천히 H의 목을 그었다. 탄광 감독의 말을 강조하는 밑줄처럼 깔끔하고 반듯한 피의 선이 가늘게 생겨났다.「큰 놈이라도 피 흘리는 건 다른 놈들하고 똑같지.」

H는 농장들에서 일하던 오랜 세월, 땅속에 흙과 물, 벌레들과 뿌리들 말고 다른 것이 더 있으리라는 생각을 전혀 못했었다. 그런데 이제 보니 지하에 도시 하나가 들어 있었다. 그 도시는 H가 지금껏 살거나 일한 그 어느 카운티보다 크고 불규칙하게 뻗어 나가 있었으며, 거의 대부분 흑인 남자들과 소년들로 차 있었다. 이 도시는 길거리 대신 갱도를, 집 대신 방을 가지고 있었다. 그리고 방마다 어디에나 석탄이 있었다.

첫 1천 파운드를 캐기가 제일 힘들었다. H는 무릎을 꿇은 채 몇 시간을, 종일을 보냈다. 그렇게 한 달이 지나자 삽이 팔의 일부처럼 느껴졌고, 어깻죽지 부근이 잔물결처럼 울퉁불퉁해지면서 새로운 무게에 적응하는 듯했다.

H는 팔의 일부가 된 삽을 들고 다른 일꾼들과 함께 갱도를 따라 200미터쯤 내려가서 탄광으로 들어갔다. 일단 지하 도시로 들어가면 그날 작업할 채탄 막장을 향해 약 5킬로미터, 8킬로미터, 11킬로미터를 이동했다. H는 덩치가 크면서도 민첩했다. 그는 옆으로 누워 구석구석 잘도 파고들었다. 발파된 바위의 터널들을 네발로 기어서 통과하여 석탄을 캐기에 적당한 공간을 찾아냈다.

일단 적당한 공간에 도착하면 6.3톤가량의 석탄을 캐냈는데, 그동안 내내 허리를 낮게 숙이거나 무릎을 꿇거나 배를 깔고 엎드리거나 옆으로 누워 있었다. 작업이 끝나고 탄광을 떠날 때면 그와 다른 죄수들은 늘 검은 먼지를 뒤집어쓴 채였고 팔은 타는 듯 얼얼했다. 가끔 H는 그 타는 듯한 통증으로 석탄에 불이 붙으면 모두들 거기서 죽겠다고 생각했다. 통증으로 죽는 것이다. 하지만 그는 탄광에서 사람을 죽일 수 있는 것이 통증만이 아님을 알았다. 교도관이 5톤이라는 할당량을 채우지 못한 광부에게 채찍질을 한 것이 한두 번이 아니었다. 하루의 작업이 끝난 뒤 탄광 감독이 석탄 무게를 재는데 한 삼류 광부가 캔 석탄이 4.9톤밖에 되지 않은 적이 있다. 0.1톤이 부족하다는 것을 안 탄광 감독은 그에게 탄광 벽을 짚고 서라고 한 다음 죽을 때까지 채찍질을 했고, 백인 교도관들은 그날 밤에도, 그다음 날에도 시체를 치우지 않았다. 다른 죄수들에게 경고가 되도록 시체에 검은 탄가루가 담요처럼 덮이게 그대로 두었다. 어떤 때는 탄광이 무너져서 죄수들이 산 채로 묻히기도 했다. 탄진 폭발로 수백 명씩 목숨을 잃는 사고가 너무 많았다. 전날 밤 H 옆에 묶여 함께 일했던 사람이 이튿날 오직 신만이 아는 이유로 죽어 나가기도 했다.

H는 버밍엄으로 가는 것에 대한 환상을 품어 왔었다. 그는 전쟁이 끝난 뒤로 소작 일을 해왔는데, 버밍엄에 가면 흑인이 스스로의 삶을 개척할 수 있다는 말을 들었던 것이다. 그는 그곳으로 가서 마침내 삶을 시작해 보고 싶었다. 하지만 이게 무슨 삶이란 말인가? 적어도 노예였을 때는 주인이 본전을 뽑기 위해 그를 살려 두려고 했었다. 하지만 이제는 H가 죽으면 다음 죄수를 임대해서 쓰면 되었다. 노새가 그보다 더 가치가 높았다.

H는 자유의 몸이었을 때가 거의 기억나지 않았고, 지금 자신이 그리워하는 것이 자유 그 자체인지 아니면 기억의 능력인지 알 수가 없었다. 그는 50여 명이 족쇄로 한데 묶여 다 같이 움직이지 않으면 이동할 수도 없는 상태로 긴 나무 침대에서 자는 잠자리로 돌아와서, 가끔 기억을 기억하려고 애썼다. 그는 아직 마음속에 떠올릴 수 있는 모든 것을 억지로 붙들고 늘어졌는데, 대부분 에테에 대한 것들이었다. 그녀의 두툼한 몸, 그녀를 다른 여자 이름으로 불렀을 때의 눈빛, 자신이 그녀를 잃을까 봐 얼마나 겁이 났었는지, 얼마나 미안했는지. 가끔 자다가 발목에 닿는 쇠사슬의 감촉이 그곳을 어루만지던 에테의 손길을 기억나게 하기도 했는데, 쇠는 사람의 살과 전혀 다른 것이라 그때마다 놀라고는 했다.

탄광에서 일하는 죄수들은 거의 그와 비슷했다. 흑인에, 과거에 노예였다가 자유의 몸이 되었다가 이제 다시 노예 신세가 된 사람들. H와 같은 쇠사슬에 묶인 티모시는 전쟁이 끝난 뒤 자신이 지은 집 밖에서 체포되었다. 개 한 마리가 근처 들판에서 밤새 짖어 대 티모시는 그 개를 조용히 시키려고 밖으로 나갔다. 이튿날 아침, 경찰이 소란 죄로 그를 체포했다. 5센트를 훔쳐서 체포된 솔로몬이라는 죄수도 있었다. 그는 20년 형을 선고받았다.

어쩌다 한 번씩 백인 삼류가 들어오기도 했다. 새 백인 죄수가 흑인과 같은 쇠사슬에 묶이면 처음 몇 분 동안은 불평만 해 댔다. 자신은 검둥이들보다 낫다고 말했다. 백인 형제들인 교도관들에게 자신을 불쌍히 여겨 그 모든 수치에서 벗어나게 해 달라고 애걸했다. 욕하고 울면서 움직였다. 그러다 탄광으로 내려가면 목숨을 부지하기 위해서는 흑인을 신뢰해야 한다는 것을 곧바로 깨달았다.

H는 토머스라는 백인 삼류 일꾼과 짝이 된 적이 있었는데, 토머스는 두 팔이 너무 심하게 떨려서 삽을 들 수가 없었다. 토머스는 그곳에 온 지 일주일도 안 되었지만 할당량을 채우지 못하면 짝과 함께 채찍질을 당해 죽을 수도 있다는 것을 이미 알았다. H는 토머스가 떨리는 팔로 석탄 몇 킬로그램을 캔 뒤 팔에 힘이 풀려 버리자 바닥에 주저앉아 울면서 증인이라고는 검둥이들밖에 없는 이 땅속에서 죽고 싶지는 않다고 더듬거리며 한탄하는 것을 지켜보았다.

H는 말없이 토머스의 삽을 집어 들었다. 그는 한 손에는 자신의 삽을, 다른 손에는 토머스의 삽을 들고 두 사람 분의 할당

량을 채웠고, 탄광 감독이 그걸 처음부터 끝까지 지켜보았다.

「양손으로 삽질하는 사람은 처음이야.」작업이 끝난 뒤 탄광 감독이 존경 어린 목소리로 말했다. H는 그냥 고개만 끄덕였다. 탄광 감독은 아직도 앉아서 징징대는 토머스를 발로 차며 말했다. 「저 검둥이가 네 목숨을 살렸어.」 토머스가 H를 올려다보았지만, H는 아무 말도 하지 않았다.

그날 밤, 60센티미터 위에 또 침대가 있는 이층 침대 1층에서 양쪽으로 두 사람과 함께 쇠사슬에 묶여 누워 있던 H는 팔을 움직일 수 없다는 것을 깨달았다.

「무슨 일이야?」 H가 부자연스럽게 가만히 있는 것을 본 조시가 물었다.

「팔에 감각이 없어.」 H가 겁을 먹고 속삭였다.

조시는 고개를 끄덕였다.

「조시, 난 죽기 싫어. 죽기 싫어. 죽기 싫어. 죽기 싫어.」 H는 그 말이 자꾸 나오는 것을 멈출 수가 없었고, 자신이 울기까지 한다는 걸 곧 깨달았지만 그것도 억제할 수가 없었다. 눈 밑의 석탄가루가 아래로 흘러내리기기 시작했고, H는 조용히 계속해서 말했다. 「죽기 싫어. 죽기 싫어.」

「조용.」 움직일 때마다 쇠사슬이 쩔렁거렸지만 조시는 최선을 다해 H를 껴안으며 말했다. 「오늘 밤에는 아무도 안 죽어. 오늘 밤에는.」 두 사람은 혹시 다른 사람들이 그 소리에 잠이 깼는지 확인하려고 주위를 둘러보았다. H가 백인 삼류 일꾼을 구한 이야기는 모두가 들었지만, 그렇다고 해서 탄광 감독이 동정심을 보이지는 않을 것임을 다들 알고 있었다. 내일 H는 자신의 할당량을 채워야만 할 터였다.

이튿날 H는 아침 작업조에 배치되었고 또다시 토머스와 짝이 되었다. 아직 밝은 달이 검은 피부를 가진 밤의 흰 치아가 보이는 비뚜름한 미소와도 같은 모습으로 밤하늘을 가늘게 저미듯 아치를 그리며 올라가고 있을 때, 아침 작업조는 잠자리에서 일어났다. 그들은 커피 한 잔과 고기 한 조각을 먹기 위해 식당으로 갔다. 그러고는 점심 도시락을 챙겨 땅의 표면에서 60미터 정도를 내려가 탄광의 배 속에 닿았다. H와 토머스는 그곳에서 안쪽으로, 더 아래로 3킬로미터를 간 다음 그날 작업할 방에서 멈췄다. 대개는 한 방에 두 명씩만 배치되었지만, 이 방은 작업하기가 몹시 까다로워서 탄광 감독이 H와 토머스에게 조시와 그의 짝인 삼류 일꾼까지 붙여 주었다. 조시의 짝은 황소라고 불리는 죄수였는데, 그런 이름을 가지게 된 것은 땅딸막하고 다부지고 당당한 체구 때문이 아니라 어느 날 밤 KKK 단원들이 그가 쓸모없는 인간임을 모두가 알도록 얼굴을 불로 지졌기 — 그들 말로는 낙인이라고 했다 — 때문이었다.

H는 그날 아침 아픈 팔을 아래로 늘어뜨린 채 커피와 고기를 거부하고, 점심 도시락도 들 수가 없어서 못 챙기고, 승강기에 간신히 올라탔다. 그는 사람들의 이목을 끌지 않고 아침 시간을 넘기며 작업에 대비해 힘을 아꼈다.

그날은 조시가 길을 뚫었다. 그는 키가 160센티미터밖에 안 되는 작은 남자였지만 H가 함께 일해 본 그 누구보다 암석의 특성들을 잘 알았다. 조시는 모두에게 존경받는 일류였고, 8년의 복역 기간 중 일곱 번째 해에도 첫해만큼 열성적으로 일했다. 그는 이제 석방되면 일부 흑인들처럼 탄광에서 돈을 받고 일할 거라고 자주 말했다. 자유인 광부는 채찍질을 당하지 않았다.

그날 암석 사이의 공간은 30센티미터 정도 높이밖에 되지 않았다. H는 광부들이 그런 좁은 공간으로 비집고 들어갔다가 몸이 떨리고 호흡이 가빠져서 빠져나올 수밖에 없게 된 경우들을 알고 있었다. 한번은 그런 공간 한가운데로 들어갔다가 겁에 질려 앞으로도, 뒤로도 움직이지 못하고 숨도 못 쉬게 된 광부를 본 적이 있었다. 사람들이 조시를 불러와 빼내 주려고 했지만 조시가 그곳에 도착했을 때 그는 이미 죽어 있었다.

조시는 좁은 공간에서 눈도 깜짝하지 않았다. 그는 작은 몸으로 기어들어 가 등을 바닥에 대고 누워 암석의 탄층 하부를 깎아 냈다. 그 작업이 끝나자 암석에 구멍을 내고 귀를 가져다 댔다. 그가 즐겨 말하기를, 그런 식으로 귀를 대고 들어 보면 암석이 그의 몸으로 무너져 내려 즉사시키지 않을 지점을 찾을 수 있다는 것이었다. 구멍의 위치가 안전하다는 판단이 서자, 조시는 그곳에 다이너마이트를 넣고 불을 붙였다. 탄층이 폭파되고, 토머스와 황소는 석탄을 광차에 실을 수 있도록 다루기 쉬운 크기로 쪼개기 위해 곡괭이를 집어 들었다.

H는 삽을 들려고 했지만 팔이 꿈쩍도 하지 않았다. 그는 어깨와 팔뚝, 손목, 손가락에 정신을 집중하고 다시 시도했다. 마찬가지였다.

황소와 토머스는 처음에는 쳐다보고만 있었다. 그러나 H가 미처 알아채기도 전에 조시가 그의 무더기에 석탄을 쌓기 시작했고 황소도 동참했다. 그리고 마침내, 몇 시간은 되는 듯한 긴 시간이 지난 뒤 토머스도 자기 몫을 하고 있었고 그곳의 모든 사람이 자신과 H의 무더기에 석탄을 쌓았다.

「요전에 도와준 거 고마웠네.」 작업이 끝나자 토머스가 말했다.

H의 축 늘어진 팔은 여전히 아팠다. 그의 팔은 마치 중력에 의해 몸에 매달린 움직일 수 없는 돌덩이 같았다. H는 토머스에게 고개를 끄덕였다. 그는 백인들이 흑인들을 죽인 방식으로 백인들을 죽이는 것을 꿈꿔 왔었다. 밧줄과 채찍, 나무와 갱도를 꿈꿔 왔었다.

「어이, 어떻게 H라고 불리게 됐어?」

「몰라.」 H가 말했다. 그는 탄광을 탈출할 생각만 해왔다. 가끔 지하 도시를 살펴보며 어딘가 탈출구가 없는지, 다른 쪽으로 나갈 방법은 없는지 궁리했다.

「아니, 누가 이름을 붙여 줬을 거 아냐.」

「우리 어머니가 나를 H라고 불렀다고 옛날 주인이 말해 줬어. 내가 태어나기 전에 사람들이 아기에게 제대로 된 이름을 지어 주라고 했지만, 어머니는 거부했어. 어머니는 자살했어. 주인 말이, 어머니가 죽기 전에 그들이 배를 갈라서 나를 꺼냈대.」

토머스는 더 이상 묻지 않고 고개를 끄덕여 다시금 고마움을 표시했다. 한 달 뒤에 토머스가 결핵으로 죽었다. H는 그의 이름은 기억나지 않고 자신이 그의 삽을 대신 들었을 때 그가 지었던 표정만 생각났다.

탄광에서는 그런 식이었다. H는 황소가 지금 어디 있는지도 몰랐다. 너무도 많은 사람들이 새 회사들에 계약되거나 인수되어 이동했다. 친구를 사귀기는 쉬워도 관계를 유지하는 것은 불가능했다. H가 마지막으로 들었을 때 조시는 형량을 다 채웠다고 했다. 이제 모든 죄수가 마침내 자유인 광부가 된 옛 친구 이야기를 했다. 그들 모두 들어 본 적은 있으나 실제로 될 수 있으리라고는 꿈도 꿔본 적이 없는 자유인 광부.

*

H는 1889년에 죄수로서 마지막 5백 킬로그램의 석탄을 캤다. 그는 투옥 기간의 거의 대부분을 록 슬로프에서 일했고, 근면함과 기술 덕에 복역 기간을 1년 줄일 수 있었다. 탄광 승강기가 그를 빛 속으로 올려주고 교도관이 그의 족쇄를 풀어 주었을 때, H는 잔인한 운명의 장난이 자신을 도로 지하 도시로 데려갈 경우에 대비하여 태양을 올려다보며 햇빛을 몸에 비축했다. 그는 태양이 여남은 개의 노란 점들로 보일 때까지 눈을 떼지 않았다.

그는 고향으로 돌아갈 생각을 했지만 고향이 어딘지 모른다는 것을 깨달았다. 그가 일했던 농장들에는 그에게 남겨진 것이 없었고, 소식을 전할 가족도 없었다. 두 번째로 자유의 몸이 된 첫날 밤, 그는 될 수 있는 한 멀리까지 걸어갔다. 탄광이 눈에 보이지 않고 석탄 냄새가 콧구멍에 달라붙지 않을 때까지 걸어갔다. 그는 처음 눈에 띈 흑인 술집에 들어가 얼마 되지 않는 돈으로 술을 시켰다.

H는 이날 아침에 샤워를 하면서 발목의 족쇄 자국과 손톱 밑의 검은 때를 열심히 없앴다. 그리고 그가 탄광에서 일한 것을 아무도 몰라볼 거라는 확신이 들 때까지 거울 속 자신을 들여다보았다.

H는 술을 홀짝거리다가 한 여자를 발견했다. 그는 그녀의 피부가 목화 줄기 색깔이라는 생각밖에 들지 않았다. 10년 가까이 석탄의 진정함 검음만 보고 살아서 목화 줄기의 검음이 그리웠다.

「아가씨, 실례합니다. 여기가 어딘지 말해줄 수 있어요?」 그가 물었다. 그는 에테를 다른 여자 이름으로 부른 날 이후로 여자와 말을 해본 적이 없었다.

「들어오기 전에 간판 안 봤어요?」 그녀가 미소 지으며 물었다.

「그런 것 같네요.」 그가 말했다.

「당신은 피트스 바에 있어요, 미스터……」

「내 이름은 H예요.」

「내 이름은 미스터 H예요.」

그들은 한 시간 동안 대화를 나눴다. 그는 그녀의 이름이 다이나이고 모빌에 살며, 지금은 버밍엄의 사촌 집에 놀러 온 것이고 사촌은 아주 독실한 기독교인이라 친척이 술 마시는 것을 보고 싶어 하지 않는다는 사실을 알게 되었다. H가 그녀에게 청혼할 생각을 하기 시작했을 때 다른 남자가 그들 사이에 끼어들었다.

「굉장히 힘이 세 보이네요.」 남자가 말했다.

H는 고개를 끄덕였다. 「그렇다고 생각하오.」

「어떻게 그렇게 세졌어요?」 남자가 물었고 H는 어깨를 으쓱했다. 「소매 좀 걷어 봐요. 근육 좀 보여줘요.」 남자가 말했다.

H는 웃음을 터뜨렸으나, 다이나를 보니 그녀도 근육을 보고 싶은 마음이 없지 않은듯 눈을 반짝이고 있었다. 그는 소매를

걸었다.

처음에는 둘 다 감탄하며 고개를 끄덕였지만 남자가 더 가까이 다가왔다. 「그게 뭐예요?」 그가 말하면서 H의 소매와 등이 만나는 부분을 잡아당겼고 그 바람에 싸구려 옷이 찢어지고 말았다.

「어머, 세상에!」 다이나가 손으로 입을 가리며 말했다.

H는 자신의 등을 보려고 목을 뒤로 길게 빼다가 그럴 필요가 없음을 깨달았다. 노예제가 끝난 지 25년 가까이 된 지금 자유인이라면 등에 새로 생긴 채찍 자국이 있을 이유가 없었다.

「내 이럴 줄 알았지!」 남자가 말했다. 「탄광에서 온 죄수라는 걸 내가 알아봤다니까. 뻔하지! 다이나, 이 검둥이와 더 이상 시간 낭비하지 마요.」

그녀는 그 말대로 했다. 그녀는 남자와 함께 바 저쪽으로 걸어갔다. H는 소매를 도로 내리며 표식을 지닌 자신은 자유 세계로 돌아갈 수 없음을 깨달았다.

그는 백인, 흑인 할 것 없이 전과자들로 이루어진 프랫 시티로 갔다. 죄수 광부들이 이제 자유인 광부들이 되어 있었다. 그곳에서의 첫날 밤, 그는 몇 분 수소문한 끝에 조시를 찾았다. 조시는 아내와 자식들과 프랫 시티로 함께 이주해 살고 있었다.

「누구 없어요?」 조시의 아내가 H에게 소금에 절인 돼지고기를 구워 주며 물었다. H는 10년 동안, 어쩌면 그보다 오랫동안 제대로 된 식사를 하지 못한 것을 벌충하려고 열심히 먹었다.

「에테라는 여자가 있었어요. 오래전에. 하지만 그녀는 지금 내 소식을 듣고 싶지 않을 거예요.」

조시의 아내가 딱하다는 듯 쳐다보았고, H는 조시에게 백인이 찾아와 죄수 딱지를 붙였을 때 이미 그와 결혼한 몸이었던 그녀가 에테의 사연을 다 안다고 생각하리라 짐작했다.

「릴 조!」 한 아이가 나타날 때까지 조시의 아내가 그 이름을 계속해서 불렀다. 「우리 아들 릴 조예요. 글씨를 쓸 줄 알아요.」 그녀가 H에게 말했다.

H는 아이를 건너다보았다. 열한 살 이상으로는 안 보였다. 무릎뼈가 툭 튀어나오고 눈이 맑았다. 아버지를 꼭 빼닮았으면서도 다르기도 했다. 어쩌면 그 아이는 몸 쓰는 일을 하지 않아도 되는 어른으로 클 수도 있었다. 몸 대신 머리를 쓰는, 완전히 새로운 종류의 흑인이 될 수도 있었다.

「이 애가 그 여자한테 편지를 써줄 거예요.」 조시의 아내가 말했다.

「아닙니다.」 H가 에테와 마지막으로 만났을 때 그녀가 어떻게 방에서 뛰쳐나갔는지 생각하며 말했다. 그녀는 유령에게 쫓기듯 도망쳤었다. 「그럴 필요 없어요.」

조시의 아내가 혀를 두 번, 세 번 찼다. 「그런 말 안 들을래요. 당신이 석방된 걸 누군가는 알아야죠. 이 세상의 누군가는 적어도 그건 알아야 할 필요가 있어요.」 그녀가 말했다.

「죄송한 말씀이지만요, 부인, 나한테는 내가 있고 그거면 돼요.」

조시의 아내가 그를 한참이나 뚫어지게 보았고, H는 그녀의 눈빛에서 연민과 분노를 읽었지만 신경 쓰지 않았다. 그는 물러서지 않았고, 결국 그녀가 물러서야 했다.

이튿날 아침, H는 자유인 노동자로 일하기 위해 조시와 함께 탄광으로 갔다.

탄광 감독은 미스터 존이라고 불리는 남자였다. 그가 H에게 셔츠를 벗어 보라고 했다. 그는 H의 등과 팔 근육을 확인한 뒤 휘파람 소리를 냈다.

「록 슬로프에서 10년을 일하고도 살아남아 두고 볼 가치가 있다고 말할 만한 사람이 있다니. 악마와 거래를 한 거지, 안 그래?」 미스터 존이 날카로운 푸른 눈으로 H를 보며 물었다.

「그냥 근면한 사람입니다, 나리. 근면하고 똑똑하기도 하죠.」 조시가 말했다.

「조시, 자네가 보증하겠나?」 미스터 존이 물었다.

「저 빼고 그 누구보다 낫죠.」 조시가 말했다.

H는 곡괭이를 들고 자리를 떴다.

프랫 시티에서의 삶은 녹록치 않았지만 H가 살아 본 다른 어느 곳보다 나았다. 그런 곳은 처음이었다. 백인들과 그 가족들이 흑인들과 그 가족들 이웃에 살았다. 두 개의 피부색이 같은 노조에 가입하고 같은 목적을 위해 싸웠다. 탄광이 그들에게 살아남고 싶으면 서로에게 의지해야 한다는 것을 가르쳤다. 그들은 동료 광부와 동료 전과자밖에 몰랐기에, 버밍엄에 살면서 차라리 잊는 편이 나은 과거를 활용해 보려고 애쓰는 게 어떤 것인지 알았기에 애초에 그런 정신으로 광산촌 생활을 시작했다.

H가 하는 일은 예전과 똑같았지만 이제는 보수를 받았다. 그는 석탄 회사들이 주 교도소에 월 19달러씩을 주고 계약해서 쓴 일류 일꾼이었기에 임금을 제대로 쳐서 받았다. 이제 돈이 자신의 주머니로 들어왔다. 가끔은 월 40달러씩이나 되기도 했

다. 그는 홉스 농장에서 2년간 소작 일을 하면서 모은 돈이 얼마나 적었는지 기억했고, 어둡고 일그러진 방식으로나마 탄광이 그의 인생에서 일어난 가장 좋은 일들 중 하나라는 것도 알았다. 탄광은 그에게 가치 있는 새 기술을 가르쳐 주었고, 이제 그의 손은 목화를 따거나 땅을 갈 필요가 없었다.

조시와 그의 아내 제인이 고맙게도 그들 집으로 들어와 같이 살자고 했으나, H는 다른 사람들과 그 가족들에게 의존하며 함께 사는 데 신물이 났다. 그래서 탄광에서 돌아오면 조시의 집 옆에 있는 땅으로 곧장 가서 자신의 집을 지으며 프랫 시티에서의 첫 달 대부분을 보냈다.

어느 날 밤, 조시가 그곳에서 목재에 망치질을 하는 H를 만나러 나왔다.

「자네 왜 아직 노조에 가입 안 했나? 우린 자네같이 한 성질 하는 사람이 필요한데.」 조시가 물었다.

H는 전에 탄광에서 함께 일했던 다른 친구에게 좋은 목재를 얻어 왔고, 집 짓는 데 쓸 수 있는 시간은 저녁 8시에서 새벽 3시까지뿐이었다. 그 외의 깨어 있는 시간은 모두 탄광에서 보냈다.

「난 그거 별로 안 좋아해.」 H가 말했다. 탄광 감독이 칼로 목을 그어서 생긴 상처는 흉터가 남지 않았지만, 그래도 그는 이따금 그곳을 손으로 쓸어 보며 백인이 아무 일도 아닌 것으로 자신을 죽일 수 있음을 상기했다.

「오, 그걸 안 좋아한다, 응? 이보게, H. 우리가 싸워서 얻어 내려고 하는 것들은 자네도 이용할 수 있는 것들이야. 자네가 짓고 있는 이 집에서 자네 곁에 있어 줄 사람이 있으면 좋지 않겠나. 노조는 자네에게 도움을 줄 수 있어.」

H는 처음 참석한 회의에서 맨 뒷줄에 팔짱을 낀 자세로 앉아 있었다. 앞에서 의사가 탄진 폐증에 대해 이야기하고 있었다.
「여러분의 몸 외부를 덮고 있는 광물성 먼지가 몸속으로도 들어갑니다. 그래서 여러분을 병들게 하죠. 작업 시간 단축과 환기 개선, 여러분이 쟁취해야 할 것들입니다.」
H는 노조에 들어가는 데 한 달 정도 걸렸다. 단지 조시의 설득에 넘어가서 결심을 하게 된 것은 아니었다. 사실 그는 탄광에서 죽는 것이 두려웠고, 자유는 그의 두려움을 없애 주지 못했다. H는 탄광으로 내려갈 때마다 자신의 죽음을 머리에 그리곤 했다. 사람들이 그가 여태껏 본 적도, 들은 적도 없는 병들에 걸렸지만 이제 그는 자유의 몸이니 위험을 값어치 있는 것으로 만들 수 있었다.
「우리가 쟁취해야 할 건 더 많은 돈이에요.」H가 말했다.
사람들이 누가 그 말을 했는지 보려고 뒤로 목을 길게 뺐고, 회의장에 수군거림이 퍼져나갔다. 「쌍삽 H가 왔어.」「저 사람이 쌍삽이야?」 그는 오랫동안 회의에 참석하지 않았던 것이다.
「의사 선생, 탄가루를 안 마실 방법은 없어요.」H가 말했다. 「젠장, 여기 있는 사람들 거의 다 반쯤 죽어 가고 있어요. 죽기 전에 보상받는 게 나아요.」
H 뒤쪽에서 회의장 문이 덜컹거리기 시작하더니 한쪽 다리를 잃은 소년이 절룩거리며 들어왔다. 소년은 열네 살 이상으로는 보이지 않았지만 H는 벌써 그의 삶 전체가 머리에 그려졌다. 아마도 소년은 쇄탄 일부터 시작했을 것이고, 수톤의 석

탄 앞에 웅크리고 앉아 점판암 같은 잡석을 골라 내는 작업을 했으리라. 그러던 어느 날, 소년이 바깥에서 달리는 걸 보고 빠르다는 걸 알게 된 탄광 감독이 소년을 버팀목 담당으로 승진시켰으리라. 소년은 광차를 따라 달리다가 광차의 속도를 늦추기 위해 바퀴에 버팀목 괴는 일을 했는데, 광차 한 대가 속도를 늦추지 않았으리라. 그 광차가 궤도를 이탈하여 소년의 다리와 미래를 덮쳤으리라. 의사가 다리를 절단한 뒤 소년에게 일어난 가장 슬픈 일은 아버지처럼 일류 광부가 되지 못한다는 사실이리라.

의사가 H를 보았다가 절름발이 소년을 보았다가 다시 H를 보았다. 「돈도 좋지요. 내 말 오해하지 마세요. 하지만 탄광 일은 지금보다 훨씬 안전해질 수 있습니다. 목숨도 쟁취할 가치가 있는 것이지요.」 그는 목청을 가다듬고는 탄진 폐증 증상들에 대한 이야기를 이어 갔다.

그날 밤 집으로 돌아오는 길에 H는 그 절름발이 소년에 대해, 소년의 이야기를 상상하기가 얼마나 쉬웠는지에 대해 생각하기 시작했다. 한 사람의 삶이 이쪽이 아닌 저쪽 방향으로 바뀌기란 얼마나 쉬운 일인가. 그는 감방 동료에게 아무도 자신을 죽일 수 없다고 말했던 것을 아직도 기억했지만, 이제 사방에서 자신의 죽음을 보았다. 내가 젊었을 때 그토록 오만하지 않았더라면? 경찰에 체포되지 않았더라면? 내 여자를 제대로 대접했더라면? 그랬더라면 지금쯤 자식들이 있을 것이다. 작은 농장을 가지고 충만한 삶을 살고 있을 것이다.

갑자기 숨을 쉴 수가 없었다. 10년치 탄가루가 폐에 차오르면서 목구멍을 막아 질식할 것만 같았다. 그는 몸을 구부리고 쿨럭쿨럭 기침을 하기 시작했고 기침이 멎자 비틀거리며 조시의 집으로 가서 문을 두드렸다.

릴 조가 졸린 눈으로 문을 열었다. 「H 아저씨, 우리 아빠는 회의에서 아직 안 오셨어요.」 아이가 말했다.

「네 아빠를 보러 온 게 아니란다. 사, 사실은 너한테 편지 좀 써달라고. 그래 줄 수 있니?」

릴 조는 고개를 끄덕였다. 아이는 집으로 들어가 필요한 물건들을 들고 나왔다. 그리고 H가 부르는 대로 받아 적었다.

〈에테에게. 나 H야. 나 이제 석방되어서 프랫 시티에 살고 있어.〉

H는 이튿날 아침 바로 편지를 부쳤다.

「우린 파업에 들어가야 합니다.」 한 백인 노조원이 말했다.

H는 노조 회의가 열리는 교회에서 앞줄에 앉아 있었다. 문제들이 적힌 목록은 끝도 없었고 파업이 첫 번째 해결책이었다. H는 조용한 동의의 웅얼거림이 장내에 빠르게 퍼져 가는 것을 조심스럽게 듣고 있었다.

「누가 우리의 파업에 관심 갖겠어요?」 H가 물었다. 그는 회의들에서 말이 많아지고 있었다.

「그야, 임금을 올려 주거나 더 안전하게 해줄 때까지 일을 안 하겠다고 통보해야죠. 그들은 우리의 말에 귀 기울일 수밖에 없어요.」 백인이 말했다.

H는 코웃음 쳤다. 「백인이 언제 흑인 말에 귀 기울인 적 있나요?」

「내가 여기 있잖소, 안 그래요? 난 귀 기울이고 있어요.」 백인이 말했다.

「당신은 전과자고.」

「당신도 전과자요.」

H는 회의장을 둘러보았다. 50명 정도가 있었는데 반 넘게 흑인들이었다.

「당신은 무슨 잘못을 했소?」 H가 다시 백인에게 시선을 돌리며 물었다.

백인은 처음에는 말하지 않으려고 했다. 고개를 숙이고 몇 번이나 목청을 가다듬어서, H는 그의 입안에 남은 것이 있을까 싶었다. 이윽고 말이 나왔다. 「사람을 죽였소.」

「사람을 죽였다고, 응? 저기 있는 내 친구 조시는 왜 잡혀갔는지 아시오? 백인 여자가 옆으로 지나가는데 길 건너로 비켜주지 않아서. 그걸로 9년 형을 받았소. 사람을 죽인 당신도 똑같은 벌을 받았고. 우린 당신 같은 전과자가 아니오.」

「우린 지금 힘을 합쳐야 하오. 탄광에서와 똑같이. 저 아래 탄광에서는 이랬다가 여기 올라와서는 저랬다가 할 수가 없소.」 백인이 말했다.

아무도 말이 없었다. 모두들 H에게 고개를 돌리고 그가 무슨 말을 하고 어떤 행동을 하는지 지켜보고만 있었다. 그들 모두 그가 백인의 삽을 들었던 때의 이야기를 알고 있었다.

마침내 그가 고개를 끄덕였고, 그다음 날부터 파업이 시작되었다.

파업 첫날, 50명만 탄광에 나타났다. 그들은 사측에 요구 사항을 전달했다. 임금 인상, 환자에 대한 더 나은 처우, 작업 시간 단축. 백인 노조원들이 요구 사항을 작성했고, 조시의 아들릴 조가 흑인 노조원들에게 내용을 읽어 주어 그들의 생각대로 작성되었는지 확인하게 해주었다. 사측에서는 자유인 광부들이 죄수들로 쉽게 대체될 수 있다고 대답했고, 일주일 뒤 기차 객차에 흑인 죄수들이 가득 실려 왔다. 모두들 열여섯 살 아래였고 너무도 겁에 질려 보여서 H는 빈자리를 메우기 위해 흑인들이 더 체포되는 것을 막을 수만 있다면 파업을 중단하고 싶었다. 그 주의 말에 양측이 합의한 것은 더 이상 사람을 죽이지 않겠다는 내용뿐이었다.

그런데도 더 많은 죄수들이 검거되어 끌려왔다. H는 교도소에 안 가본 흑인이 남부에 한 사람이라도 있을지 의심스러웠다. 너무도 많은 사람들이 탄광들을 채우러 왔다. 심지어 파업에 참여하지 않는 자유인 광부들까지 대체되었고, 곧 투쟁 인원이 늘어났다. H는 조시와 제인의 집에서 릴 조와 피켓을 만들었다.

「저건 무슨 말이니?」 H가 릴 조 옆에 놓인 타르를 칠한 피켓을 가리키며 물었다.

「임금 인상이라는 말이에요.」 소년이 대답했다.

「그럼 저건?」

「결핵 퇴치예요.」

「글을 그렇게 척척 읽는 건 어디서 배웠니?」 H가 물었다. 그는 릴 조를 몹시 귀여워하게 되었지만, 친구의 아들을 보면 자기 자식을 가지고 싶은 마음이 더욱 간절해질 뿐이었다.

릴 조가 글씨 쓸 때 사용하는 타르의 냄새가 H의 코털에 달라붙었다. 그가 기침을 조금 했고 입에서 검은 점액 한 줄기가 흘러내렸다.

「아빠가 경찰에 잡혀가기 전에 헌츠빌에서 잠깐 학교에 다녔어요. 그들은 아빠를 체포할 때 아빠와 우리 가족 전부가 너무 건방져지고 있다고 말했어요. 아빠가 백인 여자가 지나가는데도 길 건너로 비키지 않은 게 그것 때문이라고 했어요.」

「넌 어떻게 생각하는데?」 H가 물었다.

릴 조는 어깨를 으쓱했다.

이튿날 조시와 H는 그 피켓들을 들고 시위에 나갔다. 150명 정도가 추위 속에 서 있었다. 그들은 새로운 죄수 군단이 그들을 지나쳐 걸어가서 탄광으로 내려가려고 기다리는 것을 지켜보았다.

「아이들은 보내 줘라!」 H가 요란하게 외쳤다. 한 소년이 승강기를 기다리다가 바지에 오줌을 쌌다. H는 자신과 함께 쇠사슬에 묶여 기차를 타고 탄광에 도착한 뒤 탄광 감독 앞에서 오줌을 싸고 끊임없이 울던 소년이 떠올랐다. 「그들은 어린애들이다. 보내 줘라!」

「그럼 멍청한 짓 그만하고 일터로 돌아올 테냐?」 상대의 응답이었다.

그때, 오줌을 싼 소년이 갑자기 도망치기 시작했다. H가 곁눈질로 보니 소년은 하나의 얼룩에 지나지 않았는데, 총성이 울렸다.

시위하던 사람들이 방어선을 뚫고 보초를 선 백인 탄광 감독들 주위로 몰려들었다. 그들은 승강기들을 부수고 광차들의 석탄을 쏟은 뒤 광차들도 부쉈다. H는 한 백인의 멱살을 잡고 거대한 구멍 위로 들어 올렸다.

「너희들이 여기서 한 짓을 언젠가는 세상이 알게 될 거다.」

H가 그 백인에게 말했다. H가 멱살을 더 틀어쥐자 툭 불거진 그의 푸른 눈에 공포가 분명하게 드러났다.

H는 그 백인을 아래로, 땅속 도시로 던지고 싶었지만 꾹 참았다. 그는 백인들이 말한 그런 범죄자가 아니었다.

파업이 여섯 달이나 더 이어진 끝에 사측이 굴복했다. 50센트 임금 인상이 이루어졌다. 투쟁 중에 죽은 사람은 도망치던 소년뿐이었다. 임금 인상은 작은 승리였지만 모두의 것이었다. 도망치던 소년이 죽은 뒤 파업 참가자들은 싸움으로 난장판이 된 현장을 깨끗이 치웠다. 그들은 삽을 들고, 총에 맞아 죽은 소년을 찾아내어 공동묘지에 묻었다. H는 그곳에서 이름도 없이 죽어 간 수백 명의 죄수들 곁에 소년을 묻으며 다른 사람들이 무슨 생각을 하는지는 알 수 없었지만 자신이 고마워하고 있다는 것은 알았다.

임금 인상이 발표된 노조 회의가 끝난 뒤 H는 조시와 함께 집으로 걸어갔다. 그는 친구가 집으로 들어가는 것을 보고 옆에 있는 자신의 집으로 갔다. 집에 도착해 보니 현관문이 열려 있고 안에서 이상한 냄새가 났다. 그는 탄광의 흙과 석탄이 말라붙은 곡괭이를 손에 그대로 들고 있었다. 탄광 감독이 자신을 만나러 온 것이라고 확신한 H는 곡괭이를 머리 위로 치켜들었다. 그는 만반의 태세를 갖추고 살금살금 들어갔다.

에테였다. 허리에 앞치마를 두르고 머리에는 손수건을 쓰고 있었다. 그녀는 스토브에서 채소를 볶다가 돌아보았다.

「그건 내려놓는 게 좋을 거야.」 그녀가 말했다.

H는 자신의 손을 보았다. 그는 머리보다 조금 높게 들고 있

던 곡괭이를 옆으로 내렸다가 바닥에 놓았다.

「당신 편지 받았어.」에테가 말했고, H는 고개를 끄덕였다. 두 사람은 잠시 그대로 서서 서로를 바라보았다. 이윽고 에테가 다시 입을 열었다.

「길 위에 사는 벤튼 양에게 가져가서 읽어 달라고 했어. 처음에는 그냥 탁자에 올려놨지. 날마다 지나치면서 어떻게 할 것인지 생각했어. 그런 식으로 두 달을 보냈지.」

돼지 등쪽 비곗살이 냄비 바닥에서 지글거리는 소리를 냈다. H는 에테가 자신에게서 시선을 돌리지 않아 그녀가 그 소리를 들었는지 알 수 없었다. 그도 그녀에게서 시선을 떼지 않고 있었다.

「H, 당신이 이해해야 해. 당신이 나를 그 여자 이름으로 부른 날, 난 이렇게 생각했지. 그만큼 겪었으면 된 거 아냐? 내가 가졌던 건 거의 다 뺏긴 거 아냐? 자유, 가족, 몸. 그런데 이제 내 이름도 가질 수 없다고? 난 에테일 자격이 있지 않아? 다른 사람은 몰라도 적어도 당신에게는. 우리 엄마가 직접 지어 주신 이름이야. 난 엄마 품에서 겨우 6년 크다가 루이지애나 사탕수수 농장에 팔려 갔어. 그때 나한테 남은 엄마는 이름뿐이었어. 내가 가진 나도 이름뿐이었고. 그런데 당신은 나한테 그것조차 주지 않으려고 했어.」

냄비에서 연기가 올라오기 시작했다. 연기는 더 높이 올라와서 에테의 머리를 휘감으며 춤추고 그녀의 입술에 키스했다.

「난 오랫동안 당신을 용서할 준비가 되지 않았고, 마침내 준비가 되었을 때는 백인들이 당신이 저지르지도 않은 죄를 덮어씌워 이미 당신에게 벌을 주고 있었지. 하지만 아무도 나한테 당신을 빼낼 방법을 알려주지 않았어. H, 그러니 내가 뭘 어쩔 수 있었겠어? 당신이 말해 봐. 내가 그때 어떻게 했어야 했어?」

에테는 그를 등지고 돌아서서 냄비 앞으로 갔다. 그녀는 냄비 바닥을 긁어 내기 시작했다. 그녀가 수저로 퍼 올린 것은 H가 여태껏 본 그 어떤 것보다 까맸다.

H는 에테에게 가서 그녀를 품에 안고 그녀의 무게를 느꼈다. 그가 인생의 3분의 1 가까이 캐온 산더미 같은 검은 돌, 석탄의 무게와는 달랐다. 에테는 그리 쉽게 굴복하지 않았다. 그녀는 냄비를 깨끗이 긁어 낼 때까지 그에게 몸을 맡기지 않았다.

아쿠아

아쿠아는 4등분한 얌을 지글지글 끓는 야자유에 떨어뜨릴 때마다 그 소리에 깜짝깜짝 놀랐다. 그것은 굶주린 소리, 주어진 것은 무엇이든 집어삼키는 기름의 소리였다.

아쿠아의 귀는 자라고 있었다. 그녀는 전에는 들어본 적 없는 소리들을 구분하는 법을 배웠다. 걱정거리나 문제나 두려움이 생기면 하나님을 찾아가라고 가르치는 선교 학교에서 자란 그녀는 에드웨소에 와서 백인이 산 채로 불에 삼켜지는 것을 보고 들었다. 그때 그녀는 무릎을 깨끗이 턴 뒤 무릎 꿇고 앉아서 하나님께 그 모습과 소리를 보냈지만 하나님은 그것들을 받아서 간직하지 않았다. 그는 밤마다 끔찍한 악몽들에서 그녀에게 두려움을 돌려줬다. 불이 판틀랜드 해안에서부터 아샨티까지 내달리며 모든 것을 태워 버리는 꿈. 그녀의 꿈속에서 불은 두 아이를 품에 안은 여인의 형상을 하고 있었다. 불의 여인이 어린 두 딸을 안고 내륙의 숲에 이르렀을 때 아이들은 사라졌고, 불의 여인이 느끼는 슬픔은 눈에 보이는 모든 나무와 덤불에 오렌지색과 붉은색, 푸르스름한 색이 들끓게 만들었다.

아쿠아는 언제 처음 불을 봤는지 기억하지 못했지만 처음 불꿈을 꾼 때는 기억했다. 그녀의 어머니 아비나가 아쿠나로 부른 배를 안고 쿠마시의 선교사들에게 온 지 16년, 아비나가 죽은 지 15년이 된 1895년의 일이었다. 그때 아쿠아의 꿈속 불은 빠르게 스쳐 지나가는 황토색 번쩍임에 지나지 않았었다. 그러나 이제 불의 여인은 맹위를 떨쳤다.

아쿠아는 귀가 자라고 있어서 이제 밤에 새로 자란 귀가 찌그러질까 봐 침대에 등을 대거나 배를 깔고 잤고, 절대 모로 눕지 않았다. 그녀는 꿈이 자라고 있는 귀로 들어온다고, 낮에 지글거리는 튀김 소리에 달라붙었다가 밤에 마음에 머문다고 확신했기에, 꿈이 지나가도록 똑바로 누워서 잤다. 그녀는 그 새로운 소리들을 두려워했지만 그것들을 들어야 할 필요가 있음을 알았던 것이다.

아쿠아는 밤에 비명을 지르며 깨어날 때 자신이 또 그 꿈을 꾸었음을 알았다. 소리가 마치 숨결처럼, 파이프 담배 연기처럼 그녀의 입에서 새어 나왔다. 옆에서 자던 남편 아사모아가 잠이 깨어 늘 곁에 두는 정글도로 민첩하게 손을 뻗으며 바닥에서 자는 아이들을 살펴보고, 혹시 침입자가 있는지 문 쪽을 확인한 뒤 마지막으로 아내를 보았다.

「이게 무슨 일이야?」 그가 물었다.

아쿠아는 갑자기 추위를 느끼며 몸을 떨었다. 「꿈꿨어.」 그녀가 말했다. 그녀는 아사모아가 끌어안을 때까지 자신이 우는 것도 깨닫지 못했다. 「당신과 다른 지도자들은 그 백인을 불에 태워 죽이지 말았어야 했어.」 그녀가 남편의 가슴에 대고 말하자 남편이 그녀를 밀어냈다.

「백인 편드는 거야?」 그가 물었다.

아쿠아는 재빨리 고개를 저었다. 그녀는 자신이 백인 선교사들과 함께 보낸 시간 때문에 약해지고 어딘가 아샨티족답지 못하게 되었을까 봐 남편이 두려워한다는 것을 그를 결혼 상대로 선택했을 때부터 알았다.「그게 아니야. 불 때문이야. 자꾸 불 꿈을 꿔.」 그녀가 말했다.

아사모아가 끌끌 혀를 찼다. 그는 평생을 에드웨소에서 살았다. 그의 뺨에는 아샨티족 표식이 있었고, 조국은 그의 긍지였다.「그들이 아샨티 왕을 추방했는데 불 따위가 뭐가 중요해?」

아쿠아는 반박할 말이 없었다. 프렘페 1세는 수년간 아샨티족이 아샨티 왕국을 통치해야 한다고 주장하며 영국인들에게 나라를 넘기기 거부해 왔다. 그는 그런 이유로 체포되어 유형에 처해졌고, 아샨티국 전역에서 부글부글 끓어오르던 분노가 점점 더 날을 세우고 있었다. 아쿠아는 자신의 꿈이 남편의 마음에서 끓어오르는 분노를 잠재울 수 없으리라는 것을 알았다. 그래서 그녀는 꿈을 마음속에 담아 두기로, 모로 누워서 자지 않기로, 다시는 아사모아가 자신의 비명을 듣지 않게 하기로 결심했다.

아쿠아는 컴파운드에서 시어머니 나나 세르와, 두 딸 아비, 아마와 함께 지냈다. 그녀는 날마다 비질로 아침을 시작했는데 반복성과 평온함 때문에 늘 그 일이 좋았다. 비질은 선교 학교에서도 그녀의 일이었는데, 선교사는 그녀가 비질을 할 때면 교실 바닥이 흙으로 다져진 것을 신기해하며 웃음을 터뜨리고는 했다.「흙에서 흙을 쓸어 내는 걸 누가 들어나 봤겠어?」 선교사는 그렇게 말했고, 아쿠아는 그가 살던 데는 바닥이 어떻게 생겼는지 궁금해하고는 했다.

아쿠아는 비질이 끝나면 다른 여자들이 요리하는 것을 도왔다. 아비는 이제 겨우 네 살이었지만 절굿공이 모양의 거대한 막대기를 들고 어른들 돕는 시늉하는 것을 좋아했다. 「엄마, 봐요!」 아비는 조그만 몸으로 큰 막대기를 껴안고 그렇게 말하고는 했다. 막대기는 아이 위로 높이 솟아 있었고 아이는 막대기의 무게 때문에 금방이라도 균형을 잃고 쓰러질 것 같았다. 아쿠아의 걸음마쟁이 딸 아마는 크고 반짝이는 눈으로 푸푸 막대기 꼭대기를 보았다가, 부들부들 떠는 언니를 보았다가, 어머니를 보았다.

「힘이 아주 세구나!」 아쿠아는 그렇게 말했고, 나나 세르와는 끌끌 혀를 찼다.

「그러다 넘어져서 다쳐.」 시어머니는 아비의 손에서 푸푸 막대기를 빼앗고 고개를 저으면서 말했다. 아쿠아는 나나 세르와가 자신을 못마땅해하며 자식을 백인들 손에 맡긴 어머니의 딸은 자기 자식을 키울 줄 모른다는 말을 자주 한다는 것을 알았다. 대개 이 시간쯤 나나 세르와는 아쿠아를 시장에 보내 밖에서 작전 회의를 하는 아사모아와 다른 남자들에게 줄 음식을 만들 재료들을 사 오게 했다.

아쿠아는 시장으로 걸어가는 것을 좋아했다. 그녀가 늘 오두막 벽 한 지점을 우두커니 바라보며 시간 보내는 것을 비웃는 여자들, 컴파운드에 남은 나이 많은 남자들이 주시하는 시선에서 벗어나 마침내 생각을 할 수 있기 때문이었다. 「마땅치가 않아.」 그들은 큰소리로 그렇게 말하고는 했다. 아사모아가 왜 그녀와 결혼했는지 모르겠다고 생각하는 것이 분명했다. 하지만 그녀는 그냥 허공을 바라보고만 있는 게 아니었다. 그녀는 세상이 제공하는 모든 소리, 다른 사람들은 볼 수 없는 공간들에 거주하는 사람들의 소리들에 귀 기울이고 있었다. 그녀는 배회하고 있었다.

그녀는 시장 가는 길에 시민들이 백인을 불에 태워 죽인 장소에서 종종 걸음을 멈췄다. 이름 없는 남자, 방랑자, 때와 장소를 잘못 골라 그곳에 있었던 사람.

처음에 그는 나무 아래 누워 책으로 얼굴의 햇빛을 가리고 안전하게 있었는데, 아쿠아가 그에게 길을 잃었는지, 혹시 도움이 필요한지 물으려고 하는 사이 아쿠아 앞으로 세 살밖에 안 된 코피 포쿠가 뒤뚱거리며 걸어와 조그만 집게손가락으로 그를 가리키며 외쳤다. 〈오브로니!〉

아쿠아는 그 말에 귀가 욱신거렸다. 그녀는 쿠마시에 살 때 그 말을 처음 들었다. 선교 학교에 다니지 않는 아이가 선교사를 〈오브로니〉라고 부르자, 선교사는 타오르는 태양처럼 얼굴이 시뻘게져서 그 자리를 떠났다. 당시 아쿠아는 겨우 여섯 살이었다. 그녀에게 그 말은 그저 〈백인〉이라는 의미였다. 그녀는 선교사가 왜 그렇게 당황했는지 이해할 수 없었고 그럴 때마다 어머니를 기억할 수 있었으면 좋겠다고 생각했다. 어머니는 답을 알고 있었을지도 모르니까. 그래서 아쿠아는 그날 저녁, 백인 선교사가 처음 황금해안에 왔을 때부터 그곳에 있었다는 도시 가장자리의 무당 오두막을 찾아갔다.

「생각해 봐라.」 아쿠아가 그날 있었던 일에 대해 이야기하자 무당이 말했다. 선교 학교에서는 백인들을 선생님이나 목사님

이라고 불렀다. 아비나가 죽자 아쿠아는 선교사 손에서 자라게
되었다. 그녀를 맡겠다고 나선 사람이 그뿐이었다. 「처음에는
〈오브로니〉가 아니었다. 원래 두 단어였지. 〈아브로 니〉.」

「사악한 사람?」 아쿠아가 말했다.

무당은 고개를 끄덕였다. 「아칸족에게 그는 사악한 사람이
다. 해를 끼치는 사람. 남동부의 에웨족에겐 〈교활한 개〉라고
불리지. 잘해 주는 척하다가 물어뜯는 사람.」

「선교사는 사악하지 않아요.」 아쿠아가 말했다.

무당은 주머니에 열매를 넣고 다녔다. 아쿠아가 그를 처음
만난 것도 열매 때문이었다. 어머니가 죽은 후, 아쿠아는 울면
서 어머니를 찾아다녔다. 그때 그녀는 아직 사별의 의미를 몰
랐다. 어머니가 그녀를 두고 시장이나 바다에 갈 때마다 그녀
는 울었다. 어머니가 없어지면 우는 것은 흔한 일이었는데, 이
번에는 아침 내내 울어도 어머니가 나타나 뚝 그치라고 말하며
그녀를 안고 얼굴에 뽀뽀해 주지 않았다. 그날 무당이 울고 있
는 그녀를 보고 콜라 열매를 줬다. 콜라 열매를 씹다 보니 잠시
나마 마음이 진정되었다.

지금도 그가 아쿠아에게 콜라 열매를 주며 말했다. 「선교사
가 왜 사악하지 않지?」

「하나님의 사람이니까요.」

「하나님의 사람들은 사악하지 않은 거고?」 그가 물었다.

아쿠아는 고개를 끄덕였다.

「나는 사악하니?」 무당이 물었고, 아쿠아는 어떻게 대답해
야 할지 몰랐다. 그녀가 처음 무당을 만나고 무당이 그녀에게
콜라 열매를 준 날, 선교사가 밖에 나왔다가 그녀가 무당과 함

께 있는 것을 보았다. 선교사는 그녀의 손을 잡아채 끌고 가면서 무당과 이야기하지 말라고 했다. 그가 미신을 행하는 자로 불리는 것은 실제로 그렇기 때문이었다. 조상들에게 빌고, 춤추고, 식물들과 돌들과 뼈들과 피를 모아 제물로 바치는 행위를 버리지 않았기 때문이었다. 그는 세례를 받지 않았다. 아쿠아는 그가 사악한 사람이어야 마땅하고 자신이 아직 그를 만나러 다니는 것을 선교사들에게 들키면 고생문이 훤히 열린다는 것은 알았지만, 그래도 그의 친절함과 애정이 학교 사람들의 그것과 다름을 느꼈다. 더 따뜻하고 진실한 것 같았다.

「아뇨, 사악하지 않아요.」 그녀가 말했다.

「아쿠아, 사악함은 그 사람의 행동으로 판단할 수 있다. 백인은 이곳에서 그런 말을 들을 짓을 했어. 그걸 기억해라.」

그녀는 기억했다. 코피 포쿠가 나무 밑에서 자는 백인을 가리키며 〈오브로니!〉라고 소리쳤을 때도 그것을 기억하고 있었다. 사람들이 모여들고 수개월 동안 쌓여 온 분노가 곪아 터졌을 때도 그것을 기억하고 있었다. 남자들이 백인을 나무에 묶어 깨웠다. 그들은 불을 피우고 그를 태워 버렸다. 그동안 내내 백인은 영어로 이렇게 외쳤다. 「제발, 여기 내 말을 알아듣는 사람 있으면, 나 좀 풀어줘요! 난 여행자일 뿐이에요. 난 정부에서 나온 사람 아니에요! 정부에서 나온 사람 아니에요!」

그곳에서 영어를 알아듣는 사람이 아쿠아 하나만은 아니었다. 그곳에서 백인을 도와주려고 나서지 않은 사람도 그녀 하나만은 아니었다.

아쿠아가 컴파운드로 돌아왔을 때 그곳은 북새통을 이루고 있었다. 그녀는 혼란스러운 분위기가 소음과 두려움, 지글거리며 익어 가는 음식 냄새, 파리들의 윙윙거림으로 더 짙어져 가는 것을 느꼈다. 나나 세르와는 몸이 땀으로 범벅된 채, 컴파운드에 온 남자들 대부대에게 대접할 푸푸를 주름진 손으로 분주히 굴리고 있었다. 그녀는 시선을 들었다가 아쿠아를 발견했다.

「아쿠아, 뭐 하니? 왜 거기 멀뚱히 서 있어? 와서 도와라. 다음 회의 시작하기 전에 남자들 뭘 좀 먹여야지.」

아쿠아는 멍하니 있다가 정신을 차리고 시어머니 옆에 앉아 으깬 카사바를 작고 동글동글하게 굴려서 그릇에 수프를 담는 여자에게 전달했다.

남자들은 고함을 질러 대고 있었는데, 그 소리가 너무 요란해서 이 사람이 하는 말과 저 사람이 하는 말을 구분하는 것이 거의 불가능했다. 그들의 소리는 똑같았다. 격분. 분노. 아쿠아는 남편을 볼 수 있었지만 감히 그에게 시선을 보내지 못했다. 그녀는 남편에게 눈으로 묻지 않고 잠자코 시어머니와 다른 여자들, 노인들 곁에 있는 것이 자신의 도리임을 알았다.

「무슨 일이에요?」 아쿠아가 나나 세르와에게 속삭였다. 시어머니는 옆에 있는 바가지에 담긴 물에 손을 헹구고 옷에 물기를 닦았다.

그녀가 거의 입술을 움직이지 않고 소리 죽여 말했다. 「영국 총독 프레드릭 호지슨이 오늘 쿠마시에 왔어. 그는 프렘페 1세를 유형지에서 돌려보내지 않겠다고 말했어.」

아쿠아는 이 사이로 공기를 빨아들였다. 그건 그들 모두가 두려워하던 일이었다.

「그게 다가 아냐.」 시어머니가 계속해서 말했다. 「우리한테

270

황금 의자를 달라는 거야. 자기가 앉든지 아니면 여왕에게 선물하겠다고.」

아쿠아의 손이 솥 안에서 떨리기 시작하면서 조그맣게 덜거덕거리는 소리를 냈고 푸푸 모양이 망가졌다. 그것은 그들 모두가 두려워하던 것보다 더 나쁜 일이었다. 또 한 번의 전쟁, 수백 명의 죽음보다 더 나빴다. 그들은 전사 민족이라 전쟁에 대해서는 잘 알았다. 하지만 백인이 황금 의자를 가져간다면 아샨티의 정신은 분명 죽게 될 것이고 그들은 그걸 견뎌 낼 수 없을 터였다.

나나 세르와가 그녀의 손을 잡아 주었다. 아사모아의 어머니는 아들이 아쿠아에게 구애하고 결혼한 뒤로 며느리에게 이런 다정한 몸짓을 보인 적이 거의 없었다. 그들은 무엇이 다가오는 중이며 그것이 어떤 의미를 지니는지 알고 있었다.

다음 주에 쿠마시의 아샨티족 지도자들이 회의를 열었다. 후문에 따르면 회의에 참석한 남자들은 너무 소심해서 영국 측에 뭐라고 말할지, 어떤 행동을 보일지에 대해 의견의 일치를 보지 못했다고 했다. 그러자 에드웨소의 왕대비 야 아샨티와가 일어나서 영국에 맞서 싸워야 한다고, 남자들이 나서지 않으면 여자들이 싸우겠다고 말했다는 것이었다.

남자들 대부분이 아침에 떠났다. 아사모아는 딸들에게 키스한 뒤 아쿠아에게도 키스하고 잠시 그녀를 안아 주었다. 아쿠아는 그가 옷 입는 것을 지켜보았다. 그가 떠나는 것도 지켜보았다. 그는 스무 명의 남자들과 함께 떠났다. 남자들 몇 명은 남아서 컴파운드에 앉아 음식이나 기다리고 있었다.

나나 세르와의 남편이자 아쿠아의 시아버지는 평생 밤마다 황금 손잡이가 달린 정글도를 옆에 두고 잤다. 그가 죽은 뒤 나나 세르와는 그것을 남편이 자던 자리에 놓아두었다. 정글도가 사람의 몸을 대신하게 된 것이다. 왕대비의 군대 소집 명령이 에드웨소에 전해지자 그녀는 그 정글도를 들고 컴파운드로 갔다. 그때까지 싸우러 가지 않고 남았던 모든 남자가 커다란 무기를 든 노파를 보고 싸우러 떠났다. 그렇게 전쟁이 시작되었다.

선교사는 길고 가느다란 회초리를 책상 위에 두었다.

「넌 이제 다른 아이들과 함께 수업에 들어가지 마라.」 선교사가 그녀에게 말했다. 한 아이가 선교사에게 〈오브로니〉라고 부른 일이 있은 뒤 며칠밖에 지나지 않은 때였지만, 아쿠아는 그 일을 거의 잊고 있었다. 그녀는 그날 아침에 자신의 영어 이름인 데보라를 쓰는 법을 배운 참이었다. 그 이름은 그녀의 반 아이들 이름 중에서 제일 길었고, 아쿠아는 그것을 쓰기 위해 무척 애썼다. 「지금부터 너는 나한테 배운다. 알겠니?」 선교사가 말했다.

「예.」 그녀가 대답했다. 그녀가 이름을 쓸 줄 알게 되었다는 소식이 그에게 전해진 모양이었다. 그래서 특별 대우를 받는 듯했다.

「앉아라.」 선교사가 말했다.

아쿠아가 앉았다.

선교사가 책상에서 회초리를 집어 들고 그녀에게 겨누었다. 회초리 끝이 그녀의 코에서 겨우 몇 센티미터 떨어져 있었다. 눈동자를 안쪽으로 모으자 회초리가 선명하게 보였고 그제야 두려움이 밀려들었다.

「넌 죄인이고 이교도다.」 그가 말했다. 아쿠아는 고개를 끄덕였다. 교사들이 학생들에게 그런 말을 한 적이 있었던 것이다. 「네 어머니는 임신한 몸으로 내게 와서 도움을 청했을 때 남편이 없었다. 내가 네 어머니를 도운 건 그것이 하나님이 내게 원하시는 일이었기 때문이다. 하지만 네 어머니는 너처럼 죄인에 이교도였다.」

아쿠아는 다시 고개를 끄덕였다. 두려움이 배 속 어딘가에 자리를 잡으면서 속이 메슥거렸다.

「검은 대륙의 모든 사람이 이교를 버리고 하나님께 와야 한다. 영국인들이 여기 와서 훌륭하고 도덕적인 삶을 사는 법을 가르쳐 주는 걸 고맙게 여겨야 한다.」

이번에 아쿠아는 고개를 끄덕이지 않았다. 그녀는 선교사를 바라보았지만 그가 보내는 시선을 어떻게 설명해야 할지 알 수 없었다. 그가 아쿠아에게 일어나서 구부리라고 한 다음 회초리로 다섯 대 때리고, 그녀의 죄들을 회개하고 〈하나님, 여왕 폐하를 지켜 주소서〉라고 반복하게 하고, 이제 그만 나가보라고 했을 때 그녀는 마침내 두려움을 토해 냈다. 그때 머리에 퍼뜩 떠오른 말이 〈굶주림〉이었다. 선교사는 그녀를 한입에 집어삼키기라도 할 것처럼 굶주려 보였다.

아쿠아는 날마다 해가 아직 자고 있을 때 딸들을 깨웠다. 몸에 옷을 두른 그녀는 딸들을 데리고 나나 세르와, 아코스, 맘비 등 에드웨소의 모든 여자가 벌써 모이기 시작한 흙길로 나섰다. 아쿠아의 목소리가 제일 우렁차서 그녀가 선창을 했다.

에라디 니아메 쿰 돔

(신이시여, 적군을 물리치게 하소서)

오부 아디 니아메 쿰 돔

(창조의 신이시여, 적군을 물리치게 하소서)

엔니 예레코쿰 돔 아파 아디

(오늘 우리는 적군을 물리치고 전리품을 손에 넣을 것입니다)

오부 아디 니아메 쿰 돔

(창조의 신이시여, 적군을 물리치게 하소서)

소소 비 후누, 메제디 비 후누

(괭이도, 익지 않은 야자 열매도 그것을 체험할 것입니다)

그들은 거리들을 누비며 노래했다. 아쿠아의 어린 딸 아마가 가장 크게, 가장 음정이 안 맞게 노래했는데, 아마는 무슨 소리인지 알 수 없는 말들을 쏟아 내다가 제일 좋아하는 대목에 이르면 노래를 부른다기보다 고함을 질렀다. 「창조의 신이시여, 적군을 물리치게 하소서!」 가끔 어른들이 아마를 맨 앞에 세우면 아이는 아쿠아가 안아 올릴 때까지 작은 다리를 씩씩하게 구르며 걸었다.

노래가 끝나면 아쿠아는 집으로 돌아가서 몸을 씻고 아이들을 씻긴 뒤 전쟁을 지지한다는 표시로 몸에 흰 점토를 칠하고, 식사를 하고, 다시 노래를 불렀다. 그들은 교대로 남자들에게 줄 음식을 만들어 전쟁터로 보낼 음식이 동나지 않게 했다. 밤이면 아쿠아는 혼자 자면서 여전히 불 꿈을 꾸었다. 이제 아사모아가 떠났으므로 다시 비명을 질렀다.

아쿠아와 아사모아는 결혼한 지 5년째였다. 그는 장사꾼이었고 쿠마시에 용무가 있었다. 어느 날 그는 선교 학교에서 그녀를 보고 말을 걸어왔다. 그리고 그 뒤로 날마다 그녀를 만나러 왔다. 2주 후, 그가 다시 와서 자신과 결혼하여 에드웨소에서 살 수 있는지 물었다. 그녀가 고아라 달리 살 곳이 없다는 것을 알았던 것이다.

아쿠아는 아사모아에게서 특별히 주목할 만한 점을 발견하지 못했다. 그는 일요일마다 교회에 와서 뒤에 소심하게 선 채 어머니들이 딸을 자신에게 떠미는 것을 모르는 척하는 아콰시처럼 미남이 아니었다. 평생 사냥하거나 건축물을 만들거나 들고 나가 시장에 파는 것과 관계된 육체적인 지능으로만 살아와서 그런지 지능도 낮은 듯했다. 그녀는 그가 돈을 똑바로 못 세서 켄테 천 두 개를 한 개 가격에 파는 것을 본 적도 있었다. 아사모아는 최고의 선택은 아니었으나 확실한 선택이었고, 아쿠아는 그의 청혼을 기쁘게 받아들였다. 그때까지 그녀는 평생 선교사 밑에서 그와 학생/선생님, 이교도/구세주 놀이를 하며 살아야 할 것이라고 생각해 왔지만, 아사모아와 함께라면 다른 삶을 살 수도 있을 것 같았다.

「나는 그걸 금지한다.」 아쿠아가 결혼 이야기를 하자 선교사가 말했다.

「당신은 그걸 금지할 수 없어요.」 아쿠아가 말했다. 이제 계획이 생기고 탈출이라는 희망을 품자 그녀는 대담해진 기분이었다.

「넌…… 넌 죄인이다.」 선교사가 두 손으로 머리를 감싸고 속삭였다. 「넌 이교도다.」 그가 더 큰 소리로 말했다. 「넌 하나님께 용서를 빌어야 한다.」

아쿠아는 대답하지 않았다. 그녀는 10년 가까이 선교사의 굶주림을 채워 왔다. 이제 그녀는 자신의 굶주림에 주목하고 싶었다.

「하나님께 용서를 빌어라!」 선교사가 그녀에게 회초리를 던지며 외쳤다.

회초리가 아쿠아의 왼쪽 어깨에 맞았다. 그녀는 회초리가 바닥에 떨어지는 것을 지켜본 뒤 침착하게 걸어 나갔다. 뒤에서 선교사가 말하는 소리가 들렸다. 「그는 하나님의 사람이 아니다. 하나님의 사람이 아냐.」 하지만 아쿠아는 하나님에게 관심이 없었다. 그녀는 열여섯 살이었고 무당이 죽은 지 1년밖에 되지 않았다. 그녀는 선교사에게서 벗어날 수 있을 때마다 무당을 찾아가고는 했었다. 무당을 만나, 하나님에 대해 선교사에게 배우면 배울수록 의문이 더 많아진다고 말했다. 이를테면 이런 의문들이었다. 하나님이 그렇게 위대하고 강하다면 왜 백인들을 통해야만 하는 걸까? 왜 하나님이 직접 말할 수 없는 걸까? 성경에 적힌 시대에 그랬던 것처럼 들불을 일으키고 죽은 사람들을 살려 내는 것으로 존재를 드러낼 수는 없는 걸까? 어머니는 왜 하고많은 사람들 중에 그 선교사들, 그 백인들에게로 도망친 걸까? 어머니에게는 왜 가족이 없었을까? 왜 친구들이 없었을까? 그녀가 선교사에게 그런 것들을 물을 때마다 그는 대답해 주지 않았다. 무당은 어쩌면 기독교의 신이 하나의 의문, 〈왜〉들의 거대한 소용돌이인지도 모른다고 말했다. 하지만 아쿠아는 그 대답에 만족할 수 없었고 무당이 죽었을 때쯤에는 하나님에게도 더 이상 만족할 수 없었다. 아사모아는 진짜였다. 손으로 만질 수 있는 존재였다. 그의 팔은 얌처럼 두

껍고, 피부는 갈색이었다. 하나님이 〈왜〉라면 아사모아는 〈예〉, 〈예〉였다.

아쿠아는 전쟁이 닥치자 나나 세르와가 그 어느 때보다 잘해 주는 것을 느낄 수 있었다. 날마다 이 남자 저 남자의 전사 소식이 전해졌고, 두 여자는 전령의 입에서 아사모아의 이름이 나오는 것이 시간문제임을 확신했기에 늘 숨죽이고 살았다.

에드웨소는 텅 비었다. 남자들의 부재가 그 자체의 존재감을 지닌 듯했다. 가끔 아쿠아는 별로 변한 것이 없다고 생각했지만, 그러다가도 빈 들판과 썩어 가는 얌, 슬피 우는 여자들을 보게 되었다. 그녀의 꿈도 더 끔찍해져 갔다. 꿈속에서 불의 여인이 아이들을 잃은 것에 분노했다. 가끔 그녀는 아쿠아를 부르는 듯했다. 그녀는 낯익은 모습이었고, 아쿠아는 그녀에게 묻고 싶은 것들이 있었다. 아쿠아는 불의 여인이 불타 죽은 백인을 아는지 묻고 싶었다. 불의 손길이 닿은 모든 사람이 같은 세계에 속하는지 묻고 싶었다. 자신을 부르는 것인지 묻고 싶었다. 하지만 아쿠아는 아무 말도 하지 않았다. 그녀는 비명을 지르며 잠에서 깨어났다. 전쟁 통에 그녀는 홀몸도 아니었다. 배 모양과 단단한 무게로 보아 적어도 6개월은 된 듯했다.

전쟁이 반쯤 지나간 어느 날, 아쿠아는 군인들에게 보낼 얌을 삶고 있었다. 그녀는 불에서 눈을 뗄 수가 없었다.

「또 그러니?」 나나 세르와가 말했다. 「네 게으름이 끝난 줄 알았는데. 네가 불이나 들여다보고 밤에 아이들이 다 듣도록 비명이나 지르라고 남자들이 싸우러 나간 줄 알아?」

「아니에요, 어머니.」 아쿠아가 몽롱함을 떨쳐 내며 말했다.

277

하지만 그녀는 그다음 날에도 그렇게 했다. 그리고 다시 시어머니의 꾸중을 들었다. 그다음 날에도, 그다음 날에도 똑같은 일이 되풀이되자 나나 세르와는 아쿠아가 병에 걸렸고, 그 병이 몸에서 빠져나갈 때까지 오두막 안에서만 지내야 한다는 결론을 내렸다. 아쿠아의 딸들은 어머니가 완전히 나을 때까지 나나 세르와의 오두막에서 살게 되었다.

오두막 유배 첫날, 아쿠아는 휴식이 고마웠다. 남자들이 싸우러 떠난 뒤로 늘 노래를 부르며 시가행진을 하거나 큰 솥 앞에 서서 땀을 흘리느라 제대로 쉰 적이 없었던 것이다. 그녀의 계획은 밤이 될 때까지 자지 않는 것이었다. 그녀는 오두막에 밤이 찾아와 방에 무시무시한 어둠을 던질 때까지 아사모아의 체취를 불러내 벗기 위해 그의 자리에 누웠다. 하지만 몇 시간 안에 잠들어 버렸고, 불의 여인이 다시 나타났다.

불의 여인은 자라고 있었다. 머리칼이 황토색과 푸른색의 야생 덤불을 이루었다. 그녀는 점점 더 대담해졌다. 이제 단순히 주위의 것들을 태우기만 하는 것이 아니라 아쿠아에게 알은척했다. 그녀는 아쿠아를 바라보았다.

「네 아이들은 어디 있지?」불의 여인이 물었다. 아쿠아는 무서워서 대답하지 못했다. 그녀는 자신의 몸이 침대 위에 있는 것을 느꼈다. 꿈을 꾸고 있다는 것도 느꼈다. 하지만 그 느낌에 지배력을 행사할 수가 없었다. 그 느낌에 손을 만들어 그 손으로 자신을 흔들어 깨우게 할 수가 없었다. 그 느낌에 불의 여인에게 물을 끼얹으라고, 불의 여인을 꿈에서 꺼버리라고 말할 수가 없었다.

「넌 네 아이들이 어디 있는지 항상 알아야 해.」불의 여인이 말했고, 아쿠아는 몸서리를 쳤다.

이튿날 그녀는 오두막에서 나가려고 했지만, 나나 세르와가 뚱보를 문 앞에 앉혀 놓았다. 또래들과 함께 전쟁에 나가 싸울 수 없을 정도로 뚱뚱한 그의 몸은 아쿠아를 오두막에 가두어 두기에 딱 맞는 크기였다.

「제발!」 아쿠아가 소리쳤다. 「내 아이들을 보게만 해줘요!」

하지만 뚱보는 꿈쩍도 하지 않았다. 나나 세르와가 그의 옆에 서서 외쳤다. 「네 병이 다 나으면 볼 수 있다!」

아쿠아는 종일 싸웠다. 그녀가 아무리 밀어도 뚱보는 움직이지 않았다. 그녀가 소리를 질러도 그는 아무 말도 하지 않았다. 그녀가 문을 두드려도 그의 귀는 들으려 하지 않았다.

아쿠아는 나나 세르와가 주기적으로 와서 그에게 음식과 물을 주는 소리를 들을 수 있었다. 그는 고맙다는 말만 하고 다른 말은 일절 하지 않았다. 마침내 나라를 위해 몸 바칠 방법을 찾았다고 느끼는 듯했다. 전쟁이 아쿠아의 문까지 찾아온 것이다.

땅거미가 지자 아쿠아는 말하기도 두려웠다. 그녀는 오두막 한구석에 웅크리고 앉아 자신이 아는 모든 신에게 기도했다. 선교사들이 늘 분노와 사랑이라는 말로 묘사했던 기독교 신. 모든 것을 알고 모든 것을 보는 아칸족의 신 니아메. 그녀는 아사세 야[26]와 그 자식들인 비아와 타노에게도 기도했다. 사람들이 재미를 위해 이야기에 집어넣는 사기꾼에 지나지 않는 아난시에게까지 기도했다. 그녀는 잠을 자지 않으려고 큰소리로 열렬히 기도했고, 아침이 되자 뚱보와 싸울 수 없을 정도로, 그가 아직 거기 있는지 확인할 수도 없을 만큼 쇠약해졌다.

26 Asase Yaa. 아칸족의 다산과 대지의 여신.

아쿠아는 일주일 동안 그렇게 지냈다. 그녀는 선교사들이 가끔 하루 종일 기도를 올릴 수 있다고 말하는 것을 도무지 이해하지 못했었는데 이제는 이해할 수 있었다. 기도는 신성하거나 성스러운 것이 아니었다. 그건 트위어나 영어로 분명하게 말하는 것이 아니었다. 굳이 무릎을 꿇거나 손을 모을 필요도 없었다. 아쿠아에게 기도는 광란의 구호, 정신도 그 존재를 알지 못했던 가슴속 갈망들의 언어였다. 기도는 그녀의 검은 손으로 점토 바닥을 긁는 것이었다. 기도는 방의 그림자 속에 웅크리고 앉는 것이었다. 그녀의 입술 사이로 자꾸만, 자꾸만, 자꾸만 새어 나오는 한 음절 단어였다.

불. 불. 불.

선교사는 아쿠아가 고아원을 떠나 아사모아와 결혼하지 못하게 했다. 아사모아가 청혼했다는 말을 들은 뒤로 그는 교습을 중단했고, 그녀를 이교도라도 부르며 죄를 회개하라고, 〈하나님, 여왕 폐하를 지켜 주소서〉라는 말을 반복하라고 요구하는 것도 중단했다. 그저 그녀를 지켜보기만 했다.

「당신은 여기에 나를 붙들어 둘 수 없어요.」 아쿠아가 말했다. 그녀는 남은 물건들을 챙기고 있었다. 아사모아가 어두워지기 전에 그녀를 데리러 올 터였다. 에드웨소가 기다리고 있었다.

선교사가 회초리를 손에 들고 문간에서 기다리고 있었다.

「뭐예요? 내가 안 나간다고 할 때까지 때리려고요? 나를 여기에 잡아 두려면 죽여야 할 거예요.」 아쿠아가 말했다.

「네 어머니에 대해 말해 주마.」 마침내 선교사가 입을 열었다. 그는 회초리를 바닥에 떨어뜨리고 아쿠아가 그의 숨결에서 희미하게 풍기는 역한 생선 냄새를 맡을 수 있을 정도로 가까이 다가왔다. 그는 10년간 그 회초리의 길이보다 가까이 다가온 적이 없었다. 그는 10년간 아쿠아가 가족에 대해 묻는 질문들에 대답하기를 거부했었다. 「네 어머니에 대해 말해 주마. 네가 알고 싶은 것은 무엇이든 다.」

아쿠아가 그에게서 한 걸음 물러섰고 그도 똑같이 했다. 그가 시선을 떨어뜨렸다.

「네 어머니 아비나는 회개하려 하지 않았다.」 선교사가 말했다. 「그녀는 임신한 — 너, 그녀의 죄를 — 몸으로 우리에게 왔지만 그래도 회개하려 하지 않았다. 그녀는 영국인들에게 침을 뱉었다. 그녀는 따지기 좋아하고 분노에 차 있었다. 나는 그녀가 자신의 죄들을 기뻐했다고 믿는다. 그녀가 너나 네 아버지에 대해 후회하지 않았다고 믿는다. 네 아버지는 그녀를 보살펴야 하는 남자의 도리를 저버렸는데도 말이다.」

선교사가 조용히, 너무도 조용히 말해서 아쿠아는 자신이 그의 말을 듣고 있다고 확신할 수가 없었다.

「네가 태어난 뒤, 나는 그녀에게 세례를 시키려고 물로 데려갔다. 그녀는 가기 싫어했지만 내가, 내가 강제로 데려갔다. 내가 그녀를 안고 숲을 지나 강으로 갈 때 그녀는 몸부림쳤다. 물에 내려놓을 때도 몸부림쳤다. 그녀는 몸부림치고, 몸부림치고, 몸부림치다가 움직이지 않았다.」 선교사가 고개를 들고 마침내 그녀를 보았다. 「난 그저 회개시키려고 했을 뿐인데. 나, 난 그저 회개시키려고……」

선교사가 울기 시작했다. 그가 눈물 흘리는 모습은 소리만큼 아쿠아의 주목을 끌지 않았다. 그 끔찍한 소리, 목구멍에서 무언가를 쥐어짜 내듯 끅끅거리는 소리.

「어머니 시신은 어디 있어요? 시신을 어떻게 한 거죠?」 아쿠아가 물었다.

소리가 멎었다. 선교사가 말했다. 「숲에서 태웠어. 그녀의 물건들과 함께. 하나님, 용서해 주세요! 하나님, 용서해 주세요!」

소리가 돌아왔다. 이번에는 진저리까지 함께였고 선교사는 격렬하게 요동치다가 곧 바닥에 쓰러졌다.

아쿠아는 그의 몸을 넘어 밖으로 나갔다.

그 주의 말에 아사모아가 돌아왔다. 아쿠아는 아직 그를 볼 수는 없었지만 자라나는 귀로 그의 소리를 들을 수 있었다. 그녀는 바닥에 무겁게 짓눌린 기분이었다. 팔다리가 어느 어두운 숲의 무거운 통나무들 같았다.

문간에서 나나 세르와가 흐느끼며 소리쳤다. 「아, 내 아들! 내 아들! 아, 내 아들! 내 아들!」 아쿠아의 자라나는 귀가 새로운 소리를 들었다. 요란한 발소리. 공백. 요란한 발소리. 공백.

「뚱보가 여기서 뭘 하고 있어요?」 아사모아가 물었다. 그의 목소리가 제법 크게 들려서 아쿠아는 움직여 보려고 했지만 다시 꿈속으로 들어가서 몸을 마음먹은 대로 움직일 수가 없는 듯했다.

나나 세르와는 울부짖느라 대답을 하지 못했다. 뚱보가 움직였는데, 거대한 몸통이 큰 바위처럼 굴러 문에서 비켜났다. 아사모아가 방으로 들어왔지만 아쿠아는 여전히 일어설 수 없었다.

「이게 무슨 일이에요?」아사모아가 호통을 쳤고, 나나 세르와가 울부짖다가 정신을 차렸다.

「아쿠아가 병이 들었어. 병이 들어서 우리가……」

그녀의 목소리가 잦아들었다. 아쿠아는 다시 그 소리를 들을 수 있었다. 요란한 발소리. 공백. 요란한 발소리. 공백. 요란한 발소리. 공백. 아사모아가 그녀 앞에 섰는데 다리가 하나밖에 보이지 않았다.

아사모아가 그녀와 시선을 맞추려고 조심스럽게 웅크려 앉았고, 아쿠아는 그가 균형을 잘 잡는 것을 보며 그가 잃은 다리를 마지막으로 본 게 얼마나 오래전이었을까 생각했다. 그는 빈 공간에 아주 잘 적응한 듯했다.

아사모아는 그녀의 부른 배를 보고 몸서리를 쳤다. 그가 손을 내밀었다. 아쿠아는 그 손을 바라보았다. 그녀는 일주일 동안 잠을 못 잔 상태였다. 개미들이 그녀의 손가락들을 넘어가기 시작했고, 그녀는 그것들을 털어 내거나 자신의 작은 손가락들을 아사모아의 큰 손가락들에 끼워 그에게 개미들을 주고 싶었다.

아사모아가 일어나서 어머니를 보며 물었다. 「애들은 어디 있어요?」나나 세르와는 다시 울다가 아쿠아가 바닥에서 꼼짝 못하는 것을 보고 아이들을 데리러 달려갔다.

아마와 아비가 들어왔다. 아쿠아가 보기에 딸들은 변함없었다. 나나 세르와가 매일 아침, 점심, 밤에 엄지손가락 끝에 고춧가루를 바르는데도 아이들은 여전히 엄지손가락을 빨고 있었다. 아이들은 매운 맛을 알아가고 있었다. 그들은 할머니 손을 잡고 남은 손의 엄지손가락을 입에 넣은 채 아사모아를 보았다가 아쿠아를 보았다. 그러더니 아비가 말없이 아버지에게 가서 그의 다리가 나무 몸통이나 아비가 무척이나 좋아하는, 자신보다 강하고 단단한 푸푸 막대기라도 되는 듯 조그만 몸 전체로 감싸 안았다. 걸음마쟁이 아마는 아쿠아에게 가까이 다가왔고, 아쿠아는 아이가 울고 있었다는 것을 알 수 있었다. 굵은 콧물이 코에서 내려와 크게 벌린 입의 윗입술을 핥고 있었다. 마치 큰 동굴로 들어가기 위해 작은 동굴에서 나온 민달팽이 같았다. 아마는 아버지 무릎을 만지기는 했지만 아쿠아에게로 계속 움직였다. 그러더니 아쿠아 옆에 누웠다. 아쿠아는 딸의 작은 심장이 자신의 찢어진 심장과 보조를 맞추어 뛰는 것을 느꼈다. 그녀는 딸을 만지기 위해 손을 뻗었고, 딸을 끌어당겨 품에 안은 다음 일어나서 방 안을 살펴보았다.

*

9월에 전쟁이 끝났고, 주위의 땅이 아샨티족의 손실을 드러내기 시작했다. 아쿠아의 컴파운드 주변 붉은 점토에 긴 균열들이 생겨났다. 날씨가 그렇게 가물었다. 곡식들은 죽고, 가진 것을 모두 전쟁에 나간 남자들에게 주어서 먹을 것도 부족했다. 그들이 가진 것을 모두 주었던 이유는, 넘치는 자유라는 보상을 얻으리라 확신했기 때문이었다. 에드웨소의 전사 왕대비야 아샨티와는 세이셸로 추방되어 마을에 사는 사람들은 그녀를 다시는 볼 수 없게 되었다. 아쿠아는 가끔 배회하다가 그녀의 궁전을 지나며 궁금증을 느끼고는 했다. 만약?

오두막 바닥에서 일어난 날, 아쿠아는 아무 말도 하고 싶어

하지 않았고, 아이들이나 아사모아가 자신의 시야에서 벗어나지 못하게 했다. 그렇게 그 파괴된 가족은 서로의 존재가 그들의 개인적인 전쟁이 남긴 상처를 채워 주기를 바라며 서로를 보듬어 안았다.

처음에는 아사모아도 그녀를 만지고 싶어 하지 않았고 그녀도 그가 만지는 것을 원하지 않았다. 그의 다리가 있던 빈자리가 그녀를 조롱했다. 그녀는 잠자리에서 그의 옆에 어떻게 누워야 할지 알 수 없었다. 전에는 다리 하나를 그의 두 다리 사이에 감고 그의 품에 파고들었는데 이제는 편안한 자세를 취할 수가 없었다. 그녀의 동요가 그의 동요를 키웠다. 아쿠아는 이제 밤에 깨지 않고 잘 수가 없었으나 그녀가 깨어 있거나 괴로워하는 것을 아사모아가 싫어해서 호흡의 흐름에 따라 가슴이 오르락내리락하게 하고 잠든 체했다. 가끔 아사모아가 그녀 쪽으로 돌아누워 그녀를 바라보았다. 그녀는 잠든 체하며 그의 시선을 느꼈고, 그러다 실수로 눈을 뜨거나 호흡의 리듬을 잃으면 그가 크고 우렁찬 목소리로 자라고 명령했다. 그녀는 그에게 들키지 않았을 때는 그의 진짜 숨소리가 자신의 꾸며 낸 숨소리와 일치할 때까지 기다렸다가 누운 채로 불의 여인이 사라지기를 기도했다. 그러다 잠이 들면 스스로에게 깨어나라고 손짓할 때까지 불의 여인을 보지 않기를 바라며 꿈나라의 얕은 웅덩이에 잠의 국자를 담그고 살짝만 잤다.

그러던 어느 날, 아사모아가 더 이상 자고 싶어 하지 않았다. 그가 아쿠아의 목으로 파고들었다.

「당신 깨어 있는 거 알아. 아쿠아, 요새 당신이 안 자는 거 알아.」 그가 말했다.

그래도 그녀는 살에 닿는 그의 뜨거운 숨결을 무시하고 조용하고 고른 숨소리를 내며 잠든 체했다.

「아쿠아.」아사모아가 말했다. 그가 그녀에게로 몸을 돌리고 있어서 그의 입이 그녀의 귀에 닿았고, 그녀의 이름을 부르는 소리가 속이 빈 북을 치는 단단한 북채가 되었다.

그가 계속해서 이름을 불렀지만 그녀는 대답하지 않았다. 그녀가 일주일간의 유폐 뒤 오두막에서 나온 첫날, 동네 사람들은 나나 세르와가 그녀에게 한 짓을 방조한 자신들이 민망하고 부끄러워서 그녀가 지나갈 때 시선을 돌려 버렸다. 그녀의 시어머니도 그녀를 볼 때마다 울음을 터뜨렸고 용서해 달라는 애원의 말이 울음소리에 묻혔다. 백인을 가리키며 사악한 사람이라고 말해서 불타 죽게 만든 아이 코피 포쿠만이 조용한 아쿠아를 보고 〈미친 여자〉라고 속삭였다. 미친 여자. 불구자 마누라.

그날 밤 불구자가 미친 여자를 등이 바닥에 닿게 돌아 눕히고 그녀 안으로 들어왔는데, 처음에는 강압적이었다가 그다음에는 좀 소심해졌다. 그녀는 눈을 뜨고 그가 예전보다 느리게 두 팔의 힘을 사용해 움직이는 것을 보았다. 그의 코를 타고 천천히 흘러내린 땀이 그녀 이마에 떨어졌다가 바닥으로 내려갔다.

일을 치른 뒤 아사모아는 돌아누워서 울었다. 딸들은 저만치서 엄지손가락을 입에 물고 잠들어 있었다. 아쿠아도 돌아누웠다. 그녀는 진이 빠진 채 잠들었다. 아침에 일어나 불 꿈을 꾸지 않았음을 깨달은 그녀는 이제 괜찮아질 것이라고 느꼈다. 그리고 몇 주 후, 나나 세르와가 한 손으로 아쿠아의 가랑이 사

286

이에서 아기 야우의 두 다리를 잡고 나머지 손으로 탯줄을 자를 때, 아쿠아는 아기의 크고 가냘픈 울음소리를 들으며 자신의 아들도 괜찮을 것임을 알 수 있었다.

아쿠아는 천천히 말이 늘어 갔다. 그녀는 거의 잠을 안 잤지만 잠이 들면 돌아다녔다. 어떤 때는 문간에서, 어떤 때는 딸들 사이에서 웅크린 채로 잠이 깼다. 자는 시간이 짧아서 그녀는 움직이는 즉시 깨어났다. 그녀는 아사모아 옆의 자기 자리로 돌아와 해가 지붕 틈새로 안을 들여다보기 시작할 때까지 지붕의 지푸라기와 진흙을 올려다보았다. 아사모아는 자고 있다가 드물게 한 번씩 그녀가 돌아다니는 낌새를 챘다. 그는 정글도를 향해 손을 뻗었다가 자신이 다리 하나를 잃은 것을 기억하고 포기했다. 아쿠아는 그가 아내에게, 자신의 불행에 졌다고 생각했다.

아쿠아는 동네 사람들을 경계했다. 그녀에게 기쁨을 주는 존재는 오직 자식들뿐이었다. 아마는 두 살 때까지 하던, 무슨 소리인지 알아들을 수도 없는 빠르고 정신없는 말들을 뒤로 하고 지금은 진짜 말을 하고 있었다. 이제 아쿠아가 아이들을 데리고 긴 산책을 나가고 싶어 할 때 아무도 의문을 제기하지 않았다. 그녀가 막대기를 뱀이라고 생각하거나 음식을 불에 태울 때도 마찬가지였다. 사람들은 〈미친 여자〉라고 속닥거리려면 나나 세르와의 등 뒤에서 해야 했는데, 만일 그녀가 그 소리를 들으면 거의 채찍만큼 아픈 혀 채찍질을 했기 때문이었다.

아쿠아는 딸들에게 어디로 가고 싶은지 묻는 것으로 산책을 시작하고는 했다. 그녀는 아기 야우를 등에 업고 딸들이 갈 곳을 말하기를 기다렸다. 딸들은 같은 곳을 말할 때가 많았다. 그들은 야 아샨티와의 궁전에 가고 싶어 했다. 그녀에 대한 경의의 표시로 궁전을 그대로 보존해 놓고 있었는데, 딸들은 궁전 문밖에 서서 전후(戰後) 노래 부르기를 좋아했다. 그들이 가장 즐겨 부르는 노래는 이것이었다.

쿠 쿠 힌 쿠
야 아샨티와 이!
(야 아샨티와여!)
오바 바시아 오지나 아프레모 아노 이!
(대포 앞에서 싸운 여인)
와예 비 에지에
(위대한 업적을 이루었네)
나 와보 음모덴
(잘하셨습니다)

가끔 아쿠아도 대포 앞에서 싸운 여인을 찬양하는 음악에 맞추어 야우를 앞뒤로 흔들며 조용히 함께 노래했다.

딸들은 자주 쉬어야 했다. 그들이 제일 좋아하는 휴식 장소는 나무 밑이었다. 아쿠아는 말도 안 되게 큰 나무들이 제공하는 얇은 조각들로 이루어진 그늘에서 낮잠을 자며 긴 오후를 보내고는 했다.

「나는 나중에 늙으면 야 아샨티와처럼 되고 싶어!」 그러던 어느 날 아마가 선언했다. 딸들이 너무 지쳐서 계속 걸을 수가 없었고 근처에 있는 나무라고는 백인을 불태워 죽인 그 나무뿐이었다. 불에 탄 나무껍질의 검음이 뿌리에서부터 낮은 가지들을 향해 기어올라 가는 듯했다. 처음에 아쿠아는 거기서 멈추기를 꺼렸으나 등에 업은 아기가 마치 얌을 열 움큼쯤 나르는 것처럼 무거웠다. 결국 그녀는 거기서 멈춰 야우를 옆에 끼고 바닥에 등을 대고 누웠고, 출산 뒤 아직 다 들어가지 않은 배가 이룬 작은 동산 때문에 발치에 누운 딸들은 보이지 않았다.

「그럼 사람들이 너에 대한 노래들을 부를까?」 아쿠아가 묻자 아마는 킥킥 웃었다.

「응! 사람들이 이렇게 말할 거야. 저 노부인 아마 세르와를 봐. 정말 강하고 예쁘지 않아?」 그녀가 말했다.

「그럼 넌, 아비?」 아쿠아가 손을 들어 한낮의 강렬한 햇빛을 가리며 물었다.

「야 아샨티와는 왕대비고 대인의 딸이었어.」 아비가 말했다. 「그래서 노래를 갖게 된 거지. 아마와 나는 백인들이 키운 미친 여자의 딸들일 뿐이야.」

아쿠아는 예전처럼 쉽게 움직일 수가 없었다. 그녀는 배 속에서 자라며 음식과 에너지를 요구한 아기 때문에 그렇게 된 것인지, 일주일 동안 오두막에 갇혀 지내서 그런 것인지 알 수 없었다. 그녀는 벌떡 일어나 딸의 눈을 똑바로 쳐다보고 싶었지만, 가까스로 등 아래쪽을 처음에는 왼쪽으로, 그다음에는 오른쪽으로 조금씩 돌리다가 이윽고 힘을 끌어모아서 일어나 앉아 벗겨져 가는 나무껍질을 가지고 노는 아비를 볼 수 있었다.

「누가 그래? 내가 미쳤다고?」 그녀가 물었고, 자신이 곤란에 처하기 직전임을 알기에 너무 어린 아비는 어깨를 으쓱했다. 아쿠아는 더 화를 내고 싶었지만 그럴 만한 힘이 없었다.

그녀에게는 잠이 필요했다. 진짜 잠. 이틀 전, 그녀는 기름에 얌을 넣고 깜빡 잊었다. 눈은 자고 있었던 것이다. 나나 세르와가 그녀를 흔들어 깨웠을 때 얌은 이미 검게 타 있었다. 시어머니는 아무 말도 하지 않았다.

「다들 엄마가 미쳤대. 사람들이 그런 말을 하면 할머니가 소리를 지르지만 그래도 사람들은 그렇게 말해.」 아비가 말했다.

아쿠아는 바위에 머리를 기대고 딸들의 졸음에 겨운 조용한 숨소리가 조그만 나비들처럼 주위에서 나풀나풀 날아다닐 때까지 아무 말도 하지 않았다.

그날 밤 아쿠아는 아이들을 집으로 데려갔다. 그들이 안으로 걸어 들어갔을 때 아사모아는 컴파운드 한가운데서 식사를 하고 있었다.

「우리 딸들 잘 있었어?」 딸들이 달려와 품에 안기자 그가 말했다. 아쿠아는 뒤에 남아 딸들이 오두막 안으로 들어가는 것을 눈으로 따라갔다. 더운 날이었고, 아마는 오두막으로 달려들어가며 몸에 감아 입은 옷을 벗어 젖혔다. 옷이 아이의 뒤에서 깃발처럼 펄럭였다.

「우리 아들도 잘 있었고?」 아사모아가 아쿠아의 등에 업힌 야우를 향해 말했다. 아쿠아는 남편이 아기를 만질 수 있도록 그에게로 걸어갔다.

「니아메 신의 뜻대로 잘 있어.」 그녀가 말했고 남편은 끙 소리로 동의를 나타냈다.

「와서 좀 먹어.」 그가 말했다. 아사모아가 어머니를 불렀고, 그녀가 금세 나타났다. 나나 세르와는 노령이었지만 신속함을,

도움을 청하는 맏아들의 부름을 알아듣는 청력을 잃지 않았다. 그녀가 나와서 아쿠아에게 고개를 끄덕였다. 그녀는 아쿠아만 보면 우는 것을 그치게 된 지 며칠밖에 되지 않은 상태였다.

「먹어야 젖이 잘 나오지.」 그녀가 푸푸를 만들기 위해 손 씻는 물그릇에 손을 담그며 말했다.

아쿠아는 배가 부를 때까지 먹었다. 배에 구멍을 내어 배꼽에서 달콤한 젖이 흘러나오게 할 수 있을 것 같았다. 그녀는 손을 닦으며 그 생각만 했다. 발 아래로 강처럼 흐르는 젖. 그녀는 나나 세르와에게 고맙다는 인사를 챙기고 의자에서 몸을 비틀어 일으켰다. 그녀는 아사모아도 한 발로 껑충 뛰어 일어날 수 있도록 그에게 두 손을 뻗어 부축한 다음 아기를 안아 올렸고, 그들은 오두막으로 들어갔다.

딸들은 벌써 잠들어 있었다. 아쿠아는 그들이 부러웠다. 그렇게 쉽게 꿈의 세계로 들어갈 수 있다니. 아이들은 할머니가 매일 아침 고춧가루를 바르는데도 여전히 엄지손가락을 빨았다.

그녀 옆에서 아사모아가 한 번, 두 번 몸을 뒤척였다. 그도 전쟁에서 돌아온 직후보다 잠을 잘 잤다. 그는 가끔 한밤중에 다리가 있던 빈자리에 손을 뻗었다가 손에 아무것도 잡히지 않으면 조용히 울었다. 아쿠아는 나중에 잠이 깼을 때 절대로 그에게 그 이야기를 하지 않았다.

이제 오두막 바닥에 등을 대고 누운 아쿠아는 스스로에게 눈 감는 것을 허용했다. 그녀는 지금 케이프코스트 해변에 누웠다고 상상했다. 잠이 파도처럼 밀려왔다. 먼저 그녀의 구부러진 발가락들, 부어 오른 발, 아픈 발목을 핥았다. 잠의 파도가 그녀의 입과 코, 눈에 닿았을 때 그녀는 더 이상 그것을 두려워하지 않았다.

아쿠아가 꿈나라에 들어갔을 때 그녀는 바로 그 해변에 있었다. 학교에서 선교사들과 함께 딱 한 번 그곳에 갔었다. 선교사들은 그 근처의 마을에 새 학교를 만들고 싶어 했지만 주민들이 환영하지 않았다. 그때 아쿠아는 물의 색깔에 넋을 빼앗겼다. 그녀의 세계에서는 그런 색깔을 볼 수 없었기에 뭐라고 이름을 붙여야 할지 알 수 없었다. 나무의 초록도, 하늘의 파랑도 아니었고 돌이나 얌, 흙도 그 색을 가지고 있지 않았다. 아쿠아는 꿈나라에서 파도치는 바다 가장자리로 걸어갔다. 물에 발가락을 담그니 너무 시원했고, 목구멍으로 들어오는 산들바람처럼 맛볼 수 있을 듯했다. 그런데 바다에 불이 붙으면서 산들바람이 뜨겁게 변했다. 아쿠아의 목구멍에서 산들바람이 소용돌이치기 시작했고, 속도가 빨라지는 바람을 더 이상 입안에 담아 둘 수 없게 되어 그것을 뱉어 냈다. 그녀의 입에서 뱉어진 산들바람이 스스로를 진정시키려고 바다 깊숙이 뛰어들면서 불의 바다를 움직이기 시작했고, 마침내 소용돌이 바람과 불의 바다가 아쿠아가 너무도 잘 아는 여인으로 변신했다.

이번에 불의 여인은 분노하지 않았다. 그 여인이 아쿠아에게 바다로 오라고 손짓해 불렀고, 아쿠아는 두려웠지만 한 발을 떼었다. 그녀의 두 발이 불타올랐다. 한 발을 들자 자신의 살이 타는 냄새가 올라왔다. 그래도 그녀는 불의 여인을 따라갔고, 불의 여인이 아쿠아의 오두막 같은 곳으로 그녀를 이끌었다. 이제 불의 여인은 맨 처음 아쿠아가 그녀의 꿈을 꾸었을 때처럼 불의 아이 둘을 안고 있었다. 아이들은 서로 팔짱을 끼고 서로의 가슴에 머리를 얹은 채였다. 그들의 울음은 소리가 없었지만 아쿠아는 그 소리가 무당이 즐겨 피우던 파이프 담배 연기처럼 그들 입에서 피어오르는 것을 볼 수 있었다. 아쿠아는 그들을 안고 싶어서 손을 뻗었다. 손에 불이 붙었지만 그래도 그들에게 닿을 수 있었다. 곧 그녀는 아이들을 불타는 손에 안고 아이들의 머리칼과 석탄처럼 까만 입술을 이룬 불의 밧줄을 만지작거렸다. 그녀는 불의 여인이 마침내 아이들을 다시 찾은 것에 평온함을, 심지어 행복감을 느꼈다. 그녀가 아이들을 안고 있어도 불의 여인은 싫어하지 않았다. 아이들을 빼앗으려고 하지 않았다. 대신 기쁨의 눈물을 흘리며 바라보고만 있었다. 그녀의 눈물은 판틀랜드의 바다색이었다. 아쿠아가 어릴 때 본 초록도 아니고 파랑도 아닌 그 색. 그 색이 불어나기 시작했다. 파랗게 더 파랗게. 초록으로 더 초록으로. 쏟아지는 눈물이 아쿠아의 손에서 타오르는 불을 끄기 시작할 때까지. 아이들이 사라지기 시작할 때까지.

「아쿠아, 미친 여자! 아쿠아, 미친 여자!」

그녀는 걱정에 짓눌리듯 묵직하게 커져 가는 명치로 자신의 이름을 부르는 소리를 느꼈다. 눈이 뜨이기 시작했고 주위에 에드웨소가 보였다. 사람들이 그녀를 나르고 있었다. 적어도 열 명은 되는 남자들이 머리 위로 그녀를 들고 있었다. 그녀는 그 모든 것을 인식하고 나서야 고통을 느끼고 불에 탄 손과 발을 내려다보았다.

여자들이 울부짖으며 남자들을 따라왔다. 「악랄한 여자!」 그들 일부가 외쳤다. 「사악한 여자!」 다른 일부가 외쳤다.

아사모아가 울부짖는 여자들 뒤에서 막대기를 짚고 껑충거리며 따라오고 있었다.

사람들이 그녀를 불타는 나무에 묶었다. 아쿠아가 목소리를 되찾았다.

「제발요, 형제들. 무슨 일인지 말해 줘요!」

원로인 안트위 아제이가 고함을 지르기 시작했다. 「이 여자가 무슨 일인지 알고 싶다네.」 그가 그곳에 모인 사람들에게 외쳤다.

그들은 아쿠아의 손목을 밧줄로 묶었다. 불에 탄 상처들이 비명을 내질렀고 그다음에는 그녀가 비명을 내질렀다.

안트위 아제이가 계속해서 말했다. 「어떤 악이 자신을 모를 수 있는가?」 그의 물음에 군중의 많은 발들이 단단한 땅을 굴렀다.

그들은 아쿠아의 허리에 밧줄을 감았다.

「우리는 이 여자가 미쳤다는 걸 이미 알고 있었고, 이 여자는 그걸 우리에게 보여 줬다. 사악한 여자. 악랄한 여자. 백인들 손에 자랐으니 백인들처럼 죽을 수 있지.」

아사모아가 군중들을 헤치고 앞으로 나왔다. 「제발.」 그가 말했다.

「넌 이 여자 편이냐? 네 자식들을 죽인 여자인데?」 안트위 아제이가 외쳤다. 그의 분노가 군중의 함성에, 땅을 구르는 발들과 때리는 손들에, 굽이치는 혀들에 반향되었다.

아쿠아는 생각을 할 수가 없었다. 자식을 죽인 여자? 자식을 죽인 여자? 그녀는 잠들어 있었다. 그녀는 아직 자고 있는 것이 분명했다.

아사모아가 울기 시작했다. 그가 아쿠아의 눈을 똑바로 보았고, 아쿠아의 눈은 그에게 질문하고 있었다.

「야우가 아직 살아 있어요. 죽기 전에 내가 구했어요. 하지만 한 아이밖에 안을 수가 없었어요.」 그는 눈으로는 여전히 아쿠아를 보았으나, 사람들에게 말하고 있었다. 「내 아들에게는 엄마가 필요해요. 당신들은 나에게서 이 여자를 빼앗아 갈 수 없어요.」

그는 안트위 아제이를, 그다음에는 에드웨소 사람들을 보았다. 자다가 깨서 악녀가 불타 죽기를 기다리는 군중 틈에 끼어든 사람들.

「내가 가족을 더 잃어야겠어요?」 아사모아가 그들에게 물었다.

얼마 안 있어 그들은 아쿠아를 풀어 주었다. 그들은 그녀와 아사모아가 오두막으로 돌아가도록 내버려 두었다. 나나 세르와와 의사가 야우의 상처들을 치료했다. 아기가 비명을 질렀는데 그 소리가 그의 몸 밖 어디선가 들려오는 듯했다. 그들은 아쿠아에게 아비와 아마를 어디 두었는지 말해 주려 하지 않았다. 그녀에게 아무것도 말해 주려 하지 않았다.

윌리

가을의 토요일이었다. 윌리는 교회 뒤에 서서 펼쳐진 찬송가 책을 한 손에 들고 있었는데, 남은 손으로는 박자에 맞춰 허벅지를 치기 위해서였다. 소프라노와 알토를 이끄는 버사 자매와 도라 자매는 너그럽고 가슴이 큰 여자들로, 이제 언제라도 휴거가 찾아올 것이라고 믿었다.

「윌리가 해야 할 일은 노래를 부르는 거야.」 버사 자매가 말했다. 윌리는 집 청소 일을 마치고 곧장 이곳으로 왔다. 그녀는 이곳으로 걸어 들어오면서 서둘러 앞치마를 벗었지만, 이마에 닭고기 기름이 묻은 것은 알지 못했다.

카슨은 객석에 앉아 있었다. 지루하겠지, 하고 윌리는 생각했다. 카슨은 자꾸만 학교에 대해 물었지만, 그녀는 아기 조세핀이 학교에 다닐 정도로 클 때까지 카슨을 학교에 보낼 수 없었다. 그녀가 무슨 말을 하면 카슨은 눈을 가늘게 뜨고 노려보았고, 가끔 그녀는 카슨을 남부에 사는 여동생 헤이즐에게 보내는 환상을 품었다. 어쩌면 헤이즐은 어린아이의 눈에 그렇게 많은 증오가 떠다니는 것을 신경 쓰지 않을지도 모른다. 하지만 윌리는 실제로 아이를 그곳에 보내는 것은 불가능한 일임을 알았다. 집에 편지를 보낼 때마다 아주 잘 지낸다고, 로버트가 아주 잘하고 있다고 썼으니까. 헤이즐은 답장에서 조만간 놀러 오겠다고 썼지만 윌리는 그녀가 그렇게 하지 않을 것임을 알았다. 남부가 그녀의 땅이었다. 그녀는 북부의 그 어느 곳도 원하지 않았다.

「그래, 윌리가 해야 할 일은 주님께서 윌리가 멘 십자가를 거두시게 하는 거야.」 도라 자매가 말했다.

윌리는 미소 지었다. 그녀는 알토 부분을 콧노래로 불렀다.

「갈 준비 됐니?」 그녀가 무대에서 내려와서 카슨에게 물었다.

「아까부터 준비됐어.」 카슨이 말했다.

그녀와 카슨은 교회를 나왔다. 추운 가을날이었고, 강에서 상쾌한 바람이 불어왔다. 길에는 차들이 몇 대 있었고, 윌리는 마호가니 색의 부유한 여자가 구름처럼 부드러워 보이는 라쿤 털 코트를 입고 지나가는 것을 보았다. 레녹스의 극장들은 하나 걸러 하나씩 차양에 듀크 엘링턴의 공연을 알렸다. 목요일, 금요일, 토요일.

「조금 더 걷자.」 윌리의 말에 카슨은 어깨를 으쓱했지만 주머니에서 두 손을 빼고 걸음에 속도를 내어, 윌리가 마침내 자신이 옳은 말을 했음을 알 수 있게 해주었다.

그들은 멈춰 서서 차 몇 대를 보냈는데, 시선을 든 윌리는 조그만 아이들 여섯 명이 아파트 창문에서 자신을 내려다보는 것을 보았다. 마치 어린이 피라미드처럼 가장 나이가 많고 키가 큰 아이들이 뒷줄에, 가장 어린아이가 앞에 서 있었다. 윌리는 그들에게 손을 흔들었지만, 한 여자가 나타나 아이들을 낚아

채 간 뒤 커튼을 닫았다. 윌리와 카슨은 길을 건넜다. 그날 수백 명은 되는 사람들이 할렘에 나온 듯했다. 수천 명에 이를 수도 있었다. 보도들이 무게를 견디지 못해 내려앉고 몇몇 곳에는 금이 가 있었다. 윌리는 밀크 티 색깔의 남자가 거리에서 노래하는 것을 보았다. 그의 옆에서 나무껍질 색깔 여자가 박수를 치며 고개를 까딱거렸다. 할렘은 무거운 악기들을 너무 많이 가진 거대한 흑인 밴드 같았고, 그 도시 무대가 무너져 가고 있었다.

그들은 7번가에서 남쪽으로 돌아 윌리가 가끔 몇 센트를 벌기 위해 청소 일을 하는 이발소를 지나고 술집 몇 개와 아이스크림 가게를 지났다. 윌리는 핸드백에 손을 넣어 금속이 잡힐 때까지 이리저리 더듬었다. 그녀가 카슨에게 5센트 동전을 건네자 아이는 미소를 보냈는데, 수년 만에 처음인 듯했다. 윌리에게 그 미소의 달콤함에는 쓴맛도 있었던 것이, 카슨이 끝도 없이 울던 시절을 생각나게 했기 때문이었다. 세상에 그들 둘밖에 없던 시절, 카슨은 그녀만으로는 충분하지 않았다. 그녀도 자신만으로는 빠듯했다. 카슨은 아이스크림콘을 사러 달려갔고, 그가 그것을 들고 나오자 두 사람은 계속 걸었다.

윌리는 7번가를 따라 남쪽으로 걸어서 프랫 시티까지 내려갈 수 있었다면 아마 그렇게 했을 것이다. 카슨은 아이스크림콘을 정교하게 핥아서 혀로 둥근 형상을 조각하고 있었다. 그는 아이스크림콘을 빙 둘러 핥은 다음 세심하게 바라보고는 다시 핥았다. 윌리는 아이가 그토록 행복해하는 모습을 마지막으로 본 때가 언제였는지 기억이 나지 않았다. 아이를 행복하게 만들기가 이렇게 쉬운데. 5센트 동전 하나와 걷기면 되는데.

둘이 영원히 걷는다면 그녀도 행복해지기 시작할 수도 있었다. 자신이 프랫 시티를, 고향을 떠나와 할렘에서 어떤 처지가 되었는지를 잊을 수도 있었다.

윌리는 석탄처럼 검진 않았다. 그녀는 석탄을 많이 봐서 그 정도는 확실히 알았다. 하지만 로버트 클리프턴이 윌리의 노래를 듣기 위해 아버지를 따라 노조 회의에 온 날, 그녀는 그렇게 피부가 흰 흑인 소년은 처음 본다는 생각밖에 할 수 없었고, 그런 생각을 하자 자신의 피부가 아버지가 날마다 탄광에서 손톱 밑과 옷에 묻혀 오는 것과 점점 더 비슷해 보이기 시작했다.

윌리는 1년 반째 노조 회의에서 애국가를 불러 왔다. 그녀의 아버지 H가 노조 지도자여서 회의에서 노래를 부를 수 있도록 아버지를 설득하는 일은 그리 어렵지 않았다.

로버트가 온 날, 윌리는 교회 안쪽 방에서 음계 연습을 하고 있었다.

「준비됐니?」 아버지가 물었다. 윌리가 노래를 부르게 해달라고 애원하기 전까지는 노조 회의에서 국가가 불리지 않았다.

윌리는 고개를 끄덕이고 노조원들이 모두 모여 기다리는 예배실로 나갔다. 그녀는 어렸지만 자신이 프랫 시티에서, 어쩌면 버밍엄 전체에서 가장 노래를 잘한다는 것을 알았다. 여자들과 어린애들까지 모두들 열 살 먹은 몸에서 나오는, 세상살이에 지친 늙은 목소리를 듣기 위해 회의에 왔다.

「애국가가 있으니 모두 일어나 주십시오.」 H가 군중에게 말했고, 모두 그 말에 따랐다. 윌리의 아버지는 맨 처음 딸이 애국가를 불렀을 때 눈물이 핑 도는 것을 느꼈다. 나중에 윌리는 한 남자가 이렇게 말하는 것을 들었다. 「늙은 쌍삽 좀 봐. 마음이 약해졌나 봐, 응?」

월리가 애국가를 불렀고, 군중은 환한 미소를 지으며 그 모습을 지켜보았다. 월리는 소리가 배 속 가장 깊은 곳에 있는 굴에서 나오고, 아버지와 그녀 앞에 선 모든 남자처럼 그녀도 몸속 깊이 내려가서 소중한 것을 끌어 올리는 광부라고 생각했다. 노래가 끝나자 예배실 안의 모든 사람이 선 채로 박수를 치며 휘파람을 불었고, 월리는 그 광경을 보며 자신이 굴 밑바닥에 있는 바위에 닿았음을 알았다. 이어서 광부들은 회의를 시작했고, 월리는 아버지 무릎에 앉아 지루해하며 다시 노래를 부를 수 있으면 좋겠다고 생각했다.

「월리, 오늘 노래 아주 예쁘게 잘 불렀다.」 회의가 끝난 뒤한 남자가 말했다. 월리는 H가 뒷정리를 하는 동안 여동생 헤이즐과 함께 교회 밖에 서서 집에 돌아가는 사람들을 바라보고 있었다. 월리는 그 남자를 알지 못했다. 그는 자유의 몸으로 탄광에 오기 전에 철도 일을 했던 신참내기 전과자였다. 「내 아들을 소개해 주마. 수줍음은 많지만, 네 노래를 무척 좋아한단다.」 남자가 말했다.

로버트가 아버지 뒤에서 나왔다.

「가서 좀 놀아라.」 남자는 집으로 돌아가기 전에 로버트의 등을 떠밀며 말했다.

아버지는 커피색이었지만, 로버트는 크림색이었다. 월리는 백인과 흑인이 함께 있는 것을 프랫 시티에서 흔히 보았지만 한 가족 안에, 한 사람 안에 둘 모두가 있는 모습은 본 적이 없었다.

「너 목소리가 좋아.」 로버트가 말했다. 그는 시선을 땅에 두고 흙을 차며 말했다. 「네 노래 들으러 왔어.」

「고마워.」 윌리가 말했다. 로버트는 자신이 말을 한 것에 안도한 듯 미소 지으며 그녀를 바라보았다. 윌리는 그의 눈을 보고 깜짝 놀랐다.

「왜 눈이 그래?」 윌리가 물었다. 헤이즐은 언니 다리 뒤에 숨어서, 언니 무릎 뒤에서 로버트를 쳐다보았다.

「내 눈이 어떤데?」 로버트가 물었다.

윌리는 대답할 말을 찾아보았으나 그의 눈을 표현할 말이 없음을 깨달았다. 그의 눈은 많은 것들과 비슷했다. 그녀와 헤이즐이 뛰어들기 좋아하는 진흙 위에 고인 맑은 물웅덩이와도 비슷하고, 풀잎을 물고 언덕을 가로지르는 모습을 그녀에게 보인 적이 있는 황금빛 개미의 아른아른 빛나는 몸과도 비슷했다. 그의 눈은 그녀 앞에서 변하고 있었고, 그녀는 그걸 어떻게 표현해야 할지 몰라 그저 어깨만 으쓱했다.

「너 백인이야?」 헤이즐이 물었고, 윌리는 동생을 밀었다.

「아니. 하지만 엄마 말로는 우리에게 백인 피가 많이 섞였대. 가끔은 그게 오래 있다가 나타난대.」

「그건 정상이 아냐.」 헤이즐이 고개를 저으며 말했다.

「너희 아빠는 흙만큼 늙었어. 그것도 정상이 아니지.」 로버트가 말했고, 윌리는 자신도 모르는 사이에 그를 떠밀었다. 그가 휘청거리다가 엉덩방아를 찧고는 놀라움이 가득한 갈색과 초록색과 금빛 눈으로 그녀를 올려다보았지만 윌리는 아랑곳하지 않았다. 윌리의 아빠는 버밍엄 역사상 최고의 광부 중 하나였다. 그는 윌리의 삶에서 빛이었고, 윌리도 아빠에게 그런 존재였다. 아빠는 윌리를 가지기 위해 기다리고, 기다리고 또 기다렸노라고, 그러다 윌리가 태어나자 커다란 석탄 가슴이 녹아내릴 정도로 행복했노라고 입버릇처럼 말했다.

로버트가 일어나서 흙을 털었다.

「야아, 엄마한테 이를 거야!」 언니를 창피하게 만들 기회를 놓치는 법이 없는 헤이즐이 윌리에게 돌아서며 말했다.

「아니, 괜찮아.」 로버트가 말했다. 그는 윌리를 보고 있었다. 「괜찮아.」

그 일이 둘 사이의 벽을 허물었고, 그날 뒤로 로버트와 윌리는 그 어떤 두 사람에 못지 않게 가까워졌다. 그들은 열여섯 살 때 데이트를 시작하고, 열여덟 살 때 결혼하고, 스무 살 때 아이를 낳았다. 프랫 시티 사람들은 그들에 대해 단숨에 말했고 그들의 이름은 하나가 되었다. 로버트와윌리.

카슨이 태어나고 한 달 뒤에 윌리의 아버지가 죽었고, 그 한 달 뒤에 어머니도 아버지를 따라갔다. 원래 광부들은 오래 못 살았다. 윌리의 친구들 중에는 어머니 배 속에서 헤엄칠 때 아버지를 잃은 아이들도 있었지만, 그렇다고 해서 아버지를 잃은 그녀의 아픔이 덜하지는 않았다.

윌리는 처음 며칠간 슬픔을 가눌 수가 없었다. 카슨을 보고 싶지도, 안고 싶지도 않았다. 밤에 아기가 잠든 사이 로버트가 그녀를 품에 안고 그녀의 그칠 줄 모르는 눈물에 키스했다. 「사랑해, 윌리.」 그가 속삭였는데, 그 사랑도 아픔이 되어 그녀를 더 슬피 울게 만들었다. 그녀는 부모님이 떠난 세상에 좋은 것이 아직 남았을 수 있다는 것을 믿고 싶지 않았던 것이다.

윌리는 장례 행렬에서 노래를 이끌었고, 모든 조문객의 울음과 울부짖음이 탄광들로 소리를 실어 날랐다. 윌리는 그런 슬품을 생전 처음 알게 되었고, 그녀의 부모를 배웅하기 위해 모인 수백 명의 사람들이 주는 충만함도 처음 알게 되었다. 노래를 시작했을 때, 그녀의 목소리가 떨렸다. 그녀의 마음이 흔들리고 있었다.

나 면류관 쓰리. 윌리의 노랫소리가 갱 밑바닥에서 울려 나와 탄광들 주위를 걷는 모두를 맞이했다. 곧 그들은 이름도, 얼굴도 없는 수백 명의 남자들과 소년들이 묻힌 옛 공동묘지를 지났고, 윌리는 아버지가 자유의 몸으로 죽은 것이 그나마 다행스러웠다. 그나마.

나 면류관 쓰리. 윌리는 카슨을 안고 노래했다. 아기의 가냘픈 울음소리가 반주였고, 아기의 심장 박동이 메트로놈이었다. 윌리는 노래하면서 음들이 작은 나비들처럼 자신의 입에서 팔랑팔랑 날아가며 얼마간의 슬픔을 가져가는 것을 보았고, 마침내 자신이 이 아픔을 견뎌 내게 될 것임을 알았다.

곧 윌리는 프랫 시티가 눈에 들어간 티끌처럼 느껴지기 시작했다. 그녀는 그 티끌을 없앨 수가 없었다. 그녀는 로버트도 떠나고 싶어서 좀이 쑤신다는 것을 알았다. 그는 석탄을 캐기에는 좀 허약했다. 그는 열세 번째 생일 이후로 매년 한 번 꼴로 탄광에 일자리를 얻으러 갈 마음을 먹었는데, 그때마다 탄광 감독들은 그를 그렇게 생각했다. 그래서 그는 프랫 시티의 상점에서 점원으로 일했다.

그러다 카슨이 태어나자, 로버트는 갑자기 그 일이 성에 차지 않는 듯했다. 그는 불만을 달고 살았다.

「그 일은 명예가 없어.」 어느 날 밤, 로버트가 윌리에게 말했다. 윌리는 어린 카슨을 배에 올려 놓고 앉아 있었고, 카슨은 그녀의 귀걸이들에서 반사된 빛을 잡으려 애쓰고 있었다. 「광부 일은 명예가 있지.」 로버트가 말했다.

윌리는 남편이 설령 탄광에 내려갈 기회를 얻는다고 해도 그곳에서 죽게 될 것이라고 늘 생각했다. 그녀의 아버지는 죽기 여러 해 전에 탄광 일을 그만뒀다. 아버지는 로버트보다 덩치는 두 배나 크고 힘은 열 배쯤 셌다. 그런데도 아버지는 연신 기침을 해댔고, 가끔 기침할 때 입에서 검은 점액이 흘러나오고, 얼굴이 뒤틀리고, 눈알이 불거져 나오는 것이 마치 보이지 않는 사람이 뒤에서 그의 두툼한 목을 감싸 쥐고 조르는 것만 같았다. 그녀는 로버트를 더할 나위 없이 사랑했지만 그가 자신의 목을 조르는 손을 상대할 수 있는 남자로 보이지는 않았다. 하지만 그녀는 남편에게 그런 말을 하지 않았다.

로버트가 방 안을 서성이기 시작했다. 벽에 걸린 시계는 5분 늦게 갔다. 시계 초침 소리가 윌리에게는 교회 부흥회에서 틀린 박자에 맞추어 손뼉을 치는 남자 같았다. 끔찍한, 하지만 확신에 찬.

「우린 떠나야 해. 북부로 가자. 내가 새 일을 배울 수 있는 곳으로. 네 부모님도 떠나셨으니 이제 우리에게는 프랫 시티에 남은 게 없어.」

「뉴욕.」 윌리가 그 생각이 떠오르자마자 말했다. 「할렘.」 그 말이 하나의 기억처럼 떠올랐다. 그녀는 그곳에 가본 적은 없었지만 자신의 삶에서 그것의 존재를 느낄 수 있었다. 예감. 미래의 기억.

「뉴욕, 응?」 로버트가 미소 지으며 말했다. 그가 카슨을 안

앙고 빛을 빼앗긴 아이는 놀라서 울기 시작했다.

「당신은 일을 찾을 수 있을 거야. 나는 노래를 부를 수 있고.」

「당신이 노래를 부른다고, 응?」 로버트가 카슨의 눈앞에서 손가락을 흔들자 아이의 눈이 손가락을 따라 움직였다. 이쪽으로, 저쪽으로. 「소니,[27] 네 생각은 어때? 엄마가 노래를 부른다고?」 로버트는 흔들던 손가락을 카슨의 말랑말랑한 배로 가져가서 간질였다. 아이가 비명을 지르듯 웃어댔다.

「아기도 좋아하는 것 같은데, 엄마.」 로버트도 함께 웃으며 말했다.

누구나 북부로 떠난 사람을 하나쯤은 알았고, 이미 그곳에 사는 사람도 하나쯤은 알았다. 윌리와 로버트는 프랫 시티에서 조시의 똑똑한 아들 릴 조로 살던 때의 조 터너를 알았다. 이제 그는 할렘에서 교사로 일했다. 조가 윌리와 로버트를 웨스트 134번가에 있는 자신의 집으로 데려갔다.

윌리는 처음 할렘에서 느낀 기분을 평생 잊지 못할 터였다. 프랫 시티는 광산촌이어서 모든 것이 땅속에 묻힌 것에 집중되어 있었다. 할렘은 하늘에 관한 곳이었다. 건물들이 윌리가 지금까지 본 그 어느 것보다 높았고, 많은 건물들이 모여서 긴장된 모습으로 어깨를 나란히 하고 서 있었다. 처음 마셔 본 할렘의 공기는 깨끗했다. 탄가루가 코로 들어와 목구멍에 닿거나 맛으로 느껴지지 않았다. 숨 쉬는 것만으로도 짜릿했다.

「릴 조, 우리가 우선적으로 할 일은 내가 노래할 곳을 찾는 거예요. 길거리에서 여자들이 노래하는 걸 들었는데 내가 그

27 Sonny. 나이 든 사람이 소년이나 청년을 부르는 말.

여자들보다 나아요. 들어 보면 알아요.」그들은 세 개의 여행 가방 중 마지막 것을 들여놓고 마침내 작은 아파트에 자리를 잡았다. 마침 그 아파트에 혼자 살 형편이 못 되었던 조는 옛 친구들과 함께 살게 되어 너무도 기쁘다고 말했다.

조가 웃음을 터뜨렸다. 「윌리, 길거리의 여자보다 노래를 잘 불러야지. 안 그러면 어떻게 길거리에서 벗어나 건물 안으로 들어갈 수 있겠어?」

로버트는 카슨을 안고서 아이가 안달하지 않도록 조금씩 까부르고 있었다. 「우리가 우선적으로 할 일은 그게 아니지. 우리가 우선 할 일은 내가 직장을 잡는 거야. 내가 가장이야, 잊었어?」

「오, 당신이 가장이지, 좋아.」윌리가 눈을 찡긋하며 말했고, 조는 눈알을 굴렸다.

「지금 이 집에 아기가 더 생기면 안 돼.」조가 말했다.

그날 밤, 그리고 그 뒤로도 여러 밤을, 윌리와 로버트와 카슨은 높은 벽돌 건물 4층의 좁은 거실에 깔아 놓은 매트리스에서 다 함께 잤다. 매트리스 위 천장에 커다란 갈색 얼룩이 있었는데, 거기 처음 누운 날 윌리는 그 얼룩마저도 아름답다고 생각했다.

릴 조가 사는 건물에는 흑인들만 득실거렸는데 거의 모두가 루이지애나, 미시시피, 텍사스에서 갓 올라온 사람들이었다. 윌리는 외출했다가 들어오는 길에 앨라배마 사투리임에 분명한 느린 말소리를 들었다. 그 남자는 좁은 문으로 커다란 소파를 밀어 넣으려고 애쓰고 있었다. 문 저편에서 비슷한 목소리가 지시를 내렸다. 왼쪽으로 더, 오른쪽으로 조금만.

이튿날 아침, 윌리와 로버트는 카슨을 릴 조에게 맡기고 할 렘을 한 바퀴 돌면서 혹시 동네에 구인 광고라도 붙었나 보기로 했다. 그들은 몇 시간 동안 걸어 다니며 사람들 구경도 하고, 이야기도 하고, 할렘의 다른 점들과 같은 점들을 관찰했다.

그들은 동네를 돌다가 아이스크림 가게를 지나게 되었는데, 가게 문에 구인 광고가 붙어 있어서 안으로 들어가 알아보기로 했다. 가게 안으로 들어가다가 윌리가 계단 턱에 발이 걸려 넘어지려고 하자 로버트가 그녀를 안아 잡아 주었다. 그는 그녀가 균형을 되찾도록 도와주고 그녀가 똑바로 서자 뺨에 재빨리 키스했다. 안으로 들어서자 윌리는 점원과 눈이 마주쳤고, 그녀는 점원의 시선을 따라 불어온 찬바람이 배 속 탱갱까지 내려가는 것을 느꼈다.

「실례합니다, 선생님. 밖에 있는 구인 광고를 봤습니다.」 로버트가 말했다.

「당신 흑인 여자하고 결혼했어요?」 점원이 윌리에게서 시선을 거두지 않으며 물었다.

로버트는 윌리를 보았다.

로버트가 조용히 말했다. 「전에 점원 일을 했습니다. 남부에서요.」

「자리 없어요.」 남자가 말했다.

「전 경력이 있고 —」

「자리 없다니까.」 남자가 더 퉁명스럽게 다시 말했다.

「가자, 로버트.」 윌리가 말했다. 남자가 두 번째 입을 열었을 때 그녀는 이미 문을 반쯤 나서고 있었다.

그들은 두 블록을 말없이 걸었다. 그사이 구인 광고가 붙은 식당을 지났지만 윌리는 로버트를 돌아볼 필요도 없이 그들이 그곳을 그냥 지나쳐 갈 것임을 알았다. 그들은 얼마 지나지 않아 릴 조의 집으로 돌아왔다.

「벌써 왔어?」그들이 들어서는 것을 본 조가 물었다. 카슨은 조그만 몸을 웅크리고 매트리스에서 자고 있었다.

「윌리가 아기가 잘 있는지 확인하고 싶어 해서요. 형님도 좀 쉬어야 하고. 안 그래, 윌리?」

윌리는 조의 시선을 느끼며 대답했다.「그래, 맞아.」

로버트는 휙 돌아서더니 순식간에 밖으로 나가 버렸다.

윌리는 아기 옆에 앉았다. 그녀는 잠든 아기를 바라보았다. 그녀는 자신이 그렇게 온종일 자는 아기를 보고 있을 수 있을까 궁금해졌고 그래서 시도해 보았다. 하지만 잠시 뒤 기이하고 무력한 공황 상태에 사로잡혔다. 아기가 숨을 쉬는 것이 아닐지도 몰랐다. 아기가 배고픔을 느끼지 못해 먹을 것을 달라고 보채지 않았을 수도 있었다. 아기가 이 낯선 대도시의 다른 여자들과 엄마를 구분하지 못할지도 몰랐다. 그녀는 아기의 울음소리를 듣기 위해 아기를 깨웠다. 그리고 그제야, 처음에는 조용하게 시작되었다가 이내 배에서 내지르는 악쓰는 소리로 변하는 울음을 들은 뒤에야 비로소 마음을 놓았다.

「사람들이 그를 백인으로 여겨요, 조.」윌리가 말했다. 그녀는 카슨을 바라보는 자신을 바라보는 그의 시선을 느꼈던 것이다.

조는 고개를 끄덕였다.「알겠어.」그는 침착하게 말한 뒤 그녀가 자신만의 시간을 가지도록 자리를 비켜 주었다.

윌리는 로버트가 돌아오기를 초조하게 기다렸다. 그녀는 프랫 시티를 떠난 것이 실수였나 하는 생각이 처음으로 들었다. 그곳을 떠난 뒤로 아직 소식이 없는 헤이즐 생각이 났고, 그리움의 물결이 좌절과 슬픔에 빠진 그녀를 덮쳐 왔다. 그녀에게 또 하나의 미래 기억이 있었다. 외로움의 시간. 그 시간이 다가오는 것이 느껴졌고, 그녀는 그것을 감내하는 법을 배워야 할 터였다.

로버트가 아파트로 돌아왔다. 이발소에 가서 머리를 짧게 깎고 온 것이었다. 옷도 새로 사 입었는데 윌리는 그가 분명 저축한 돈을 다 썼을 것이라고 생각했다. 그가 나갈 때 입었던 옷은 보이지 않았다. 그가 윌리 옆에 앉아 카슨의 등을 쓰다듬었다. 윌리는 그를 바라보았다. 그 같지가 않았다.

「그 돈을 쓴 거야?」 윌리가 물었다. 로버트는 그녀와 눈을 마주치려 하지 않았고, 윌리는 로버트의 그런 모습이 기억나지 않았다. 심지어 처음 만나 그와 놀게 된 날도, 그녀가 그를 떠밀어 넘어뜨렸을 때도 로버트는 끈덕지게, 거의 탐욕스럽게 그녀와 눈을 맞추었다. 로버트의 눈은 그녀가 처음 그에 관해 물은 것이었고, 그녀가 처음 사랑한 것이었다.

「윌리, 난 아버지처럼 되지 않을 거야.」 로버트가 여전히 카슨을 보며 말했다. 「난 한 가지 일밖에 못하는 남자가 되진 않을 거야. 우리를 위해 새 인생을 살 거야. 난 내가 할 수 있다는 걸 알아.」

마침내 로버트가 윌리를 보았다. 그는 손으로 그녀의 뺨을 쓰다듬은 뒤 목덜미를 잡았다. 「우리는 지금 여기 있어, 윌리.」 그가 애원했다. 「우리 여기 있자.」

윌리에게 〈여기 있는 것〉은 매일 아침 로버트와 함께 일어나고, 그 건물의 모든 아기를 싼값에 보살펴 주는 아래층의 베스라는 늙은 여자에게 카슨을 데려다줄 준비를 하고, 그동안 로버트는 면도를 하고 머리를 빗은 뒤 셔츠 단추를 채우고, 그다음에 그는 멋진 옷을 차려입고 그녀는 소박하게 입고서는 일자리를 찾기 위해 함께 할렘으로 걸어 나가는 것을 의미했다. 여기 있는 것은 둘이 함께 보도를 걷지 않는 것을 의미했다. 늘 로버트가 조금 앞서 걸었고, 절대 서로에게 손대지 않았다. 그녀는 더 이상 그의 이름을 부르지 않았다. 그녀는 길거리에서 쓰러지거나 강도를 당하거나 차가 달려들어도 그의 이름을 불러서는 안 된다는 것을 알았다. 한번 그를 불렀다가 로버트가 돌아보자 모든 사람이 쳐다보았던 것이다.

처음에는 두 사람이 함께 할렘에서 일자리를 찾아다녔다. 로버트는 가게 점원으로 취직이 되기도 했지만, 일주일 뒤 한 백인 고객이 그에게 몸을 가까이 기울이고 가게에 자주 들락거리는 니그로 여자들 중 하나를 가지고 싶은 것을 어떻게 참는지 물으면서 문제가 생겼다. 그날 밤, 집에 돌아온 로버트는 윌리에게 그 백인 남자가 말한 여자가 당신일 수도 있다고 우는소리를 하며 그만두겠다고 했다.

이튿날 둘이 다시 일자리를 찾으러 나섰다. 이번에는 둘이 갈라지기 전에 남쪽으로 너무 멀리 내려갔고, 윌리는 맨해튼의 나머지 부분에서 로버트를 잃어버렸다. 이제 그가 너무 희게 보여서 윌리는 단 몇 초 만에 그를 완전히 잃어버리고 말았다. 그는 보도를 바삐 오가는 수많은 흰 얼굴들 중 하나일 뿐이었다. 맨해튼에서 두 주를 보낸 뒤 로버트는 일자리를 얻었다.

윌리는 석 달이 더 걸리긴 했지만 12월에 할렘 남쪽 가장자리에 사는 부유한 흑인 가족 모리스가의 가정부가 되었다. 그들의 검음을 아직 숙명으로 받아들이지 않은 그 가족은 시가 허용하는 선에서 백인들에게 최대한 가까이 접근했다. 하지만 검은 피부 때문에 길 하나만 내려가도 아파트를 구할 수가 없어서 더 남쪽으로 갈 수는 없었다.

윌리는 낮 동안 모리스 부부의 아들을 돌보았다. 아이를 먹이고, 씻기고, 낮잠을 재웠다. 그다음에는 아파트를 구석구석 깨끗이 청소했는데, 모리스 부인이 항상 점검을 했기에 나뭇가지 모양 촛대 밑까지 꼭 닦았다. 초저녁이면 요리를 시작했다. 모리스 부부는 흑인 대이동 이전부터 뉴욕에 살았는데도 남부가 그들의 부엌에 있는 것처럼 먹었다. 대개는 모리스 부인이 먼저 집에 왔다. 재봉사로 일하는 그녀는 바늘에 손을 찔려 피를 흘릴 때가 많았다. 모리스 부인이 집에 오면 윌리는 오디션을 보러 가고는 했다.

그녀는 재즈 클럽에서 노래하기에 너무 검었다. 그녀가 오디션을 보러 간 밤에 사람들이 한 말이었다. 무척 마르고 키 큰 남자가 그녀 얼굴에 종이 봉지를 가져다 댔다.

「너무 검어.」 그가 말했다.

윌리는 고개를 저었다. 「하지만 난 노래를 부를 수 있어요. 보세요.」 그녀는 입을 벌리고 숨을 깊게 들이쉬어 배 풍선을 채웠지만 그 남자가 두 손가락으로 찔러서 공기를 뺐다.

「너무 검다니까. 재즈 무대에는 피부색이 옅은 여자들만 설 수 있어요.」 남자가 말했다.

「난 한밤처럼 검은 남자가 트롬본을 들고 들어오는 걸 봤어요.」

「내가 여자들이라고 했잖소. 남자라면 가능할 수도 있지.」

내가 로버트라면, 하고 윌리는 생각했다. 로버트는 원한다면 무슨 직업이든 가질 수 있었지만 겁이 많아서 시도를 못한다는 것을 그녀는 알았다. 흑인이라는 것이 들통날까 봐, 교육을 제대로 못 받았을까 봐. 요전 날 밤에 그는 어떤 사람이 왜 〈저쪽〉 말투를 쓰느냐고 물었다고, 그 뒤로 말을 하기가 두렵다고 그녀에게 말했다. 그는 무슨 일을 하는지 정확하게 말해 주려고 하지 않았지만 바다와 고기 냄새를 풍기며 집에 돌아왔고 그녀가 평생 본 것보다도 많은 돈을 한 달 동안 벌어 왔다.

로버트는 조심성이 많았고, 그녀는 거칠었다. 늘 그런 식이었다. 둘이 처음 잤을 때, 너무 긴장한 탓에 그의 페니스는 강물 위의 통나무처럼 떨리는 왼쪽 허벅지에 붙어 있었다.

「너희 아빠가 알면 나를 죽이려고 할 거야.」 그가 말했다. 그들은 열여섯 살이었고, 부모님은 노조 회의에 가고 없었다.

「난 지금은 아빠 생각 안 나, 로버트.」 그녀가 그 통나무를 세우려고 애쓰며 말했다. 그녀는 그의 손가락을 하나씩 입에 넣고 끝을 깨물며 그를 주시했다. 그의 긴장을 풀어 주어 그녀 안으로 들어오게 한 다음, 그의 위로 올라가 그가 애원할 때까지 움직였다. 그만, 멈추지 마, 더 빨리, 천천히. 그가 눈을 감자 그녀는 눈을 뜨고 자신을 보라고 명령했다. 그녀는 쇼의 스타가 되기를 좋아했다.

지금 로버트에 대한 생각을 하며 그녀가 원하는 것도 그것이었다. 만일 그녀가 로버트라면 조심성을 버리고 피부색을 잘 활용했을 터였다. 그럴 수만 있다면 그의 몸에, 그의 피부에 자신의 목소리를 집어넣고 싶었다. 재즈 무대에 서서 군중이 그녀에게 던지는 극찬들을 듣고 싶었다. 부모님의 식탁에서 노래할 때 종종 그랬던 것처럼 말이다. 야아, 우리 딸은 노래를 부를 줄 안다니까. 그렇고 말고.

「자, 원한다면 밤에 청소 일은 할 수 있어요.」 마르고 키 큰 남자의 말에, 윌리는 생각이 어두운 방향으로 흐르기 전에 상념에서 깨어났다. 「보수는 괜찮아요. 얼마 있으면 기회가 생길 수도 있고.」

윌리는 즉석에서 일자리를 받아들였고, 그날 밤 집에 돌아가서 로버트에게 모리스가에서 밤 근무를 하게 되었다고 말했다. 그는 그 말을 믿는지 안 믿는지는 몰라도 고개를 끄덕였다. 그날 밤 그들은 카슨을 사이에 두고 잤다. 카슨은 말을 몇 마디씩 하기 시작했다. 요전 날 윌리는 카슨을 데려다가 조에게 맡기기 위해 베스의 아파트에 내려갔다가 아들이 그 늙은 여자를 엄마라고 부르는 것을 들었다. 아이를 꼭 끌어안고 계단을 오르며 끔찍한 응어리가 목구멍을 콱 막아 오는 것을 느꼈다.

「보수는 괜찮아.」 윌리가 카슨의 입에서 엄지손가락을 빼며 로버트에게 말했다. 카슨이 울기 시작했다. 그러면서 윌리에게 외쳤다. 「싫어!」

「이런, 소니, 엄마한테 그렇게 말하면 못 써.」 로버트가 말했다. 카슨이 도로 엄지손가락을 입에 넣고 아버지를 쳐다보았다. 「우린 그 돈 필요 없어. 윌리, 우린 잘 지내고 있어. 이제 곧 집도 마련할 거야. 당신은 일할 필요 없어.」

「어디서 살 건데?」 윌리가 쏘아붙였다. 그럴 의도는 아니었는데 기분 나쁜 소리가 나와 버렸다. 그녀도 그렇게 살고 싶었다. 아파트도 마련하고, 카슨과 더 많은 시간을 보내고. 하지만 자신에게 그런 삶이 주어지지 않을 것임을 그녀는 알았다. 그런 삶은 그들의 것이 아님을 알았다.

「살 데는 얼마든지 있어, 윌리.」

「어떤 데? 우리가 어떤 세계에 살고 있다고 생각해, 로버트? 〈이〉 세계에서 당신은 문밖만 나서면 검둥이와 잔다는 이유로 얻어맞지 않는 게 이상한 일이고 —」

「그만!」 로버트가 말했다. 윌리는 그가 그렇게 강한 목소리로 말하는 것을 들어 본 적이 없었다. 「그러지 마.」

그가 벽을 향해 돌아누웠고, 윌리는 그대로 누워 천장을 바라보았다. 천장의 커다란 갈색 얼룩이 흐물흐물해 보이기 시작하는 것이 금방이라도 천장이 무너져 내릴 것만 같았다.

「난 변하지 않았어, 윌리.」 로버트가 벽에 대고 말했다.

「그래, 하지만 똑같지도 않지.」 그녀가 대꾸했다.

그들은 그날 밤 더 이상 대화를 나누지 않았다. 그들 사이에서 카슨이 코를 골기 시작했는데, 그 소리가 점점 요란해지면서 마치 배 속의 우르릉거림이 코를 통해 새어 나오는 듯했다. 그것이 무너지는 천장의 배경 음악처럼 들렸고, 윌리는 겁이 나기 시작했다. 카슨이 아직 아기였다면, 그들이 아직 프랫 시티에 있었다면 카슨을 깨웠을 터였다. 하지만 이곳 할렘에서 그녀는 움직일 수가 없었다. 그녀는 우르릉거림과 무너짐, 공포를 견디며 그대로 누워 있어야 했다.

재즈 클럽 청소는 그리 어렵지 않았다. 윌리는 저녁 시간 전에 카슨을 베스에게 맡기고 레녹스 거리 644번지로 향했다.

그 일은 모리스가에서 하는 일과 같으면서도 달랐다. 재즈 공연 관객은 백인들뿐이었다. 매일 밤 무대에 서는 공연자들은 그 마른 남자 말대로 키가 크고, 피부는 황갈색이고, 아주 멋졌다. 다시 말해 키가 163센티미터는 되고, 피부색이 옅고, 젊었다. 윌리는 쓰레기를 치우고 바닥을 쓸고 닦으며 무대 위 사람들을 바라보는 남자들을 바라보았다. 그 모든 것이 그녀에게는 너무도 이상했다.

한 쇼에서 남자 배우가 아프리카 정글에서 길을 잃은 연기를 했다. 그는 풀로 만든 치마를 입고 머리와 팔에 표식을 그린 모습이었다. 그리고 말 대신 꿍 소리를 내며 주기적으로 가슴 근육을 과시하면서 가슴을 두드렸다. 그는 키 큰 황갈색의 멋진 여자들 중 하나를 번쩍 들어 마치 헝겊 인형처럼 가볍게 어깨에 둘러멨다. 관객들은 웃고 또 웃었다.

윌리는 일하는 척하며 남부를 묘사한 쇼를 보기도 했다. 윌리가 그 재즈 클럽에서 본 흑인들 중에서 가장 검은 남자 배우 셋이 무대에서 목화를 땄다. 그러다 한 배우가 불평을 하기 시작했다. 그는 해가 너무 뜨겁고 목화가 너무 하얗다고 말했다. 그리고 무대 가장자리에 앉아 게으르게 다리를 앞뒤로 흔들흔들 움직였다.

나머지 둘이 앞으로 나와 서서 그의 어깨에 손을 얹었다. 그들은 윌리가 처음 들어 보는 노래를 불렀는데, 그들을 보살펴주는 그런 주인을 만난 것에 모두 감사해야 한다는 내용이었다. 노래가 끝난 뒤 그들 모두가 일어나 다시 목화 따는 일로 돌아갔다.

그것은 윌리가 아는 남부가 아니었다. 그녀의 부모님이 알던 남부 역시 아니었다. 하지만 그녀는 객석의 남자들이 하는 말을 들으며 그들이 남부에 발도 들여 본 적이 없음을 알았다. 그들이 원하는 것은 그저 웃고, 마시고, 여자들에게 휘파람을 부는 것뿐이었다. 윌리는 무대에서 노래를 부르지 않고 청소 일을 하는 것이 기쁠 지경이었다.

윌리는 그곳에서 두 달 일했다. 그녀와 로버트는 그녀가 어디서 살 거냐고 물은 밤 뒤로 썩 잘 지내지는 못했다. 로버트는 집에 안 들어오는 날이 대부분이었다. 그녀가 해 뜨기 몇 시간 전에 클럽에서 돌아오면 카슨 혼자 매트리스에서 자고 있었다. 조가 수업이 끝난 뒤 카슨을 베스의 집에서 찾아와 매일 밤 재워 주었다. 윌리는 카슨 옆으로 기어들어 뜬눈으로 로버트의 발자국 소리를 기다렸다. 복도를 울리는 〈쿵 쿵 쿵〉 소리, 그것은 그날 밤 그녀가 남편을 가지게 될 것이라는 의미였다. 그 소리가 들리면, 그가 오면 그녀는 얼른 눈을 감았고, 두 사람은 클럽 무대 위 배우들처럼 〈척하기〉 놀이를 했다. 로버트의 역할은 그녀 옆으로 조용히 파고드는 것이었고, 그녀의 역할은 아무것도 묻지 않고 자신이 여전히 그를, 그들의 관계를 믿는다고 그가 믿도록 해주는 것이었다.

윌리가 쓰레기를 버리러 클럽 밖으로 나갔다가 들어오는데 상사가 그녀를 향해 걸어오기 시작했다. 그는 화난 얼굴이었지만 윌리는 그가 화난 얼굴이 아닌 것을 본 적이 없었다. 그는 전쟁에 나갔다가 부상을 당해서 휘청거리듯 절룩이며 걸었는데 그래서 버젓한 직업을 갖지 못했다고 입버릇처럼 말했다. 그를 행복하게 해주는 것은 밖에 나가서 울퉁불퉁한 벽돌벽에 기대어 담배를 한 대, 두 대, 세 대 연달아 피우는 것뿐인 듯했다.

「누가 남자 화장실에 토했어.」 그가 밖으로 나가며 말했다.

윌리는 고개만 끄덕였다. 적어도 일주일에 한 번은 있는 일이었고, 그가 말해 주지 않아도 어떻게 해야 하는지 알았다. 그녀는 양동이와 막대 걸레를 들고 화장실로 갔다. 문을 한 번, 두 번 두드렸다. 대답이 없었다.

「들어가요.」 그녀가 강하게 말했다. 술에 취한 남자들은 청력을 잃는 경향이 있어서 강하게 밀고 들어가는 것이 소심하게 행동하는 것보다 낫다는 사실을 몇 주 전에 깨달았던 것이다.

화장실의 남자는 청력을 잃은 것이 분명했다. 그는 세면대에 얼굴을 박고 웅크린 자세로 서서 혼자 웅얼거리고 있었다.

「어머, 죄송해요.」 윌리가 말했다. 그녀가 도로 나가려는데 남자가 고개를 들었고, 거울 속에서 눈이 마주쳤다.

「윌리?」 그가 물었다.

윌리는 그의 목소리를 단박 알아들었지만 돌아서지 않았다. 대답도 하지 않았다. 그녀는 자신이 그를 바로 알아보지 못했다는 사실에만 사로잡혀 있었다.

연애 시절과 신혼 초에, 윌리는 자기 자신보다 로버트를 더 잘 안다고 생각했다. 단순히 그가 제일 좋아하는 색깔이 무엇인지 안다거나 그가 말해주지 않아도 저녁 때 무엇을 먹고 싶어 하는지 아는 것에 대한 문제가 아니었다. 그가 아직 스스로에게 알게 할 수 없는 것들까지도 아는 것의 문제였다. 그가 자신의 목을 조르는, 보이지 않는 손을 감당할 수 있는 남자가 아니라는 것. 카슨의 탄생이 그에게 변화를 가져왔는데 더 나은 쪽으로의 변화가 아니라는 것. 그가 마음 깊이 자기 자신을 두

317

려워하게 되었으며, 늘 자신의 선택들에 의문을 품는다는 것. 그리고 그 자신이 만든 기준, 그 대가가 엄청나게 컸을 때조차 아들과 아내를 위해 길을 열어 주었던 아버지의 사랑 속에서 유지되었던 그 기준을 결코 만족시키지 못한다는 것. 로버트의 그런 것들을 알아볼 수 있었던 자신이 그의 구부린 등, 숙인 머리를 알아보지 못한 것에 그녀는 더럭 겁이 났다.

백인 남자 둘이 윌리를 보지 못하고 화장실로 들어섰다. 한 사람은 회색 양복, 나머지 한 사람은 청색 양복을 입고 있었다. 윌리는 숨을 죽였다.

「자네 아직 여기 있나, 롭? 여자들이 무대에 올라올 텐데.」 청색 양복이 말했다.

로버트가 윌리에게 절망적인 시선을 보냈고, 아직 아무 말도 하지 않은 회색 양복이 그의 시선을 따라와 그녀를 보았다. 그는 윌리를 위아래로 훑어보았고, 얼굴에 미소가 천천히 번져 갔다.

로버트가 고개를 저으며 말했다. 「좋아, 친구들. 가세.」 그는 미소를 지으려고 했지만 입 귀퉁이가 금세 아래로 처졌다.

「로버트는 벌써 여자가 생긴 것 같은데.」 회색 양복이 말했다.

「그 여자는 청소하러 들어온 거야.」 로버트가 말했다. 윌리는 그의 눈이 애원하는 것을 보았고, 그제야 자신이 곤란에 빠졌음을 깨달았다.

「어쩌면 다시 나갈 필요가 없을지도 모르겠군.」 회색 양복이 말했다. 그는 어깨의 힘을 풀고 벽에 몸을 기댔다.

청색 양복도 히죽거리기 시작했다.

윌리는 막대 걸레를 움켜잡았다. 「이만 가봐야겠어요. 윗분이 찾으실 거예요.」 그녀가 말했다. 그녀는 로버트처럼 목소리를 바꾸었다. 그들처럼 말하려고 했다.

회색 양복이 막대 걸레를 빼앗았다. 「아직 청소할 게 남았어.」 그가 말했다. 그가 그녀의 얼굴을 애무했다. 그의 두 손이 그녀의 몸을 더듬어 내려갔지만 가슴에 닿기 전에 그녀가 그의 얼굴에 침을 뱉었다.

「윌리, 안 돼!」

두 양복이 로버트를 쳐다보았고, 회색 양복은 얼굴의 침을 닦았다. 「아는 여자야?」 청색 양복이 물었지만, 회색 양복이 그보다 두 걸음 앞서 있었다. 윌리는 회색 양복이 머릿속으로 모든 단서를 모으고 있다는 것을 알 수 있었다. 로버트의 피부색이 거뭇한 것, 걸쭉한 목소리, 밤에 집에 잘 안 들어가는 것. 그는 상대의 기를 죽이는 시선으로 로버트를 보았다. 「네 여자야?」 그가 물었다.

로버트의 눈에 눈물이 차오르기 시작했다. 그는 토악질을 해서 이미 얼굴이 누렇게 떠 있었는데 금방이라도 다시 토할 것만 같았다. 그는 고개를 끄덕였다.

「그럼 이리 와서 키스하지 그래?」 회색 양복이 물었다. 그는 벌써 왼손으로 바지 지퍼를 내린 상태였다. 그리고 오른손으로 자기 페니스를 쓰다듬었다. 「걱정 마. 여자는 안 건드릴 테니까.」 그가 말했다.

그는 약속을 지켰다. 청색 양복이 문을 지키는 동안 로버트가 모든 것을 했다. 눈물로 얼룩진 몇 번의 키스와 조심스러운 손길이 전부이기는 했다. 회색 양복은 로버트에게 그녀 안으로 들어가라고 말할 사이도 없이 진저리를 치며 씨근덕거리는 소리와 함께 사정을 하고 말았다. 그다음에는 즉시 그 게임에 흥미를 잃었다.

「내일은 일 안 나와도 돼, 롭.」 그가 청색 양복과 함께 나가면서 말했다.

윌리는 닫히는 문으로 들어온 작은 바람을 느꼈다. 온몸의 털이 곤두섰다. 몸뚱이가 나무토막처럼 뻣뻣했다. 로버트가 그녀에게 손을 뻗었고, 그녀는 아직 자신의 몸을 통제할 수 있음을 한 박자 늦게 깨달았다. 그녀가 물러섰을 때는 이미 로버트의 손이 그녀에게 닿아 있었다.

「오늘 밤에 떠날게.」 로버트가 말했다. 그가 다시 울었고 갈색, 초록색, 금색 눈이 눈물 뒤에서 아른아른 빛났다.

그는 윌리가 당신은 이미 떠났다고 말하기 전에 화장실에서 나갔다.

*

카슨은 여전히 아이스크림을 핥고 있었다. 그는 아이스크림을 한 손으로 들고 있었다. 남은 손으로는 윌리의 손을 잡고 있었다. 윌리는 아들의 피부 감촉을 느끼는 것만으로도 눈물이 나기에 충분했다. 그녀는 계속 걷고 싶었다. 필요하다면 미드타운까지 가고 싶었다. 그녀는 아들이 그렇게 행복해하는 모습을 마지막으로 본 것이 언제였는지 기억도 안 났다.

로버트와 헤어진 뒤 조가 청혼했지만, 윌리는 그런 생각조차 견딜 수 없었다. 그녀는 한밤중에 카슨을 데리고 나가서 이틀

날 아침에 아는 사람을 아무도 안 볼 수 있을 정도로 멀리 떨어진 곳에 자리 잡았다. 하지만 할렘을 떠날 수는 없었고, 대도시의 그 작은 구석이 그녀를 압박해 오는 듯했다. 모든 얼굴이 로버트의 것이었고 그 어떤 얼굴도 그의 것이 아니었다.

카슨은 울음을 그치려고 하지 않았다. 한 번 울기 시작하면 일주일 내내 그치지 않는 것 같았다. 새 아파트에는 아이를 맡아 줄 베스가 없어서 낮에 일하러 나갈 때 유리창들을 닫고 문들을 잠그고 날카로운 물건들을 감춘 뒤 아이를 혼자 집에 두었다. 밤에 집에 돌아와 보면 카슨은 그칠 줄 모르는 눈물로 흠뻑 젖은 매트리스에서 잠들어 있었다.

그녀는 대부분 청소 일인 허드렛일들을 했고 이따금 아직도 오디션을 보러 갔다. 오디션은 늘 같은 방식으로 끝났다. 그녀는 자신감에 차서 무대에 올랐다. 하지만 입을 벌려도 소리가 나오지 않았고, 그녀는 곧 울면서 앞에 있는 사람에게 용서해 달라고 애원했다. 그러다가 용서를 구하고 싶으면 교회를 찾아가는 편이 나을 것이라는 말을 듣기도 했다.

그래서 그렇게 했다. 윌리는 프랫 시티를 떠난 뒤로 교회에 나가지 않았는데 이제는 아무리 자주 나가도 부족한 듯했다. 그녀는 일요일마다 이제 막 다섯 살이 된 카슨을 이끌고 레녹스와 7번가 사이 서 128번가에 있는 침례교회에 나갔다. 그리고 거기서 엘리를 만났다.

그는 어쩌다 한 번씩 교회에 나오는 사람이었지만, 신도들은 그가 성령의 열매를 지녔다고 생각해서 엘리 형제라고 불렀다. 그것이 어떤 열매인지 윌리는 알지 못했다. 교회에 나가기 시작한 지 한 달쯤 되었을 때, 그녀는 카슨을 무릎에 안고 맨 뒷줄에 앉아 있었다. 카슨은 무릎에 앉히기에는 너무 커서 다리가 아팠지만 그래도 그녀는 아이를 안고 있었다. 엘리가 사과 봉지를 옆에 끼고 들어왔다. 그는 뒷문에 기대어 섰다.

목사가 설교했다. 「하늘에서 하나님의 불이 떨어져 양떼와 종들을 모두 태워 버렸고, 오직 저만이 홀로 도망쳐 이렇게 주인님께 보고 드리는 것입니다.」

「아멘.」 엘리가 말했다.

윌리는 고개를 들어 그를 보았다가 다시 목사에게로 시선을 옮겼다. 「그런데 갑자기 황야에서 큰 바람이 불어와 집의 네 귀퉁이를 강타하여 집이 무너지면서 자녀 분들이 깔려 죽고 오직 저만이 홀로 도망쳐 주인님께 보고드리는 것입니다.」

「하나님, 감사합니다.」 엘리가 말했다.

봉지 부스럭거리는 소리가 들렸고, 시선을 든 윌리는 엘리가 사과 한 알을 꺼내는 것을 보았다. 그는 사과를 한 입 베어 물며 그녀에게 눈을 찡긋했고, 그녀는 얼른 목사에게 고개를 돌렸다. 「주신 분도 주님이시고 가져가신 분도 주님이시니 주님의 이름을 찬양합니다.」

「아멘.」 윌리가 웅얼거렸다. 카슨이 안달하기 시작해서 그녀가 조금 까불러 주었지만 아이는 더 꿈틀거렸다. 엘리가 카슨에게 사과를 주었고, 아이는 두 손으로 사과를 잡고 입을 크게 벌려 사과를 조금 베어 물었다.

「고마워요.」 윌리가 말했다.

엘리가 고갯짓으로 문을 가리키며 속삭였다. 「나랑 좀 걸읍시다.」 윌리는 그 말을 못 들은 척하고 카슨이 사과를 바닥에 떨어뜨리지 않도록 도와주었다.

「나랑 좀 걷자고요.」엘리가 더 큰 소리로 말했다. 안내원이 그에게 조용히 하라는 신호를 보냈고, 윌리는 그가 더 큰 소리로 또 말할까 봐 자리에서 일어나 그와 함께 나갔다.

엘리는 카슨의 손을 잡고 걸었다. 할렘에서 레녹스 거리는 피할 수 없는 곳이었다. 그 거리는 모든 더럽고, 추하고, 올바르고, 아름다운 것이 모인 곳이었다. 재즈 클럽도 여전히 그 자리에 있었고, 윌리는 그곳을 지나치며 몸서리를 쳤다.

「무슨 일이에요?」엘리가 물었다.

「그냥 한기가 들어서 그래요.」윌리가 말했다.

윌리는 온 할렘을 다 돌아다닌 것만 같았다. 그녀는 마지막으로 그렇게 많이 걸었던 것이 언제였는지 기억도 안 났고, 그렇게 멀리 걷도록 카슨이 울지 않았다는 것을 믿을 수가 없었다. 그녀의 아들은 걸으면서 계속 사과를 먹었고, 윌리는 아들이 너무도 만족스러워 보여서 자신에게 이런 작은 평화를 선물해 준 엘리를 안아 주고 싶었다.

「무슨 일 해요?」이윽고 앉을 자리를 발견했을 때 윌리가 엘리에게 물었다.

「난 시인이에요.」엘리가 대답했다.

「좋은 걸 쓰나요?」윌리가 물었다.

엘리는 그녀에게 미소를 보내며 카슨의 손에 대롱대롱 매달린 사과 꼭지를 받아 들었다. 「아뇨, 나쁜 걸 많이 써요.」

윌리는 웃음을 터뜨렸다. 「제일 좋아하는 시가 뭐예요?」그녀가 물었다. 엘리가 벤치에서 그녀에게 조금 더 가까이 좁혀 앉았다. 그녀는 숨이 멎을 듯한 기분을 느꼈는데 로버트와 첫 키스를 한 날 뒤로 남자 앞에서 처음 있는 일이었다.

「성경이 최고의 시죠.」엘리가 말했다.

「그런데 왜 교회에서 더 자주 보이지 않죠? 성경을 열심히 공부해야 할 것 같은데.」

이번에는 엘리가 웃었다.「시인은 공부보다 삶에 더 많은 시간을 써야 해요.」그가 말했다.

윌리는 엘리가 〈삶〉이라고 부르는 것을 많이 한다는 것을 알게 되었다. 처음에는 그녀도 그것을 그렇게 불렀다. 엘리와 함께 있으면 정신없이 바빴다. 엘리는 윌리가 가볼 꿈도 꾸지 못했던 뉴욕시의 온갖 곳들을 데리고 다녔다. 그는 모든 것을 먹어 보고, 모든 것을 시도하고 싶어 했다. 자신에게 돈이 없다는 사실에는 신경도 안 썼다. 윌리가 임신하자 그의 모험심은 더 커지는 듯했다. 로버트와 정반대였다. 카슨이 태어나자 로버트는 뿌리를 내리고 싶어 했는데, 조세핀이 태어나자 엘리는 날개를 기르고 싶어 했다.

아기가 그녀의 배에서 나오자마자 엘리는 날았다. 처음에는 3일 동안이었다.

엘리가 술 냄새를 풍기며 집에 돌아왔다.「우리 아기는 잘 있나.」그가 말했다. 엘리가 조세핀의 얼굴에 대고 손가락을 꿈틀거리자 아기는 큰 눈으로 그것을 따라다녔다.

「어디에 있다 왔어, 엘리?」윌리가 물었다. 그녀는 분노밖에 느낄 수 없었지만 화난 목소리를 내지 않으려고 애썼다. 그녀는 로버트가 한동안 집에 안 들어오다가 다시 들어왔을 때 자신이 아무것도 묻지 않았던 것을 기억했고 똑같은 실수를 두 번 저지르고 싶지 않았다.

「와, 나한테 화났구나, 윌리?」엘리가 물었다.

카슨이 그의 바짓가랑이에 매달렸다. 「사과 있어요, 엘리?」
카슨이 물었다. 카슨은 로버트를 닮아 갔고 윌리는 그것을 견
딜 수가 없었다. 그녀는 그날 아침에 카슨의 머리를 깎아주었
는데 머리가 짧아질수록 로버트의 모습이 더 많이 보이는 듯했
다. 카슨은 그녀가 머리를 깎는 내내 발버둥질 치고 악을 쓰며
울었다. 그녀가 때리자 아이는 조용해졌지만 엄마를 노려보았
다. 그녀는 어떤 것이 더 나쁜지 확신이 안 섰다. 그녀가 아들
을 미워하지 않으려고 애쓰는 만큼 아들이 그녀를 미워하기 시
작한 것 같았다.

「그럼, 너에게 줄 사과가 있지, 소니.」 엘리가 주머니에서 사
과를 꺼내며 말했다.

「그렇게 부르지 마.」 그녀는 잊고 싶은 남자가 다시 생각나
악문 이 사이로 거칠게 속삭였다.

엘리의 얼굴에 실망감이 어렸다. 그가 눈가를 훔치며 말했
다. 「미안해, 윌리. 응? 미안하다고.」

「내 이름은 소니야!」 카슨이 외쳤다. 그는 사과를 베어 물었
다. 「난 소니가 좋아!」 그가 입에서 사과즙을 튀기며 말했다.

조세핀이 울기 시작했고, 윌리는 아기를 안아 올려서 흔들
어 주었다. 「당신이 뭘 시작되게 했는지 봤지?」 그녀가 말했고,
엘리는 묵묵히 눈가만 훔쳤다.

아이들은 커갔다. 가끔 윌리는 한 달 동안 매일 엘리를 만났
다. 시가 술술 나오고 자금 사정도 아주 나쁘지 않은 때였다.
윌리는 이 집 저 집 청소를 하고 돌아오면 아파트 안에 온통 종
잇조각들과 뭉치들이 어질러진 것을 발견하고는 했다. 일부 종

이들에는 〈날기〉 혹은 〈재즈〉 같은 하나의 단어만 적혀 있었다. 나머지 종이들에는 시 한 편이 통째로 들어 있었다. 윌리는 자신의 이름이 맨 위에 적힌 종이를 발견하고 어쩌면 엘리가 떠나지 않을지도 모른다고 생각했다.

하지만 그러다가도 그는 떠나고는 했다. 돈에 쪼들렸다. 윌리는 처음에는 조세핀을 데리고 일을 나갔지만 그러다 일자리 두 개를 잃고 나서 어차피 학교에 못 보낼 카슨과 함께 두기 시작했다. 그들은 6개월 동안 세 번이나 쫓겨났으며, 한 아파트에서 스무 명이나 되는 낯선 사람들과 한 침대를 쓰며 살다 보니 그녀가 아는 모든 사람이 집주인에게 쫓겨나는 신세가 되었다. 그녀는 쫓겨날 때마다 얼마 되지도 않는 짐을 들고 한 블록 아래로 내려갔다. 윌리는 새 주인에게 남편이 유명한 시인이라고 말했지만 엘리가 남편도 아니고 유명하지도 않다는 것을 스스로 잘 알았다. 어느 날, 하룻밤 자러 들어온 그에게 그녀가 소리쳤다. 「엘리, 시를 먹고살 순 없어.」 그 뒤로 그녀는 석 달 가까이 그를 볼 수 없었다.

그러다가 조세핀이 네 살, 카슨은 열 살이 되었을 때 윌리는 성가대에 들어갔다. 그녀는 성가대의 노래를 처음 들은 날부터 들어가고 싶었지만 무대는, 설령 그곳이 제단이라고 할지라도 재즈 클럽을 떠올리게 했다. 그러다 엘리를 만났고, 그 뒤로 교회에 나가지 않았다. 그러다 엘리가 자꾸 집을 나가면서 다시 교회에 나가기 시작했다. 마침내 그녀는 리허설에 갔지만 뒷줄에 조용히 서서 입만 벙긋거리고 소리는 내지 않았다.

윌리와 카슨은 할렘 경계선에 가까이 다가가고 있었다. 카슨이 콘을 와작와작 씹으며 회의적인 눈길로 그녀를 올려다보았고, 그녀는 아이를 안심시키는 미소를 보냈지만 이제 곧 돌아서야만 한다는 것을 그녀도 알고 아이도 알았다. 행인들의 피부색이 바뀌기 시작하면 그들은 돌아서야 할 터였다.

하지만 그들은 그러지 않았다. 이제 주위에 백인들이 너무 많아서 윌리는 겁이 나기 시작했다. 그녀는 카슨의 손을 잡았다. 프랫 시티에서 백인들과 섞여 살던 시절은 너무 오래전 일이라 마치 꿈처럼 아득했다. 지금 이곳에서 그녀는 어깨를 옹송그리고 고개를 숙여 몸을 작게 만들려고 애쓰고 있었다. 카슨도 똑같이 하는 것이 느껴졌다. 그들은 할렘의 검은 바다가 나머지 세계의 흰 급류로 변하는 지점을 지나 두 블록을 그렇게 걷다가 교차로에 멈춰 섰다.

주위에 걸어가는 사람들이 너무 많아서 윌리는 그를 알아본 것이 놀라웠지만, 정말 그였다.

로버트였다. 그는 한쪽 무릎을 꿇고 앉아 서너 살쯤 되어 보이는 소년의 신발끈을 묶어 주고 있었다. 그의 반대편에서 한 여자가 소년의 손을 잡고 있었다. 그 여자는 손가락 모양으로 말린 금발을 짧게 잘라서 가장 긴 머릿가닥이 턱 끝에 겨우 닿았다. 로버트가 일어섰다. 그가 여자에게 키스하면서 그들 사이의 소년이 잠시 찌그러졌다. 그다음에 로버트는 눈을 들어 교차로 건너편을 보았다. 윌리와 눈이 마주쳤다.

차들이 지나갔고, 카슨이 윌리의 셔츠 자락을 잡아당겼다. 「우리 건널 거지, 엄마? 차들 지나갔어. 건너도 돼.」 아이가 말했다.

길 건너편에서 금발 여자의 입술이 움직이고 있었다. 그녀가 로버트의 어깨를 건드렸다.

윌리는 로버트에게 미소를 보냈고, 그 미소를 짓고 나서야 비로소 자신이 그를 용서했음을 깨달았다. 마치 그 미소가 밸 브를 연 듯 그녀 안에 꽉 찼던 분노와 슬픔과 혼란과 상실감이 몸 밖으로 뿜어져 나간 것 같았다. 저 하늘 멀리. 멀리.

로버트도 그녀에게 미소를 보냈지만 이내 고개를 돌려 금발 여인에게 무슨 말인가를 했고, 세 사람은 다른 방향으로 걸어 갔다.

카슨이 윌리의 시선을 따라가서 로버트가 있던 자리를 보았 다. 「엄마?」 카슨이 다시 말했다.

윌리는 고개를 저었다. 「아냐, 카슨. 더 이상은 못 가. 이제 돌 아갈 시간이 된 것 같다.」

그 일요일에 교회 안은 사람들로 가득했다. 엘리의 시집이 봄에 출간될 예정이어서 그는 너무도 행복한 나머지 윌리가 기 억하는 그 어느 때보다 집에 오래 머물렀다. 그는 중간 좌석에 앉아 조세핀을 무릎에 안고 카슨은 옆에 앉혔다. 목사가 설교 단으로 올라가서 말했다. 「여러분, 하나님은 위대하시지 않습 니까?」

신도들이 말했다. 「아멘.」

목사가 말했다. 「여러분, 하나님은 위대하시지 않습니까?」

신도들이 말했다. 「아멘.」

목사가 말했다. 「여러분, 하나님은 오늘 나를 건너편으로 데 려오셨습니다. 여러분, 나는 십자가를 내려놓고 다시는 짊어지 지 않을 것입니다.」

「영광, 할렐루야.」 신도들이 외쳤다.

윌리는 성가대 뒷줄에 서서 찬송가 책을 든 두 손을 떨고 있었다. 그녀는 밤마다 곡괭이와 삽을 들고 탄광에서 집으로 돌아오던 H를 생각했다. 아버지는 집 안으로 들어오기 전에 연장을 포치에 내려놓고 장화를 벗었다. 집에 탄가루 자국을 남기면 깔끔한 에테가 잔소리를 퍼부었기 때문이었다. H는 자신을 기다리는 딸들을 보러 집으로 들어가기 위해 삽을 내려놓을 때가 하루 중 가장 행복한 시간이라고 말했다.

윌리는 신도석을 바라보았다. 엘리가 조세핀을 무릎 위에서 까불렀고 어린 조세핀이 잇몸을 드러낸 채 미소 짓고 있었다. 그래도 손이 떨렸고, 완벽한 정적의 순간에 요란한 쾅 소리를 내며 찬송가 책을 무대에 떨어뜨렸다. 예배실의 모든 사람이, 신도들과 목사, 도라 자매와 버사 자매와 모든 성가대원이 그녀에게 고개를 돌렸다. 그녀는 여전히 떨면서 앞으로 나가 노래를 불렀다.

야우

하마탄[28]이 불어오고 있었다. 야우는 단단한 점토에서 바람에 휩쓸려 올라온 흙먼지가 2층 교실 창문까지 날아오는 것을 보았다. 그곳 타코라디에서 지난 10년간 학생들을 가르쳐 온 그는 올해는 바람이 얼마나 고약할까 궁금했다. 그가 아직 에드웨소에 살던 다섯 살 때는 바람이 어찌나 거셌는지 나무 몸통까지 꺾어 놓았다. 흙먼지가 너무 자욱해서 손을 앞으로 내밀자 손이 시야에서 사라졌다.

야우는 종이를 정리했다. 그는 2학기가 시작되기 전 주말에 생각을 정리하기 위해, 어쩌면 글을 쓰기 위해 교실에 왔다. 그는 자신의 책 제목 『아프리카인들이 아프리카의 주인이 되게 하라』를 바라보았다. 그는 200페이지를 썼고, 거의 그만큼을 버렸다. 이제 제목마저 거슬렸다. 이대로 있다가는 경솔한 행동을 하게 될 것임을 알았기에 그는 원고를 치웠다. 어쩌면 창문을 열고 원고를 바람에 날려 보낼 수도 있었다.

「아제쿰 선생님, 당신에게 필요한 건 아내예요. 그 바보 같은

28 Harmattan. 사하라 남부에서 겨울에 부는 덥고 건조한 바람.

책이 아니라.」

야우는 그 주에 6일째 에드워드 보아헨의 집에서 저녁을 먹고 있었다. 일요일에는 7일째 먹게 될 터였다. 에드워드의 아내는 자신이 두 남자와 결혼한 것 같다고 불평했지만, 야우가 그녀의 요리에 칭찬을 아끼지 않아서 앞으로도 계속 그를 환영할 터였다.

「당신이 있는데 아내가 왜 필요해요?」 야우가 물었다.

「음, 조심해.」 아내가 요리를 앞에 놓아 준 뒤로 쉬지 않고 먹기만 하던 에드워드가 처음으로 먹기를 멈추고 말했다.

에드워드는 야우가 역사를 가르치는 타코라디의 천주교 학교에서 수학을 가르쳤다. 두 사람은 아크라의 아치모타 학교에서 처음 만났고, 야우는 그들의 우정을 그 무엇보다 소중히 여겼다.

「독립이 다가오고 있어.」 야우가 말했고, 보아헨 부인은 그녀 특유의 가슴 깊은 곳에서 우러나오는 한숨을 쉬었다.

「오면 오는 거죠. 당신한테 그 이야기 듣는 것도 지겨워요. 밥 차려 줄 사람도 없는데 당신한테 독립이 무슨 소용이에요!」 보아헨 부인이 그렇게 말하고 남자들에게 물을 더 가져다주려고 작은 돌집으로 달려 들어가자 야우는 웃음을 터뜨렸다. 그는 혁명적 신문들에 그녀의 이름 아래 어떤 설명이 실릴지 상상되었다. 〈자유보다 밥에 더 신경 쓰는 전형적인 황금해안 여성〉.

「자네가 할 일은 돈을 모아서 영국이나 미국으로 유학을 가는 거야. 교탁에서 혁명을 이끌 수는 없어.」 에드워드가 말했다.

「지금 미국에 가기에는 내 나이가 너무 많아. 혁명을 이끌기에도. 게다가, 백인 학교에 가면 백인들이 우리에게 가르치고 싫어 하는 걸 배우는 거야. 그럼 돌아와서 백인들이 원하는 나라를 세우겠지. 계속해서 그들에게 봉사하는 나라. 그럼 우리는 영원히 자유를 얻을 수 없어.」

에드워드는 고개를 저었다. 「야우, 자넨 너무 경직돼 있어. 일단 어디서부터든 시작을 해야지.」

「그럼 우리 자신에서부터 시작해야지.」 그것이 그의 책의 요지였지만 그는 더 이상 말하지 않았다. 어떤 논쟁이 이어지게 될지 알았기 때문이다. 두 사람은 아샨티국이 영국 식민지로 흡수되었을 즈음에 태어났다. 그리고 둘 다 자유를 위해 싸운 아버지를 두었다. 그들은 같은 것들을 원했지만 그것들을 얻는 방법에 대해서는 의견이 달랐다. 사실 야우는 어디서부터든 자신이 혁명을 이끌 수 있다고 생각하지 않았다. 설령 그가 책을 마무리한다 해도 아무도 읽지 않을 터였다.

보아헨 부인이 큰 물그릇을 들고 왔고, 두 남자는 거기에 손을 씻기 시작했다.

「아제쿰 선생님, 좋은 여자가 하나 있어요. 그 여자는 아직 아기를 낳을 수 있는 나이니까 걱정할 필요가 없고 ─」

「이만 가봐야겠네요.」 야우가 그녀의 말허리를 잘랐다. 그는 그것이 무례한 짓임을 알았다. 따지고 보면 보아헨 부인은 잘못이 없었다. 그녀는 야우에게 밥을 해줄 의무가 없었다. 하지만 그에게 이래라저래라 할 입장도 아니었다. 야우는 에드워드와 악수하고 보아헨 부인과도 악수한 다음 학교 안에 있는 자신의 작은 집으로 돌아갔다.

그는 1.6킬로미터 길이의 학교 구내를 걷다가 남학생들이 축구를 하는 모습을 보았다. 몸을 자유자재로 움직이는 날렵한 아이들이었다. 그들의 동작에는 야우가 그 나이 때 결코 갖지 못했던 대담함이 있었다. 그는 걸음을 멈추고 잠시 그들을 지켜보았고, 곧 공이 그에게로 날아왔다. 그는 공을 잡으며 그 알량한 운동신경에 감사했다.

아이들이 그를 향해 손을 흔들고 공을 가지러 신입생을 보냈다. 그 남학생은 웃는 얼굴로 다가오다가 야우에게 가까워지자 미소가 가시고 두려운 표정이 되었다. 그는 아무 말도 못하고 야우 앞에 서 있었다.

「공 달라고?」 야우가 묻자 아이는 그에게서 시선을 떼지 않고 얼른 고개를 끄덕였다.

야우는 생각보다 세게 공을 던져 주었고, 아이는 공을 받고 달려갔다.

「얼굴이 왜 저래?」 야우는 그 아이가 다른 아이들에게 다가가며 묻는 소리를 들었지만, 그들의 대답을 듣기 전에 자리를 떴다.

야우는 그 학교에 부임한 지 10년째였다. 매년 똑같았다. 머리를 새로 깎고 교복을 깨끗이 다려 입은 신입생들이 학교에 꽃을 피웠다. 그들은 시간표와 책, 부모나 마을 사람들이 마련해 준 얼마 안 되는 돈을 들고 왔다. 그들은 이 과목 저 과목 선생님이 누구인지 서로 물었고, 아제쿰의 이름이 나오면 누구인가 나서서 자신의 형이나 사촌 형이 그 역사 선생님에 대해 들었다는 이야기를 풀어놓았다.

2학기 첫날, 야우는 신입생들이 어슬렁거리며 걸어 들어오는 것을 지켜보았다. 똑똑하거나 부유해서 백인들의 책을 배우는 학교에 선발된 이 남학생들은 모두 품행이 바른 아이들이었다. 하지만 복도에서는 무척이나 소란스러워서 그들이 마을에서 어떻게 자랐을지 상상할 수 있었다. 책이 무엇인지 알기 전에, 그들의 가족들이 책이 아이들이 원할 수 있는 것이며 아이들에게 필요한 것임을 알기 전에, 그들은 마을에서 씨름하고 노래하고 춤추며 자랐을 터였다. 그러다가 일단 교실에 들어와 작은 나무 책상에 교과서를 꺼내 놓으면 마법에 걸린 듯 조용해졌다. 학기 첫날 그들이 어찌나 조용했는지 야우는 아기 새들이 창틀에서 먹을 것을 달라고 짹짹거리는 소리까지 들을 수 있었다.

「칠판에 뭐라고 적혀 있지?」 야우가 물었다. 그는 주로 열넷, 열다섯 살 학생들로 이루어진 7학년을 가르쳤고, 그 학생들은 아래 학년에서 이미 영어 읽기와 쓰기를 배운 상태였다. 야우는 처음 부임했을 때 교장에게 지역 언어로 아이들을 가르쳐야 한다고 주장했지만, 교장은 그를 비웃었다. 야우도 그것이 어리석은 희망임을 알았다. 지역 언어들이 너무 많았던 것이다.

야우는 학생들을 바라보았다. 책상에 앉은 채 몸을 앞으로 내밀고 제일 먼저 발표하고 싶은 자신의 욕망에 도전장을 낼 학우가 있는지 두리번거리는 학생을 보면 누가 첫 번째로 손을 들지 알 수 있었다. 이번에는 피터라는 아주 작은 학생이 손을 들었다.

「〈역사는 이야기하기이다〉라고 적혀 있습니다.」 피터가 대답했고, 이어 억눌린 흥분이 발산되면서 미소를 지었다.

「〈역사는 이야기하기이다〉.」 야우가 말했다. 그는 책상들 사이의 통로를 걸어가며 학생들과 일일이 눈을 맞췄다. 그는 교실 뒤로 걸어가서 섰고, 학생들은 그를 보기 위해 목을 뒤로 길게 뺐다. 그가 물었다. 「내가 흉터를 갖게 된 이야기를 해볼 사람 있나?」

학생들은 몸을 꼼지락거리기 시작했고 팔다리에 힘이 풀리면서 흔들거렸다. 그들은 서로를 보며 기침을 하고는 외면했다.

「수줍어하지 마라.」 야우가 미소 띤 얼굴로 고개를 끄덕여 학생들을 독려하며 말했다. 「피터?」 그가 물었다. 방금 전만 해도 말하기를 무척이나 기뻐했던 소년이 이제 애원하는 눈빛을 보냈다. 야우는 신입생들과의 첫 수업이 늘 가장 좋았다.

「네, 아제쿰 선생님?」 피터가 말했다.

「넌 어떤 이야기를 들었니? 내 흉터에 대해서.」 야우는 피터의 커져가는 두려움을 얼마간이라도 달래 주고 싶은 마음으로 여전히 미소 띤 얼굴로 물었다.

피터는 목청을 가다듬고 바닥을 내려다보았다. 「사람들 말로는 선생님이 불에서 태어났다고 합니다. 그래서 그렇게 똑똑한 거라고요. 불에 밝혀져서요.」

「다른 사람?」

에뎀이라는 학생이 소심하게 손을 들었다. 「선생님의 어머니가 아사만도에서 온 악령들과 싸우셨다고 들었습니다.」

그다음에는 윌리엄이 말했다. 「선생님의 아버지가 아샨티군의 패배를 너무 슬퍼한 나머지 신들을 저주해서 신들에게 복수당한 거라고 들었습니다.」

그다음은 토머스. 「선생님이 일부러 그랬다고 들었습니다. 수업 첫날 이야기할 거리를 만들기 위해서요.」

모든 학생이 웃었고, 야우도 웃음이 나려는 것을 억눌러야 했다. 자신의 수업에 관한 소문이 돈다는 것을 그도 알았다. 그

가 어떤 행동을 보일지에 대해 형들이 아우들에게 이야기해 준
것이다.

그래도 그는 자신의 방식대로 수업을 이어 갔다. 다시 교실
앞으로 걸어가서 자신의 학생들을, 흉터를 가진 남자에게 백인
의 책으로 배우는 애매한 황금해안의 총명한 아이들을 바라보
았다.

「누구 이야기가 맞을까?」 야우가 물었다. 학생들은 의견을
낸 친구들을 보았는데, 마치 시선을 주는 것으로 표를 던져 시
선의 지지라도 보내는 듯했다.

이윽고 웅얼거림이 잦아들자 피터가 손을 들었다. 「아제쿰
선생님, 저희는 어떤 이야기가 맞는지 알 수 없습니다.」 그는
서서히 이해하기 시작하는 친구들을 보았다. 「저희는 그 자리
에 없었기 때문에 어떤 이야기가 맞는지 알 수 없습니다.」

야우는 고개를 끄덕였다. 그는 교실 앞에 놓인 자신의 의자
에 앉아 모든 청년을 바라보았다. 「그것이 역사의 문제점이다.
우리는 몸소 보고 듣고 체험하지 못한 것을 알 수가 없다. 다른
사람들의 말에 의존해야 한다. 옛날에 그곳에 있었던 사람들이
자식들에게 이야기를 들려준다. 자식들이 알도록, 그래서 그
자식들에게 다시 이야기해줄 수 있도록. 그 자식들은 그 자식
들에게. 또 그 자식들은 그 자식들에게. 하지만 우리는 상충되
는 이야기들이라는 문제를 안게 되었다. 코조 니아코는 전사들
이 마을에 왔을 때 그들의 코트가 붉은색이었다고 말하고, 콰
메 아두는 푸른색이었다고 말한다. 그렇다면 우리는 누구의 이
야기를 믿어야 할까?」

학생들은 침묵했다. 그들은 그를 바라보며 기다렸다.

「우리는 힘을 가진 사람 이야기를 믿는다. 바로 그 사람이 이야기를 쓴다. 그러니까 너희들은 역사 공부를 할 때 항상 스스로에게 물어야 한다. 나는 누구의 이야기를 놓치고 있을까? 이 목소리가 나오게 하기 위해 누구의 목소리가 억눌렸을까? 그 답을 알게 되면 그 이야기도 찾아보아야 한다. 그래야만 더 분명한 — 그래도 여전히 불완전하긴 하지만 — 그림을 볼 수 있다.」

교실은 정적에 싸였다. 창틀의 새들은 아직도 먹을 것을 기다리며 엄마를 부르고 있었다. 야우는 학생들이 자신의 말에 대해 생각해 보고 응답할 시간을 줬지만 아무 응답이 없자 수업을 이어 갔다. 「교과서를 펴라. 몇 페이지냐 하면 —」

학생 하나가 기침을 했다. 고개를 든 야우는 윌리엄이 손 든 것을 보았다. 그는 윌리엄에게 고개를 끄덕였다.

「그런데요, 아제쿰 선생님, 선생님이 어떻게 흉터를 가지게 되었는지에 대한 이야기는 아직 안 해주셨는데요.」

야우는 모든 학생의 시선이 자신에게 쏠린 것을 느꼈지만 고개를 숙이고 있었다. 그는 왼쪽 얼굴로 손을 올려 많은 잔물결들과 주름들이 있는, 부풀고 가죽 같은 피부를 만지고 싶은 충동을 억눌렀다. 어린 야우에게 그 흉터는 지도를 연상시켰다. 그는 그 지도가 자신을 에드웨소 밖으로 인도해 주기를 바랐고 어찌 보면 그렇게 해주었다고 할 수도 있었다. 동네 사람들이 그의 얼굴을 차마 볼 수가 없어서 돈을 모아 그가 교육받을 수 있도록, 야우 생각에는 그들의 수치를 일깨우지 못하도록 학교에 보내 주었으니까. 하지만 달리 보면, 야우의 흉터라는 지도는 그를 좋은 곳으로 인도해 주지 않았다. 그는 결혼을 하지 못했다. 그리고 혁명을 이끌지도 못할 것이다. 에드웨소가 그와 함께 왔다.

야우는 자신의 흉터를 만지지 않았다. 대신 책을 조심스럽게 내려놓고 의식적으로 미소 지었다. 그가 말했다. 「그때 난 아기였다. 그래서 내가 아는 모든 것은 사람들에게 들은 것이지.」

그가 들은 이야기는 이랬다. 에드웨소의 미친 여자, 떠돌이, 그의 어머니 아쿠아는 아직 아기였던 야우가 누나들과 함께 자고 있는 오두막에 불을 질렀다. 그의 아버지, 불구자 아사모아는 하나밖에, 아들밖에 구하지 못했다. 불구자는 미친 여자의 화형을 막아 주었다. 미친 여자와 불구자는 도시 외곽으로 쫓겨났다. 동네 사람들은 흉터 있는 아들이 아직 어머니의 젖 맛을 잊기도 전인 어린 나이였을 때 돈을 모아 그를 학교로 보냈다. 불구자는 흉터 있는 아들이 학교에 다닐 때 세상을 떠났다. 미친 여자는 살아 있다.

야우는 학교로 떠난 뒤로 에드웨소에 발걸음을 하지 않았다. 오랜 세월 동안 어머니는 그에게 편지들을 보내왔는데, 그때그때 그녀의 설득에 넘어간 사람이 대신 써준 편지들이었다. 어머니는 편지들에서 자신을 보러 와달라고 애원했지만 야우는 답장을 보내지 않았고, 결국 어머니의 편지도 끊겼다. 야우는 학교에 다닐 때 오세임에 사는 에드워드의 가족과 방학을 보냈다. 그들은 야우를 가족처럼 받아 줬고 야우도 그들을 가족처럼 사랑했다. 매일 저녁 퇴근하는 남자를 행복하게 따라가는, 그 남자가 옆에서 걷게 해주는 것만으로도 행복한 떠돌이 개처럼 미안함도, 아무 의심도 없는 사랑이었다. 야우가 처음으로 마음이 가는 여자를 만난 것도 오세임에서였다. 학창 시절에 낭만주의 시인들을 가장 좋아했던 그는 오세임에서 밤이 되면 나뭇잎에 워즈워스나 블레이크의 시들을 적어 낮에 그녀가 물을 길러 오는 강 근처에 뿌렸다.

그는 백인 영국인들의 말이 그녀에게 아무 의미도 없을 것임을, 그녀가 그것들을 읽을 수 없을 것임을 알고 일주일 내내 그렇게 했다. 나뭇잎들에 적힌 글의 의미가 무엇인지 알려면 그녀가 자신을 찾아와야 한다는 것을 알았기 때문이었다. 그는 매일 밤 그 생각을 했다. 그녀가 나뭇잎을 한 아름 들고 찾아오면 그녀에게 「꿈」이나 「밤의 생각」 같은 시들을 낭송해 주는 것이다.

그런데 그녀는 에드워드에게 갔다. 그리하여 에드워드가 그녀에게 시를 읽어 주었다. 나뭇잎에 시를 적은 사람은 야우라고 그녀에게 말해 준 것도 에드워드였다.

「야우가 널 좋아해. 어쩌면 언젠가 너에게 청혼할지도 몰라.」 에드워드가 말했다.

하지만 소녀는 싫다고 고개를 저으며 혀를 찼다. 「그와 결혼하면 흉한 자식들이 태어날 거야.」 그녀가 선언했다.

그날 밤, 야우는 자신의 가장 친한 친구 에드워드의 방에서 그의 옆에 누워 그가 그녀에게 흉터는 유전되는 것이 아니라고 설명해 주었다는 이야기를 들었다.

이제 쉰 살이 다 되어 가는 야우는 자신이 진짜로 흉터는 유전이 안 된다고 믿는지 확신이 없었다.

그 학기가 지나갔다. 6월에 은크로풀 출신의 정치 지도자 콰메 은크루마가 회의인민당을 창설했고, 에드워드는 곧 그 당에 들어갔다. 「형제여, 독립이 다가오고 있네.」 야우가 아직 그의 집에 가서 저녁을 얻어먹는 밤들에 에드워드는 그렇게 말하기를 즐겼다. 그들이 함께 저녁을 먹는 날은 점점 드물어졌다. 보아헨 부인이 다섯 번째 아이를 임신했는데 고생이 심했다. 너무 고생이 심하다 보니 부부는 손님을 접대할 수 없었다. 처음에는 다른 교사들과 친구들만 부르지 않았지만 이내 야우는 자신에 대한 환영도 시들해지는 것을 느꼈다.

야우는 하녀를 두기로 했다. 그는 원래 집에 다른 사람을 들이는 것에 거부감을 느꼈다. 그는 몇 가지 요리는 능숙하게 했다. 마실 물도 스스로 길어 오고, 빨래도 해 입을 수 있었다. 학교에서 어쩔 수 없이 자신의 교실을 깔끔하게 유지하는 것만큼 집을 깨끗이 하진 않았지만, 그런 것에 신경 쓰지 않았다. 집에 다른 사람이 들어와 자신을 보는 것을 피할 수 있다면 지저분함과 간소한 식사는 얼마든지 견딜 수 있었다.

「말도 안 돼! 자네는 교사야. 온종일 사람들 시선을 받으며 산다고.」 에드워드가 말했다.

하지만 야우에게는 달랐다. 교실에서 그는 자신이 아니었다. 마을 춤꾼들과 이야기꾼들의 전통을 잇는 연기자였다. 집에서는 진짜 자신이었다. 수줍고 외롭고 분노와 당혹감에 찬 자기 자신. 그는 그런 자신을 다른 사람이 보는 것이 싫었다.

에드워드가 몸소 모든 후보자를 검토해 주었고, 결국 야우는 그곳 타코라디 출신의 아한타인 에스더를 선택했다.

에스더는 수수한 얼굴이었다. 어쩌면 못생겼다고 볼 수도 있었다. 눈이 머리에 비해 너무 컸고, 머리도 몸에 비해 너무 컸다. 첫날 야우는 그녀에게 뒷방을 쓰라고 안내하며 자신은 집에서 주로 글을 쓰며 시간을 보낸다고 말했다. 그러니 방해하지 말아 달라고 부탁하고 그녀의 방에서 나와 책상에 앉았다.

그의 책은 통제 불능한 상태가 되어 가고 있었다. 황금해안 독립운동을 이끄는 〈6인의 지도자〉들이 모두 미국과 영국 유학에서 돌아왔고, 야우가 보기에 그들 모두가 에드워드처럼 조급하지 않으면서도 힘이 넘치고, 진짜로 독립이 올 거라고 확신하고 있었다. 야우는 미국 흑인들의 자유 운동에 관한 책들을 점점 더 많이 읽게 되었고 그런 책들의 문장들을 불타오르게 하는 격노에 매료되었다. 자신의 책에도 그것을 담고 싶었다. 학문적 격노. 하지만 그가 끌어낼 수 있는 것은 장황한 우는소리뿐인 듯했다.

「실례합니다, 선생님.」

야우는 책에서 고개를 들었다. 에스더가 손으로 만든 긴 빗자루를 들고 그의 앞에 서 있었다. 야우가 집에 빗자루가 많다고 했는데도 그녀가 한사코 가져온 빗자루였다.

「영어로 말할 필요 없어요.」 야우가 말했다.

「예, 선생님. 저희 언니가 주인님이 선생님이라 꼭 영어를 써야 한다고 해서요.」

그녀는 겁을 먹은 듯 어깨를 잔뜩 웅크리고 있었고, 빗자루를 잡은 손에도 어찌나 힘이 많이 들어갔는지 관절 주위가 늘어나면서 붉어지는 것이 보였다. 야우는 자신의 얼굴을 가려 그 젊은 여자를 편안하게 해주고 싶었다.

「트위어 알아요?」 야우가 모국어로 말하자 에스더는 고개를 끄덕였다. 「그럼 편하게 말해요. 영어는 지금 듣는 것만으로도 충분하니까.」

그가 문을 연 듯했다. 그녀가 편안한 자세를 취했고, 야우는 그녀가 겁을 먹은 이유가 얼굴 흉터 때문이 아니라 그녀의 교육 수준과 계층을 나타내는 언어 문제 때문이었음을 깨달았다. 그녀는 백인의 책으로 가르치는 교사에게 백인의 언어로 말해야 하는 것이 두려웠던 것이다. 이제 영어에서 해방된 에스더는 야우가 오랫동안 그 누구의 얼굴에서 보았던 것보다 환한 미소를 지었다. 그는 그녀의 두 앞니 사이에 문처럼 버티고 선 크고 당당한 틈새를 보았고, 그 문을 통해 목구멍을 타고 내려가서 영혼의 보금자리인 배 속까지 들여다볼 수 있기라도 하듯 그 문을 응시하는 자신을 발견했다.

「선생님, 침실 청소 다 했어요. 거기 책이 많던데요. 알고 계셨어요? 그 책들을 다 읽으세요? 영어도 읽을 줄 아세요? 선생님, 야자유는 어디 두셨어요? 부엌에 없는 것 같아서요. 부엌이 참 좋아요. 저녁에 뭐 드시겠어요? 시장에 다녀와야 할까요? 뭐 쓰시는 거예요?」

숨은 쉬면서 말한 걸까? 그녀가 숨을 쉬었다고 해도 야우는 그 소리를 듣지 못했다. 그는 원고를 모아 옆으로 치우고 무슨 말을 할 것인지 생각했다.

「저녁은 하고 싶은 걸로 준비해요. 난 뭐든 상관 없으니까.」

그녀는 그가 자신의 질문들 중 하나에만 대답한 것에 불만은 없는 듯 고개를 끄덕였다. 「얼큰한 염소 고기 수프를 만들게요.」 그녀가 말했다. 그녀는 방바닥에 떨어뜨린 자신의 생각들을 찾기라도 하듯 시선을 아래로 깔고 이리저리 움직였다. 「오늘 시장에 가야겠네요.」 그녀가 그를 올려다보았다. 「시장에 같이 가실래요?」

그 순간 야우는 분노인지 불안감인지 모를 감정을 느꼈다. 스스로도 어떤 것인지 알 수가 없어서 분노를 보이기로 했다. 「내가 왜 당신이랑 시장에 같이 가지? 당신은 나를 위해 일하는 사람 아닌가?」 그가 소리쳤다.

그녀의 입이 닫히고, 영혼으로 통하는 문이 숨겨졌다. 그녀는 그제야 그가 얼굴이 있고 그 얼굴에 흉터가 있다는 것을 알게 되기라도 한 것처럼 고개를 갸웃하고 쳐다보았다. 그녀는 잠시 더 그의 얼굴을 들여다보더니 다시 미소 지었다. 「선생님이 글 쓰는 일을 잠시 쉬고 싶어 할지도 모른다고 생각했어요. 제 언니 말이, 교사들은 머리 쓰는 일만 해서 너무 심각하고 그래서 가끔 몸을 써야 한다는 걸 일깨워 줘야 한대요. 시장까지 걸어가면 몸을 쓰게 되지 않겠어요?」

이번에는 야우가 미소 지을 차례였다. 에스더가 큰 입을 한껏 벌리고 웃었고, 야우는 갑자기 그녀의 입안으로 손을 넣어 그 행복을 조금 꺼내서 늘 간직하고 싶다는 이상한 충동을 느꼈다.

그들은 시장으로 갔다. 가슴에 아기를 매단 뚱뚱한 여자들이 수프, 옥수수, 얌, 고기를 팔았다. 남자 어른들과 소년들은 서로 물물교환을 했다. 어떤 이들은 음식을, 또 어떤 이들은 조각품과 나무 북을 팔았다. 야우는 열세 살쯤 되어 보이는 소년이 날렵한 칼로 북에 상징들을 조각하고 있는 매대 앞에 섰다. 소년의 아버지가 옆에서 신중하게 지켜보고 있었다. 야우가 작년 쿤둠[29]에서 본 남자였다. 북 치는 솜씨가 예사롭지 않았던 그는 아들이 자신보다도 뛰어나기를 바라는 듯한 모습이었다.

「북 치는 거 좋아하세요?」 에스더가 물었다.

29 Kundum. 가나 서부 아한타족이나 은제마족의 추수 감사제.

야우는 그녀가 자신을 지켜보는지 몰랐었다. 그에게는 다른 사람들에게 관심을 가져야 하는 경우가 극히 드물었다. 결국 그는 분노했던 것이 아니었다. 그저 불안했던 것이었다.

「나요? 아니, 아니에요. 난 북 칠 줄 몰라요.」

그녀는 고개를 끄덕였다. 그녀는 시장에서 산 염소를 밧줄에 묶어서 끌고 다녔는데 가끔 염소가 고집을 부리며 땅에 발굽을 박고 햇빛에 번쩍이는 뿔로 허공을 들이 받았다. 에스더가 억지로 끌어당기자 염소가 울었는데, 그녀를 향해 운 것일 수도 있었지만 그냥 울었을 수도 있었다.

야우는 자신이 무슨 말이라도 해야 한다는 것을 깨달았다. 그는 목청을 가다듬고 그녀를 보았지만 말이 나오지 않았다. 그녀가 미소를 보냈다.

「저는 얼큰한 염소 고기 수프를 아주 잘 만들어요.」 그녀가 말했다.

「그래요?」

「예, 선생님 어머님이 만드신 것처럼 맛있을 걸요. 어머니는 어디 계세요?」 그녀가 숨 가쁘게 물었다.

염소가 그 자리에 버티고 서서 비명을 질렀다. 에스더는 밧줄을 손목에 한 번 더 감고 끌어당겼다. 야우는 자신이 염소를 끌고 가겠다고 말해야 한다는 생각이 들었지만 그렇게 하지 않았다.

「우리 어머니는 에드웨소에 살아요. 여섯 살이 되던 날 이후로 못 봤어요.」 그는 잠시 말을 끊었다. 「어머니가 이렇게 만들었어요.」 그는 그녀가 잘 볼 수 있도록 몸을 돌리고 흉터를 가리켰다.

에스더가 걸음을 멈춰서 야우도 멈췄다. 그녀가 그의 얼굴을 바라보았고, 그는 그녀가 손을 뻗어 흉터를 만지려고 하면 어쩌나 잠시 걱정했지만, 그런 일은 없었다.

그녀가 말했다. 「화가 많이 나셨네요.」

「그래요.」 그가 말했다. 그는 타인에게는 고사하고 자신에게도 여간해서는 그것을 인정하지 않았다. 거울 속의 자신을 들여다보는 시간이 길어질수록, 홀로 사는 기간이 길어질수록, 사랑하는 조국이 식민 지배를 받는 세월이 길어질수록, 그의 분노는 커져 갔다. 그 분노는 어머니라는 모호하고 신비한 대상을 향했다. 이제 얼굴도 기억나지 않는 여자, 하지만 그녀의 얼굴은 그의 흉터에 반영되어 있었다.

「화는 선생님에게 맞지 않아요.」 에스더가 말했다. 그녀는 다시 염소를 힘껏 끌어당겼고, 야우는 그녀와 함께 걸으며 뒤에서 염소 우는 소리를 들었다.

그는 그녀를 사랑하게 되었다. 5년이 흘러서야 그것을 깨닫게 되었지만, 어쩌면 첫날부터 알고 있었는지도 몰랐다. 여름이었고, 끈덕진 무더위의 안개가 그들을 덮쳤는데, 가실 줄 모르는 그 더위는 낮은 웅웅거림 같았다. 귀로 들을 수 있는 열기. 야우는 여름 학기에 수업이 없었기 때문에 온종일 집에 앉아서 읽고 쓸 시간이 났다. 그는 책상에 앉아서 에스더가 청소하는 모습을 바라보고는 했다. 그는 그녀가 끝없이 질문을 퍼부으면 성가신 척했지만 첫날 이후로 그녀의 모든 질문에 하나씩 대답해 주고 있었다. 비가 오지 않을 때면 그녀가 우물에서 물을 긷는 동안 그는 크고 무성한 망고 나무 그늘에 나가 앉아 있었다. 그녀는 양동이 두 개에 물을 담아 집으로 날랐는데 팔근육들이 불끈 솟고 그 위로 땀이 번들거렸다. 그녀는 그를 지나치며 미소를 보냈고, 그는 그녀의 앞니 틈새가 너무 사랑스러워서 울고 싶었다.

모든 것이 그를 울고 싶게 만들었다. 그녀와의 다름이 결코 건널 수 없는 긴 협곡처럼 보였다. 그는 늙었고, 그녀는 젊었다. 그는 교육받았고, 그녀는 못 받았다. 그는 흉터가 있고, 그녀는 온전했다. 그 하나하나의 다름이 둘 사이의 협곡을 넓게, 더 넓게 만들었다. 방법이 없었다.

그래서 그는 말하지 않았다. 저녁이면 그녀는 그에게 뭘 먹고 싶은지, 무슨 일을 하고 있는지, 독립운동에 관한 새 소식을 들은 것이 있는지, 교육을 더 받으러 떠날 생각이 있는지 물었다.

그는 필요한 말만 하고, 그 외의 말은 하지 않았다.

「오늘은 방쿠가 너무 차지네요.」 어느 날, 저녁을 먹다가 그녀가 말했다. 처음에 그녀는 그와 식사를 따로 하겠다고 고집하며 둘이 같이 먹는 것은 도리에 맞지 않는다고 했는데, 사실 맞는 말이었다. 하지만 그녀가 질문을 퍼부을 대상도 없이 혼자 방에서 식사하는 것은 그가 보기에 더 나쁜 선택 같았다. 그래서 이제 매일 저녁 그녀는 작은 나무 식탁에서 그와 마주 앉아 식사를 했다.

「좋은데요.」 야우가 말했다. 그는 미소를 지었다. 그는 자신이 점토처럼 매끄러운 피부를 가진 아름다운 남자였으면 좋겠다고 생각했다. 하지만 그는 존재만으로 여자의 마음을 얻을 수 있는 남자가 못 되었다. 무언가를 해야만 했다.

「아뇨, 제가 지금까지 만든 것들이 이보다 훨씬 나았어요. 괜찮아요. 싫으면 안 드셔도 돼요. 다른 걸로 만들어 드릴게요. 수

프 어떠세요?」

그녀가 그의 접시를 집어 들자 그가 도로 내려놓았다.

「좋다니까요.」그가 더 강하게 말했다. 그는 그녀의 마음을 얻으려면 어떻게 해야 하는지 궁금했다. 지난 5년간 그녀는 그를 자신만의 껍질 속에서 조금씩 끌어냈다. 그의 학교생활에 대해, 에드워드에 대해, 과거에 대해 물으면서 말이다.

「에드웨소에 같이 갈래요? 우리 어머니 만나러?」야우는 그렇게 묻고 곧바로 후회했다. 에스더가 수년간 에드웨소에 가보라고 은근히 권유했지만 그는 말을 돌리거나 못 들은 척 해왔다. 그런데 사랑이 그를 필사적으로 만든 것이다. 그는 에드웨소의 미친 여자가 아직 살아 있는지조차 알지 못했다.

에스더는 그 말이 믿기지 않는 듯했다. 「저도 같이 가자고요?」

「여행할 때 요리해 줄 사람이 필요할 수도 있으니까.」그가 속마음을 들키지 않으려고 서둘러 말했다.

그녀는 잠시 생각해 보더니 고개를 끄덕였다. 그와 만나고 나서 처음으로 그녀는 더 이상 캐묻지 않았다.

*

타코라디에서 에드웨소까지는 206킬로미터였다. 야우는 1킬로미터씩 갈 때마다 목구멍에 돌이 하나씩 박히는 것 같았기에 그걸 잘 알았다. 206개의 돌이 목구멍과 입을 가득 채워서 말을 할 수가 없었다. 에스더가 그에게 앞으로 얼마나 더 가야 하는지, 동네 사람들에게 자신을 데려온 것을 어떻게 설명할 것인지, 어머니를 만나면 무슨 말을 할 것인지 물었지만, 돌들이 막고 있어서 말이 나오지 않았다. 결국 에스더도 조용해졌다.

그는 에드웨소에 대한 기억이 거의 없어서 그곳이 변했는지도 알 수 없었다. 에드웨소에 도착한 그들을 제일 처음 맞이한 것은 숨 막히는 더위였다. 햇살이 낮잠에서 깬 고양이처럼 길게 늘어져 있었다. 그날 광장 주변에는 사람들이 몇 명밖에 서 있지 않았지만 자동차 때문인지 외지인들 때문인지 놀란 눈으로 그들을 노골적으로 쳐다보았다.

「저 사람들 뭘 보는 거죠?」 에스더가 비참하게 속삭였다. 그녀는 결혼도 안 한 남녀가 함께 여행하는 것을 사람들이 부도덕하게 여길까 봐 걱정했다. 그녀는 아직 야우에게 이런 말을 하지는 않았지만, 그는 그녀가 눈을 내리깔고 자신의 뒤에서 걷는 모습을 보고 그것을 알아챘다.

오래지 않아, 네 살 정도밖에 안 되어 보이는 작은 소년이 어머니의 긴 옷자락을 잡고 조그만 집게손가락으로 야우를 가리키며 말했다. 「엄마, 봐요, 저 사람 얼굴! 얼굴!」

소년의 어머니 반대쪽에 서 있던 아버지가 아들의 손을 급히 잡아서 치우며 말했다. 「쓸데없는 소리 하지 마!」 하지만 그러면서도 아들의 손가락이 그어 놓은 선을 따라 자세히 응시했다.

그는 야우와 에스더가 가방을 하나씩 들고 쭈뼛거리며 서 있는 곳으로 다가왔다. 「야우?」 그가 물었다.

야우는 가방을 땅에 내려놓고 그에게 가까이 걸어갔다. 「그런데요? 죄송하지만 누구신지 기억이 안 나네요.」 그가 말했다. 그는 햇빛을 가리려고 이마에 두 손을 댔지만 이내 손을 내밀어 그 남자에게 악수를 청했다.

「사람들은 나를 코피 포쿠라고 부르지.」 남자가 악수하며 말했다. 「자네가 떠날 때 난 열 살이었어. 이쪽은 아내 기프티, 아들 헨리.」

야우는 그들 모두와 악수한 뒤 에스더에게 고개를 돌렸다. 「이쪽은 내…… 이쪽은 에스더예요.」 그가 말했다. 에스더도 그들 모두와 악수를 나눴다.

「미친 여자를 보러 왔군.」 코피 포쿠는 그렇게 말해 놓고 자신의 실수를 깨닫고서 손으로 입을 막았다. 「미안하네. 아쿠아 아주머니 말일세.」

야우는 그의 눈이 기억을 더듬고 입의 움직임이 느린 것을 보고 그가 오랫동안 그녀를 그 이름으로 부를 필요가 없었음을 알았다. 어쩌면 단 한 번도 그 이름을 부른 적이 없었는지도 몰랐다. 야우가 알기로 〈에드웨소의 미친 여자〉는 그가 태어나기 한참 전에 그 별명을 얻었으니까.

「신경 쓰지 마세요.」 야우가 말했다. 「예, 어머니를 보러 왔어요.」

그때 코피 포쿠의 아내가 남편에게로 몸을 기울여 귀에 뭐라고 속삭였고, 코피 포쿠는 얼굴이 환해지면서 눈썹을 들어 올렸다. 그는 처음부터 그것이 자기 생각이었던 것처럼 말했다.

「자네나 자네 아내나 여행하느라 무척 피곤할 걸세. 우리 부부는 두 사람이 우리 집에서 묵어 주었으면 하네. 저녁 식사를 대접하겠네.」

야우가 고개를 젓기 시작했지만 코피 포쿠는 손을 저어 대항했다. 「사양 말아 주게. 게다가 자네 어머니는 생활이 불규칙하다네. 오늘 불쑥 찾아가는 건 좋지 않을 걸세. 내일 저녁까지

349

기다리게. 우리가 사람을 보내서 자네가 간다는 걸 미리 알리겠네.」

더 이상 어떻게 거절할 수 있겠는가? 야우와 에스더는 원래 아쿠아의 집으로 곧장 가서 그곳에 묵을 계획이었지만 대신 광장에서 1.6킬로미터 정도 떨어진 포쿠의 집까지 걸어갔다. 그들이 도착했을 때 코피 포쿠의 나머지 자식들인 딸 셋과 아들 하나가 저녁 식사를 준비하고 있었다. 딸들 중에서 가장 키가 크고 마른 아이가 커다란 절구 앞에 앉았다. 아들은 제 키의 두 배 가까이 되는 절굿공이를 들고 있었다. 아들은 절굿공이를 올렸다가 딸이 절구 안의 푸푸를 뒤집고 손을 피하기 무섭게 곧바로 절굿공이를 내려 찧었다.

「내 새끼들.」 코피 포쿠가 부르자 아이들은 하던 일을 멈추고 부모님을 맞이하기 위해 일어섰는데, 야우를 보자 눈이 커다래지면서 조용해졌다.

딸들 중 제일 어린 듯한, 머리를 양쪽으로 솜 뭉치처럼 묶은 아이가 오빠의 바짓가랑이를 잡아당기며 속삭였다. 「미친 여자 아들.」 그 속삭임은 모두에게 들릴 만큼 컸고, 야우는 자신의 이야기가 고향에서 하나의 전설이 되었음을 확실히 알 수 있었다.

잠시 모두가 어쩔 줄 모르며 서 있었는데, 다른 사람들이 어떤 생각이나 반응을 할 겨를도 없이 에스더가 굵은 근육질 팔로 아들의 절굿공이를 빼앗아 절구 속 푸푸를 재빨리 내리쳤다. 푸푸 덩어리가 납작해졌고, 푸푸 막대기는 쿵 소리와 함께 점토 바닥에 던져졌다.

「그만!」 모두들 고개를 돌려 그녀를 쳐다보자 에스더가 외쳤다. 「이 사람이 그동안 겪은 걸로 부족해서 고향에 와서까지 이런 일을 당해야 하나요?」 그녀가 물었다.

「제 아이를 용서해 주세요.」 그들이 만난 뒤 처음으로 포쿠 부인이 남편의 목소리를 빌리지 않고 자신의 목소리로 말했다. 「아이들이 그 이야기를 듣고 자라서 그래요. 다시는 그런 실수를 저지르지 않을 거예요.」 그녀는 고개를 돌려 다섯 아이들을, 그녀의 발치에 있는 걸음마쟁이까지 차례로 응시했고 아이들은 더 이상 설명할 필요 없이 어머니의 뜻을 이해했다.

코피 포쿠는 목청을 가다듬고 야우와 에스더에게 따라와서 앉으라는 몸짓을 보냈다. 야우가 자리로 가면서 〈고마워요〉라고 말하자 에스더는 어깨를 으쓱하며 말했다. 「저를 미친 여자로 생각하라지요, 뭐.」

그들은 식사를 하기 위해 앉았다. 아이들은 겁을 먹었으면서도 친절하게 음식을 차렸다. 코피 포쿠와 아내가 야우의 어머니에 대해 미리 알려주었다.

「외곽에 자네 아버지가 지어 준 집에서 하녀 하나만 데리고 살고 있네. 외출은 거의 안 하는데, 밖에 나와서 정원을 가꾸는 모습은 가끔 볼 수 있다네. 정원이 아주 아름다워. 내 아내는 그 정원에서 자라는 꽃들을 구경하러 자주 간다네.」

「어머니를 만나면 말은 합니까?」 야우가 포쿠 부인에게 물었다.

포쿠 부인은 고개를 저었다. 「아뇨. 하지만 제게 늘 친절하세요. 집에 가져가라고 꽃을 주시기도 해요. 전 교회에 갈 때 딸들 머리에 그 꽃을 꽂아 준답니다. 그러면 결혼을 잘하게 될 것 같아서요.」

「걱정 말게. 어머니가 분명 자네를 알아볼 거야. 어머니 심장이 자넬 알아볼 거야.」 코피 포쿠가 말했다. 그의 아내와 에스더가 고개를 끄덕였고, 야우는 시선을 돌렸다.

마당이 어두워졌는데도 더위는 식지 않았다. 모기들과 각다귀들이 윙윙대는 더위로 바뀌었을 뿐이었다.

야우와 에스더는 식사를 마쳤다. 그들은 고맙다는 인사를 했다. 두 사람은 방으로 안내되었고, 에스더는 자신이 바닥에서 잘 테니 야우가 매트리스에서 자라고 고집을 부렸다. 단단하고 탄력 있는 매트리스가 그의 등과 맞서 싸웠다. 그들은 그렇게 거기서 잤다.

야우와 에스더는 준비를 하고, 에드웨소 주변을 돌아다니고, 음식을 여러 번 먹으면서 아침 시간을 보냈다. 그들은 야우의 어머니가 잠을 거의 안 자고 아침보다는 저녁을 좋아하는 것 같다는 말을 들었던 것이다. 그래서 때를 기다렸다. 에스더는 난생 처음 타코라디를 벗어난 것이었고, 야우는 그녀의 눈이 이 낯선 도시의 기이함을 경이로워 하는 것을 지켜보는 게 즐거웠다.

모두 그들을 부부로 여겼다. 야우는 굳이 사람들의 오해를 바로잡으려 하지 않았고 에스더도 잠자코 있어 주어서 기뻤다. 야우는 그녀가 그러는 게 그의 아내가 되고 싶어서인지 아니면 예의 때문인지 궁금했지만 두려워서 물어볼 수가 없었다.

곧 하늘이 어두워지기 시작했고, 어둠이 짙어지면서 야우는 위장이 오그라드는 기분을 느꼈다. 에스더는 자신이 어떤 감정을 느껴야 하는지에 대한 지시 사항이 그의 얼굴에 적혀 있기라도 하듯 조심스럽게 그를 흘끗거렸다.

「두려워하지 마세요.」 그녀가 말했다.

5년 전에 처음 만난 뒤 그의 귀향을 부추긴 사람은 에스더였다. 그녀는 그것이 용서와 관련된 일이라고 말했지만, 야우는 자신이 용서라는 것을 믿는지 확신이 없었다. 그는 에드워드와 보아헨 부인, 그리고 가끔 에스더와 백인 교회에 나갔던 몇몇 날들에 주로 그 말을 들었기에 용서라는 말이 백인들이 처음 아프리카에 올 때 들여온 것처럼 여겨졌다. 백인 기독교인들이 황금해안 사람들에게 요란하고 자유롭게 떠들어 댄 속임수. 그들은 용서를 외치면서도 한편으로는 나쁜 짓들을 저질렀다. 젊었을 때 야우는 그들이 왜 사람들에게 애초에 잘못을 저지르지 말라고 설교하지 않는지 궁금했다. 하지만 나이가 들면서 이해하기 시작했다. 용서는 사실 뒤에 이루어지는 행위, 즉 나쁜 행동 뒤 미래의 일부였다. 사람들의 눈을 미래로 돌리면 현재에 그들에게 고통을 주는 행위가 보이지 않을 수도 있었다.

마침내 저녁이 되자 코피 포쿠는 야우와 에스더를 데리고 도시 외곽에 있는 야우의 어머니 집으로 갔다. 야우는 정원에서 자라는 무성한 식물들을 보고 그곳이 어머니의 집임을 단박에 알았다. 여태껏 본 적 없는 색깔들이 바람에 살랑이는 긴 초록 줄기나 그 아래로 돌아다니는 작은 생물체에서 꽃을 피우고 있었다.

「난 여기서 돌아가겠네.」 코피 포쿠가 말했다. 아직 문에 닿기도 전이었다. 이 도시와 다른 많은 도시의 가족들 같았으면, 동네 사람이 어느 집에 그렇게 가까이 갔다가 주인과 인사도 나누지 않고 가는 것을 무례한 짓으로 여겼겠지만, 야우는 그의 얼굴에서 불편한 기색을 보았기에 떠나는 그에게 손을 흔들며 다시금 고맙다고 인사했다.

집 문이 열려 있었지만 야우는 두 번 문을 두드렸고, 에스더는 그의 뒤에 서 있었다.

「여보세요?」 혼란스러운 목소리가 그들을 불렀다. 야우보다 나이가 들어 보이는 여자가 점토 그릇을 들고 집 모퉁이를 돌아왔다. 그녀는 야우를 보고, 그의 흉터를 보고 놀라서 숨넘어가는 소리를 냈다. 그릇이 바닥에 떨어져 산산조각 나면서 붉은 점토 조각들이 문에서부터 정원 안에까지 흩어졌다. 그 작은 점토 조각들은 찾기가 힘들 것이고 그것들의 근원인 땅에 흡수될 터였다.

그 여자가 소리쳤다. 「자비로운 신께 감사드립니다! 살아 계신 신께 감사합니다. 우리의 신께서는 잠들지 않으셨습니다!」 그녀는 춤을 추며 돌아다녔다. 「할머니, 신께서 아드님을 데려오셨어요! 할머니, 신께서 아드님을 데려오셨으니 이제 아드님 얼굴도 못 보고 아사만도에 가는 일은 없겠어요. 할머니, 나와서 보세요!」 그녀가 외쳤다.

야우는 뒤에서 에스더가 그녀 나름의 작은 찬양을 올리며 박수 치는 소리를 들었다. 그는 돌아보지 않았으나 그녀가 환한 미소를 짓고 있음을 알았고 그 생각에 마음이 따뜻해져서 안으로 한 걸음 더 들어갈 용기를 낼 수 있었다.

「안 들리시나?」 여자가 침실을 향해 급히 방향을 틀며 웅얼거렸다.

야우는 처음에는 그녀를 따라가다가 그냥 똑바로 걸어가서 거실에 닿았다. 어머니가 구석에 앉아 있었다.

「그래, 마침내 집에 돌아왔구나.」 그녀가 미소 지으며 말했다.

야우는 이 집에 있는 여자가 자신의 어머니라는 것을 몰랐다면 어머니를 알아보지 못했을 터였다. 야우가 쉰다섯 살이니 어머니는 일흔여섯 살이 되었을 텐데, 그녀는 나이보다 젊어 보였다. 그녀는 젊은이들처럼 짐을 지지 않은 눈빛이었고, 너그러우면서 현명한 미소를 짓고 있었다. 그녀가 일어섰다. 등은 세월의 무게에도 굽지 않고 꼿꼿했다. 그를 향해 걸어올 때도 팔다리가 유연하게 움직였고 뻣뻣하거나 관절이 삐걱거리는 것을 느낄 수 없었다. 그리고 그녀가 그를 만졌을 때, 흉 지고 망가진 손으로 그의 손을 잡았을 때, 비뚤어진 엄지손가락들로 그의 손등을 문질렀을 때, 그는 그녀의 화상이 얼마나 부드러운지, 얼마나 얼마나 부드러운지 느꼈다.

「마침내 아들이 집에 왔구나. 꿈들은, 꿈들은 어김없이 다 맞아. 어김없이.」

그녀는 계속해서 아들의 손을 잡고 있었다. 문간에서 하녀가 목청을 가다듬었다. 야우가 돌아보니 그녀와 에스더가 거기 서서 그들을 향해 웃고 있었다.

「할머니, 저녁을 지을게요!」 하녀가 외쳤다. 야우는 그녀의 목소리가 원래 그렇게 큰 것인지 아니면 그를 위해 목청을 높인 것인지 궁금했다.

「부탁이니 수고스럽게 그러지 마세요.」 그가 애원했다.

「응? 아들이 이렇게 오랜만에 집에 왔는데 어머니가 염소를 안 잡는다고요?」 그녀가 문밖으로 나가며 이 사이로 공기 빨아들이는 소리를 냈다.

「에스더는?」 야우가 에스더에게 물었다.

「저 여자가 염소를 잡는 동안 얌은 누가 삶아요?」 그녀가 짓

궂은 목소리로 물었다.

야우는 그들의 뒷모습을 지켜보며 처음으로 불안감에 빠져들었다. 갑자기 그는 오래, 아주 오래 느끼지 않았던 감정을 느꼈다.

「뭐 하시는 거예요?」 그가 외쳤다. 어머니가 그의 흉터에 손을 대고 반세기 가까이 그 혼자만 만졌던 그 망가진 피부를 손가락으로 쓰다듬고 있었던 것이다.

어머니는 아들의 목소리에 담긴 분노에 아랑곳하지 않고 계속 쓰다듬었다. 그녀는 화상 입은 손가락들을 아들의 사라진 눈썹에서 부풀어 오른 뺨으로, 흉터 난 턱으로 움직였다. 그녀는 그것들을 모두 만졌고, 그녀가 다 만진 뒤에야 야우는 울기 시작했다.

그녀는 그를 바닥으로 잡아당겨 자신과 함께 앉힌 다음 그의 머리를 안고 부드럽게 읊조리기 시작했다. 「내 아들, 오! 내 아들! 내 아들, 오! 내 아들!」

두 사람은 한참 동안 그렇게 있었고, 야우가 평생 흘린 것보다 많은 눈물을 흘린 뒤, 그의 어머니가 그의 이름을 세상으로 불러내는 일을 마친 뒤, 그는 어머니를 보기 위해 품에서 떨어졌다.

「제가 어떻게 흉터를 갖게 되었는지 이야기해 주세요.」 그가 말했다.

어머니는 한숨을 쉬었다. 「내가 어떻게 내 꿈들에 대한 이야기를 먼저 하지 않고 네 흉터 이야기를 할 수 있겠니? 그리고 나의 가족에 대한 이야기를 하지 않고 어떻게 꿈 이야기를 할 수 있겠니? 우리 가족이라고 해야 할까?」

야우는 기다렸다. 어머니가 일어서면서 그에게도 그렇게 하라는 몸짓을 보냈다. 어머니는 거실 한쪽에 있는 의자를 가리킨 뒤 자신도 다른 쪽 의자에 앉았다. 그녀는 그의 머리 뒤 벽을 바라보았다.

「네가 태어나기 전부터 나는 악몽들을 꾸기 시작했다. 그 꿈들은 시작이 똑같았지. 불로 만들어진 여자가 나를 찾아왔어. 그녀는 불의 아이 둘을 품에 안고 왔는데 아이들은 사라졌고 그녀는 나에게 화를 냈지.

나는 악몽을 꾸기 시작하기 전부터 상태가 좋지 않았다. 내 어머니는 쿠마시의 학교에 있는 선교사 손에 죽었다. 그걸 알고 있니?」

야우는 고개를 저었다. 그는 그 이야기를 들은 적이 없었고 설령 들었다고 해도 기억하기에는 너무 어렸을 터였다.

「그 선교사가 나를 키웠다. 나의 유일한 친구는 무당이었지. 나는 늘 슬픈 아이였는데 그건 다른 삶의 방식이 있다는 걸 몰랐기 때문이다. 네 아버지와 결혼할 때 난 행복할 수 있으리라 생각했고 네 누나들이 생겼을 때…….」

이 대목에서 그녀는 목소리가 잠겼지만 어깨를 추어올리고 다시 시작했다.

「네 누나들이 생겼을 때, 난 행복하다고 생각했다. 하지만 에드웨소 광장에서 백인이 불에 타 죽는 걸 본 뒤로 꿈을 꾸기 시작했다. 그러다 전쟁이 터졌고 꿈들은 끔찍해져 갔다. 네 아버지가 다리 하나를 잃고 돌아왔고, 꿈들은 더 끔찍해져 갔다. 너를 낳았지만, 슬픔은 그치지 않았지. 나는 잠과 싸우려고 했지만, 나는 인간이고 잠은 인간이 아니다. 그러니 동등한 상대가 될 수 없었지. 어느 날 밤 잠을 자면서 나는 오두막에 불을 질렀다. 네 아버지는 단 하나, 너만 구할 수 있었다더구나. 하지만 그건 완전한 진실이 아니다. 그는 동네 사람들 손에서 나도 구했지. 나는 오랜 세월 차라리 그가 나를 구하지 않았더라면 좋았을 거라고 생각했다.

사람들은 네게 젖을 물릴 때만 너를 보게 해줬다. 그런 다음 너를 멀리 보내고 어디로 보냈는지도 말해 주지 않았지. 그날 이후로 나는 쿠쿠아와 이 집에서 살았다.」

부르기라도 한 것처럼 늙은 하녀 쿠쿠아가 술을 들고 들어왔다. 그녀는 먼저 야우에게 술을 따라 주고 그다음에 어머니에게 줬지만 어머니는 거절했다. 쿠쿠아는 들어올 때처럼 조용히 나갔다.

야우는 술을 물처럼 마셨다. 그는 빈 잔을 발치에 내려놓고 어머니에게 주의를 돌렸다. 어머니는 깊은 숨을 쉰 뒤 이야기를 이어 갔다.

「꿈들은 그치지 않았다. 불이 난 뒤에도, 심지어 이날까지도. 나는 불의 여인을 알게 되었다. 가끔 그녀는 내가 오두막에 불을 지른 날처럼 케이프코스트의 바다로 나를 데려간다. 가끔 코코아 농장으로 데려가기도 한다. 가끔 쿠마시로도 데려가고. 나는 그 이유를 알 수 없었다. 나는 그걸 알고 싶어서 선교 학교에 찾아가 내 어머니의 가족에 대해 물었다. 선교사는 어머니 물건을 모두 태워 버렸다고 했지만 거짓말이었다. 한 가지 물건을 간직하고 있었다.」

어머니가 목에 걸고 있던 에피아의 목걸이를 빼서 야우에게 건넸다. 목걸이가 그녀의 손에서 검게 빛났다. 그는 그것을 만지며 매끄러움을 느꼈다.

「나는 조상님들이 나에 대한 벌을 거두도록 그 목걸이를 제물로 바치려고 무당의 아들에게 가져갔다. 그때 쿠쿠아의 나이가 열네 살쯤 되었을 거다. 의식을 진행하던 무당 아들이 멈췄다. 그는 갑자기 목걸이를 떨어뜨리며 말했다. 〈네 혈통에 악이 있는 걸 아느냐?〉 나는 그가 나를 두고 한 말이라고 생각하고, 내가 저지른 짓들이 있으니까 고개를 끄덕였다. 하지만 그가 이렇게 말했다. 〈네가 지니고 다니는 이 물건은 너의 것이 아니다.〉 그에게 내 꿈들 이야기를 했더니 그는 불의 여인이 나를 찾아온 조상이라고 말했다. 검은 돌은 원래 그녀의 것이었고 그래서 그의 손에서 뜨거워졌다는 것이었다. 그는 내가 불의 여인이 하는 말을 귀 기울여 들으면 내가 어디서 왔는지 말해 줄 거라고 했다. 그러면서 나더러 선택받은 몸이니 기뻐하라고 하더구나.」

야우는 다시 화가 나기 시작했다. 어머니는 이제 망가진 여자가 됐고 그도 망가진 남자가 됐는데 어머니가 선택받은 것을 왜 기뻐해야 한다는 말인가? 어머니가 어떻게 이런 삶에 만족할 수 있다는 말인가?

어머니가 그의 분노를 감지한 모양이었다. 그녀는 노인임에도 그의 앞으로 다가가 무릎을 꿇었다. 야우는 발이 축축해진 것으로 어머니가 울고 있음을 알았다.

어머니가 그를 올려다보며 말했다. 「나는 내가 저지른 짓을 용서할 수 없다. 용서할 생각도 없고. 하지만 나는 불의 여인 이야기들을 들으며 무당의 말이 옳았다는 걸 알게 되었다. 우리 혈통에는 악이 있다. 악행의 결과를 볼 수 없어서 악행을 저

지른 사람들이 있다. 그들은 경고의 표시로서 이 화상 입은 손을 갖지 못했다.」

어머니가 아들에게 손을 내밀었고 아들은 그 손을 세심하게 들여다보았다. 그는 자신의 살에 있는 그녀의 살을 알아보았다.

「아들아, 지금 내가 아는 건, 악이 악을 낳는다는 것이다. 악은 자란다. 악은 변질되기도 해서, 가끔은 세상의 악이 자기 집의 악으로 시작되는 걸 보지 못하기도 한다. 네가 받은 고통이 안타깝구나. 너의 고통이 너의 삶에, 네가 결혼하게 될 여자와 네가 갖게 될 자식들에게 그림자를 드리우는 것도 안타깝구나.」

야우가 놀란 눈으로 어머니를 보았지만 어머니는 그저 미소 지으며 말했다. 「악행을 저지르는 건 그게 너든 나든, 어머니든 아버지든, 황금해안 사람이든 백인이든, 어부가 물에 그물을 던지는 것과 같지. 어부는 고기를 잡으면 자기가 먹을 한두 마리만 남겨 두고 나머지는 물에 던지면서 그 고기들이 다시 예전처럼 살게 될 거라고 생각한다. 그러나 자유의 몸이 되었다고 해서 한때 잡혔던 걸 잊을 수는 없는 법이지. 하지만 야우, 그래도 넌 스스로 자유로워져야 한다.」

야우는 어머니를 바닥에서 일으켜 세워 품에 안았고 어머니는 계속해서 읊조렸다. 「자유로워져라, 야우. 자유로워져라.」 야우는 어머니의 가벼움에 놀라며 어머니를 계속 안고 있었다.

곧 에스더와 쿠쿠아가 음식을 줄줄이 들여왔다. 그들은 야우와 어머니를 밤늦게까지 대접했다. 그들은 해가 떠오를 때까지 먹었다.

소니

감옥은 소니에게 읽을 시간을 주었다. 그는 어머니가 보석으로 빼내 주기 전에 그 시간을 『흑인의 영혼』[30]을 훑어보는 데 썼다. 이미 네 번이나 읽은 책인데도 지루하지 않았다. 그 책은 그가 거기, 철제 감방 안 철제 벤치에 앉은 목적을 재확인해 주었다. 그는 자신이 NAACP[31]를 위해 하는 일이 헛되게 느껴질 때마다 그 책의 닳아 빠진 책장을 넘기며 결의를 다졌다.

「이 짓이 지긋지긋하지도 않니?」 윌리가 경찰서 문을 박차고 들어오며 말했다. 그녀는 한 손에는 낡을 대로 낡은 코트를, 나머지 손에는 빗자루를 들고 있었다. 그녀는 소니가 기억하는 한 늘 어퍼이스트사이드에서 집 청소 일을 해왔고, 백인들의 빗자루를 신뢰하지 않아서 자신의 빗자루를 들고 지하철역에서 지하철역으로, 거리로, 집으로 돌아다녔다. 소니는 10대 때

---

30 *The Soul of Black Falk*. 미국의 흑인 운동가로 NAACP를 주도한 윌리엄 에드워드 버가트 듀보이스William Edward Burghardt Du Bois의 저서.

31 The National Association for the Advancement of Colored People. 미국 흑인 지위 향상 협의회. 1909년에 설립된 미국에서 가장 오랜 역사를 지닌 흑인 인권 단체.

그 빗자루가, 어머니가 빗자루를 십자가처럼 끌고 다니는 것이 한없이 당황스러웠다. 그가 친구들과 농구장에서 놀 때 어머니가 빗자루를 들고 그의 이름을 부르면 소니는 베드로처럼 어머니를 부인했다.

〈카슨!〉 어머니가 소리쳐 부를 때 그는 침묵으로 응답하며 자신은 오래전부터 〈소니〉로 통하므로 대답하지 않아도 된다고 스스로 정당화했다. 그는 어머니가 몇 번이나 〈카슨〉을 외치도록 한 다음에야 〈왜?〉라고 대답했다. 그는 집에 돌아가면 그 대가를 치러야 한다는 것을 알았다. 어머니가 성경책을 꺼내 들고 그를 향한 기도를 외쳐 댈 것을 알면서도 그렇게 했다.

경찰관이 문을 여는 동안 소니는 『흑인의 영혼』을 집어 들었다. 그는 시위 중에 체포된 다른 사람들에게 고개를 끄덕이고 어머니 옆을 스쳐 지나갔다.

「얼마나 많이 감옥에 들어가야 끝나는 거니, 응?」 윌리가 뒤에서 소리쳤지만 소니는 잠자코 걸었다.

이미 스스로에게 골백번이나 던진 질문이었다. 나는 더러운 감방 바닥에서 과연 몇 번이나 몸을 일으킬 수 있을까? 나는 얼마나 많은 시간을 시위 행진에 쓸 수 있을까? 나는 경찰에게 얼마나 많은 멍을 얻을 수 있을까? 나는 시장, 주지사, 대통령에게 얼마나 많은 편지들을 보낼 수 있을까? 무언가를 바꾸려면 얼마나 많은 날들이 걸릴까? 바꾸면 진짜로 바뀔까? 미국은 달라질까, 아니면 거의 그대로일까?

소니에게 미국의 문제는 분리가 아니라 실상 분리가 될 수 없다는 사실이었다. 소니는 늘 백인들에게서 벗어나려고 노력해 왔지만 이렇게 땅덩어리가 큰데도 갈 곳이 없었다. 할렘조차도 눈으로 보거나 손으로 만질 수 있는 거의 모든 것이 백인 소유였다. 소니가 원하는 것은 아프리카였다. 마르쿠스 가비[32]가 좋은 결과로 이어질 수 있는 성과를 내기도 했다. 라이베리아와 시에라리온,[33] 이 두 노력은 훌륭했다. 적어도 이론상으로는 말이다. 문제는 현실에서는 이론대로 되지 못했다는 것이다. 분리 관행은 여전히 남아 소니는 버스에 탈 때마다 백인들이 앞쪽에 앉은 것을 보고, 코흘리개 백인 아이들이 자신을 〈야!〉라고 부르는 소리를 듣는다. 분리 관행 때문에 소니는 자신의 분리를 불평등으로 느꼈다. 그가 받아들일 수 없는 것이 〈바로 그것〉이었다.

「카슨, 지금 너한테 말하고 있잖아!」 윌리가 외쳤다. 소니는 자기가 아무리 나이를 많이 먹어도 어머니에게 머리를 맞을 수 있다는 것을 알았기에 고개를 돌려 어머니를 보았다.

「뭐요?」

어머니가 그를 노려보았고 그도 똑같이 노려보았다. 그는 생애 첫 몇 해를 윌리와 단 둘이 보냈다. 그는 아무리 애를 써도 아버지의 모습을 떠올릴 수가 없었고, 그것 때문에 아직도 어머니를 용서할 수 없었다.

「넌 고집불통 멍청이야.」 윌리가 그를 밀치고 지나가며 말했다. 「이제 감옥에서 시간 그만 보내고 네 자식들과 시간을 보내야지. 네가 할 일은 그거야.」

32 Marcus Moziah Garvey(1887~1940). 1920년 뉴욕을 중심으로 흑인들의 아프리카 복귀 운동을 펼친 자메이카 출신 흑인 지도자로 스스로를 〈흑인 모세〉라고 칭하기도 함.
33 해방 노예들의 정착지들.

그녀가 마지막 부분을 조그맣게 중얼거리는 바람에 소니는
그 말을 겨우 알아들을 수 있었지만, 설령 어머니가 그 말을 안
했어도 그녀의 말뜻을 알았을 터였다. 그는 아버지를 가지지
못해서 어머니에게 화가 나 있었고, 어머니는 그가 아버지처럼
자식들 곁에 있어 주지 않아서 화가 나 있었다.

소니는 NAACP 주거 팀이었다. 그는 일주일에 한 번씩 다른
팀원들과 함께 할렘의 모든 동네를 돌며 주민들에게 어떻게 생
활하는지 물었다.
「바퀴벌레랑 쥐가 너무 많아요. 칫솔을 냉장고에 넣어 놔야
한다니까요.」 한 어머니가 말했다.
그 달의 마지막 금요일이었고, 소니는 목요일 밤의 두통을
아직까지 끌어안고 있었다. 「으음.」 그는 이마에서 펄떡이는
통증을 손으로 훔쳐 내기라도 하려는 듯 한 손으로 이마를 쓸
어 내며 말했다. 그녀가 말하는 동안 소니는 수첩에 적는 척했
지만 그가 그전 집, 그전의 전 집에서 들은 말도 똑같았다. 사
실 소니는 집집마다 찾아가지 않아도 세입자가 무슨 말을 할지
알 수 있었다. 소니와 윌리, 여동생 조세핀은 그런 환경에서, 그
보다 훨씬 열악한 환경에서 살아왔으니까.
그는 어머니의 두 번째 남편 엘리가 한 달치 월세를 들고 떠
났던 때를 또렷이 기억했다. 온 식구가 이 블록 저 블록을 돌며
살 집을 구할 때 소니는 아기 조세핀을 안고 있었다. 그들은 결
국 마흔 명이 함께 사는 아파트에 들어가게 되었는데, 그곳에
는 배변 조절을 못하는 병든 할머니도 있었다. 그 할머니는 밤
마다 구석에 앉아 부들부들 울면서 자기 신발에 똥을 쌌다. 그

리고 쥐들이 와서 그것을 먹었다.

한번은 절박했던 어머니가, 자신이 청소 일을 하는 맨해튼 아파트들 중 하나에 사는 가족이 휴가를 떠난 틈을 타서 소니와 조세핀을 그곳으로 데려갔다. 그 아파트는 식구가 둘뿐인데도 침실이 여섯 개나 되었다. 소니는 그 넓은 공간을 어떻게 써야 할지 몰랐다. 그래서 온종일 제일 작은 방에서 시간을 보냈고, 손자국이라도 남기면 어머니가 다 닦아 내야 한다는 것을 알았기에 아무것도 만지지 못했다.

「아저씨, 도와줄 수 있어요?」 한 소년이 말했다.

소니는 수첩을 떨어뜨리고 소년을 쳐다보았다. 소년은 작았지만 눈빛을 보아 하니 보기보다 나이가 든 것 같았다. 어쩌면 열네 살이나 열다섯 살쯤 되었을지도 몰랐다. 소년이 어머니에게 다가가 어깨에 손을 올렸다. 소년이 소니를 한참 응시해서 소니도 소년의 눈을 자세히 볼 시간을 가지게 되었다. 소니가 지금껏 보았던 그 어떤 남자나 여자의 눈보다 컸고, 속눈썹이 무시무시한 거미의 길고 매력적인 다리들 같았다.

「못하죠, 그렇죠?」 소년이 말했다. 소년이 눈을 빠르게 두 번 깜짝였고, 소니는 그 거미 다리 속눈썹들이 뒤엉키는 것을 지켜보며 갑작스럽게 두려움이 차올랐다. 「아저씨는 아무것도 할 수 없어요, 안 그래요?」 소년이 계속해서 말했다.

소니는 무슨 말을 해야 할지 몰랐다. 그저 그곳에서 벗어나야 한다는 것만 알았다.

소년의 목소리가 그 주, 그달, 그해 내내 소니의 머릿속에서 울렸다. 그는 다시는 소년을 보지 않으려고 주거 팀에서 다른 팀으로 옮기게 해달라고 부탁했다.

〈아저씨는 아무것도 할 수 없어요, 안 그래요?〉

소니는 다른 시위에서 체포되었다. 그리고 또 다른 시위에서. 그리고 또 다른 시위에서. 세 번째 체포되었을 때는 이미 수갑을 찼는데도 경찰관이 주먹으로 그의 얼굴을 때렸다. 그는 한쪽 눈이 부어올라 감기기 시작하는 상태에서 침을 뱉을 것처럼 입술을 오므렸지만, 경찰관이 그의 성한 눈을 들여다보며 고개를 저으면서 말했다. 「그러기만 해. 넌 오늘 죽은 목숨이다.」

어머니가 그의 얼굴을 보고 울기 시작했다. 「이 꼴을 보려고 앨라배마를 떠난 게 아닌데!」 그녀가 말했다. 소니는 일요일 저녁 식사를 하러 어머니 집에 가기로 했었지만 가지 않았다. 그 주에는 일도 빼먹었다.

〈아저씨는 아무것도 할 수 없어요, 안 그래요?〉

미시시피의 조지 리 목사가 투표 등록을 하려다가 치명적인 총상을 입었다.

로자 조던이 앨라배마 몽고메리에서 새로 분리된 버스를 타고 가다가 총에 맞았다. 그녀는 임신 중이었다.

〈아저씨는 아무것도 할 수 없어요, 안 그래요?〉

소니는 계속 일을 빠졌다. 일을 나가는 대신 7번가 이발소들에서 청소 일을 하는 남자와 벤치에 앉아 있었다. 소니는 그 남자 이름도 몰랐다. 그저 거기 앉아 그와 이야기하는 것이 좋았다. 어쩌면 그 남자가 어머니처럼 빗자루를 들고 있었기 때문인지도 몰랐다. 그는 어머니에게는 할 수 없었던 이야기들을 그에게는 할 수 있었다. 「무력감을 느낄 땐 어떻게 해요?」 소니가 물었다.

남자가 뉴포트 담배를 길게 빨아들였다. 「이게 도움이 되지.」 그가 허공에서 담배를 흔들며 말했다. 그는 주머니에서 작은 글라신페이퍼[34] 봉지를 꺼내 소니의 손에 놓았다. 「담배가 도움이 안 되면 이게 도움이 되지.」 그가 말했다.

소니는 잠시 그 마약 봉지를 만지작거렸다. 그는 아무 말도 하지 않았고, 이발소 청소부는 곧 빗자루를 들고 떠났다. 소니는 한 시간 가까이 그 벤치에 앉아서 그 작은 봉지를 이 손가락에서 저 손가락으로 옮기며 그것에 대해 생각했다. 집까지 열 블록을 걸어가면서도 그것에 대해 생각했다. 저녁으로 먹을 달걀 프라이를 하면서도 그것을 생각했다. 그가 하는 일이 아무것도 바꿀 수 없다면 바뀌어야 할 것은 그 자신인지도 몰랐다. 이튿날 오후 중반쯤이 되자 소니는 그 생각을 그만두었다.

그는 NAACP에 전화해서 일을 그만두겠다고 말한 뒤 봉지를 변기에 넣고 물을 내렸다.

「뭐 해서 돈 벌려고?」 조세핀이 소니에게 물었다. 수입이 끊긴 그는 집세를 낼 수가 없어서 해결책을 찾을 때까지 어머니 집에서 지내고 있었다.

윌리는 개수대 앞에서 콧노래로 찬송가를 부르며 설거지를 하고 있었다. 그녀는 그들의 대화를 듣는 것처럼 보이고 싶지 않을 때 콧노래 소리를 높였다.

「난 해결책을 찾을 거야. 늘 그랬으니까. 안 그래?」 그가 도전적인 목소리로 말하자, 조세핀은 그 도전을 받아들이지 않고 의자에 도로 기대며 갑자기 조용해졌다. 어머니는 조금 더 큰 소리로 콧노래를 부르며 접시의 물기를 닦기 시작했다.

34 공기, 물, 기름기에 강한 얇은 반투명 종이.

「어머니, 도와 드릴게요.」소니가 벌떡 일어나며 말했다.

어머니는 즉각 압력을 가해 왔고, 그래서 그는 어머니가 두 사람의 대화를 줄곧 듣고 있었다는 것을 알았다. 「루실이 어제 너 찾으러 왔었다.」월리가 말했다. 소니는 불만스러운 끙 소리를 냈다. 「걔한테 전화 한번 해보는 게 좋을 것 같다.」

「루실은 원하면 언제든 나를 찾을 방법을 알아요.」

「앤절라와 론다는? 걔들도 너를 찾을 방법을 아니? 네가 없는 날 내 집으로 찾아오는 방법밖에 모르는 것 같던데.」

소니는 다시 끙 소리를 냈다. 「걔들한테 아무것도 주지 마세요, 어머니.」그가 말했다.

어머니가 코웃음을 쳤다. 그녀는 콧노래를 그치고 입으로 노래를 부르기 시작했다. 소니는 자신이 하루빨리 이 아파트에서 나가야 한다는 것을 알았다. 여자들이 찾아오고 어머니가 찬송가를 부른다면, 다른 곳을 구해 나가는 편이 나았다.

그는 일자리를 알아보러 친구 모하메드에게 갔다. 「이슬람 국가[35]에 들어와야지, 이 친구야. NAACP는 잊어. 거긴 개뿔 하는 일도 없으니까.」

소니는 모하메드의 맏딸이 가져다준 물잔을 받았다. 그는 친구에게 어깨를 으쓱했다. 전에도 했던 대화였다. 소니는 어머니가 독실한 기독교 신자인 한 이슬람 국가에 들어갈 수가 없었다. 모하메드는 그 타령을 계속 할 터였다. 게다가 소니는 어머니가 다니는 교회 뒷좌석에 앉았던 날들 때문에 하나님의 분노에 대한 생각의 영향을 받지 않을 수가 없었다. 하나님의 분

---

35 미국의 흑인 이슬람 교도로 구성된 과격파 단체.

노를 사는 것은 피하고 싶었다. 「이슬람도 개뿔 하는 일 없을 거야.」 그가 말했다.

그의 친구 모하메드의 원래 이름은 자니였다. 그들은 할렘 농구장들을 돌며 골대에 공을 던지던 소년이었을 때 만났고, 농구 시절이 끝나고 허리통이 두꺼워지기 시작한 뒤에도 계속 우정을 지켜 왔다.

그들이 처음 만났을 때 소니는 아직 〈카슨〉으로 통했지만, 농구장에서 〈소니〉라는 이름의 빠름과 편함이 좋아서 소니로 바꿔 버렸다. 어머니는 싫어했다. 아버지가 그를 그렇게 불렀기 때문이라는 것을 그도 알았지만, 아버지에 대해서는 전혀 아는 것이 없었다. 그 이름에 감정적으로 끌린 것은 단지 골을 넣을 때 다른 아이들이 〈그래, 썬! 그래, 소니!〉라고 말하는 소리가 좋아서였을 뿐이었다.

「일자리가 말라 붙었어, 소니.」 모하메드가 말했다.

「그래도 자넨 아는 데가 있을 거 아냐. 아무 일이라도, 친구.」

「학교는 얼마나 다녔어?」 모하메드가 물었다.

「한 2년.」 소니가 말했다. 사실 그는 학교를 밥 먹듯 빼먹고, 여기저기 전학 다니고, 퇴학당하고 하느라 어느 학교에서도 1년을 마친 기억이 없었다. 한번은 절박감에 사로잡힌 어머니가 그를 맨해튼의 멋진 백인 학교들 중 하나에 넣으려고까지 했다. 어머니는 안경을 끼고 제일 좋은 펜을 들고서 교무실로 당당히 걸어 들어갔다. 한편 소니는 말쑥하게 차려 입은 백인 학생들이 굉장히 차분하게 들고 나는 그 새것처럼 깨끗하고 반짝거리는 학교 건물을 보면서 할렘의 학교들, 천장이 무너져 내리고 뭐라고 이름 붙일 수 없는 지독한 악취가 풍기는 학교들을 떠올리며 둘 다 〈학교〉라고 불릴 수 있다는 것에 놀랐다. 소니는 백인 학교 직원들이 어머니에게 커피를 마시겠느냐고 묻던 것을 기억했다. 그들은 어머니에게 소니의 입학이 불가능하다고 말했다. 그냥 불가능하다는 것이었다. 소니는 어머니가 할렘으로 걸어 돌아가면서 한 손으로는 아들의 손을 꼭 잡고 남은 손으로는 눈물을 훔치던 것도 기억했다. 소니가 어머니를 위로하려고 어차피 나가지도 않을 테니 학교 같은 것에는 신경 안 쓴다고 말하자, 윌리는 그가 학교를 안 나가는 것이 문제라고 말했다.

「내가 아는 곳은 그 정도로는 부족한데.」 모하메드가 말했다.

「난 일을 해야 해, 모하메드. 일을 해야 한다고.」

모하메드는 천천히 고개를 끄덕였다. 그다음 주에 모하메드는 소니에게 〈이슬람 국가〉에서 나가 술집을 운영하는 사람의 전화번호를 줬다. 그리고 2주 뒤 소니는 이스트 할렘의 새 재즈 클럽 재즈민에서 술 주문을 받고 있었다.

소니는 취직이 결정되던 날 밤 바로 어머니 집에서 짐을 뺐다. 그는 어머니에게 어디서 일하는지 말해 주지 않았는데 어머니가 재즈든 뭐든 세속 음악을 좋아하지 않는다는 것을 알기 때문이었다. 그녀는 교회를 위해 노래하고 그리스도를 위해 목소리를 썼다. 언젠가 소니가 어머니에게 백인들도 관심을 보일 정도로 그렇게 목소리가 아름다운데 빌리 홀리데이처럼 유명해지고 싶은 생각은 없는지 물었지만, 어머니는 그에게서 시선을 돌리며 〈그런 삶〉을 조심하라고 말했다.

재즈민은 신생 클럽이라 최고 수준의 고객들과 연주자들을 끌어모으기가 힘들었다. 그래서 대부분의 날에는 자리가 절반쯤 비었다. 다수가 음악가들인 종업원들도 경력을 쌓는 데 도움이 될 사람들에게 얼굴을 비추기를 바랐기 때문에 클럽이 생긴 지 6개월도 안 되어 그만두었다. 그래서 소니는 금세 수석 바텐더가 되었다.

「위스키 한 잔 줘요.」 어느 날 밤, 억눌린 목소리가 소니에게 외쳤다. 여자 목소리라는 것은 알 수 있었지만 얼굴은 볼 수 없었다. 그녀는 바의 저 끝에서 두 손으로 머리를 감싸고 앉아 있었다.

「얼굴 못 보면 술 못 줘요.」 그가 말하자 그녀는 천천히 고개를 들었다. 「이리 와서 술 가져가지 그래요?」

그는 그렇게 천천히 움직이는 여자를 본 적이 없었다. 그녀는 마치 깊고 더러운 물을 헤치고 걸어오는 듯했다. 열아홉 살 이상은 안 되어 보이는데도 세상살이에 지친 노인처럼, 몸을 갑작스럽게 움직이면 뼈가 부러지기라도 할 것처럼 걸었다. 그녀는 소니 앞의 의자에 털썩 앉으면서도 여전히 서두르는 기색이 없었다.

「오늘 힘들었어요?」 소니가 물었다.

그녀는 미소 지었다. 「매일이 힘들지 않아요?」

소니가 술잔을 건넸고, 그녀는 다른 모든 동작처럼 술도 천천히 마셨다.

「내 이름은 소니예요.」 그가 말했다.

그녀가 다시 그에게 미소를 흘렸고 재미있어 하는 눈빛이 보였다. 「아마니 줄레마.」

소니가 혀를 끌끌 찼다. 「무슨 이름이 그래요?」 그가 물었다.

「내 이름이요.」 그녀는 일어나서 아까처럼 느린 동작으로 술

잔을 들고 무대로 올라갔다.

연주하던 밴드가 그녀 앞에서 절을 하는 듯했다. 아마니가 아무 말도 할 필요 없이 피아니스트가 일어나 그녀에게 자리를 내주고 다른 사람들도 무대를 비웠다.

그녀는 피아노 위에 술잔을 올려놓고 두 손으로 건반을 훑기 시작했다. 소니가 그녀에게서 느낀 급박함의 결여는 피아노에서도 이어져 손가락들이 나른하게 느릿느릿 움직였다.

그녀가 노래를 부르기 시작하자 실내가 진짜로 조용해졌다. 그녀는 작은 여자였지만 목소리가 너무도 낮고 굵직해서 실제보다 몸집이 커 보였다. 목을 풀 때 자갈로 가글이라도 한 것처럼 걸걸한 소리도 났다. 그녀는 노래하면서 몸을 흔들었다. 몸을 한쪽으로 움직였다가 고개를 갸웃한 뒤 반대쪽으로 움직였다. 그녀가 스캣[36]을 시작하자 몇 명 안 되는 관객들이 신음 소리를 냈고 한두 번 〈아멘!〉 하고 외치기까지 했다. 행인 몇 명이 그녀를 보려고 문간에 섰다.

그녀는 콧노래로 마무리했는데, 사람들이 영혼이 산다고 말하는 배 속 가장 깊은 곳에서 나오는 소리 같았다. 소니는 어린 시절이, 어머니가 처음 교회에서 노래한 날이 떠올랐다. 그때 그는 어렸고, 조세핀은 엘리의 무릎 위에서 춤추는 아기였다. 어머니가 찬송가 책을 바닥에 떨어뜨렸고, 그 소리에 놀란 모든 신도가 그녀를 올려다보았다. 소니는 심장이 목구멍에 걸린 듯한 기분이었다. 어머니 때문에 당황스러웠다. 당시에는 늘 어머니 때문에 화가 나거나 당황스러웠다. 하지만 그녀가 노래를 부르기 시작했다. 나 면류관 쓰리. 그녀가 노래했다. 나 면류

36 재즈에서 목소리로 연주하듯 음을 내는 창법.

관 쓰리.

그건 소니가 들어 본 가장 아름다운 노래였고, 그때 그가 어머니에게 느낀 사랑은 전에는 한 번도 느껴 보지 못한 것이었다. 신도들이 〈노래해요, 윌리〉, 〈아멘〉, 〈하나님을 찬양합니다〉라고 말했고, 그때 소니에게는 어머니가 보상을 받기 위해 천국을 기다릴 필요가 없을 것 같았다. 그녀가 이미 면류관을 쓴 것을 보았던 것이다.

아머니는 콧노래를 마치고 박수갈채와 찬사를 보내기 시작한 관객들을 향해 미소 지었다. 그녀는 피아노 위의 술잔을 들어 남은 술을 모두 들이켰다. 그녀는 소니에게 걸어와서 빈 잔을 그의 앞에 놓았다. 그리고 아무 말 없이 밖으로 나갔다.

소니는 안면이 좀 있는 몇 사람과 이스트사이드의 빈민 주택 단지에서 지냈다. 그는 그래서는 안 된다는 것을 알면서도 어머니에게 주소를 알려 줬고, 루실이 딸을 안고 나타났을 때 어머니가 그녀에게 주소를 줬다는 것을 알았다.

「소니!」 그녀가 외쳤다. 그녀는 아파트 건물 밖 보도에 서 있었다. 할렘에는 소니가 100명 이상 있을 수 있었다. 그는 그것이 자신임을 인정하고 싶지 않았다.

「카슨 클리프턴, 당신 거기 있는 거 알아.」

그 아파트에는 뒷문이 없어서 루실이 올라올 방법을 찾아내는 것은 시간문제였다.

소니는 3층 창문 밖으로 상반신을 내밀었다. 「원하는 게 뭐야, 루스?」 그가 물었다. 그는 1년 가까이 딸을 만나지 않았다. 딸은 자그마한 엄마 등에서 몸을 뒤로 젖힌 채로 있기에는 너무 컸으나 루실은 늘 힘이 남아돌았다.

「우리 올라가게 해줘!」 그녀가 소리쳤고, 소니는 그들을 안으로 들이기 위해 내려가기 전에 조세핀이 〈할머니 한숨〉이라고 부르는 특유의 한숨을 쉬었다.

루실이 들어와서 10초도 지나기 전에 소니는 그녀를 들인 것을 후회했다.

「우린 돈이 필요해, 소니.」

「우리 어머니한테 돈 받는 거 다 알아.」

「이 애한테 뭘 먹이라는 거야? 공기? 애들은 공기를 먹고 자랄 수 없어.」

「난 당신한테 줄 게 아무것도 없어, 루실.」

「이 아파트가 있잖아. 앤절라가 그러던데, 지난달에 당신한테 뭘 받았다고.」

소니는 고개를 저었다. 그 여자들이 서로에게, 자신들에게 하는 거짓말들. 「난 앤절라 본 지가 당신 본 것보다 오래됐어.」

루실은 헛기침을 했다. 「무슨 아버지가 그 모양이야!」

소니는 화가 났다. 그는 아이를 원한 적이 없는데 어쩌다 보니 셋이나 생겨 버렸다. 첫째는 앤절라의 딸, 둘째는 론다의 딸, 셋째가 좀 늦게 나온 루실의 딸이었다. 그의 어머니가 모두에게 매달 조금씩 돈을 주었다. 그가 어머니에게 그만 주라고 하고 여자들에게도 어머니에게 돈을 요구하지 말라고 했는데 모두 듣지 않았다.

앤절라가 딸 에타를 낳았을 때 소니는 겨우 열다섯 살이었다. 앤절라는 열네 살이었다. 그들은 결혼해서 제대로 살겠다고 말했지만, 앤절라의 부모님은 딸이 소니의 아이를 임신했다는 것을 알자 그녀를 앨라배마의 가족에게 보내 아기를 낳을 때까지 그곳에 있게 했고, 앤절라가 돌아온 뒤에 소니에게 앤절라도, 딸도 보여 주지 않았다.

소니는 정말로 앤절라를, 딸을 책임지려고 했지만 어리고 직업도 없었다. 그에게 아무짝에도 쓸모없는 놈이라고 말한 앤절라의 부모님이 옳을지도 모른다고 생각했다. 앤절라가 남부에서 순회 부흥회를 다니는 젊은 목사와 결혼하는 날, 그는 가슴이 찢어지는 듯했다. 목사는 앤절라를 할렘에 몇 달씩 떼어 놓고 돌아다녔는데, 소니는 자신이 그녀와 결혼했다면 절대 그녀 곁을 떠나지 않았을 것이라고 생각했다.

하지만 그 뒤에 그는 가끔 거울 속 자신의 모습에서 어머니 얼굴과 닮지 않은 것들을 보고는 했다. 그의 코는 어머니와 달랐다. 귀도 달랐다. 그는 어렸을 때 어머니에게 그런 것들에 대해 묻고는 했다. 자신의 코와 귀, 엷은 피부색이 누구에게서 온 것인지 물었다. 그는 아버지에 대해 물었지만 어머니의 대답은 그에게는 아버지가 없다는 것뿐이었다. 그는 아버지가 없지만 그래도 별문제 없었다. 〈맞아?〉 그는 거울 속 남자를 놀리고는 했다. 〈맞아?〉

「루실, 저 애는 이제 아기도 아냐. 보라고.」

딸이 조그만 다리로 배 위를 걷듯 비틀거리며 돌아다니고 있었다. 루실은 소니를 죽일 듯 노려본 뒤 아이를 번쩍 안아 들고 나갔다.

「그리고 이제 우리 어머니한테도 돈 달라고 하지 마!」 그가 그녀 뒤에 대고 외쳤다. 그는 쿵쿵거리며 계단을 내려가 거리로 나서는 그녀의 발자국 소리를 들었다.

이틀 뒤 소니는 재즈민에 있었다. 그는 거기서 일하는 다른 사람들에게 아마니가 언제 다시 오는지 물었지만 아무도 몰랐다.

「그녀는 바람이 부는 곳으로 가지.」장님 루이스가 바를 닦으며 말했다. 소니가 한숨을 좀 쉬었는지 루이스가 곧바로 말했다. 「난 그 소리를 알아.」

「무슨 소리요?」

「자넨 아무것도 원하는 게 없어, 소니.」

「왜 원하는 게 없어요?」소니가 물었다. 여자의 외모만 보고도 그 여자를 원할 수 있다는 걸 늙은 장님이 무슨 수로 알겠는가?

「여자를 겉모습만 보면 안 돼. 그 속에 뭐가 들었는지도 생각해야지.」루이스가 그의 마음을 읽고 말했다. 「그 여자 속에는 원할 만한 가치가 있는 게 없어.」

소니는 귀담아 듣지 않았다. 그는 석 달이 더 걸려서야 아마니를 다시 볼 수 있었다. 그때까지 그는 무대로 천천히 걸어 올라가는 그녀를 보기 위해 이 클럽, 저 클럽으로 찾아다녔다.

그가 발견했을 때 그녀는 클럽 뒤쪽 자리에 앉아서 자고 있었다. 그는 그것을 확인하기 위해 그녀에게 가까이 다가가야 했고, 너무 가까이 다가가서 그녀가 코를 골며 숨을 들이쉬고 내쉬는 소리까지 들을 수 있었다. 그는 주위를 둘러보았지만 아마니는 술집의 어두운 구석 자리에 있었고 아무도 그녀를 찾지 않는 듯했다. 그는 그녀의 팔을 쿡 찔렀다. 아무 반응이 없었다. 그는 더 세게 찔렀다. 역시 무반응이었다. 세 번째로 찌르자 그녀는 한쪽으로 고개를 돌렸는데, 그 동작이 어찌나 느린

지 큰 바위가 움직이는 것 같았다. 그녀는 두어 번 눈을 깜짝였다. 무거운 눈꺼풀과 짙은 속눈썹이 결합된 느리고 신중한 동작이었다.

이윽고 그녀가 소니를 바라보았을 때, 소니는 그녀가 왜 눈을 맑게 만들고 싶어 했을지 알 것 같았다. 눈에 핏발이 서고 동공이 확대되어 있었다. 그녀가 두 번 더 눈을 깜짝였는데 이번에는 빠른 동작이었고, 소니는 그녀를 지켜보다가 자신이 그녀를 찾으면 어떻게 할 것인지 생각하지 않았음을 퍼뜩 깨달았다.

「오늘 밤에 노래해요?」 그가 온화하게 물었다.

「내가 노래를 할 것처럼 보여요?」

소니는 대답하지 않았다. 아마니는 목과 어깨를 쭉 늘이고는 몸 전체를 흔들었다. 「원하는 게 뭐죠?」 그녀가 그를 다시 보며 물었다. 「원하는 게 뭐예요?」

「당신.」 소니가 시인했다. 그는 그녀가 노래하는 것을 본 날부터 그녀를 원했다. 그녀의 느린 걸음이나 목소리가 어머니에 대한 가장 좋은 기억을 떠올리게 했다는 사실 때문이 아니었다. 그날 밤, 그녀가 노래를 부르기 시작했을 때 마음속의 무엇이 열리는 것을 느꼈기 때문이었고, 그 느낌을 조금만이라도 더 포착하여 간직하고 싶었다.

그녀는 그를 향해 고개를 젓고는 살짝 미소 지었다. 「그럼 가요.」

그들은 거리로 나섰다. 소니의 의붓아버지 엘리는 걷기를 좋아해서 같이 살 때 소니와 윌리, 조세핀을 데리고 동네를 여기저기 돌아다니고는 했다. 어쩌면 그래서 어머니가 걷는 것을 좋아하게 되었는지도 모른다고 소니는 생각했다. 그는 어머니가 자신을 데리고 백인 동네까지 내려갔던 날을 아직도 기억했다. 그는 그렇게 영원히 걸어갈 것이라고 생각했지만 어머니가 갑자기 걸음을 멈췄고, 소니는 도무지 그 이유를 알 수 없으면서도 실망스러웠다.

소니는 NAACP 주거 팀에서 일하면서 알게 된 곳들을 아마니와 함께 지났다. 빈털터리들을 위한 재즈 술집들, 싸구려 음식 가판대들, 이발소들. 그 모든 거리에 모자를 내밀고 구걸하는 마약쟁이들이 있었다.

「당신 이름에 대한 이야기 아직 안 해줬어요.」 길 한가운데에 누운 남자를 넘어가며 소니가 물었다.

「뭘 알고 싶은데요?」

「무슬림이에요?」

아마니가 조금 웃었다. 「아니, 무슬림 아니에요.」 소니는 그녀가 더 말하기를 기다렸다. 그는 이미 충분히 많은 말을 했다. 자신의 욕망과 약함을 드러내어 그녀를 압박하고 싶지 않았다. 그는 그녀가 말하기를 기다렸다. 「아마니는 스와힐리어로 〈하모니〉라는 뜻이에요. 노래를 시작하면서 새 이름이 필요하다고 생각했어요. 어머니가 지어 주신 이름은 메리인데, 메리 같은 이름을 가지고 성공할 수는 없죠. 난 〈이슬람 국가〉니 〈아프리카로 돌아가자〉 같은 거에는 관심 없지만, 아마니를 보자 내 이름이라는 느낌이 들었어요. 그래서 선택했어요.」

「〈아프리카로 돌아가자〉 같은 거에는 관심이 없는데 아프리카 이름을 쓴다?」 소니는 과거로 묻어 둔 정치가 슬그머니 고개 드는 것을 느꼈다. 아마니의 나이는 소니의 절반쯤밖에 되지 않았다. 그녀가 태어난 미국은 그가 태어난 미국과 달랐다. 그는 그녀에게 손가락을 흔들며 비난하고 싶은 충동을 억눌렀다.

「우린 돌아갈 수 없어요, 안 그래요?」 그녀가 걸음을 멈추고 그의 팔을 만졌다. 그녀는 이제야 그가 꿈속 인물이 아니라 진짜 사람이라는 생각이 들기라도 한 것처럼 그날 밤 그를 만난 뒤 가장 진지해 보였다. 「우린 애초에 가본 적도 없는 곳으로 돌아갈 수가 없어요. 거기는 더 이상 우리 것이 아니니까. 여기가 우리 거니까.」 그녀는 할렘 전체를, 뉴욕 전체를, 미국 전체를 손에 잡으려는 듯 손을 앞으로 휘둘렀다.

이윽고 그들은 멀리 떨어진 웨스트 할렘의 빈민 주택에 도착했다. 건물은 잠겨 있지 않았다. 복도로 들어서자 제일 먼저 소니의 눈에 들어온 것은 벽을 따라 늘어선 마약쟁이들이었다. 그들은 마네킹 같았다. 소니는 언젠가 영안실에 갔다가 장의사가 시신의 팔꿈치를 갈고리 모양으로 접고, 얼굴을 왼쪽으로 돌리고, 등을 구부리는 것을 본 적이 있는데 그 시신 같기도 했다.

복도에는 시신을 처리하는 사람이 없었고 ─ 소니의 눈에는 아무도 보이지 않았다 ─ 그는 그곳이 마약 소굴임일 단박 알았다. 그가 아마니의 졸린 듯한 느린 동작과 확대된 동공에 대해 알고 싶지 않았던 진실이 너무도 명백해졌다. 그는 불안해지기 시작했지만 아마니와 함께 있는 시간이 길어질수록 자신을 통제할 수 없다는 느낌이 강해지는 것을 그녀에게 들키지 않는 것이 중요했기에 불안감을 꿀꺽 삼켰다.

그들은 한 방으로 들어갔다. 남자 하나가 더러운 매트리스

위에서 벽을 등지고 잔뜩 웅크린 자기 몸을 껴안고 있었다. 여자 둘이 다른 남자가 들고 있는 주사기로 마약을 맞으려고 팔을 두드려 혈관을 찾고 있었다. 그들은 소니와 아마니가 들어왔는데도 고개조차 들지 않았다.

소니의 시선이 닿는 곳마다 재즈 악기들이 있었다. 호른 둘, 베이스 하나, 색소폰 하나. 아마니가 소지품을 내려놓고 여자들 중 하나의 옆에 앉았고, 마침내 그 여자가 시선을 들더니 그들에게 고개를 끄덕였다. 아마니는 아직 문고리를 잡고 망설이는 소니를 돌아보았다.

그녀는 아무 말도 하지 않았다. 남자가 첫 번째 여자에게 주사기를 전달했다. 그 여자는 두 번째 여자에게 전달했다. 그 여자가 아마니에게 주사기를 전달했지만, 그녀는 아직도 소니를 바라보고 있었다. 그녀는 여전히 말이 없었다.

소니는 그녀가 팔에 주사기를 찌르는 것과 그녀의 눈이 뒤집히는 것을 지켜보았다. 그녀가 다시 그를 보았을 때, 그녀는 굳이 이렇게 말할 필요가 없었다. 〈이게 나예요. 그래도 원해요?〉

*

「카슨! 카슨, 거기 있는 거 안다!」

그는 그 목소리를 들을 수 있었으나 동시에 들을 수 없기도 했다. 그는 자신의 머릿속에서 살았고, 어디서 그 세계가 끝나고 바깥세상이 시작되는지 알 수 없었으며, 그 목소리가 두 곳 중 어디에서 오는지 확실히 알기 전에는 대답하고 싶지 않았다.

「카슨!」

그는 조용히, 최소한 그의 생각에는 조용히 앉아 있었다. 그는 땀을 흘렸고 가슴이 오르락내리락, 오르락내리락했다. 죽지 않으려면 곧 마약을 손에 넣어야만 했다.

문밖 목소리가 기도를 시작하자 소니는 어머니가 왔다는 것을 알 수 있었다. 그녀는 전에도 몇 번 그렇게 했었다. 아직 그가 주로 멀쩡한 정신이었을 때, 아직은 마약이 주로 즐기기 위한 것이고 그가 그것에 대한 통제력을 가졌다고 느꼈을 때.

「주여, 제 아들을 이 고통에서 해방시켜 주소서. 아버지 하나님, 제 아들이 지옥을 구경하러 내려갔다는 걸 저도 압니다. 제발 그를 돌려보내 주소서.」

만약 구역질이 그렇게 심하지 않았더라면 소니는 어머니의 기도에서 위로를 얻었을지도 몰랐다. 처음에는 헛구역질이 올라왔지만 이내 한쪽 구석에서 토하고 있었다.

어머니의 목소리가 커져 갔다. 「주여, 저는 주께서 제 아들을 구원해 주실 수 있다는 것을 압니다. 그를 축복하고 지켜 주소서.」

소니가 원하는 것이 바로 구원이었다. 그는 마흔다섯 살 먹은 마약쟁이였고, 지친 데다 구역질까지 했으며, 마약을 끊으려고 할 때 나는 구역질이 매순간 마약에 취해서 사는 기진맥진함을 능가했다.

어머니는 이제 속삭이고 있었다. 아니, 어쩌면 그의 귀가 더 이상 기능하지 못하는 것인지도 몰랐다. 곧 그는 아무 소리도 들을 수 없었다. 머지않아 누군가 집에 올 터였다. 함께 사는 중독자들 중 하나가 들어올 것이다. 어쩌면 그가 마약을 가져올 수도 있지만 아마도 그렇지 않을 것이고, 소니는 몸소 마약을 구하러 다니는 의식을 시작해야 할 터였다. 그래서 그냥 지금 시작하기로 했다.

그는 바닥을 짚고 일어나 어머니가 갔는지 확인하기 위해 문에 귀를 가져다 댔다. 확인이 끝나자 할렘을 맞이하러 나갔다.

할렘과 헤로인. 헤로인과 할렘. 소니는 이제 그 둘을 따로 떼어 생각할 수가 없었다. 발음도 비슷했다. 그리고 둘 다 그를 죽일 것이다. 마약쟁이들과 재즈도 함께 가는 공생 관계였고, 이제 소니는 호른 소리만 들어도 마약을 하고 싶어졌다.

소니는 116번가를 따라 내려갔다. 116번가에서는 거의 항상 마약을 손에 넣을 수 있었고, 그에게 필요한 것을 가진 사람을 포착할 때까지 행인들을 눈으로 훑어 마약쟁이들과 거래인들을 최대한 빨리 알아보는 훈련이 되어 있었다. 자신의 머릿속에서 사는 삶의 결과였다. 소니는 자신처럼 사는 사람들을 알아볼 수 있었다.

소니는 처음 마주친 마약쟁이에게 약이 있는지 물었고, 그녀는 고개를 저었다. 두 번째 마주친 마약쟁이에게 약을 구할 수 있는지 물었다. 그도 고개를 저었지만 거래 중인 남자를 손가락으로 가리켰다.

어머니는 소니에게 더 이상 돈을 주지 않았다. 앤절라가 성경 책을 걸머지고 다니는 남편이 순회 부흥회에서 부수입을 얻으면 가끔 돈을 줬다. 소니는 거래인에게 그가 가진 돈을 다 주었지만 마약을 아주 조금밖에 살 수 없었다. 코딱지만큼밖에 살 수 없었다.

아마니가 집에 있을 수도 있었기 때문에 마약을 맞고 가고 싶었다. 그녀는 그 코딱지만큼 있는 마약 때문에 그에게 몸을 허락할 터였다. 소니는 작은 식당 화장실로 들어가서 마약을 맞았고, 금세 구역질이 가시는 것을 느꼈다. 집에 왔을 때쯤에는 거의 컨디션이 좋다고까지 느꼈다. 거의, 그것은 컨디션이 좋은 상태에 조금 더 가까워지기 위해 곧 다시 마약을 해야 한다는 의미였다. 조금 더 가까워지기 위해 또 하고, 또 하고, 또 하고.

아마니는 거울 앞에 앉아서 머리를 땋고 있었다. 「어디 갔다 왔어?」 그녀가 물었다.

소니는 대답하지 않았다. 그는 손등으로 코를 닦고 먹을 것을 찾아 냉장고를 뒤지기 시작했다. 그들은 112번가와 렉싱턴 가의 존슨 하우스에 살았고 문을 잠그지 않았다. 마약쟁이들은 이 아파트 저 아파트를 전전하며 살았다. 한 사람이 테이블 앞 바닥에 기절해 있었다.

「당신 어머니가 왔었어.」 아마니가 말했다.

소니는 빵 한 조각을 찾아내 곰팡이를 피해서 먹었다. 그는 머리단장을 마치고 일어나서 거울을 보는 아마니를 보았다. 허리가 두꺼워지고 있었다.

「어머니가 일요일에 저녁 먹으러 오래.」

「넌 어디 가?」 소니가 아마니에게 물었다. 그는 그녀가 몸치장하는 것을 좋아하지 않았다. 그녀는 마약 때문에 몸 파는 일은 절대 없을 것이라고 오래전에 약속했지만, 애초에 소니는 그녀가 약속을 지킬 수 있으리라고 믿지 않았다. 마약쟁이의 약속은 가치가 없었다. 그녀가 밤에 머리단장과 화장을 하고 집을 나서면 가끔 그는 할렘을 돌아다니는 그녀를 따라다니기도 했다. 그리고 그럴 때마다 늘 슬픈 결말을 보았다. 아마니가 클럽 주인에게 다시 노래하게 해달라고, 딱 한 번만 기회를 달라고 애원하는 장면. 그녀는 거의 번번이 거절당했다. 한번은 할렘에서 제일 우중충한 술집에서 그녀의 애원을 받아 주었고, 소니는 뒤쪽에 서서 아마니가 무대에 올라 멍한 시선들과 침묵을 마주하는 것을 지켜보았다. 과거의 그녀를 기억하는 사람은 아무도 없었다. 사람들이 볼 수 있는 것은 현재의 그녀뿐이었다.

「소니, 가서 어머니 만나. 돈을 좀 얻을 수도 있으니까.」

「오, 제발, 아마니. 어머니가 나한테 돈 안 준다는 거 알잖아.」

「줄 수도 있어. 깔끔하게 하고 가면. 샤워도 하고, 면도도 하고. 그럼 좀 줄 수도 있어.」

소니는 아마니에게 다가갔다. 그러고는 뒤에서 그녀의 배를 감싸 안으며 단단한 무게감을 느꼈다. 「〈자기가〉 나한테 좀 주지 그래?」 그가 그녀 귀에 속삭였다.

그녀는 몸을 꿈틀거렸지만 그가 꽉 안자 몸에 힘을 빼고 그에게 기대 왔다. 소니는 그녀를 진짜로 사랑한 적이 없었다. 하지만 늘 그녀를 원했다. 그는 그 차이를 아는 데 시간이 좀 걸렸다.

「소니, 나 방금 머리했어.」 말은 그렇게 하면서도 그녀는 이미 그에게 목을 내주었다. 목을 왼쪽으로 굽혀 그가 혀로 오른쪽을 핥을 수 있게 해주었다. 「아마니, 노래 좀 불러 줘.」 그가 그녀의 가슴으로 손을 가져가며 말했다. 그녀가 그의 애무에 콧노래를 불렀지만 노래는 하지 않았다.

소니의 손이 그녀의 가슴 아래로 더듬어 내려가서 그를 기다리는 털 뭉치를 만났다. 그러자 그녀가 노래를 부르기 시작했다. *당신을 사랑해, 포기. 그가 나를 데려가게 하지 마. 그가 나를 만져서 화나게 만들게 하지 마.*[37] 그녀의 노래는 너무도 부드러워서 속삭임 같았다. 거의. 그의 손가락이 그녀가 젖은 것을 발견했을 때쯤 그녀는 후렴으로 돌아가 있었다. 그녀가 그날 밤 재즈 클럽들을 돌았을 때 클럽 주인들은 그녀가 노래를 부르도록 해주지 않았지만, 소니는 늘 그녀가 노래를 부르도록 해주었다.

「어머니 만나러 갈게.」 그녀가 흔들리는 앞문을 떠날 때 그가 약속했다.

소니는 글래신페이퍼로 된 마약 봉지를 신발 속에 숨겼다. 그러자 안심이 되었다. 그는 자신의 집에서 어머니 집까지 여러 블록을 걸어가며 엄지발가락으로 그 봉지를 마치 작은 주먹처럼 꽉 쥐었다. 쥐었다 풀고, 쥐었다 풀었다.

소니는 자신과 윌리의 집 사이를 채운 빈민 주택들을 지나며 어머니와 진짜 말을 한 것이 언제가 마지막이었는지 기억을 더듬었다. 1964년 폭동 때였고, 어머니가 돈을 빌려 줄 테니 그녀가 다니는 교회 앞에서 만나자고 했다. 「난 네가 죽거나 그보다 더 나쁘게 되는 걸 보고 싶지 않다.」 어머니가 헌금 접시로 들어가지 않은 얼마 안 되는 잔돈을 주며 말했다. 소니는 돈을 받으며 죽는 것보다 나쁜 것이 뭘까 궁금했다. 하지만 주위에 분명한 단서가 있었다. 몇 주 전에 뉴욕 경찰이 열다섯 살 먹은

---

37 오페라 「포기와 베스Porgy and Bess」 중 「당신을 사랑해, 포기I loves you, Porgy」.

흑인 소년을, 학생을, 별것도 아닌 일로 총으로 쏘았다. 그 사건으로 흑인 청년들과 일부 흑인 여성들이 경찰에 맞서면서 폭동이 시작되었다. 뉴스에서는 할렘 흑인들에게 잘못이 있는 것처럼 떠들었다. 자식들이 거리에서 총을 맞고 쓰러져서는 안 된다고 뻔뻔스럽게 요구하는 폭력적이고 괴물 같은 미친 흑인들. 그날 소니는 어머니가 준 돈을 손에 꽉 쥐고 걸어가며 자기들의 주장이 정당하다는 것을 증명하려 드는 백인들과 마주치지 않기를 바랐다. 그는 미국에서 최악의 일은 흑인이 되는 것임을 몸으로 — 비록 아직 마음속에서는 정리를 못 했지만 — 알고 있었기 때문이었다. 죽음보다 더 나쁜 것, 그것은 사형장으로 향하는 사형수 신세로 사는 것이었다.

조세핀이 문을 열어 주었다. 그녀는 한 팔로 어린 딸을 안고 나머지 손으로 아들의 손을 잡고 있었다. 「길이라도 잃은 거야, 뭐야?」 그녀가 째려보며 물었다.

「버릇없이.」 어머니가 뒤에서 딸을 나무랐지만 소니는 동생이 예전과 다름없이 자신을 대해 주는 것이 기뻤다.

「배고프지?」 윌리가 물었다. 그녀는 조세핀에게서 아기를 받아 안고 부엌으로 걸어갔다.

「화장실 먼저 쓰고요.」 소니가 화장실로 향하면서 말했다. 그는 문을 닫고 변기에 앉아 신발에서 봉지를 꺼냈다. 집에 온 지 1분도 안 되었는데 벌써 불안했다. 이 곤경을 극복하게 해줄 무언가가 필요했다.

화장실에서 나가자 어머니가 이미 음식을 차려 놓고 있었다. 어머니와 여동생이 그가 먹는 것을 지켜보았다.

「왜 안 먹어요?」 그가 그들에게 물었다.

「오빠가 한 시간 반이나 늦었으니까!」 조세핀이 이를 악물고 말했다.

월리가 조세핀의 어깨에 한 팔을 올리고 자신의 브래지어 안에서 돈을 꺼냈다. 「조시, 나가서 애들 뭐 좀 사주지 그러니?」 그녀가 말했다.

조세핀이 월리에게 보내는 눈길이 그녀가 지금까지 한 어떤 말보다 소니를 아프게 했다. 소니와 단 둘이 있어도 안전하겠느냐고 월리에게 묻는 눈길이었고, 월리가 그녀에게 보내는 확신 없는 끄덕임 역시 소니의 가슴을 찢어 놓았다.

조세핀이 아이들을 데리고 나갔다. 소니는 조세핀의 딸을 처음 보았다. 어머니가 와서 아이의 탄생을 알려 주기는 했었지만 말이다. 걸음마쟁이 아들은, 어느 날 조용한 거리에서 조세핀과 마주치면서 딱 한 번 본 적이 있었다. 그때 그는 고개를 숙이고 그들을 못 본 척했었다.

「음식 고마워요, 어머니.」 소니가 말했다. 그는 음식을 거의 다 먹었고, 너무 빨리 먹어서 속이 좀 메슥거리기 시작했다. 어머니는 고개를 끄덕이고 접시에 음식을 더 담아 주었다.

「제대로 된 음식을 먹어 본 지 얼마나 오래된 거냐?」 그녀가 물었다.

소니는 어깨를 으쓱했고 어머니는 계속해서 그를 바라보았다. 그는 다시 불편해지기 시작했다. 방금 전에 맞은 소량의 마약은 너무 빨리 약효가 떨어지고 있었다. 그는 자리에서 일어나 조금 더 맞으러 가고 싶었지만 화장실에 너무 자주 들락거리면 공연히 어머니의 의심만 살 터였다.

「네 아버지는 백인이었다.」 월리가 침착하게 말했다. 소니는 뜯고 있던 닭 뼈가 목에 걸릴 뻔했다. 「오래전에 네 아버지에 대해 물었지만 난 아무것도 말해 주지 않았지. 그래서 지금 말해 주는 거다.」

그녀는 일어나서 개수대 옆에 둔 찻주전자에서 차를 한 잔 따랐다. 그녀는 차 한 잔을 다 마셨고, 소니는 그녀의 뒷모습을 바라보았다. 잔을 비운 그녀는 한 잔을 더 따라서 식탁으로 들고 왔다.

「처음부터 백인은 아니었어. 나랑 만났을 때는 흑인이었지. 검은색보다는 황색에 가까운. 하지만 그래도 유색인이었지.」 윌리가 말했다.

소니가 기침을 했다. 그는 닭 뼈를 만지작거리기 시작했다. 「왜 진작 말 안 했어요?」 그가 물었다. 그는 화가 났지만 억눌렀다. 돈을 얻으러 왔기 때문에 지금 어머니와 싸울 수는 없었다. 지금은.

「말하려고 했었어. 그랬지. 너도 그를 한 번 봤다. 우리가 서 109번가까지 걸어갔던 날, 기억하니? 네 아버지가 길 건너에 그의 백인 여자, 백인 아기랑 서 있었지. 난 네게 그 남자가 누구인지 말해야 하는지도 모르겠다고 생각했지만, 그를 그냥 보내는 게 낫겠다고 판단했지. 그래서 그를 그냥 보내고 할렘으로 돌아왔다.」

소니는 닭 뼈를 두 동강 냈다. 「어머니, 그를 잡았어야죠. 나한테 말해 주고 그를 잡았어야죠. 어머니는 왜 항상 사람들이 어머니를 밟고 지나가게 놔두는지 모르겠어요. 아버지, 엘리, 망할 놈의 교회. 어머니는 그 무엇을 위해서도 싸운 적이 없어요. 그 무엇을 위해서도. 평생 단 하루도.」

어머니가 식탁 너머로 손을 뻗어 아들의 어깨에 얹고, 아들이 그녀를 똑바로 볼 수밖에 없도록 꽉 쥐었다. 「그건 사실이 아니다, 카슨. 난 너를 위해 싸웠어.」

그는 접시 위 두 동강 난 닭 뼈로 다시 시선을 돌렸다. 그리고 신발 속 봉지를 발가락으로 만졌다.

「넌 옛날에 시위 행진을 했으니 뭔가 좀 했다고 생각하지? 나도 행진했다. 나는 네 아버지와 어린 아기와 함께 앨라배마에서 먼 길을 행진했다. 머나먼 할렘까지. 내 아들은 나와 우리 부모님이 본 세상보다 나은 곳에서 살 거라고 생각하면서. 나는 유명한 가수가 될 거라고 생각하면서. 로버트는 백인을 위해 탄광에서 일하지 않아도 될 거라고 생각하면서. 그것도 행진이었다, 카슨.」

소니는 화장실 쪽을 보기 시작했다. 식탁에서 일어나 신발 속 봉지에 있는 것을 다 맞고 싶었다. 그는 아마도 앞으로 긴긴 시간 그것 말고는 더 이상 약을 손에 넣을 수 없을 터였다.

윌리는 그의 접시를 치우고 자신의 찻잔을 다시 채웠다. 소니는 어머니가 개수대 앞에 서서 차를 길게 들이키는 것을, 그녀가 가슴과 등을 들썩이며 마음을 가라앉히려고 애쓰는 것을 볼 수 있었다. 그녀는 그를 바라보며 식탁으로 돌아와서 그의 바로 앞에 앉았다.

「넌 늘 화가 나 있었어. 어렸을 때조차도 화가 나 있었지. 난 네가 나를 죽일 듯 노려보는 걸 보곤 했는데 그 이유를 알 수가 없었어. 오랜 시간이 걸려서야 알게 되었다. 너는 자신의 삶을 선택할 수 있는 남자에게서 태어났는데 평생 자신의 삶을 선택할 수 없게 될 거고, 그걸 태어날 때부터 알았던 것 같구나.」

그녀는 차를 한 모금 마시고 허공을 바라보았다. 「백인들은 선택을 할 수 있지. 직업도 선택하고, 집도 선택하고. 흑인 아기를 만들어 놓고 흔적도 없이 사라지지. 처음부터 거기 없었던 것처럼, 그들이 잠자리를 하거나 강간한 흑인 여자들이 자기 몸 위에 누워 임신하기라도 한 것처럼. 백인들은 흑인들 삶도 대신 선택하지. 흑인들을 노예로 팔다가 이제 우리 아버지한테 그랬던 것처럼 감옥에 보내서 자식들과 함께 살 수 없게 하지. 네가, 내 아들이, 우리 아버지 손자가 제 자식들이 아빠 얼굴은 고사하고 이름조차 잘 모르는 채로 할렘을 돌아다니게 하는 걸 보면, 가슴이 찢어진다. 암만 생각해도 그렇게 살면 안 된다. 넌 나한테 배운 게 아닌 것들을 가졌어. 얼굴도 모르는 네 아버지한테 배운 것들, 네 아버지가 백인들한테 배운 것들. 난 그렇게 먼 길을 행진해 왔는데 결국 아들이 마약쟁이가 된 걸 보는 게 슬프지만, 그보다 더 슬픈 건 네가 네 아버지처럼 떠날 수 있다고 생각하는 걸 보는 거다. 너는 네가 하는 짓을 계속하고 있지만 백인들은 더 이상 그런 짓을 할 필요가 없다. 너를 노예로 팔 필요도 없고, 너를 소유하기 위해 탄광에 집어 넣을 필요도 없지. 백인들은 그래도 너를 소유할 것이고 그런 짓을 한 건 너라고 말하겠지. 그건 네 잘못이라고 말하겠지.」

조세핀이 아이들을 데리고 돌아왔다. 아이들은 셔츠에 아이스크림을 잔뜩 묻힌 채 얼굴에 만족스러운 미소를 머금고 있었다. 조세핀은 더 들으려고 기다리지 않았다. 곧장 아이들을 재우러 침실로 들어갔다.

윌리가 젖가슴 사이에서 지폐 뭉치를 꺼내 그의 앞 식탁에 탁 소리 나게 놓았다. 「이것 때문에 왔지?」 그녀가 물었다.

소니는 어머니 눈에 눈물이 고이는 것을 보았다. 그는 발가락으로 마약 봉지를 계속 만졌고, 돈을 집고 싶어서 손이 근질거렸다.

「원한다면 그 돈 갖고 가. 가고 싶으면 가.」윌리가 말했다.

소니가 원하는 것은 비명을 내지르고, 돈을 챙기고, 어디 가서 신발 속 봉지에 남은 것을 마저 맞고 어머니가 방금 해준 이야기들을 다 잊는 것이었다. 그게 그가 원하는 것이었다. 하지만 그는 그러지 않았다. 그는 그곳에 머물렀다.

마조리

「실례해요, 자매님. 성 구경시켜 줄게요. 케이프코스트 성. 5세디.[38] 미국에서 왔어요? 노예선 구경시켜 줄게요. 5세디만 내요.」

소년은 마조리보다 겨우 몇 살 어린 열 살쯤 되어 보였다. 그는 마조리가 할머니 집의 가정부와 함께 트로트로[39]에서 내리자마자 따라붙었다. 현지인들은 그런 식으로 관광객들이 내리기를 기다렸다가 가나인이라면 공짜라는 것을 아는 곳들에 돈을 내고 가도록 사기쳤다. 마조리는 그를 무시해 버리려고 노력했다. 그녀는 덥고 지친 데다 아크라에서 트로트로를 타고 여덟 시간 가까이 오는 동안 등과 가슴, 양옆에 밀착했던 다른 사람들의 땀이 아직까지도 느껴지는 것 같았다.

「자매님, 케이프코스트 성 구경시켜 줄게요. 5세디만 내요.」
소년이 반복해서 말했다. 그는 셔츠를 입지 않았고, 마조리는 소년의 맨살에서 발산되는 열기가 자신에게로 오는 것을 느꼈

38 *cedi.* 가나의 화폐 단위.
39 *tro-tro.* 소형 밴을 개조해서 만든 가나의 대중교통 수단.

다. 오랜 여행 끝에 또 다른 낯선 몸이 가까이 붙는 것을 견딜수가 없었던 그녀는 자신도 모르게 트위어로 소리쳤다. 「나 가나 사람이야, 멍청아. 보면 몰라?」

소년은 그래도 영어로 말했다. 「하지만 미국에서 왔잖아요?」

마조리는 화가 나서 계속 걸었다. 어깨에 배낭끈의 묵직함이 느껴졌다. 아마 끈 자국이 남을 것이다.

마조리는 해마다 여름이면 가나의 할머니 집에 왔다. 할머니는 물 가까이 살고 싶다며 얼마 전 케이프코스트로 이사했다. 전에 살던 에드웨소에서는 모두들 그녀를 미친 여자라고 불렀지만, 케이프코스트 사람들은 그녀를 그저 할머니로 알았다. 그녀는 나이가 너무 많아서 가나의 모든 역사를 기억에만 의존해 이야기할 수 있다고 했다.

「내 새끼가 할머니한테 온 거야?」 할머니가 말했다. 할머니는 구부러진 나무로 된 지팡이를 짚었는데 등이 그 지팡이처럼 둥글게 굽어서 마치 끊임없는 탄원을 하는 것처럼 보였다. 「아콰바. 아콰바. 아콰바.」

「할머니, 보고 싶었어요.」 마조리가 말했다. 그녀가 너무 격하게 안아서 할머니가 비명을 질렀다.

「에고, 할머니 부러뜨리려고 온 게야?」

「죄송해요, 죄송해요.」

할머니가 하인을 불러 마조리의 가방을 받으라고 하자 마조리는 아픈 어깨에서 조심스럽게 천천히 배낭끈을 뺐다.

그녀가 움찔거리는 것을 본 할머니가 물었다. 「아프니?」

「아니에요.」

그 대답은 반사적인 것이었다. 마조리는 아버지나 할머니가 아픔에 대해 물을 때마다 아픔을 모른다고 대답했다. 어렸을 때 누군가가 아버지의 얼굴과 할머니의 손발에 있는 흉터가 엄청난 고통의 산물이라고 말해 주었던 것이다. 마조리에게는 그런 흉터가 없었기에 아픔을 불평할 수가 없었다. 어린 시절에는 무릎에 생긴 백선이 점점 커져가는 것을 지켜보기만 한 적도 있었다. 그녀는 백선이 허벅지와 종아리 사이의 곡선 부위를 덮쳐 다리를 구부리기 힘들어질 때까지 거의 2주를 부모님께 숨겼다. 마침내 그녀가 부모님께 무릎을 보여 줬을 때 어머니는 토했고, 아버지는 그녀를 안고 응급실로 달려갔다. 그때 그들을 부르러 온 병원 잡역부가 흠칫 놀랐는데, 마조리의 백선 때문이 아니라 아버지의 흉터 때문이었다. 잡역부는 치료받을 사람이 그가 아닌지 물었다.

이제 할머니의 손을 보며 주름과 흉터를 구분하는 것은 거의 불가능했다. 그녀 몸의 전체적인 경관이 폐허로 변하면서 젊음이 무너지다가 떠난 것이다.

그들은 택시를 타고 할머니 집으로 갔다. 할머니는 그곳에 사는 소수의 백인들처럼 바닷가의 커다란 개방형 별장에 살았다. 마조리가 3학년 때 아버지와 어머니는 할머니가 별장 짓는 것을 돕기 위해 앨라배마에서 가나로 갔다. 그들은 마조리를 친구에게 맡겨 놓고 가나에서 여러 달 머물렀다. 여름이 되어 마침내 가나에 갈 수 있게 된 마조리는 문이 없는 그 아름다운 집과 사랑에 빠졌다. 그 집은 헌츠빌에 있는 그녀의 작은 아파트보다 다섯 배는 컸고, 앞마당도 그녀가 평생 보아 온 죽어 가는 풀로 이루어진 처량한 땅이 아니라 해변이었다. 그녀는 부모님이 어떻게 그런 곳을 떠날 수 있을지 의아해하며 그 여름을 보냈다.

「착하게 잘 지냈니, 내 새끼?」할머니가 부엌에 보관해 둔 초콜릿을 건네며 물었다. 마조리는 초콜릿을 좋아했다. 어머니는 마조리에게 코코아 열매가 쩍 갈라지면서 태어난 것이 분명하다는 농담을 자주 했다.

마조리는 초콜릿을 받으며 고개를 끄덕였다.「오늘 물에 가실 거예요?」그녀는 입에 가득 문 초콜릿이 녹아 가는 가운데 말했다.

「트위어로 말해야지.」할머니가 마조리의 뒤통수를 쥐어박으며 날카롭게 말했다.

「죄송해요.」마조리가 웅얼거렸다. 헌츠빌의 집에서는, 부모님은 트위어로 말하고 그녀는 영어로 대답했다. 마조리가 유치원 선생님이 써준 쪽지를 집에 가져온 날부터 그렇게 했다. 쪽지 내용은 이랬다.

마조리는 자발적으로 대답을 한 적이 없습니다. 말을 거의 안 합니다. 마조리가 영어를 할 줄 아나요? 만일 그렇지 않다면 영어가 모국어가 아닌 학생들의 반을 고려하셔야 합니다. 아니면 특별 지도 혜택을 받는 것은 어떨까요? 저희 유치원은 훌륭한 특별 교육을 제공합니다.

부모님은 사색이 되었다. 아버지는 그 쪽지를 네 번이나 소리 내어 읽으며 한 번 읽을 때마다 〈이 멍청한 여자가 뭘 알아?〉라고 소리쳤지만, 그때부터 부모님은 매일 밤 마조리의 영어 실력을 테스트했다. 그들은 마조리가 질문에 트위어로 대답하려고 할 때마다 〈영어로 말해〉라고 했고, 이제 영어는 그녀의 머리에서 제일 처음 떠오르는 언어가 되었다. 그녀는 할머니가 그 반대의 것을 요구한다는 사실을 상기해야 했다.

「그래, 오늘 물에 갈 거다. 네 물건들 정리하렴.」

할머니와 함께 해변에 가는 것은 마조리가 세상에서 제일 좋아하는 일들 중 하나였다. 그녀의 할머니는 다른 할머니들과 달랐다. 할머니는 밤에 자면서 말을 했다. 자면서 가끔 싸우기도 하고 방 안을 서성이기도 했다. 마조리는 할머니의 손발, 아버지의 얼굴에 난 화상에 대한 이야기를 들었다. 그녀는 에드웨소 사람들이 왜 할머니를 미친 여자라고 불렀는지 알았지만 그녀에게 할머니는 미친 여자였던 적이 없었다. 할머니는 꿈을 꾸고 환상을 보았다.

그들은 해변으로 걸어갔다. 할머니는 너무 느리게 걸어서 전혀 움직이지 않는 것 같았다. 그들은 신발을 신지 않았고 모래밭 가장자리에 이르자 물이 올라와 그들의 발가락 사이를 훑으며 숨은 모래들을 씻어 가기를 기다렸다. 마조리는 할머니가 눈을 감은 것을 지켜보며 이야기가 시작되기를 참을성 있게 기다렸다. 그것이 바다에 온 목적이었다. 늘 그것이 바다에 오는 목적이었다.

「그 돌은 걸고 있니?」 할머니가 물었다.

마조리는 본능적으로 손을 목으로 가져갔다. 아버지가 이제 너도 그 돌을 간수할 수 있을 만큼 컸다고 말하며 그것을 준 것이 불과 1년 전이었다. 그 돌의 주인은 할머니, 그전에는 아비나, 그전에는 제임스, 퀘이, 그전에는 아름다운 에피아였다. 그리고 첫 주인은 큰불을 지른 마메였다. 아버지는 마조리에게

이 목걸이는 가족사의 일부이므로 절대 풀어 버리거나 남에게 줘서는 안 된다고 했다. 지금 그 목걸이에는 앞에 있는 바닷물이 비쳐서 검은 돌 안에서 황금빛 물결이 아른아른 빛났다.

「예, 할머니.」 마조리가 대답했다.

할머니가 그녀의 손을 잡았고, 그들은 다시금 침묵에 빠져들었다. 「넌 이 물 속에 있다.」 이윽고 할머니가 말했다.

마조리는 진지하게 고개를 끄덕였다. 13년 전 그녀가 태어난 날, 부모님은 그녀의 탯줄을 대서양 건너 할머니에게 보냈고, 할머니는 그것을 바다에 던졌다. 아들과 며느리가 둘 다 늦은 나이에 결혼해서 미국으로 떠나기로 결심했을 때, 아이가 생기면 그 아이의 일부를 가나로 보내 달라는 것이 할머니의 유일한 요구였다.

「우리 가족은 이곳, 케이프코스트에서 시작되었다.」 할머니가 말했다. 그녀는 케이프코스트 성을 가리켰다. 「꿈에 이 성이 자꾸 보였는데 그 이유를 알지 못했다. 그러던 어느 날, 이 물에 왔고 조상님들의 혼령들이 나를 부르는 걸 느꼈다. 어떤 혼령들은 자유로워서 모래밭에서 말했지만, 다른 혼령들은 물속 깊이, 깊이깊이 갇혀 있어서 그들의 목소리를 듣기 위해 바다로 들어가야 했지. 나는 바닷속 너무 깊은 곳에 갇혀 영원히 자유로워질 수 없는 혼령들을 만나기 위해 너무 멀리까지, 거의 물에 잠길 때까지 들어갔다. 그들은 살았을 때 자신들이 어디서 왔는지 몰랐기 때문에 죽어서도 육지로 돌아갈 방법을 몰랐어. 내가 너를 물에 넣은 건 네 혼령이 떠돌아다니게 되어도 집이 어딘지 알 수 있게 하기 위해서야.」

마조리는 고개를 끄덕였고, 할머니는 그녀의 손을 잡고 바다로 멀리, 더 멀리 들어갔다. 할머니가 그녀에게 집에 돌아오는 방법을 알려주는 것은 그들의 여름 의식이었다.

마조리는 세 단계쯤 검어지고 체중도 2킬로그램쯤 늘어서 앨라배마로 돌아왔다. 할머니와 함께 지내는 동안 초경이 시작되었고, 할머니는 박수를 치며 여자가 된 것을 축하하는 노래들을 불러 줬다. 그녀는 케이프코스트를 떠나고 싶지 않았지만 방학이 끝났으므로 부모님이 더 이상 그곳에 머물지 못하게 했다.

그녀는 고등학교에 들어갔다. 늘 앨라배마가 싫었던 그녀에게 더 새롭고 더 큰 고등학교는 그 이유를 다시 한번 즉시 상기시켜 주었다. 그녀의 가족은 헌츠빌 동남부에 살았다. 그들은 그 블록에서 유일한 흑인 가족이었고 수 킬로미터 거리 내의 유일한 흑인들이기도 했다. 새로 고등학교에 들어가자 그동안 그녀가 앨라배마에서 보아 온 것보다 많은 흑인 아이들이 있었지만, 겨우 몇 번의 대화 끝에 그들이 자신과 같은 종류의 흑인이 아님을 깨달았다. 자신이 잘못된 종류라는 것을 말이다.

「너 왜 그렇게 말해?」 입학 첫날 같이 점심을 먹다가 흑인 여학생 무리의 대장 티샤가 물었다.

「어떻게?」 마조리가 묻자 티샤는 그 말을 흉내 냈는데 마조리에게 받은 인상을 표현하기 위해 거의 영국식 억양을 썼다. 「〈어떻게?〉」

그다음 날 마조리는 혼자 앉아 영어 수업에 필요한 『파리 대왕』을 읽고 있었다. 한 손에는 책을, 나머지 손에는 포크를 들고 있었다. 그녀는 책에 너무 몰입한 나머지 포크로 찍은 닭고기를 입에 넣지도 않고 공기를 씹었다. 그러다 고개를 드니 티샤와 다른 흑인 여학생들이 쳐다보고 있었다.

「그 책 왜 읽어?」 티샤가 물었다.

마조리가 더듬거리며 말했다. 「수, 수업에 필요한 책이라.」

「〈수업에 필요한 책이라.〉」 티샤가 똑같이 흉내 내어 말했다. 「넌 백인 여자애처럼 말하는구나. 백인 여자애. 백인 여자애. 백인 여자애.」

아이들이 계속해서 외쳤고, 마조리는 울지 않으려고 안간힘을 다했다. 가나에서는 백인이 나타날 때마다 아이들이 손가락으로 가리켰다. 적도의 태양 아래 검게 반짝이는 아이들 한 무리가 자신들과 피부색이 완전히 다른 사람을 향해 작은 손가락을 뻗으며 〈오브로니! 오브로니!〉 하고 외치고는 했다. 아이들은 그 다음을 기뻐하며 킥킥거렸다. 마조리는 아이들이 그러는 것을 처음 목격했을 때 피부색을 지적당한 그 백인이 충격받으며 기분 나빠 하는 것을 보았다. 「사람들이 왜 자꾸 그런 말을 하지!」 그가 그곳을 구경시켜 주던 친구에게 물었다.

그날 밤, 아버지가 마조리를 한옆으로 불러 그 백인의 질문에 대한 답을 아는지 물었고 그녀는 어깨를 으쓱했다. 아버지는 그 말이 예전과 완전히 다른 의미로 쓰이게 되었다고 말해 주었다.[40] 신생국 가나의 젊은이들은 식민 지배자들이 모두 떠난 나라에서 태어났다. 그들은 어머니 세대나 그 위 세대처럼 일상적으로 백인들을 보지 않기에 그 말이 새로운 의미를 가지

---

40 과거에 오브로니는 〈사악한 사람〉이라는 의미였지만 현대 가나인들에게는 그들보다 피부색이 옅고 머리칼이 직모인 백인과 황인종을 모두 일컫는 말이 되었다.

게 된 것이다. 그들은 자신들이 다수이고 주변에 자신들의 피부색밖에 없는 가나에서 살았다. 그들에게는 누군가를 〈오브로니〉라고 부르는 것이 피부색으로 인종을 해석하는 순수한 행위였다.

지금, 마조리는 티샤와 다른 친구들에게 〈백인 여자애〉라고 불리며 고개를 숙이고 눈물을 참으려고 애쓰면서, 이곳에서는 말하는 방식으로 〈백인〉이 될 수 있고, 듣는 음악으로 〈흑인〉이 될 수 있음을 다시금 깨달았다. 가나에서는 있는 그대로, 피부색이 선언하는 대로만 존재할 수 있는데 말이다.

「걔들 신경 쓰지 마.」 그날 밤, 마조리의 어머니 에스더가 딸의 머리를 쓰다듬으며 말했다. 「걔들 신경 쓰지 마. 우리 똑똑한 딸. 예쁜 딸.」

그다음 날 마조리는 영어 교사 휴게실에서 점심을 먹었다. 영어 선생님인 핑크스턴 부인은 호두색 피부를 가진 뚱뚱한 여자였고, 웃음소리가 마치 달려오는 기차 소리처럼 천천히 커져 갔다. 그녀는 커다란 분홍색 핸드백을 들고 다녔는데 무슨 마술 모자라도 되는 듯 거기서 책이 끝도 없이 나왔다. 마조리는 마음속으로 그 책들을 토끼들이라고 불렀다. 「걔들이 뭘 알아?」 핑크스턴 선생님이 마조리에게 쿠키 하나를 건네며 말했다. 「걔들은 아무것도 몰라.」

핑크스턴 선생님은 마조리가 제일 좋아하는 선생님이었고, 학생이 2천 명 가까이 되는 학교에서 단 둘뿐인 흑인 교사 중 하나였다. 그리고 마조리가 아는 사람들 중 유일하게 마조리 아버지가 쓴 책 『국가의 멸망은 국민들의 가정에서 시작된다』를 가지고 있기도 했다. 그 책은 아버지 필생의 역작이었다. 그는 그 책을 다 썼을 때 예순세 살이었고, 마조리를 가지게 된 것은 일흔 살에 가까워서였다. 그는 아샨티족의 옛 속담에서 책 제목을 따왔고, 그것으로 노예제와 식민주의에 대해 논했다. 집에 있는 책을 다 읽은 마조리는 어느 날 오후 내내 아버지 책을 붙들고 있었다. 하지만 겨우 두 쪽밖에 읽을 수 없었다. 그녀가 아버지에게 그 이야기를 하자 아버지는 마조리가 지금보다 훨씬 나이가 들어야 이해할 수 있는 내용이라고 했다. 사람들이 무엇을 분명하게 보려면 시간이 필요하다는 것이었다.

「그 책에 대해 어떻게 생각해?」 핑크스턴 선생님이 마조리의 손에 들린 『파리 대왕』을 가리키며 물었다.

「좋아요.」 마조리가 대답했다.

「사랑도 하니? 마음으로 느끼니?」

마조리는 고개를 저었다. 그녀는 책을 마음으로 느낀다는 것이 무슨 의미인지 몰랐지만 선생님을 실망시키고 싶지 않아서 그런 말을 하지는 않았다.

핑크스턴 선생님이 달려오는 기차 웃음소리를 내며 마조리가 책을 읽도록 휴게실에서 나갔다.

그렇게 해서 마조리는 자신이 사랑하는, 마음으로 느낄 수 있는 책을 찾는 데 3년을 보냈다. 4학년이 되자 그녀는 학교 도서관 남쪽 벽의 적어도 1천 권은 되는 책들을 거의 다 읽고 북쪽 벽을 공략하고 있었다.

「그 책 좋아.」

그녀가 서가에서 『미들마치』[41]를 빼서 책 냄새를 맡는데 남

41 *Middlemarch*. 영국 작가 조지 엘리엇George Eliot이 1872년에 펴낸 장편 소설.

학생이 말을 걸어왔다.

「엘리엇 좋아해?」마조리가 물었다. 최근에 본 적이 있는 남학생이었는데 어디서 보았는지 기억이 나지 않았다. 금발과 푸른 눈을 가진 그 남학생은 옛날에 치리오스 시리얼 광고에 출연했던 꼬마가 자란 모습 같았다.

그가 집게손가락을 입에 대고 말했다. 「아무한테도 말하지 마.」마조리는 자신도 모르게 웃고 말았다.

「내 이름은 마조리.」

「그레이엄.」

그들은 악수를 나눴고, 그레이엄이 읽고 있는 「비둘기 깃털」[42]에 대해 이야기했다. 그는 독일에서 온 지 얼마 안 되었고, 아버지는 군인이며 어머니는 오래전에 세상을 떠났다고 했다. 마조리도 말을 한 것은 분명했지만 무슨 말을 했는지 기억이 안 났고 너무 많이 웃어서 뺨이 아팠던 것만 기억났다. 그들이 생각지도 못한 때에 갑자기 종이 울려 점심시간이 끝났고, 각자 다음 수업에 들어갔다.

그때부터 그들은 매일 만났다. 다른 아이들이 점심을 먹는 동안 그들은 도서관에서 함께 책을 읽었다. 두 사람은 서른 명이상 앉을 수 있는 길고 큰 테이블에서 겨우 몇 센티미터 떨어져서 앉았다. 비어 있는 많은 좌석들은 그들이 그렇게 가까이 앉아야 할 구실을 제공하지 않았다. 그들은 처음 만난 날처럼 많은 이야기를 나누지 않았다. 함께 읽는 것으로 충분했다. 가끔 그레이엄은 쪽지를 써서 남겼다. 대부분 짧은 시나 단편

---

42 *Pigeon Feathers*. 미국 작가 존 업다이크John Updike가 1962년에 펴낸 단편 소설.

적인 이야기였다. 그녀는 수줍어서 자신의 글을 그에게 보여 주지 못했다. 그녀는 부모님이 잠자리에 들 때까지 기다렸다가 독서 등을 켜고 은은한 불빛 속에서 그레이엄의 쪽지를 읽었다.

「아빠, 엄마를 좋아한다는 걸 언제 알았어요?」 이튿날 아침을 먹으며 그녀가 물었다. 2년 전 심장마비를 겪은 아버지는 이제 매일 오트밀을 한 그릇씩 먹었다. 그가 너무 늙어서 마조리의 선생님들은 언제나 그를 할아버지라고 착각했다.

아버지는 냅킨으로 입술을 닦고 목청을 가다듬었다. 「내가네 엄마를 좋아했다고 누가 그래?」 그가 물었다. 아버지가 웃음을 터뜨렸고, 마조리는 눈알을 굴렸다. 「네 엄마가 그러더냐? 아브로노마, 넌 누구를 좋아하기에 아직 너무 어리다. 공부에나 집중해.」

마조리가 항의할 사이도 없이 아버지는 커뮤니티 칼리지에서 역사를 가르치기 위해 밖으로 나갔다. 마조리는 아버지가 자신을 비둘기라고 부르는 것이 싫었다. 그것은 마조리의 아샨티 이름 때문에 태어날 때부터 가지게 된 별명이었지만, 그 이름을 들으면 왠지 스스로가 작게, 어리고 약하게 느껴졌다. 그녀는 작지 않았다. 어리지도 않았다. 이제 다 컸다. 가슴은 어머니 가슴만 했다. 가슴이 너무 커서 가끔 알몸으로 침실을 걸어다닐 때면 몸에 부딪치지 않게 손으로 감싸야만 했다.

「너 누구 좋아해?」 마조리의 어머니가 새 빨랫감을 들고 들어오며 말했다. 에스더는 미국에서 산 지 15년이 다 되어 가는데도 아직 세탁기를 쓰려고 하지 않았다. 그녀는 가족들의 속옷을 부엌 개수대에서 손으로 빨았다.

「아무도 안 좋아해요.」 마조리가 말했다.

「누가 너한테 졸업 무도회에 같이 가자고 했니?」 에스더가 빙글빙글 웃으며 물었다. 마조리는 한숨을 쉬었다. 그녀는 5년 전 어머니와 함께 미국 전역의 졸업 무도회들에 대한 「20/20」[43] 스페셜을 본 적이 있었는데, 어머니는 그것을 보면서 기뻐했다. 여학생들은 긴 드레스를 입고 남학생들은 정장을 입는 그런 무도회를 여태껏 본 적이 없다고 했다. 딸이 그런 특별한 여학생들 중 하나가 될 수 있다는 희망은 에스더의 눈에서는 반짝이는 빛이 되었지만, 마조리의 눈에서는 아픔을 주는 먼지가 되었다. 마조리는 그 학교에 다니는 서른 명의 흑인들 중 하나였다. 작년에 졸업 무도회에 간 흑인은 단 한 명도 없었다.

「아니에요, 엄마. 오, 하나님!」

「나 하나님 아니다.」 어머니가 개수대 물속 깊은 곳에서 검정 레이스 브래지어를 꺼내며 말했다. 「너를 좋아하는 남학생이 있으면, 너도 좋아한다는 걸 개가 알게 해야 해. 안 그럼 개는 아무것도 안 할 테니까. 나는 네 아버지 집에서 몇 년을, 몇 년을 일한 뒤에야 네 아버지 청혼을 받았다. 내가 어리석었지. 나도 네 아버지와 똑같은 걸 원한다고 내색하지도 않고 네 아버지가 스스로 알아 주길 바랐으니까. 할머니가 나서 주지 않았더라면 네 아버지는 아무것도 안 했을지도 몰라. 할머니는 의지가 강한 분이지.」

그날 밤, 마조리는 그레이엄의 시를 베개 밑에 넣으며 자신도 할머니의 강한 의지를 물려받았기를, 그레이엄이 쓴 글이

43 미국 ABC 방송의 뉴스 매거진.

등등 떠올라 자고 있는 자신의 귓속으로 들어가 꿈으로 피어나기를 빌었다.

핑크스턴 선생님이 학교에서 흑인 문화 행사를 열게 되었다며 마조리에게 시 낭송을 부탁했다. 〈우리가 건너가는 물〉이라는 제목의 그 행사는 학교에서 지금까지 개최되었던 행사들과는 달랐고, 〈흑인 역사의 달〉[44]이 한참 지난 5월 초에 열릴 예정이었다.

「그냥 네 이야기를 하면 돼. 아프리카계 미국인으로 사는 게 너에게 어떤 의미인지 이야기해.」 핑크스턴 선생님이 말했다.

「하지만 전 아프리카계 미국인이 아닌데요.」 마조리가 말했다.

마조리는 핑크스턴 선생님의 얼굴에 나타난 표정을 정확하게 읽을 수는 없었지만 자신이 말을 잘못했음을 즉시 깨달았다. 그녀는 핑크스턴 선생님에게 설명하고 싶었지만 어떻게 말해야 할지 몰랐다. 그녀는 핑크스턴 선생님에게 자신의 고향에서는 아프리카계 미국인을 다른 말로 부른다고 이야기하고 싶었다. 〈아카타〉. 〈아카타〉는 가나인들과 달랐고, 어머니 대륙을 너무 오래전에 떠나서 그곳을 어머니 대륙이라고 부를 수가 없었다. 마조리는 자신도 가나에서 떨어져 나가 거의 〈아카타〉가 되어 가는 것을 느낀다고, 가나인이 되기에는 가나에서 너무 오래 떨어져 있었다고 말하고 싶었다. 하지만 핑크스턴 선생님의 표정이 그런 설명을 하지 못하게 했다.

「잘 들어, 마조리. 내가 지금부터 하는 말은 어쩌면 아직 아무도 너에게 해준 적이 없었던 말인지도 모르겠구나. 여기 이

44 미국에서 흑인들의 인권 투쟁 역사를 기리는 달로 매년 2월이다.

나라를 이끌어 가는 백인들에게 네가 애초에 어디서 왔는지는 중요하지 않아. 너는 지금 여기 있고, 여기서 흑인은 흑인이고 흑인이지.」 그녀는 자리에서 일어나 커피 두 잔을 따랐다. 마조리는 커피를 좋아하지 않았다. 커피는 너무 썼고, 그 맛이 목구멍에 달라붙어 몸속으로 들어갈지 아니면 숨을 통해 입 밖으로 나갈지 결정을 못 하는 듯했다. 핑크스턴 선생님은 커피를 마셨지만 마조리는 그저 바라보고만 있었다. 아주 잠깐, 그녀는 그것에 비친 자신의 얼굴을 보았다고 생각했다.

그날 밤 마조리는 그레이엄과 영화를 보러 갔다. 마조리는 그에게 자신을 데리러 올 때 거리 하나를 지나서 차를 세워 둘 수 있는지 물었다. 아직 부모님께 말씀드릴 준비가 되지 않았던 것이다.

「좋은 생각이야.」 그레이엄이 말했고, 마조리는 그의 아버지가 아들이 어디 가는지 알고 있을까 궁금했다.

영화가 끝난 뒤 그레이엄은 그녀를 차에 태우고 숲속 빈터로 갔다. 다른 아이들이 그것을 하러 가는 장소들 중 하나였다. 마조리도 두어 번 지나가 본 적이 있었는데 그때마다 비어 있었다.

그곳은 그날 밤에도 비어 있었다. 그레이엄이 차 뒷좌석에 위스키를 가지고 있었고, 마조리는 알코올 맛을 싫어했지만 위스키 병을 입에 대고 천천히 조금씩 마셨다. 그녀가 위스키를 마시는 동안 그레이엄은 담배 한 대를 꺼냈다. 그는 담배에 불을 붙인 뒤에도 계속 라이터를 만지작거리며 불을 켰다 껐다 했다.

「그것 좀 그만해 줄래?」 그가 라이터를 흔들기 시작하자 마조리가 말했다.

「뭐?」 그레이엄이 물었다.

「라이터. 그것 좀 치워 줄래?」

그레이엄이 이상한 눈으로 쳐다보았으나 아무 말도 하지 않아서 마조리는 설명할 필요가 없었다. 그녀는 아버지와 할머니가 어떻게 흉터를 가지게 되었는지 들은 뒤로 불을 무서워했다. 마조리가 어렸을 때, 할머니 꿈에 나타난다는 불의 여인이 그녀가 깨어 있는 시간에 출몰했다. 그녀는 할머니가 조상들에 대해 알려 주기 위해 물에 갈 때 들려준 이야기들을 통해서만 불의 여인을 알았지만, 스토브나 뜨거운 석탄, 라이터의 푸른색과 주황색 불길 속에서 불의 여인을 볼 수 있다고 생각했다. 그녀는 자신에게도 악몽이 찾아올까 봐, 자신도 조상들에게 가족사를 들려줄 후손으로 선택될까 봐 두려웠으나 결국 악몽은 찾아오지 않았다. 그래서 시간이 흐르면서 불에 대한 두려움도 줄어들었다. 하지만 가끔 불을 볼 때면 아직 불의 여인이 거기 숨어 있는 것 같아 심장이 죄어들었다.

「영화 어땠어?」 그레이엄이 라이터를 치우며 물었다.

마조리는 어깨를 으쓱했다. 영화에 대한 생각은 전혀 하지 않았었기에 그 정도로밖에 대답할 수 없었다. 영화관에서 그녀는 팝콘이나 둘 사이의 팔걸이와 관련된 그의 손 위치에 대해 생각했다. 우스운 장면이 나올 때 그의 웃음에 대해 생각했고, 그가 왼쪽으로, 그녀 쪽으로 고개를 살짝 기울인 것이 그녀도 그를 향해 고개를 기울이거나 어깨에 기대라는 뜻인지 생각했다. 그녀는 몇 주 동안 그와 서로를 알아 가면서 그의 푸른 눈에 점점 더 매혹되었다. 그녀는 그 눈에 관한 시들을 썼다. 바닷물, 맑은 하늘, 사파이어 같은 푸른 색. 하지만 그 색을 제대로 표현할 수가 없었다. 그녀는 자신의 진정한 친구들은 모두 소설 속 인물들이고 현실 속 인물은 없다고 생각했다. 그런데 그레이엄이 나타나 그 푸른 고래 눈으로 그녀의 외로움을 조금 삼켰다. 내일이면 아무리 애를 써도 영화 제목이 뭐였는지 생각나지 않을 터였다.

「그래, 나도 그랬어.」 그레이엄이 말했다. 그는 위스키를 길게 들이켰다.

마조리는 자신이 사랑에 빠진 것인지 궁금했다. 그것을 어떻게 알 수 있을까? 그것을 아는 사람이 있을까? 그녀는 중학교 때 빅토리아조 문학에, 그 맹렬한 로맨스에 빠진 적이 있었다. 그 책들에서는 모든 인물이 사랑에 빠져 어쩔 줄 몰랐다. 모든 남자가 구애하고, 모든 여자가 구애받았다. 사랑이 당혹스러울 정도로 당당하고 부끄러운 줄 모르는 감정이었던 그때는 사랑이 어떤 것인지 알기 더 쉬웠다. 지금은 사랑이 캠리 자동차에 앉아 위스키를 홀짝거리는 그런 것일까?

「넌 아직 네 글 나한테 한 번도 안 보여 줬어.」 그레이엄이 말했다. 그는 트림을 억누르고 마조리에게 위스키 병을 다시 건넸다.

「다음 달에 핑크스턴 선생님 행사에서 발표할 시를 써야 해. 어쩌면 그걸 너한테 보여 줄 수도 있을 거야.」

「졸업 무도회 몇 주 뒤지, 맞지?」

마조리는 무도회 이야기가 나오자 입안이 말라 왔다. 그녀는 그의 말이 더 이어지기를 기다렸으나 그가 더 이상 말이 없어서 고개를 끄덕였다.

「꼭 읽어 보고 싶다. 그러니까, 네가 보여 준다면.」위스키 병이 그의 손으로 돌아갔고, 주위가 어둡기는 했지만 마조리는 위스키 병을 꽉 쥔 그의 손마디가 깊이 주름지며 붉게 물들어 가는 것을 보았다.

그 주에 콩배나무들이 꽃을 피우기 시작했다. 학교에서는 모두들 그 꽃에서 정액, 섹스, 여자의 질 냄새가 난다고 했다. 마조리는 성 경험이 없어서 그 냄새를 썩어 가는 생선 냄새라고밖에 비유할 길이 없었고 자신의 처지를 상기시키는 그 냄새가 싫었다. 해마다 여름쯤이면 그녀는 그 냄새에 적응해 갔지만 그때는 꽃들이 떨어져서 그 냄새가 먼 기억으로밖에 남지 않았다. 그러다 봄이 오면 그 냄새는 다시 나타나 요란하게 스스로를 알렸다.

마조리가 〈우리가 건너가는 물〉에서 발표할 시를 쓰던 중에 가나에서 걸려 온 전화를 아버지가 받았다. 할머니가 쇠약해졌다는 소식이었다. 간병인은 할머니가 꾸는 꿈들이 같은 것인지 다른 것인지 알지 못했다. 할머니는 예전만큼 자주 침대에서 벗어나지 않았다. 한때 잠을 두려워하던 그녀가 말이다.

마조리는 부모님과 함께 즉시 가나로 가고 싶었다. 그녀는 시 쓰기를 멈추고 당황한 아버지에게서 수화기를 빼앗아 ─ 다른 때 같았으면 뒤통수를 쥐어박힐 짓이었다 ─ 간병인에게 할머니를 바꿔 달라고, 자고 있어도 깨워서 바꿔 달라고 요구했다.

「할머니, 아파요?」마조리가 할머니에게 물었다.

「아프냐고? 이제 곧 여름이 되면 너랑 같이 물가에서 춤출

건데. 내가 어떻게 아플 수 있겠니?」

「할머니, 죽는 거 아니죠?」

「내가 죽음에 대해 뭐라고 말했지?」 할머니가 날카롭게 말했다. 처음 통화를 시작했을 때보다 목소리에 힘이 있었다. 마조리는 수화기 줄을 잡아당겼다. 할머니는 육신만 죽는다고 했다. 혼령은 떠돈다. 혼령은 아사만도를 찾아가지 않는다. 그들은 후손들 곁에 남아 삶을 인도해 주고, 위로도 해주고, 가끔은 사랑이 없는, 삶이 없는 상태에 빠진 후손들이 깨어나도록 혼쭐을 내기도 한다.

마조리는 목에 건 돌에 손을 올렸다. 조상들의 선물. 「다시 만날 때까지 떠나지 않겠다고 약속해 주세요.」 마조리가 말했다. 뒤에서 야우가 그녀의 어깨에 손을 얹었다.

「절대로 너를 떠나지 않겠다고 약속하마.」 할머니가 말했다.

마조리가 아버지에게 수화기를 도로 건넸고, 아버지는 이상한 눈으로 그녀를 보았다. 마조리는 자신의 방으로 갔다. 시가 담겨 있어야 할 책상 위 종이에 이렇게만 적혀 있었다. 〈물. 물. 물. 물.〉

마조리와 그레이엄은 또다시 데이트를 했다. 이번에는 우주와 로켓 센터에 갔다. 그레이엄은 처음 가보는 곳이었지만, 마조리는 부모님과 함께 1년에 한 번씩 그곳에 갔다. 어머니는 복도에 전시된 우주 비행사들 사진을 구경하기를 좋아했고, 아버지는 박물관 안을 돌아다니며 모든 로켓을, 마치 로켓 만드는 법을 배우기라도 하려는 것처럼 꼼꼼하게 살펴보기를 좋아했다. 마조리는 어떤 면에서는 부모님이 이미 우주를 여행한 것이나 마찬가지라고 생각했다. 그들에게는 달만큼 낯선 땅으로 왔으니까.

그레이엄은 〈만지지 마시오〉 표지판을 무시했다. 그는 유리 섬유 상자들에 손가락 자국을 남겼고 그 자국은 생기자마자 유령처럼 사라졌다.

「미국은 독일이 아니었다면 우주 프로그램을 갖지 못했을 거야.」 그레이엄이 말했다.

「넌 독일이 그립니?」 마조리가 물었다. 그레이엄은 성장기의 대부분을 보낸 곳에 대해 거의 이야기한 적이 없었다. 그는 마조리가 가나를 팔에 두르고 다니는 것과 달리 독일을 드러내지 않았다.

「가끔. 하지만 군인의 자식들은 떠돌아다니는 것에 익숙해.」 그는 어깨를 으쓱하고 우주복이 든 상자를 손으로 눌렀다. 마조리는 그가 손으로 유리를 깨고, 상자 안으로 들어가고, 우주복을 입고, 중력이 약해져 몸이 둥둥 떠오르는 상상을 했다.

「마조리?」

「응?」

「가나로 돌아갈 거냐고 물었잖아.」

그녀는 잠시 할머니와 바다, 성을 생각했다. 차들과 사람들로 북새통을 이룬 케이프코스트 거리들, 커다란 은빛 그릇에 담긴 생선을 파는 엉덩이 큰 여자들, 도로 중앙선을 따라 걸으며 택시 창문에 얼굴을 들이대고 〈얼음물〉, 〈제발 부탁해요〉라고 말하는 아직 가슴도 안 나온 어린 소녀들을 생각했다.

「아니.」

그레이엄은 고개를 끄덕이고 다음 전시품을 향해 앞으로 나아갔다. 그가 유리섬유 상자를 누르려고 손을 들었고, 마조리가 그 손을 잡았다. 그녀는 그가 전시품을 만지지 못하게 하며 말했다. 「난 대체로 그곳에 속하지 않는다고 느끼면서 살아. 내가 비행기에서 내리자마자 그곳 사람들은 내가 그들과 같으면서도 다르다는 걸 알아. 그들은 나한테서 그 냄새를 맡을 수 있어.」

「무슨 냄새?」

마조리는 정확한 표현을 찾으려고 애쓰며 시선을 들었다. 「어쩌면, 고독. 아니면 혼자임. 내가 여기에도, 거기에도 맞지 않는 것. 진짜 나를 보는 건 우리 할머니뿐이야.」

그녀는 시선을 내렸다. 손이 떨려서 그레이엄의 손을 놓았지만 그가 다시 잡았다. 그리고 그녀가 다시 시선을 들었을 때, 그레이엄이 몸을 기울여 그녀의 입술에 키스했다.

마조리는 몇 주 동안 할머니 소식을 기다렸다. 부모님이 할머니를 매일 지켜볼 새 간병인을 고용했지만, 오히려 그것이 할머니를 격노하게 만든 듯했다. 할머니는 더 나빠지고 있었다. 마조리는 자신이 그것을 어떻게 아는지 몰랐지만, 어쨌든 알았다.

마조리는 학교에서 조용했다. 그녀는 어떤 수업에서도 손을 들지 않았다. 선생님 두 명이 그녀를 불러 세워 혹시 무슨 일이 있는지 물었다. 그녀는 그들을 외면했다. 그녀는 영어 교사 휴게실에서 점심을 먹거나 도서관에서 책을 읽는 대신 구내식당의 긴 직사각형 테이블의 구석 자리를 차지하고 누구든 지나가다가 무슨 짓이라도 해볼 테면 해보라는 식으로 앉아 있었다.

그레이엄이 다가와서 그녀 맞은편에 앉았다.

「괜찮아?」 그가 물었다. 「그 뒤로 만날 수가 없어서…….」

그레이엄은 〈그 뒤〉라고 얼버무렸지만 마조리는 정확하게 듣고 싶었다. 우리가 키스한 뒤. 우리가 키스한 뒤. 그날 그레이엄은 학교 색깔들을 입고 있었다. 진정 효과를 지닌 회색에 의해 아주 약간 차분해진 몹시 불쾌한 주황.

「괜찮아.」 그녀가 말했다.

「시 때문에 걱정돼서 그래?」 그가 물었다.

그녀의 시는 종이 위에 글자체들을 모아 놓은 것, 박스체와 필기체와 전체 대문자에의 실험이었다. 「아니, 그 걱정 안 해.」

그레이엄은 그녀의 시선을 붙들고 조심스럽게 고개를 끄덕였다. 마조리는 사람들에게 둘러싸인 상태에서 혼자 있고 싶어서 구내식당에 들어왔다. 그녀는 가끔 그 느낌이 좋았다. 아크라에 도착해 비행기에서 내려 자신과 똑같이 생긴 얼굴들의 바다를 맞이할 때의 느낌. 처음 몇 분 동안은 익명성을 즐길 수 있지만 그 순간은 곧 지나간다. 누군가 다가와서 짐을 들어 주겠다고, 차를 태워 주겠다고, 자식을 먹여 살릴 돈을 벌게 해달라고 말했다.

그레이엄을 마주보던 마조리는 복도에서 본 적 있는 검은 머리 백인 여학생이 다가오는 것을 보았다. 「그레이엄?」 그 여학생이 물었다. 「너 점심시간에 여기 있는 거 못 봤는데. 봤으면 기억이 났을 거야.」

그레이엄은 고개를 끄덕였지만 아무 말도 하지 않았다. 그 여학생은 마조리를 못 보았으나, 그레이엄이 다른 데 정신이 팔린 것을 보고 그가 집중하는 대상에게로 시선을 옮겼다.

그녀는 마조리를 1초 정도밖에 안 보았지만, 그 1초는 마조리가 그녀의 얼굴에 혐오의 주름이 생기는 것을 포착하기에 충분한 시간이었다. 「그레이엄, 여기 앉으면 안 돼.」 목소리를 낮추면 마조리가 들을 수 없기라도 하듯 그녀가 속삭였다.

「뭐?」

「여기 앉으면 안 된다고. 사람들이 보면 오해를……」 그녀는 다시 흘끗 본 뒤 덧붙였다. 「너도 알잖아.」

「아니, 난 모르는데.」

「이리 와서 우리랑 앉아.」 그녀가 말했다. 그녀는 구내식당 안을 눈으로 훑으며 초조한 몸짓을 보였다.

「난 여기 괜찮아.」

「가.」 마조리가 말했고, 그레이엄이 그녀에게 고개를 돌렸다. 그는 애초에 무엇을 위해 입씨름을 벌였는지 잊은 듯했다. 그의 맞은편에 앉은 여학생이 아닌 그가 앉은 자리를 위해 싸우고 있었던 듯했다. 「괜찮으니까 가.」

마조리는 그 말을 뱉고 숨을 멈췄다. 그녀는 그가 싫다고 말하기를, 더 격하게, 더 오래 싸우기를, 테이블 위로 그녀의 손을 잡고 붉게 물든 엄지손가락들을 그녀의 손가락 사이에 끼우기를 바랐다.

하지만 그는 그러지 않았다. 그레이엄은 거의 안도한 듯한 얼굴로 일어섰다. 검은 머리 여학생이 그를 끌고 가려고 손을 잡는 것을 마조리가 보았을 때, 그들은 이미 구내식당을 절반쯤 가로질러 걸어가고 있었다. 마조리는 그레이엄이 자신처럼 혼자 있기 좋아하는 독서가라고 생각했지만 여학생과 함께 걸어가는 그를 보자 그가 자신과 다른 사람이라는 것을 깨달았

다. 늘 그곳에 속했던 것처럼 감쪽같이 섞여 들기가 그에게는
얼마나 쉬운 일인지 보았던 것이다.

*

졸업 무도회 주제는 〈위대한 개츠비〉였다. 행사 전 장식 기
간에 학교 바닥에는 반짝이들이 널려 있었다. 졸업 무도회 날
밤, 마조리는 집 소파에서 부모님 사이에 끼어 앉아 텔레비전
영화를 보고 있었다. 그녀는 팝콘을 만들려고 일어섰을 때 부
모님이 속삭이는 소리를 들었다.

「뭔가 잘못됐어.」 야우가 말했다. 그는 원래 속삭이는 것을
못했다. 심지어 보통 크기로 말할 때도 배에서 울려 나오는 굵
직하고 큰 소리를 냈다.

「마조리는 10대예요. 10대들은 그래요.」 에스더가 말했다.
마조리는 에스더가 일하는 양로원의 다른 간호사들이 그런 식
으로, 마치 10대들이 위험한 정글의 야수들인 것처럼 말한다
는 것을 알고 있었다. 10대들은 그냥 놔두는 것이 좋다는 말이
었다.

소파로 돌아온 마조리는 더 밝게 보이려고 애썼지만 그런 노
력이 성공했는지는 알 수 없었다.

전화벨이 울렸고, 마조리는 전화를 받으러 달려갔다. 할머니
에게 한 달에 한 번씩 전화를 걸어 달라고 부탁해 놓았던 것이
다. 할머니에게는 그것이 번거롭고 힘든 일이겠지만 그래야 마
음이 놓일 것 같았다. 하지만 전화를 받으니 그레이엄의 목소
리가 그녀를 맞이했다.

「마조리?」 그가 물었다. 그녀는 수화기에 대고 숨만 쉴 뿐 말은 하지 않았다. 무슨 말을 한단 말인가? 「널 데려갈 수 있다면 좋을 텐데. 그런데……」

그가 말꼬리를 흐렸지만 상관없었다. 마조리가 이미 들은 이야기였으니까. 그는 그 검은 머리 여학생과 졸업 무도회에 가게 되었다. 그레이엄은 마조리를 데려가고 싶어 했지만 그의 아버지가 그것을 바람직한 일로 여기지 않았다. 학교도 적절한 행동이라고 생각하지 않았다. 마조리는 그가 최후 방책으로 교장 선생님에게 마조리는 〈다른 흑인 여학생들과 다르다〉고 말하는 것을 들었다. 어찌된 일인지 마조리에게는 그것이 더 나빴다. 그녀는 이미 그를 포기했다.

「그래도 네 시 들을 수 있지?」 그가 물었다.

「다음 주에 낭송할 거야. 모두 듣게 되겠지.」

「내 말 무슨 뜻인지 알잖아.」

거실에서 아버지가 코를 골기 시작했다. 아버지는 영화를 볼 때면 늘 그랬다. 마조리는 아버지가 어머니 어깨에 기대고 어머니가 팔로 아버지를 감싸 안은 장면을 상상했다. 어쩌면 어머니도 아버지 쪽으로 머리를 기울이고 잠들어 길게 땋은 머리가 커튼처럼 그들의 얼굴을 가렸을지도 몰랐다. 그들의 사랑은 편안했다. 싸우거나 숨길 필요가 없는 사랑. 마조리가 아버지에게 어머니를 좋아한다는 것을 언제 알게 되었냐고 다시 물었을 때, 그는 처음부터 알았다고 대답했다. 그것은 타고난 거라고, 에드웨소의 첫 바람 속에서 그것을 들이마셨다고, 하마탄처럼 그의 몸속으로 들어왔다고 했다. 앨라배마의 마조리에게 사랑 같은 것은 없었다.

「그만 끊어야겠어.」 그녀가 그레이엄에게 말했다. 「부모님이 찾으셔.」 그녀는 수화기를 내려놓고 거실로 돌아갔다. 어머니는 잠들지 않고 텔레비전을 보고 있었지만 진짜 보고 있지는 않았다.

「누구니, 내 새끼?」 그녀가 물었다.

「아무도 아니에요.」 마조리가 대답했다.

강당에 2천 명이 앉아 있었다. 마조리는 무대 뒤에서 다른 학생들이 줄지어 들어오고, 그들이 지루해서 계속 떠드는 소리를 들었다. 그녀는 무서워서 무대의 막 너머로 내다보지도 못하고 서성였다. 옆에서 티샤와 그녀의 친구들이 대형 카세트 라디오에서 희미하게 흘러나오는 음악에 맞추어 춤 연습을 하고 있었다.

「준비됐니?」 핑크스턴 선생님의 말에 마조리는 화들짝 놀랐다.

벌써 손이 떨렸다. 손에 든 시를 떨어뜨리지 않은 것이 놀라웠다.

「아뇨.」 그녀가 대답했다.

「아니, 준비됐어.」 핑크스턴 선생님이 말했다. 「걱정 마라. 넌 멋지게 해낼 테니까.」 선생님은 다른 출연자들을 점검하러 갔다.

행사가 시작되자 마조리는 배가 아프기 시작했다. 그녀는 그렇게 많은 사람들 앞에서 말을 해본 적이 없었기에 배가 아픈 것을 그 탓으로 돌릴 준비가 되었지만 아픔은 더 깊숙이 자리를 잡았다. 그러다 강한 욕지기까지 일었지만 곧 둘 다 지나갔다.

그 느낌은 가끔 찾아오는 것이었다. 할머니는 그것을 예감이라고 불렀다. 세상이 아직 인식하지 못한 것을 몸이 먼저 알아채는 것이다. 마조리는 가끔 나쁜 시험 점수를 받기 전에 그것을 느꼈다. 한번은 자동차 사고 전에 느꼈다. 아버지가 준 반지를 잃어버렸다는 것을 깨닫기 직전에 느낀 적도 있었다. 아버지는 그녀가 예감을 느끼건 못 느끼건 일어날 일은 일어나며, 어쩌면 예감이란 것은 맞지 않을지도 모른다고 주장했다. 마조리가 아는 것은 그 느낌이 자신에게 마음을 단단히 먹으라고 말해 준다는 사실뿐이었다.

그래서 핑크스턴 선생님의 소개가 끝나자 마음을 단단히 먹고 무대로 나갔다. 그녀는 조명이 밝으리라는 것은 알았지만 조명이 내는 열에 대해서는 몰랐는데, 머리 위에서 백만 개의 찬란한 태양이 비추는 것 같았다. 그녀는 땀을 흘리기 시작했고, 손바닥으로 이마의 땀을 훔쳤다.

그녀는 연단에 종이를 내려놓았다. 시 낭송은 이미 백만 번은 연습했다. 수업 중에 중얼거리는 소리로, 화장실 거울 앞에서, 부모님이 운전하는 차 안에서.

간간이 기침 소리나 신발 끄는 소리로 중단되는 침묵의 소리가 마조리를 비웃었다. 그녀는 마이크로 몸을 기울였다. 목청을 가다듬고 낭송을 시작했다.

성을 쪼개서
나를 찾고, 너를 찾는다.
우리, 둘, 느꼈다, 모래를,

바람을, 공기를.

하나는 채찍을 느꼈다. 채찍질을 당했다,

배에 실려 간 뒤에.

우리, 둘, 흑인.

나, 너.

하나는 코코아 흙에서 자랐다,

열매에서 태어나,

베이지 않은 살갗, 그래도 피를 흘리는.

우리, 둘, 건너간다.

물은 다른 것 같지만

같다.

우리의 같은. 자매 살갗.

누가 알았는가? 나는 아니다. 너는 아니다.

마조리는 고개를 들었다. 문이 삐걱거리며 열렸고, 빛이 더 들어왔다. 빛은 그녀가 문간에 선 아버지를 보기에 충분했지만, 그의 얼굴에서 흘러내리는 눈물을 볼 수 있을 정도로 밝지는 않았다.

할머니, 아쿠아, 에드웨소의 미친 여자가 지키지 않은 유일한 약속은 그녀가 마지막에 한 것이었다. 그녀는 과거에 그토록 두려워했던 잠을 자다가 죽었다. 그녀는 바다가 내려다보이는 산에 묻히고 싶어 했다. 마조리는 그 학년의 남은 기간 동안 휴학했는데, 성적이 워낙 좋아서 큰 문제는 되지 않았다.

그녀는 할머니의 시신을 운구하는 임무를 맡은 남자들 뒤에서 어머니와 함께 걸었다. 그녀의 아버지는 너무 늙어서 도움이 되기보다는 짐이 되는데도 시신을 운구하겠다고 고집을 부렸다. 묏자리에 도착하자 사람들은 울기 시작했다. 모두가 며칠 동안 계속 울었지만, 마조리는 아직 울지 않았다.

남자들이 붉은 점토를 파기 시작했다. 점점 깊어지는 커다란 직사각형 구덩이 양옆에 흙더미가 하나씩 쌓였다. 할머니의 관은 땅과 같은 색깔의 나무로 만들어져서 관을 내릴 때 어디서 관이 끝나고 어디서 흙이 시작되는지 아무도 알 수 없었다. 그들은 구덩이에 다시 흙을 채웠다. 구덩이를 다 메우자 삽 뒷면으로 두드려 단단히 다졌다. 그 소리가 산에서 메아리쳐 골짜기로 날아갔다.

무덤에 묘표를 세운 뒤에야 마조리는 자신의 시를 무덤에 넣는 것을 잊었음을 깨달았다. 할머니가 그녀와 함께 물가를 걸으며 들려준 꿈 이야기들로 만들어진 시. 그녀는 할머니가 그 시를 들었다면 좋아했을 것을 알았다. 그녀는 주머니에서 시를 꺼냈다. 손이 떨려서 바람이 거의 불지 않는데도 시가 나부꼈다.

마조리는 무덤에 몸을 던졌고, 마침내 울기 시작했다. 「미 맘-에, 미 마메. 미 맘-에, 미 마메.」[45]

어머니가 다가와 그녀를 일으켰다. 나중에 에스더는 마조리가 절벽에서 날아올라 산 아래로, 바다로 떨어질 것 같았다고 말했다.

45 *Me maame.* 〈나의 어머니〉라는 뜻의 트위어.

마커스

마커스는 물을 좋아하지 않았다. 그가 맨 처음 바다를 가까이에서 본 것은 대학 때였는데, 눈에 다 담을 수 없을 정도로 멀리 뻗은 그 공간에, 그 끝없는 푸름에 속이 뒤집혔다. 그는 겁에 질렸다. 그는 친구들에게 수영할 줄 모른다는 말을 하지 않았다. 메인주 출신의 빨강 머리 룸메이트는 마커스가 물에 발가락을 담그기도 전에 이미 대서양의 수면 2미터 아래에 있었다.

바다 냄새에는 그를 욕지기나게 하는 무언가가 있었다. 그 젖은 소금 냄새가 콧속에 달라붙어 이미 익사하는 듯한 기분을 느끼게 했다. 그는 그 냄새가 마치 소금물처럼 목젖 부근에 잔뜩 달라붙어 숨을 제대로 못 쉬게 하는 것을 느꼈다.

어렸을 때 아버지가 말해 주기를, 흑인들은 노예선으로 실려와서 물을 좋아하지 않는다고 했다. 흑인이 무엇 때문에 헤엄을 치고 싶어 하겠는가? 바다 밑바닥에 이미 흑인들이 널려 있는데.

아버지가 그런 이야기들을 들려줄 때면 마커스는 늘 참을성 있게 고개를 끄덕였다. 소니는 노예제, 죄수 노역장, 체제, 분리,

백인 이야기를 달고 살았다. 아버지는 백인들에 대한 뿌리 깊은 증오심을 지니고 있었다. 돌이 가득 담긴 자루와도 같은 증오. 미국에서 인종 차별이 계속해서 규범으로 남으면서 해마다 돌이 하나씩 쌓여 갔고, 그는 여전히 그 자루를 짊어지고 있었다.

마커스는 아버지의 어릴 적 가르침을, 맨 처음 그가 미국에 대해 더 자세히 공부하고 싶다는 흥미를 가지도록 한 그 대안적인 역사 교육을 영원히 잊지 못할 터였다. 아버지와 아들은 윌리 할머니의 좁아터진 아파트에서 매트리스를 함께 썼다. 밤이면 소니는 칼 같은 스프링이 달린 매트리스에 누워 미국이 길 가던 흑인들을 잡아다가 노동을 시키고, 은행들이 흑인 동네들을 특정 경계 지역으로 지정하여 저당이나 사업 대출을 막은 이야기를 마커스에게 들려주었다. 그러니 감옥에 아직 흑인들이 우글거리는 것이 놀랄 일인가? 빈민가가 여전히 빈민가로 남은 것이 놀랄 일인가? 소니가 마커스에게 들려준 이야기들은 학교 역사책에서는 볼 수 없는 것들이었지만, 마커스는 나중에 대학에 들어가서 그것들이 진실임을 알게 되었다. 아버지가 뛰어난 지성을 지녔지만 그 지성이 무언가에 갇혔다는 것도 알게 되었다.

마커스는 아침이면 소니가 잠자리에서 일어나 면도를 하고 이스트 할렘의 메타돈[46] 클리닉에 가는 것을 지켜보았다. 시계를 보는 것보다 아버지의 움직임을 보는 것이 더 쉬웠다. 아버지는 6시 30분에 일어나 오렌지 주스를 한 잔 마셨다. 6시 45분까지 면도를 하고, 7시면 밖으로 나갔다. 메타돈을 먹고 나서는 관리인으로 일하는 병원으로 갔다. 그는 마커스가 아는 사람들

46 헤로인 중독 치료에 쓰이는 진통제.

중 가장 똑똑했지만 마약 중독에서 완전히 벗어나지 못했다.

마커스는 일곱 살 때 윌리 할머니에게 소니의 스케줄이 조금이라도 바뀌면 어떻게 되는지 물었다. 메타돈을 먹지 못하면 어떻게 될까? 할머니는 어깨를 으쓱했다. 마커스는 훨씬 나이가 들어서야 아버지의 판에 박힌 일과가 얼마나 중요한지 이해하기 시작했다. 아버지의 인생 전체가 그 균형에 달린 듯했다.

지금 마커스는 또 물 가까이에 있었다. 대학원 친구가 새 밀레니엄을 축하하는 수영장 파티에 그를 초대했고, 그는 머뭇거리며 그 초대를 받아들였다. 확실히 캘리포니아의 수영장은 대서양보다 안전했다. 그는 의자에 누워 선탠을 하러 온 척할 수 있었다. 자기는 선탠이 꼭 필요하다며 농담을 할 수 있었다.

누군가 〈캐논볼!〉[47]하고 외쳤고, 차가운 물방울들이 마커스의 다리로 날아왔다. 디안테가 수건을 건네자 그는 얼굴을 찡그린 채 물을 닦아 냈다.

「젠장, 마커스. 우리 여기 얼마나 더 오래 있을 거야? 더럽게 덥네. 아주 아프리카 더위야.」

디안테는 늘 불평을 달고 살았다. 그는 이스트 팰로앨토의 하우스 파티에서 만난 예술가로, 애틀랜타에서 자랐는데도 마커스에게 고향을 연상시키는 무언가를 가지고 있었다. 두 사람은 처음 만나고 난 뒤부터 형제처럼 지냈다.

「우리 여기 온 지 10분밖에 안 됐어, D. 칠.」 말은 그렇게 했지만 마커스도 엉덩이가 들썩이기 시작했다.

「아니, 검둥이.[48] 난 이 빌어먹을 더위 속에서 타 죽을 생각

47 대포알처럼 무릎을 안고 뛰어내리는 다이빙 방법.
48 *nigga*. 〈검둥이〉는 다른 인종에게는 사용이 금기되는 인종 차별 명칭이

없어. 나중에 연락할게.」 그는 일어나서 수영장의 사람들에게 짤막하게 손을 흔들었다.

디안테는 늘 마커스에게 학생들 행사에 가자고 해놓고 거의 도착하자마자 자리를 떴다. 그는 언젠가 미술관에서 만난 여자를 찾고 있었다. 그는 그녀의 이름을 기억하지 못했지만, 말투로 보아 학생이 분명하다고 했다. 마커스는 그 지역에 대학이 백만 개는 된다는 사실을 굳이 그에게 상기시킬 필요를 느끼지 않았다. 결국 그 여자가 그 파티들 중 하나에 나타날지 누가 알겠는가?

마커스는 스탠퍼드에서 사회학 박사과정을 밟고 있었다. 아버지와 매트리스를 나눠 쓸 때는 상상조차 할 수 없었던 일이었지만 지금 그는 그것을 하고 있다. 소니는 아들이 스탠퍼드에 합격했다는 소식을 듣고 자랑스러워서 울음을 터뜨렸다. 마커스가 아버지의 눈물을 본 것은 그때가 처음이었다.

마커스는 디안테가 떠난 뒤 바로 일 핑계를 대고 파티장에서 나왔다. 그는 집까지 거의 7킬로미터를 걸어갔다. 집에 도착해 보니 셔츠가 땀에 푹 젖어 있었다. 그는 푸른 타일이 깔린 샤워실에 들어가서 머리에 물줄기를 맞았지만 익사가 두려워서 샤워기를 향해 고개를 들지 못했다.

「네 엄마가 안부 전하란다.」 소니가 말했다.

소니와 마커스는 매주 한 번씩 통화했다. 마커스는 통화 시간을 조세핀 고모와 사촌들이 교회가 끝난 뒤 윌리 할머니 집에 모두 모여 음식을 만들어 먹는 일요일 오후로 정했다. 그는
지만 흑인들 사이에서는 친근감을 나타내는 말로 쓰이기도 한다.

할렘이 그리워서, 일요일의 저녁 식사가 그리워서, 윌리 할머니가 음식을 나눠 달라고 예수님을 호출하면 그가 10분 안에 오기라도 할 것처럼 목청껏 찬송가를 부르는 광경이 그리워서 전화를 걸었다.

「거짓말 마세요.」 마커스가 말했다. 그는 아마니를 고등학교 졸업식 때 마지막으로 보았다. 어머니는 윌리 할머니가 준 것이 분명한 옷을 빼입고 찾아왔다. 긴소매 원피스였는데, 졸업장을 받기 위해 무대를 가로질러 걸어가는 그에게 손을 흔들 때 보니 마약 주사 자국들이 보이는 것 같았다.

「흥.」 소니는 그렇게만 대꾸했다.

「다들 잘 지내요? 아이들이랑 다들 별일 없어요?」 마커스가 물었다.

「그래, 우린 잘 있어. 우린 잘 있어.」

그들은 잠시 수화기에 대고 숨소리만 냈다. 둘 다 말을 하고 싶지도 않았지만 전화를 끊고 싶지도 않았다.

「여전히 정상 상태죠?」 마커스가 물었다. 그 질문을 자주 하지는 않았지만 하기는 했다.

「그럼, 난 잘 있다. 내 걱정은 마라. 책만 들여다봐. 내 생각은 하지 말고.」

마커스는 고개를 끄덕였다. 하지만 고개를 끄덕이는 것은 아버지가 들을 수 없다는 것을 깨닫고 〈알았어요〉라고 말한 뒤 마침내 전화를 끊었다.

디안테가 그를 데리러 왔다. 디안테는 그 여자를 만난 샌프란시스코의 미술관으로 마커스를 끌고 갔다.

「그 여자한테 왜 그렇게 안달이 났는지 모르겠다, D.」 마커스가 말했다. 그는 사실 미술관을 좋아하지 않았다. 그는 작품들을 봐도 어떻게 해석해야 하는지 몰랐다. 그는 디안테가 선, 색, 색조에 관해 이야기하는 것을 들었다. 그러면서 고개를 끄덕이기는 했지만, 그 모든 것이 그에게는 아무 의미도 없었다.

「그녀를 보면 너도 이해하게 될 거야.」 디안테가 말했다. 그들은 미술관 안을 돌아다녔지만 둘 다 작품에는 관심이 없었다.

「예쁘게 생긴 모양이군.」

「그래, 예쁘지. 하지만 그런 문제가 아냐, 친구.」

마커스는 이미 그 이야기를 들어서 알았다. 디안테는 카라 워커 전시회에서 그녀를 만났다. 그들은 바닥부터 천장까지 채워진 검은 실루엣들을 네 번이나 오가며 보았고 다섯 번째에 어깨가 부딪혔다. 그들은 특히 한 작품에 대해 거의 한 시간 가까이 이야기를 나눴지만 서로 통성명을 할 생각도 못 했다.

「내 말 잘 들어, 마커스. 넌 곧 결혼식에 오게 될 거야. 그녀를 찾기만 하면 돼.」

마커스는 코웃음을 쳤다. 디안테가 파티에서 〈내 아내〉가 될 여자라고 손가락으로 가리켜 놓고 겨우 한 주 데이트로 끝나 버린 일이 얼마나 많았던가?

마커스는 디안테를 혼자 두고 미술관을 이리저리 돌아다녔다. 그는 미술보다 건물이 더 마음에 들었다. 강렬한 색깔들의 작품들이 걸린 흰 벽들과 정교한 계단들. 그는 그 환경이 그에게 허용하는 걷기와 생각하기가 좋았다.

그는 초등학교 때 현장학습으로 미술관에 한번 간 적이 있었다. 버스를 타고 가다가 내려서 나머지 블록들은 둘씩 짝을 지어 손을 잡고 걸어갔다. 마커스는 그때 그의 동네가 아닌 맨해튼의 나머지 부분, 신사복들과 깃털 달린 모자에 경외감을 느꼈던 것을 아직도 기억했다. 미술관에서 표를 받는 사람이 위쪽 유리 부스 안에서 미소를 지었다. 마커스는 그녀를 보려고 목을 길게 뺐고, 그녀는 살짝 손을 흔들어 그의 노고에 답했다.

안으로 들어가자 맥도널드 선생님은 그들을 방에서 방으로, 전시품에서 전시품으로 이끌었다. 마커스는 맨 뒷줄에 있었는데, 그의 짝 라타비아가 재채기를 하느라 손을 놓자 그 기회를 틈타 신발 끈을 묶었다. 다시 고개를 들었을 때는 반 아이들이 모두 떠나고 없었다. 돌이켜 생각하면 커다란 흰색 미술관에서 줄지어 걸어가는 조그만 검정 오리 새끼들을 찾는 것은 쉬운 일이었겠지만, 그곳에는 사람들이 너무 많은 데다 다들 키가 너무 커서 주변이 잘 안 보였고, 그는 금세 겁에 질려 움직일 수가 없었다.

마커스가 그 자리에서 얼어붙어 조용히 울고 있는데 늙은 백인 부부가 그를 발견했다.

「봐요, 하워드.」 여자가 말했다. 마커스는 그녀의 원피스 색깔이 아직도 기억난다. 그를 더 겁에 질리게 만드는 피처럼 진한 빨간색이었다. 「가여운 것이 길을 잃었나 봐요.」 그녀는 마커스를 찬찬히 살펴보며 말했다. 「귀여운 아이네요, 안 그래요?」

하워드라는 남자는 가느다란 지팡이를 들고 있었는데 그것으로 마커스의 발을 톡 쳤다. 「애야, 길을 잃었니?」 마커스는 대답하지 않았다. 「길을 잃었냐고 묻잖아.」

그가 계속 지팡이로 마커스의 발을 톡톡 쳤고, 한순간 마커스는 그가 지팡이를 천장을 향해 쳐들었다가 자신의 머리를 갈길 것만 같은 기분이 들었다. 왜 그런 기분이 들었는지는 몰라도 너무 무서웠고, 바짓가랑이가 축축해져 왔다. 마커스는 비명을 지르며 이 흰색 방에서 저 흰색 방으로, 또 다른 흰색 방으로 내달렸다. 마침내 경비원이 쫓아왔고, 구내방송으로 선생님이 불려 왔고, 반 전체가 거리로 쫓겨났고, 버스에 탔고, 할렘의 집으로 돌아왔다.

잠시 뒤 디안테가 그를 찾아왔다. 「여기 없어.」 그가 말했다. 마커스는 눈알을 굴렸다. 그럼 무엇을 기대했다는 말인가? 그들은 미술관을 떠났다.

한 달이 지나 마커스가 다시 연구로 돌아갈 때가 되었다. 연구가 잘 안 되어 그동안 피하고 있었던 것이다.

원래는 그의 증조할아버지 H의 삶 몇 년을 훔쳐 간 죄수 대여 제도에 초점을 맞추고 싶었지만 깊이 들어갈수록 일이 커졌다. 증조할아버지 H의 이야기를 하면서 어떻게 짐 크로 법[49]을 피해 북부로 이주한 할머니 윌리와 다른 수백만 명의 흑인들 이야기를 하지 않을 수 있겠는가? 그 흑인 대이동을 언급하려면 그 무리들을 받아들인 도시들에 대해 이야기해야 했다. 할렘에 대해 이야기해야 했다. 할렘을 이야기한다면 어떻게 아버지의 헤로인 중독, 수감 생활, 전과를 언급하지 않을 수 있겠는가? 1960년대 할렘의 헤로인을 이야기하려면 1980년대 도처의 크랙도 이야기해야 하지 않을까? 크랙에 대해 쓰려면 〈마약과의 전쟁〉도 쓸 수밖에 없다. 〈마약과의 전쟁〉을 이야기하기 시작하면 그와 함께 자란 흑인들 절반 가까이가 세상에서 가장

---

49 학교와 대중교통 등의 공공장소에서 흑인과 백인을 분리하고 차별을 규정한 법으로 1876~1965년 동안 시행되었다.

가혹한 감옥에 드나드는 이야기도 해야만 했다. 그리고 그와 함께 대학에 다니는 거의 모든 백인이 날마다 대놓고 마리화나를 피우는데, 왜 그 동네 친구들은 마리화나 소지만으로 5년 형을 받는지 이야기하다 보면 분노가 치밀어 스탠퍼드 대학 그린 도서관의 아름답고도 쥐 죽은 듯 고요한 레인 열람실 책상에 연구서를 거칠게 던져야 했다. 그가 책을 던지면 열람실 안의 모든 사람이 쳐다볼 것이고, 그들이 볼 수 있는 것은 그의 피부색과 분노뿐일 것이며, 그들은 그에 대해 무언가를 알게 되었다고 생각할 것이고, 그 무엇이란 다름 아닌 증조할아버지 H를 감옥에 집어넣는 것을 정당화한 바로 그 무엇일 것이며, 다른 점이 있다면 과거의 경우보다 덜 분명하다는 정도일 터였다.

그런 식으로 생각하기 시작하면 마커스는 책 한 권조차 펼 수가 없었다.

그가 정확히 언제 가족에 대해 더 상세히 공부하고 알아야겠다는 필요성을 느끼게 되었는지는 분명하지 않다. 어쩌면 윌리 할머니 집에서 일요일 저녁 시간을 보낼 때, 할머니가 모두 함께 손잡고 기도하자고 했을 때였을 수도 있다. 그는 두 사촌들 사이나 아버지와 조세핀 고모 사이에 밀어 넣어졌고, 윌리 할머니는 노래로 기도를 시작하고는 했다.

할머니의 목소리는 세계 불가사의 중 하나였다. 그 목소리는 마커스의 마음속 희망과 사랑과 믿음을 쑤석거려 한데 합쳐 심장이 고동치고 손바닥에서 땀이 나도록 만들기에 충분했다. 그는 손에 난 땀이나 눈물을 닦기 위해 옆 사람의 손을 놓아야 했다.

마커스는 거실에서 가족들과 함께 있다가 가끔 다른 공간,

더 많은 가족들을 상상하고는 했다. 그런 상상에 골몰하다 보면 실제로 그들 모습이 보이기도 했다. 어떤 때는 아프리카의 오두막에서 가장이 정글도를 들고 있었고, 어떤 때는 야자나무 숲 바깥에 모인 사람들이 머리에 양동이를 이고 가는 젊은 여자를 지켜보았으며, 아이들이 너무 많은 좁아터진 아파트나 쓰러져 가는 작은 농가, 불타는 나무 주위, 교실이 보이기도 했다. 그는 할머니가 기도하며 노래하고, 기도하며 노래하는 동안 그들을 보았고 그 상상 속 인물들이 이 방에 함께 있었으면 좋겠고 간절히 바랐다.

어느 일요일, 저녁 식사를 마친 뒤 그가 할머니에게 그런 말을 하자 할머니는 그가 환영을 보는 재주를 가진 모양이라고 했다. 하지만 마커스는 윌리 할머니의 신을 믿지 않았기에 더 구체적인 방식으로, 연구와 글을 통해 가족을 찾고 대답들을 찾게 되었다.

마커스는 몇 글자 적은 뒤 디안테를 만나러 갔다. 친구는 미술관에서 만난 묘령의 여인 찾기는 포기했지만 파티와 행락을 즐기는 것은 여전했다.

그들은 그날 밤 샌프란시스코에 있었다. 디안테가 아는 레즈비언 커플이 집에서 갤러리의 밤 겸 아프리카계 카리브해인 댄스파티를 열었던 것이다. 집으로 걸어 들어가자 커다란 스틸 드럼의 금속성 소리가 그들을 맞이했다. 밝은 색깔 켄테 천을 허리에 두른 남자들이 분홍색 동그란 머리가 달린 북채를 들고 있었다. 북 치는 남자들의 줄 끝에 선 여자가 흐느끼듯 노래했다.

마커스는 안으로 더 들어갔다. 벽에 걸린 작품들이 조금 섬뜩하게 느껴졌지만 디안테가 의견을 물어도 절대 그것을 시인

하지 않을 작정이었다. 디안테가 낸 작품은 한 여자와 바오밥나무에 걸린 뿔들을 그린 그림이었다. 마커스는 그 작품을 전혀 이해하지 못했지만 잠시 그 앞에서 고개를 왼쪽으로 갸웃하고 서서 누가 접근할 때마다 천천히 고개를 끄덕였다.

곧 디안테가 다가왔다. 친구는 마커스의 어깨를 연달아 쿡쿡 찔러 댔는데 그 동작이 어찌나 빠른지 마커스가 그만하라고 말하기도 전에 끝났다.

「뭐야, 검둥이?」 마커스가 그를 향해 고개를 돌리며 말했다.

디안테는 다른 사람이 있다는 것조차 모르는 듯했다. 그는 다른 쪽으로 몸을 돌렸다가 갑자기 마커스를 향해 휙 돌았다.

「그녀가 여기 있어.」

「누구?」

「염병, 누구냐고? 그녀 말이야. 그녀가 여기 있어.」

마커스는 디안테가 가리키는 쪽으로 시선을 돌렸다. 두 여자가 나란히 서 있었다. 한 여자는 호리호리하고 마커스처럼 피부색이 옅었으며 레게 머리가 엉덩이까지 내려왔다. 그녀는 머리칼을 손가락으로 돌돌 말거나 전부 쓸어 모아 정수리로 올려놓으면서 장난을 쳤다.

마커스의 시선을 끈 사람은 그 옆의 여자였다. 그녀는 검은 — 할렘의 놀이터들에서 푸른빛이 도는 검은색이라고 불렸을 — 색이었고, 땅딸막한 몸에 가슴이 크고 탄탄했으며, 최근에 벼락을 맞은 듯한 인상을 주는 거친 아프로 헤어스타일[50]을 하고 있었다.

「이리 와, 친구.」 디안테가 그 여자들에게 걸어가며 말했다.

50 곱슬머리를 둥근 모양으로 다듬은 헤어스타일.

마커스는 조금 뒤에서 따라갔다. 디안테가 침착한 척하는 것이 눈에 보였다. 계산된 구부정함, 신중한 기울임. 여자들 가까이로 가자 마커스는 누가 그 여자인지 확인하려고 기다렸다.

「당신!」 레게머리 여자가 디안테의 어깨를 찰싹 때리며 말했다.

「분명 아는 얼굴인데 어디서 만났는지 도저히 기억이 안 나서요.」 디안테가 말했다. 마커스는 눈알을 굴렸다.

「미술관에서 만났잖아요. 두어 달 전에.」 여자가 미소 지으며 말했다.

「맞아, 맞아. 그랬지.」 디안테가 말했다. 그는 이제 똑바로 서서 미소를 머금고 진중하게 행동하고 있었다. 「나는 디안테, 이쪽은 내 친구 마커스예요.」

여자가 치마 주름을 편 뒤 머리 한 가닥을 잡고 손가락으로 돌돌 감기 시작했다. 머리를 가다듬는 것 같았다. 그녀 옆의 여자는 아직 아무 말이 없었고, 바닥만 보는 품이 자신이 그들을 보지 않으면 그들이 거기 없는 것처럼 행동할 수 있다고 여기기라도 하는 듯했다.

「나는 키예요.」 레게 머리 여자가 말했다. 「여기는 내 친구 마조리.」

자신의 이름이 언급되자 마조리가 고개를 들었고, 거친 머리의 커튼이 갈라지면서 사랑스러운 얼굴과 아름다운 목걸이가 드러났다.

「만나서 반가워요, 마조리.」 마커스가 손을 내밀며 말했다.

*

　마커스가 어린 꼬마였을 때 아마니가 그를 하루 동안 데려간 적이 있었다. 아니, 훔쳐갔다고 해야 했다. 윌리 할머니와 소니, 나머지 가족들은 아들에게 그냥 인사만 하게 해달라고 부탁한 아마니가 아이스크림을 사준다고 꼬드겨서 마커스를 아파트 밖으로 데리고 나갈 줄은 꿈에도 몰랐으니까.

　어머니는 아이스크림콘을 사줄 돈이 없었다. 마커스는 길을 따라 조금만 더 내려가면 아이스크림 값이 더 싼 곳이 나오리라는 희망으로 이 가게 저 가게를 전전하던 것을 기억했다. 이윽고 예전에 소니가 살던 동네에 이르렀을 때 마커스는 두 가지를 확실하게 알 수 있었다. 첫째, 자신이 지금 있어서는 안 될 곳에 있다는 것. 둘째, 아이스크림을 먹을 수 없다는 것.

　어머니는 그를 끌고 116번가를 오르내리며 마약쟁이 친구들과 빈털터리 재즈 팀에게 자랑했다.

　「네 애야?」 이빨이 없는 뚱뚱한 여자가 물었다. 그녀가 쭈그려 앉아 있어서 마커스는 원통 같은 그녀의 빈 입을 적나라하게 볼 수 있었다.

　「응, 마커스야.」

　여자가 마커스를 만진 뒤 어기적거리며 걸어갔다. 아마니는 마커스가 이야기들이나 일요일마다 교회 신도들이 올리는 구원 기도 속에서만 들은 할렘 동네에서 계속 그를 끌고 다녔다. 하늘의 태양이 점점 낮아지고 있었다. 아마니가 울면서 그에게 너 빨리 걸으라고 소리쳤다. 마커스는 짧은 다리가 허락하는 한 가장 빨리 걷고 있었는데 말이다. 황혼이 가까워서야 윌리 할머니와 소니가 그를 찾아냈다. 아버지가 얼마나 빨리 손을 잡아당겼는지 마커스는 팔이 빠지는 줄 알았다. 그는 할머니가 아마니의 뺨을 후려치며 모두가 들을 수 있을 정도로 큰소리로 이렇게 외치는 것을 지켜보았다. 「또 다시 이 아이한테 손대면 가만 안 둘 거야.」

마커스는 그날 생각을 자주 했다. 그는 아직도 그 일이 놀라웠다. 종일 낯선 사람이나 다를 바 없는 여자의 손에 이끌려 집에서 점점 멀어지면서 느낀 공포가 아니라 나중에, 마침내 가족들이 그를 찾아냈을 때 느낀 사랑의 충만함과 보호받는 기분 때문에. 실종된 것 때문이 아니라 되찾아진 것 때문에. 그것은 그가 마조리를 볼 때마다 느끼는 감정이기도 했다. 마치 그녀가 그를 찾아내기라도 한 것처럼.

몇 달이 지나자 디안테와 키의 관계는 호지부지되고 마커스와 마조리의 우정만이 그런 일이 있었던 것에 대한 증거로 남았다. 디안테는 계속 마조리를 들먹이며 마커스를 놀렸다. 「그녀에게 반했다고 언제 말할 거야?」 하지만 마커스는 디안테에게 그런 것이 아니라고 설명할 수가 없었다. 스스로도 그게 어떤 것인지 알 수 없었기 때문이다.

「그러니까 여기가 아샨티주야.」 마조리가 집 벽에 걸린 가나 지도를 가리키며 말했다. 「엄밀히 말하면 우리 가족은 이곳 출신인데, 할머니가 여기 이 중앙 주로 내려갔어. 바닷가에 더 가까워지려고.」

「난 바닷가 싫어.」 마커스가 말했다.

마조리는 처음에는 웃음을 터뜨릴 것처럼 그에게 미소를 보냈지만 이내 미소가 사라지고 심각한 눈빛이 되었다. 「무서운 거야?」 그녀가 물었다. 그녀의 손가락이 천천히 지도 가장자리에서 벽으로 내려갔다. 그녀는 날마다 걸고 다니는 검정 돌 목걸이에 손을 가져갔다.

「응, 그런 것 같아.」 마커스가 말했다. 지금까지 아무에게도 털어놓지 않은 이야기였다.

「우리 할머니는 바다 밑바닥에 갇힌 사람들이 하는 말을 들을 수 있다고 하셨어. 우리 조상들. 할머니는 좀 미쳤었지.」

「나한테는 미친 소리로 안 들리는데. 젠장, 우리 할머니 교회 사람들은 다 어느 시점에 귀신이 들렸지. 다른 사람들이 보거나 듣거나 느끼지 못하는 걸 보거나 듣거나 느낀다고 해서 미친 건 아니야. 우리 할머니는 이렇게 말씀하시고는 했지. 〈장님은 우리가 볼 수 있다고 해서 우리를 미쳤다고 하지 않는다.〉」

그러자 마조리는 진짜 미소를 보냈다. 「내가 무서워하는 건 뭔지 알고 싶어?」 그녀가 물었고, 그는 고개를 끄덕였다. 그는 이제 그녀의 솔직함에 놀라지 않게 되었다. 그녀는 잡담으로 끝나지 않고 곧장 깊은 물로 뛰어들고는 했다. 「불.」 그녀가 말했다.

그는 마조리를 처음 만난 주에 그녀 아버지의 흉터 이야기를 들었다. 그래서 그녀의 대답이 놀랍지 않았다.

「우리 할머니는 우리가 큰불에서 태어났다고 하셨어. 난 그게 무슨 뜻인지 알고 싶어.」

「가나에 가본 적 있어?」

「오, 대학원이니 강사 일이니 너무 바빠서.」 그녀는 말을 끊고 허공을 바라보며 숫자를 헤아렸다. 「할머니 돌아가신 뒤로 한 번도 못 갔어.」 그러고는 조용히 말했다. 「할머니가 이걸 주셨어. 집안의 가보 같은 건가 봐.」 마조리는 목걸이를 가리켰다.

마커스는 고개를 끄덕였다. 그래서 마조리가 그 목걸이를 절대 풀지 않았던 거구나.

시간이 늦어지고 있었고 마커스는 할 일이 있었지만 마조리의 집 거실 특정 지점에서 움직일 수가 없었다. 햇볕이 한가득 들어오는 커다란 퇴창이 있어서 따뜻함이 어깨를 어루만지는 듯했다. 그는 되도록 오래 그곳에 머물고 싶었다.

「내가 그렇게 오래 안 간 걸 할머니가 알면 싫어하실 거야. 거의 14년이나 됐어. 부모님이 살아 계실 때 나한테 가보라고 하셨는데 난 할머니를 잃은 고통이 너무 컸어. 그러다 부모님이 돌아가시자 그곳에 갈 의미를 찾지 못하게 됐고. 트위어 실력도 녹슬어서 가서 돌아다닐 수나 있을지도 모르겠어.」

그녀는 억지로 웃었지만 입에서 웃음이 나오자마자 시선을 외면했다. 그녀는 한참 동안 그에게 얼굴을 보여 주지 않았다. 이윽고 해가 창문으로 빛을 보낼 수 없는 곳에 이르렀다. 마커스는 어깨에서 열기가 떠나는 것을 느꼈고 그것이 돌아오기를 바랐다.

마커스는 그 학년의 남은 기간 동안 연구를 피했다. 더 이상 의미를 찾을 수 없었다. 그는 버밍엄에 다녀올 수 있는 연구 보조금을 받아 프랫 시티에 다녀왔다. 마조리와 함께 갔는데, 그곳에서 발견할 수 있었던 것은 어렸을 때 마커스의 증조할아버지 H를 알았다고 주장하는 실성한 듯한 늙은 장님뿐이었다.

「프랫 시티에 관한 연구를 해도 될 것 같은데. 흥미로운 곳이야.」 그 노인의 집을 나서며 마조리가 제안했다.

노인은 맨 처음 마조리의 목소리를 듣고 그녀를 만져 보고 싶다고 말했다. 자신은 그런 식으로 사람을 알 수 있다는 것이었다. 마커스가 놀라고 조금 당혹스러운 눈으로 지켜보는 가운데 마조리는 노인이 그녀를 읽듯 두 손으로 두 팔을 더듬어 올라가 얼굴까지 만지도록 내버려 두었다. 마커스는 늘 그녀의 인내심이 놀라웠다. 그는 그녀를 안 지 얼마 되지 않았지만 그녀가 그 어떤 폭풍도 견뎌 낼 수 있는 인내심을 지녔음을 이미 알았다. 마커스는 가끔 그녀와 도서관에서 공부하며 그녀가 책을 게걸스럽게 한 권, 또 한 권, 또 한 권 읽어 치우는 것을 곁눈질로 보고는 했다. 그녀는 아프리카와 아프리카계 미국 문학을 공부했고, 마커스가 전공을 택한 이유를 묻자 마음으로 느낄 수 있는 책들이었기 때문이라고 대답했다. 노인이 그녀를 만질 때 노인이 그녀를 읽는 동안 그녀도 노인을 읽는 듯 참을성 있게 그를 바라보았다.

「그건 중요한 게 아냐.」 마커스가 말했다.

「그럼 뭐가 중요한데, 마커스?」

마조리가 걸음을 멈췄다. 그들이 알기로 지금 그들이 선 곳은 강제 노동을 위해 끌려온 흑인 죄수들의 무덤이었던 옛 탄광 위였다. 무엇을 연구하는 것과 온전히 그것을 살고 느끼는 것은 별개의 일이었다. 그가 연구를 통해 포착하고 싶은 것은 시간의 느낌, 너무 멀리까지 거슬러 올라가고 말도 안 되게 방대해서 그녀와 자신, 그 안에 존재하는 — 그것과 떨어져 있지 않고 그 안에 있는 — 다른 모든 사람이 잊기 쉬운 어떤 것의 일부가 되는 느낌임을 마조리에게 어떻게 설명할 수 있다는 말인가.

자신이 여기 이렇게 자유롭게 살아 있는 것은 당위가 아님을 마조리에게 어떻게 설명할 수 있다는 말인가? 자신이 이 세상에 태어난 것, 어느 감방에 처박히지 않은 것은 스스로의 힘이 아니라, 피나는 노력이나 아메리칸 드림에 대한 믿음 덕이 아니라 그저 우연이었을 뿐이라는 사실을 말이다. 마커스는 윌리 할머니의 이야기를 들으며 증조할아버지 H를 간접적으로 알게 되었지만, 그 이야기는 그를 울리고 자랑스러움에 가슴 뿌듯해지도록 만들기에 충분했다. 그는 쌍삽 H라고 불렸다. 그렇다면 그의 아버지, 아버지의 아버지는 뭐라고 불렸을까? 어머니들은? 그들은 그들이 살아간 시대의 산물이었고, 지금 버밍엄을 걷는 마커스는 그 시간들의 축적이었다. 중요한 건 그것이었다.

마커스는 그런 말은 하지 않고 이렇게 물었다. 「내가 왜 바다를 두려워하는지 알아?」

마조리가 고개를 저었다.

「빠져 죽을까 봐 무서워서만은 아냐. 그것도 있지만. 그 광대함 때문이지. 어디를 보아도 푸름뿐이고 그 시작이 어디인지도 알 수 없지. 그래서 난 바다로 나가면 최대한 해변에 가까이 붙어 있어. 그러면 적어도 그 끝이 어디인지는 알 수 있으니까.」

마조리는 말없이 그를 조금 앞서서 걸었다. 그녀가 가장 두려워한다는 불 생각을 하는지도 몰랐다. 마커스는 그녀의 아버지 사진까지 보지는 못했지만 얼굴 한쪽이 흉터로 뒤덮인 무시무시한 모습이었을 것이라고 생각했다. 그리고 마조리가 불을 두려워하는 이유는 자신이 물을 두려워하는 이유와 같으리라 생각했다.

마조리가 가로등 아래 멈춰 섰다. 가로등이 고장 나서 기괴한 빛이 들어왔다 나갔다 반복했다. 「내가 장담하는데, 넌 케이프코스트 해변을 좋아할 거야. 아주 아름답거든. 미국에서 보는 것들과는 달라.」 그녀가 말했다.

마커스가 웃었다. 「우리 가족들 중에는 이 나라를 떠나 본 사람이 없어. 난 그렇게 오래 비행기를 타고 가면 뭘 해야 할지 모를 거야.」

「주로 잘 거야.」 마조리가 말했다.

마커스는 어서 버밍엄을 떠나고 싶었다. 프랫 시티는 오래전에 무너졌고, 그 폐허 속에서는 그가 찾는 것을 발견할 수 없었다. 어디서든 그것을 발견할 수 있을 것이라는 확신도 없었다.

「좋아. 가자.」 그가 말했다.

*

「실례합니다! 노예 성 구경하고 싶어요? 케이프코스트 성 구경시켜 줄게요. 10세디예요. 10세디만 내요. 멋진 성 구경시켜 줄게요.」

마조리는 그를 이끌고 급히 트로트로 정류장을 지나 그들을 해변 리조트로 데려다줄 택시를 향해 걸어갔다. 며칠 전, 그들은 에드웨소에 가서 그녀 아버지의 생가를 방문했다. 그리고 그보다 몇 시간 앞서 어머니 고향인 타코라디에도 다녀왔다.

이곳은 모든 것이, 땅조차도 찬란했다. 마커스는 가는 곳마다 반짝이는 붉은 흙을 발견했다. 하루가 저물 때쯤에는 온몸이 흙으로 뒤덮였다. 이제 거기에 모래도 섞일 터였다.

「신경 쓰지 마.」 마커스를 끌어당겨 물건을 팔거나 관광지로 데려가려는 어린 소년 소녀 무리를 지나치며 마조리가 말했다.

마커스가 마조리를 멈춰 세우고 물었다. 「넌 본 적 있어? 성?」

그들은 복잡한 거리 한가운데에 있었고, 차들이 빵빵거렸는데 그것은 누구를 향한 것일 수도 있었다. 머리에 양동이를 인 수많은 야윈 소녀들, 신문 파는 소년들, 그와 피부색이 같은 온 나라 사람들이 분주히 돌아다니며 운전을 거의 불가능하게 만들고 있었으니까. 그래도 그들은 지나갈 길을 찾아냈다.

마조리가 배낭끈을 꽉 잡고 몸에서 떼어 냈다. 「아니, 사실 나도 가본 적 없어. 성 구경은 흑인 관광객들이 하는 거지.」 그녀는 한쪽 눈썹을 올리며 말했다. 「내 말 무슨 뜻인지 알지.」

「글쎄, 나도 흑인인데. 관광객이고.」

마조리는 한숨을 쉬더니 꼭 가봐야 할 곳도 없으면서 시계를 보았다. 그들은 바다를 보러 왔고 일주일이나 시간이 있었다. 「그래, 좋아. 데려다 주지.」

그들은 짐을 풀기 위해 택시를 타고 리조트로 갔다. 마커스는 발코니에서 처음으로 해변을 보았다. 수 킬로미터는 뻗어 있는 듯했다. 햇빛이 모래에 반사되어 아른아른 빛났다. 한때 황금해안이었던 곳의 모래가 다이아몬드 같았다.

그날 성에는 돌아다니는 사람이 거의 없었다. 아주 늙은 나무 주위에서 열매를 먹으며 서로 머리를 땋아 주는 여자들 몇 명만이 보였다. 그들은 마커스와 마조리가 걸어오는 것을 보면서도 움직이지 않았다. 마커스는 자신이 그들의 실물을 보고 있는 것인지 의심이 들기 시작했다. 유령이 나올 것 같은 장소가 있다면 바로 이곳이었다. 밖에서 보면 성은 반짝이는 흰색이었다. 마치 전체를 반짝반짝 윤이 날 때까지 깨끗이 닦은 듯 가루처럼 하얬다. 마커스는 누가, 무슨 이유로 성을 그렇게 반짝이게 만들었는지 궁금했다. 하지만 성 안으로 들어가자 우중

충한 모습들이 보이기 시작했다. 검게 변해 가는 콘크리트와 경첩에 녹이 슨 문들에서 그곳을 하나로 결합시키는 해묵은 수치의 더러운 뼈대가 스스로를 드러내기 시작했다. 곧, 늘어난 고무줄로 만들어진 것처럼 깡마르고 키가 큰 남자가 투어를 신청한 그들과 다른 네 명의 관광객들을 맞이했다.

그가 마조리에게 판티어로 뭐라고 말했고, 마조리는 지난 일주일 동안 그랬던 것처럼 더듬거리는, 사죄하는 듯한 트위어로 대답했다.

한 줄로 길게 서서 바다를 내다보는 대포들을 향해 다가가면서 마커스가 마조리의 걸음을 멈추게 하고 속삭였다.「그가 뭐라고 말했어?」

「우리 할머니를 안다고. 〈아콰바〉라고.」

그것은 마커스가 이곳에 와서 배운 몇 개의 단어들 중 하나였다. 〈환영합니다.〉 마조리의 가족, 거리의 낯선 사람들, 공항에서 탑승 수속을 해준 남자까지 그녀에게 그렇게 말했다. 그에게도 그렇게 말했다.

「여기는 교회가 있던 자립니다.」고무줄 남자가 손가락으로 가리키며 말했다.「지하 감옥 바로 위에 있죠. 이 위층에서 걸어 다니고 교회에 들어가고 해도 밑에서 무슨 일이 벌어지는지 전혀 모를 수 있죠. 실제로 많은 영국 군인들이 현지 여자들과 결혼했고, 그 자녀들은 다른 현지 아이들과 함께 바로 이 위층에 있는 학교에 다녔습니다. 어떤 아이들은 영국에 가서 학교를 다닌 뒤 이곳에 와서 엘리트 계급이 되었죠.」

옆에서 마조리가 몸의 무게중심을 옮겼고, 마커스는 그녀를 보지 않으려고 애썼다. 위층 사람들이 걸음을 멈추고 아래를 들여다보지 않는 것은 대부분의 사람들이 사는 방식이었다.

곧 그들은 아래로 향했다. 해변으로 밀려 올라온 거대한 동물의 배 속으로 들어갔다. 그곳에는 닦아 낼 수 없는 때가 더께로 앉아 있었다. 초록색, 회색, 검정색, 갈색. 그리고 어둠, 너무 어두웠다. 창문이 없었다. 공기도 없었다.

「이곳은 여자 지하 감옥들 중 하나입니다.」 투어 가이드가 아직도 희미한 악취가 풍기는 방으로 안내하며 말했다. 「한 번에 250명이나 되는 여자들을 석 달가량 이곳에 가뒀죠. 여기서 이 문을 통해 밖으로 끌고 나갔고요.」 그가 더 걸어갔다.

투어 그룹은 지하 감옥을 떠나 문으로 향했다. 검정 페인트 칠이 된 나무 문이었다. 문 위에 〈돌아오지 않는 문〉이라는 표지판이 붙어 있었다.

「이 문은 그들을 실어 갈 배들이 기다리는 해변으로 통합니다.」

그들. 그들. 항상 그들이었다. 아무도 그들의 이름을 불러 주지 않았다. 투어 그룹은 아무도 말이 없었다. 모두 조용히 서서 기다렸다. 무엇을 기다리는지 마커스는 알지 못했다. 갑자기 속이 울렁거렸다. 어디라도 좋으니 다른 곳으로 가고 싶었다.

그는 아무 생각도 하지 않았다. 그저 문을 밀기 시작했다. 투어 가이드가 그에게 멈추라고 하면서 마조리에게 판티어로 소리쳤다. 마조리의 말도 들렸다. 그녀가 자신의 손을 잡는 것이 느껴졌고, 자신의 손이 계속해서 문을 미는 것도 느껴졌으며, 마침내 빛이 있었다.

마커스는 해변으로 달려가기 시작했다. 밖에서는 어부 수백 명이 밝은 청록색 그물을 만지고 있었다. 손으로 만든 노 젓는 배들이 시야가 미치는 가장 먼 곳까지 떠 있었다. 그 배들은 무국적의, 모든 국적의 깃발을 달고 있었다. 영국 국기 옆에 자주색 물방울무늬 깃발이, 프랑스 국기 옆에 핏빛과 주황색 깃발이, 미국 국기 옆에 가나 국기가 있었다.

마커스는 검고 반짝거리는 구두약 같은 피부의 두 남자가 불을 피우는 것을 발견할 때까지 달렸다. 눈부신 불꽃이 앞으로, 위로 혀를 날름거리며 물을 향해 기어갔다. 그들은 불에 물고기를 굽고 있었는데 마커스를 보자 동작을 멈추고 쳐다보았다.

마커스는 뒤에서 다가오는 마조리의 발자국 소리를 들은 뒤에야 그녀를 보았다. 모래를 밟는 가볍고 억눌린 소리. 그녀는 그에게서 여러 발자국 떨어진 곳에 멈춰 짭짤한 바닷바람에 실려온 듯한 아득한 목소리를 냈다.

「무슨 일이야?」 마조리가 외쳤다. 그는 말없이 물만 바라보았다. 물은 그의 눈이 볼 수 있는 모든 방향으로 움직였다. 그의 발을 향해 달려오며 불을 끌 것처럼 위협했다.

「이리 와.」 이윽고 그가 마조리를 보며 말했다. 마조리가 불을 흘끗 보았고, 그제야 그는 그녀의 두려움이 기억났다. 「와.」 그가 다시 말했다. 「와서 봐.」 마조리는 조금 다가오다가 불길이 하늘을 향해 맹렬히 타오르자 다시 멈췄다.

「괜찮아.」 그가 말했고, 진짜로 괜찮다고 믿었다. 그가 손을 내밀었다. 「괜찮아.」

마조리는 그가 서 있는 곳, 불과 물이 만나는 곳으로 걸어갔다. 그가 그녀의 손을 잡았고 두 사람은 심연의 바다를 바라보았다. 마커스는 성 안에서 느꼈던 공포가 아직 남아 있었지만, 그것이 불과 같은 것임을, 지배되고 억제되는 야생의 것임을 알았다.

마조리가 손을 풀었다. 마커스는 그녀가 부서지는 파도 속으로 뛰어들어 물속으로 가라앉는 것을 보았다. 그가 할 수 있는 일은 그녀가 다시 떠오를 때까지 기다리는 것뿐이었다. 다시 떠오른 그녀가 그를 바라보며 원을 그리듯 두 팔을 움직였는데, 그는 그 무언의 동작이 무슨 말을 하는지 알 수 있었다. 이제 그가 그녀에게 올 차례라는 말이었다.

그는 눈을 감고 물이 종아리에 차오를 때까지 걸어 들어가다가 숨을 가다듬고 달리기 시작했다. 물속에서 달렸다. 곧 파도가 머리 위를 덮치고 그를 에워쌌다. 코로 물이 들어오고 눈이 따가웠다. 마침내 바다에서 고개를 들어 기침을 하고 숨을 쉰 그는 앞에 있는 물을, 광대하게 펼쳐진 시간과 공간을 바라보았다. 그는 마조리의 웃음소리를 들었고 곧 따라 웃었다. 그녀에게 다가가서 보니 그녀는 머리가 물 위에 뜰 정도로만 움직이고 있었다. 검정 돌 목걸이가 그녀의 쇄골 바로 아래에 자리하고 있었고, 마커스는 그것이 햇빛을 받아 황금빛으로 반짝이는 것을 보았다.

「자, 가져.」 마조리가 목걸이를 벗어 마커스에게 걸어 주었다. 「고향에 온 걸 환영해.」

마커스는 돌이 다시 수면으로 떠오르기 전에 자신의 가슴을 강하고 뜨겁게 때리는 것을 느꼈다. 그는 그 무게에 놀라 돌을 만져 보았다.

마조리가 갑자기 그에게 물을 튀기고 요란하게 웃어 대더니 해변을 향해 헤엄쳐 갔다.

감사의 말

지난 7년간 이 작업을 지원해 준 스탠퍼드 대학 채플루지 장학금, 미라지 아메리칸 드림 장학금, 아이오와 대학 학장 대학원 연구 장학금, 화이티드 장학금에 이루 말할 수 없이 감사하다.

강한 확신과 현명함을 지녔으며 이 소설의 열렬한 옹호자인 나의 대리인 에릭 시모노프에게도 감사하고, 또 감사하다. 나를 세상에 너무도 멋지게 소개해 준 WME의 경이로운 팀, 특히 라파엘라 드 앤절리스, 앤메리 블루먼헤이건, 캐서린 서머헤이스에게도 고마움을 전한다.

격려를 아끼지 않고, 우아한 편집을 해주었으며, 이 소설에 확고부동한 믿음을 보여 주고, 몹시도 정성을 쏟아 준 편집자 조던 파블린에게 크나큰 감사를 전한다. 무한한 열정을 보여 준 크노프 출판사의 모든 분께도 감사하다.

든든한 기반이 되어 준 친구들의 우정에도 감사를 전한다. 티나 킴, 앨리슨 딜, 라이나 선, 베카 리처드슨, 베서니 울먼, 타바사 로빈슨, 파라디아 피에르.

모든 성가신 반복 과정에서 이 소설을 봐주고 고비마다 이 일이 계속 추진할 가치가 있다는 확신을 준 나의 첫 번째 독자이자 사랑하는 친구 크리스티나 호에게도 감사를 전한다.

아이오와 작가 워크숍에서 2년을 보낸 것은 너무도 큰 특전이었다. 데브 웨스트, 잰 제니섹, 코니 브라더스에게 감사를 전한다. 그곳의 내 급우들, 특히 조언과 격려와 집에서 요리한 음식을 — 가끔은 그 모든 것을 하룻밤에 — 제공해 준 나나 옹퀘티, 클레어 존스, 알렉시아 아서스, 조지 게라, 나오미 잭슨, 스티븐 나라인, 카먼 마차도, 올리비아 던, 리즈 와이스, 아미나 아흐마드에게도 고마움을 전하고 싶다.

나는 어렸을 때부터 작가라는 꿈이 가능한 것일 뿐만 아니라 필연적인 결론이라고 느끼도록 만들어 준 선생님들을 만나는 놀라운 행운을 누렸다. 그 조기 지원에 아무리 감사를 표해도 부족하겠지만 그래도 계속 감사의 마음을 전할 것이다. 앨라배마의 에이미 랭퍼드와 재니스 본. 스탠퍼드의 조시 타이리, 몰리 앤토폴, 도나 헌터, 엘리자베스 톨런트, 페기 펠란. 아이오와의 줄리 오린저, 아야나 매시스, 웰스 타워, 메릴린 로빈슨, 대니얼 오로즈코, 샘 창. 특히 이 책을 첫 단어부터 믿어 주고, 내가 집필에 필요한 모든 것을 갖추었다는 확신을 가지게 해주었다. 2012년에 전화를 걸어 준 샘 창에게는 따로 감사를 전하고 싶다.

따뜻하게 환영해 주고 지원을 아끼지 않은 해나 넬슨토이치, 존 아마르, 패트리스 넬슨 그리고 고인이 된 클리퍼드 토이치에게도 감사를 전한다.

수많은 이민자들이 그러하듯 고된 노동과 희생 그 자체인 부모님 콰쿠와 소피아 지야시에게도 너무 많은 은혜를 입었다.

우리가 더 쉽게 걸을 수 있도록 길을 내주신 두 분께 감사드린다. 그리고 함께 걸어 준 두 형제 코피와 콰비나에게도 고마움을 전한다.

　무수한 질문들에 답해 준 아버지와 코피에게 따로 특별한 감사를 전한다. 그들의 유용한 답변들과 제안들 외에도 나는 다음과 같은 책들과 글들을 참고했다. 윌리엄 세인트클래William St. Clare의 『돌아오지 않는 문*The Door of No Return*』, 토머스 에드워드 보디치Thomas Edward Bowdich의 『케이프코스트 성에서 아샨티로의 임무*Mission from Cape Coast Castle to Ashantee*』, 리베카 셤웨이Rebecca Shumway의 『판티족과 범대서양 노예 무역*The Fante and the Transatlantic Slave Trade*』, 베아트리스 G. 마미고니언Beatriz G. Mamigonian과 캐런 러신Karen Racine이 엮은 『검은 대서양에서의 인간 전통, 1500~2000*The Human Tradition in the Black Atlantic, 1500~2000*』, 오세이 콰드오Osei Kwadwo의 『아샨티 문화에 관한 핸드북*A Handbook on Asante Culture*』, 이매뉴얼 아키암퐁Emmanuel Akyeampong과 파싱턴 오벵Pashington Obeng의 『아샨티 역사에서의 영, 성, 권력*Spirituality, Gender, and Power in Asante History*』, 메리 엘런 커틴Mary Ellen Curtin의 『흑인 죄수들과 그들의 세계, 앨라배마 1865~1900*Black Prisoners and Their World, Alabama 1865~1900*』, 더글러스 A. 블래크먼Douglas A. Blackmon의 「앨라배마의 과거에서, 자본주의와 인종차별주의가 팀을 이룬 잔혹한 파트너십From Alabama's Past, Capitalism Teamed with Racism to Create Cruel Partnership」, 앨릭스 릭턴스타인Alex Lichtenstein의 『자유노동의 두 배: 신남부에서의 죄수 노동의 정치경제학*Twice the Work of Free Labor: The*

Political Economy of Convict Labor in the New South』, 버밍엄 역사
학회 제공「두 산업 도시: 프랫 시티와 토머스Two Industrial
Towns: Pratt City and Thomas」, A. 아두 보아헨A. Adu Boahen의
『야 아샨티와와 1900~1년 아샨티-영국 전쟁*Yaa Asantewaa
and the Asante-British War of 1900~1*』, 에릭 C. 슈나이더Eric C.
Schneider의『헤로인: 헤로인과 미국 도시*Smack: Heroin and the
American City*』.

마지막으로, 가장 간절하게, 매튜 넬슨토이치에게 감사를 전
한다. 최고의 독자이자 가장 소중한 사람인 그는 내 삶에 가져
다 준 그 모든 너그러움과 지성, 선량함, 사랑으로 매번 이 책
을 읽어 주었다. 우리, 이 소설과 나는 그로 인해 더 나아졌다.

미국에서 흑인으로 사는 것의 의미

서아프리카 황금해안의 판틀랜드에서 한 아기가 태어나면서 이 긴 이야기는 시작된다. 그 밤에 마을 숲에서 맹렬한 불길이 치솟고, 아기의 가족에게 목숨 줄이나 다름없는 얌 일곱 그루가 불에 타 죽는다. 이 일곱 그루의 얌은 일곱 세대에 걸친 가족의 비극을 상징하며, 1760년대 초 아프리카의 에피아로부터 시작된 저주받은 가족사는 250여 년 후 미국의 마조리에게까지 이어진다. 오랜 세월 저주의 불길에 시달려야 했던 이 가족에게는 무슨 죄가 있었을까? 의미심장하게도 그 죄는 〈노예〉에 관한 것이었다. 에피아의 생모 마메는 노예 출신으로, 에피아의 아버지에게 겁탈당하여 에피아를 낳은 뒤 숲에 불을 지르고 도망친다. 미모가 뛰어났던 에피아는 당시 아프리카 노예 무역의 거점이었던 케이프코스트 성에 주둔 중이던 영국 총독의 눈에 들어 그의 현지처가 된다. 그들 사이에서는 퀘이라는 아들이 태어나고, 판티족의 피와 영국인의 피가 반반씩 섞인 퀘이는 자연스럽게 판티족과 영국인들의 노예 무역의 가교 역할을 하게 된다. 하지만 퀘이의 아들 제임스는 그런 역할에 회의를 느껴 부와 명예를 버리고 아샨티족 여자와 결혼하여 가난한 농부로 살아간다. 제임스가 새로운 삶을 선택하면서 동족을 노예로 팔아넘기던 욕된 가족사도 마무리되지만, 조상의 죄에 대한 형벌은 그의 딸 아비나에게 대물림되고 아비나의 딸 아쿠아에 이르러서는 지옥의 불길이 된다. 꿈속 〈불의 여인〉에게 홀린 아쿠아는 어머니로서 가장 끔찍한 일을 저지르고, 그녀의 아들 야우는 그로 인해 평생 지울 수 없는 상처를 안게 된다. 야우는 늦은 나이에 결혼하여 미국으로 이민을 떠나고, 그곳에서 일곱 번째 세대인 마조리가 태어난다. 마조리는 가나어보다는 영어가 편한 아프리카계 미국인으로 자라지만, 가나에 사는 할머니 아쿠아와 특별한 유대 관계를 이어 가며 아쿠아에게 조상들에 대한 이야기를 듣는다. 마조리는 가나인이라고도 할 수 없고, 미국인으로서는 아직도 철옹성 같은 백인들의 주류 사회에 섞여 들지 못할 뿐만 아니라 미국에서 이미 수 세대째 살아온 흑인들에게도 동화되지 못한 채 정체성의 혼란을 느낀다.

저주받은 일곱 그루의 얌에는 또 다른 가지가 있었으니, 마메의 둘째 딸이자 에피아의 동생 에시의 자손들이다. 판틀랜드에서 불을 지르고 도망친 마메는 아샨티국의 작은 마을에서 행복한 가정을 이루고 에시를 낳는다. 에시는 마을에서 가장 용감한 아버지와 아름다운 어머니를 둔 예쁜 딸로 더할 나위 없이 행복하게 자라지만 마을에 전쟁이 터지고 적의 포로로 잡히면서 나락으로 곤두박질친다. 그녀는 케이프코스트 성 지하 감옥에 갇혀 노예선에 실려 가기를 기다리는 신세가 되며, 처참한 지하 감옥은 그녀 앞에 펼쳐질 노예의 삶을 예고해 준다. 에시의 딸 네스는 미국 남부의 지옥 같은 농장에서 목화 따는 노예로 살다가 같은 노예인 샘과 결혼하여 아들 코조를 낳는다. 네스와 샘은 아들까지 노예로 살게 하고 싶지 않아서 아직 아기인 아들을 데리고 북부로 도망치지만, 주인이 추적해 오자 아들만이라도 살리기 위해 스스로 붙잡혀 끔찍한 최후를 맞는다. 해방 노예 신분이 된 아들 코조는 볼티모어에서 배의 틈새를 메우는 기술자로 일하며 애나와 가정을 꾸려 일곱 아이를 낳고 행복하게 산다. 코조와 애나는 아이들에게 알파벳 순서대로 이름을 지어 주며, 여덟 번째 아이를 임신하자 H라는 태명으로 부른다. 하지만 도망 노예 송환법이 통과되면서 단란한 가정에 불안의 그림자가 드리우고 어느 날 만삭의 아내가 온데간데없이 사라지면서 코조의 삶은 무너지고 만다. H는 태어나 보니 남부의 노예 신세고 어머니가 자살해서 가족도 없다. 거구에 힘도 장사인 그는 남북전쟁이 끝난 뒤 자유를 얻게 되자 희망에 부풀지만 억울하게 감옥에 끌려가 탄광에서 강제 노동을 하게 된다. 출소한 H는 자유인 광부가 되어 노조 활동에 앞장서고, 가정을 꾸려 딸 윌리를 낳는다. 어렸을 때부터 사람들의 영혼을 뒤흔드는 아름다운 노래를 불렀던 윌리는 아버지가 죽자 남편과 함께 남부의 탄광촌을 떠나 뉴욕으로 간다. 할렘에 자리를 잡은 그녀는 생계를 위해 노래 대신 청소 일을 하게 되고, 남편이 떠나면서 아들 소니를 홀로 키우느라 고군분투한다. 소니는 할렘의 불우한 환경에서 학교도 제대로 다니지 못하고 자라게 되며, 성인이 되어서는 NAACP(미국 흑인 지위 향상 협의회) 활동도 하고 인종 차별 반대 시위에 참가하기도 한다. 하지만 나아질 기미라고는 보이지 않는 현실 앞에서 좌절과 무력감에 젖어 마약의 수렁에 빠져든다. 강한 어머니 윌

리는 그런 아들을 기적처럼 구원하고, 일곱 번째 세대 마커스
가 태어난다. 마커스는 명문 대학 스탠퍼드에 진학하여 아버지
의 긍지가 되고, 증조할아버지 H를 탄광 지옥에 밀어 넣은 죄
수 대여 제도를 연구하다가 미국에서의 흑인 역사에 관심을 가
지게 된다. 마커스는 우연히 마조리를 만나 친구가 되고, 둘은
뿌리를 찾아 가나로 떠난다.

소설 속 마조리는 작가 야 지야시의 분신이라고도 할 수 있
을 정도로 작가와 닮은 부분이 많다. 2016년, 스물여섯 살의 나
이로 데뷔 소설 『밤불의 딸들Homegoing』을 발표한 야 지야시
는 마조리처럼 가나계 미국인 이민자 가정 출신이다. 야 지야
시는 가나에서 태어났지만 아버지가 오하이오 주립 대학으로
유학을 떠나게 되면서 두 살이라는 어린 나이에 부모님을 따라
미국으로 이주했다. 그리고 아버지가 앨라배마 헌츠빌에서 종
신 교수직을 제안받으면서 앨라배마에 정착했다. 그때 야 지야
시는 열 살이었다. 그들은 오하이오에서는 흑인들이 많은 동네
에 살았지만, 앨라배마에서는 흑인을 찾아보기 힘든 환경에서
고립된 섬처럼 살아가야 했다. 학교에서도 야 지야시는 반에서
유일한 흑인 학생일 때가 많았고, 어린 그녀의 눈에 비친 세상
은 철저히 백인 중심이었다. 백인은 본래 선해서 굳이 선한 행
동을 하지 않아도 선하지만 흑인은 악으로 규정되는 분위기가
지배적이었기에 그녀는 선한 존재가 되기 위해 분투했다고 회
고한다. 그녀는 공부를 잘하는 우등생이었을 뿐만 아니라 학
생회 활동도 열심히 했고, 열다섯 살 때부터 파트 타임으로 일
해서 번 돈으로 첫 차를 사기도 했다. 또 대학을 골라서 갈 수
있을 정도로 우수한 성적을 거두었으며, 스탠퍼드를 선택했

다. 열일곱 살 때 토니 모리슨의 『솔로몬의 노래』를 읽고 작가를 꿈꾸게 된 그녀는 스탠퍼드에서 영문학을 전공으로 선택했고, 대학 재학 중이던 2009년 여름에 연구비 지원을 받아 처음으로 고향 가나를 찾는다. 가나에서 그녀는 케이프코스트 성을 방문하며 그 흰 성의 호사스러운 위층과 비참한 지하 감옥의 극적인 대비에서 영감을 얻어 영국인 노예상과 결혼한 에피아와 노예가 된 에시, 두 자매의 엇갈린 운명을 그린 소설을 쓰게 된다.

『밤불의 딸들』은 〈미국에서 흑인으로 사는 것의 의미〉를 오랫동안 진지하게 고민해 온 가나계 미국인 젊은 작가의 치열한 뿌리 찾기라고 할 수 있다. 소설 속에서 마조리가 지배적 주류인 백인들은 물론 자신과 피부색이 같은 흑인 학생들에게도 이질감을 느끼며 정체성의 혼란에 시달렸던 것처럼, 야 지야시 또한 은근하면서도 완고한 인종 차별의 대상인 흑인들 중에도 소수의 비주류에 속하는 이민 1.5세대 가나계 미국인이었기에 깊은 외로움과 소외감을 숙명처럼 안고 살아야 했다. 앨라배마에서 자라지 않았더라면 이런 소설을 쓸 수 없었을 거라는 야 지야시의 고백은 그녀의 성장기를 지배했던 고뇌를 잘 말해 준다. 현재를 만든 것은 과거이기에 자신의 정체성을 찾고 싶어 하던 젊은 작가는 과거 조상들의 삶을 돌아보게 되었고, 아프리카와 미국에서의 일곱 세대에 걸친 열네 명의 인물들의 이야기를 그린 『밤불의 딸들』이라는 서사적·역사적 소설을 탄생시킨 것이다. 저주받은 가족사라는 설정이 암시하듯 열네 명의 인물들의 삶은 고통으로 가득하다. 미국에 노예로 팔려 온 에시의 후손들은 남부의 농장에서, 탄광에서, 할렘에서 지옥을 체험하고, 아프리카에 남은 에피아의 후손들 또한 가난과 전쟁에 시달리며 산다. 하지만 그들에게는 끈질긴 생명력과 뜨거운 열정이 있었고, 고난의 가족사는 감동적인 희망의 대서사시가 된다. 『밤불의 딸들』은 참으로 뜻깊고 아름다운 돌아봄이다.

2021년 봄
민승남

옮긴이 **민승남** 서울대학교 영어영문학과를 졸업하고 현재 전문 번역가로 활동 중이다. 옮긴 책으로 앤 카슨의 『빨강의 자서전』, 『남편의 아름다움』, 『레드 닥』, 앤드루 솔로몬의 『한낮의 우울』, 메리 올리버의 『완벽한 날들』, 애니 프루의 『시핑 뉴스』, 리사 제노바의 『스틸 앨리스』, 스티븐 갤러웨이의 『상승』, 알리 스미스의 『우연한 방문객』, 조이스 캐럴 오츠의 『멀베이니 가족』, 앤 엔라이트의 『개더링』, 퍼트리샤 하이스미스의 『당신은 우리와 어울리지 않아』, 유진 오닐의 『밤으로의 긴 여로』, 에인 랜드의 『아틀라스』, 니코스 카잔차키스의 『알렉산드로스 대왕』 등 다수가 있다.

밤불의 딸들

발행일   2021년 3월 15일 초판 1쇄

지은이   야 지야시
옮긴이   민승남
발행인   홍예빈 · 홍유진
발행처   주식회사 열린책들

경기도 파주시 문발로 253 파주출판도시
전화 031-955-4000   팩스 031-955-4004
www.openbooks.co.kr